오버 더 호라이즌

...

오버 더 호라이즌
Over the Horizon

이영도

황금가지

오버 더 호라이즌

OVER THE HORIZON
(2000)

● ● ●

보안관과 조수, 악기 살해자의 방문 예고를 받다

OVER THE HORIZON
겨울밤

이파리 보안관은 망토에 쌓인 눈을 털며 내 쪽은 처다보지도 않은 채 말했다.

"측백나무관에 좀 들러봐, 티르."

나는 잠시 후에야 그것이 나를 향해 건넨 말이라는 것을 알 수 있었다. 하지만 나는 그 말을 믿을 수 없었다. 그래서 난 조금 전까지의 자세, 책상에 팔을 괴고 그 위에 머리를 얹어놓은 채 멍한 표정으로 보안관을 바라보고 있던 자세를 그대로 유지하며 그의 말을 못 들은 척했다. 어깨에서 눈을 털어내던 덩치 큰 오크는 멈칫하더니 그제야 나를 노려보았다. 그는 고개를 갸웃했고 난 어리둥절한 표정을 지으며 말했다.

"예? 어, 제게 뭐라고 말씀하셨습니까?"

이파리 보안관은 송곳니를 드러내보였다. 물론 나는 눈도 깜짝하지 않았다. 이파리는 한숨을 내쉬며 차분하게 말했다.

"응. 측백나무관에 가서 마타피 교수를 좀 만나보라고 했네."

난 창문을 바라보았다. 북서풍이 불고 있었고, 그 광경에서 나는

9

한 가지 결론밖에 도출할 수 없었다. 저 오크가 드디어 나를 살해하기로 결심했구나.

"보안관님, 북서풍이 불고 있는데 저더러 8킬로미터를 걸어가라고 말씀하시는 겁니까?"

"그렇게 말했네."

"저는 인간이라고요!"

이파리는 내 항의를 무시한 채 외투를 벗어 옷걸이에 걸고는 보안관 사무실 가운데 놓인 석탄 난로로 걸어갔다. 그러곤 난로 위에 놓아둔 주전자를 들어올렸다. 찻잔에 차를 따라 한 모금을 마신 이파리는 그제야 나를 돌아보고 깜짝 놀란 표정을 지어보였다.

"응? 너 아직 안 갔냐?"

……저 오크는 너무 빨리 배운다. 젠장.

"그만하지요, 보안관님. 도대체 왜 교수님에게 가보라는 겁니까?"

"순찰 도중에 아인켈을 만났어. 머리끝까지 화가 나 있고 동시에 심하게 걱정하고 있어서 무슨 말인지 알아먹기 힘들었지만, 대충 그의 말을 정리해 본 결과 아인켈은 마타피 교수가 뭔가 끔찍한 걱정거리에 빠져 있다고 걱정하고 있더군. 어젯밤엔 초니의 주점에서 난동까지 부렸다는 거야. 그건 좀 이상하더라고. 마타피 교수가 난동이라니. 내가 못 믿겠다는 표정을 지으니까 아인켈이 자기 눈두덩을 보여줬지. 그건 정말이지 멋지게 부어 있더군. 교수가 술에 취해서 그랬다는 거야. 버나드 교장과 안셀도 그 자리에 있었고 모두들 교수가 미친 것 같다는 말을 하더군."

그건 정말 이상하다. 마타피 교수는 점잖다는 평가를 잃을 바에는 목숨을 끊어버릴 위인이고 그래서 이 조그마한 소도시에서는 존경받는 인물 중에 하나다. 그런 마타피 교수가 초니의 주점에서 난동을 부렸다고? 나는 그 조그맣고 점잖은 노인이 초니의 주점 같은 곳에 들어가는 모습조차 떠올릴 수 없다. 난 고개를 갸웃거리며 말했다.

"그래서, 아인켈이 고소라도 한 겁니까?"

"고소라니! 아인켈은 걱정하고 있는 거야. 자네도 이젠 슬슬 깨달았겠지만, 이런 조그마한 도시에서 보안관이라는 건 모든 걱정거리의 해결사 노릇을 해야 되지."

물론 잘 알고 있다. 내가 이 도시에 굴러 들어와 보안관 조수 일이라도 건지게 된 것은 내가 칼을 좀 쓴다는 이유 때문이지만, 보안관 조수에 채용된 이후 내 장검은 침대 밑으로 굴러 들어간 잡동사니를 꺼낼 때 말고는 칼집에서 뽑혀나온 적이 없다. 단지 칼집을 차고 나타나기만 해도 모든 분쟁은 즉각 해소된다. 그리고 나는 율피트와 미레일이 벌이곤 하는 싸움(제발 성스러운 신이 그 악동들을 잡아가길!)보다 더 위험한 분쟁은 본 적이 없다. 이 조그만 개척 도시의 보안관이라는 것은 황제의 법을 집행하는 법의 대행자라기보다는 결혼식의 주례를 보거나 대로에 쓰러진 주정뱅이를 집까지 업어다주거나 어린애들의 충치를 위협하는 사람이다. '입 안 벌리면 보안관을 부르겠다!' '……흑흑. 뜻대로 뽑으세요.'

그리고 자신만의 고민에 빠져 선량한 이웃들을 불안하게 만드는 은퇴한 음악 교수를 상담해 주는 것은 보안관 조수의 일일 것이다. 왜냐하면 보안관은 방금 순찰을 마치고 돌아왔기 때문에. 난 한숨을 내쉬며 의자에서 일어났다.

보안관 사무실을 나서자마자 북서풍은 기다렸다는 듯이 내게 눈발을 퍼붓기 시작했다. 난 망토 죔쇠를 세차게 끌어당기며 눈보라에 저항하여 몸을 앞으로 기울였다. 그러곤 이 날씨 속에서 8킬로미터를 걸어가야 된다는 사실에 소리 없이 절규하기 시작했다. 하지만 눈은 쉽게 멎을 것 같지 않았고 오늘밤까지 돌아와야 한다면 더 이상 출발을 미룰 수는 없다. 난 절망과 공포와 자포자기 속에 첫발을 내디뎠다.

눈과 그 너머로 건물들의 거뭇거뭇한 그림자들이 미친 듯이 춤추고 있었다. 발을 내디디는 곳마다 충치 걸린 악마가 신음하는 소리 같은 것이 들려왔다.

더 이상은 못 참겠다. 내년 봄이 오면 기필코 떠나고 말겠어. 어린애들의 싸움을 뜯어말리는 것도, 부부싸움의 중재자 노릇하는 것도, 좀 지나치게 발랄한 처녀들의 정조의 수호자 노릇하는 것도 이젠 지긋지긋하다. 특히 마음에 들지 않는 것은 마지막의 수호자 부분이다. 그녀들과 어울려 노는 쪽이 좀더 내 본성에 부합하는 일일 테지만, 나를 정의와 상식과 윤리의 옹호자로 떠받들고 우러러보는 그녀들의 부모들 앞에서, 난 어쩔 수 없이 성불구자 흉내를 내야 했다. 처녀들이 나를 유혹하는 것을 포기하고 대신 귀찮은 훼방꾼 취급하기 시작한 것도 이미 오래다. 소박하고 무한한 존경, 술자리의 상석, 거의 매일 같은 저녁 식사 초대 등의 소도시다운 즐거움도 젊은 여인들이 보내는 차가운 경멸 앞에선 절대로 기쁨이 되지 못한다. 봄이 오기만 하면 이파리 보안관에게 추천서를 부탁하는 거다. 대도시로 가는 거다. 물론 강도와 밤도둑, 살인마 등과 목숨을 걸고 싸워야겠지만 지금으로선 죽음보다 더한 상태니 만큼 상관없다. 난, 젠장. 욕구불만이다!

측백나무관이 보인다.

어느새 8킬로미터를 다 걸어온 모양이다. 그리고 난 측백나무관의 정문 앞에 선 눈사람이 되어 있었다. 얼어붙은 손을 한참 비빈 다음에야 허리춤에서 장검을 풀러낼 수 있었다. 그냥 두드려도 상관없겠지만, 난 권위가 필요하다고 생각했다. 그래서 장검 칼자루로 근엄하게 문을 두드렸다. 쾅쾅쾅.

"꺼져어어엇!"

내 권위는 발휘되기도 전에 동사했다. 난 한 번 더 문을 두드렸지만 똑같은 대답만 돌아왔다. 결국 난 추위 때문에 떨리는 목소리로 말할 수밖에 없었다.

"보안관 조수입니다, 마타피 교수님. 순찰중인데, 문 좀 열어주시겠습니까?"

잠시 후 문고리 움직이는 소리가 들렸다. 난 재빨리 몸을 꼿꼿이 세웠다. 문은, 실망스럽게도 반쯤 열린 채 멈췄고 그 사이로 마타피 교수의 불그스름한 얼굴이 나타났다.

퇴직한 음악 교수의 얼굴은 가관이었다. 언제나 정갈하던 그 머리는 갈기처럼 풀어헤쳐져 있었고 대낮부터 술을 마시고 있던 것인지 술냄새가 진동했다. 옷차림새도 방금 침대에서 빠져나온 것이 아닌가 싶은 모습이었다. 내가 이 존경받는 시민의 몹시 존경스럽지 못한 모습에 기막혀 하는 동안 나를 위아래로 훑어본 교수는 퉁명스럽게 말했다.

"미안하오, 티르. 여긴 별일 없소. 그럼, 계속 수고하시길."

그리고 교수는 다시 문을 닫으려 했다. 난 당황하여 장검을 내밀어 문을 막았고 교수는 나를 쩨려보았다. 난 최대한 상냥해 보이도록 노력하며 말했다.

"아, 죄송합니다, 교수님. 날씨가 워낙 엉망이라서요. 따뜻한 우유 한 잔만 얻어 마시면 안 되겠습니까?"

마타피 교수는 고함을 지를 것인지 말 것인지 고민하는 얼굴로 나를 올려다보았다. 이 또한 교수답지 못한 일이었다. 평소대로라면 내가 이런 말을 하기도 전에 나를 불러들여 눈이 그칠 때까지 쉬어가라고 말했어야 정상이다. 하지만 교수는 뭔가 중얼거리며 내키지 않는 듯이 문을 열었고 그래서 난 이 가족적인 소도시의 보안관 조수가 된 이후 처음으로 불청객이 된 기분을 맛봐야 했다.

내가 망토와 장검을 현관의 옷걸이에 걸어두는 동안 교수는 뒤도 돌아보지 않고 척척 걸어갔다. 잠시 후 저 안쪽에서 교수의 고함 소리가 들려왔다.

"들어오시오, 티르!"

응접실로 들어서자 먼저 눈에 들어온 건 바닥 가득히 널브러져 있는 술병들이었다. 교수의 모습은 보이지 않았고, 그래서 난 당혹감을 감추지 못한 채 이 거대한 아우성 사이에 서 있어야 했다. 그때 부엌 쪽에서 마타피 교수가 걸어나왔다. 교수는 손에 든 술잔을 탁자에 놓고는 턱으로 의자를 가리켰다.

불편한 동작으로 의자에 앉자 교수는 곧장 내 앞에 놓인 잔에 술을 따르기 시작했다.

"교수님, 지금 순찰중이라서……"

"됐소, 티르. 사람들이 가보라고 해서 온 거겠지? 그러니 순찰중이었다는 소리는 꺼내지 마시오."

난 어깨를 으쓱거렸다. 그리고 술잔을 들어올리는 대신 바닥을 구르는 술병들을 가리키며 말했다.

"이미 약주를 많이 하신 것 같은데요?"

교수는 내 말을 들은 체 만 체하며 자기 잔에 술을 채워 단숨에 들이켰다. 그러곤 또 술잔을 채웠다. 난 재빨리, 하지만 정중하게 교수의 잔을 집어들었다.

"교수님, 그만 드시고……"

마타피 교수는 내 앞에 놓여 있던 술잔을 집어들어 단숨에 마셨다. 어쩔 수 없이 나는 그의 술병도 뺏어야 했다. 교수는 양손에 술

잔과 술병을 든 내 모습을 물끄러미 바라보았다. 그러고는 내가 상상도 못한 말을 했다.

"월권 행위요."

당연히 그렇다. 이곳은 그의 집이고 내 손에 쥐어진 건 그의 술이었으니까. 하지만 나는 생각보다 더 이 소도시의 가족적인 분위기에 빠져 있었나 보다. 순간적으로 그의 말을 이해하지 못했으니까.

"이런 폭음은 상궤를 벗어난 바가 지극하다 여겨지며 따라서 신민의 보호자이시자 그 어버이신 황제 폐하의 관료로서 절대 묵과할 수 없습니다."

교수도 조금 당황한 모양이다. 그도 '우리가 남남입니까?' 등의 대답을 기대했지 이런 거리감 있으며 예의바른 대답을 들을 거라고는 기대하지 못한 듯했다. 난 미소를 머금은 채 교수를 바라보다가 술병과 잔을 도로 탁자에 내려놓으며 말했다.

"관두지요, 교수님. 왜 이러시는 겁니까? 문제가 뭐지요? 이야기를 해보세요."

마타피 교수는 내가 내려놓은 술병을 물끄러미 바라볼 뿐 아무 말도 하지 않았다. 한숨을 쉰 나는 술병을 들어 잔을 채운 다음 그의 앞에 내려놓았다. 교수는 고개를 가로저었다.

"티르, 걱정해 주는 것 고맙소. 하지만 당신이 도와줄 건 없어."

"들어드릴 수는 있습니다. 이야기를 하다 보면 뭔가 해결 방안을 떠올릴 수 있지 않겠습니까? 그게 어떤 문제인지는 모르겠지만……"

"아주 지독한 문제요!"

마타피 교수는 그렇게 외치며 벌떡 일어났다. 난동을 부리고 있었어도 역시 그는 이 소도시의 시민이었고 따라서 누군가 귀기울여 줄 가족이 필요했던 모양이다. 나를 여기로 파견한 이파리 보안관,

그리고 아인켈은 정확한 조처를 취한 것이다. 내가 그런 생각에 빠져 있는 동안 교수는 책장에 놓여 있던 상자를 집어들어 다시 돌아왔다.

교수는 상자 속에서 서신 한 통을 꺼내어 내게 내밀었다.

"읽어보시오."

난 얼떨떨한 눈으로 서신을 보다가 조심스럽게 그것을 펼쳤다. 서신 안에는 훌륭한 글씨로 짤막한 내용이 적혀 있었다.

　　존경하는 랜돌 마타피 교수님께

　　저는 음악을 사랑하는 보잘것없는 연주자이며, 교수님께서 소장하신 아스레일 치퍼티에 대한 소문을 전해 듣고는 그것을 꼭 연주해 봤으면 좋겠다는 간절한 소망을 품게 되었습니다. 다가오는 백사자의 달 아흐렛날 교수님을 찾아뵙겠습니다. 그때 상세한 이야기 나눴으면 합니다.

　　　　　　　　　　　　　　　　　　　　　　　── 호라이즌

"호라이즌? 희한한 이름이군요. 엘프인가 보지요. 그런데 교수님이 가지고 있다는 이 아스레일 치퍼티가 뭡니까?"

교수는 다시 벌떡 일어나더니 이번엔 2층 계단 쪽으로 걸어갔다. 잠시 후 계단에서 내려온 교수는 약간 낡은 듯한 가방을 탁자 위에 내려놓았다. 마타피 교수는 그것을 조심스럽게 열어 안을 보여주었다.

안에는 붉은 안감이 대어져 있었고 그 안에는 바이올린이 놓여 있었다. 난 교수를 바라보았고, 그러곤 놀라버렸다. 그 바이올린을 바라보는 교수의 눈은 절대로 술에 절어 있는 눈동자가 아니었다.

그렇다고 해서 평소의 온화한 눈빛도 아니었다. 마타피 교수는 활활 타오르는 눈으로 바이올린을 바라보고 있었다.

"아스레일 치퍼티요."

교수의 목소리는 위엄 있기 짝이 없었고 그래서 나는 경외감마저 느낄 듯했다.

"이 바이올린 말입니까? 그럼 호라이즌이라는 자는 이걸 연주해 보고 싶다는 것이군요?"

마타피 교수는 고개를 끄덕이며 아스레일 치퍼티를 조심스럽게 들어올렸다. 그러곤 그것을 무릎 위에 놓고 가만히 내려다보았다. 교수의 눈은, 맹세컨대 미레일을 빠트릴 허방다리를 완성해 놓은 율피트의 눈보다도 더 반짝거리고 있었다.

"아스레일 치퍼티는 이 바이올린의 이름이자 이것을 만든 악기공의 이름이오. 아스레일 치퍼티는 평생 동안 300개 정도의 바이올린을 만들었고 그중 현재까지 남아 있는 건 100개 남짓할 거요. 온 세계를 통틀어 100개 정도밖에 없단 말이오."

"아, 예. 그럼 퍽 비싸겠군요."

"그런 것 같더군. 어떤 자는 3000만 렐 정도의 가치는 된다고 생각하니까."

마타피 교수가 너무 태연하게 말하는 바람에 나는 조금 후에야 놀랐다. 나는 교수의 무릎에 놓인 바이올린을 바라보다가 다시 교수를 쳐다보았다. 그러곤 믿을 수 없다는 듯이 말했다.

"3000만 렐이라고요? 이게 말입니까?"

"이건 안 팔아요. 하지만 이것과 같은 시리즈의 아스레일 치퍼티가 그 가격에 팔린 적은 있소. 4년 전 파사디아 궁에서."

"무슨 말도 안 되는! 바이올린 하나가 3000만 렐이라니요?"

흥분한 나머지 나는 거의 고함치듯 말했다. 맙소사, 3000만 렐이면 내가 보안관 조수로 일하며 받는 봉급을 한 푼도 쓰지 않고 10년 가까이 모아야 되는 금액이잖은가. 하지만 마타피 교수는 비웃음 같은 것을 흘리며 고개를 가로저었다.

"티르, 이건 싼 편이오. 1억 렐이 넘는 세람브로스 같은 바이올린도 있으니까."

나는 입을 쩍 벌린 채 교수를 바라보았다. 교수가 술을 많이 마신 것은 확실하지만 절대로 주정을 부리고 있는 얼굴로는 보이지 않았다. 하지만 1억 렐짜리 바이올린이라는 건 내게는 세계의 존립을 위협하는 관념처럼 느껴졌다.

마타피 교수는 거의 술이 깬 어조로 차분히 설명했다. 악기라는 것이 원래 비싼 법이지만 그중에서도 유명한 장인에 의해 만들어진 명기는 때론 상상을 초월하는 가격에 거래된다고 한다. 이는 이름 있는 대장장이가 만든 무기가 무사들 사이에서 기막힌 가격으로 거래되는 것과 마찬가지이며, 마타피 교수는 냉소적인 어조로 무기가 비싼 값에 거래되는 것이 오히려 더 웃기는 일이 아니냐고 반문했다.

"무기의 목적은 어차피 상대를 죽이는 것이니, 삽이나 곡괭이를 휘둘러도 상대를 죽이는 데는 별 문제가 없을 거요. 반면 악기의 목적은 아름다운 음악을 연주하기 위해서인데 훌륭한 악기는 천상의 음률을 내지요. 어느 쪽의 거래가 더 합리적이오?"

난 어깨를 으쓱이며 말했다.

"좋은 무기는 자기 목숨을 구합니다. 좋은 악기는, 귀를 즐겁게 해줄지언정 목숨을 구하지는 않고요. 목숨보다 비싼 것이 없다는 것을 놓고 본다면 앞쪽이 더 합리적인 것 같은데요."

"말도 안 되는 소리 말아요, 티르. 자기 목숨을 구하는 건 올바르고 건전한 생활 태도지 좋은 무기가 아니오. 좋은 무기를 가졌다고 해도 부도덕하게 산다면, 그게 더 위험할 것 같은데?"

마타피 교수는 단번에 내 입을 다물게 만들었다. 난 화제를 돌릴 수밖에 없었다.

"예, 무슨 말인지 알겠습니다. 하지만 아무래도 3000만 렐짜리 바이올린이라는 건 제게는 저질스러운 농담 같습니다. 그런데 그렇게 귀한 바이올린을 교수님이 어떻게……?"

"가문에 전해져 오는 거요. 한때 잘나가지 않은 집안 없다지만, 우리 집안도 한때는 꽤 부유하게 살았거든. 지금은 별 볼일 없는 집안이지만. 뭐, 그런 건 중요하지 않아요. 문제는 저 호라이즌이 이걸 켜보고 싶어한다는 거지."

"음. 그런 귀한 물건이니 다른 사람의 손을 타는 것이 꺼림칙하시겠군요. 그렇다고 해서 그렇게 우울해하실 것은 또 뭡니까? 연주할 수 없다고 말하면 되잖습니까?"

교수는 고개를 가로저었다.

"그럴 수가 없어요, 티르. 음악엔 정말 관심이 없나 보군요. 이 호라이즌이라는 엘프는 정말 유명한 연주자요."

"아하, 엘프가 맞군요. 그런데 자기는 보잘것없는 연주자라고……"

"맙소사, 그건 겸양일 뿐이오. 좀 엄격한 이들은 이자가 전세계에서 다섯 손가락에 드는 연주자라고 말하지만, 그런 사람들도 좀 더 솔직한 자리에선 세계 최고라고 부른단 말이오."

나는 별말을 할 수 없어 그냥 탄성을 질렀다. 그리고 마타피 교수는 이런 당연한 사실을 설명해 주려니 짜증스럽다는 투로 말했다.

"그러니 거절할 수가 없소. 이건 예의의 문제요. 다른 사람이라면, 그러니까 권력이나 재력을 업고 이런 요청을 하는 자라면 얼마든지 쫓아버릴 수 있소. 나는 대공이나 황제 폐하가 찾아온다 해도 단연코 거절할 거요. 하지만 좋은 악기를 좋은 연주자가 아니면 누구에게 내놓겠소? 연주되지 않으면 악기가 무슨 소용이겠소. 그렇다면, 거꾸로 말해서 좋은 연주자가 원하는데 어떻게 좋은 악기를 내주지 않을 수 있겠소?"

나는 교수의 걱정이 뭔지 이해했다고 생각했다.

"예……, 그래서 걱정하시는군요. 하지만 교수님 말마따나 연주되지 않는 악기는 소용없는 것이고, 그러면 명연주자가 연주하는 건 오히려 기쁜 일이잖습니까? 걱정하실 필요는 없을 것 같은데요. 호라이즌이라는 엘프가 그렇게 훌륭한 연주자라면 설마 악기를 상하게 하지야 않겠지요."

"그런데 손상시킨단 말이오."

"예? 무슨 말입니까?"

마타피 교수는 상체를 숙여 그 작은 몸으로 아스레일 치퍼티를 뒤덮듯이 하며 나를 쳐다보았다. 그리고 나는 이 은퇴한 음악 교수가 공포에 젖은 눈을 하고 있다는 것을 깨닫곤 아연함을 느꼈다.

"호라이즌이라는 이 친구의 별명이 뭔지 아시오? 악기 살해자요."

"악기 살해자라고요?"

"그렇소."

"설마 그 작자가 악기를 부숩니까? 그건 당연히 사유 재산 침해나 기물 파손에 해당하는 범죄일 텐데요."

마타피 교수는 세차게 고개를 가로저었다.

"그런 의미가 아니오, 티르. 악기를 부순다면 악기 파괴자라고 했겠지. 하지만 이 친구는 악기 살해자요. 살해가 뭔지 모릅니까?"

난 얼떨떨한 눈으로 노교수를 바라보았다. 황제의 법을 집행하는 법의 대행자라기보단 심술궂은 사감이나 가정 교사의 역할을 할 때가 더 많지만, 그래도 나는 보안관 조수다. 살해가 뭔지 모를 까닭이 없다. 하지만 나는 이 대화에서 살해라는 용어가 무슨 역할을 하고 있는지는 짐작할 수 없었다. 그래서 조심스럽게 말했다.

"살해는 목숨을 끊는다는 뜻 아닙니까."

"바로 그렇소."

"그렇다면, 어, 그렇다면……."

그 다음에 나와야 할 말은 아무래도 퍽 웃기는 말이 될 것 같다. 나는 마타피 교수에게 도움을 청하는 눈초리를 보냈지만 교수는 꿈쩍도 하지 않았다. 그래서 나는 한심한 기분을 느끼며 말했다.

"그자가 악기의 목숨을 끊는다는 말씀입니까?"

"그렇소."

바깥에는 아직도 북서풍이 눈을 가득 실어다 퍼붓고 있었다. 눈보라에 휘말린 나무들이 고통스러운 신음을 흘리고 있었지만 집안은 따스했고 그래서 내 옷은 어느새 말라 있었다. 난 웃옷을 벗어 의자에 걸쳐놓은 다음 교수를 똑바로 바라보았다. 교수의 눈은 충혈된 채 나를 바라보고 있었고 그 눈엔 공포와 애원이 넘치도록 흐르고 있었다.

"교수님, 그게 도대체 무슨 말씀입니까? 악기는 무생물입니다. 끊고 자시고 할 목숨이 없습니다. 만약 교수님께서 먹고 자고 새끼 치는 악기를 제게 보여주신다면 교수님의 말씀에 얼마든지 동의하겠습니다만 그렇지 않은 바에야……."

마타피 교수는 그만 화를 내었다.

"티르, 제발 농담은 삼가주시오. 난 도저히 그런 걸 참아줄 기분이 아니란 말이오."

"하지만 농담을 듣는 건 제 쪽인 것 같은데요. 도대체 악기의 목숨을 끊는다는 것이 무슨 말입니까?"

마타피 교수는 입술을 깨물더니 무릎에 놓아둔 아스레일 치퍼티를 도로 상자에 집어넣었다. 조심스럽게 상자를 닫은 교수는 의자에 몸을 기대며 천장을 바라보았다. 나는 교수의 술잔이 빈 것을 깨닫고는 술을 부었다. 아무래도 오늘은 측백나무관에서 지내야 할 것 같다.

교수는 고맙다는 듯이 고개를 끄덕이고는 말을 시작했다.

"어떻게 말해야 할지 모르겠군, 티르. 먼저 그 호라이즌이라고 하는 자가 저질러 온 일을 말해 주는 것이 좋을 것 같군. 그자는 이미 말했듯이 최고의 연주자요. 그 이름도 모르니 그가 황태자 전하의 결혼식에서 독주를 했다는 것은 당연히 모르겠군."

"그렇습니까? 정말 대단한가 보군요."

"그렇소. 그런데 그 정도로 대단한 연주자가 어느 날 파센 백작이라는 사람에게 찾아갔소. 파센 백작에게는 엔부루스라고 불리는, 역시 대단한 하프가 있었지. 호라이즌은 그걸 한 번 연주해 보고 싶다고 말한 거지."

"아, 바이올린이 아니라 하프도 연주하나 보지요?"

"모든 악기를 다 연주할 줄 알아요. 그것도 최고로. 도대체 이런 천재가 있나 싶을 정도지. 어쨌든 파센 백작은 뛸 듯이 기뻐했소. 생각해 보시오. 황태자 전하의 결혼식에서 연주했던 연주자가 그의 저택에서 연주하는 거요. 그것도 아무런 대가도 요구하지 않고 단지 연주해 보고 싶다는 이유로. 당연히 백작은 친지들과 친구들과 유력자들을 초청했지. 그리고 어느 아름다운 저녁, 백작가에서 연주회가 시작되었소."

"그리고 호라이즌은 준비해 갔던 단검을 꺼내어 그 하프의 심장을 단숨에 찔렀습니까?"

마타피 교수는 내 농담을 완벽하게 무시하며 차분하게 말했다.

"모였던 사람들 모두가 생전 처음 듣는 아름다운 연주를 듣게 되었소."

"아, 그렇습니까?"

"그래요. 사람들은 환호하고, 박수 치고, 심지어 울기까지 했소. 한 사람만 빼놓고 모든 이들이 열광했지. 그 사람은 바로 호라이즌이오. 연주를 끝낸 호라이즌은 시무룩한 얼굴로 아무 말 없이 돌아가 버렸소. 그 근사한 연주회의 소문을 들은 다른 명기의 소유자들은 저마다 앞다투어 호라이즌을 불러들였고, 호라이즌은 거절하지 않았어요. 그는 다른 이들에게도 생전 처음 듣는 음률을 들려주었소. 사람들은 항상 감동했지만 호라이즌만은 항상 시무룩한 얼굴로 돌아갔지."

"예, 그런데요?"

"끝이오."

"예?"

"완전히 끝났단 말이오. 일은 이런 식으로 진행되었소. 파센 백작가에 어느 날 다른 중견 연주자가 찾아온 거요. 연주회가 또 열렸지만 연주는 시원찮았소. 사람들은 그 중견 연주자에게 조소를 보내며 역시 호라이즌이 최고라고 말했지. 그 불쌍한 연주자는 심한 모욕을 당한 거지. 그런데 또 다른 연주자가 찾아왔소. 같은 일이 반복되었고, 사람들은 호라이즌 만세를 외쳤소. 그런데 또 다른 연주자가 그걸 연주할 기회를 얻게 되었지. 어쨌든 연주회는 항상 열리는 거니까."

"그리고 역시 호라이즌 만세가 되었습니까?"

"그래요. 하지만 모욕을 당한 세 연주자들이 어느 날 한자리에 모이게 되었소. 그들은 주저하면서 이야기를 나누었고 그리고 뭔가가 이상하다는 것을 느꼈지. 그들은 알고 있던 모든 음악가들을 불러들였소. 동료 음악가들에게 엔부루스를 연주해 주길 부탁했지. 그들은 세 연주자를 비웃으며 백작가를 찾아갔소. 그러곤 모두 모욕을 당한 채 돌아왔지."

"아니……"

"그제야 사람들은 뭔가가 이상하게 돌아간다는 것을 알게 되었지. 누가 연주해도 시원찮았소. 파센 백작은 조율사들을 불러들이고 최고의 연주자들을 불러들였소. 하지만 아무리 애를 써봐도 엔부루스는 더 이상 감동적인 음률을 내지 않았지. 최고의 연주자들이 모든 종류의 음악으로 미친 듯이 도전했는데도 말이오. 조율은 완벽했고 연주 또한 정확했소. 최고의 청음을 가진 자들이 음표 하나 틀리지 않았다고 보장했소. 모든 것이 정확했소."

마타피 교수는 끔찍한 표정으로 말을 맺었다.

"하지만 감동이 없는 거요."

난 멍한 표정으로 마타피 교수를 바라보았다. 교수는 괴로운 얼굴로 아스레일 치퍼티가 들어 있는 상자를 내려다보았다.

"이게 얼마나 많은 시간이 걸린 일인지는 짐작하겠지요? 그동안 호라이즌은 이미 무수한 명기들을 연주했소. 사람들은 조심스럽게 호라이즌이 연주했던 명기들을 검사해 보았고 모두 마찬가지였소. 누가 연주해 봐도 감동이 없는 거요. 불쌍한 엔부루스와 다른 명기들은 이미 죽어 있었던 거요."

마타피 교수는 술잔을 확 들이켰다. 너무 급하게 마신 탓인지 교수는 기침을 몇 번 하고 나서야 말을 이었다.

"사람들은 미심쩍어했지. 하지만 호라이즌은 멈추지 않았지. 그는 계속해서 서신을, 그러니까 조금 전 당신이 본 것 같은 서신을 보내었소. 그렇게 직접적으로 요청하는데 어떻게 발뺌하겠소? 게다가 사람들은 아직 반신반의하고 있었거든. 그래서 다시 명기를

24

내주었소. 호라이즌은 현악기든 타악기든 관악기든 가리지 않았소. 그들은 최고의 음악을 들을 수 있었지만, 그건 항상 그 악기들의 스완송이었소. 명기를 가진 사람들은 차츰 공포를 느끼게 되었지. 하지만 호라이즌은 계속해서 서신을 보냈소. 그리고 계속해서 악기를 죽였소."

마타피 교수는 처연한 눈으로 나를 쳐다보았다. 그리고 오른손은 아스레일 치퍼티가 든 상자를 꼭 누르고 있었다.

"알겠소, 티르? 호라이즌은 악기를 파괴하지 않아요. 죽여버리지. 그래서 그를 악기 살해자라고 하는 거요. 그리고 그 악기 살해자가 내게 서신을 보냈소. 이걸, 아스레일 치퍼티를 연주해 보고 싶다고 말하는 거요. 그리고 다음 달 아흐레에 그가 오는 거지. 티르, 이제 뭐가 어떻게 된 건지 알겠소?"

나는 스스로에 대해 환상을 품어야 할 때와 그러지 말아야 할 때를 잘 구별하는 편이다. 그리고 지금 상황은 분명히 후자에 속한다. 하지만 마타피 교수는 너무도 걱정스러워하고 있었고, 그래서 나는 어쩔 수 없이 전자를 선택했다. 나는 음률과 연주에 깊은 조예를 가졌다는 식의 얼굴을 하고서 말했다.

"이해는 됩니다만 그게 말이 되는 소리인지 모르겠습니다. 감동이 없다고요? 저, 교수님께서는 호라이즌이 항상 최고의 연주를 했다고 말씀하셨습니다. 정말 대단한 천재인가 보지요. 그렇다면 이렇게 생각해 볼 수 있지 않겠습니까? 사람들은 이미 최고의 연주를 들었기 때문에 그 다음 연주가 시원찮게 느껴진 겁니다. 악기가 죽는다느니 하는 말보다는 그게 훨씬 나은 설명인 것 같습니다."

"다른 어떤 음악가가 도전해도 감동이 없는데?"

"예쁜 소리가 안 납니까?"

"아니오! 그 악기들의 소리는 조금도 바뀌지 않았다고 말했잖

오버 더 호라이즌 25

소. 그 악기들은 예전과 똑같은 소리를 냈소. 다만 감동만 없었을 뿐이오."

나는 두 손 들었다는 시늉을 해보였다.

"악기가 바뀐 게 없다면 결국 듣는 사람의 문제잖습니까. 그들은 이미 최고의 연주를 들었기에 다른 것에서 감동을 못 느낀 겁니다. 간단하잖습니까? 이런 합리적인 설명이 있는데 악기 살해라는 우스꽝스러운 말을 택할 필요가 있을까요?"

"그중에서 호라이즌의 연주를 듣지 못했던 사람이 있다면?"

"예?"

마타피 교수는 면도하지 않은 턱을 쓸어 만지고는 억누른 목소리로 말했다.

"호라이즌이 연주했을 땐 듣지 못하고 두 번째 연주에만 참석한 사람들도 있소. 당연하잖아요. 모든 사람들이 모든 연주회에 항상 참석할 수는 없으니까. 그런데 두 번째 연주만 들었던 사람들도 뭔가 빠진 것 같은, 무감동한 음악만 들었단 말이오. 보시오, 티르. 호라이즌이 연주한 명기들을 조사했던 사람들도 당신과 똑같은 생각을 했어요. 그래서 일부러 호라이즌의 연주를 듣지 않았던 대가를 초청하기도 했소. 그런데 그 대가들 전부가 고개를 가로저었단 말입니다."

이로써 내가 생각해 낼 수 있는 것은 모두 다른 사람들이 생각해 낼 수 있는 수준의 것뿐이라는 사실이 증명되었다. 물론 나는 내가 다른 사람들보다 우월하지 못하다는 사실에 슬퍼하기보다는 다른 사람들보다 더 멍청하지 않다는 사실에 안도했다. 나는 의자에 몸을 기대며 창밖을 바라보았다.

바깥은 이미 캄캄해져 있었다. 눈보라는 더 이상 보이지 않았지만 건물 바깥에 부딪히는 소리들로도 아직 한참 퍼붓고 있음을 알

수 있었다. 으르렁거리는 암흑만이 측백나무관을 둘러싼 채 겨울의
영광을 노래하고 있었다.

난 생각난 듯 몸을 일으켜 벽난로 쪽으로 걸어갔다. 불길을 보살
피고 돌아오자 다시 입 안으로 술을 쏟아붓고 있는 마타피 교수의
모습이 보였다. 난 술병에 술이 얼마 남지 않았음을 보곤 그냥 내
버려두기로 결정했다.

"교수님, 아직도 잘 납득이 가지 않는군요. 왜 감동이 없다는 걸
까요?"

"어떤 이들은 호라이즌이 악기의 혼을 죽인다고 말하오. 악기공
이 불어넣은 악기의 혼 말이오. 혹은 호라이즌이 악기의 가능성을
다 소진시켜 버리기 때문에 다른 연주자들은 더 이상 가능성을 끌
어낼 수 없다고 말하는 사람도 있지."

이렇게 태연하게 의인법을 사용해 대니 듣는 사람이 혼란을 일
으키기 딱 알맞다. 난 교수의 화법에 말려들어 가지 않기 위해 가
장 상식적인 인물이 되기로 했다. 요 몇 년 동안 계속해 온 일이 그
것이었으므로 별로 어렵지는 않았다.

"교수님, 악기는 생물이 아닙니다. 적어도 저는 그렇게 주장하겠
습니다. 음악에 대해 잘 안다고 하진 않겠습니다만, 제 생각에 감
동은 음악 자체에서, 또는 그 연주자의 솜씨에서 나오는 것이지 악
기에서 나오는 것은 아닌 것 같습니다. 악기에서 감동이 나온다면
연주자는 아무 소용이 없게요? 누가 연주해도 마찬가지일 겁니다.
그리고 악기에서 감동이 나온다면 어떤 음악을 연주해도, 그러니까
도레미파만 반복해도 감동적이겠군요? 하지만 그렇지는 않을 겁니
다. 그러니까 감동은 연주자나 음악에서 나오는 거지 악기에서 나
오는 것이 아닙니다. 문제가 있다면 연주자의 실력이 없거나 선곡
의 잘못일 겁니다."

무거운 눈으로 나를 바라보던 교수는 고개를 가로저었다.

"아니오."

"예? 무슨 말씀입니까?"

"아니란 말이오. 똑같은 연주자가 똑같은 곡을 다른 악기로 연주했을 때는 감동이 있다면 어쩌시겠소?"

"……그렇게도 조사해 봤습니까?"

"그래요. 그러니 악기의 문제요. 호라이즌은 악기를 죽이는 거요."

결국 나는 호라이즌이 악기를 죽인다는 말을 받아들여야 했다. 더 이상 다른 반론을 생각해 낼 수 없었기 때문이다. 내가 알고 지내던 칼잡이들 중엔 실수로라도 농담이라곤 하지 않을 것같이 생겼으면서도 아주 엄숙한 얼굴로 '칼은 살아 있다.' 등의 망발을 하는 녀석도 있었다. 그것과 비슷한 것이겠지.

"알겠습니다. 그럼 교수님은 호라이즌이 그 아스레일 치퍼티를 '살해' 할까 봐 걱정하시는 겁니까?"

"그래요, 티르."

"젠장, 뭐가 뭔지 모르겠지만, 그렇다면 그냥 연주할 수 없다고 말하세요. 그 살해니 뭐니 하는 말씀은 미덥지 않습니다만, 그렇게 걱정스러우시면 호라이즌에게 연주하게 해줄 수 없다고 말씀하시면 되잖습니까."

"어떻게?"

마타피 교수는 도무지 이해할 수 없다는 표정으로 나를 바라보았고 난 약간 짜증스럽게 되쏘아주었다.

"어떻게는 뭐가 어떻게입니까. 그 바이올린의 소유자는 당신이잖아요. 주인이 안 보여주겠다는데 이유가 뭐가 필요하냐는 식으로 말씀하세요."

"그런 무례한 소리를 어떻게 하라는 거요?"

"교수님은 어제 이미 아인켈의 눈을 완전히 내려앉혔잖습니까. 그 정도 무례 가지고 뭘 그러세요."

내뱉듯 말하는 내 말을 듣던 마타피 교수는 크게 놀란 얼굴로 말했다.

"내가 아인켈을 어떻게 했다고?"

"오늘까지 붓기가 빠지지 않았다더군요. 정말 대단하신데요. 어떻게 트롤이 하루 동안이나 부어 있게 만들 수 있습니까? 젊었을 땐 상당하셨겠어요. 그나마 트롤이었으니 다행입니다. 아인켈도 고소할 생각보다는 교수님 걱정을 하고 있다더군요."

마타피 교수는 이마를 짚으며 신음을 흘렸다. '어쩐지 주먹이 쑤시더라' 어쩌고 하는 말을 꺼내놓는 교수를 보며 난 피식 웃었다.

"이제 교수님의 명성에 만만찮은 주먹의 전설도 덧붙여지겠지만, 그건 다음에 생각해 볼 일이군요. 제 말대로 하세요. 그렇게 걱정스러우시면 그냥 거절하세요. 만일 그게 힘드시면 저나 다른 친구들이 도와줄 수도 있습니다."

교수는 '그에게 사과해야겠어. 어떻게 사과하지?' 따위의 말을 중얼거리고 있었기 때문에 내 말을 듣지 못했다. 그래서 나는 한번 더 말해야 했다. 마타피 교수는 고개를 갸웃했다.

"도와주다니?"

"그 호라이즌이라는 친구가 들어오자마자 이 도시에서 줄행랑치게 만들어놓죠. 뭐 어렵겠습니까. 주먹이 근질거려서 자기 코라도 쥐어박겠다는 녀석들이 있잖습니까. 제가 약간만 손을 쓰면 적당히 시비를 만들어서……"

"당찮은 소릴!"

"아, 꼭 폭력적으로 해결하겠다는 말은 아닙니다. 적당히 겁만

주는 것, 어렵지 않습니다."

다른 곳도 마찬가지겠지만 이 소도시에도 개망나니 같은 형제들이 있다. 그런 구제가 필요한 형제들을 동원한다면 외부에서 들어온 이웃을 질리게 만드는 것쯤은 식은 죽 먹기다. 하지만 교수는 어리둥절한 표정을 지었다.

"아니, 어떻게 말이오?"

"예?"

"아아, 이런. 뭔가 착각하고 있군. 당신이 꼭 나서겠다면 난 당신과 그 주먹이 근질거린다는 청년들을 걱정해야 될 것 같소. 호라이즌이라는 그 엘프는 칼 쓰는 일이 지겨워져서, 더이상 적수가 없어서 음악을 시작한 인물이오."

내 얼굴이 꽤 웃겨보였던 모양이다. 시름에 잠겨 있던 교수도 부지불식간에 웃음을 터뜨렸으니까. 그는 힘없이 웃으며 고개를 가로저었다.

"게다가 그와 주먹이라도 겨뤄볼 기회는 없을 거요. 그렇게 돌아다니는 연주자에겐 경호원들이 있소. 그리고 따라다니는 제자들만해도 수십 명이고. 그것뿐인 줄 아시오? 대개 귀족가의 자제들인 그 제자들에게도 경호원들이나 하인들이 따라다니지. 티르, 당신은 악기를 다뤄보고 싶다는 열망만 가지고 달려오는 얼굴 하얀 샌님 정도를 생각하나 본데, 미안하게도 완벽한 오해요. 일개 군단에 가까운 귀족 여행객들이 찾아오는 거요."

또다시 말하지만 이 소도시는 정겨운 작은 공동체다. 그리고 그 구성원은 이런 거창한 일 같은 것은 꿈에도 생각할 수 없는 소박한 사람들이다. 그 분위기에 물씬 젖어 있던 나 역시 그런 거창한 무리들에 대해 상상도 할 수 없다. 맙소사. 그런 어마어마한 무리들이 이 작은 도시를 찾아온단 말인가?

"아이고, 교수님. 시장님에게 말씀하셨어야지요!"

"음? 어, 그렇군. 내 걱정에 빠져 있어서 그 생각을 못했군요. 시장님께서 뭔가 환영 준비를 하셔야겠군."

마타피 교수는 대수롭지 않다는 듯이 말했지만 이건 결코 대수롭지 않은 일이 아니다. 적어도 그 소식을 시장에게 전해야 하는 보안관 조수에게는. 내가 그 소식을 전하면 시장은 왜 이제서야 말하느냐며 분통을 터뜨릴 것이다. 다음 달 아흐레면 이제 3주 남았잖은가.

나는 급히 창문을 돌아보았지만 암담한 전망밖에 볼 수 없었다. 폭풍은 흉측하게 몰아치고 있었고 그 암흑과 바람을 뚫고 8킬로미터를 걸어가는 것은 내가 내 목숨을 소유할 자격이 없다고 선언하는 것이나 마찬가지인 것 같다. 내일 아침에 갈 수밖에 없다. 또 하루를 까먹는 것이며 시장은 내 사정 같은 것은 전혀 고려하지 않은 채 '어제 그 소식을 들었으면서 오늘 전하는 이유'를 추궁해 댈 것이다. 아아, 신이여.

눈을 떴을 때 주위는 고요했다.

나는 측백나무관 2층의 객실 침대에 누워 있었고 내 위로는 창문에서 새어 들어오는 달빛이 어둠을 묽게 만들고 있었다. 고요함과 달빛은 폭풍이 멎었다는 것을 나타냈고 나는 어리둥절해하며 침대에서 일어났다.

오래 묵은 가구들과 시늉뿐인 청소로는 다 치우지 못한 먼지에서 나오는 냄새가 살살 코를 간질이고 있었다. 측백나무관은 '관'이라는 거창한 이름에서도 알 수 있듯이 은퇴한 노교수 혼자 살기엔 너무 큰 집이다. 하지만 마타피 교수는 하인을 쓰지 않았다. 그가 하인을 쓸 정도로 부유하다면 자신에게 맞는 좀더 작은 집을 구입했을 것이다. 이 커다란 집은 교수의 오랜 친구가 그에게 무상으로 준 것이다. 지금까지는 쓸모없는 방들과 복도들이었지만, 다행히도 집이 크니 호라이즌 패거리들을 유숙시키는 것은…….

멍하니 상념에 잠겨 있던 나는 소스라치며 침대에서 일어났다. 그자들이 오고 있었다. 나는 지금이 몇 시나 되었을지 알아보기 위해 창가로 달려갔다.

차분히 내려앉은 어둠 사이로 달빛을 받아 하얗게 빛나는 정원이 눈에 들어왔다. 그리고 그 주위로 이 저택의 이름이 된 측백나무들이 희게 반짝이고 있었다. 눈을 가득 뒤집어쓴 측백나무들은 터무니없이 부드러워 보였다. 나는 잠시 지옥에서 오는 호라이즌 패거리와 히스테리를 카리스마로 착각하는 시장에 대해 잊은 채 멍하니 창밖을 바라보았다.

그때 저 아래쪽에서 무슨 소리가 들려왔다.

나는 저택 아래쪽을 바라보았다. 마타피 교수가 문을 열고 나왔다. 교수는 외투나 모자 같은 것은 걸치지 않은 실내복 차림이었고 손에는 가방을 들고 있었다. 교수가 정원을 가로지르는 동안 하얀 눈밭 위로 죽 이어진 그의 발자국이 새파랗게 반짝였다. 정원 중앙쯤에 선 교수는 멈춰서서 숨을 고르는 듯했다. 얼마 안 되는 거리였지만, 무릎까지 휘감기는 눈은 교수를 꽤 힘들게 만들었을 것이다. 잠시 후 허리를 편 교수는 가방을 열어 아스레일 치퍼티를 꺼내었다.

마타피 교수는 가방을 발 옆에 놓고는 아스레일 치퍼티를 턱에 괴었다. 활을 든 손을 옆으로 가볍게 뿌린 교수는 밤하늘을 바라보았다. 나는 창턱에 팔을 괸 채 부드럽게 웃으며 그 모습을 감상했다.

하지만 얼마 있지 않아 난 고개를 갸웃거리기 시작했다.

연주가 시작되지 않았다. 바이올린은 빈틈없이 턱에 괴고 있었지만 활을 쥔 오른손은 다리 옆에 늘어진 채 꼼짝도 하지 않았다. 무엇을 기다리고 있는 것일까. 청중의 준비? 그는 내가 바라보고 있다는 것도 모른다. 감정이 고조되기를 기다리는 걸까? 하지만 주위는 차고 희게 반짝이는 무채색의 밤 풍경뿐이었고 그 속에서 어떻게 감정이 고조될 수 있는지는 나도 잘 모르겠다. 바람은 멎었지만 기온은 몹시 낮았고 따라서 가만히 서 있어 봤자 감정이 고조되기는커녕 다리가 얼어붙을 것이라는 게 내 판단이었다. 그는 묵묵히 앞을 바라보고 있을 뿐이었다. 교수의 뒤통수에 고정되어 있던 내 눈은 잠시 망설이다가 곧 주위를 방황하기 시작했다.

그믐달은 어두운 밤하늘에 매달린 고드름이 되어 있었고 그 미약한 빛 말고는 별빛조차 찾기 어려웠다. 하지만 산과 들판과 경작지와 집들과 묘지를 뒤덮은 눈은 은은한 빛을 뿜어내어 대지를 어둠 위로 떠오르게 했다. 저기 어디쯤 얼어붙은 네펜지스 강이 있겠지만 눈 때문에 잘 보이지 않았다. 너무도 고요하고 차가운 공기 속에 나는 시내의 잠 못 이루는 누군가가 침대에서 뒤척거리는 소리까지 들을 수 있을 듯한 기분을 느꼈다. 혹은 은퇴한 음악 교수의 맥박 소리까지도. 하지만 그런 것은 들려오지 않았다.

교수는 아직까지도 잘못 돌아난 측백나무처럼 서 있었다. 그 모습엔 온세계를 가득 채운 고요함 속에서 불안하게까지 느껴지는 이질적인 고요함이 있었다. 혹 그대로 얼어붙은 것은 아닌가 하는 걱정이 들 무렵, 교수는 턱에 괴고 있던 아스레일 치퍼티를 천천히 떼었다. 그리고 교수는 가방을 열어 바이올린과 활을 집어넣고 천천히 닫았다. 가방을 들어올린 교수는 느린 걸음으로 현관을 향해 걸어왔다. 문소리가 나고 다시 측백나무관은 고요해졌다.

이파리 보안관은 출근하는 조수를 바라보다가 고개를 갸웃했다.

"그건 뭐야?"

"소란다스 부인이 맛이나 보라며 주더군요."

"소란다스 부인이 왜?"

"대로에서 아랫도리가 홀랑 벗겨진 채 엉엉 울고 있는 율피트를 발견해서 집까지 데려다줬거든요."

"……순찰중에 요란하스 가에 들러보지. 미레일 맞지?"

"두말하면 잔소리죠."

난 보안관의 책상 위에 들고 있던 그릇을 내려놓았다. 이파리 보안관은 뜨개질하던 스웨터를 옆에 내려놓고는 그릇 안에 담겨 있던 군밤을 꺼내어 껍질째 입 안에 던져넣고 우물거렸다.

"어제는 측백나무관에서 잤나?"

나는 고개를 끄덕이고는 망토와 장검, 외투 등을 벽걸이에 걸어놓았다. 그리고 난로 옆에 놓인 의자에 걸터앉으며 내가 가져온 소식을 어떻게 하면 가장 자연스럽게 꺼내놓을 것인가 고민했다.

그리고 10분 후 우리 도시의 자랑스러운 보안관은 머리를 감싸쥔 채 번뇌하기 시작했다.

"악기 살인마라니, 도대체 그게 뭔 소리야? 누가 들으면 사람 머리 위에 피아노를 떨어뜨리는 녀석으로 알겠군."

"악기 살해자입니다. 그리고 그건 별로 중요한 것이 아닐 텐데요. 중요한 건 그 악기 살해자 호라이즌이 수십 명의 귀족 자제들을 양 떼 몰 듯이 몰고 다닌다는 점입니다. 저는 시장님이 그 사실을 알아야 한다고 생각합니다."

"어서 뛰어가."

"보안관님, 제발 보안관 조수 좀 살려주십시오. 시장님은 저를 잡아먹으려 할 겁니다. 오늘 아침 8킬로미터나 되는 눈밭을 걸어온 것만 해도 벌써 힘들다고요. 남은 군밤 다 드릴 테니 좀 봐주십시오."

이파리 보안관은 투덜거렸지만 사람 좋은 오크답게, 혹은 내가 마지막에 전략적으로 끼워넣은 말 때문에 의자에서 일어났다. 군밤을 모두 쓸어담아 외투 주머니에 쑤셔넣은 보안관은 뭐라 혼잣말을 중얼거리며 사무실을 나갔다. 난 보안관이 남겨놓고 간 뜨개질 바구니를 흘끔 쳐다보고는 그것을 집어들었다. 그리고 난롯가에 다리를 뻗고 멍한 표정으로 뜨개바늘을 놀리며 마타피 교수와 아스레일 치퍼티에 대해 생각해 보기 시작했다.

그리고 불현듯 나는 마타피 교수와 3000만 렐에 대해 생각해 보고 있는 나를 발견하곤 깜짝 놀랐다.

머리를 가로저으며 상상의 고리를 끊어보려 애썼지만 상상은 진득한 거미줄처럼 머리에 붙은 채 떨어지지 않았다. 내 머릿속으로는 봄의 들판을 가볍게 걸어가는 티르 스트라이크와 그의 주머니에 든 3000만 렐의 모습이 그려지고 있었다. 모두가 알다시피 이 조그마한 도시에서 이파리 보안관보다 더 칼을 잘 쓰는 사람은 없고, 나밖에 아무도 모르지만 나는 세 명의 이파리가 동시에 덤빈다 해도 거꾸러뜨릴 수 있다. 이것은 잘난 체하는 것이 아닌 담담한 사실의 토로다. 게으른 고양이 흉내를 내며 몇 년 동안 얌전히 지냈지만 그 고양이는 한때 제국군 제12군단의 검술 사범이었다.

눈이 예쁜 빨강머리가 아니었다면 나는 아직도 그 자리에 앉아 있었을 것이다. 하지만 나는 그 빨강머리에 얹어놓을 값비싼 모자를 꼭 사야 했다. 그런 내 눈에 군수품은 임자 없이 쌓여 있는 노다지 또는 값비싼 모자로 보였다.

나는 쫓겨났고, 빨강머리는 내가 사준 모자를 쓴 채 다른 남자의 팔짱을 끼고 사라졌다. 나는 나 자신도 용서했고 빨강머리도 용서했지만 그 빨강머리의 팔짱을 낀 녀석은 용서하지 못했다. 이미 정나미가 떨어져 버린 빨강머리 때문은 아니다. 어떤 친절한, 혹은 악마 같은 친구의 도움으로 나는 녀석이 나의 밀고자였던 것을 알게 되었다. 아아, 너무도 통속적인, 창의력이라고는 눈곱만치도 없던 나의 연적이여.

가끔 놈이 왼쪽 눈을 어떻게 가리고 다닐지 궁금해하곤 한다. 나는 정당한 결투라고 주장했고 그렇게 주장하는 사람은 나뿐이었다. 이 개척 도시까지 도망친 것은 목숨의 보존 때문이라기보다는 우울한 추억과의 거리 두기였다.

하지만 추억은 이제 바래지고 있었고 이 소도시는 지긋지긋하다. 이파리 보안관의 추천장보다는 3000만 렐을 주머니에 넣고 떠나는 것이 더 행복하지 않을까? 실로 그러하다. 누가 나를 막고 누가 나를 추적하겠는가. 은퇴한 음악 교수? 지금쯤 시장에게 박살나고 있을 보안관? 뜨개질 솜씨는 훌륭하지만 칼 솜씨는 고만고만한 그 늙은 오크가? 뜨개질을 떠올린 나는 문득 무릎을 내려다보았고 곧 한숨을 쉬었다. 젠장. 몇 코를 빼먹은 거야? 이파리 보안관이 짜넣던 정교한 이중 다이아몬드 무늬가 무참하게 깨져 있었다.

그리고 방문객은, 내가 도로 풀어낸 뜨개실의 홍수 속에서 허우적거릴 때 찾아왔다. 문 여닫는 소리가 났지만 난 실을 감느라 바빴고 그래서 고개를 들지 않았다. 하지만 계속 그러고 있을 수는 없었다.

"실례하겠습니다. 여기가 보안관 사무실인가요?"

나는 깜짝 놀라 고개를 들었다. 여기가 보안관 사무실이냐고 묻는 사람이라면 이곳 사람이 아닌 것이다. 내 추리대로 문 쪽에는 처음 보는 여자가 서 있었다.

검은 외투 아래의 몸은 날씬하다기보다 약간 마른 편이었고 검은 털모자 아래로는 치렁한 금발과 더불어 엘프를 나타내는 삐죽한 귀가 살짝 나와 있었다. 엘프의 아름다운 얼굴은 이 추위에도 별로 상기되어 있지 않았고, 그래서 내 눈을 퍽 즐겁게 했다. 여자의 모습을 음미하며 움직이던 내 눈이 여자의 손에서 잠시 멈췄다. 여자는 양손에 가방을 들고 있었는데 오른손에는 어제 측백나무관에서 본 것과 비슷한 가방이 들려 있었다. 바이올린 가방이었다.

나는 감던 실뭉치를 바구니 안에 집어넣으며 일어났다.

"예, 그렇습니다. 저는 보안관 조수 티르 스트라이크라고 합니다. 이곳 분이 아닌 것 같은데, 무슨 일로 오셨습니까?"

여자는 아무 말 없이 걸어와서는 내게 바이올린 가방을 내밀었다. 나는 어리둥절해하며 가방을 받아들고는 다시 여자를 쳐다보았고, 그러곤 더 놀랐다. 여자는 외투 앞단추를 풀고 있었다. 내 시선을 느낀 엘프는 고개를 갸웃하며 말했다.

"열어보셔야죠?"

"왜요?"

"예? 말씀하셨듯이 저는 외지인이에요. 그러니 무기가 들어 있지 않나 보셔야지요?"

물론 제국법은 무기 소지 허가에 대해 엄격하며 사람들이

'나' 라는 인간이 아닌 내가 차고 다니는 '장검' 에서 권위를 느끼는 것도 바로 그 때문이다. 그리고 여자가 말했듯이 이것은 새로운 도시에 들어갈 때의 조처이긴 하다. 하지만 난 이해할 수 없었다.

"이건 바이올린 가방이잖습니까? 그리고 이렇게 주시는 것을 보니 안엔 바이올린밖에 없겠군요?"

외투를 벗어 팔에 걸치던 엘프는 깜짝 놀랐다는 듯이 나를 올려다보았다.

"어머? 놀랍군요. 이런 시골에서……. 아, 용서하세요. 내가 앞서 지나온 마을들에선 전부 그게 뭔지 몰라 열어보라고 하더군요.

계속 그런 경우를 당하다 보니 지겨워져서 아예 처음부터 건네드린 거예요."

난 그제야 여자의 행동을 이해했고 미소를 지을 수 있었다. 이곳까지 오는 동안 이 여자가 지나왔을 마을에선 당연히 이 가방이 뭔지 몰라 의심했을 것이다(나조차도 어제 이런 가방을 보지 않았으면 똑같이 행동했을 것이다.). 그리고 여자가 외투를 벗은 것 역시 장검을 가지지 않았다는 것을 보여주기 위함일 테고.

내 미소를 본 엘프는 따라웃으며 제자리에서 한 바퀴 획 돌았다. 머리카락과 치맛자락이 경쾌하게 떠올랐고, 나는 휘파람을 불까 하다가 꾹 참으며 말했다.

"예, 장검은 없으시군요."

멋지게 한 바퀴 돈 여자는 왼손을 들어올리며 말했다.

"이 가방 속은 안 보여드려도 되겠지요?"

여자의 왼손에 들려 있는 것은 그야말로 평범한 가방이었고 제국법이 금지하는 장검이 들어갈 공간은 없어 보였다. 나는 선선히 고개를 끄덕이며 여자가 외투를 다시 걸치기를 기다렸다. 다시 외투를 입은 여자는 외투 주머니에서 서류를 꺼내어 내게 내밀었다.

여자가 내민 것은 여행증과 신분 증명서였다. 엘프다운 고지식한 처사라고 생각하며 난 속으로 빙그레 웃었다. 몇 년 전의 나는 여행증 같은 것은 가지고 있지도 않았지만 이파리 보안관은 아무 상관 하지 않았을 뿐만 아니라 보안관 조수로 받아들이기까지 했다. 하지만 나는 정중히 그것을 받아든 다음 꼼꼼히 읽는 척했다.

덕분에 나는 그 여자가 그레올 산맥 부근에서 태어난 루레인라는 이름의 엘프이며 방년 194세라는 것도 알게 되었다. 엘프의 10년을 인간의 1년 정도로 보면 되니까 방년은 방년이지만, 그래도 난 그 부분에서 약간 주춤할 수밖에 없었다. 그리고 여행증에는 벨컨 공작의 이름으로 그녀가 벨컨 공작령에서 이곳까지 여행하는 것을 인정하며 후원한다는 내용이 고풍스럽게 적혀 있었다.

나는 짐짓 관료다운 표정으로 고개를 끄덕이며 그녀에게 여행증과 신분 증명서, 그리고 바이올린 가방을 돌려주었다.

"더 도와드릴 것이 있습니까, 루레인 양? 목적지가 어디신지요?"

"예, 랜돌 마타피 교수님 댁이 어딘지 알려주시겠어요?"

바이올린 가방을 봤을 때부터 이런 질문이 나올 거라 짐작했기 때문에 크게 놀라지는 않았다. 하지만 나는 약간 의아할 수밖에 없었다. 어쨌든 고지식한 엘프가 방문 예고도 없이 찾아오지는 않을 것이다.

"이상하군요. 저는 바로 어제 교수님을 뵈었는데 누가 찾아올 거란 말씀은 없으시던데요. 아, 물론 어제 교수님이 여러 가지로 불안한 상태이긴 하셨습니다만."

루레인은 얼굴을 찌푸렸다.

"아, 저는 워낙 다급해서 미리 서신을 보낼 시간이 없었어요. 그런데 교수님이 불안해하신다고요? 혹시 아실지 모르겠습니다만, 그분께 무슨 편지가 오지 않았나요?"

나는 뭔가가 맞아돌아간다는, 하지만 동시에 그게 뭔지는 모르겠다는 생각을 하며 고개를 끄덕였다.

"예, 호라이즌이 서신을 보냈습니다."

루레인은 놀란 표정으로 말했다.

"어떻게 보낸 사람 이름까지 아시죠? 티르 씨는 교수님과 가까운 분이신가요?"

"아니요. 하지만 말씀하셨듯이 여기는 시골이고 이런 곳에선 다 가족 같답니다. 이웃집 숟가락 숫자까지 다 아는 곳이니까요. 그리고 솔직히 말씀드리자면, 저는 어젯밤 그분과 술 한잔 하면서 그 편지에 대해 이야기를 나눴습니다."

"그래요? 그럼 그가 언제 온다고……. 아니, 교수님께 여쭤보면 되겠군요. 교수님 댁은 어디죠?"

난 보안관 사무실 바깥으로 나가서 측백나무관으로 가는 길을 상세히 가르쳐주었다. 루레인은 인사하고 눈 덮인 대로를 지나 저 편으로 떠났다.

이파리 보안관은 시장에게 박살이 난 다음 오후 늦게야 풀이 죽 은 얼굴로 돌아왔다. 물론 요란하스 가에 들러 미레일에게서 바지 와 속옷을 회수하여 소란다스 가에 돌려주고 오느라 시간이 더 지 체되기도 했다. 그동안 나는 스웨터의 앞판을 다 떠놓고 뒷판을 시 작하고 있었다.

이파리 보안관은 난롯가에 무거운 몸을 앉히며 중얼거렸다.

"별일 없었냐."

"어쩌기로 했습니까?"

"이 도시가 생긴 이래 최고의 연주회를 개최하기로 했다. 오래 살다 보니 별 걸 다 구경하게 되었군."

난 뜨개질감을 내려놓고 보안관을 똑바로 바라보았다.

"그게 무슨 말입니까? 누구 맘대로 그걸 결정했다는 거죠?"

젖은 장화를 힘겹게 벗던 늙은 오크는 어리둥절한 표정으로 나 를 돌아보았다. 난 대바늘 하나를 들어올려 측백나무관이 있는 방 향을 가리켜보였다.

"아스레일 치퍼티는 교수의 물건이라고요. 마타피 교수가 허락 하지 않으면 호라이즌은 거기에 손도 댈 수 없어요. 그리고 교수는 호라이즌이 악기 살해자라고 믿기 때문에 그걸 내주지 않으려 할 겁니다."

"무슨 소리를 하는 거냐? 마타피 교수는 안 내어줄 수 없다고 생각한다며? 그게 음악가들의 예의라고…….."

나는 잠시 보안관을 바라보며 생각에 잠겼다. 나는 모든 사실을 정확하게 전했지만, 내가 전한 건 사실들뿐인 모양이다. 나는 이 사태에 관련된 사람들(그래 봐야 마타피 교수 한 명뿐이지만)의 심리적인 면에 대한 내 해석은 아무것도 전하지 않았다. 그러니 당황한 시장이 '귀하신 분들이 친히 왕림하사 이 소도시에서 연주를 하고자 하니 훌륭한 연주회가 되도록 적극 노력해야 한다.'고 판단해버렸다고 그를 탓할 수는 없었다.

나는 내 추리를 대충 들려주었고 보안관은 자기 송곳니를 톡톡 두드리며 내 말을 경청했다. 그러곤 진중하게 말했다.

"좋아, 티르. 넌 자기 생각을 똑바로 전달하는 걸 잘 못하니 내가 도와주지. 교수를 도와야 될 것 같으냐? 그게 옳은 일인 것 같냐?"

"교수는 두려워하고 있습니다. 우리 친구인 마타피 교수가요. 그리고 그 호라이즌이라는 친구는 아스레일 치퍼티를 연주하지 못하게 되더라도 별 손해가 없을 것 같은데요. 그렇게 훌륭한 연주자라면 지금까지 그래 왔던 것처럼 다른 명기를 찾아갈 수 있을 것 아닙니까. 그렇다면 우리가 누굴 도와야 될 것 같습니까."

"망할 녀석, 넌 아침에 그런 말 안 했잖아?"

"말씀하셨다시피 전 제 생각을 제대로 전달하지 못하니까요."

보안관은 잇소리를 좀 내면서 다리를 죽 뻗었다. 내가 대바늘로 등을 긁으며 보안관의 우람한 발톱들을 바라보고 있는 동안 이파리 보안관은 벽에 걸린 낡은 그림을 멍청히 바라보았다. 그 그림은 안셀이 자신에게 화가의 자질이 있다는 착각에 빠져 있을 무렵 강제

로 구입하게 만든 물건이고, 안셀의 그림들 중에선 유일하게 남아
있는 것이기도 하다. 다른 사람들은 억지로 떠맡게 된 그림들을 분
실하거나 파괴해 버렸지만 보안관은 아직도 사무실 벽에 걸어두고
있다. 안셀과의 의리 때문이 아니라, 사무실의 내부 장식에 아무런
관심이 없기 때문이다. 따라서 비록 그의 조그마한 눈이 그 그림을
향해 있을지언정 그가 보고 있는 것은 그림이 아닌 자기 내면일 것
이었다. 그 속에서 이 늙은이는 해묵은 기억들로 이루어진 자신만
의 판례집을 펼쳐 이 상황에 어울리는 판례를 찾고 있는 것이다.
물론 그 판례집이라는 것이 별로 거창한 것은 못 된다. 예를 들자
면 '미크루가 스니의 닭을 죽였을 때 내가 어떤 결정을 내렸더라?'
하는 식이다. 노인들이 말하는 경험에서 우러나오는 지혜라는 건
대개 이런 것을 말한다. 젊은이는 과거가 없기에 신념에 기대고 늙
은이는 미래가 없기에 경험에 기댄다.

　다시 뜨개질을 시작한 내가 스웨터 뒷판을 신나게 짜올리고 있
을 때 이파리는 트림을 하며 나를 돌아보았다.

　"티르, 아무래도 확답을 받아야겠다. 우리가 그를 위해 뭔가를
해주려고 해도 그가 뭘 원하는지 정확하게 알아야 되지 않겠냐. 그
렇잖으면 주제넘게 나서는 일이 될 뿐이지. 가서 교수를 좀 모셔
와. 초니의 술집에서 친구들끼리 카드나 하며 이야기 좀 해보자
고."

　"어렵겠습니다. 오늘 교수에게 손님이 찾아왔어요."

　나는 루레인의 방문에 대해 간략하게 말해 주었다. 이파리는 또
다른 음악가가 찾아왔다는 말에 고개를 갸웃하고는 곧 시골 보안관
다운 결정을 내렸다.

　"그럼 뭐 먹을 거라도 좀 싸들고 우리가 찾아가야겠구나. 교수의
살림이 얼마나 궁색한데. 우리가 그의 손님 맞이를 도와야지. 난

나가서 친구들을 좀 모아야겠다. 참, 그 엘프 아가씨는 귀족처럼 보였어?"

"귀족이면 혼자 여행하진 않았겠지요."

이파리는 고개를 끄덕이며 사무실을 나섰다.

일찌감치 사무실 문을 닫은 우리는 오랜 친구들 몇 명과 함께 측백나무관으로 걸어갔다. 이 오랜 친구들을 유지라거나 상류층이라고 여길지도 모르지만 아쉽게도 그 호칭은 어울리지 않는다. 터줏대감들이라고 부르는 편이 나을 것이며, 우리들에 비하면 차라리 마타피 교수가 상류층에 가깝다. 어쨌든 우리들 중 보안관과 나 이외엔 권력자는 아무도 없었고 아무도 우리 두 사람을 권력자라고는 생각하지 않는다. 보안관과 나는 상류층도 중류층도 하류층도 아닌 층위를 초월한 존재이며, 다시 한번 강조해 두지만 오로지 '정의와 상식과 윤리의 옹호자' 일 뿐이다. 그리고 그 나머지는 술집 주인 초니, 우체국장 아인켈, 시인 안셀(이 말은 안셀이 요즘 들어 자신을 시인이라고 생각하기 시작했다는 말이다.), 그리고 버나드 교장이었다. 어두운 밤길을 걸어가는 동안 버나드 교장은 미레일과 율피트가 학교에서 벌인 장난들을 이야기해 주며 우릴 웃겼다. 그리고 안셀은 그 이야기에서 시상을 얻었다고 주장함으로써 우리를 포복절도하게 만들었다.

측백나무관을 얼마 남겨놓지 않았을 때였다.

안셀이 갑자기 발걸음을 멈췄다. 우리는 그가 또 뭔가를 보고 시상을 떠올렸겠거니 생각하며 농담을 건네려 했다. 하지만 안셀은 입술에 손가락을 세워보였다.

"소리가 들리는데."

"뮤즈의 속삭임이?"

"농담이 아냐. 측백나무관 쪽에서 음악 소리가 들리는데."

우리는 눈을 끔뻑거리며 서로를 쳐다보았다. 우리 귀에는 아무 소리도 들리지 않았지만 우리들 중 그 그레이 엘프보다 더 귀가 좋은 사람은 없었다. 난 음악가가 둘이나 있으니 뭐 연주 소리쯤 들려오는 것도 이상할 것 없다고 말했고, 일행은 내 추리에 찬성하며 다시 발걸음을 옮겼다. 그러나 얼마 있지 않아 가장 귀가 어두운 아인켈도 바이올린 소리가 들린다고 말했다.

측백나무관이 눈에 들어오자마자 우리는 모두 동시에 발걸음을 멈췄다.

눈이 소복이 쌓인 정원이 눈앞에 들어왔다. 하인이 없는 마타피 교수는 눈을 치우고 싶어도 그러지 못했을 테고, 어차피 찾아오는 이도 별로 없는 만큼 그냥 내버려뒀을 것이다. 그 새파랄 정도로 하얀 눈밭 가운데서 작고 검은 여인이 서 있었다. 루레인이었다. 낮에 보았던 검은 외투는 걸치고 있었지만 모자는 없었고 그래서 그녀의 치렁치렁한 머릿결이 마음대로 쏟아지고 있었다. 분명 금발로 기억하지만 눈밭의 흰 반사광 속에서 그 머릿결은 연보랏빛으로 물결쳤다. 그리고 그녀의 턱에는 바이올린이 괴어져 있었다. 루레인은 우리들에게서 등을 돌린 채 건물을 향해 연주하고 있었다. 현관 앞 계단에는 마타피 교수의 웅크린 모습이 보였다. 교수는 고개를 약간 숙인 채 루레인의 연주를 듣고 있는 듯했다.

커다란 측백나무관 어디에도 불빛은 없었고 그 건물의 검고 거대한 모습은 어둠 속으로 물러나 있었다. 달빛도 별빛도 없는 가운데 빛은 모두 땅에서, 흰 눈밭에서 쏟아져 올라오는 빛뿐이었다. 밤하늘은 보이지 않았고 측백나무 역시 어디론가 사라져 눈에 들어오는 것이라고는 눈밭과 그 끄트머리에 있는 계단, 그리고 루레인과 마타피 교수뿐이었다. 검은 우주 속에 오직 눈밭과 계단과 그들만 존재하는 것 같았다.

그리고 음악이 있었다.

우리는 어색한 표정으로 서로를 쳐다보았다. 우리 손에 들려 있는 치즈와 포도주, 그리고 시드 케이크 따위의 야식거리들이 쓸데 없는 잉여물, 가당찮은 모욕으로 느껴졌다. 그것은 아무리 봐도 봉헌 예물이 될 수 없었고, 우리들이 조금 전에 본 제의(그것이 아니면 뭐라 불러야 할까?)에 어울릴 봉헌 예물이 어떤 것일지 추측해 내는 것은 내 능력 밖의 일이었다. 장대한 우주의 비밀이 얼핏 드러났던 것만 같은 그 순간에 버나드 부인의 (약간 탄) 시드 케이크라니. 연주가 끝나고 마타피 교수가 우리를 부르지 않았다면 우린 밤새도록 그렇게 서 있다가 아침 햇살에 모두 녹아버리고 말았을 것이다. 못된 눈도깨비처럼.

"모두들 웬일이시오?"

정신을 차리자 우리는 측백나무관의 식당에 모여앉아 있었다.

마타피 교수는 식당의 벽난로를 지피고 있었고 우리는 벌을 기다리는 학생들이나 된 것처럼 무릎을 바싹 붙인 채 커다란 식탁 주위에 모여앉아 있었다. 다시 식탁으로 돌아온 마타피 교수는 부드럽게 웃으며 우리들이 가져간 음식물들을 펼쳐놓았다. 그러고는 지나가는 말처럼 말했다.

"왜 그렇게들 뭉쳐앉아 계시오?"

우리는 깜짝 놀라 서로를 쳐다보았다. 우리 여섯 명은 모두 식탁 왼편에 모여앉아 있었고 반대편에는 교수뿐이었다. 특히 가관인 것은 아인켈이었는데, 아인켈은 식탁 저편에 트롤 손님용의 큰 의자가 있음에도 작은 의자에 몸을 구겨넣다시피 하고 앉아 있었다. 그리고 주위를 둘러보던 나는 그제야 루레인이 이 자리에 없음을 깨달았다. 나는 교수에게 질문했다.

"루레인 양은 어디 계시지요?"

"어라? 티르, 어떻게 이름을 아시오?"

나는 낮의 일을 간략히 말했고 교수는 고개를 끄덕였다.

"아아. 그녀는 응접실에 있을 거요. 수고스럽지만 나가서 좀 불러와 주겠소?"

루레인은 응접실의 의자에 앉아서 뭔가를 만지작거리고 있었다. 나는 헛기침을 했고 고개를 숙이고 있던 루레인은 나를 올려다보곤 살짝 웃어보였다.

"안녕하세요, 티르입니다. 낮에 뵈었지요. 여기서 뭐하고 계십니까? 식당으로 오시지 않고서."

루레인은 턱으로 창가를 가리켜보였고 그곳엔 그녀의 바이올린 상자가 열린 채 놓여 있었다. 나는 고개를 갸웃했고 루레인은 차분하게 설명했다.

"급격한 온도 차는 바이올린에게 안 좋아요. 다른 때는 괜찮지만 겨울철엔 실내외의 온도 차가 커서 여러 가지로 조심해야 해요. 저건 조금 전까지 차가운 바깥에 있었으니, 잠시 저대로 뒀다가 내 방에 옮겨놓고 나서 식당으로 갈 생각이었어요."

나는 그녀의 건너편 의자에 걸터앉았다. 그리고 나는 그녀가 만지작거리는 것이 활임을 알 수 있었다. 내가 보기에 그녀는 활털을 느슨하게 해놓는 것 같았다. 내가 질문하자 그녀는 고개를 끄덕이며 말했다.

"예, 연주가 끝나면 이렇게 해놓아야 해요."

"정말 손이 많이 가는 악기인가 보군요. 아, 참. 연주 정말 잘 들었습니다."

"고마워요."

"그런데 왜 바깥에서 연주하셨습니까? 말씀하셨듯이 추운데요. 바이올린은 잘 모르겠습니다만 루레인 양에 대해서는 확실히 걱정

되더군요."

"사정이 있어서요."

나는 고개를 끄덕이며 입을 다물었다. 이 응접실은 건물 안이긴 했지만 불을 피우지 않아 싸늘했다. 루레인의 말마따나 외부와의 급격한 온도 차를 피하는 데는 좋겠지만 앉아 있기엔 좀 힘든 자리였다. 하지만 루레인은 엘프답게도 아무렇지도 않은 얼굴이었고 나는 왠지 물어볼 것이 많다는 생각이 들었다.

"저, 루레인 양이 음악가이시니 묻겠습니다만 혹 호라이즌에 대해 아십니까?"

루레인은 활대를 조심스럽게 내려놓고는 나를 물끄러미 바라보았다.

"그자는 아스레일 치퍼티를 연주할 수 없을 거예요."

"왜지요?"

"내가 그것을 가져갈 테니까."

먼 곳, 네펜지스 강 하류 어디에서부터 다시 북서풍이 불어오는 듯한 소리가 들려왔다. 나는 흠칫한 표정으로 창문을 쳐다보았지만 그곳엔 밤하늘로 추정되는 캄캄함이 가득할 뿐이었다.

"그걸 구입하실 겁니까? 3000만 렐이라고 들었는데, 루레인 양은 부유하신가 보군요."

"그런 돈은 없어요. 그리고 돈으로 사려면 아무리 많은 돈도 모자랄 테고. 하지만 나는 교수님보다는 그걸 잘 보호할 수 있어요. 호라이즌으로부터 말이에요."

"어떻게요?"

"나도 연주자니까요. 그리고 호라이즌과 마찬가지로 엘프고. 나는 몇백 년 동안 그의 요구를 거절할 수 있어요. 호라이즌이 죽을 때까지."

나는 뒤통수가 약간 서늘해지는 기분을 느꼈다.

"그럼 당신은 당신의 인생으로 아스레일 치퍼티를 사겠다는 겁니까?"

루레인은 눈을 조금 크게 떴다가 가늘게 하며 부드럽게 웃었다.

"틀린 말은 아니지만, 그렇게 거창하게 말할 필요는 없을 거예요. 그냥 내가 다른 연주자들보다 나은 점을 가졌다는 점을 지적하고 싶은 거죠. 다른 연주자들도 거절할 수는 있겠지만 그들은 호라이즌보다 먼저 죽게 될지도 모르지요. 나의 경우엔 사고를 만나지 않는다면 그런 일은 없어요."

"왜 연주자는 호라이즌의 요구를 거절할 수 있다는 거죠?"

"예? 아……, 아스레일 치퍼티를 소유한 사람이 단순히 소유자라면, 호라이즌은 좋은 악기는 좋은 연주자를 만나야 한다는 점을 들어 그걸 만져보고 싶다고 할 수 있을 거예요. 하지만 아스레일 치퍼티를 소유한 사람이 같은 연주자라면, 그것도 제법 이름이 난 연주자라면 호라이즌은 그런 말을 할 수 없겠지요. 내가 당신보다는 잘 연주할 수 있다고 말한다면 그게 설령 사실일지 몰라도 너무 무례한 말이 되지 않을까요. 그리고 그가 무례를 무릅쓰고 그렇게 말한다 해도 그 경우엔 내가 격노하여 거절할 수 있겠지요."

무슨 말인지 이해할 듯하다. 나는 고개를 끄덕였고 동시에 조금 전의 상황을 떠올렸다.

"그래서 조금 전……?"

"예. 조금 전 저 바깥에서 연주했던 것은 그 때문이지요."

나는 루레인을 똑바로 바라보았다. 루레인은 머리카락을 쓸어넘기며 한숨을 살짝 내쉬었다.

"교수님은 이제 내가 아스레일 치퍼티를 가질 만한 연주자인지 판단해야 될 거예요. 여러분들이 오시지 않았다면 나는 이미 대답을 들었겠지요. 뭐, 여러분들이 오셔서 다행이라고 생각하고 있어요. 그 대답을 좀 천천히 들었으면 하니까."

아스레일 치퍼티가 무엇이고 악기 살해는 대관절 무엇이기에 이 여자는 이렇게 그것을 막으려 드는가. 마타피 교수의 태도나 루레인의 태도 앞에서 나는 이제 더 이상 악기 살해가 사람들의 착각이라는 식의 견해를 유지할 수 없게 되었다. 그건 실제로 일어나는 일인 모양이다. 호라이즌은 정말로 악기를 죽이는 것이다. 하지만 있지도 않은 것은 없앨 수 없다. 악기는 무생물인데 왜 죽인다는 말을 쓴단 말인가. 그것이 실제로 일어나는 일이긴 한 모양이지만, 살해라는 용어는 사용되지 말아야 한다. 듣는 사람을 곤혹스럽게 만든다.

"호라이즌은 악기의 무엇을 죽인단 말입니까?"

"생명."

"악기는 생명이 없어요. 그건 그냥 물건입니다. 파괴라고 해야 해요."

"호라이즌은 악기의 어떤 부분도 파괴하지 않아요. 그건 초보 연주자도 저지르지 않는 실수예요. 만일 그가 자신이 연주했던 악기의 가장 작은 부분이라도 파괴했다면, 이미 재정 파탄을 일으킬 엄청난 손해 배상을 치러야 했을걸요. 그건 최고의 악기들이었어요. 그는 악기의 생명만 태워버려요."

"보여주십시오."

"예?"

"악기의 생명이라는 것을 보여주십시오. 아니면 그걸 죽이는 모습이라도. 그렇게 말로만 하는 건 뭐든 가능합니다. 입증할 수 없다면 아무 소용이 없습니다. 입증하지 않아도 된다면 나는 내가 신이라고 주장할 수도 있고, 그렇다면 당신은 나를 경배해야 할 겁니다. 그럴 수 있습니까?"

루레인은 약간 피곤해 보이는 눈으로 나를 바라보다가 조용히 의자에서 일어났다. 그녀는 창가로 걸어가서는 바이올린 상자 속에 활을 집어넣고 상자를 닫았다. 폭풍은 네펜지스 강을 따라 달려오고 있는 듯했고 온통 새카맣던 하늘에서도 조금씩 폭풍의 숨결이 불그스름하게 내비치고 있었다. 바이올린 상자를 집어든 루레인은 나에게 걸어왔다. 그러곤 주춤, 뭔가 떠오른 얼굴을 하고선 아래를 쳐다보았다. 아래로 떨어진 뭔가를 집어올리려는 것처럼 허리를 숙이던 루레인은, 갑자기 그 가상의 분실물이 별로 중요한 것이 아니라고 판단한 듯 몸을 일으켜 응접실을 나가버렸다.

나는 한참 후에야 내가 신이 되었음을 알 수 있었다. 경배를 받은 훌륭한 신임에도 불구하고 신격 티르는 불의 전차에 올라타 벼락의 말채찍을 휘두르는 대신 두 다리로 일어서 식당으로 걸어가야 했다.

훌륭한 터줏대감들은 결국 자신의 목적을 망각한 채 먹고 마시고 웃는 행위로 모든 시간을 쓸어버렸다. 이파리 보안관은 몇 번이나 아스레일 치퍼티와 교수에 대한 이야기를 꺼내려 했지만 그때마다 안셀이나 버나드가 끼어들어 그들의 혀에 화제를 걸어 아주 머나먼 곳으로 쏘아버렸다. 보안관은 넌더리를 내며 다시 그 화제를 주우러 헐레벌떡 달려갔지만 그가 돌아왔을 때 수다의 궁사들은 이미 자리를 옮긴 이후였다. 저녁 내내 그런 일이 반복되었고, 그건 이 마을의 겨울밤마다 일어나는 일이다. 가장 많은 단어를 소비하여 가장 적은 내용만 주고받는 재주는 기나긴 겨울밤에 대항하는 이 사람들의 지혜다. 그리고 폭풍이 시작되자마자, 즉 오늘밤 돌아가기는 힘들겠다는 판단이 서자마자 또 다른 지혜가 발휘되었고,

안셀과 버나드, 초니, 아인켈, 심지어 보안관까지도 그러기 위해서 찾아왔다는 것처럼 천연덕스럽게 카드를 쥐어들었다. 그들은 정말 그렇게 믿고 있는 듯했다. 난 알량한 보안관 조수의 봉급을 보전하기 위해 양해를 구한 다음 그 자리에서 점잖게 물러나왔다. 포도주 한 잔과 치즈 조각을 집어들고 나는 식당을 빠져나왔다.

그러나 객실로 들어가긴 했지만 침대에 누워 치즈와 포도주를 냠냠거리지는 않았다. 대신 그것들을 고색창연한 가구들 위에 조심스럽게 내려놓고는 문소리를 내지 않으려 주의하며 방을 나왔다.

복도 벽에 등을 기대었을 때야 내가 간과한 문제 하나를 떠올릴 수 있었다. 나는 마타피 교수의 침실이 어디 있는지는 잘 알지만 루레인의 객실이 어딘지는 알지 못했다. 마타피 교수가 루레인을 어느 정도의 손님으로 생각하는지를 알면 추리에 도움이 되겠지만, 난 그 두 사람을 따로따로 본 시간은 많아도 그들이 서로 이야기를 나누거나 하는 장면은 보지 못했다. 곤란하군. 결국 나는 루레인이 교수와 같은 음악가이며 또한 숙녀이므로 마타피 교수는 가장 좋은 객실에 그녀를 머물게 했을 거라는 결론을 내렸다. 측백나무관에서 가장 좋은 객실은 겨울 여왕의 방이다. 벽에 걸려 있는 대형 그림 때문에 그런 이름이 붙은 그 방은 마타피 교수의 침실과 충분히 떨어져 있다. 엘프의 예리한 귀로도 뭔가 이상한 소리를 듣지 못할 만큼. 게다가 거세진 폭풍은 커다란 도움이 될 것 같았다. 결정을 내린 나는 곧장 교수의 침실을 향해 걸어갔다.

마타피 교수의 침실에 도착했을 때 나는 간과한 것이 하나 더 있다는 것을 알게 되었다. 오늘밤 내로 제발 열 개를 넘지는 말기를. 교수의 침실은 잠겨 있었다. 혼자 사는 교수가 설마 자신의 침실을 잠그고 다니겠냐고 생각했던 나는 소리 없이 혀를 차며 침실 문을 노려보았다. 이 고저택의 방문 자물쇠라는 건 투박하기 짝이 없는 물건인지라 도둑이나 열쇠 기술자의 솜씨가 아니라도 열 수는 있겠지만, 그러려면 몇 가지 장비가 필요하다. 가늘고 단단한 철사, 그러니까 머리핀 같은 것. 루레인을 찾아가 머리핀 좀 빌려달라고 말하면 그녀는 내가 새로운 머리 모양을 시험하려 한다고 생각해 줄까?

문득 겉옷 주머니에 들어갔던 내 손이 그 안의 잡동사니들 중에서 괜찮은 물건을 낚아올렸다. 뜨개질용 코바늘은 철사에 비해 좀 지나치게 뭉툭하지만 예리하게 세워져 있는 코는 퍽 고무적으로 보였다. 나는 코바늘을 커다란 열쇠 구멍에 집어넣었다. 잠시 후 엮기 위한 바늘이 잠긴 문을 풀었다. 그 패러독스는 재미있었지만, 다음에는 철사를 준비해 와야겠다고 생각했다.

홀아비 냄새 같은 것은 별로 나지 않았다. 교수의 침실은 정갈하고 고요했다. 나는 주위를 재빨리 둘러보았다. 그러곤 약간 실망해 버렸다. 비밀 금고나 비밀방(이런 고색창연한 고저택이라면 실로 있음직하지 않은가.)까지도 각오하고 왔지만 아스레일 치퍼티의 가방은 침대 옆의 장식장에 곱게 놓여 있었다. 고결한 마타피 교수는 그 엉성한 침실 자물쇠면 충분하다고 생각하고 있나 보다. 아니, 그것보다는 이 소도시의 가족적 분위기면 충분하다고 생각하고 있는지도. 나는 가방을 열어보았고 그 속에 있는 바이올린을 확인했다. 확인이 끝나자 도로 가방을 내려놓은 다음 침실을 나왔다.

그리고 내 객실로 돌아와 밤새도록 폭풍 소리를 들으며 뒤척거렸다.

OVER THE HORIZON
겨울 폭풍

며칠 동안 계속되던 폭풍이 멎었다. 신전 바깥의 포석은 깨끗하게 씻겨 반짝거렸고 그 위로 싸늘하고 상쾌한 겨울이 엷게 깔려 있었다.

보안관과 내가 가을 내내 짠 스웨터와 털모자, 장갑 등을 받아든 잔파드로스 신관은 크게 즐거워하며 대형 초를 몇 상자나 선물했다. 너무 비싼 물건인지라 사양하려 했지만 잔파드로스 신관은 억지로 안겨주었다.

"대신전에서 꼬박꼬박 보내주는 물건입니다. 제단에 피우라고 보내주는 물건이지만, 솔직히 제가 제단 돌볼 틈이 어디 있습니까. 여러분의 사무실은 겨울에 더 바쁘다고 들었습니다. 요긴하게 쓰일 곳에 간다면 신께서도 기뻐하시겠지요."

하긴 잔파드로스 신관은 그의 고아들 돌보는 일만 해도 눈코 뜰 새가 없다. 보안관 사무실에서 그에게 편물들을 선물한 것도 그 때문이다. 그리고 뒤쪽의 말도 사실이다. 할 일 없는 겨울엔 사람들이 분쟁을 더 많이 일으키며, 따라서 겨울은 보안관이 바빠지는 계절이다. 어쨌든 덕분에 나는 왼팔에 바구니를 걸친 채 그 모습이 혹 내 위엄을 침해하진 않나 걱정하며 걸어가야 했다. 장검과 바구니라는 건 어쩐지 어울리지 않는 배치인 것은 확실하다.

광장에 이르렀을 무렵, 나는 눈길을 끄는 모습을 보고 멈춰섰다.

커다란 대형 마차 두 대에서 몇 사람이 내리고 있었다. 그 화려한 마차들만 해도 충분히 놀라운 일이었지만 내 눈길을 사로잡는 것은 그 마차에 실려 있는 커다란 가방들이었다. 여행 가방이 아닌, 왠지 그 내용물이 짐작되는 독특한 가방들이었다. 들고 있던 바구니를 떠올린 나는 어쩔까 하다가 좋은 광경을 목격했다.

"율피트. 이리와."

광장 한구석에서 나를 모르는 척하고 휘파람을 불고 있던 율피트는 차마 도망은 못 가고 얼굴을 잔뜩 일그러뜨리며 걸어왔다. 나는 녀석이 다가오자마자 재빨리 바지 뒤를 살펴보고 새총을 하나 발견한 다음 압수했다. 율피트는 어이없어 하며 외쳤다.

"그것도 불법 무기예요?"

"아니. 하지만 미레일의 이마를 찢어버리면 불법이 되지. 이거나 들고 따라와."

율피트는 똥 씹은 얼굴을 한 채 바구니를 받아들었다. 그리고 나는 이 급조한 종자를 데리고 기사의 걸음으로 마차를 향해 걸어갔다.

마차에서 내린 사람들은 모두들 제자리에 선 채 허리를 편다, 다리를 주무른다 난리를 치고 있었다. 그중에는 오랜 마차 여행 때문에 옆사람에게 기대어 숨을 고르고 있는 젊은 여자도 보였다. 난 망토를 옆으로 치워 장검을 잘 보이게 한 다음 그들이 나와 내 종자를 확인할 수 있도록 천천히 걸어갔다. 내 바람대로 그들은 곧 경계 자세와 더불어 약간 공손한 미소를 지어보였고, 다 죽어가는 얼굴을 하고 있던 내 종자는 갑자기 거만하기 짝이 없는 자세를 취함으로써 나를 웃겼다.

"안녕하시오?"

그들 중 가장 늙은 노움이 점잖게 말했다. 노움의 얼굴이 원래 좀 늙어보이긴 했지만 그걸 감안하더라도 200살은 넘어보였다.

"안녕하십니까. 저는 보안관 조수인 티르 스트라이크라고 합니다. 여행객이신가요?"

"그렇습니다."

"여러분들의 가방엔 물론 악기들만 들어 있으리라 생각되지만, 그래도 조사는 해봐야겠습니다."

며칠 전 루레인이 그랬듯이 그 음악가들은 깡촌의 보안관에게 이런 안목이 다 있는가 하는 표정을 지어보였다. 그리고 나는 내 개인적인 목적과 율피트의 이야깃거리를 만들어주기 위한 목적으로 제국법이 말하는 장검의 기준을 엄격하게 되풀이했다.

"12센티가 넘는 검은 장검으로 취급됩니다. 이 가방은 12센티 장검은 들어갈 것 같군요?"

음악가들은 황당하다는 표정이었다. 물론 제국법이 그렇게 정해져 있긴 하지만, 법률 위반의 위험을 감수하면서 별 쓸모도 없는 12센티짜리 칼을 제조할 대장장이가 어디 있겠는가. 따라서 12센티 장검이라는 것은 완전한 농담이다. 그러나 그들은 투덜거렸지만 감히 반대하진 않았고 덕분에 나는 플루트 상자까지 열어보이게 하며 그들 모두가 어떤 악기를 가졌는지 확인할 수 있었다. 거의가 현악기였지만 관악기도 두어 개 있었고 생전 처음 보는 악기도 있었다.

조사를 끝낸 나는 어떤 말이 나올지 거의 짐작한 상태에서 질문했다.

"협조해 주셔서 감사합니다, 여러분. 뭐 도와드릴 거라도 있을까요?"

예상대로였다. 노움은 측백나무관이 어디냐고 물어왔다. 그러나 내가 뭐라 대답하기 전에 광장 저편에서 누군가의 목소리가 들려왔다.

"그건 제가 안내할 수 있겠군요."

우리는 모두 목소리가 들려온 쪽을 돌아보았다. 그곳엔 마타피 교수의 마차에 앉아 고삐를 쥐고 있는 루레인의 모습이 보였다. 내가 인사라도 건넬까 했을 때 노움이 먼저 외쳤다.

"이곳에 와 있었군요, 루레인 양!"

"예, 까자리 씨. 오래간만이군요."

루레인은 마차에서 내려 사람들과 인사를 나누었다. 어떤 이들과는 악수를 하고 어떤 이와는 가볍게 포옹했고 어떤 이와는 초대면인 듯 통성명을 나누기도 했다. 하지만 그들 중 상대의 이름을 처음 듣는 사람은 없어 보였다. 모두들 유명한 음악가들인가 보다고 생각하고 있을 때 까자리라고 불린 노움이 말했다.

"호라이즌은 아직 안 왔겠지요?"

"예, 다음 달 아흐레에 도착한다더군요."

"다행이군. 아, 참. 미안하군. 당신은 그의 연주를 들으러 온 것이 아니지요?"

"물론 그는 연주할 수 없어요. 죄송하지만 나는 여러분들의 여행을 망쳐야겠군요."

루레인은 웃으며 그렇게 말했다. 그때 백발이 희끗희끗한 인간 남자 하나가 입을 열었다.

"우리 모두가 그의 연주를 들으러 온 것은 아니오. 우리들 중 일부는, 예를 들어 나는 당신과 마찬가지로 호라이즌이 연주할 수 없다고 생각해요. 왜냐하면 내가 아스레일 치퍼티를 가져갈 테니까."

56

루레인의 얼굴에서 미소가 사라졌다.

"레이크필드 남작, 나는 그렇게 생각하지 않아요."

"아아. 당신 주장은 잘 알아요, 루레인 양. 호라이즌보다 더 오래 남을 연주자만이 그것을 지킬 수 있다고 주장하는 거지요? 하지만 나는 이런 점을 지적하고 싶군. 당신은 더 오랜 기간을 살아갈 것이기 때문에 더 많은 위험이 있소. 당신이 혹 곤궁해지기라도 하면, 글쎄. 호라이즌에게 그걸 팔아버릴지도 모르지."

루레인은 더 싸늘한 얼굴이 되어 말했다.

"레이크필드 남작, 경이 말하는 위험은 저보다는 오히려 레이크필드 가에 해당하는 위험인 것 같군요. 어떤 가문에도 가문의 재산을 탕진하는 후손은 나오는 법이고, 그런 후손은 대개 문화나 예술적 소양을 갈고 닦을 시간에 그걸 팔아치우느라 혈안이 되곤 하지요."

레이크필드 남작의 얼굴이 딱딱하게 굳었다. 그때 늙은 노움 까자리가 다시 끼어들었다.

"자, 자. 그만들 합시다. 광장 한가운데서 이 무슨 볼썽사나운 모습입니까. 루레인 양, 당신 주장은 모르는 사람이 없으니 또 되풀이하지 않아도 돼요. 그리고 레이크필드 남작, 덕분에 이곳까지 편하게 왔습니다만 그래도 할 말은 해둬야겠습니다. 마타피 교수는 아스레일 치퍼티를 판다는 말을 한 적이 없어요. 마타피 교수는 그것을 경에게 팔 수도 있고, 그렇지 않으면 우리 모두가 인정하는 훌륭한 연주자인 루레인 양에게 맡길 수도 있어요. 그리고 이도 저도 아니면 호라이즌에게 연주하게 함으로써 그걸 들으러 이곳까지 온 우리를 행복하게 해줄 수도 있겠지요. 하지만 그건 모두 교수가 정할 문제입니다. 그러니 이만 교수를 찾아가는 것이 좋지 않겠습니까?"

레이크필드는 투덜거리며 마차에 올랐다. 그리고 루레인은 타고 온 마차를 가리키며 말했다.

"저는 교수님 댁에 유숙하고 있지요. 교수님을 도와드릴까 해서 장을 보러 나온 거예요. 그러니 여러분들은 저를 따라오시면 되겠군요."

루레인이 마차에 오르자 음악가들도 모두 마차에 올라탔다. 세 대의 마차가 떠나고 나서 나는 생각에 잠긴 표정으로 그 뒤를 바라보았다. 문득 옆을 돌아보자 내 종자가 안절부절 못하는 모습이 눈에 들어왔다. 난 씩 웃으며 바구니를 집어들었다.

"이만 가봐. 수고했다."

율피트는 인사를 하는 둥 마는 둥하며 쏜살같이 달려갔다. 또래들을 모아놓고 특히 미레일을 무시하며 자기가 목격한 사건을 떠들어대기 위해서. 그리고 나 역시 비슷한 일에 착수해야 할 것 같다. 좀더 어른다운 방법으로.

내 이야기를 전해 들은 이파리 보안관은 얼굴을 있는 대로 찡그리며 말했다.

"이런, 젠장. 이 조그마한 도시에는 너무 안 어울리는 일이군. 내가 똑바로 해석했는지 들어봐. 그러니까 제국 곳곳에서 쟁쟁한 음악가들이 이 조그마한 마을로 몰려들고 있다는 말이냐?"

"그리고 재산가들이. 아직은 하나뿐이지만."

"아직은?"

"보안관님, 설마 레이크필드 남작 하나뿐이겠어요? 난 아직도 심정적으로는 회의적이지만, 어쨌든 많은 사람들이 악기 살해에 대해 진지한 것 같고, 그런 사람들 중엔 호라이즌이 아스레일 치퍼티를 죽이기 전에 빨리 사들여야겠다고 판단한 부자나 귀족도 많을 것 같습니다만."

보안관은 자신이 이런 고난과 역경을 감내해야 할 만큼 나쁜 일은 한 적이 없다고 한참 동안이나 비장하게 중얼거리다가 오른손으로 오른쪽 송곳니를 긁으며 말했다.

"내가 그 소식을 전하면 시장은 은퇴해 버리겠다고 떠들겠군."

이파리 보안관의 추측은 정확했다. 시장은 집에 틀어박혀 스스로의 존재를 부정하기 시작했다. 시의회는 입에 거품을 물고 시장에게 출석하라고 성화를 부렸는데, 그건 시장의 근무 태만을 꾸짖기보다는 시의회가 시의 대표자가 되는 사태를 결사적으로 막기 위함인 것 같았다(그 증거로, 절대로 '시장 탄핵' 같은 말은 나오지 않았다.). 이 조그마한 도시의 행정부와 입법부가 이토록 첨예한 대립 구도로 들어가자 시민들은 권력 공백을 우려했다. 하지만 실제로 그런 일은 일어나지 않았으며, 이 소도시를 실제로 이끄는 사람은 권위의 상징인 장검의 소유자이자 정의와 상식과 윤리의 옹호자인 이파리 보안관과 나라는 것이 더 뚜렷해졌을 뿐이다.

이파리 보안관은 우울한 얼굴을 한 채 시의회에 들어가 단독으로 의회를 개회한 다음 내년도 예산안을 통과시켰다. 이어 초니의 밀도살 현장을 급습하여 벌금을 물렸고, 그 벌금으로 공책과 잉크를 사서 잔파드로스 신관에게 보내었으며, 율피트의 귀를 붙잡고 미레일에게 끌고 가 그녀의 인형을 납치한 것에 대해 사과하게끔 했다. 그리고 그 다음날은 내가 시장실로 들어가 결재 도장을 꺼내어 '네펜지스 강 나루터 개수 공사안'에 도장을 찍었고, '시립 도박장 신설에 관한 안'을 발안자의 얼굴에 집어던졌고, 안셀의 시를 차분히 들어주는 친절을 발휘하여 감동한 그에게서 잔파드로스 신관의 고아원에서 아이들의 글쓰기를 봐주겠다는 약속을 받아냈고, 율피트의 구슬 주머니를 미레일의 책상 속에서 찾아내는 쾌거를 이루었다.

그리고 아무도 우리에게 감사하지 않았다. 모두들 권위 있는 자들이 권위가 필요한 일을 하는 것은 너무 당연하다는 투였다. 게다가 그들은 이틀이 멀다 하고 찾아드는 방문객들에 놀라느라 우리에게 신경 쓸 겨를이 없었다. 방문객은 가지각색이었다. 다섯 대나 되는 화려한 마차가 동시에 도착하여 사람들을 감탄하게 만들기도 했고, 악기 가방 하나만을 결사적으로 끌어안은 채 죽을 지경이 되어 도착한 음악도가 광장에 쓰러져 사람들을 기겁하게 하기도 했다.

이파리 보안관과 나는 짧게 의논한 다음 각자 미레일과 율피트를 고용했다. 우리는 그 꼬마들을 자극할 필요도 없었다. 율피트와 미레일은 각자 상대방에 대한 경쟁 의식을 활활 불태우며 정보들을 입수해 왔다. 그 결과 우리 둘은 방문객들을 대충 세 부류로 나눠볼 수 있었다. 그리고 그건 늙은 노움 까자리가 이미 지적한 사실이다(나는 그 노움이 제린다 공국의 궁정 악사라는 사실을 알고 기겁했다.). 첫 번째는 루레인과 같은 부류로 그 명기를 목숨 걸고 수호하겠다는 사명 의식에 불타는 연주자 무리였다. 두 번째는 레이크필드 남작과 같은 부류로 그 명기가 사라지기 전에 빨리 구입하겠다는 재산가, 명기 수집가 부류였다. 그리고 세 번째가 가장 많았는데, 명기의 스완송을 들어보기 위해 찾아온 음악 애호가, 이론가, 연주자, 작곡가 등이었다.

어쨌든 너무나 많은 인사들이 방문하는 바람에 우리의 정겨운 소도시 인구가 두 배로 늘어난 것 같은 기분을 느껴야 했다. 측백나무관은 이미 포화 상태였고 겨울철을 심심하게 여기고 있던 우리 시민들은 재빨리 민박 영업을 개시했다. 그리고 이파리 보안관은 수심에 찬 얼굴이 되어 검술 수련을 시작했다.

"그건 왜 하는 겁니까?"

오래간만에 우리 두 사람이 보안관 사무실에 모인 어느 날 오후, 이파리 보안관은 사무실 뒤편의 채마밭에서 땀을 뻘뻘 흘리며 장검을 휘두르고 있었다. 내가 보기에 이파리 보안관은 체계적으로 검술을 배우진 않은 듯했다. 하지만 젊었을 땐 꽤 설치고 돌아다녔는지 경험은 풍부해 보였고, 게다가 오크 특유의 전투 반사 능력은 보는 사람을 퍽 즐겁게 만들었다. 이파리는 검을 휘두르며 대답했다.

"잘난 사람들이 너무 많이 모이면 꼭 불화가 생기는 법이야. 어떤 사람들은 모욕을 민감하게 느낌으로써 자기가 명예를 가졌다는 걸 증명하려 들기도 하지."

이 오크는 가끔 사람을 꽤 놀라게 한다. 덕분에 나는 아랫단 코 끌어올리기에 실패했고, 투덜거리며 대바늘을 뒤로 당겼다.

"무슨 말인지 알겠습니다. 하지만 검사는 철저히 했고, 아무도 무장은 하고 있지 않아요."

"칼싸움 걱정은 안 해. 하지만 그 숫자만으로도 이미 위험하지. 골치 아픈 사태가 생겼을 경우, 아무도 안 다치고 사태를 진정시키려면 묘기 비슷한 거라도 좀 보여줘야 될 거다. 그렇잖으면 그 사람들도 위험하고 나도 위험해."

나는 묵묵히 뜨개질 바구니를 내려놓은 다음 칼을 뽑아들고 이파리 보안관 옆에 섰다.

그러나 시내는 활기찼다. 우리들에게 겨울이란 고요함이 스스로의 고요함에 질려 자폐증을 일으키는 계절이었다. 겨울이라는 덧칠이 도시라는 그림을 화면 아래로 가라앉히면, 망각된 그림들 속의 인물인 우리들은 서로에게 엉뚱한 짓을, 아주 정신 나간 짓이라도 해주길 간절히 바라는 시선을 보낸다. 하지만 장검을 지녔다는 이유만으로 보안관과 보안관 조수에게 신앙에 가까운 존경을 바치는 우리 건전한 시민들 중엔 그런 사람이 나오지 않는다. 물론 겨울

동안에도 출산이나 사망은 일어나고 때론 결혼식도 있지만, 우리는 그 사실을 거의 깨닫지 못하다가 봄이 찾아오고 나서야 그 환희, 혹은 슬픔을 느끼곤 했다.

그러니 분명한 목적 의식을 가진 이토록 많은 사람들이 한꺼번에 도시로 들어오자 우리는 계절 감각에 혼란을 일으킬 지경이었다. 사람들은 작은 일에 큰 감정들을 드러내보였고 그런 서로를 보며 다시 놀랐다. 고요가 사라진 도시에 흐르는 음악의 주조음은 흥분인 것 같았다. 만나는 모든 시민들이 당장 무슨 일이 일어날 것만 흥분 속에서 덤벙거리고 비틀거리고 꽥꽥거리는 통에 보안관과 나는 더욱더 의기소침해졌다. 심지어 우리들은 율피트와 미레일이 화해하는 모습을 보게 될지도 모른다는 암담한 전망까지 나누곤 했다. 만일 그런 일이 일어났다면 보안관과 나는 '이제 그만!'을 외친 다음 이 우주의 부재를 선언하고 말았을 것이다.

그러나 미레일과 율피트는 우리를 배신하지 않았다. 그 순결한 악의 덩어리들은 언제나 최고의 흥분 상태였기 때문에 모든 도시가 기이한 흥분 속에 표류하고 있을 때 거꾸로 우리들의 부표와 등대가 되어주었다. 그들은 항상성을 가지고 있었으며, 덕분에 나와 보안관은 아직도 세계가 제대로 돌아가고 있다는 느낌을 유지할 수 있었다. 그랬기에 나는 여느 때와 같은 침착함으로 마타피 교수의 방문에 응할 수 있었다.

"보안관은 안 계시오, 티르?"

마타피 교수는 보안관 사무실의 문을 열자마자 그렇게 말했다. 그리고 내 대답도 기다리지 않고서 문을 '쾅' 닫으며 창문 쪽으로 걸어갔다. 난 창문을 통해 바깥을 살피는 교수의 등을 의아하게 쳐다보며 말했다.

"보안관은 순찰 나갔습니다. 앉으시죠, 교수님."

교수는 바깥을 좀더 살피고 나서야 난로 옆으로 걸어왔다. 의자를 끌어와 앉은 교수는 잠깐 동안 말을 꺼내지 못하고 있었다. 무슨 말을 먼저 꺼내야 좋을지 몰라서가 아니라 숨을 고르기 위해서였다. 그는 어깨를 들먹이며 숨을 쉬고 있었고 이 지방의 혹독한 추위에도 불구하고 얼굴은 땀으로 번질거렸다. 나는 뜨개질 바구니를 내려놓고는 난로 위에 놓여 있던 주전자를 들어올렸다. 뜨거운 차를 따라서 교수에게 건네었지만 교수는 내가 건네는 것이 뭔지 모르겠다는 표정으로 나를 올려다보았다. 그러나 곧 교수는 당황한 몸짓으로 찻잔을 받아들었다.

"아, 고맙소, 티르. 보안관이 없단 말이지."

"예, 기다리시겠습니까? 그렇잖으면 저에게 말씀하시겠습니까?"

찻잔을 후후 불던 마타피 교수는 미간을 찡그렸다. 뭔가 할말을 떠올리는 모양이었다.

"요즘 시내가 많이 시끄럽지 않소?"

세상 돌아가는 이야기나 나누자는 식의 서두였지만, 이 모든 소란의 원인이 그렇게 말하자 교수의 말은 내게 새로운 느낌으로 다가왔다. 나는 교수가 이 소란으로부터 거리감을 두고 싶어한다는 느낌을 받았다. 그래서 일단은 그를 도와주기로 했다.

"예, 하루가 다른 때의 열 배는 되는 것 같습니다. 워낙 별의별 일이 다 일어나서요. 어제 오후만 해도 눈길에 마차가 미끄러져 조난당한 여행객이 있었습니다. 다행히도 가까운 곳이어서 모두 무사히 구출되었지요."

"그 이야기는 나도 들었소. 진저 씨 일행 아니오? 그 사람은 하프시코드의 최고 권위자 중 한 명이지."

"그런가요? 하프시코드는 잘 다루는지 몰라도 눈 내린 들판에선 완전히 넋 나간 듯이 굴더군요. 도시가 눈에 보이는데도 자기가 곧 죽을 거라는 듯이 비탄에 잠겨 있더라고요."

교수는 겨우 웃었다. 그는 진저 씨가 귀족 가의 살롱이나 대형 연주회장을 주무대로 삼는 사람이므로 황량한 설원에서 당혹해 버린 것은 이해해 줘야 된다는 내용의 변호를 한참 중얼거렸다. 그리고 나는 뜨개질을 계속하며 틈틈이 그의 말에 맞장구쳐 주었다. 분위기는 무르익었고, 그가 나에 대한 애타는 사랑을 고백한다 해도 부드럽게 웃으며 그러시냐고 대답해 줄 마음가짐을 갖추었지만, 교수가 제대로 된 말을 꺼낸 건 내가 난로 안에 석탄 한 삽을 더 퍼넣었을 때였다.

"조금 전 내 모습이 이상했지 않소?"

"귀찮게 구는 사람이 많은가 보군요. 사람들의 눈을 피해 찾아오신 겁니까?"

"그들은 나를 압박하고 있지."

나는 그들이 누구냐고 묻는 대신 그들을 갈라놓았다.

"세 가지 정도의 압박이겠군요. 지킬 수 없을 테니 내놓으라는 사람, 역시 지킬 수 없을 테니 팔라는 사람, 지키지 말고 내주라는 사람. 왜 그렇게들 안달복달이지요?"

"그러게 말이오. 언젠가 내가 3000만 렐이라는 말을 했을 거요. 나는 바로 어제 2억 렐을 내놓겠다는 제안을 들었소."

나는 내 눈이 경악 때문에 크게 떠진 것처럼 비춰지길 애타게 바라며 말했다.

"2억이라고요? 아니, 일곱 배 아닙니까!"

다행히도 마타피 교수는 내가 놀란 건 그 액수 때문이지 그걸 훔치려는 자의 희열이라고는 생각하지 못하는 듯했다. 그 자신도 그 액수에 놀란 것이 틀림없다. 그는 한숨을 깊게 내쉬었다.

"그렇소. 난 그걸 판다는 생각을 해본 적이 없어서 떠올리지 못한 건데, 그동안 호라이즌이 명기들을 너무 많이 죽여서 남아 있는 명기의 가치가 상상할 수 없이 뛴 모양이오. 2억 렐이라니, 맙소사. 나는 그런 돈은 상상도 할 수 없소. 당신이 저질스러운 농담 어쩌고 했는데, 이젠 내가 그런 기분을 느낀다오."

나 또한 그 생각을 떠올리지 못했다. 내 경우는 악기의 가격 구조에 대해 잘 모르기 때문이지만, 생각해 보니 당연한 말이다. 희소 가치는 다른 무엇보다도 가격을 더 빨리 상승시키는 법이니까.

"정말 좋으시겠습니다. 축하드립니다."

"그런 소리 마시오. 난 그걸 안 팔 테니까."

"어, 글쎄요. 호라이즌에게 내주어 그걸 죽일 바에야 2억 렐을 건지는 편이 낫잖습니까? 게다가 말입니다, 그 사람들이 그런 기막힌 액수를 내놓는다면 그 돈이 아까워서라도 아스레일 치퍼티를 열심히 지키지 않을까요? 절대로 호라이즌이 손을 못 대게 할 겁니다. 그 사람들은 능력이 있을 테니까……."

"그건 또 다른 의미의 악기 살해요, 티르. 악기를 악기가 아닌 재산으로 여기고 보관할 사람에게 악기를 준다고? 말이 되지 않소. 악기는 연주자의 손에 쥐어져야 하오."

마타피 교수는 더할 수 없이 단호한 어조로 말했다. 나는 입맛을 다시며 또 다른 가능성을 떠올렸다.

"그럼 연주자에게 내어주시겠습니까? 아까 말했던 첫 번째 부류, 훌륭한 연주자들 말입니다. 그자들은 자신의 직업적 자부심을 가지고서 호라이즌의 접근에서 아스레일 치퍼티를 지킬 수 있다고 주장하는 것 같던데요. 그 사람들의 경우엔 실력이 있으니까……."

나는 어리둥절해서 말을 멈췄다. 이번에 마타피 교수의 얼굴에 떠오른 것은 분명한 비웃음이었다.

"실력이라고 했소, 티르? 나는 누가 최고인지 알고 있다오. 그리고 그자들도 차마 입 밖으로 꺼내어 말하지는 못하겠지만 마음속으로는 나에게 동의할걸."

그렇다면 루레인은 인정받지 못한 모양이다. 내가 잠깐 그녀를 동정하는 동안 마타피 교수는 다시 부드러운 얼굴을 하며 말했다.

"나는 스스로를 속일 수 없소. 누가 최고인지 뻔히 알면서 두 번째나 세 번째 연주자에게 그걸 내준다면 그건 다른 말이 필요없는 완벽한 자기 기만이겠지. 그들이 자부심으로 그것을 지킬 수 있을지는 모르지만, 내가 어떻게 실력은 없고 자부심만 가진 연주자에게 그것을 주겠소. 그건 실력은 없고 돈만 가진 재산가들에게 주는 것과 똑같다오. 물론 내가 이 말을 연주자들 앞에서 할 수야 없겠지. 당신이니까 하는 말이요."

음악의 '음' 자도 모르니까 말이지. 나는 상처 입지는 않았다. 그건 당연한 사실이니까. 그래서 난 세 번째 가능성을 말해 보았다.

"그럼 호라이즌에게 내주실 겁니까?"

마타피 교수는 입을 다물었다. 나는 코를 늘리기 위해 실을 잡아당기며 조용히 말을 이었다.

"그것도 안 된다는 것이군요."

"그게 진짜 악기 살해니까."

교수의 얼굴은 피로해 보였다. 흘러내린 땀이 말라붙어 교수의 얼굴은 지저분했고 그 위로 수세미처럼 헝클어진 머리카락이 덤불 같은 그림자를 만들어내고 있었다. 하지만 그 덤불 어디에도 희망의 과일은 자라지 않는 것 같았다. 교수는 신음처럼 말했다.

"도대체 어떻게 하면 좋을지 알 수가 없소."

나는 다시 차를 마실까 하다가 자리에서 몸을 일으켰다. 그리고 안셀이 자신을 노련한 양조가라고 생각하던 시절 최고의 술이라며 건네주었던 포도주 병을 벽장에서 꺼내왔다. 이 술 또한 안셀의 다른 결과물과 마찬가지로 간신히 견딜 수 있는 수준밖에 안 되지만, 그래도 다른 결과물보다 나은 점은 있었다. 취하긴 하는 것이다.

나는 교수의 찻잔에 포도주를 부어주곤 내 찻잔에도 따랐다. 교수는 거절하지는 않았지만 적극적으로 찬성하는 눈빛도 아닌 멍한 눈으로 자신의 잔을 내려다보았다. 나는 그 잔에 가볍게 잔을 부딪친 다음 한 모금 들이켰다.

"교수님, 제가 정리해 보겠습니다. 돈에 팔 수도 없지요. 명기가 아닌 명품이 될 테니까. 2인자에게 줄 수도 없고요. 1인자가 엄존하니까. 그렇다고 해서 1인자에게도 줄 수 없지요. 명기를 결딴내니까. 맞습니까?"

교수는 다급하게 느껴질 정도로 열렬히 고개를 끄덕였다. 난 석탄 난로 속에서 타오르는 불꽃을 보며 중얼거렸다.

"그렇다면 아무에게도 안 주면 되잖습니까. 며칠 전에도 말한 거지만 교수님이 가지고 있으세요."

"티르, 나 또한 몇 번이나 말한 건데, 연주되지 않는 악기가 무슨 소용이 있소? 내가 가지고 있는 것 또한 악기 살해요."

'그럼 당신이 연주하시오.'라고 말해 줬을 수도 있을 것이다. 끝내 활을 들어올리지 못한 채 어둠을 바라보고 있던 어떤 노교수의 모습을 보지 않았다면. 하지만 나는 그 모습을 보았고 마타피 교수를 동정했다. 그는 자신에게 왜 훌륭한 연주 실력이 없는가를 슬퍼하고 있었을 것이다.

"그럼 방법은 두 가지뿐이군요. 호라이즌보다 더 우수하지만 악기를 죽이지는 않는 자를 기다려 그에게 그것을 주거나, 그렇잖으면 호라이즌이 이번만은 악기를 죽이지 않기를 바라며 연주하게끔 해줘야 되겠군요."

마타피 교수는 실망한 듯 얼굴을 찡그렸다. 하지만 그 점잖은 이는 언성을 높여 나를 바보 취급하지는 않았다. 다만 한숨을 쉬며 자조적으로 말했다.

"전자는 어렵겠고 후자 쪽을 바라는 편이 낫겠군. 하지만 그래 가지고선 나를 압박하는 자들을 만족시키긴 어렵겠는데."

나도 그들이 만족하리라고는 생각하지 않았다.

그리고 그것은 퍽이나 빨리 확인되었다. 이파리 보안관과 내가 두 사람 중 누가 늦은 점심 식사를 만들 것인지를 놓고 서로를 노려보고 있던 어느 오후, 보안관 사무실의 문이 왈칵 열리며 뭔가 시커먼 것이 뛰어들어 왔다. 미레일이었다.

"보안관님!"

저 계집애는 내가 율피트의 고용주라는 것을 안 이후로 내 쪽은 쳐다보지도 않는다.

"초니 씨가 빨리 보안관님을 데려오라고 그랬어요! 싸움이에요!"

이파리 보안관과 나는 의자를 박차고 일어났다. 장검은 허리에 차는 대신 손에 들었다. 그 편이 잘 보일 것 같았고 달릴 때 걸리지 않아서 더 좋았다. 단숨에 초니의 주점에 도착한 우리들은 사태가 예사롭지 않다는 인상을 받았다.

사람들이 주점 밖에 몰려서 안쪽을 훔쳐보고 있었다. 이파리 보안관은 사태를 단숨에 장악하기 위해 유명한 오크의 전투 함성을 외쳤다.

"크르르링!"

피가 식는 듯한 울부짖음이었다. 검술 사범 노릇을 할 땐 전투 함성을 지르는 오크 병사들에게 비웃음을 보내며 '그것밖에 못해?'라고 비아냥거려 주는 배짱도 부렸지만, 이파리의 조수가 된

후로 한번도 들어보지 못했기 때문에 나는 자신도 모르게 움찔했다. 그리고 구경꾼들은 움찔하는 정도로 그치지 않았다. 그들 중 몇몇 소심한 종족들은 자리에 주저앉기도 했지만, 어쨌든 사람들은 좌우로 쫙 갈라졌고 이파리 보안관은 성큼성큼 걸어갔다. 그리고 나는 보안관의 뒤를 경계하며 따라 들어갔다.

안에는 두 여자가 대치 중이었고 한 명이 쓰러져 있었다. 쓰러진 사람의 얼굴은 볼 틈이 없었다. 서 있는 사람 중 한 명은 지데라는 이름의 위어울프였다. 이파리 보안관은 그녀가 은팔찌를 차고 있는 것을 확인했고, 그것도 모자라 은팔찌를 푼 모습을 보인 순간 즉각 사살당해도 아무 말 않겠다는 각서에 서명하게끔 한 다음에야 도시에 들어오도록 했다. 그리고 지데와 대치중인 사람은 놀랍게도 엘프 루레인이었다. 루레인은 어울리지 않게 깨진 술병을 앞으로 내밀고 있었고 지데는 의자를 들고 있었다. 참으로 수치스럽다 할 만한 광경이었다.

이파리 보안관은 어깨의 털을 꼿꼿이 세운 채 낮게 그르릉거렸다.

"두 사람 모두 즉각 멈추시오."

우리 시민들이라면 보안관의 얼굴을 보자마자 당장 싸움을 포기하고 서로에게 사과했을 것이다. 하지만 그들은 보안관이 분명히 경고했음에도 그 말을 못 들었다는 듯이 계속 서로를 노려보았다. 분노한 보안관이 다시 뭐라 외치려 할 때 나는 등골이 서늘해지는 모습을 보았다.

지데가 의자를 집어던지고는 은팔찌를 풀어냈다.

지데는 한쪽 팔찌를 풀어낸 다음에야 우리를 돌아보았다. 하지만 그녀는 나머지 팔찌를 움켜쥐고 있었고 절대로 사과하는 얼굴은 아니었다. 그 위어울프의 얼굴은 다치기 싫으면 빨리 피하라고 권

유하는 얼굴이었다. 위어울프 족 특유의 우아하게 그늘진 얼굴에
그 표정이 떠오르자 혼이 빠져나갈 정도로 아름다웠지만 이파리 보
안관은 즉각 칼을 뽑아들었다. 스르릉. 바 뒤에 숨어 있던 초니는
칼을 뽑아드는 보안관을 보자 그만 기절해 버렸지만 보안관은 그쪽
엔 신경 쓰지 않았다.

"지데 양, 다시 팔찌를 착용하시오. 사태를 그렇게 막무가내로
몰아가지 마시오. 내일이나 모레쯤, 아니 언제라도 후회하게 될 게
뻔한 일은 삼가시오."

이파리 보안관은 그 순간에도 냉정하게 말했다. 하지만 지데는
고개를 가로저었다.

"보안관, 나가서 구경꾼들을 대피시키시죠."

"왜 그러는 거요? 도대체 무슨 일이기에 그런 끔찍한 선택밖에
없다는 겁니까?"

"이 여자가 한 짓을 보면 알 거 아닙니까!"

이파리 보안관과 나는 바닥에 쓰러져 있는 자를 보았다. 그는 지
데와 같이 왔던 케이토라는 이름의 위어울프였다. 설마 루레인이
저 건장한 사내를 저 지경으로 만들어놨단 말인가? 이파리 보안관
은 어처구니없다는 표정으로 루레인에게 송곳니를 돌렸다.

"루레인 양?"

루레인은 약간 구부정한 모습이었다. 그리고 우리는 그제야 그
녀의 입가에 흐르는 핏줄기를 보았다. 이파리 보안관은 그 모습에
당황하며 말했다.

"루레인 양, 당신이 이 사람을 다치게 했습니까?"

"예. 그리고 후회하지 않아요."

"후회하지 않는다고?"

"이자들은 나에게 약을 먹였어요. 그렇잖으면 내가 왜 각혈을 하

겠어요?"

참으로 점입가경이다. 나와 보안관은 다시 지데를 바라보았고 지데는 격노한 듯 외쳤다.

"허튼소리! 누구에게 그런 모함을. 네가 결핵인가 보지! 누가 독약을 먹였다고……"

"엘프는 결핵에 걸리지 않아, 지데. 그리고 독약은 아니지. 수면제였지? 하지만 우리들은 그런 약에 격렬하게 저항하고, 그래서 각혈하게 되는 거야. 누구에게 쓸 건지 말하지 않고 샀으니 그런 주의사항도 못 들었겠지."

어쩐지 루레인의 말이 더 신빙성 있게 들렸다. 나는 고개를 갸웃하며 말했다.

"하지만 루레인 양, 저들이 왜 당신에게 수면제를 먹인단 말입니까?"

"내가 아스레일 치퍼티를 받을 가능성이 높다고 판단한 것이겠지요. 그래서 이자들은 나를 납치한 다음, 라이칸스롭 병을 옮긴다는 계획을 세웠겠지요. 자기 말을 듣도록."

주점 바깥에서 신음과 분노의 외침들이 들려왔다. 지데를 본 나는 루레인의 말이 사실이라고 느꼈다. 지데는 부인하려는 표정이었지만 꾸민 기색이 너무 드러나는 서푼짜리 연기였다. 이파리 보안관 역시 나와 같은 판단을 내린 듯 검을 지데에게 겨냥하며 말했다.

"잘잘못은 명명백백하게 가려질 것이오. 두 사람 모두 체포하겠소. 공공 장소에서의 소란과 상해 혐의로. 기물 파손도 추가되겠군. 지데 양, 빨리 팔찌를 도로 차시오. 그리고 루레인 양? 그걸 내려놓고 티르 군에게 협조하시오."

그 순간 아무도 원하지 않는 사태가 일어났다.

지데가 나머지 팔찌까지 벗었다. 이파리 보안관은 괴성을 지르

며 달려들었지만 지데 역시 대비하고 있었던 듯 벗은 팔찌를 보안
관에게 집어던졌다. 보안관은 팔찌를 피하느라 약간 지체했고 그
사이 지데는 저편 벽으로 물러났다. 그리고 다시 앞으로 뛰어나왔
을 때 그녀는 이미 늑대의 얼굴을 하고 있었다. 길게 뻗은 발톱들
이 보안관의 머리를 겨냥하여 내려쳐지고 있었다. 보안관은 필사적
으로 옆으로 피했고 나는 더 이상 그를 볼 수 없었다. 지데의 정면
으로 뛰어들었기 때문이다.

내 왼쪽 허벅지가 베이는 데 1초, 어깨가 두 번 찢어지는 데 3초
정도 걸렸던 것 같다. 그리고 4초째에 나는 거친 욕설과 함께 그녀
의 머리를 천장까지 날려올렸다.

나는 씁쓸한 얼굴로 보안관 사무실의 난롯가에 앉아 있었다. 내
어깨의 붕대를 다 묶은 이파리 보안관은 엄숙한 얼굴을 한 채 의자
를 끌어와 앉고서는 내게 셔츠를 던졌다. 그리고 저편의 방문을 흘
끔 쳐다보고는 시무룩하게 말했다.

"사고가 하나도 없을 거라곤 생각 안 했지만, 젠장. 이런 대형
사고가 날 줄이야. 두 사람이 다치고 한 사람이 죽어나가다니."

"변신한 위어울프를 안전하게 처리할 수는 없습니다."

"알아, 너를 탓하는 건 아냐. 위어울프가 변신했는데 죽은 건 하
나뿐이니 오히려 널 칭찬해야 마땅할 일이다. 초니도 그렇게 말하
더군. 나는 이 상황에 대해 짜증내는 중이야. 그녀를 들어오지 못
하게 했어야 하는 건데. 내 불찰이다."

나는 웃으며 보안관의 무릎을 몇 번 두드렸다.

"불찰은 무슨 불찰입니까. 그렇게 각서까지 쓴 주제에 변신하다
니, 그녀의 잘못입니다."

이파리 보안관은 지긋지긋하다는 듯이 고개를 가로젓고는 새삼

나를 빤히 바라보았다.

"그러고 보니 넌 어디서 뭐하고 굴러먹던 놈이냐? 그런 건 생전 처음 봤다."

"묘기를 보여줘야 된다고 말씀하셨잖아요?"

나는 싱거운 소리를 하며 웃었고 보안관 역시 괘념치 않는다는 얼굴이었다.

"말하기 싫으면 말아라. 지난 몇 년 동안 그렇게 얌전히 지냈으니, 네가 구제가 안 되는 녀석이었을 거라곤 생각하지 않아. 칼 쓸 일, 안 쓸 일 정도는 구분하는 놈으로 믿겠다. 그거면 충분해."

"고맙습니다."

저편의 문이 열리며 소란다스 부인과 요란하스 부인이 걸어나왔다. 그 자녀들의 전설적인 반목을 생각하면 불가사의한 일이지만, 두 부인은 매우 각별한 친구 사이다. 그리고 그 선량한 부인네들 사이로 어깨에 큰 숄을 두른 루레인이 파리한 얼굴로 걸어왔다. 보안관은 의자에서 일어나며 두 부인에게 정중하게 감사했다.

"두 분 도움에 정말 감사드립니다."

두 부인은 별로 도움된 것 없다고, 매일같이 미레일과 율피트가 보안관과 보안관 조수를 괴롭혀드리니 미안한 건 자신들이라고 말하며 조용히 사무실을 떠나갔다. 문밖까지 그들을 배웅해 준 보안관은 다시 고개를 내저으며 난롯가로 돌아왔다.

"치료는 잘 받았습니까, 루레인 양?"

루레인은 아주 작은 목소리로 소곤거리듯 말했다.

"부인들의 솜씨가 아주 좋으시더군요. 그런데 케이토는 어떻게 됐죠?"

"그 위어울프 말입니까? 감옥에 처박아뒀습니다. 변신 한번 하고 나면 나을 테니까요. 아, 감옥은 변신한 위어울프도 어쩌지 못할 만큼 튼튼합니다. 며칠 뒤에 놔줄 생각입니다."

"며칠?"

"사실 그들의 범죄라곤 수면제를 먹인 것뿐이지요. 루레인 양을 잠재운 다음 무슨 짓을 했다면 모르겠지만 아가씨가 잠들지 않았고, 그래서 지금으로선 약사법밖에 저촉되지 않는군요. 문제는 오히려 아가씨 쪽입니다. 그 케이토라는 사람을 다치게 했으니까요. 하지만 그 친구도 낯짝이 있으면 고발은 하지 않을 거라 생각됩니다."

"보안관님은?"

"예? 아, 나도 고발하지 않아요. 정당방위로 생각되니까. 그런데 도대체 그 건장한 남자를 어떻게 상대한 겁니까?"

"운이었어요. 수면제를 먹었다는 걸 느낀 순간 졸리는 척했지요. 그리고 케이토에게 기대는 척하며 술병으로 그의 뒤통수를 내리쳤어요. 케이토는 쓰러졌고, 병은 깨졌고, 그 다음은 여러분이 본 대로예요. 불쌍한 지데……."

"잘 아는 사이입니까?"

"같은 대학을 다녔어요. 지데는 항상 상식이라는 말을 몰랐지요. 그녀는 모닥불을 끄기 위해 제방을 무너뜨리는 성격이죠. 이번에도 그런 조야하고 거친 수단에 호소했고, 일이 파탄나자 다른 사람이 뭔가 깨닫기 전에 변신해서 나를 죽이면 된다고 생각했겠지요. 그것도 제대로 안 되니까 여러분들도 다 죽여버리면 된다고 생각했고. 결국 그런 끝을 당할 거라고 생각했지만……, 정말 대단하시더군요?"

마지막 말은 뜨개질 실뭉치를 가지고 놀던 나를 향한 것 같았다. 난 입술 끝으로만 웃으며 루레인의 말을 반복했다.

"운이었지요. 그럼 그자들도 아스레일 치퍼티를 원하는 겁니까?"

루레인은 고개를 끄덕였다. 난 실뭉치를 만지작거리며 고개를 가로저었다.

"기가 막히는군요. 악기 때문에 사람이 죽어나가야 되다니. 그자들은 왜 그렇게 다급한 수단에 호소한 겁니까?"

"아실 텐데요? 아스레일 치퍼티를 손에 넣기 위해서지요."

"안다고 생각했습니다. 하지만 이 지경까지 오고 보니 모르겠습니다. 모두가 그것 때문이라니⋯⋯, 당신은 아스레일 치퍼티가 죽기 전에 그것을 넘겨받기 위해 교수에게 자신을 입증하려고 애쓰고⋯⋯. 참, 교수님께 인정은 못 받으신 모양이지요?"

루레인은 얼굴을 약간 굳히며 말했다.

"노력하고 있어요."

그녀는 부끄러워하고 있는 듯했지만 난 그녀의 실력이 대단할 거라 생각한다. 또한 죽은 지데가 어떤 성격이었는지야 알 바 아니지만 그녀가 우수한 음악가였음은 분명할 것이다. 그리고 그런 그녀가 루레인에게 아스레일 치퍼티를 받을 정도의 실력이 있다고 판단했다면 그건 믿는 편이 좋을 것이다.

"좋습니다. 그리고 레이크필드 같은 사람은 아스레일 치퍼티가 죽기 전에 그것을 사려고 애쓰고, 그 지데는 아스레일 치퍼티가 죽기 전에 손에 넣기 위해 당신에게 그런 짓을 하다가 죽어가고⋯⋯. 그리고 아스레일 치퍼티가 죽어가는 것을 보려고 온 사람들도 있고요. 모두가 아스레일 치퍼티가 위험하기 때문에 발생한 일들이지요?"

루레인은 고개를 끄덕였다. 나는 화가 나서 실뭉치를 뜨개질 바구니 속에 집어던졌다.

"그러면 그 호라이즌이라는 자에게 연주 못한다고 딱 잘라 거절하면 되잖습니까. 조금 전에 상식 어쩌고 하셨습니다만 내 생각에 그게 가장 상식적인 해결 방안 같은데요? 교수님이 호라이즌에게 거절하면 이 모든 짓거리들이 필요없잖습니까."

"어떻게요?"

"교수님이 남의 손에 내줄 수 없을 만큼 아스레일 치퍼티를 사랑한다고 한 마디만 하면 되잖습니까?"

"연주되지 않는 악기가 무슨 소용이 있나요? 티르 씨, 아무리 훌륭한 악기라도 연주되지 않으면 명기가 아닐뿐더러 악기라고 할 수도 없어요. 그건 같은 부피의 나무토막과 다를 게 하나도 없는 것이 되죠."

"그럼 부서졌다거나 도둑맞았다고 거짓말을 하면?"

"이해를 못하는군요, 티르 씨. 그건 너무 사랑해서 내주지 못하겠다는 것과 똑같잖아요."

고결하도다, 음악가들이여. 그대들의 양심이 그토록이나 깨끗할진대 그 때문에 사람이 죽어나가는 것쯤이야 대수롭잖은 문제겠지. 하지만 그렇다면 정말 도둑맞는 것은 어떤가.

나는 고개를 숙여 발끝을 바라보았다. 어디 있는지도 알고 철사도 준비되어 있으며, 봄에 떠나기 전까지 어디에 숨겨둘지도 결정되어 있다. 게다가 별로 바라지는 않았지만 이제 이것은 절도가 아닌 일종의 구원이 될 수도 있는 문제로 바뀌었다. 한 가지 사소한 문제만 해결된다면 아무 문제가 없다. 나는 그렇게 많은 사람들이 측백나무관에 머무르게 될 줄은 몰랐다.

내 어깨에 딱지가 앉기도 전에 두 번째 사건이 터졌다.

율피트 소란다스는 반미치광이가 되어 시내를 배회하고 있었다. 그 꼬마는 지데 사건에서 미레일이 수행한 역할을 고통스러울 정도로, 그 나이에 비해선 분명히 지나치게 느끼고 있었고 그래서 눈에 불을 켠 채 분쟁의 냄새를 맡고 돌아다녔다. 소란다스 부인은 분쟁 거리를 찾아다니는 그 행동에 많은 우려를 표명했지만, 어쨌든 그 덕분에 율피트는 카콘브리드 백작과 안도지프 백작의 분쟁의 최초 목격자가 될 수 있었다(그래서 가련한 미레일 요란하스는 세상의 파멸을 본 것 같은 눈동자를 하고 돌아다니게 되었다.).

사태는 마타피 교수가 식료품을 사기 위해 시내에 나타난 것에 서부터 시작되었다. 그를 먼저 발견한 것은 카콘브리드 백작이었고, 먼저 교수의 팔짱을 낀 것은 안도지프 백작이었던 모양이다. 이 둘은 똑같이 악기 수집의 취미를 가지고 있었고 둘 사이에 동호인의 우정 따위는 존재하지 않았다. 어쨌든 후자는 전자에게 득의만면한 웃음을 흘렸다. 하지만 그 경우 그 웃음은 아무짝에도 쓸모없는 것이었다. 그 웃음에 격분한 카콘브리드 백작은 신사의 예의도 망각한 채 마타피 교수에게 다가가 뻔뻔스럽게도 반대쪽 팔짱을 끼었다. 이 무례하고 몰상식한 행위에 대해 안도지프 백작은 주의를 주었고 카콘브리드 백작은 노련하게 응수했다.

그리고 불쌍한 마타피 교수는 그만 어쩔 줄 모르게 되었다. 누가 먼저 말소리를 높였고 누가 먼저 상대방을 돈밖에 없는 백치라고 불렀는지는 정확하지 않다. 정확한 것은 카콘브리드 백작이 재미있는 지팡이를 가지고 있었기 때문에 안도지프 백작은 그 속에서 나온 긴 장검에 당황했다는 사실이다. 그러나 두 사람이 언쟁을 벌이기 시작했을 때 율피트는 이미 행동을 개시했고 우리는 아슬아슬한 순간에 도착하여 안도지프의 목숨을 구할 수 있었다.

격분한 이파리 보안관은 카콘브리드 백작의 면전에서 지팡이 검을 부러뜨리고는 분노와 수치심과 공포로 새파랗게 질린 백작의 목에 자신의 장검을 겨누었다. "불법 무기 소지, 공무집행 방해, 보안관 우롱, 그리고 명예 훼손에 살인 미수!" 죄상을 나열할 때마다 장검은 점점 백작의 목젖을 파고들었다. 물론 이파리 보안관은 다른 자들에게 주의를 주기 위한 목적으로 그런 거친 행동을 취한 것이지만, 격분한 오크의 그런 행동을 견뎌내기엔 카콘브리드 백작의 신경이 너무 가늘었던 모양이다. 백작은 그만 비명을 지르고 말았고 그러자 백작의 하인들은 살기등등한 기세로 우리를 에워쌌다.

피를 보고야 말 것 같은 식은땀 나는 순간 우리를 구원한 것은 케이토였다. 근처 술집에서 뛰쳐나온 케이토는 지데가 죽기 직전에 했던 행동을 그대로 취해 보였다. 은팔찌 하나를 벗어던진 다음 남은 팔찌를 쥐고서, 케이토는 백작의 하인들을 쏘아보며 중얼거렸다.

"몰염치한 것들. 폐하의 관료 앞에 무릎을 꿇어라!"

그들은 모두 무릎을 꿇었다. 이파리 보안관은 그들을 다 결박한 다음 입맞춤이라도 해주고 싶다는 표정으로 케이토에게 손을 내밀었다. 하지만 케이토는 보안관과 악수하는 대신 나를 쏘아보았다. 그리고 그가 조용히 입을 열었을 때 나는 백작의 하인들에게 포위되었을 때보다 더 공포스러운 기분을 느껴야 했다.

"지데는 내 약혼녀였소."

케이토가 떠나고 나서 이파리 보안관은 나를 죽은 사람 보듯이 쳐다보았다. 그리고 나는 그 시선에 항의할 생각이 들지 않았다. 카콘브리드 백작과 그의 하인들은 엉뚱한 분풀이에 몹시 분노했다. 그들은 분노하고 항의하고 펄쩍펄쩍 뛰기까지 했지만 보안관과 나는 그들의 엉덩이를 걷어차며 감옥에 집어넣었다. 우리도 꽤 화가 나 있었던 것이다.

그리고 측백나무 숲 사이에서 새벽 속에 드리워진 측백나무관의 그림자를 바라보며 뒷주머니에서 손수건을 꺼낼 때까지도 내 화는 가라앉지 않았다.

측백나무관의 지붕엔 눈이 소복이 쌓여 있었다. 하지만 그 앞마당 쪽은 그렇지 못했다. 많은 사람들이 들락거려서 그런지 마당에 쌓인 눈은 말라붙은 비누 거품처럼 지저분하게 이리저리 이겨져 있었다. 측백나무관에 유숙하고 있는 많은 사람들 중엔 늦게까지 잠들지 않는 사람도 있으리라 여겼기에 나는 자정이 넘을 때까지 기다렸다가 출발했다. 그럼에도 측백나무관에 도착했을 때 몇 군데서 새어나오는 불빛을 발견할 수 있었다.

나는 측백나무관을 쩨려보고는 푸념하며 나무에 기대섰다. 싸늘한 숲 속에서 차가운 나무에 등을 기대고 두 시간 동안 서 있는 것은 어쨌건 권장할 일은 못 된다. 거기에 우리 고장의 별스러운 북서풍이 더해지면 5분마다 자신이 살아 있다는 사실에 깜짝깜짝 놀라게 된다.

바람은 자신에게 자해를 가하며 해괴망측한 신음을 흘리고 있었고 그 속에서 나무들은 미친 듯이 웃고 있었다. 내가 보건대 저 측백나무들은 우주의 비밀을 깨달아버린 듯했다. 그게 아니고선 저런 미친 웃음소리를 설명할 수 없다. 얼어붙은 얼굴엔 눈이 와 부딪혀도 더 이상 아무것도 느껴지지 않고 고드름 늘어진 사념의 갱도 속으로 뻗은 사고의 협궤는 추위 속에 평행성을 상실하여 때론 꼬이고, 때론 교차하기까지 한다……. 하지만 나는 이를 바득바득 갈고 발가락을 잔뜩 굽히고 두 손으로 쉼없이 온몸을 문질러대고 빨강머리에 대한 생각을 계속하며(따스한 추억이 필요해서가 아니라 활활 타오르는 증오가 필요했기에) 두 시간 동안 버티는 데 성공했다. 하지만 다시는 그럴 생각이 없었다.

북서풍이 부는 날을 선택한 것은 내가 낼지도 모를 소음들을 북서풍이 덮어주리라 믿었기 때문이다. 게다가 북서풍이 실어오는 눈은 눈밭 위에 남게 될 내 발자국을 지워줄 것이다. 하지만 난 불안한 전망을 가질 수밖에 없었는데, 왜냐하면 두 시간 동안 숲 속에서 있느라 기진맥진해 버렸고 그런 상황에서 눈보라를 뚫고 8킬로미터를 걸어가는 것은 자살 기도자들에게나 호평받을 산책인 것 같았기 때문이다.

나는 얼어서 요상한 소리를 내는 손수건을 털며 우울한 눈으로 측백나무관을 바라보았다.

결행한다면, 8킬로미터를 돌아가야 한다. 해가 뜨기 전까지 돌아가야 하므로 부리나케 도망쳐야 한다. 결행하지 않는다면, 그냥 걸어가서 문을 두드린 다음 적당한 핑계를 대고 하룻밤 쉬게 해달라고 말하면 된다. 얼어붙은 내 몸은 화주 한 잔 마시고 푹 잠들게 해달라고 애원과 협박을 보내오고 있었다. 교수는 이런 밤에 찾아간이에게 화주 한 잔 내놓는 것을 자연 법칙으로 여기는 신사다. 따스한 벽난로, 화주 한 잔, 소란 속에 버무려지는 걱정과 위로의 말들. 아아, 왜 그러지 말아야 하는가.

나는 손수건을 얼굴에 갖다댔다. 그리고 그 끝을 머리 뒤로 돌려서 묶었다.

얼어붙은 얼굴은 복면의 감촉을 느끼지 못했고 그래서 난 잠시 당황했다. 코와 얼굴을 더듬어보고 복면이 똑바로 자리하고 있다는 것을 확인한 후 나는 주머니칼을 꺼내들고 측백나무관의 창문 쪽으로 다가갔다. 현관문에는 빗장이 질러져 있을 것이다. 북서풍에 문이 열리는 것을 막기 위한 것이지만 복잡한 열쇠보다 그런 단순한 빗장이 더 처리하기 귀찮다. 창문에도 물론 비슷한 것이 있지만 현관문에 걸려 있는 큼직한 것보다는 다루기가 덜 까다로울 것이다.

덜 까다로운 정도가 아니었다. 창문 틈으로 칼을 쑤셔넣어 위로 밀어올리자 빗장은 반 바퀴 돌았고 눈 앞으로 거실의 모습이 펼쳐졌다. 나는 재빨리 안으로 들어간 다음 창문을 도로 닫았다.

그러곤 스스로에게 비웃음을 보내었다. 나는 눈이 들이쳐 바닥을 적실까 봐 걱정하고 있었다.

창문 아래의 벽에 기대앉은 나는 어둠에 눈이 익숙해질 때까지 기다리며 집안에서 들려오는 소리들에게 귀를 기울였다. 하지만 사나운 북서풍이 건물 벽을 문질러대는 소리 때문에 아무 소리도 들리지 않았다. 이 지붕 아래 남보다 월등히 귀 밝은 음악가들이 침대마다 누워 있을 것이다. 그리고 나는 그들 모두가 꿈꾸고 있을 물건을 향해 조심스럽게 걸어갔다.

계단을 저벅저벅. 통로를 성큼성큼. 그러자 교수의 침실 앞이었다.

춥고 길고 어두운 통로에 선 나는, 먼저 장갑을 벗고 얼어붙은 손가락들을 입 앞으로 가져왔다. 입김을 불자 어둠 속에서도 허연 김이 보일 지경이었다. 입김은 손가락들을 녹였을 뿐만 아니라 얼굴이 갈라지는 기분도 선사했다. 신음을 흘리고 싶었지만 대신 이를 좀 악물었다. 손가락이 충분히 녹고 나서 나는 침실 문에 귀를 대고 방 안의 소리를 들어보았다. 물론 바람 소리 외엔 아무런 소득이 없었다. 빌어먹을 북서풍. 손끝으로 열쇠 구멍을 찾은 다음 그 속으로 조심스럽게 철사를 쑤셔넣었다. 눈을 감고 손끝의 감각에 집중했다. 그리고 차라리 코바늘이 나았다는 생각을 수도 없이 한 다음, 문을 열고 교수의 침실로 들어섰다. '좋은 밤이죠? 저는 동성애에 빠진 인쿠부스입니다.'

마타피 교수는 후광과도 같은 은은한 빛에 감싸여 성자 같은 모습으로 고요히 누워 있었을까? 천만에. 둘둘 말린 시트를 다리 사이에 끼고 상반신과 하반신을 서로 다른 방향으로 향한 채 침대에 처박혀 있었다. 이런 날씨에 저 지경을 하고서도 잘만 자는 것을 보니 아무래도 잠들기 전에 화끈한 걸 마신 모양이다. 그 증거로 교수는 요란하게 코를 골고 있었다. 군대의 기상 나팔 대용으로 사용해도 별 손색이 없을 정도의 중후한 음색이었다.

장식장을 돌아보자 며칠 전에 보았던 것과 똑같은 모습으로 놓여 있는 상자가 눈에 들어왔다. 그것을 열고 안에 있는 바이올린을 확인하기까지 아무런 장애도 없었기에 난 겁이 날 지경이었다. 어쩌면 이것은 낙천적인 도둑을 위해 준비된 가짜 아닐까? 나는 미심쩍다는 표정으로 상자 속에 누워 있는 바이올린을 노려보았다. 이럴 줄 알았으면 여가 시간에 바이올린을 심문하는 방법이라도 좀 익혀둘걸. 나는 고개를 조금 내저은 다음 바이올린과 활을 집어들었다. 내일 아침 교수에게 물어보면 되리라. '도둑맞으신 것이 뭐지요?' '가짜 아스레일 치퍼티입니다, 음하하.' '음하하, 기쁜 노릇입니다.'

준비해 간 천으로 아스레일 치퍼티와 활을 감싸고 그것을 배낭 속에 집어넣었다. 상자를 제자리에 놓아둔 다음 배낭 끈을 단단히 조이며 나는 침대 쪽을 향해 몸을 돌렸다. 그리고 잠시 그 자세로 물끄러미 침대를 바라보았다.

침실로 새어들어 오는 묽고 가냘픈 빛 속에 침대는 원근감을 상실한 평면적인 물체가 되어 벽에 그려져 있었다. 하지만 부분부분 덧댄 듯한 교수의 몸은 입체감 넘치는 모습으로 그 위에 누워 있었다. 깊이감이 왜곡된 기이한 모습.

나는 그를 볼 수 없었다. 그의 가슴께까지 어둠이 드리워져 있었기에.

하지만 그는 나를 보고 있었다.

'아니다. 그는 술 냄새를 풍기며 잠들어 있다. 내가 본 것은 어둠이 비춰준 나 자신의 양심이다.' 등의 변명이나 위로는 필요없었다. 나는 그냥 물끄러미 어둠에 덮인 교수의 얼굴 쪽을 바라보았다. 그리고 다시 한 차례 바람이 자신을 찢으며 소리 높이 비명을 질렀을 때 몸을 돌려 침실을 나섰다.

문을 잠그고 계단을 내려와 거실을 가로지르고 다시 창문을 닫는 데 5분, 그리고 8킬로미터의 숲길을 걸어오는 데 500년이 걸렸다. 그 500년을 버티기 위해 빨강머리에 대한 추억이 꽤 많이 필요했다. 아스레일 치퍼티를 숨겨놓고 집으로 돌아와 몸에 술을 뿌릴 때쯤 나는 그녀의 왼쪽 새끼발가락에까지 저주를 내리고 있었다. 무좀과 피부병과 묵직한 물체의 불가해한 추락이 영원하라고.

"일어나, 티르! 이런, 술 냄새. 코가 떨어져 나가겠군. 얼마나 퍼마신 거야?"

"케이토냐? 덤벼라! 슬픔 때문에 흉측한 얼굴로 바뀌었다고 해서 봐줄 줄 아느냐? 그런데 정말 못생기게 변했구나."

이파리 보안관은 손에 들고 있던 장검을 냅다 휘둘러 내 엉덩이를 후려갈겼다. 나는 말벌에 쏘인 망아지처럼 펄쩍 뛰어올라 엉덩이를 움켜쥔 채 이파리 보안관을 바라보았다.

"뭐, 뭡니까?"

"밤새도록 퍼마셨나 보군. 그래 가지고선 케이토가 정말 찾아와 목을 따가도 모르겠다. 일어나서 씻고 옷 챙겨입어."

몸에 술을 뿌린 것은 바라는 대로의 효과를 거두었다. 이파리 보안관은 비틀거리는 내 모습을 보며 내가 북서풍 속에서 왕복 16킬로미터를 걸은 것이 아니라 위어울프의 약혼자를 죽인 자가 당연히 취했을 과음 때문에 괴로워하고 있다고 생각하는 모양이다. 그리고 나는 그를 조금 더 도와주기로 했다. 이파리 보안관은 장갑을 발에 끼려 애쓰는 나를 보며 위엄 있게 한숨을 내쉬었다.

나는 그의 조언에 따라 장갑을 손에 끼며 투덜거렸다.

"늦잠 자서 미안합니다. 술을 좀 했거든요. 그런데 그것 때문에 이렇게 찾아오신 겁니까?"

"내가 왜? 출근하고 나서 혼쭐내 줘도 되는데. 사건이 터졌다."

"무슨 사건이요? 케이토가 티르를 죽인 건 아닌 거 같은데. 잠깐, 저 살아 있죠?"

"집어치우고 일어나. 어쩌면 우리 둘이 보안관과 보안관 조수 노릇 하는 것도 오늘이 마지막일지 모르겠다. 아스레일 치퍼티가 없어졌다."

다시 올려다본 보안관의 얼굴은 끔찍했다. 따라서 나는 그 표정을 흉내내기만 하면 되었다.

오늘이 자신의 마지막 근무일이 될지도 모른다는 보안관의 말은 물론 현실성이 없는 이야기다. 이 도시에서 이파리 하드투스와 내가 아니면 누가 장검을 빗겨차고 상식의 화신인 것처럼 굴 수 있단 말인가(한때 안셀이 자신을 타고난 보안관 조수라고 여겼던 적이 있긴 하지만 그는 정확히 이틀 만에 장검을 반납하고 포충망을 들어올린 다음 나비를 쫓아 달려가 버렸다.). 따라서 보안관이 저 말을 통해 표현하고 싶었던 것은 자신의 미래에 대한 불안감이 아닌, 그 사건 자체의 심각성뿐이다.

그러나 보안관도 사태의 심각성을 제대로 표현했다고는 말하기 어렵다. 측백나무관에 도착한 우리들은 건물 바깥에서부터 아찔한 살기를 느낄 수 있었다. 이파리 보안관은 고개를 가로저으며 장검 칼자루로 문을 두드렸다.

문이 벌컥 열리며 나타난 것은 얼굴이 시뻘겋게 물든 트롤이었다. 이파리 보안관과 나는 잠시 동안 말을 잊은 채 그 무시무시한 트롤의 얼굴을 올려다보기만 했다. 하지만 트롤은 우리들은 안중에도 없다는 듯이 안쪽을 향해 외쳤다.

"보안관이 왔소! 보안관이오! 드디어 오셨군. 잘됐소. 이젠 문에서 비켜도 되겠군."

이파리 보안관은 가까스로 그의 이름을 떠올린 듯했다.

"문을 막고 계셨소, 올바이드 남작?"

"물론이오. 아무도 못 나가게 막고 있었소. 자, 어서 들어오시오. 그리고 저 중에서 파렴치한 도둑을 잡아주시오!"

이파리 보안관이 뭐라 대답할 겨를도 없었다. 안쪽에서 또 다른 누군가의 외침이 들려왔기 때문이다.

"은근슬쩍 자기 자신을 제외하진 말아줬으면 하는군요, 남작님! 당신이 그 문을 막는 것을 찬성한 이유는 당신이 트롤이기 때문이지 당신이 결백하다고 믿기 때문은 아니에요!"

올바이드 남작은 그 톱날 같은 이빨을 바드득 갈아대며 건물 안쪽을 쳐다보았다. 이파리 보안관은 그가 뭐라 외치기 전에 '실례하겠습니다' 어쩌고 하며 재빨리 장검을 들어올려 남작을 밀어붙였다. 남작은 옆으로 비켜섰고 우리는 그제야 건물 안으로 들어설 수 있었다.

거실에서는 사람들이 각자 종족 색을 뚜렷이 하는 얼굴로 서로를 미심쩍게 노려보고 있었다. 그리고 마타피 교수는 그 가운데서 지치고 초라한 모습으로 의자에 앉아 방바닥만 내려다보고 있었다. 이파리 보안관은 그에게 다가가 말했다.

"교수님, 도난 신고를 받았습니다만."

마타피 교수는 고개를 들어 보안관을 보고는 희미한 미소를 지었다. 그리고 그는 오늘 아침 손님들 중 누군가가 그걸 구경하게 해달라고 요청했고 그 요청을 받아들여 상자를 열어보았지만 상자 속은 텅 비어 있었다는 내용을 띄엄띄엄 말했다. 조금이라도 늦게 발각되도록 일부러 상자를 남겨둔 게 아무 소용이 없게 되었군. 계속해서 교수는 아스레일 치퍼티가 어제 오후까진 분명히 제자리에 있었으므로 사라진 것은 밤 중의 일일 거라고 말했다. 그는 말하는 도중 몇 번 나를 쳐다보았지만 그 눈길은 '사정이 이렇소, 티르.' 라고 말하는 것처럼 자연스러웠다.

사람들은 교수의 말이 끝나자마자 다시 떠들어대기 시작했다. 별 신경 쓸 것 없는 그 내용들은 도난 시간이 밤중이라는 점, 이 건물 내에는 그걸 가지고 싶어하는 사람이 많다는 점, 그리고 이 측백나무관이 시내에서 꽤 멀리 떨어진 곳이므로 다른 누군가가 올리는 없다는 점 등을 지적하고 있었다. 나는 마지막 말에 대해서만 고개를 끄덕이며 찬성해 주었다. 어쨌든 그들은 그런 조건들을 놓고 볼 때 도둑은 분명 건물 내의 인물이라는 결론을 내리고 있었다. 하지만 보안관은 유보적인 입장이었다.

"시내 쪽에도 그걸 탐내는 사람은 많이 있습니다. 측백나무관에 들어오지 못한 사람들 말입니다. 그들 중엔 16킬로미터 정도 눈보라 속을 걸을 수 있는 종족도 있을 테고요. 가능성은 그게 어떤 것이든 함부로 포기해선 안 되겠지요."

별 생각 없이 말한 것이겠지만 이로써 보안관은 사람들에게 신중하고 끈질긴 수사관의 인상을 주는 데 성공했다. 하지만 그럼으로 인해서 사람들은 정오의 종이 울릴 때 보안관이 범인을 지목하기라도 할 듯한 얼굴로 그를 쳐다보게 된 것은 별개의 문제다. 보안관은 이 기대에 찬 시선들 속에 당황해하다가 현장을 보자는 말을 중얼거리며 도망치려 했다. 하지만 사람들은 그의 뒤를 졸졸 따라다녔고, 그 시선들 속에서 보안관은 노련하고 기민하며 명석한 명탐정의 표정을 계속 유지하느라 식은땀을 흘릴 정도로 긴장하고 있었다. 결국 내가 그를 도와야 했다. 발자국이 훼손될지도 모르니 아무도 나오지 말라고 엄포를 놓은 다음 나는 그와 둘이서 뒷마당

쪽으로 걸어갔다.

둘만 남자 이파리 보안관은 커다란 한숨을 내쉬며 어깨를 주물렀다. 측백나무관의 창문들마다 호기심과 기대로 가득한 눈초리들이 우릴 보고 있었기에, 그는 바닥을 꼼꼼히 살펴보는 척하며 나에게 말을 건넸다.

"좀 살겠군. 네 생각은 어떠냐? 저 안의 누가 그랬을 것 같냐?"

나 역시 바닥을 내려다보며 가끔 죄없는 눈밭에 손가락질해서 창문 안쪽의 사람들을 기쁘게 만들어주며 말했다.

"동기만 가지고 조사한다면 용의자가 수십 명도 넘을 겁니다. 저 사람들, 그리고 시내에 있는 사람들은 오로지 그것 때문에 이 겨울에 이곳까지 온 사람들이니까요."

"좋은 걸 지적했다. 하지만 나는 좀 다른 걸 생각하고 있는데."

"다른 것을요?"

"교수 자신."

"마타피 교수님이요?"

이파리 보안관은 허리를 펴 잿빛 하늘을 바라보며 말했다.

"간단한 해결책 아니겠냐? 지금까지 나는 그가 그걸 팔고 싶어 한다는 이야기는 듣지 못했다. 팔기도 싫고 주기도 싫고 호라이즌에게 내주기도 싫다면, 그걸 숨겨놓고 도둑맞았다고 주장하는 건 아주 간단한 해결책 아니냐. 게다가 네 말대로 그런 동기를 가진 사람이 이렇게 많을 때 그렇게 하면 누구라도 그 사람들을 의심하지 교수를 의심하지는 않을 테고."

나는 찬성하지 않았다. 왜 그런 얼빠진 짓을 했는지 모르겠지만.

"그건 교수에게 있어 자기 기만일 겁니다, 보안관님. 그럴 바엔 무례를 무릅쓰고 아무에게도 안 준다고 선언하는 편이 낫잖습니까."

"하지만 교수는 인간이고 오크나 인간은 그렇게 이성적인 동물이 아냐. 입이 찢어져도 '내가 그러고 싶어서.'라고 말 못하는 종족을 열거해 보면 인간은 꼭 들어갈걸."

"내가 그러고 싶어서? 무슨 말입니까?"

"그게 정의여서, 그게 당연한 이치거나 관습이어서, 혹은 그게 사람 사는 도리여서라고 말할 수는 있어도 '내가 그러고 싶어서.'라고는 말 못한다는 거야. 자기를 작게 보는 종족들이거든. 그래서 오크나 인간은 신념이나 자기 주장이라는 말에 경외감을 품지."

무슨 말인지 알 것 같다. 불의에 맞서 약자를 보호하는 기사에게 왜 그러냐고 물어보라. '그게 정의니까!'라고 아주 당당하게 말하기는 하겠지만 '내가 그러고 싶으니까!'라고는 말 못한다. 그것은 무례한 자나 범죄자의 화법이라고 생각한다. 간단한 대화 두 가지가 그걸 증명한다.

'시대의 이름으로 그를 죽였다.' '당신의 정의감은 알겠으나 그래도 살인은…….'

'죽이고 싶어서 죽였다.' '뭐 이런 놈이 다 있어?'

인간과 오크는 저 정도밖에 안 되는 것들이다. 이야기가 많이 빗나간 듯하지만, 어쨌든 이파리 보안관은 인간인 마타피 교수가 '내가 주기 싫어서.'라고는 말 못하니까 '도둑맞아서.'라고 말하려 한다고 의심하고 있는 것이다. 그럭저럭 통찰력 있는 판단이지만, 나는 고개를 가로저을 수밖에 없었다.

"교수는 다릅니다."

보안관은 별 대답 없이 다시 눈밭을 바라보았다. 하지만 밤새 내린 눈은 무릎까지 푹푹 빠질 정도였고 그 속에서 어떤 흔적을 찾는 것은 불가능한 일이었다.

나는 공정해서라기보다는 의심받지 않기 위해서 보안관을 방해하지 않았고 그의 명령을 열심히 수행하긴 했지만 자발적인 행동을 하지는 않았다. 그리고 보안관은 도난에 관련된 어떤 증거도 포착하지 못했다. 그가 약간만 객관적이었다면 창문에 남은 칼자국을 찾을 수 있었을지도 모르지만 보안관은 교수 범인론을 떨쳐내지 못한 상태였다. 하지만 보안관은 일단 관련자 신문을 하기로 결정했고, 늦은 오후에 방 하나를 잡은 다음, 측백나무관에 있던 사람을 하나씩 방 안으로 불러들였다. 그동안 나는 혹 일어날지도 모르는 누군가의 도주를 막기 위해 건물 밖에서 파수를 서기로 했다. 현명한 조처였다. 범인은 어디로도 달아날 수 있겠지만 나에게선 달아나지 못할 테니까.

그래서 나는 뒷마당 한쪽의 소각장에 의자를 내놓고 앉았다. 손님들이 많아서인지 쓰레기도 많았고, 그래서 연료는 충분했다. 난 쓰레기들을 태워 모닥불을 만든 다음 두 손에 쬐며 겨울 숲을 바라보았다. 잠이 모자란데다 불 옆에 앉아 희고 고요한 겨울 풍경을 보고 있으니 졸음이 절로 찾아왔다.

뒷문으로 루레인이 걸어나왔다.

루레인은 주위를 둘러보는 시늉도 하지 않고 곧장 나에게 걸어왔다. 난 그녀를 올려다보다가 앉아 있던 나무등걸에서 옆으로 조금 물러나 자리를 만들어주었지만 루레인은 고개를 가로저었다. 그녀는 선 채 모닥불을 향해 두 손을 펼쳐보였다. 그리고 우리 둘은 잠시 측백나무 가지에서 덩어리진 눈이 떨어지는 소리와 쓰레기 불타는 소리를 들으며 침묵했다.

열기에 휘말린 종이 조각이 위로 떠올랐다. 루레인은 그걸 가볍게 낚아채선 다시 불 속으로 밀어넣으며 속삭였다.

"아스레일 치퍼티는 살았군요."

"예?"

"아스레일 치퍼티는 이제 장물이 되었으니까 한동안은 세상의 수면 위로 떠오르지 않은 채 물 밑을 떠다니겠지요. 귓속말과 밀거래 사이에서 고독하게 방랑하게 되겠지요. 그리고 호라이즌은 거기에 대해 신경 쓰기보단 다른 명기들을 향해 달려갈 테고."

"그런가요. 다행이라고 말하려는 겁니까?"

"아니요."

"아니라고요?"

"악기는 연주되어야 하지요. 세상을 향해 노래해야 하지요. 그림자 속을 숨어다니는 대신 큰소리로, 가장 큰소리로 외쳐야 하지요."

"그리고 그 교태 어린 음성으로 무수한 이들을 죽음으로 이끌어야 합니까?"

루레인은 고개를 돌려 나를 바라보았다. 하지만 나는 불꽃을 노려보며 말했다.

"불꽃이 아름다운 건 타 죽는 나방이 있기 때문이고 사이렌의 노랫소리가 기막힌 것은 빠져 죽는 뱃사람들이 있기 때문입니다. 아스레일 치퍼티도 마찬가지잖습니까? 하물며 위협받고 있는 악기라는 건 얼마나 매력적일까요. 그 자신마저도 호라이즌에 의해 죽음의 위기에 처해 있는 아스레일 치퍼티는 불꽃이나 사이렌의 노랫소리와는 비교도 되지 않을 만큼 매혹적이라고 말한다면, 그건 너무 지나친 생각입니까?"

"나 또한 그런 매혹에 희생될 뻔했으니, 그렇지 않다고 말하긴 힘들군요. 예, 스러질 것 같은 아름다움보다 더 아름다운 건 찾기 어렵겠지요. 죽음 바로 곁까지 다가가지 않은 미학은 미학이 아니겠지요."

"그런 건 연주될 필요 없습니다. 조용히 입 닫아야 됩니다."

"왜지요?"

"사람을 죽이니까."

"가장 빠른 말을 타고 세상의 끝까지 달려간 다음 그곳에서 기다리던 죽음을 만난 폭군의 이야기는 당신도 들었을 텐데요. 숨기고 감추고 달아난다 해서 죽음을 피할 수 있는 건 아니에요. 그렇다면, 거꾸로 말해서 죽음을 부를지도 모른다고 해서 숨기고 감추고 달아나는 건 무의미하고 어리석은 짓일 텐데요."

"하지만 거기에 해골 표시를 붙이고 옷장 위에 올려놓은 다음 어린애들에게 해골 표시를 피하라고 주의 줄 수는 있습니다. 그렇잖으면 당신 말처럼 귓속말과 밀거래 사이에서 고독하게 방랑하게끔 하는 것도 괜찮을 것 같군요."

루레인은 나를 물끄러미 바라보았다. 천천히 몸을 돌린 그녀는 내 곁에 앉을 듯이 몸을 숙였다. 하지만 그녀는 나무등걸에 앉는 대신 내 외투 주머니에 손을 집어넣었다. 그녀의 동작은 느릿했고, 그래서 나는 그녀가 무슨 일을 하는지 잘 알 수 있었지만 아무런 제지도 하지 않고 내버려두었다.

내 외투 속에서 손수건을 꺼내는 루레인은 다시 똑바로 섰다. 하지만 그녀는 그것을 입 앞으로 가져가 복면을 만들어 보인다거나 하지는 않았다. 그것은 불필요한 행동이었을 것이다. 그래서 그녀는 배웅이라도 하듯 손수건을 어깨 높이로 들어올린 채 나를 바라보기만 했다. 그리고 나는 나무등걸에 앉은 채 그녀의 배웅을 받으며 그녀에게서 가장 느린 속도로 멀리 떠나왔다.

0의 속도로 멀어지는 나를 배웅하던 루레인은 손수건을 내렸다. 그리고 그것을 두 손으로 쥔 채 하늘을 올려다보았다.

"정말 그렇게 생각하나요."

나는 대답하지 않았다. 그녀는 우윳빛 하늘을 올려다보며 혼잣

말처럼 말했다.

"그렇지 않아요. 아니, 그럴 수 없어요. 노래는 계속되어야 해요. 그리고 모든 사람들에게 들려져야 해요."

그녀는 하늘을 바라보고 있었지만 그녀의 손은 손수건을 둘둘 말고 있었다. 그녀는 긴 끈 모양이 된 손수건을 목 뒤로 돌리며 고개를 숙였다.

"그러려면 살아 있어야겠지요."

루레인은 나를 돌아보았다. 하지만 나는 그녀의 얼굴 대신 그녀의 긴 머리채를 질끈 묶고 있는 내 손수건을 바라보았다. 루레인은 희미하게 미소지으며 몸을 돌렸다.

"그 노래는 막을 수 없어요. 아무리 숨겨둔다고 해도. 그러니 걱정하지 않겠어요. 나는 노래를 믿어요."

그녀는 모닥불가를 떠나갔다. 홀로 남은 나는 장검 칼자루를 만지작거리며 내가 유예를 얻은 건지 용서를 얻은 건지에 대해 고민하기 시작했다. 엘프들은 왜 한 가지로 해석할 수 없게 말하는지에 대해 투덜거리며.

보안관은 결국 범인을 찾지 못했고 다른 사람들은 보안관에게서 나태나 무능력의 증거를 찾지 못했다. 보안관은 정말 심하다 싶을 정도로 노력했다. 하지만 그의 필사적인 수색에도 불구하고 측백나무관 안에서나 손님들의 짐에서는 아스레일 치퍼티가 발견되지 않았다. 보안관은 외부인의 소행 쪽으로 수사 방향을 바꿔보았지만 그 또한 난관에 봉착했는데, 다른 때라면 몰라도 요즘 같은 때 시민들을 붙잡고 낯선 사람을 보지 못했느냐고 묻는 것은 아무 소용이 없었던 것이다. '아아, 오늘은 한 대여섯 명 봤지요. 어제는 얼마 봤더라?' 결국 보안관은 '무수한 방문객들 사이에 숨어 들어온 절도 전문가가 아스레일 치퍼티를 훔쳐 달아난 것.' 이라는 결론을 내릴 수밖에 없었다. 방문객들은 탄식을 내뱉으며 그 결론을 수용했다.

마타피 교수가 아스레일 치퍼티의 도난에 대해 어떻게 생각하는지는 명확하게 밝혀지지 않았다. 내가 보기엔 그 자신도 자기가 어떻게 생각하는지 잘 모르는 것 같았다. 그는 아스레일 치퍼티를 도둑맞은 데 대해 슬퍼하고 있지만 동시에 그것이 죽지 않게 되었다는 데서 안도감도 느끼는 것 같았다. 그리고 나는 왜 사람들은 자신의 선택보다 불가항력적인 선택에 더 안도감을 느끼는지에 대해 조용히 고민하기 시작했다. 하지만 다른 사람들은 고민하기보다는 행동했다.

먼저 움직인 것은 수집가들의 무리였다. 그들은 아스레일 치퍼티가 도둑맞았다면 다시 나타날 곳은 도시의 암시장일 거라 판단하고 황급히 떠나갔다. 몹시나 다급했던 그들은 떠나가기도 전에 고향에 있는 대리인들이나 부하들에게 아스레일 치퍼티의 소식을 추적하라는 편지를 보내었고 우리의 우체국장 아인켈은 폭주하는 우편 행정에 골머리를 썩이는 대신 안셀로 하여금 스스로를 타고난 우편 행정가로 여기게끔 만들었다. 하지만 안셀이 도왔는데도 아인켈은 꽤 정신없는 나날을 보내야 했다.

그리고 음악가들이 떠나갔다. 아스레일 치퍼티의 승계자가 되기 위해 찾아온 음악가들과 자신의 실력을 겸허히 인정하고 그저 아스레일 치퍼티의 스완송을 듣기 위해 찾아온 음악가들 모두 한탄하고 탄식하며 고요히 떠나갔다. 하지만 음악가들 중 적지 않은 수가 남기로 결정했다. 나는 케이토에게서 그들이 떠나지 않는 이유를 들을 수 있었다.

"어쨌든 호라이즌은 희대의 연주자고, 그를 만나 이야기라도 나뉘보는 것은 명기의 스완송을 듣는 것 못지않게 유익한 일이 될 수 있을 테지. 게다가 명예로운 일이기도 하고."

케이토의 얼굴엔 아직 지데라는 그림자가 드리워져 어두웠지만 그의 목소리는 차분했다. 나는 그의 술잔이 빈 것을 보고는 초니에게 손가락을 튕겨보였다. 하지만 케이토는 고개를 가로저었다.

"아니, 됐네, 티르. 나는 이성적으로 행동하려고 애쓰고 있지만, 더 이상의 술은 내 자제력을 약화시킬지도 몰라. 그렇게 되면 나는 어리석게도 지데가 죽었다는 사실과 자네가 살아서 술을 마시고 있다는 사실을 양립할 수 없는 사실들로 여기게 될지도 모르고."

내게 이렇게 점잖은 경고를 말한 녀석이 또 있었던가? 나는 즉각 고개를 숙여보이며 말했다.

"미안해, 케이토."

"됐어……. 무의미한 말은 하지 마. 미안하다는 말은 다음에는 안 그러겠다는 말이겠지만, 만약 다음에 그런 일이 또 벌어지면 자넨 똑같이 행동할 거잖아? 그러니 그건 무의미한 말이야."

나는 입을 다물었다. 갑작스럽게 나는 루레인에게 수면제를 먹인 것이 두 사람의 공모의 결과였는지 지데의 단독 범행이었는지 묻고 싶어졌다. 하지만 결국 묻지 않기로 했다. 죽은 약혼자의 명예 앞에서 그를 시험대에 올리는 건 명청하기 짝이 없는 일이리라.

케이토는 서글픈 미소를 지으며 화제를 돌렸다.

"어쨌든 이 도시엔 호라이즌의 관심을 끌 만한 명기가 남아 있지 않은 건 사실이지. 하지만 그가 그를 기다려준 음악가들을 위해 보통 악기로 연주해 주는 친절을 베풀 수도 있잖나? 그렇게만 된다면 남아 있는 건 충분히 보람 있는 일이지. 이곳에 남은 음악가들 중엔 명기라고까진 할 수 없어도 꽤 괜찮은 악기를 가진 사람이 많아. 호라이즌의 연주를 듣는 대가라면 아깝지 않을 정도의."

"자네도 그걸 듣기 위해 남았나?"

"그렇게만 되면 행운이라고 생각하지만, 글쎄. 악기 살해자 호라이즌이 그런 악기를 연주할 마음이 들지 회의적이군. 미식만을 먹어온 사람이라면 보통 음식에도 욕지기를 느낄 수 있겠지."

"그렇다면 뭘 바라고 남은 건가?"

"만나서 짧게 이야기라도 나눠봤으면 하네. 음악에 대한 서로의 의견과 이상과 꿈을 교환……, 이런 건 헛소리겠지. 예술가는 학자가 아냐. 나를 포함해서 그들은 모두 자기 멋에 사는 사람들이지. 사실대로 말하자면 그의 손이 닿은 악기가 왜 죽는 건지가 가장 궁금하다네."

"그건 나도 궁금하군."

그리고 루레인도 남았다. 그녀는 이제 한결 조용해진 측백나무관에서 교수와 더불어 연주하거나 이야기를 나누거나 하며 조용히 호라이즌의 도착을 기다리고 있었다. 그리고 가끔 찾아가는 우리들에게도 연주를 들려줬지만 그녀가 내게 뭔가 의미가 있어 보이는 몸짓이나 말을 건넨 적은 한번도 없었다. 그리고 나 역시 그녀를 가까이하려 하지 않았기 때문에 우리는 별로 많은 말을 나누지는 못했다.

그리고 두어 번의 폭풍이 더 몰아치고 나서, 호라이즌이 도착했다.

OVER THE HORIZON
겨울의 지평선

백사자의 달 아흐렛날은 그 날짜가 가진 의미보다는 훨씬 평범하게 시작되었다.

그날 아침도 이미 우리에게서 해고되어 다시 전쟁에 돌입한 미레일과 율피트는 서로의 전력과 전략을 파악하느라 정신이 없었고 도서관 서기야말로 하늘이 내려준 자신의 천직이라고 여기게 된 안셀은 도서관 설립안을 손에 들고 시의원들의 집을 순례하고 있었다. 아인켈은 음악가들에게 온 우편물이 담긴 행낭을 메고 시내를 돌아다녔고 버나드 교장은 자신의 학생들이 배움에의 열의로 가득 차 있다는 착각에 기뻐하고 있었다.

지극히도 평범한 그 아침, 그러나 이파리 보안관과 나는 이맛살을 찡그린 채 광장 한편에 우울하게 서 있었다. 그리고 우리들 주위에는 음악가들이 서 있었다.

정오 조금 전, 마차들이 도착했다.

줄줄이 늘어선 마차는 여섯 대였고 그 뒤로 하인들과 짐꾼들, 그리고 짐수레 등이 어기적거리며 따르고 있었다. 이파리 보안관과 나는 서로를 향해 굳은 얼굴을 돌려대며 언제쯤 그 일행이 끝날까 초조하게 기다렸다. 그리고 잠시 후 우리들은 100명은 됨 직한 일행이 한꺼번에 들이닥쳤다는 사실을 깨닫고는 아찔함을 느꼈다.

여섯 대의 마차들이 정렬하고 그 뒤로 수레와 짐마차, 그리고 오래도록 걸어온 사람 특유의 무관심한 얼굴의 사용인들이 멈춰 섰다. 마차 한 대의 문이 열리며 엘프 하나가 뛰어내렸다. 그는 마차 안에서부터 우리들을 보고 있었던 듯 곧장 우리에게로 걸어왔다. 손에 가방을 들고 다가오는 그의 얼굴은 의아해하는 기색이었다. 아마도 누가 보안관인지 알 수 없어서 그랬던 모양이며, 그래서 그는 우리 둘 모두에게 질문을 던졌다.

"안녕하십니까? 보안관이시죠?"

"이파리 하드투스 보안관입니다. 이쪽은 제 조수인 티르 스트라이크이고요."

"제 이름은 네지스입니다. 우리는 호라이즌 선생님과 그 제자들이며 이곳에 계신 랜돌 마타피 교수님을 방문하기 위해 찾아왔습니다."

그리고 네지스는 루레인이 그랬던 것처럼 가방 속에서 서류들을 꺼내었다. 그가 루레인과 달랐던 것은 백여 명이나 되는 일행의 신분 증명서와 여행증을 한꺼번에 꺼내들었다는 점이다. 그 두툼한 서류 뭉치를 본 이파리 보안관은 질렸다는 표정으로 고개를 가로저었다.

"본 걸로 해두지요. 그걸 다 읽어보려면 나는 짜증이 날 테고 당신들은 너무 오래 기다리게 될 테니까. 그리고 조사도 관두겠습니다. 대신 호라이즌 씨에게 이리 나오라고 하십시오."

네지스는 당혹한 눈으로 보안관을 쳐다보았다. 하지만 보안관은 그가 무슨 말을 하도록 내버려두지는 않았다.

"호라이즌 씨가 나와주면 간단합니다. 그렇지 않으면 우리는 그 서류를 다 읽어보고 여러분들의 소지품도 다 조사해 봐야 합니다. 시간이 너무 낭비되지 않겠습니까? 나는 책임자를 만나서 짧게 끝낼 생각입니다. 가서 그렇게 전하십시오."

네지스는 고개를 가로저었지만 순순히 물러났다. 그는 가장 앞쪽에 정차한 마차로 달려가 창문으로 고개를 들이밀었다. 잠시 후 그 문이 열리며 헌칠한 엘프 하나가 밖으로 나왔다.

나는 난생 처음으로 늙어보이는 엘프를 보게 되었다.

늙었다고 해도 다른 종족보다는 훨씬 젊은 모습이었다. 인간이라면 기운 넘치는 장년이라고 여겨질 듯한 용모였지만 선이 가늘고 부드러운 엘프의 모습에 익숙해 있던 보안관이나 나에겐 꽤 충격적이었다.

호라이즌은 네지스처럼 주저하지 않았다. 그는 이파리 보안관 앞에서 정확히 걸음을 멈췄다.

"안녕하십니까. 호라이즌입니다."

"이파리 하드투스 보안관입니다. 환영합니다."

우리 주위에 있던 음악가들은 눈이 튀어나갈 정도로 긴장한 채 이파리 보안관과 호라이즌을 바라보았다. 그들은 보안관을 밀치고 앞으로 나서고 싶어하는 얼굴들이었지만 보안관은 그들이 그러도록 내버려두지 않았다. 그는 장검에 두툼한 왼손을 얹은 채 오른손으론 오른쪽 송곳니를 톡톡 두드렸다.

"흔히들 하는 말이지만 좋은 소식과 나쁜 소식이 있습니다. 어느쪽부터 들으시겠습니까?"

호라이즌은 고개를 약간 갸웃했다.

"좋은 소식부터 듣겠습니다."

"그럴까요. 좋은 소식은 이렇습니다. 여러분들이 불법 무기를 소지했는지 확인해야겠지만, 여러분들은 그 인원만으로도 충분히 위협적이고 따라서 무장 여부는 별 중요한 문제가 아닌 것 같다고 생각됩니다. 그래서 나는 당신이 책임자로서 아무 분쟁도 없을 거라고 약속해 주는 것으로 만족하기로 했습니다."

"알겠습니다. 신사의 명예를 걸고 약속하겠습니다. 충분합니까?"

"충분합니다. 그럼 나쁜 소식을 들려드릴 차례군요. 마타피 교수님께 가면 들으실 수 있겠지만 미리 말씀드리겠습니다. 아스레일치퍼티는 도난당했습니다."

음악가들은 자신들이 그걸 훔쳐가기라도 했다는 듯 낭패한 표정을 지으며 얼굴을 붉혔다. 하지만 호라이즌의 차분한 얼굴에는 아무런 표정도 떠오르지 않았다.

"아직 회수되지 않은 모양이군요."

"그렇습니다."

"당분간 회수될 가능성도 없습니까?"

"죄송하지만, 그렇습니다."

"알겠습니다."

그리고 호라이즌은 가볍게 인사를 하고 나서 몸을 돌렸다. 음악가들에게로 몸을 돌린 호라이즌은 차분한 미소를 지으며 인사를 나누기 시작했다. '안녕하십니까, 까자리. 오래간만이군요, 케이토' 하는 식이었고, 그래서 보안관과 나는 자신도 모르는 사이에 주변으로 밀려났다. 그렇게 순식간에 우리를 방관자로 만들어놓은 호라이즌은 음악가들과 더불어 측백나무관 쪽으로 가버렸다. 고개를 갸웃거리며 그 뒷모습을 바라보던 우리에게 다시 네지스라는 젊은 엘프가 다가왔다. 네지스는 보안관에게 야영을 해도 되느냐고 질문했다.

"야영이요?"

"예. 인원들이 워낙 많다 보니 우리는 대개 생필품을 구하기 좋은 마을 주변의 공터에서 야영을 하곤 합니다. 조금 전에 듣기로 측백나무관은 약간 한적한 위치에 있다고 하니 그 주변에서 야영을 할까 합니다만, 괜찮겠습니까?"

"도벌 금지에 대해서는 알고 있겠지요?"

"물론 잘 알고 있습니다. 사용할 연료는 모두 시내에서 구입할 겁니다."

"이곳에선 주로 석탄을 써요. 노천광이 몇 개 있어서. 석탄은 야외에서 쓰긴 귀찮은 물건인데."

"괜찮습니다. 석탄을 태우는 도구들도 충분히 가지고 있습니다."

네지스는 자신감 있는 태도로 말했다. 보안관은 어깨를 한번 으쓱였다.

"그렇다면 문제 될 건 별로 없겠군요. 그곳엔 식수원이 있는 것도 아니고 밭이 몇 개 있지만 겨울이라 한적할 겁니다. 그러니 마타피 교수가 허락한다면 나로선 상관하지 않겠습니다. 가끔 나나 조수가 방문해도 되겠지요? 뭐, 꼭 감시하겠다는 건 아닙니다만."

"얼마든지 오십시오. 음악은 충분할 테니 다른 분들과 함께 구경 오셔도 좋을 겁니다. 그리고 맛 좋은 술병을 들고 오신다면 더 큰 환영을 받으실 겁니다."

그리고 네지스는 사용인들과 함께 상가 쪽으로 걸어갔다. 아마도 먼저 출발한 이들은 천막을 치고 네지스는 필요한 물품들을 구입한 다음 그 뒤를 따라갈 모양이다. 보안관은 그 모습을 보며 투덜거리듯 말했다.

"팔자 좋은 방랑자들이군. 세상을 내키는 대로 돌아다니며 밤에는 모닥불 피워놓고 음악을 즐긴다는 건가? 완전히 집시잖아."

"호라이즌의 이동식 음악 학교인가 보지요. 그런데 이 계절에 야영이라니, 폭풍이 몰아치면 위험할지도 모르겠는데요?"

"괜찮을 거야. 저 사람들도 그렇게 많이 돌아다녔다면 폭풍을 피할 정도의 요령은 가지고 있겠지. 그건 그렇고 호라이즌은 왜 그렇게 태평한 거지? 그자의 목적은 아스레일 치퍼티의 연주였잖아."

보안관과 나는 짧게 토론해 보았지만 둘 중 누구도 쓸 만한 해석은 내놓지 못했고, 그래서 우리들은 호라이즌이 감정 표현을 적게 할수록 자기 값어치가 올라간다는 속설의 신봉자라는 결론을 내렸다. 하지만 우리 둘 다 그 결론에 만족하지는 못했다.

이파리 보안관이 집시라고 말한 것은 상당히 통찰력 있는 결론이었다. 겨울의 얼어붙은 풍경 속으로 태양이 성의 없이 햇빛을 뿌리고 있는 오후 그들의 야영장을 찾은 내가 처음 받은 인상이 바로 그러했다.

반원을 그리며 줄지어 선 마차와 짐수레들이 야영장의 경계를 표시했고 그 안쪽으로는 여러 개의 천막과 모닥불이 어지러이 흩어져 있었다. 바람이 잘 통하는 곳에 만들어진 취사장에선 맛있는 냄새가 풍겨왔고 엘프들은 놀랍게도 일광욕을 하고 있었다. 엘프들이 추위를 타지 않는 것은 알고 있었지만 상의를 훌렁 벗은 채 눈밭에 드러누워 있는 모습을 보고 있자니 보는 사람이 다 으슬으슬해질 지경이었다. 추위를 적당히 타는 종족들은 모닥불 옆에 모여앉아 뭔가 이야기를 나누거나 웃거나 했고 추위를 아주 많이 타는 이들은 담요를 잔뜩 두른 채 천막 안에 앉아 있었다. 하지만 그런 자들의 모습에서도 이 야영장에 가득한 여유로움은 뚜렷이 찾아볼 수 있었다. 먼저 찾아왔던 방문객들도 그들 사이에 자연스럽게 섞여 있었다. 바쁘게 구는 사람은 어디에도 없었고 큰소리로 이야기하는 사람도 없었지만 소곤거리는 듯한 목소리와 낮은 웃음소리는 끊이지 않았다. 그리고 그들 중간중간에 악기를 튕기거나 불거나 두드리거나 하는 사람들이 있었다. 하지만 연주한다기보다는 손질하는 것처럼 보였다. 나는 그들을 놀래키지 않기 위해 일부러 천천히, 우호적인 걸음걸이로 걸어갔지만 곧 낭패한 심정으로 그들에게 내 존재를 알릴 방법이 없나 고민해야 했다. 그들은 그 겨울 오후를 여름 늦저녁처럼 즐기고 있었고 주변 일에 무관심했다.

다행히도 내가 헛기침을 좀 사납게 할까 말까 고민하고 있을 때 네지스가 나를 발견했다. 한 손에 석탄 양동이를 든 채 야영장을 가로지르던 네지스는 나를 발견하고 웃으며 걸어왔다.

"보안관 조수님이시군요. 티르 스트라이크 씨?"

"정확합니다, 네지스 씨."

빙긋 웃던 네지스는 뭔가 생각난 것처럼 일광욕 하는 엘프들을 훔쳐보고는 당혹한 어조로 중얼거렸다.

"저, 풍기문란에 대해서라면……."

"까다롭게 굴진 않겠습니다. 여기는 시내도 아니고 저 모습을 보며 야릇한 생각을 할 사람보다는 감탄할 사람이 더 많을 것 같으니까요. 저만 해도 저걸 보고 있으니 이가 딱딱 부딪칠 지경입니다."

"이해해 주셔서 고맙습니다. 사실 저들은 오랜 여행 때문에 지저분해지고 피로해진 몸을 눈으로 씻고 햇빛을 좀 쬐려고 저러는 겁니다. 내일이면 다시 점잖게 하고 다닐 겁니다."

눈으로 몸을 씻는다는 말을 들으니 다시 이가 부딪칠 것 같은 기분이 들었다. 나는 몸을 부르르 떨고 나서 말했다.

"그런가요. 뭐 구경이나 할까 해서 왔습니다. 대충 훑어보니 밀도살이나 도벌이나 황제 폐하에 대한 반란의 흔적 같은 건 안 보이는군요. 제가 더 꼼꼼하게 조사할 필요는 없겠지요? 그런데 호라이즌 씨는 어디 계십니까?"

"저기 큰 천막에 계십니다. 안내해 드릴까요?"

나는 어쩔까 하다가 그러라고 했다. 이곳의 분위기가 자유롭다고 해서 쉽게 격식을 포기하는 것은 좀 섣부른 행동일 것 같았다. 그래서 나는 네지스의 뒤를 따라 야영장을 가로질렀다. 야영장 이곳저곳에 흩어져 있는 음악가들은 내게 거의 신경을 쓰지 않았다. 나는 그중에서 케이토를 발견하고 눈인사라도 보내려 했지만 몇 번을 시도했음에도 케이토의 주의를 끄는 데 실패하고 말았다.

큰 천막 안에는 몇 명의 사람들이 앉아 있었다. 소형 화로 같은 것이 가운데 놓여 있었고 천막 지붕엔 연기가 빠져나가는 구멍이 교묘하게 자리잡고 있었다. 천막을 지은 솜씨가 썩 훌륭했던 것인지 안에는 연기나 그을음 같은 것을 별로 찾아볼 수 없었다. 하지만 안은 어둑어둑했고 설맹에 걸릴 정도로 하얀 풍경에 익숙해 있던 나는 조금 후에야 안에 있는 사람들을 알아볼 수 있었다.

먼저 눈에 들어온 것은 마타피 교수였다. 교수가 왜 측백나무관이 아닌 이곳에 있는 것일까? 그리고 늙은 노움 까자리와 올바이드 남작의 모습이 차례로 눈에 들어왔다. 그 뒤쪽으로 화로에서 조금 떨어진 위치에 호라이즌이 앉아 있었다. 호라이즌은 자라목 스웨터를 걸친, 어찌 보면 소박해 보이는 모습으로 앉아 있었다. 하지만 내 눈길은 호라이즌의 얼굴 위에 오래 머무르지는 않았다. 호라이즌의 왼편에는 루레인이 앉아 있었다.

내가 들어서자마자 천막 안의 모든 사람들이 입을 다물었기 때문에 꽤 난처한 기분이 들었다. 하지만 그 침묵은 나 때문에 발생한 것이 아니라 대화의 중간에 가끔 생길 수 있는 자연스러운 휴지(休止)였던 모양이다. 얼마 있지 않아 까자리가 무슨 말을 꺼내려 했던 것이다. 하지만 나는 그 말이 무엇인지 알 수 없게 되었다.

"선생님, 보안관 조수이신 티르 스트라이크 씨가 오셨습니다."

네지스가 말하기 전부터 호라이즌은 나를 바라보고 있었지만 그가 미소를 지어보인 건 네지스의 소개가 끝나고 나서였다. 호라이즌은 손을 내밀어보였고 그것은 어떻게 해석해도 앉으라는 의미 같아서 난 목례하며 마타피 교수와 까자리 사이에 앉았다. 네지스는 아무 말 없이 밖으로 나가버렸고 호라이즌은 여전히 입을 열지 않았기에 대화의 첫삽은 내가 퍼올려야 했다. 나는 침묵의 동토에 힘차게 첫삽을 꽂아넣었다.

"뭐 불편은 없으신가 해서 찾아왔습니다. 그리고 이건 보안관 사무실에서 보내드리는 겁니다."

나는 들고 갔던 바구니를 앞으로 내밀었다. 호라이즌은 바구니 안에서 목도리들과 장갑 몇 벌을 발견하고 재미있다는 미소를 지었다. 마타피 교수가 짧게 설명했다.

"귀한 걸 받으셨군요, 호라이즌. 하드투스 보안관과 스트라이크 보안관보는 모두 수편에 상당한 조예가 있습니다. 하지만 그들은 자신들의 작품을 모조리 신전 부속 고아원에 보낼 뿐 친구들에게 선물하지는 않습니다."

스트라이크 보안관보? 정식 명칭이야 그렇지만 정말 오래간만에 들어보는 말이군. 교수의 설명을 들은 호라이즌은 가볍게 목례하며 말했다.

"이렇게 귀한 선물을 받아도 되는지 모르겠군요, 스트라이크 씨."

"티르라고 부르시지요. 그리고 크게 부담 가지실 만한 물건은 못 됩니다."

"감사합니다, 티르 씨. 그렇게 말씀하십니다만, 방랑하는 처지인지라 옷가지는 대단히 고마운 선물입니다."

"예, 저희들도 그렇게 생각하고 그걸로 골라봤습니다. 솜씨는 변변찮습니다만 실은 좋은 걸 썼으니 그럭저럭 쓸 만할 겁니다."

호라이즌은 차분히 웃으며 바구니를 옆에 내려놓은 다음 천막 한쪽에 놓여 있는 상자를 열었다. 상자 안에서 포도주 한 병을 꺼낸 호라이즌은 보안관과 함께 맛이나 보라며 내게 건네었다. 그리고 나는 잠시 바보가 되기 위해 애써야 했다. 깡촌의 보안관 조수가 손에 들고 있는 포도주가 정말 명품이라는 것을 감정해 낸다면 누구라도 이상하게 여길 것이기 때문이다. 하지만 까자리와 올바이드 남작은 감탄의 한숨을 내쉬었다.

나는 그 명품을 저급 밀주라도 되는 것처럼 대충 갈무리해 두고는 지나가는 말처럼 질문했다.

"단지 참고해 두기 위해 묻는 것입니다만, 이곳엔 얼마나 계실 예정이십니까?"

호라이즌은 차분한 어조로 말했다.

"글쎄요. 원래 목적은 마타피 교수님께 허락을 얻어 아스레일 치퍼티를 연주해 보는 것이었습니다만 불미스러운 사건으로 그건 불가능해졌군요. 그래서 우리들은 여독이나 좀 치유하고 떠날 생각입니다. 네지스 군에게 물어보시길 바랍니다. 우리들의 여행 계획을 작성하고 얼마나 쉴 것인지 결정하는 건 모두 그 성실하고 현명한 젊은이의 일이지요."

"말씀하신 그 불미스러운 사건에 대해서는 치안 책임자로서 깊이 사과드리겠습니다. 그리고 아스레일 치퍼티를 되찾기 위해 모든 노력을 아끼지 않겠습니다."

이 말을 하면서 나는 루레인을 훔쳐볼 수밖에 없었다. 하지만 루레인은 차분히 화로만 바라보고 있었다. 그리고 호라이즌은 고개를 살짝 끄덕였다.

"제가 떠나기 전까지 아스레일 치퍼티가 회수된다면 교수님에게는 물론이거니와 제게도 다시없는 기쁨일 것입니다."

나는 그쯤에서 일어나려 했다. 하지만 호라이즌은 따라 일어나며 말했다.

"괜찮으시다면 제가 배웅해 드리고 싶군요."

나는 주춤하며 호라이즌을 바라보았지만 호라이즌은 이미 천막을 나서고 있었다. 나는 천막 안에 있는 사람들을 죽 둘러보았지만 모두들 별 표정 없는 얼굴로 내게 작별 인사를 보내왔다. 루레인은 눈길 조심해서 가라는 말을 중얼거렸다. 난 그들 모두에게 작별한 다음 천막을 나왔다.

호라이즌은 밖에서 하늘을 쳐다보며 서 있었다. 내가 나오는 것을 본 호라이즌은 별말 없이 걷기 시작했고 나는 그의 뒤를 따라걸었다. 그가 지나감에 따라 음악가들과 제자들이 가볍게 인사를 보내오거나 했지만 내가 질투를 느낄 정도는 아니었다. 그들 중 몇몇은 아예 호라이즌을 무시하고 있었고 호라이즌 역시 주위에 별 신경 쓰지 않은 채 야영장을 지나갔다.

내가 몇 번 고개를 갸웃거리는 동안 우리는 야영장 바깥에 이르렀다. 나는 호라이즌에게 작별 인사를 하려 했지만 호라이즌은 걸음을 멈추지 않았다. 나는 그의 옆으로 따라붙으며 그의 옆얼굴을 향해 말했다.

"이만 나오셔도 됩니다. 안에서 손님들이 기다리지 않습니까?"

"좀 걷고 싶군요. 그들은 괜찮을 겁니다."

호라이즌은 앞만 바라보며 그렇게 말했다. 나는 어깨를 으쓱인 다음 들고 있던 포도주 병을 외투 주머니에 넣고는 조용히 눈길을 걸어갔다.

스웨터를 걸친 채 눈길을 걸어가고 있는 호라이즌의 모습은 정말 산책이라도 하는 듯한 모습이었고 그 모습을 본 사람은 누구나 근처에 그의 집이 있으리라 생각할 듯했다. 발 아래에서 가볍게 들려오는 뽀드득거리는 소리와 네펜지스 강 근처에서 들려오는 바람 소리가 우리들과 동행했다. 기진맥진한 겨울 태양은 서녘의 잠자리를 향해 날아들고 있었고 숲 사이에선 밤들이 스물스물 피어나고 있었지만 아직 세상은 충분히 밝았다.

그리고 호라이즌은 차분하게 말했다.

"아름다운 곳에 살고 있군, 티르. 반쪽밖에 보이지 않지만 그래도 충분히 아름답군."

나는 그의 왼쪽 눈을 흘끔 돌아보고는 고개를 끄덕였다.

"자네 덕분이라고 할 수 있겠지, 호라이즌."

내 연적이었던 엘프는 오른쪽 눈으로만 미소지었다.

바람 소리가 제법 거세지고 있었다. 아무래도 네펜지스 강이 심술을 부려 폭풍을 몰아오고 있는 듯했다. 호라이즌은 고개를 약간 떨군 채 걸었고 나는 뒤를 살짝 돌아보았다. 야영장은 이미 숲 저편으로 사라져 보이지 않았다.

"왜 칼을 놓고 음악가가 되었지?"

"자네가 이 눈을 가져간 후 더 이상 칼을 쥘 수 없게 되었네. 한쪽 눈으론 거리를 맞출 수 없었어."

"통하지도 않을 거짓말은 말아, 호라이즌. 내가 언제나 부러워했던 거지만 그 커다란 귀는 눈이나 다름없었지. 물론 원근감이 좀 나빠지긴 했겠지만 두 눈 다 감고 상대의 맥박 소리나 숨소리만으로도 거리를 맞추는 재주로 날 놀라게 했던 자네라면 그건 큰 문제가 아냐."

호라이즌은 쓸쓸하게 웃었다.

"옛날 이야기야. 이젠 그렇게 못해. 자네가 굳이 이유를 필요로 한다면 세상 사람들이 모두 알고 있는 이유를 그대로 말해 주겠네. 더 이상 내게는 적수가 없기 때문에. 물론 정확하게 말한다면 '자네가 사라지고 나서.' 라는 말이 앞에 붙어야겠지만."

"흥. 그녀는 잘 있나?"

"모르겠는걸. 자네가 마지막으로 그녀를 본 날짜와 내가 마지막으로 본 날짜는 크게 차이 나지 않아."

나는 걸음을 멈췄다. 하지만 호라이즌은 멈추지 않았고 그래서 나는 다시 발걸음을 떼며 말했다.

"바로 헤어졌단 말이야?"

"그래."

"왜지? 그녀 때문에 눈알이 빠지고 나니 사랑이고 뭐고 다 식어 버렸나?"

"애초에 그 천박한 여자에게 사랑 같은 감정 품어본 적 없어."

꽤 충격적일 수도 있는 말을 들었지만 이상하게도 아무런 충격이 느껴지지 않았다. 마타피 교수에게서 호라이즌이라는 말을 처음 들었을 때에도 그랬듯이. 그래서 나는 차분하게 질문했다.

"나와 싸우기 위해 그녀를 이용한 건가?"

"그래."

"그리고 그걸로 모자랄까 봐 나를 고발했나?"

호라이즌은 고개를 끄덕였다. 나는 미간을 찡그리며 이유를 물었다.

"왜 그렇게까지 했지?"

"우정이 자네의 손목을 잡는 것을 원하지 않았기 때문이지. 내가 그냥 그 여자를 빼앗았다면 자넨 웃으며 우리 둘의 결혼식에서 축가를 부를 위인이지. 나는 자네가 아무런 거리낌없는 순수한 살의로 나에게 덤벼오길 원했기 때문에 그런 야비한 방법을 선택했네.
난 필요하다고 생각되면 다 해볼 생각이었어. 만약 자네에게 가족
이 있었다면 난 그들 또한 파멸시켰을 걸세."

역시 충격은 없었다. 대신 추측이 사실로 확인되는 잔잔한 즐거
움만이 찾아들었다.

"짐작은 했어. 그 빨강머리는 내 취향일 수는 있어도 자네의 취
향엔 안 맞는 여자였지. 이제 그렇게까지 나와 싸워보고 싶어했던
이유를 들을 차례로군. 왜 그랬나?"

"지평선을 넘기 위해서지."

나는 화내지 않았다. 절대로 화낼 생각은 없었다. 대신 길옆에
있던 측백나무를 걷어차 눈 한 무더기를 떨어지게 만들었다.

"지평선은 넘을 수 없어. 보이긴 해도 닿을 순 없는 거라고. 그
게 보인다는 이유로 정말 넘을 수 있다고 생각했단 말인가?"

"그렇게 생각했네."

"지평선을 넘기 위해선 도덕이고 윤리고 선이고 다 필요 없단 말
인가?"

"알면서 묻지 말게, 티르. 그건 지평선 이쪽에 있는 것들이야."

왠지 목마른 기분이 느껴졌다. 난 눈을 한 움큼 집어든 다음 그
걸 매만지며 말했다.

"나를 그렇게까지 인정해 줬으니 고맙다고 해야 할까. 하지만 난
속 좁은 위인인지라 자네를 계속 증오하는 편이 나을 것 같은데."

"좋을 대로. 하지만 자넨 내 마지막 희망이었고 자네가 떠난 이
후로 나는 칼을 통해선 지평선을 넘는 것이 불가능해졌다는 걸 알
게 되었어. 포기할 수밖에."

"그래서 악기로 바꿨나?"

"그래."

"그 많은 명기들이 죽어나간 이유를 알겠군. 넘을 수도 없는 걸 넘어보자고 그렇게 졸라댔으니 기가 막혀 입을 다물 수밖에."

"나도 잘 모르겠네, 티르. 하지만 자네 말이 맞을 것 같아. 넘을 수 없다는 부분엔 찬성하지 않지만."

"보인다고 해서 다 도달할 수는 없어, 호라이즌."

호라이즌은 아무 말도 하지 않았다. 아니, 말을 하긴 했지만 내가 바라는 말은 아니었다. 호라이즌은 오른쪽 눈으로 나를 돌아보며 말했다.

"자네지?"

"무슨 말이야?"

"자네가 아스레일 치퍼티를 훔친 거지? 그게 나에 대한 복수였는지 자네 자신의 사욕을 채우기 위해서였는지는 묻지 않겠어. 나로선 관심없는 일이니까. 자네가 훔쳤다는 것만 인정해 주게. 자네지?"

"그렇다면 어쩔 건가?"

"돌려주게."

"나는 아무것도 인정하지 않았어. 하지만 내가 훔쳤다 쳐도, 자네가 돌려달라고 말하는 건 이상하군. 마타피 교수에게 돌려줘야 되는 것 아닌가?"

"쓸데없는 말 하지 마. 마타피 교수는 그걸 내게 줄 거야. 몇 년 동안 봐온 사이니 나보다 자네가 더 잘 알 텐데. 생각해 봐."

하지만 나는 마타피 교수에 대해 생각하지는 않았다. 대신 나는 그 여유롭고 느긋했던 야영장에 대해 생각하고 있었다. 그리고 그렇게 될 수밖에 없었다는 결론을 내렸다. 사람은 자기가 추구할 수 없는 것을 추구하는 사람을 보면 자기가 추구할 수 없다는 이유만으로 그 목표를 비웃고 무시하고 평가 절하하는 법이다. 무의식중에라도.

"불쌍한 녀석들."

"뭐라고 했나?"

"별말 아니야. 이만 돌아가게."

나는 멈춰섰고 호라이즌이 더 이상 걸어가는 것을 용납하지 않았다. 나는 충분히 단단해진 눈덩이를 씹으며 기다렸다. 몇 발자국 더 걸어가던 호라이즌은 기어코 발걸음을 멈춘 다음 몸을 돌렸다. 내 앞을 가로막듯이 선 그는 한쪽 눈으로 나를 똑바로 바라보며 말했다.

"티르, 그걸 돌려줘."

나는 어깨를 으쓱인 다음 씹고 있던 눈덩이를 호라이즌에게 집어던졌다. 살짝 피한 호라이즌은 웃지도 않으며 말했다.

"이것말고."

"그럼 뭐?"

"그러지 말게, 티르. 자넨 항상 그랬지만, 이번만은 농담이나 장난으로 넘어가려는 건 통하지 않아."

나는 무슨 말인지 모르겠다는 표정을 지어보였다. 물론 그건 지나친 모욕이었고 호라이즌의 얼굴엔 미미한 분노의 기색이 떠올랐다. 하지만 그의 목소리는 여전히 온화했다.

"돈이 필요한 거라면 자네가 부르는 값에 그걸 사겠네. 자네는 그런 고악기를 어떻게 팔아야 하는지도 모르잖나. 만약 나에게 복수하려는 거라면 그건 부당한 복수심이라고 말해 주겠네. 이 왼쪽 눈으로 충분하지 않다고 말할 건가?"

좋은 유혹이다. 하지만 난 심술궂은 어투로 대답했다.

"사명감을 느낀다면?"

"무슨 말을 하는 건가?"

"가 닿을 수 없는 지평에의 도약대로 이용하려는 녀석에게서 모든 사람을 위해 노래해야 할 악기를 지켜야겠다고 믿게 된 거라면? 그 녀석은 항상 도약하지만, 지평에 닿는 대신 언제나 추락하여 도약대를 박살낸다고."

"나는 가 닿을 거야."

"뜨개질을 시도해 봐. 악기는 그만 죽이고."

호라이즌은 묵묵히 나를 바라보다가 얕은 한숨을 내쉬며 말했다.

"티르, 이건 마지막 제안이야. 아스레일 치퍼티 이외에도 세상엔 아직 명기가 많이 있어. 자네가 그걸 내놓지 않더라도 나는 약간의 아쉬움만 느낀 다음 다른 악기들을 향해 떠나버리면 그만이야. 그렇잖아도 제린다 공국에서 세람브로스의 14번 시리즈가 발견되었다는 소식을 들었다네. 내 다음 목표지. 내가 자네에게서 아스레일 치퍼티를 사겠다는 건, 자네라는 존재가 내 속에서 가지는, 혹은 가졌던 의미에 대해 표하는 경의 이외엔 아무것도 아니야, 티르. 내가 자네에게 경의를 표하도록 허락하게."

나는 잠시 대답을 보류한 채 그를 가만히 바라보았다. 해는 이제 측백나무 저편으로 완전히 사라졌고 하늘엔 부옇게 흩어진 빛들이 가물거리고 있었다. 그의 얼굴을 마주보는 동안 나는 대답을 떠올릴 수 있었다.

"호라이즌, 자넨 너무 늙었어. 나보다도 더."

호라이즌은 꿈쩍도 하지 않았다. 내가 지적하기 전부터 알고 있었을 것이다. 하지만 나는 끝까지 말했다.

"엘프가 인간보다 더 빨리 늙은 이유는 한 가지뿐이야, 호라이즌. 자넨 악기뿐만이 아니라 자네 자신도 죽이고 있어. 지평선을 넘을 순 없다는 것을 인정하게. 보인다고 해서 전부 다 닿을 수 있는 건 아냐."

호라이즌은 내 말에 대답하지 않았다. 대신 앞쪽으로 걸어왔다. 나는 그를 똑바로 바라보며 그의 옛모습을 떠올려 보려 했다.

호라이즌은 내 옆을 지나쳤다.

나는 뒤를 돌아보지 않았다. 눈을 밟는 호라이즌의 발소리가 모든 것을 말했다. 확고하고 뚜렷한 발자국 소리였다. 그리고 멀어지고 있었다.

나는 고개를 들었다. 폭풍이 시작되고 있었다.

백사자의 달 스무날째, 호라이즌 일행은 우리 도시를 떠나갔다.

나는 두번 다시 호라이즌을 만나지 않았다. 그리고 호라이즌도 나를 찾아오지 않았다. 호라이즌의 일행들은 그들을 찾아간 우리 시민들과 더불어 노래하고 춤추고 연주하며 작은 잔치도 몇 번 벌였고 여러 가지 재미있는 추억도 남겼지만 결과적으로는 마치 오지 않았던 것처럼 되어버렸다. 다만 네지스가 떠나기 직전 우리에게 아스레일 치퍼티가 발견되면 연락해 달라고 주소 하나를 남겨두었다. 나는 그것을 잊어버리기로 했다.

호라이즌 일행이 떠남과 동시에 남아 있던 음악가들도 우리 도시를 떠나갔다. 며칠 동안 노래와 연주에 취해 있던 그 음악가들은 호라이즌 일행이 떠나자 갑자기 가족들과 함께 새해를 맞이하고 싶다는 욕망에 휩싸였다. 그 변화를 보는 건 재미있는 일이었지만, 우리들은 예의바르게 그들을 전송했다.

케이토는 지데의 가족과 자신의 가족들에게 편지를 보낸 다음 측백나무관에 남았다. 덕분에 난 꽤 긴장감 넘치는 나날을 보내었다. 왜 돌아가지 않느냐는 질문에 대해 그가 성의 있는 대답을 한 적은 없었다. 다만 그는 지나가는 말처럼 "당분간 지데의 무덤을 돌보며 마음을 정리하려고."라고 말했고 그 말이 퍼지자마자 우리

도시의 좀 지나치게 발랄한 처녀들은 이 우수 어린 위어울프를 위로해 주고 싶다는 모성애적 욕망에 불타게 되었다. 케이토는 처녀들의 육탄 돌격에 가까운 접근에 당혹해했고 난 스스로의 목숨을 구하기 위해 처녀들에 대한 내 감시망을 완화시켜 주었다. 처녀들의 추격에서 도망쳐 다니려면 케이토는 내 목을 베러 올 시간을 낼 수 없을 것이다.

그리고 측백나무관에 남은 사람은 하나 더 있었다. 오랫동안 기다리다가 깜빡 잊었을 때 그 사람은 나를 찾아왔다.

"어서 와요, 루레인. 교수님과 케이토는 잘 있습니까?"

루레인은 보안관 사무실의 문 앞에서 발을 털며 고개를 끄덕였다. 오래간만에 폭풍을 동반하지 않은 눈이 내리고 있어서 시내는 고요했다.

"보안관님은 안 계신가 보군요."

"예, 순찰 나갔습니다."

루레인은 외투를 벗어 벽걸이에 건 다음 내 곁으로 걸어왔다. 그러곤 난로 옆의 의자에 걸터앉아서 나를 쳐다보았다. 난 잠시 그녀의 말을 기다리다가 포기하곤 대바늘을 다시 집어들었다. 하지만 내가 대여섯 코쯤 떴을 때 루레인이 갑작스럽게 말했다.

"호라이즌은 끝내 아스레일 치퍼티를 연주하지 못했군요."

"예."

"왜 그에게 아스레일 치퍼티를 내주지 않았지요?"

"무슨 말입니까?"

루레인은 한숨을 쉰 다음 주머니 속에서 곱게 접은 손수건을 꺼내었다. 그리고 그것을 내게 내밀었다. 하지만 나는 고개를 저었다.

"가지세요. 선물하겠습니다."

루레인은 고개를 약간 갸웃한 채 나를 바라보다가 손수건을 도로 집어넣었다. 그러고는 내 의문을 무시하며 말했다.

"그것을 지켜준 것에 대해서는 감사하고 싶어요. 하지만 당신의 사리사욕을 위해 쓰려는 거라면 용납할 수 없어요. 그러니 돌려받아야겠군요. 영원히 노래를 못하게 될 운명에서 벗어났으니 이제 그것은 영원히 노래해야 해요."

나는 아무 말도 하지 않았다. 루레인은 난로 위에 있던 주전자를 들어올려 직접 차를 따라 마시고는 말을 이었다.

"그런데 도대체 어디 숨겨두셨지요? 그들은 이 도시를 이잡듯이 뒤졌는데."

나는 빙그레 웃었다. 호라이즌 일행은 우리 시민들과 어울리는 척하며 열하루 동안 우리 도시를 샅샅이 수색했다. 가장 많이 수색한 것은 내 집이었다. 나는 그들이 수색을 끝낸 다음 깨끗이 정돈해 놓고 떠났다는 점을 높이 평가한다. 루레인은 걱정스러운 듯 말했다.

"그 사람들이 그걸 찾지 못하도록 상온이 아닌 곳, 그러니까 땅속이나 야외 같은 곳에 숨겨두었다면 정말 큰일인데요. 그건 악기를 완전히 망치는 일이에요."

그것은 유도 심문이라 할 만한 말이었지만 나는 아무 말도 하지 않았다. 루레인은 약간 슬픈 듯 말했다.

"내놓지 않을 건가요?"

"루레인, 나는 당신이 무슨 말을 하는지 모르겠습니다."

루레인은 이 뻔뻔스러움에 질렸다는 듯이 나를 노려보았지만 나는 잠자코 대바늘만 놀렸다.

"어쩔 건가요? 이 도시에서 그걸 팔 수도 없을 텐데. 아하, 이곳을 떠날 생각인가요? 봄이 오면 그걸 가지고 떠나겠다는 거예요?"

나는 어깨를 으쓱여 보였다. 루레인은 기어코 화를 냈다.

"대답해요!"

"당신이 바라는 건 뭡니까?"

"예?"

"당신이 아스레일 치퍼티에게 바라는 건 뭐냐고 물었습니다."

"말했잖아요? 영원히 노래하는 것을 원해요."

"수억 년을 통탕거리는 개울물처럼? 수억 년을 떨어지는 낙수처럼?"

루레인은 뭐라고 대답하려다 입을 다물었다. 그녀는 의혹에 싸인 눈으로 나를 바라보았고 나는 담담히 그 눈길을 받으며 말했다.

"언젠가 말했지만 악기는 생명이 없어요. 악기 살해라는 것도 없고. 그 악기들은 훌륭히 연주되고 있는 거지요."

"무슨 말을 하는 거지요?"

"그냥 그렇다는 겁니다."

나는 더 이상 설명하지 않았다. 그 악기들은 훌륭하다. 그 명기들은 연주자의 영원한 자기 혐오와 좌절을 정확한 음으로 연주하고 있다. 단지 똑같이 영원한 자기 혐오와 좌절 속에 빠진 청중들이 듣지 못할 뿐이다.

루레인은 굳은 결심이 비치는 얼굴로 말했다.

"좋아요. 내가 그걸 찾아보이죠. 봄이 오려면 아직 많이 남았으니까. 호라이즌과 그 제자들이 못 찾았다는 건 내 의지를 꺾지 못해요. 나는 오히려 잘됐다고 생각해요. 그들이 찾지 않았던 곳만 찾아보면 될 테니까."

"무슨 말인지 모르겠습니다만 바라는 바를 이루길 기원하죠."

나를 쏘아보던 루레인은 자리에서 벌떡 일어났다. 그리고 눈 깜빡할 사이에 외투를 챙겨들고 사무실을 나섰다. 그녀가 너무 세차게 문을 여닫는 바람에 몇 개의 눈송이와 함께 찬바람이 안으로 밀려들어 왔다. 나는 뜨개질감을 내려놓은 다음 난로의 불을 약간 높였다.

도로 의자에 앉은 나는 뜨개질감을 들어올리는 대신 호라이즌의 어리석음을 동정했다. 자기가 바라는 것도 잘 모르는 얼간이 같으니. 그리고 나는 '그들이 찾지 않았던 곳만' 찾겠다는 루레인도 아스레일 치퍼티를 찾아낼 수 있을 거라고는 생각하지 않았다.

어쨌든 잔파드로스 신관은 고아들을 돌보느라 바빠서 제단을 돌볼 틈이 없다. 그리고 그 점 이외에도 제단은 참으로 어울리는 장소다. 신을 자기 수준으로 끌어내리는 그곳은.

언젠가 안셀이 자신을 타고난 바이올리니스트라고 생각하는 날도 오게 될 것이다. 그리고 그날, 안셀은 괜찮아 보이는 바이올린 한 대를 선물받을 것이다.

나는 다시 뜨개질감을 들어올렸다.

오버 더 네뷸러

OVER THE NEBULA

(2001)

보안관과 조수, 마법사를 만나다.

OVER THE NEBULA
자살기도자

구스룬 프리모는 74세였고, 아침에 장화를 신다가 그 속에 들어온 뱀을 밟고 죽었다.

션 그웬은 19세였고, 착한 젊은이였지만 자기 장화 속에 뱀을 집어넣고 싶어했다.

션 그웬의 넓지도 좁지도 않은 교우 관계에 속하는 이들은 모두 션의 욕망을 알고 있었다. 모두들 이 얌전한 도제의 정신 나간 소망에 우려를 표했지만, 그의 면전에 대고 그 욕망을 거론할 정도로 무례한 사람은 없었다.

"션, 여자에게 버림받았다고 해서 자살하겠다는 건 바보 같잖아?"

그러니까, 나만 빼면 아무도 없다는 말이다. 션은 그냥 조용히 술잔을 비웠다. 좋은 선택이다. 고함을 지르거나 울음을 터뜨리는 것보다는 그게 덜 창피한 일이니까. 하지만 덕분에 나는 스스로 대답을 만들어내야 하는 처지에 빠졌다.

"에이라 그 애도 참 잔인하군. 그 애는 자기가 건실한 청년 하나를 이런 상태로 만들어놨다는 걸 알기나 할지 모르겠어."

션은 여전히 아무 말도 하지 않았다. 말을 많이 할수록 품위가 떨어진다는 식의 주장에 동의해 본 적은 없지만, 이런 상황에서 말을 계속 이어가는 것이 지독하게 얼간이 짓처럼 느껴지는 것은 어쩔 수 없었다.

"그래도 기운 내야지, 션. 희소식이 있어. 신뢰할 만한 소식통에 의하면 세상 사람의 반은 아무래도 여자인 것 같아."

션은 나를 사납게 노려보기 시작했고 난 그 시선에 무언의 동의를 보내었다. 맙소사. 내가 얼빠진 조언을 삶의 지혜랍시고 떠벌릴 만큼 늙었다고는 생각해 본 적이 없는데. 물론 안 죽을 만큼만 취하게 만든 다음 세상에서 가장 오래된 직업에 종사하는 여인들에게 맡겨버리는 편이 훨씬 간단하다는 것을 모르는 바 아니다. 내가 보안관 조수가 아니고 이곳이 지난 몇 년간 내가 살아온 소도시가 아니었다면, 나는 이런 멍청한 조언을 주워삼기는 대신 반드시 그런 방법을 시도했을 테고 절대로 후회는 하지 않을 것이다.

하지만 나는 장검의 휴대를 허락받은 보안관 조수다. 어쨌든 이 파리 보안관이 나를 해고할 때까지는 그 사실에 변함이 없을 것이다. 그리고 이 목가적인 소도시는 여섯 살짜리 딸의 앞니를 뽑는 일에 대해 수십 개의 정성 어린 조언과 전폭적인 지원을 얻을 수 있는 곳이다(이것은 실제로 목격한 일에 대한 진술이다. 미레일 요란 하스가 앞니를 뽑게 되었을 때 기술적 조언을 해주기 위해 요란하스 가를 방문한 사람은 모두 열일곱 명이었다. 그중엔 자신이 제국의 치 의학 발달을 위해 이 땅에 태어났다고 믿게 된 안셀도 포함되어 있었다. 그리고 뽑아낸 이를 어떻게 처리하는가를 놓고 벌어진 무시무시한 논쟁은 자칫 이 소도시를 공황 상태로 몰고 갈 뻔했다.) 이런 도시에서 보안관 조수가 실연의 상처에 몸부림치는 청년에게 '야, 집어

치우고 남자와 여자의 구조적 차이나 알아보러 가자!'고 외칠 수는 없는 것이다.

　대신 이렇게 말해야 한다.

　"자신을 사랑하고 삶을 긍정적으로 바라봐야지, 션."

　신이여, 제발 저를 가호하소서. 자칫하면 내일은 내일의 태양이 뜨니 고난이 닥쳐와도……, 어쩌고 하는 소리까지 늘어놓게 될 것 같나이다. 션은 어이가 없다는 표정으로 나를 바라보았고 난 자신을 약간 추슬렀다.

　"스승의 죽음과 떠나간 애인 때문에 제정신이 아닐 거라는 것은 이해한다. 하지만 그렇다고 해서 모든 것을 잃었다고 생각해선 안 돼. 인생은 그렇게 복잡한 게 아냐. 먹고 자는 일 이외엔, 사실 인생에서 제거했다간 큰일 나는 것은 별로 없어. 삶은 썼다 지웠다 할 수 있는 점토판 같은 것이지, 어딘가가 부러지면 못 쓰게 되는 조각 같은 것이 아냐."

　"제 점토판에 뭘 어떻게 쓰라는 거죠?"

　"그걸 나에게 묻나? 네가 좋아하는 일이 있잖아."

　"제가 좋아하는 일? 그게 뭔데요?"

　"활 만드는 일."

　션은 기가 막힌다는 듯이 콧방귀를 뀌었다. 나는 당혹할 수밖에 없었다.

　"어? 활 만드는 일을 안 좋아하나? 하지만 잔파드로스 신관님은 그렇게 말씀하시지 않던데."

　"신관님께는 좋아하는 척한 것뿐이에요. 걱정시켜 드리고 싶지 않아서."

　"흐음. 신관님은 네가 그 일을 좋아하는 것 같다고 그렇게 기뻐하셨는데. 사실은 안 좋아했냐?"

"그 일 말고는 할 수 있는 일이 없기 때문에 했을 뿐이에요. 프리모 영감은 신관님의 부탁 때문에 할 수 없이 저를 도제로 받아들였고, 저는 신관님 얼굴 때문에 프리모 영감을 스승으로 모신 거지요. 하지만 이 도시에서 활 만드는 기술이 도대체 무슨 쓸모가 있지요? 사냥꾼들이나 가끔 활을 주문하지만 그 치들도 몇 년에 한 번씩밖에 주문 안 해요. 우리 도시에 궁도를 하는 우아한 사람이라도 있나요? 티르는 보안관 조수니까 무기에 대해서는 저보다 더 잘 아실 텐데요."

나는 물론 잘 알고 있다는 표정을 지어보였다. 전혀 생각도 못한 일이었기 때문이다.

제국법은 장검을 길이 12센티 이상 되는 검으로 정해 놓고는 엄격한 규제 조치를 시행하고 있다. 우리 도시 전체를 뒤져봐도 장검을 휴대할 수 있는 사람은 이파리 보안관과 나뿐일 정도다. 하지만 위험하기로는 더한 장거리 투사 무기에 대해서는 특별한 규제가 없다. 오랜 세월 동안 익혀야 하는 활의 특성 때문이다. 누구라도 한 시간이면 장검으로 사람을 죽일 수 있다(그리고 그 한 시간은 죽일 작자를 결정하는 데 걸리는 시간이다.). 하지만 활로 사람을 죽이려면 천부적인 재능을 타고났다 하더라도 3년은 기다려야 할 것이다. 또한 궁도는 상류층의 교양이다.

그런저런 사정 때문에 제국은 활에 대해서는 별다른 규제를 가하지 않고 있으며, 그 때문에 나는 무의식중에 장검이 아닌 다른 무기들을 소비재 비슷한 걸로 생각하고 있었다. 그리고 그것은 궁장(弓匠) 구스룬 프리모의 여유 있는 생전 모습 때문이기도 하다. 나는 그 점을 질문해 보았다.

"그렇게 안 좋은 거야? 하지만 프리모 영감은 생전에 곤궁해하는 모습을 보여준 적이 없는데."

"그거야 원래 일 안 해도 먹고 살 정도로 부자였으니까 그런 거지요. 그 재산도 죽기 전에 이미 다 썼지만. 프리모 영감은 팔기 위해서가 아니라 무슨 취미 생활처럼 활을 만들었어요. 그게 무슨 심오한 정신 수양 같은 거라고 생각하고 있었으니까."

션은 술잔을 내려다보며 신음처럼 말했다.

"그 기술은 아무 쓸모가 없어요."

"그렇지 않아, 션. 네 말대로 이 도시에서야 그 기술이 유용하지 않을지도 모르지. 아니, 쓸모가 없다고 봐야겠군. 하지만 다른 곳에서는 아닐 거야. 활이라는 건 대단히 중요한 무기야. 좋은 궁장은 유력한 귀족 가에 고용될 수도 있고 제국 군대에 초빙될 수도 있어. 그러니까……."

나는 입을 다물었다. 존재하지 않는 사전의 가상적인 구절이 떠올랐기 때문이다. '아둔하다: 티르 스트라이크 같다는 말의 동의어.' 고맙게도 션은 나를 비웃지는 않았다.

"만약 기술을 익혔더라면 그런 행운이 생겼을지도 모르지요. 하지만 프리모 영감은 제게 아무것도 가르쳐주지 않은 채 그렇게 덜컥 죽었어요. 저에겐 큰 공방으로 갈 만한 능력도 보내줄 후견인도 없어요. 기술이라도 좀 익혔으면 그것 믿고 찾아가 보기라도 하겠지만, 프리모 영감이 지난 2년 동안 해준 말은 마음을 갈고 닦으라는 말뿐이에요, 티르. 전 활 만드는 것에 대해선 아무것도 모른다고요. 그래서 이제 남은 게 뭐지요? 천애고아에, 스승 잃은 도제에, 버림받은 남자가 있군요."

불쾌한 상상이 들었다. 그리고 그런 종류의 상상은 사실에 가까운 경우가 많다. 나는 션을 조심스럽게 훔쳐보며 말했다.

"그럼 에이라는……."

션은 히죽 웃었다. 내가 본 것 중 가장 즐겁지 않은 미소였다.

"그래요. 앞날이 없다고 판단된 남자를 걷어찬 거지요."

잔인한 처녀 같으니라고. 아니, 어쩌면 그 부모의 강권 때문일지도 모르겠군. 잔파드로스 신관의 고아원에서 17년을 고아로 보내고, 신관의 주선으로 가까스로 궁장의 도제로 들어갔지만, 아무것도 못 배운 상태에서 느닷없이 스승을 잃은 남자. 그것이 션 그웬이다. 딸 가진 부모가 흡족해할 만한 신상명세는 아니다.

갑자기 션이 몸을 일으켰다.

"신경 써주셔서 고마워요. 티르. 하지만 이만 가봐야겠군요. 안셀과 약속이 있어서."

붙잡고 싶은 것을 겨우 억눌렀다. 내 상담이라는 것은 그를 더 피곤하게 만들 것이 뻔하기 때문이다. 나는 말없이 고개를 끄덕인 다음 션이 주점을 나가는 모습을 물끄러미 바라보았다.

션이 밖으로 나가자 조금 떨어진 탁자에 있던 오크가 몸을 일으켰다. 오크는 조용히 다가와 션이 앉았던 자리에 털썩 주저앉았다. 그가 뭐라고 말을 꺼내기도 전에 내가 먼저 입을 열었다.

"실패했음을 보고합니다. 보안관님."

이파리 보안관은 송곳니를 톡톡 두드리다가 고개를 내저었다.

"쯧쯧. 차라리 내가 이야기를 나눠볼 걸 그랬군. 그런데 보기엔 괜찮아 보이던데?"

"예, 조용하고 품위 있고 우아한 대화였지요. 그게 더 무섭잖습니까?"

"하긴 울고 발광해 대는 것이 차라리 낫지. 자기를 동정할 정도의 정신은 남아 있다는 증거니까. 야, 그러니까 좀 달래보라고 한 거 아니야."

"보안관님, 저도 걱정해 주고 격려해 주는 일의 효용성을 무시하지는 않습니다만, 수십 마디의 조언보다는 도움 되는 손길 하나가

낫지 않습니까?"

이파리 보안관은 멍한 눈길로 나를 보다가 피식 웃었다.

"미레일의 앞니 사건 때문에 받은 충격에서 아직도 빠져나오지 못했나 보군 그래. 겁 잔뜩 집어먹은 여자애에게 그렇게 우르르 몰려가서 법석을 떠는 것보다는 손 빠른 친구 하나가 가서 쑥 뽑아주고 오는 게 더 나을 거라고 했던가?"

"좋은 기억력이십니다."

이파리 보안관은 비죽 웃으며 뭐라고 짖어대기 시작했다. 내 귀에는 그렇게 들렸다는 말이다.

"오크 말입니까? 그런데 좀 이상하군요."

"아아, 오크 경전어다. 제국어로 고치면 '세상에 필요없는 건 영웅, 현자, 성자. 세상을 굴러가게 하는 건 멍청이, 얼간이, 바보' 정도의 의미겠군."

나는 숨이 막혀버렸다. 비유적 표현이 아닌 사실 그대로의 의미로.

"보, 보안관님! 왜 저를 죽이려는 겁니까?"

"음? 너 방금 입으로 방귀 뀌었냐?"

"오크의 비밀 경전어는 다른 종족에겐 절대로 말해 주지도, 해석해 주지도 않잖습니까?"

"너 정말 별의별 것을 다 알고 있군. 내 조수가 되기 전엔 도대체 뭐 해먹고 살던 놈인지 궁금하다. 걱정 마. 오크가 그걸 말하지 않는 건 다른 종족과의 말싸움에서 질까 봐 무서워서야. 오크들이 머리가 좀 나쁘잖냐."

나는 신음을 좀 흘린 다음 조금 전에 들었던 말을 완전히 잊기로 했다. 다음에 만나게 되는 오크도 이파리 하드투스만큼 대범하리라는 보장은 없으니까. 이파리 보안관은 이야기를 계속했다.

"그게 무슨 말이냐면 멍청해 보이고 쓸데없어 보이는 그런 사소한 일들이 사실은 사람살이를 가능하게 만드는 주요 요소라는 뜻이다. 더 쉽게 말하자면 너 같은 사고 방식은 합리적일지는 몰라도 따스하지는 않다는 말이고."

"파랗게 질린 여자애를 그렇게 겁주는 게 따스한 일이라는 말입니까?"

"그래. 그리고 왜 그러냐곤 묻지 마. 내가 물어볼 게 하나 생겼으니까."

"뭔데요?"

"션은 어디로 간 거냐? 내가 좀 만나봐야겠다. 집에 갔어?"

"아뇨. 안셀과 약속이 있다던데요."

다음 순간 이파리 보안관의 얼굴이 허옇게 질려버렸다. 오크의 얼굴도 허옇게 질릴 수 있다면 말이지만. 곧 이파리 보안관은 의자를 박차고 일어났다.

"이런 세상을 굴러가게 하는 녀석 같으니, 따라와!"

나는 멍청이와 얼간이, 바보 중 어느 것으로 지칭된 것인지 확인하려 했지만 이파리 보안관은 이미 초니의 주점 문을 거의 부수듯이 하며 뛰쳐나간 뒤였다. 황망히 장검과 망토를 챙겨들며 그의 뒤를 따랐다. 물론 이파리 보안관이 세계에서 다리가 가장 긴 오크는 아니었기에 그를 따라잡는 것은 어렵지 않았다. 나는 그의 옆을 나란히 따라 달리며 여유 있게 질문까지 할 수 있었다.

"왜 그러십니까? 보안관님?"

이파리 보안관은 씩씩거리며 외쳤다.

"너 요즘 안셀의 직업이 뭔지 아냐?"

"예? 그렇게 자주 바뀌는 직업을 어떻게 일일이 파악할 수 있습니까?"

"그놈 요즘 자기를 천부적인 약사라고 믿고 있어. 그리고……."

그 다음 말은 듣지 못했다. 이파리 보안관을 놔둔 채 꽁지가 빠져라 달려갔기 때문에.

겨우, 아주 아슬아슬한 순간에 안셸이 '모든 사랑의 아픔을 단번에 잊게 만드는 비약'이랍시고 내놓은 시커먼 약물을 션이 복용하는 것을 말릴 수 있었다. 시험 삼아 아인켈의 개에게 그 약을 먹여보자 그 개는 피똥을 좔좔 싼 다음 사흘 동안 야옹거리며 앞발로 세수를 했다.

인생의 고난 앞에 좌절한 청년에게까지 관심을 돌릴 정도로 시간이 남아도는 것이 우리 소도시의 사법 책임자인 이파리 보안관과 나지만, 그렇다고 해서 그와 내가 보안관과 보안관 조수의 소임을 망각할 정도는 아니다. 우리의 허리에 매달린 1미터 20센티미터짜리 살인 병기는 우리 자신뿐만 아니라 다른 사람들에게도 그 사실을 잊을 수 없게 만드는 작용을 한다. 비록 나나 보안관 모두 칼집째 개구쟁이들의 엉덩이나 때려주는 일이 더 많지만, 장검에는 살인을 목적으로 제작된 것만이 가지는 스산함이 감돈다. 그 스산함에 황제로부터 패검을 허락받았다는 권위까지 덧붙여지면 우리들의 장검은 이 소도시에서 신전의 제단과 우위를 다툴 정도의 권위적 상징물이 된다. 그러나 잔파드로스 신관은 제단에 신경 쓸 때보다 그의 고아들에게 신경 쓸 때가 더 많고, 무엇보다도 제단은 허리에 매달고 다닐 수 없다. 그런 사정들을 통해 우리들의 장검이 이 개척 도시 최고의 권위를 부여받은 것이다.

그러나 황금잉어의 달 닷새째 아침 우리의 적들은 우리들의 장검에 일말의 경의도 나타내지 않았다. 그들의 그 안하무인한 태도에 나는 참을 수 없는 기분을 느꼈다.

"이놈들이 보안관 조수 무서운 줄 모르고! 폐하의 관료 앞에 무릎을 꿇어야지!"

버럭 고함을 질러보아도 다른 사람들은 웃기만 했다. 바로 그걸 바랐기에 나는 즐거웠다. 만약 내 외침에 부응하여 무릎을 꿇는 쥐가 있었다면 내가 더 놀랐을 것이다.

저번 달, 그러니까 붉은곰의 달 파사디아 지방에서 흑사병의 기미가 보였다 한다. 폐하께서는 급히 제국 전역에 흑사병 주의령과 쥐의 박멸을 명령하셨다. 파사디아는 까마득하게 먼 곳이고 우리 도시에 흑사병이 발생한 적은 한번도 없었지만, 흑사병이라는 놈의 공포는 만만찮았다. 이파리 보안관과 내 지휘하에 대규모 쥐 토벌 작전이 개시되었을 때 사람들의 호응은 뜨겁다 못해 델 정도였다.

내가 쥐구멍 앞에서 장검을 뽑을 듯이 으르렁거리고 있을 때 저편에서 나처럼 입에 손수건을 두른 이파리 보안관이 다가왔다. 보안관은 손수건을 내리며 질문했다.

"많이 잡았냐?"

대답하기에 앞서 나는 보안관의 뒤편에 있는 손수레를 물끄러미 바라보았다. 손수레에 담긴 역청 통에는 쥐가 수북이 빠져 있었다. 아마도 통을 다 채우고는 불을 지르기 위해 교외로 가는 중인가 보다. 뒤를 돌아보자 아직 쥐 몇 마리 담기지 않은 내 손수레가 보였다. 나를 따라 내 손수레를 본 보안관은 혀를 찼다.

"쯧쯧. 시작한 지 얼마나 되었는데 아직 그것밖에 못 잡았냐. 역청이 다 굳어버리겠다."

"보안관님, 저는 이 도시의 보안관 조수가 된 지 몇 년 안 되었습니다. 그 말은 바꿔 말해서 거리 조경 전문가, 일기 예보관, 응급 처치 전문가, 경기 심판, 공증인, 상담가, 축제 기획자, 결혼식 주례, 보건 담당자, 숲지기 등의 보안관 조수가 '당연히' 해야 할 일을 모두 익히기에는 시간이 너무 짧았다는 말입니다. 물론 전문 쥐 잡이의 역할 또한 보안관 조수가 '당연히' 익혀야 되는 일일 테지만 제 시간이 그렇게 부족했다는 것 또한 감안해 주시면 감사하겠습니다."

이파리 보안관은 내 비아냥거림에도 꿈쩍하지 않았다.

"도둑, 강도, 사기꾼, 살인마 등과 싸우지 못해서 근사하지 않다는 건가 본데, 칼 빼들고 흉악한 범죄자들과 싸우는 것보다는 1센티짜리 이빨을 휘두르는 쪽을 상대하는 게 훨씬 안전해. 배부른 소리하지 마."

나는 다시 보안관의 손수레 쪽을 돌아보다가 고개를 갸웃했다.

"저건 뭐죠?"

"저거? 역청 통이라고 하는 거야. 그 안에 담긴 건 설치류에 속하는 쥐라는 동물의 사체고. 조금 더 거창하게 말한다면 우리 황제 폐하의 적이라 할 수 있지."

"아니, 저것 말이에요. 손수레 좀 치우셔야겠습니다."

그리고 나는 손수건을 내렸다. 이파리 보안관은 뒤를 돌아보고는 고개를 끄덕이며 손수레를 치웠다. 신부의 앞길을 쥐 시체 더미로 막고 있는 건 아무래도 흉한 모습일 테니까.

마차 한 대가 골목길을 빠져나오고 있었다. 그 안에는 마부와 더불어 화사하다 못해 아찔할 정도로 단장한 고운 그레이엘프 처녀가 타고 있었다. 그 뒤로는 혼수로 짐작되는 짐말과 달구지 등이 따르고 있었지만 난 그 처녀의 얼굴에서 눈을 뗄 수가 없었다.

에이라 에존하우어였다. 그리고 고삐를 쥔 건 그녀의 아버지였다. 이파리 보안관은 놀란 표정으로 외쳤다.

"바탄! 어떻게 된 일이야. 어디로 가는데?"

"아, 보안관님. 쥐 잡으시는 중이군요. 잔트빌로 가는 길입니다."

"뭐? 오늘이 결혼식이었나?"

"아닙니다. 결혼식은 열흘 뒤입니다. 다만 흑사병이 북상할지도 모른다는 소문이 있어서요. 그렇게 되면 신부가 출발하지 못하게 될지도 모르니 급히 신부부터 보내라는 부탁이 왔습니다. 그곳에 있다가 열흘 후에 결혼할 겁니다."

"아, 그런가? 결혼식엔 꼭 참석하겠네."

"물론 오셔야지요. 그리고 티르 자네도 꼭 와야 해."

나는 그러겠노라고 말한 다음 에이라에게도 축하 인사를 보냈다. 하지만 그때 에이라는 고개를 푹 숙인 채 내 말은 들은 척도 하지 않고 있었다. 의아해하던 나는 에이라가 다른 곳을 훔쳐보고 있음을 깨달았다. 그녀의 시선을 따라간 나는 건물 그림자 속에 숨어 있는 션의 모습을 발견했다.

그리고 나는 곧장 바탄 에존하우어에게 수다를 떨어대기 시작했다.

"다시 한번 초청에 감사드립니다. 저는 세상에서 결혼식에 참석하는 것이 가장 기쁩니다, 에존하우어. 제가 신랑 자리에 서지는 못한다고 해도 말입니다. 결혼이란 무엇입니까! 거룩한 신께서 이 땅의 생물을 남녀로 구분하신 신성한 뜻은……."

옳은 일을 하는 것인지는 알 수 없었지만, 어쨌든 나는 바탄이 차마 마차를 출발시키지 못하고 내 말에 계속 대답하게 만드는 데 성공했다. 바탄은 온갖 난처한 표정을 다 지었지만 나는 그것을 모두 무시했다. 결국 보다 못한 이파리 보안관이 '갈 길이 멀 테니……' 어쩌고 하는 말을 하며 내 연설을 마쳤다. 나는 건물 그림자 쪽을 훔쳐본 다음 션의 모습이 사라진 것을 확인하고는 옆으로 비켜섰다.

신부의 행렬이 멀어지고 나서 이파리 보안관은 묘한 표정으로 나를 바라보았다.

"뭣 때문에 갈 길 바쁜 신부를 그렇게 붙잡고 있던 거냐?"

나는 빙긋 웃어줬을 뿐 아무 대답도 하지 않았다. 그때 다른 목소리가 귓가에서 들려왔다.

"봄의 신부라."

맹렬하게 뒤로 돌다가 하마터면 이파리 보안관을 쓰러뜨릴 뻔했다. 이파리 보안관이 버럭 고함을 질렀지만 나는 거기에 귀 기울일 겨를도 없이 장검의 칼자루를 움켜쥐었다. 내 눈 앞에는, 잘생겼지만 지워질 날이 없는 그늘 덮인 얼굴의 위어울프가 하나 서 있었다. 그는 어두운 미소와 함께 말했다.

"왜 그러지, 티르? 칼을 그렇게 쥐고 말이야."

"거짓말 해봐야 눈 가리고 아웅하는 짓이니 사실대로 말하는데, 좀 섬뜩하더군. 케이토."

케이토는 미소 지은 채 고개를 돌려 에이라의 일행들을 돌아보았다. 그러고는 혼잣말처럼 말했다.

"아름답군. 지데도 아름다운 신부가 되었을 거야."

얼굴 근육이 모조리 뒤틀리는 것 같았다. 억지로 무표정을 가장하며 케이토의 손목을 살폈다. 하지만 케이토의 손은 모두 겉옷 주머니 속에 들어가 있어 손목을 확인할 수 없었다. 이파리 보안관도 어느새 숨을 죽인 채 나와 같은 행동을 하고 있었다. 우리 둘의 시선을 눈치챈 케이토는 싱긋 웃었다.

"쥐 사냥 때문에 온 도시가 시끄럽더군."

"어, 자네 종족이야 흑사병에 걸리지 않지만, 다른 종족들에겐 치명적인 병이거든."

"아아, 잘 알고 있어. 그럼 수고하게."

그리고 케이토는 이파리 보안관에게도 인사했다. 보안관이 떨떠름한 얼굴로 고개를 끄덕이자 케이토는 가벼운 걸음으로 걸어갔다. 하지만 나와 보안관 모두 그의 등에서 눈을 떼지 못했다. 그때 케이토가 우리의 시선이 보인다는 것처럼 오른손을 뽑아 뒤쪽을 향해 손인사를 해보였다.

　　소매가 스르륵 내려가며 그 안에 있던 은팔찌가 섬세하게 빛났다. 보안관과 나는 거의 들릴 만큼 크게 안도의 한숨을 내쉬었다. 이파리 보안관은 어깨까지 부르르 떤 다음 말했다.

　　"케이토 저 친구, 저런 걸 봤으니 마음이 울적하겠군. 너 며칠 조심해야겠다."

　　"그렇게 간단하게 말하지 마세요. 지켜주겠다라든지 내가 그를 감시하겠다 정도의 말을 해줄 순 없습니까?"

　　"위어울프는 네가 전문이잖아. 내가 뭐 도움이 되겠냐?"

　　"젠장, 뭐가 전문이라는 겁니까! 딱 한 명 죽여봤을 뿐입니다!"

　　그리고 케이토는 내 손에 죽은 유일한 위어울프 지데의 약혼자였다. 지데는 현행범이었고 따라서 그것은 엄연한 법 집행이었지만, 엄연한 진실이라는 놈은 결코 목숨의 담보를 서주지 않는다. 똑똑한 놈이다.

　　그날 오후, 우체국장 아인켈이 보안관 사무실로 찾아왔다.

　　"티르, 뜨개질하고 있나?"

　　나는 손으로는 뜨개질을 계속하며 아인켈에게 인사했다. 아인켈은 우리 사무실에서 가장 큰 의자를 찾아 털썩 주저앉고는 이마의 땀을 닦았다.

　　"자네와 보안관 덕분에 신관님의 고아원엔 옷 떨어질 날이 없겠군."

의자에 앉았지만 트롤인 아인켈의 얼굴은 한참 높은 곳에 있었다. 올려다보기 힘들었기에 나는 그냥 고개를 숙인 채 말했다.

"별로 그렇지도 않아요. 애들이라서 옷을 험하게 입거든요. 그래서 나는 이 취미를 도시 전역으로 퍼뜨려볼까 생각중입니다. 그런데 무슨 일입니까?"

"혹시 순찰중에 션 그웬 못 봤나? 그 친구에게 편지가 왔는데 공방에 없더군. 내일 전해 줄 수 없는 게 '지급'이라고 되어 있어."

아인켈은 혁대에 찬, 다른 사람에겐 배낭이 될 만한 가방을 열더니 그 속에서 서신 하나를 조심스럽게 꺼냈다. 봉투 겉면에 대단한 악필로 '대지급!!!'이라고 적혀 있는 게 보였다.

"느낌표까지 그렇게 찍어놨으니 정말 급하긴 급한가 보군요."

"그래. 이걸 가져온 사람은 말을 전세 내서 왔어. 우편 마차로 온 게 아냐. 대단하지? 그 친구에게 누가 이렇게 급한 서신을 보냈는지 모르겠군. 어쨌든 빨리 찾아서 전해 줘야겠는데, 곤란하게도 곧 우편 마차가 올 시간이거든."

"아, 그러시군요. 놔두고 가시지요. 있다가 한 바퀴 돌 생각이니 찾는 대로 전해 주겠습니다."

한 가지 더 추가해야겠군. 이 소도시의 보안관 조수는 때론 시간제 우체부이기도 하다.

아인켈은 편지와 감사 인사를 남기고 떠났다. 얼마 기다리지 않아 순찰 나갔던 이파리 보안관이 돌아왔고, 나는 뜨고 있던 편물을 그에게 넘겨준 다음 편지를 들고 순찰에 나섰다.

그리고 얼마 있지 않아 나는 당황하고 말았다.

션 그웬의 마지막 목격자인 버나드 교장은 그가 여행 차림으로 도시를 빠져나갔다고 말했다. 그는 내가 질문하는 것이 더 이상하다는 투로 고개를 갸웃거렸다.

"모습을 보아하니 멀리 가는 것 같던데. 사무실에서 여행증 결재 안 받아갔던가? 여행증에는 시장님과 보안관의 확인이 있어야 되는 걸로 알고 있는데."

"안 왔습니다. 여행증이 없어도 슬쩍 들어가는 방법이야 있습니다만 션에게 그런 수완은 없을 텐데요. 음? 잠깐, 어디로 갔는지 알 만합니다. 교장 선생님, 죄송합니다만 그 말 좀 빌려주시겠습니까?"

버나드 교장은 선선히 타고 있던 말에서 내렸다. 나는 내일까지 돌아오겠다고 이파리 보안관에게 전해 줄 것을 교장에게 부탁한 다음 잔트빌을 향해 달리기 시작했다.

버나드 교장의 말은 무릎이 시원찮은 교장만 태우고 다녔기 때문에 속도를 내는 데 대해선 관심이 없었다. 그리고 나 또한 오래간만에 말을 타는 것이라 내 의지를 말에게 전달시키는 것이 서툴렀다. 하지만 도시를 빠져나와 4킬로미터쯤 달리자 우리는 상당 부분에 걸쳐 의견 조정에 성공할 수 있었다. 말이라는 놈은 가끔씩이라도 한껏 달리지 않으면 병이 나는 동물이다. 말은 교장의 출퇴근 길에서는 도저히 상상할 수 없는 속도로 달리는 자신을 믿을 수 없다는 투였지만 꽤 만족스러운 속도로 달려주었다.

하지만 그럼에도 션을 따라잡은 것은 잔트빌 교외에 거의 도착해서 일이었다. 션은 나를 보며 놀란 듯했지만 나는 잠시 동안 설명을 할 수 없었다. 인간이라는 놈은 가끔씩 한껏 달리면 병이 나는 동물이기 때문이다. 나는 씩씩거리느라 많은 시간을 잡아먹은 다음 겨우 말문을 열었다.

"뭘 계획하고 있나, 션?"

션은 커다란 등짐을 내 눈에서 감추듯 하며 어눌하게 말했다.

"추측하는 것이 있어서 따라오신 거라고 생각되는데요."

"사실은 자네에게 전할 게 있어서 따라온 거야. 하지만 자네가 말한 것도 맞아. 세상을 굴러가게 하고 싶은 거야?"

션은 무슨 말인지 모르겠다는 표정이었고 나는 그 말을 좀더 보편적인 형태로 바꿔 말했다. 션은 나를 외면한 채 말했다.

"에이라와 이야기를 할 생각입니다."

"무슨 이야기?"

"에이라에게 같이 떠나줄 수 있는지 물어볼 거예요. 에이라가 동의해 준다면 오늘밤 당장 떠날 겁니다."

"그래, 션. 다 좋은데 어떻게 물어본다는 거야?"

"그 집에서 아무리 막더라도 저는 기필코……"

"아니, 그 말이 아냐. 이제 곧 밤인데 여행증도 없이 잔트빌에 들어갈 수 있을 것 같나?"

션은 당황하여 나를 돌아보았다.

"잔트빌은 우리 도시보다는 훨씬 크고 보안관 조수들도 훨씬 엄격하지. 내가 복수형으로 말한 것에 주의해. 저기엔 보안관 조수들이 수두룩하다고. 우리 동네 같은 식은 안 통할걸."

션은 입술을 질끈 깨문 채 고개를 떨구었다. 나는 내 말에 권위를 덧붙이기 위해 호흡이 완전히 안정되기를 기다린 다음 나직하게 말했다.

"돌아가자, 션. 에이라에겐 부모가 있고 곧 반려가 될 사람도 있어. 자넨 에이라로 하여금 그 모든 사람들에게 죄를 짓기를 강요해선 안 돼. 사내답게 돌아가자."

션은 한참 동안 말이 없었다. 말의 목을 쓸어주며 한참 기다렸을 때 겨우 션은 무겁게 입을 열었다.

"돌아가세요, 티르."

"어쩌겠다는 거야? 몰래 들어가겠다고? 불가능한 일이야. 자넨 에이라의 시댁이 어딘지도 모르잖아."

"그래도 해야 합니다."

"왜?"

"목숨이 걸린 일이니까요."

"목숨이라고 했나?"

션은 검푸른 저녁 하늘을 올려다보았다. 하늘엔 이미 별들이 반짝거리고 있었다.

"티르, 저에게 남은 것은 아무것도 없어요. 살아야 할 이유가 아무것도 없는 거죠. 그런데 오늘 낮, 당신이 저와 에이라를 위해 시간을 끌어주셨지요. 감사합니다. 그리고 그때 저는 제 생각이 틀렸다는 것을 알게 되었어요. 제겐 아직 단 하나의 이유가 남아 있었어요."

"단 하나?"

"제 삶의 이유가 되어줄 수 있는 유일한 사람이 있었습니다."

진부하다 못해 황폐함까지 느껴지는 말들이었지만 그 말들은 이미 상관없었다. 그 말을 하는 션의 눈빛, 저녁별 빛을 가득 담은 그 눈빛이 내 마음을 강하게 흔들었다. 그리고 그의 몸에서 뿜어져 나오는 열기는 젊은 날의 여름을 떠올리게 했다. 무서울 정도로 뜨겁고 소름 끼치도록 황홀하던 여름 저녁.

결국, 그러고 싶지 않았지만 나는 패검한 보안관 조수와 함께라면 여행증 없이도 다른 도시에 들어갈 수 있다는 사실을 털어놓을 수밖에 없었다. 시간이 너무 늦었기에 잔트빌에서 하룻밤 자고 내일 돌아가는 편이 낫다는 합리적인 이유를 내세우긴 했지만, 나는 션의 눈에 떠오른 승리감을 모른 척할 수는 없었다.

그래서 나와 션은 에이라의 시체를 직접 목격하게 되었다.

세상이 나로 인해 힘차게 도는 소리가 들려왔다.

"우리 둘이서 담을 넘었지요. 그때까진 어떤 기분이었을지 짐작되시죠? 예, 우리는 갇혀 있는 공주님을 찾아가는 왕자님과 그의 과묵하고, 칼 잘 쓰고, 우애 있고, 탈출 과정에서 두 사람을 보내주고 대신 죽는 역할일 경우가 많은 친구였습니다. 흥분감으로 잔뜩 고양되어 있었죠. 서로 말도 안 되는 말을 주고받으며 소리 없이 킬킬거리고 있었습니다. 그런데 길도 잘 모르는 정원을 조심스럽게 나아가다, 키 큰 정원수에 매달려 있는 희끄무레한 것과 정면으로 맞닥뜨린 겁니다."

"에이라 에존하우어?"

"예, 차라리 처음 만났을 때 바로 돌아왔으면 되었을 것을."

이파리 보안관은 소리 없이 뜨개바늘을 놀리며 지나가는 말처럼 말했다.

"늦든 이르든 알게 되었을걸."

나는 실을 거칠게 잡아당겨 무릎 위에 널어놓으며 말했다.

"하지만 그 어둠과 그 흥분 속에서 갑자기 그런 걸 보게 되는 건 너무 심한 일이었습니다. 션에게 그런 걸 보여줘선 안 되는 거였습니다. 아니, 그날 아침 에이라로 하여금 션과 그렇게 오랫동안 서로 바라보게 해줘서는 안 되는 거였습니다. 에이라는 아마 그때 그런 생각을 떠올렸을 겁니다. 나는 두 사람 모두에게 잘못한 겁니다."

다시 두 사람의 뜨개질 소리만이 보안관 사무실의 밤을 어지럽혔다. 잠시 후 이파리 보안관이 걱정스럽게 질문해 왔다.

"그런데 션은 혼자 내버려둔 거야? 무슨 사고라도 치지 않을까?"

"믿을 만한 친구에게 맡겨두었습니다."

"누구? 설마 안셀은 아니겠지."

"케이토입니다."

이파리 보안관은 멀거니 나를 바라보다가 핏 웃었다.

"케이토를 믿는다고? 그러면 왜 그렇게 케이토를 볼 때마다 털 세운 고양이 꼴이 되는 거냐?"

"믿으니까요."

"무슨 말인지 알 만하다. 그런데 그건 뭐냐?"

"이거요? 뜨개바늘이라고 하는 겁니다. 보통 수예라고 불리는 직조 기술에 이용되는 유서 깊은 도구지요."

"네 주머니에 삐죽 튀어나온 거 말이다."

나는 겉옷 주머니에서 서신을 빼내었다. 겉면에 '대지급!!!'이 라고 적혀 있는 바로 그 편지였다. 나는 편지를 물끄러미 내려다보며 나를 호되게 꾸짖기 시작했다.

"또 하나의 얼간이 짓이군요. 션에게 바로 이걸 전해 주러 간 건데, 경황 없는 일들이 계속되는 바람에 정작 이건 전해 주지 못했군요."

내 설명을 들은 이파리 보안관은 한숨을 내쉬었다.

"정말 급한 서신이 아니라 보낸 사람의 성격이 급한 것이기를 바라야겠군. 이리 줘봐."

나는 편지를 건넸다. 편지를 받아든 보안관은 실바구니에 담겨 있던 뜨개바늘 하나를 쏙 들어올리더니 주저하는 기색도 없이 태연하게 편지 봉투를 찢었다. 나는 어이가 없었다.

"뭐하시는 겁니까! 서신 보호법이 얼마나 무서운 건지 모르는 겁니까? 아니, 도대체 어떻게 보안관이라는 사람이! 맙소사, 아인켈이 이 모습을 보면 뭐라 할지 궁금하군요."

"네가 찢었다고 하지. 아인켈은 너에게 이걸 맡겼지?"

나는 말문이 막힌 채 입만 뻐끔거렸다. 이파리 보안관은 나를 그 지경으로 만들어놓은 데 대해서는 아무 관심이 없다는 듯한 동작으로 태연하게 서신을 꺼내어 펼쳤다.

"이 편지가 단지 급한 것뿐만 아니라 절망적이기도 한다면, 션은 시간이 좀 지난 다음에 받아봐야 해. 그리고 그걸 판단하려면 뜯어봐야 하고."

할 말이 없었기에 나는 창문과 문을 매섭게 노려보기 시작했다. 화장실과 마찬가지로 보안관 사무실에 들어오는 사람은 급하게 뛰어들어 오는 경우가 많다. 하지만 보안관은 자기에게 온 서신이라도 된다는 것처럼 태연하게 읽어 내려갔다. 서신을 다 읽은 보안관은 송곳니를 톡톡 두드리기 시작했다.

"무슨 내용입니까?"

"일단 이것과 비슷한 봉투 하나 찾아서 겉에다가 '대지급!!!'이라고 써라. 다행히도 봉인이 없으니 위조하는 건 간단하군."

그렇게 했다. 내가 감히 정의와 상식과 윤리의 옹호자들의 안식처에서 그런 무도한 범죄 행위에 골몰해 있는 동안 이파리 보안관은 계속해서 비죽 튀어나온 송곳니를 두드려대고 있었다. 내가 봉투 위조를 끝냈을 때야 보안관은 두 손 들었다는 시늉을 해보였다.

"잡학다식한 나의 조수여. 묻나니, 너 혹시 마법사에 대해 뭐 아는 거 있냐?"

"마술사요?"

"아니, 마법사."

"같은 말이잖습니까? 어, 혹시 진짜 마법사 말씀하시는 겁니까?"

"그래."

"그런 건 옛이야기나 환상 속에서나 나오는 겁니다. 진짜 마법사라는 건 없습니다. 확률이 너무 낮습니다."

"천천히 설명해 봐."

"글쎄요. 마술이라는 것은 일단 실존하는 겁니다. 인간들 중에 가끔 그런 능력을 가진 자가 나타납니다. 엘프나 그레이엘프에게도 나타나지만 인간이 대부분입니다. 그런 사람들은 그 능력으로 우물 팔 자리를 알아낸다거나 사마귀를 뗀다거나 운수를 보거나 합니다. 그런 건 들어 알고 계시지요?"

오크들은 그런 마술을 믿지 않고 관심도 없기 때문에 나는 확인을 했다. 다행히도 노회한 이파리 보안관은 고개를 끄덕였다.

"들어봤다. 몇 번 보기도 했고."

"그런 능력을 가진 사람들은 대개 끝이 좋지 않습니다. 신관들은 신께서 그것을 싫어하신다고 하더군요. 그런데 그런 마술사들 중 죽기 전에 다른 마술사에게 자기 마술을 전이(轉移)해 줄 수 있는 자가 있습니다. 마술을 전이받은 자는 보통 마술사보다 훨씬 강력한 능력을 가지게 됩니다. 내일 자기 발을 밟을 말의 색깔을 맞추고, 짚는 곳마다 우물이 펑펑 터져나오는 식이지요."

이파리 보안관은 피식 웃으며 고개를 끄덕였다.

"사마귀는 건드리면 떨어져 나가겠군. 그래서?"

"그런 전이가 대여섯 번 이상 성공하게 되면 그 마술사는 초인적인 이적을 부릴 수 있게 됩니다. 불기라고는 찾아볼 수 없는 집을 갑자기 불태울 수도 있고, 마른 하늘에서 벼락을 불러들일 수도, 물을 술로 바꿀 수도 있다고 합니다. 믿을 수 없는 이야기죠? 어쨌든 그 정도가 되면 그 사람은 마법사라고 불리게 되는 겁니다."

"확률 어쩌고는 무슨 말이냐?"

"그런 전이가 연속으로 대여섯 번 이상 성공하는 것이 확률상 불가능하다는 말입니다. 전이 자체가 쉬운 일이 아니기 때문입니다. 5대에 걸쳐 천재가 태어나는 집안이 있을 수 있겠습니까? 마법사가 나타날 확률은 그보다도 더 적습니다."

이파리 보안관은 다시 송곳니를, 이번엔 반대쪽을 두드리기 시작했다.

"네 말을 들으니 여기 나와 있는 전수자니 뭐니 하는 이야기가 이해되는군. 그런데 동시에 더 혼란스러워지는데."

"예?"

"이 편지를 보낸 작자는 자기가 14대째의 마법 전수자라고 말하고 있어. 네 말대로라면 이건 사람이 아닌, 거의 반신(半神)이라는 말이 아니냐?"

"14대요?"

나는 거의 비명을 지르다시피 말했다. 하지만 이파리 보안관은 태연히 고개를 끄덕였다.

"그래. 죽기 전에 전이한다고? 그럼 대충 천 년 전부터 전승된 마법의 소유자겠군. 그것도 전부 인간일 경우고 혹 중간에 엘프가 섞여 있을 경우엔 수천 년까지도 올라가겠는걸. 수천 년 전이면 그게 도대체 어느 시대냐?"

마술을 별로 믿지 않는 오크인 이파리 보안관은 재미있는 농담이라도 들은 것처럼 행동했지만 나는 그럴 수 없었다. 나는 어쩔 수 없이 인간이고, 그 말은 내가 이성의 부족 부분을 감정이나 비논리로 때워버리는 폭거를 태연히 감행하는 종족에 속한다는 뜻이다.

그리고 이파리 보안관에게 받은 편지의 내용은 그런 내 종족적 특성의 발현을 더욱 부채질했다. 편지의 내용은, 훌륭한 교양을 가졌지만 작문 능력의 향상에는 그다지 관심을 두지 않은 것으로 보이는 문체로 다음의 내용을 강변하고 있었다.

션, 스승의 죽음과 앞이 보이지 않는 나날 때문에 헛짓 하지 말고 얌전히 기다려라. 세상 버린 네 스승은 이미 오래 전에 친구로부터 자기 죽을 날을 들어 알고 있었고, 그 친구는 바로 나다. 그래서 구스룬 프리모는 나에게 너의 장래를 부탁해 두었다. 그러니 한 번밖에 못할 자살에는 과연 어떤 방식이 어울릴까 따위의 말 같잖은 고민 따위 집어치워라! 황금잉어의 달 열이렛날 도착하겠다.

　　　　—마술사 사카 둠바의 14대 전수자, 마법사 까로 트랙스

편지를 다 읽은 케이토는 그것을 탁자에 내려놓으며 고개를 끄덕였다.

"봉투 겉면의 대지급이라는 말이나 이쪽 사정을 훤히 내다본다는 식의 이 놀라운 내용을 놓고 볼 때 이 까로 트랙스는 분명히 마법사이긴 한가 봅니다. 아마도 보통 이상의 투시능을 가지고 있나 보군요. 그리고 정말 구스룬 프리모의 죽음을 예견했다면 예지능 또한 대단한 것 같습니다. 14대라는 말은 차마 믿고 싶지 않지만."

이파리 보안관은 고개를 갸웃했다.

"케이토, 내가 처음 마법사를 언급했을 때 티르는 전혀 믿지 않겠다는 투로 말했소. 그런데 당신은 마법사의 존재를 믿는다는 식으로 말하시는군?"

"위어울프는 마법과 마법사를 믿습니다. 우리의 역사 속에 등장했던 마법사가 있었으니까요."

"뭐요? 마법사가?"

케이토는 오른팔을 들어 자신의 은팔찌가 드러나게 했다.

"아시지요? 이것도 일종의 마법입니다."

나와 이파리 보안관은 거의 동시에 탄성을 터뜨렸다. 케이토는 미소 지으며 말했다.

"이 마법은 까마득한 옛날 가이너 카쉬냅이라는 마법사가 우리 종족에게 가르쳐준 겁니다. 그리고 우리 종족 이외엔 필요 없는 마법이기에 다른 종족들은 이 마법을 모르고, 그러다보니 이것이 마법이라는 생각도 못하게 된 거지요. '위어울프는 은팔찌를 찬다. 그리고 은팔찌를 벗으면 변신한다.' 이게 사람들이 알고 있는 전부지요. 하지만 위어울프라고 해서 태어날 때부터 은팔찌를 차는 것은 아니겠죠? 그렇다면 이것이 본능이나 선천적 능력이 아닌 후천적 기술이라는 점을 이해하실 수 있으실 겁니다. 예, 바로 마법이지요."

"그렇다면 마법사라는 것이 존재할 수 있다는 말이군요."

"존재할 수 있습니다. 그리고 말하기 조심스럽습니다만 어쩌면 13회의 전이가 가능했을지도 모르지요."

소름 끼치는 기분이었다. 열세 번의 전이라니. 확률이 이토록 무시되어도 되는 건가? 내가 이파리 보안관의 사무실에 앉아 있는 건지 신화의 파도와 환상의 바람을 타고 전설의 배를 몰고 있는 건지 알 수가 없었다.

나는 고개를 내두르며 케이토에게 말했다.

"알았어. 열이렛날이 되면 이 친구가 사기꾼인지 진짜 마법사인지 알 수 있겠지. 그런데 션은 뭐하고 있지? 자넨 그걸 말해 주러 여기 온 것 같은데."

"응, 그것 때문에 온 것이 맞네. 먼저 한 가지 보여줘야 할 것이 있군."

다음 순간 나는 뒤쪽으로 뛰어올랐다.

시켜도 다시 그렇게 할 수 없을 것 같지만, 케이토가 왼손을 얼굴 옆으로 들어올리자마자 나는 앉아 있던 자세에서 왼손으로 의자를 다리 사이로 잡아빼며 그대로 의자 등받이를 뛰어넘어 벽을 등지고 섰다. 오른손으론 이미 칼자루를 쥔 자세로 앞을 노려보는 내 모습이 케이토에겐 꽤 우스꽝스럽게 보였던 모양이다. 케이토는 맑은 소리로 웃었다. 하지만 이파리 보안관은 웃을 수가 없었다.

"케이토! 당신 왼손?"

"예, 팔찌가 없지요."

"설명해 주겠소?"

"먼저 말해 두겠습니다. 어젯밤 내내 션과 함께 있으며 그 친구의 상태가 이만저만 심각한 것이 아니라고 판단했습니다. 아무래도 뭔가 일을 저지를 것 같았습니다. 하지만, 하루 종일 옆에 붙어 있지 않고서야 한 사람을 완전히 감시한다는 것은 불가능합니다. 하다못해 화장실에서도 신이 허락지 않는 일을 저지를 수 있습니다."

"그래서?"

"그래서 제 왼쪽 팔찌를 빼내어 션에게 채워주었습니다. 션이 그것을 벗을 수는 없습니다. 위어울프만이 그것을 올바로 다룰 수 있으니까요. 그 팔찌는 일종의 감시 장치가 될 수 있습니다. 눈으로 보거나 귀로 듣는 것처럼 정확하진 않지만 션의 심리에 심각한 충격이 생기면 바로 제가 느낄 수 있으니 오히려 더 나을 수도 있습니다."

"마음을 읽을 수 있단 말이오?"

"아니, 그 정도는 아닙니다. 쌍둥이들 중 한 사람이 아프면 다른 사람도 느닷없이 아파진다는 이야기 들어보셨지요? 그것과 비슷합니다. 션이 무모한 짓을 하는 것을 저지할 수 있을 정도는 될 겁니다."

이파리 보안관은 고개를 끄덕였다. 케이토는 비어 있는 왼쪽 손목을 쓸어 만졌다. 그곳의 피부는 다른 곳보다 훨씬 밝은 색이었다.

"그럼 이제 제가 온 이유를 짐작하시겠지요. 이 도시에 들어올

때 저와 지데는 보안관님께 각서를 썼습니다. 이곳에 있는 동안 절대로 은팔찌를 벗지 않겠으며, 만일 벗은 모습이 발각되면 그 즉시 사살당해도 이의가 없다는 내용이었습니다."

바로 그때 케이토는 내 쪽을 곁눈질했다. 아주 짧은 순간이었고, 아마 그 자신도 자기의 행동을 알아차리지 못했던 것 같다. 그래서 나도 알아차리지 않기로 했다.

"저는 이것이 부득이한 일이라는 점을 설명드리고, 혹 있을지 모르는 오해를 피하기 위해 찾아왔습니다. 괜찮겠습니까?"

"필요한 일이라고 생각되니 한시적으로 허락하겠소. 하지만, 션에게 다시 그 팔찌를 돌려받는 시기는 내가 결정하겠소. 그리고 내가 요구하면 당신은 곧 팔찌를 돌려받아 착용해야 합니다."

"당연히 그러셔야지요. 션에게 무슨 일이 생기면 제가 직접 조처하거나 보안관님께 알려드리겠습니다. 하지만 그리 걱정하시지 않으셔도 좋을 것 같습니다. 션에게도 이 팔찌의 작용에 대해 설명해 줬으니까요."

"아주 괜찮게 들리는군. 당신의 조처는 훌륭했던 것 같습니다."

케이토는 목례하고 몸을 일으켰다. 그리고 보안관 사무실의 어릿광대(그 시점에서의 내 모습을 다르게 표현할 수가 없다)에게도 목례하고 문을 나서려 했다. 그러나 그가 나서기 직전, 그 어릿광대는 자제력을 잃은 채 다급하게 외치고 말았다.

"케이토! 한 가지만 물어보자."

케이토는 문턱에 선 채 나를 돌아보았다.

"무슨 질문이지?"

"팔찌 두 개를 다 풀어야 변신한다는 것은 잘 알고 있어. 그런데, 그렇다면 왜 그 비싼 은팔찌가 두 개나 필요한 거지? 그건 단순히 짝을 맞추는 것이 보기 좋기 때문인가, 아니면 하나가 부주의로 풀려버리거나 훼손되는 것에 대한 안전 장치인 것인가? 그것도 아니라면……."

"아니라면?"

"두 개가 있어야 되는 이유가 있는 건가? 그러니까 말이야, 예를 들어, 흐음. 내 말으으은."

허둥대고 있는 나를 대신하여, 내 친구 케이토는 나 자신도 구체화하지 못했던 내 의심을 명료하게 정리해 주었다.

"자네는 하나의 은팔찌가 내 속의 털 많고 이빨 날카로운 친구에 대해 절반의 억제력밖에 가지지 못할 거라고 의심하고 있나?"

"그런 건가?"

케이토는 소리 없이 웃었다. 내 질문에 대답하는 대신 그는 문 밖으로 나갔다. 문이 닫히기 직전 그의 목소리가 나직하게 들려왔다.

"자네 추리가 사실이라면, 자넨 누구보다도 먼저 그것을 확인하게 될 것 같군. 그러니 기다려보게."

문이 닫혔다. 나는 벽에 기대선 채 움직이지 못했다.

내가 만난 최고의 친구에게 살해당할까 봐 두려워해야 된다는 것은 슬픈 일이다.

그때 이파리 보안관이 침울하게 말했다.

"티르."

"예?"

"두 배로 조심해야겠다."

내가 만난 최고의 오크가 때려죽이고 싶을 만큼 얄밉다는 것 또한 슬픈 일이다.

어깨에 떨어지는 햇살이 부드러운 애무 같은 것에서 날카로운 화살촉 같은 것으로 바뀌어가고 있었다. 머지않아 햇살은 내리쳐지는 망치로 바뀌어 사람들을 불쾌하게 만들거나 확 돌아버리게 만들겠지만, 아직 주위에는 봄의 산뜻함이 넉넉히 남아 있었다. 늦봄, 방종한 꽃들이 서슴없이 향기를 뿜어대는 가운데 사람들은 여름의 꿈속으로 성급히 빠져들고 있었다.

성급하다는 것은, 그러니까 치마 아래로 파고드는 저 손 같은 것을 의미한다. 방해하고 싶진 않았지만 나는 쭈그려앉은 자세 그대로 나직이 말했다.

"미안하지만 거기서 정지."

여자애는 비명을 내질렀고 사내애는 화닥닥 일어섰다. 꽤 놀란 모양인지 사내애는 돌멩이를 들어올리며 핏발 선 눈으로 주위를 경계하기까지 했다. 나는 나무 그늘 아래로부터 모습을 드러냈고 그제야 나를 발견한 사내애는 안도와 원망이 뒤섞인 목소리로 외쳤다.

"맙소사, 티르였군요. 간 떨어지는 줄 알았잖아요!"

"아아, 놀라게 했다면 미안, 하린."

여자애는 의미가 좀 다른 두 번째 비명을 지르며 하린의 등뒤로 숨었다. 하린은 멋쩍은 얼굴에 불쾌함과 두려움까지 떠올리며 질문했다.

"언제부터 거기 있었어요?"

"너희들이 오기 전부터."

"그, 그럼 처음부터……?"

"이야기는 안 들었다. 나도 예의는 아니까. 가서 소문이나 퍼뜨려라."

하린은 자신의 조그마한 몸으로 여자애를 가려주려고 애쓰면서 짐짓 거칠게 말했다.

"쳇. 소문은 벌써 났어요. 이파리 보안관이랑 당신이 으슥한 곳마다 숨어 있다고. 그런데 여기까지 왔을 줄은 몰랐어요."

"경험 부족한 연인들이 찾아낼 장소야 뻔하거든. 나는 너희 나이 건너뛴 줄 알아? 그리고 그 뒤의 아가씨, 난 당신이 랏돌 가의 데로 네 양이라는 거 모르니까 안심해."

"티, 티르 아저씨!"

데로네 랏돌은 숨막힌 비명을 질렀고 하린은 씩씩거렸다. 저 귀여운 호빗 연인들에게 뭔가 축복이라도 내려주고 싶었지만 적당한 말이 떠오르지 않았다.

"뭐 다 이해하는데, 그래도 식구 늘어날지 모르는 모험은 좀 천천히 시도하도록 해라. 너희들 믿고 난 이만 가겠다. 신사와 숙녀가 나눌 법한 우아한 대화만 있을 것으로 믿겠어. 그리고 웬만하면 일찍 들어가라."

"저, 소문 내는 거 아니죠?"

"설마 너희들이 나나 보안관에게 들킨 첫 번째 연인일 거라고 믿는 거냐?"

나는 보안관이라는 말에 약간의 강세를 두었다. 물론 믿느니 어쩌느니 하는 건 완전히 거짓말이다. 이런 매혹적인 봄밤의 연인들이 교양 있게 행동할 것을 믿느니 고양이가 쥐에게 연민을 품게 될 날을 기다리는 것이 훨씬 낫다. 하지만 이파리 보안관에 대한 언급은 저 애들에게 자제력을 부여할 것이다. 그리고 나에게는 그 위대한 이파리 보안관이 지금 이 시각 사무실에서 코를 골며 자고 있다는 것을 알려줄 의무는 없다. 나는 위장 삼아 뒤집어쓰고 있던 망토와 칼집을 들어올린 다음 두 사람에게 손인사를 보내고는 그 자리를 떠나왔다.

그렇다. 이 소도시의 사법 책임자의 빡빡한 스케줄 속엔 걸어다니는 정조대 노릇도 포함되어 있다. 젊은애들의 머리가 뜨거워지는 계절은 이래서 싫다. 게다가 오늘 같은 보름달빛 아래에선 트롤조차도 가슴속에서 물결치는 본능의 파도에 멀미를 느껴 비틀대는 법이다.

보름달이라.

나는 장검을 약간 느슨하게 뽑아두었고, 그런 자신에게 밤에 생길 수 있는 위험들을 몇 가지 알려주다가 곧 포기하고 말았다. 자신에 대한 기만은 씁쓸한 뒷맛을 남긴다. 그래, 나는 케이토가 무섭다. 그의 자제력과 냉철한 이성을 알기 때문이다. 튼튼한 둑은 더 많은 물을 저수한다. 케이토의 그 육중한 자제력의 수문 뒤엔 어마어마한 슬픔과 분노가 고여 있을 것이다. 그 수문이 터지는 날은 내게 인상 깊은 기념일이 될 것이다. 나와 나의 가장 친한 친구 중 하나가 죽게 될 테니까.

휘파람을 불기에 좋은 시간이고, 그래서 나는 그렇게 했다.

내 휘파람을 들은 누군가가 말을 걸어왔다.

"티르입니까?"

"케이토는 아니지?"

"션입니다. 왜 그런 생각을 하셨지요?"

"그 팔찌 때문에. 달빛에 번쩍이더군."

션은 고개를 끄덕이며 자신의 왼팔을 내려다보았다. 그리고 나는 격해진 맥박을 진정시키기 위해 애썼다. 제기랄. 케이토 생각을 하고 있을 때 갑자기 은팔찌를 찬 그림자가 나타나는 바람에 놀라 죽는 줄 알았다. 하지만 달빛의 환상을 걷어내고 자세히 바라보자 그 그림자는 케이토보다 훨씬 섬세했고 게다가 왼쪽에 팔찌를 착용하고 있었다. 나는 션의 곁으로 다가가 앉았다.

네펜지스 강의 강물이 검은 뱀처럼 꿈틀대고 있었다. 그 너머 산맥의 능선을 따라 깔려 있는 노천광들은 달빛을 담은 거대한 사발처럼 보였다. 낮에 보았더라면 검은색 이탄과 그 주위를 온통 뒤덮은, 바람이라도 불라치면 잿빛 안개가 되어 치솟아오르는 석탄 가루를 구경할 수 있었을 것이다. 하지만 이 보름달 아래에서 노천광은 무수히 많은 빛 조각을 담아놓은 것처럼 보였다. 간혹 보이는 랜턴 빛은 그 우미함을 심하게 훼손하고 있었고 그래서 나는 야간작업중인 광부들에게 악담을 보내었다.

"션, 여기서 뭐하고 있었나?"

"티르, 당신은 왜 이곳에 왔어요?"

"소문 못 들어봤어? 오늘밤의 내 배역은 정조의 수호자야. 그래서 처녀 총각들이 찾을 만한 곳을 순찰하고 있지."

션은 고개를 살짝 끄덕였다. 그리고 난 바보 노릇하는 것도 지겹다고 생각했다. 션의 질문은 이미 대답이었다.

"에이라와 함께 찾던 곳인가?"

"예."

밤바람, 구역질 나는 냄새, 나풀거리는 잠옷, 흔들거리는 시체, 밧줄, 아래에 쏟아진 똥오줌, 하얗게 도드라진 에이라의 부은 얼굴, 신음, 절규. 그 피 냄새가 코끝에 매달려 사라지지 않았다.

"슬픈 일이다, 션. 왜 자살 같은 짓을 했을까. 그런 짓을 해서는 안 되는 거였는데."

"당신과 보안관께서 배역에 충실하지 못했기 때문이겠지요."

"무슨 말이지?"

"에이라는 아이를 가지고 있었어요."

션은 단조롭게 대답했고 나는 말문이 막혔다. 션은 계속해서 높낮이가 없는 어조로 말했다.

"에이라는 극단적인 성격이었습니다. 정도 많고 겁도 많았지요. 하지만 침착하진 못했어요. 짐작되는군요. 받아들일 수도, 손써 볼 수도 없는 상황들이 마구 밀어닥치자 그만 어쩔 줄 모르게 되었을 거예요."

션은 잠깐 기다렸다가 말했다.

"지금의 저처럼 말입니다."

션은 조금 더 긴 침묵 후에 말했다.

"미칠 것 같아요."

비릿한 피 냄새는 가실 줄을 몰랐다.

"에이라를 욕하고 싶진 않지만 목숨을 끊는 것은 가장 바보 같은 선택이다, 션."

"바보 같다? 죄라고 하시지 않는 건 마음에 듭니다만, 왜 바보 같다고 하는 거지요?"

"왜냐하면 그건 정말 멍청한 짓이니까. 에이라는 그녀 자신에게도 너에게도, 그리고 태어나지 않은 그 아이에게도 못할 짓을 한 거야."

"잔."

"뭐?"

"잔입니다. 잔파드로스 신관님의 이름을 따기로 했어요. 딸이든 아들이든 좋은 이름이죠."

바늘 구멍에 정박용 밧줄을 꿰는 기분을 느낀 다음에야 다시 말을 꺼낼 수 있었다.

"그래, 잔에게도 못할 짓이었다. 잔이 말을 할 수 있었다면 뭐라고 했겠나? 무슨 취급을 당하든 그건 자기가 알아서 할 일이니 일단 태어나게나 해달라고 하지 않았겠어?"

"저기 있습니다."

"뭐라고?"

"에이라와 잔. 저기 있습니다."

션은 밤하늘을 보고 있었다. 성운들이 밤하늘에 은빛 옹이를 만들어내고 있었다. 저 기라성 속에는 격한 슬픔이 성좌를 만들어낼 자리도 충분히 있을 법하다. 나는 고개를 끄덕였다.

"추워보이네요. 이곳은 이렇게 따뜻한데……. 왜 이 세상은 여자 한 명과 아이 한 명이 설 만한 자리도 내주지 않는 걸까요. 왜 저렇게 춥고 어두운 곳으로 쫓겨나야 하는 걸까요. 이 세상을 소유할 수 있는 건 행복한 사람들뿐입니까?"

"세상이 특정한 사람들에게만 추파를 보내는 것처럼 보이기도 하지. 하지만 그렇지는 않아. 대부분의 경우 세상은 공평해."

세상은 실로 공평하다. 지난 몇 년간의 나를 돌이켜보면 그 점은 분명해진다. 세상은 제국군 12군단의 무술 사범이었던 나를 이 깡촌의 보안관 조수로 만들어버리는 대신 나를 살해할지도 모르는 친구와 남부럽지 않은 뜨개질 기술을 선물했다. 그리고 나는 이 대차대조표에 만족한다.

하지만 션은 차갑게 말했다.

"공평하다는 것은 감정이 없다는 뜻이기도 하지요. 세상에는 감정이 없다는 말인가요?"

"글쎄, 그렇게 말할 수도 있겠지."

"그렇다면 그런 몰인정하고 냉혹한 세상 따위 없애버리겠어요."

이렇게 유아론적인 자살 선언도 여간해선 듣기 어려울 것이다. '눈을 감는 것'을 '세상을 덮는다'고 표현하고 '자살하는 것'을 '세상을 없애는 것'이라고 말해도 의미가 전달되지 않는 것은 아니다. 하지만 나는 인간이며, 그레이엘프에게나 어울리는 저런 화법엔 위화감이 느껴진다.

"이제 어지러워지는군요."

"뭐?"

션은 나를 돌아보았다. 그 얼굴이 묘하게 창백하다고 느낀 순간,

나는 지금껏 맡고 있던 것이 내 기억 속에 남아 있던 에이라의 피
냄새가 아니라는 사실을 깨달았다.

"함께 있어주셔서 고마워요."

션을 뚫어지게 바라보았다. 그리고 그의 발 아래 땅이 거멓게 번
득이는 것을 발견했다.

션의 오른팔을 낚아챈 다음, 나는 심한 욕지거리를 뱉어냈다.

한밤의 도시를 온통 뒤집어놓고 나서야(횃불, 넘어지는 사람, 고
함소리, 다급한 발소리, 문을 열고 뛰어나오는 잠옷 차림의 사람들,
사람 살려! 사람 살려! 정신 나간 자살 기도자 좀 살려줘!) 나는 겨우
션의 오른팔을 붕대로 감아놓고 몰려든 사람들을 진정시킬 수 있었
다. 션을 눕힌 침대 옆에 몇 명의 착한 시민들이 모여들었는지는
묻지 마라. 다만 그를 눕혀놓은 시장님 댁의 대문 바깥이 밤새도록
인파와 횃불로 불야성을 이루었다는 것만 말해 두겠다.

하지만 케이토는 그때까지도 나타나지 않았고, 그래서 나는 온
몸에서 땀과 분노를 콸콸 뿜어내던 모습 그대로 케이토를 향해 달
려갔다. 뭐? 감시 장치? 쌍둥이의 교감? 조처를 하겠다고?

그리고 나는 그곳에서 야옹거리며 손등에 침을 묻혀 세수하고
있는 케이토를 발견할 수 있었다.

"머리가 포도주 압착기에 들어간 것 같아."

물수건 아래에서 케이토의 신음이 들려왔다. 나는 안셀에게서
압류한 약병과 증류기, 혼합기 등을 궤짝에 집어넣으며 그에게 측
은한 시선을 보내었다. 의자에 쓰러진 채 물수건으로 얼굴을 덮고
있는 그의 모습 어디에서도 평소의 그 침착하고 고상한 위어울프의
모습을 찾을 수 없었다. 하지만 있지도 않은 꼬리를 잡으러 빙글빙
글 돌 때보다는 훨씬 품위 있는 모습임을 부정할 수도 없다.

"케이토, 자네도 이제쯤이면 안셀의 결과물에 자기를 내맡기는 것이 다시없는 바보 짓이라는 것을 알아야 할 텐데."

"알고 있었어. 하지만 지푸라기라도 잡고 싶었어."

"무슨 말이야?"

케이토는 의자에 축 늘어진 모습 그대로 손만 옆으로 움직여 물잔을 집어들었다. 하지만 그 잔은 비어 있었고, 잔을 몇 번 흔들어본 케이토는 투덜거리며 그것을 도로 내려놓았다.

"션은 아마 죽은 연인에 대한 생각을 하고 있었을 거야. 그게 아니라면 내가 그렇게 지데 생각 이외에 아무 생각도 못하게 된 이유를 설명할 수 없어."

케이토가 물수건을 덮고 있어서 다행이다. 그와 눈을 마주치지 않고서도 잔에 물을 채워줄 수 있으니까.

"그래서 그 '모든 사랑의 아픔을 잊게 해주는 비약'인지 뭔지 하는 것을 덥석 받아든 건가?"

"티르."

"왜?"

"그래도 효과는 확실하던데. 머릿속에 털실 뭉치에 대한 간절한 욕구 이외엔 아무것도 안 남게 되더라고."

잠시 후 나와 케이토는 눈물을 줄줄 흘리며 웃고 있었다.

"아아, 이젠 배까지 아프군. 그런데 션은 어떻게 되었나?"

"괜찮을 것 같아. 시장님 댁에 눕혀놓았고, 시장님의 하인들과 무더기로 몰려온 선량한 시민들이 감시하고 있어. 며칠 동안은 상태를 두고봐야 할 테지만."

케이토는 물수건을 들어 탁자 위에 올려놓았다. 파리한 얼굴을 매만지던 케이토는 자신의 팔목을 내려다보았다.

"창피한걸. 지금 많은 사람들이 션을 도우려 하고 있지만 나 역시 그 친구에게 도움이 되어주고 싶었어. 하지만 다른 사람들과는 다른 이유에서야. 내게 있어 그건 자기 구원이라고 할 수도 있는 문제였거든. 무슨 말인지 짐작할 테지?"

"자넨 훌륭히 이겨냈어, 케이토."

"정말 그렇게 믿는 건 아니겠지? 이 팔찌를 한번 벗어볼까? 속이지 않겠네, 티르. 내가 아직 이 도시를 떠나지 않는 것은 여기에 지데의 무덤이 있기 때문이기도 하지만, 어느 날 아침에 눈을 떴을 때 '아, 그 보안관 조수를 죽여야겠구나.' 하고 결심하게 될지도 모르기 때문이야."

"이해해."

내 대답은 내 귀에도 잘 들리지 않았다.

"티르, 나는 그러고 싶지 않아. 진심으로 그렇게 생각해. 그리고 션은 나와 같아. 션의 경우에는 그 자신이지만, 어쨌든 그 친구도 나처럼 누군가를 죽이고 싶어하고 있어. 그래서는 안 되는 거지. 그래서 나는 션을 돕고 싶어. 션을 도울 수 있다면 나 자신도 도울 수 있을 거야."

케이토는 빙긋 웃었다.

"그리고 그 고매한 시도는 돌팔이 약사의 약 한 병에 붕괴되었도다. 이거 정말 창피한데."

나는 마주 웃어준 다음 궤짝을 단단히 묶었다. 그리고 그것을 어디에 숨겨둘지 잠시 고민했다. 안셀이 자신을 전설적인 대도라고 생각하지 않을 거라는 보장이 없다. 결국, 궤짝 겉면에 '안셀 압류품'이라고 큼직하게 써붙인 다음 잘 보이는 선반에 올려놓기로 결정했다. 내 설명을 들은 케이토는 다시 낄낄거렸다. 그러나 케이토는 곧 양쪽 관자놀이를 누르며 자리에서 일어났다.

"아무래도 아직 약 기운이 다 가신 것 같지 않아. 나를 다시 감옥에 넣어주게. 내일까지 감옥 안에 있도록 하겠어. 괜찮겠지?"

나는 랜턴을 집어들었다.

"좋을 대로."

케이토를 지하 감방에 감금한 다음 배식구를 통해 굴러나온 은 팔찌를 집어들었다. 곧 문 저편으로부터 무시무시한 살기가 전해져 왔지만 나는 가까스로 태연함을 잃지 않았다. 우리 사무실의 감방 또한 다른 감옥이 그렇듯이 최악의 경우, 그러니까 분노한 트롤 죄수 같은 것까지 상정한 다음 설계되었다. 위어울프의 힘으로는 감방을 부술 수 없다, 결코.

하지만 피가 얼어붙을 것 같은 저 포효는?

나는 계단을 뛰어올라 오다가 두 번이나 발을 헛디뎠다.

사무실로 돌아온 나는 숨을 고르며 이마의 땀을 닦았다. 지하 감방은 깊은 곳에 있기 때문에 이제 포효는 약한 산울림처럼 멀게 들려왔다. 제기랄. 이렇게 뛸 필요는 없었다. 그렇잖아도 나는 오늘 밤에 너무 많이 달렸다. 처음엔 션이었고 두 번째는 케이토. 션은 가벼운 편이었지만 축 늘어져 있었고, 케이토는 끊임없이 가르랑거렸다. 둘 모두 밤길에 업고 뛰기에 좋은 파트너는 아니었다.

나는 랜턴과 은팔찌를 책상 위에 놓아둔 다음 의자에 털썩 주저 앉았다. 책상 위에 다리를 얹은 나는 그대로 방심 상태에 들어섰다. 피로했고, 혼란스러웠고, 흥분해 있었으며, 어쨌든 자와 컴퍼스만으로 원과 같은 면적의 정사각형을 작도하는 방법을 궁리할 만한 상태는 아니었다. 그래서 나는 멍한 상태로 랜턴 불빛 속에서 반짝이는 은팔찌를 바라보았다.

저걸 착용하면 션과 감정을 공유할 수 있다고?

천천히 손을 뻗어 은팔찌를 집어들었다. 단순하지만 아름다운 모습이었다. 이게 우리 시대의 마법을 증거하는 유일한 물품이란 말인가? 적어도 내가 아는 범위 내에선 말이다.

가만히 팔찌를 관찰하던 나는 고개를 끄덕였다. 그 은팔찌의 모습에는 상식을 거부하는 마법적인 면이 있었다. 어쨌든 이 팔찌는 케이토에게 안셀의 약을 시음할 정도로 끔찍한 기분을 전달했다. 팔목을 벤 다음 죽은 연인을 생각하고 있던 청년이 느낄 법한 기분이다. 특별히 회의주의자가 아니라면 마술이라고 부를 수 있다.

나는 '안셀 압류품' 상자를 물끄러미 바라보며 마법에 관해 생각하기 시작했다.

잠들기 딱 알맞은 생각이었다.

OVER THE NEBULA
손가락 깨물기

변신의 힘으로 약 기운을 모두 씻어낸 케이토는 우리가 익히 알
고 있는 모습, 그러니까 친절하고 품위 있으며 이곳 출신이 아니라
서 가질 수 있는 거리감을 가진 매혹적인 이방인이 되어 감방을 나
왔다. 하지만 션의 경우엔 그렇게 간단하지 않았다. 그의 손목은
큰 말썽없이 잘 나았지만 그를 둘러싼 상황은 그렇게 쉽게 아물지
않았던 것이다.

션의 유년기와 청소년기를 모두 책임졌던 잔파드로스 신관은 자
신의 교육이 모자랐음에 대성 통곡하며 션의 침대 머리맡을 지켰
다. 그러자 그의 고아들의 행색이 당장 초췌해지기 시작했다. 다행
히도 요란하스 부인과 소란다스 부인 같은 친절한 부인네들이 열성
적으로 달려들어 고아들을 돌보았다.

하지만 그것은 일도 아니었다. 아주 고약하게도 션을 치료하는
과정에서 그의 겉옷 주머니 속에 든 유서가 발견되었던 것이다. 나
는 그 얼빠진 녀석이 유서에 적어놓은 '잔' 이라는 이름을 설명해야
했고, 그러자 얼마 있지 않아 대장장이 윙켈이 쭈뼛거리며 우리 사

무실을 찾아왔다. 에존하우어 가에서 단검 주문이 들어왔다는 것이다. 주문서에서 규정한 단검의 조건은 퍽 인상적이었다. '몸 속에서 부러져도 좋으니, 뼈라도 자를 수 있을 만큼 예리하게'였다.

이파리 보안관은 반미치광이가 된 것 같았다. 이 소도시에서 율피트 소란다스와 미레일 요란하스가 벌이는 분쟁보다 더 위험한 분쟁이 생긴 것도 처음인데, 하필이면 그것이 살인 계획이라는 사실은 이 가엾은 오크를 극도로 의기소침하게 만들었다.

하지만 그의 절망은 때이른 것이었다. 바탄 에존하우어는 다른 예의바른 시민들과 마찬가지로 이파리 하드투스 보안관을 두려워하고 있었고, 그 사실은 보안관을 더욱 낭패한 지경으로 빠트렸다. 바탄은 일가 친척과 하인과 지인들을 모조리 이 도시로 초청해 버린 것이다. 바탄의 조카, 사촌, 팔촌 동생, 십년지기, 그리고 그들의 하인들 따위가 에존하우어 가로 몰려오는 모습을 보며 나는 사직서의 초안을 구상하기 시작했다. '금번 본인은 일신상의 사정으로 부득이 소직을 사직코저 하오니……'

하지만 이 경우 바탄 에존하우어의 안배는 도를 넘어선 것이었다. 그는 상대방의 종족 특성을 간과했던 것이다.

"전쟁? (하늘을 향해 오크의 전투 함성을 외치고) 좋아. 어디 해보자!"

이파리 보안관은 오크였고, 바탄 에존하우어를 진정시키거나 션그웬을 변호하는 일에 대해서는 죽을상을 지었지만 싸움의 냄새를 맡자 길길이 날뛰었다. 그는 송곳니를 씩씩하게 휘두르며 대로로 나섰다. 그리고 에존하우어 패거리에게는 많은 수의 단검과 식칼과 몽둥이 따위가 있었지만 장검은 없었다. 이미 말했지만 장검은 살인 무기의 차원을 넘어서 권위의 상징이다. 장검을 가진 자를 존경하고 두려워하도록 교육받은 그들은 장검을 빗겨차고 오크만이 지을 수 있는 악몽 같은 표정으로 대로를 돌아다니는 보안관의 모습에 오금이 저리는 기분을 느꼈다.

결과적으로 에존하우어 가에서 시장 저택에 이르는 1킬로미터 정도의 대로는, 소심한 이들은 제대로 걸어다니지도 못할 정도의 긴장감으로 가득 차고 말았다. 오크 한 명 대 수십 명의 사람이었지만 그 대치는 팽팽했다.

그 정체 상태는 견디기 어려웠고 아무래도 세상을 굴러가게 하는 자의 시간이 다가온 듯했다. 나는 구상중이던 사직서를 마음속의 쓰레기통에 던져넣고는 율피트와 미레일을 소환했다. 그들에게 모종의 놀이를 가르쳐준 다음, 사직서 대신 유서를 구상하며 대로로 나아갔다.

율피트와 미레일은 나를 구원했다. 두 녀석은 각자 에존하우어 가의 손님들에게 다가갔고, 그들 중 코흘리개 어린애들을 경계하는 친구들은 없었다. 내가 두 악동에게 가르쳐준 놀이는 대략 이러했다……

율피트:(귓속말로, 하지만 다 들리게) 야, 저 아저씨 힘세 보인다.
미레일:(귓속말로, 역시 다 들리도록) 뭘. 티르 아저씨는 위어울프도 때려잡았잖아!
그리고 소년 소녀는 순진무구한 눈에 동정의 빛을 가득 담은 채 이방인들을 바라본다.

두 악동은 내 주머닛돈에 가혹할 정도의 타격을 입혔지만 어쨌든 내가 원한 효과를 조장해 내었다. 타지에서 몰려온 자들 중에도 위어울프를 쓰러뜨린 보안관 조수의 소문을 들은 자들은 적지 않았다. 자기가 사지에 끌려 들어온 거라 판단하고 정신이 번쩍 든 뜨내기들은 앞다투어 이 도시를 떠나갔다.

대치는 삽시간에 우리 쪽에 유리해졌다. 초조해지고 분노한 바탄은 케이토를 끌어들인다는 어줍잖은 시도를 감행했다. 만약 그것이 가능했다면 난 사직서도 쓰지 않은 채 야반도주했을 것이다. 하지만 케이토는 바탄에게 악보 한 부를 건넬 뿐 아무 대답도 하지 않았다. 그것은 에이라에게 바치는 추모곡이었고, 퇴직한 음악 교수 랜돌 마타피가 그것을 연주해 주었을 때 나는 눈물을 흘렸다.

이리하여 이 개척 도시 최악의 사태가 될 수 있었던 전쟁은 발발하기도 전에 정의와 상식과 윤리의 옹호자들의 승리로 끝났다. 이 파리 보안관은 솔직히 아쉬워하는 듯했지만 그 결과에는 만족했다. 하지만 바탄 에존하우어는 이런 결말에 도저히 만족할 수 없었던 듯했다. 그는 소름 끼치는 얼굴을 한 채 시장 저택 주위를 배회했고, 그의 이웃들은 그런 모습에 많은 우려를 표했다. 버나드 교장이나 아인켈 우체국장, 심지어 잔파드로스 신관이 설득했지만 바탄은 션을 용서하지 않았다. 증오는 거창하지만 엉성한 모습에서 작지만 날카로운 모습으로 바뀌었다. 좋지 않았다.

션은 팔에 감긴 붕대를 살짝 어루만지며 미소 지었다.

"그러니 제가 세상을 없애도록 놔두시죠. 에존하우어 씨도 만족하실 겁니다."

"신관님 앞에서도 그런 소리 하나?"

"아니요."

"잘했어. 만일 그랬다면 자네가 자네 자신을 쉽게 만들어줬을 거야."

"그건 수수께끼인가요? 답을 모르겠군요."

"자네 이가 왕창 빠져서 입속을 표류하게 되었을 거라는 뜻이야."

션은 내가 끔찍히 싫어하게 된 그 메마른 미소를 또 지어보였다. 나는 내가 오크가 아니라는 사실에 분노를 느꼈다. 오크였다면 이 경우 전투 함성이라도 한번 질러보련만, 대신 나는 자리에서 일어나 창가로 다가갔다.

밤은 깊었고 거리엔 쏟아지는 달빛이 그득했지만, 바탄 에존하우어는 아직까지도 골목 건너편의 처마 아래에서 시장 저택의 이층을 노려보고 있었다. 지독한 그레이엘프 같으니. 두 명의 예비 살인자가 션을 노리고 있었기에 이파리 보안관과 나는 번갈아가며 션의 침실을 지켜야 했다. 아마 이 도시의 젊은애들에겐 요즘이 신나는 나날일 것이다.

나는 두 명의 예비 살인자 중 한 명을 돌아보며 말했다.

"나와, 그리고 많은 사람들이 바보 짓을 하고 있다는 생각이 든다. 죽겠다는 놈 죽게 내버려두는 편이 간단한데."

"예, 그렇지요."

"케이토가 준 그 팔찌를 생각하고 너를 위해 수고하고 있는 우리들을 좀 생각해 봐. 그러고 나서 내 질문에 대답해. 왜 죽겠다는 건가?"

"살아 있을 이유가 없으니까."

"또 그 이야기냐? 살아 있을 이유가 없다고? 하지만 그 이유라는 것이 어디서 오는데? 살아갈 이유는 자기가 만들어 자기에게 선물하는 것일 텐데."

"그렇겠죠."

"그런데?"

"재료가 있어야 만들지요. 환상을 소재로 뭔가를 만드는 건 피곤해요."

"재료가 없다고?"

"부모는 없었고, 아내는 죽었고, 자식은 태어나지도 못했어요. 17년 동안 금치산자였고 2년 동안 도제였지만 아무것도 배우지 못한 채 다시 무능력자가 되었지요. 내게 무엇이 남아 있지요? 도대체 뭘 가지고 살아갈 이유를 만들 수 있지요? 무엇을 가지고 제 점토판에 그림을 그리지요?"

동정하고 싶었지만 분노가 먼저 다가왔다.

"그게 어쨌다는 거냐! 동정받길 원하는 거야? 그걸 원해? 세상을 몰인정한 괴물로 만들어놓고 그 앞에 고꾸라져 벌벌 떠는 건 누구나 할 수 있어! 퀭해 빠진 눈과 텅 빈 머리만 있으면 되니까! 하지만 핏줄 속에 빨간 피가 흐른다면 주먹을 쥐고 두 다리로 일어설 줄도 알아야 해!"

"티르, 집어치워요."

"뭐라고?"

"팔다리가 다 잘린 사람에게 달리라고 말하지 마세요. 고통 때문에 우는 것이 고작인 사람에게 춤추지 않는다고 꾸짖지 말라고요."

션의 멱살이라도 붙잡고 흔들기 위해 침대로 다가갔다. 하지만 그러지 못했다. 션이 눈을 활활 불태우며 나직하게 으르렁거렸기 때문이다.

"그에게 세상이 해준 일에 감사하라고 말하지 마시죠."

몸이 굳어버리고 말았다.

션은 기회를 놓치지 않았다.

션은 괴성을 지르며 내게 달려들었다. 움찔하며 두 팔을 들어올렸지만, 션이 노리는 것이 바로 그것이었다. 션은 왼손으로 내 손등을 할퀴며 오른손으론 내 장검을 뽑아들었다.

나는 알아듣지 못할 소리를 내지르며 션의 어깨를 붙잡으려 했다. 하지만 션은 내 손 아래를 미꾸라지처럼 빠져나가더니 그대로 침대 아래로 굴러떨어졌다. 나는 허공을 끌어안으려 애쓰다가 그대로 침대 위에 나동그라졌다. 가까스로 뒤를 돌아보니 션은 이미 똑바로 일어나 있었다. 그는 슬픈 미소를 지으며 말했다.

"안녕, 티르."

꽝!

잠깐 동안 나와 션 모두 얼빠진 얼굴로 서로를 쳐다보았다. 그리고 다음 순간 나는 폐하께 대한 벅찬 감사의 염을 느꼈다. 황제 폐하, 감사하나이다! 장검의 소지를 엄격히 제한하신 그 뜻이 세세만년 빛나리!

션은 내 장검으로 잽싸게 자기 목을 찌르려 했다. 그러나 불행히도 장검을 처음 잡아보는 터라 그게 얼마나 긴지 몰랐던 것이다. 그래서 션은 칼몸으로 자기 이마를 호되게 때리고 말았다. 아마 머릿속에 불이 번쩍했겠지. 겨우 정신을 차린 션은 칼자루 대신 칼날을 붙잡으려 했지만 이미 내가 몸을 날린 후였다. 션과 나는 서로를 끌어안은 채 바닥에 나가떨어졌다.

괴성, 인간, 비명, 그레이엘프, 욕지거리, 장검 등이 뒤범벅이 된 채 뒹굴었다. 두 번 다시 하고 싶지 않은 포옹이었지만, 녀석을 깔아뭉갠 채 장검을 쥔 오른팔을 거머쥘 수 있었다. 냅다 비틀어올리자 션은 비명을 질렀다. 그게 다친 팔이라는 것을 깨닫고 움찔했을 때 션의 왼팔이 날아왔다.

그레이엘프, 그것도 션같이 깡마른 녀석의 주먹에 맞아봤자 내가 꿈적할 리가 없지만, 안타깝게도 션의 왼팔엔 케이토의 은팔찌가 채워져 있었다. 나는 휘청했고 그러자 션은 몸을 거칠게 흔들어 빠져나갔다. 빌어먹을 장검은 놓치지 않은 상태였다. 그리고 션은 이번엔 칼날을 움켜쥐었다. 칼끝은 정확히 목 쪽으로 향했다. 나는 입을 움켜쥔 채 냅다 고함을 질렀다.

"썩을, 안 돼에에에에!"

콰자자작, 와장창!

내 비명과 동시에 어마어마한 소리가 들려왔다. 션은 흠칫한 얼굴로 옆을 돌아보았고 나 또한 그곳을 보았다.

창문이 사라져 있었다. 창문이 있던 자리는 벽에 뚫린 구멍이 대신하고 있었고 거기엔 푸른 달을 배경으로 거대한 늑대 인간의 그림자가 서 있었다. 한 손엔 창틀째 뜯어낸 창문을 들고 다른 손으론 뜯겨나간 벽을 붙잡은 채 그는 형형한 눈빛으로 우리를 바라보고 있었다.

오우우우……우!

"바탄이 어떻게 도망쳤는지 들어봤어? 자기 집까지 800미터를 눈 깜짝할 사이에 달려갔어. 그 친구 앞으론 시장 댁 근처엔 얼씬도 하지 않을 작정인 것 같아. 물론 케이토 곁은 말할 것도 없고."

이파리 보안관은 자못 즐겁다는 듯이 말했다. 하지만 나는 그 기분에 동참할 수 없었다.

"저도 그러고 싶습니다, 젠장. 지데와는 완전히 달랐어요. 그때는 대낮이었고 지데는 훨씬 작았지요. 뭐 그래 봐야 저보다 더 컸지만. 하지만 그 달빛 아래에 그 모습이라니. 죽을 때까지 못 잊을 것 같습니다."

"그래? 자네가 그럴 정도라면 바탄은 확실히 포기했겠군. 그런데 말이야. 자네에겐 섬뜩한 경험이었겠지만, 동시에 유익한 경험이기도 하지 않을까?"

"예?"

"케이토 말이야. 변신했으면서도 자넨 건드리지 않았잖아. 션만 기절시키고는 곧장 돌아갔지."

나는 말하지 않았다. 케이토는 그때 분노 때문에 변신한 것이 아니라 급히 당도하기 위해 변신한 것이며, 따라서 이성적인 행동을 할 여지가 남아 있었다는 사실을. 말해 봤자 우울한 이야기다. 그냥 이파리 보안관의 견해를 따르는 것이 즐거울 것 같다. 하지만 케이토의 다음번 변신 때는 내 장검이 다른 사람의 손이 아닌 내 손에 있었으면 좋겠다. 그날 밤 케이토는 이파리 보안관의 말처럼 곧장 돌아가지는 않았다.

"보안관님, 혹시 자살하고 싶었던 적이 있습니까?"

"넌 있나?"

"없습니다. 한번도."

이파리 보안관은 코를 한번 실룩인 다음 말했다.

"두어 번 있었다. 한 번은 꽤 심각했지."

"무엇 때문이었지요?"

"젊었을 적, 어떤 전쟁에 참가하고 있을 때였다. 머리 굴리지 마. 넌 들어보지도 못한 전쟁일 테니. 어쨌든 그때 나 때문에 스무 명 가까이 죽게 된 일이 있었다. 그 일이 있고 한 달쯤 뒤 술 마시다가 죽은 자들을 보게 되었지. 그때 죽어야겠다고 생각했다."

"왜 그러지 않았습니까?"

"너무 취했거든. 자살도 못할 정도로. 술이 깼을 땐 전쟁도 끝나 있었다. 죽은 자들도 더 보이지 않았고."

나는 보안관을 가만히 바라보았다. 그의 투박한 얼굴에는 아무런 표정도 없었다. 그는 죄의식에 괴로워하고 있지도 않았고 수치스러워하고 있지도 않았다.

"션은 팔다리가 다 잘린 사람에게 달리라고 하지는 말라더군요. 뭐라 대답할 수가 없었습니다."

이파리 보안관은 고개를 끄덕이고 뜨개질감을 들어올렸다.

"미레일 앞니 사건 기억 나냐? 워낙 별일이 다 있다 보니 이젠 까마득한 옛날 일처럼 느껴지는군."

"기억합니다."

"세상을 굴러가게 하느라 공사다망하신 나의 조수여. 달려가서 션의 앞니를 확 뽑아주지 그러냐? 그게 아니라면 녀석 뒤통수에 박힌 자살 충동이라도 좋고."

"……방법을 모르겠습니다."

"몰라도 상관없어. 그럴 필요가 없으니까. 그런 일은 할 필요도 없고 해줄 수도 없는 일이야."

"이웃이 해줄 수 있는 건 그냥 옆에서 소란을 부리는 것이 전부라는 말입니까?"

"그렇게 말하고 싶다면 그래도 좋아."

"우리는 더 많은 일을 해줄 수 있을 겁니다. 소란 떨고 감시하고 보호하는 것 이상으로, 션에게 도움이 될 수 있는 뭔가가 있을 거라고요."

"의미는 자기가 만드는 거야. 다른 사람이 만들어주는 것이 아니라."

보안관의 말은 내가 션에게 한 말이었다. 그래서, 잠시 동안 할 말이 없었다. 바로 그때 사무실의 문이 무지막지한 기세로 열렸다.

꽈광!

보안관과 나는 놀라서 자리에 일어났다. 맹렬한 기세를 이기지 못한 문짝은 기어코 떨어져 나갔고 그 뒤에서 사무실로 뛰어든 것은 우체국장 아인켈이었다.

"무슨 일입니까?"

내가 다급히 질문했는데도 아인켈은 탁자를 짚은 채 씩씩거릴 뿐 아무 대답을 못했다. 죽을 힘을 다해 달려온 것이 분명하다. 그의 얼굴을 들여다본 우리는 이 트롤의 얼굴이 공포에 질려 있음을 깨닫고 충격에 빠졌다. 저 강대한 트롤을 이렇게 떨게 만든 일이 과연 무엇일까? 우리가 재촉하자 아인켈은 온몸의 힘을 끌어모은 듯한 기세로 외쳤다.

"흑사병!"

마하단 쿤은 자칫 노움으로 착각되기 쉬운 모습이었지만 사실은 인간 난쟁이였다. 그리고 그의 직업은 시종이었지만 동시에 호위 무사이기도 했다. 전자는 난쟁이에게 그럭저럭 어울리는 일이겠지만 후자는 도무지 어울리지 않는다. 옛이야기에는 외팔이 무사나 심지어 장님 전사의 이야기까지도 등장하지만, 그런 황당무계한 이야기들 속에서조차도 난쟁이 검객의 이야기는 나타나지 않는다. 하지만 마하단 쿤은 호위 무사처럼 행동했고 호위 무사 같은 눈빛을 하고 있었다. 그리고 무엇보다도 손에 든 장검으로 불쌍한 우편 마차 마부를 위협하고 있는 점에서 그의 무사다움이 확실히 드러나고 있었다.

"더 가까이 오면 베겠다."

마하단은 키 큰 마부를 땅에 무릎꿇게 하고는 그 뒤에서 마부의 머리카락을 움켜쥔 채 나직이 말했다. 꽤 볼거리가 될 만한 광경이었지만, 우리 예절 바른 시민들에겐 좀 지나치게 자극적이었다. 분별 있는 우리 시민들은 그래서 골목이나 집안, 달구지 같은 곳에 숨어서 마하단을 바라보았고 텅 빈 대로에는 마차와 마하단, 마부, 그리고 우리 둘 이외엔 아무도 없었다.

내가 주위를 둘러보는 동안 보안관은 붙잡혀 있는 마부에게 말을 걸었다.

"자네, 어쩌자고 장검을 가진 자를 마차에 태워준 건가?"

마부는 우리 시민들보다는 훨씬 침착한 상태였다. 험로를 달리며 별의별 상황에 맞닥뜨리는 우편 마차의 마부는 대가 셀 수밖에 없다. 목에 칼날이 닿아 있는 난처한 상황이었지만 마부는 침착하게 대답했다.

"장검 소지 허가증을 가지고 있었습니다. 보안관님."

보안관과 나는 서로를 쳐다보았다. 소지 허가증이라고? 일반인으로서 그런 걸 받는 사람이 있긴 있었군. 하지만 저 난쟁이가 어떻게 그걸 받을 수 있었을까? 이파리 보안관은 눈살을 찡그리며 마하단에게 말했다.

"장검 소지를 허가받았다면 당신은 분명 모자람 없는 인격을 가졌다는 말일 텐데. 그런데 왜 이런 무도한 짓을 하는 건가? 당신에게 그것을 허가해 주신 분이 누군지는 모르지만 어느 곳의 명망 높으신 영주시거나 고귀한 신분의 귀족이겠지. 당신이 그분께 어떤 잘못을 저지르는지 알고 있는 건가?"

마하단의 얼굴에 아픈 표정이 스쳤다.

"그분께는 내가 직접 벌을 받을 거야. 보안관. 하지만 난 지금 내 행동을 취소할 수 없어."

이파리 보안관은 그들 뒤편에 멈춰 있는 마차를 바라보았다.

"……흑사병 환자가 있다고?"

"내 주인님이시다. 그분은 치료를 받아야 해."

숨죽인 비명 같은 것과 신음성, 그리고 문을 걸어 잠그는 소리 같은 것이 동시 다발적으로 들려왔다. 주위를 돌아보자 골목길과 달구지, 그리고 여물통 뒤에서 시민들의 모습이 싹 사라진 것을 알 수 있었다. 달아나지 않은 몇몇 시민들은 분개하여 고함을 질렀다. 물론 그들을 들어오게 했다간 우리 다 죽는다는 내용이었다.

이파리 보안관은 수심에 찬 표정으로 마하단과 마부를 번갈아 바라보았다. 이파리 보안관의 얼굴을 돌아본 순간 봄의 오후 속에 서 있는데도 옷 속의 어깨가 부르르 떨려왔다. 나는 보안관이 어떤 결정을 내릴지 알고 있었다. 아마도 귀신 같은 얼굴을 하고 있는 마하단 역시 알고 있을 것 같다.

이파리 보안관은 장검을 뽑아들었다.

"들여보낼 수 없다, 마하단. 그 마부를 놔주고 주인과 함께 이곳을 떠나라."

"제기랄, 그게 이곳의 도덕인가!"

"가슴 아픈 일이며 진심으로 미안하게 생각한다. 하지만 황제의 법은 흑사병 환자에 대한 배제를 인정한다, 마하단. 그리고 황제의 법이 아니라도 한 사람을 구하기 위해 도시 전체를 위험에 빠트릴 수는 없다. 흑사병에 걸린 네 주인을 구할 가능성은 너무 적고 이 도시가 위험해질 가능성은 너무 많다. 도저히 허락할 수 없어."

"내가 나가지 않겠다면?"

"쓸데없는 고집 부리지 마. 그 마부를 죽인다 해도 내 결심은 바뀌지 않는다. 그러니 괜한 사람 죽이지 말고 그냥 포기해."

마부의 얼굴이 침통하게 바뀌었다. 하지만 존경스럽게도 비명을 지르거나 울음을 터뜨리지는 않았다. 위험 속을 살아가는 우편 마차의 마부들에겐 유가족에 대한 보상금이 약속되어 있다지만, 그리고 이런 경우 침착하게 있는 편이 훨씬 똑똑한 행동이기도 하지만, 그 모든 것을 고려하더라도 마부의 절제는 대단했다. 충성스러운 마하단은 인질을 잘못 선택했다.

그런데 왜 마하단 쿤의 얼굴에 좌절감이 떠오르지 않는 것일까.

마하단은 실망하지 않았다. 장검을 쥔 손이 떨리지도 않았고 분노하여 욕설을 퍼붓지도 않았다. 오히려 만족하는 기색을 띠며 보안관을 노려보았다.

"우리 주인님을 구할 가능성이 적다고 했나, 보안관? 하지만 주인님을 쫓아냈다간 이 빌어먹을 도시가 구제될 가능성은 완전히 사라질 텐데. 그 점에 대해 어떻게 생각하는지 말해 주겠어?"

"무슨 말이지?"

"여행자에게 불친절한 마을이 어떻게 되는지 모르나? 엉? 그런 이야기 들어본 적 없나? 고귀한 자를 욕보인 무지한 촌것들이 어떤 징벌을 받게 되는지 모르냐고!"

"네 주인의 권세나 지위 같은 걸로 나를 겁주려는 거라면 헛수고하고 있다고 말해 주겠다. 네 주인이 파사디아의 공작이라 할지라도 나는 내 결정을 번복하지 않아. 어차피 그럴 리도 없지만."

이파리 보안관은 안됐다는 표정을 지었다.

"마하단, 고매한 인물인 척하고 싶었다면 하인이나 수행원들을 좀더 준비하지 그랬나. 그리고 우편 마차를 얻어타는 대신 고급 육두 마차 같은 것을 타고 왔어야지. 사람 볼 줄 모르는 우리 가련한 촌것들에겐 그게 더 효과적인 방법이었을 텐데."

이번엔 짓궂은 웃음소리와 조롱하는 소리들이 들려왔다. 하지만 마하단은 여전히 실망하지 않았다. 그는 분노 어린 눈으로 사방을 쏘아보았고 그러자 비위를 긁는 그 웃음소리가 서서히 사라져갔다. 대로가 다시 고요해졌기에 마하단의 외침은 더 사납게 들렸다.

"내 주인님은 마법사이시다!"

때론 안타깝게 생각하지만 어쨌든 내가 인간임을 부정할 수는 없다. 마하단의 말이 떨어진 순간 그들 뒤에 있던 우편 마차가 내 눈엔 지옥에서 달려온 장의 마차처럼 보였다. 마차에 묶인 말들이 어찌나 사납게 보이던지 순간 나는 그 말들이 육식성이 아닐까 하는 망상에까지 빠져버렸다. 유황 냄새 풍기는 검은 안개 같은 것도 보인 것 같고, 무시무시한 웃음소리 같은 것도 들려온 듯했다.

하지만 눈을 비비고 다시 바라보자 그것은 낡은 차체에 짐과 우편물 행낭이 어지럽게 묶여 있고 그 위로 황야의 먼지가 잔뜩 쌓여 있는 보통의 우편 마차일 뿐이었다. 검은 안개 따위는 흔적도 없었다.

"마법사라면, 까로 트랙스? 션 그웬을 찾아온 건가?"

"그래, 보안관. 네가 도움을 필요로 하는 마법사를 박대하고 내쫓을 정도로 대담한가? 이 도시에 영원히 벗어날 수 없는 저주가 내리길 원한다면 그렇게 해봐! 모든 집에 불이 나고 가장 사랑받는 사람들이 죽어가고 역병과 기근과 가뭄과 홍수가 일상이 되길 원한다면 네 그 잘난 판단대로 해봐!"

나는 주춤하며 뒤로 물러났다. 자세히 보니 검은 안개가 여전히 있는 것 같다……. 하지만 이파리 보안관은 코를 한번 쓱 훔친 다음 고개를 끄덕였다.

"자네 고향 이야기 하는 건가? 뭐 향수병이야 방랑자의 고질병이지."

대담하여라, 나의 송곳니 근사한 보안관이여. 아무리 마술에 관심이 없는 오크지만 저렇게 담담할 수가 있나. 마하단 쿤은 기가 막혀 말도 제대로 나오지 않는다는 얼굴이었다. 그러나 그는 곧 눈을 가늘게 뜨며 외쳤다.

"안 믿는다는 것이로군. 증거를 봐야겠다는 거냐?"

"그런 말은 한 적 없는데."

"아, 보고 싶다는 것이로군. 좋아, 보여주지. 거기 옆에 있는 녀석, 보안관 조수인가? 칼 좀 쓸 줄 아나?"

이파리 보안관은 어깨만 으쓱일 뿐 아무 대답도 하지 않았다. 그리고 나는 웃지 않기 위해 배에 힘을 잔뜩 줘야 했다. 군수품 밀반출이라는 창피스러운 전력이 있기 전까진 제국군의 검술 능력 향상을 책임지던 자에게 '칼 좀 쓰느냐?'는 질문은 너무 웃기지 않는가.

하지만 마하단은 아직 가장 웃기는 말을 하지는 않은 상태였다.

"덤벼라! 네가 나를 이긴다면 순순히 떠나겠다."

잠시 동안 보안관과 나는 아무 말도 못한 채 마하단을 바라보았다. 마하단은 작은 얼굴 가득히 노기를 피워올리며 우리를 보고 있었지만, 어떻게도 두려움을 느끼긴 어려웠다. 아주 가까스로 이파리 보안관의 입이 열렸다.

"그런 식의 대결엔 찬성할 수 없다."

"뭐가 찬성할 수 없다는 거냐! 어차피 내가 계속 저항하면 무력을 행사할 거 아냐? 늦든 이르든 할 일이잖아. 왜? 이 난쟁이가 무서운 거냐? 엉?"

마하단은 그렇게 외치며 마부의 등을 걷어찼다. 마부는 땅에 엎어진 자세 그대로 부리나케 기어갔고 그러자 마하단과 나 사이엔 꽤 의미 심장한 공간이 생겼다. 하지만 그 공간 저편에 있는 난쟁이의 모습은 나를 퍽 한심하게 만들었다. 나는 고개를 내두르며 장검을 뽑아들었다.

"처리하겠습니다, 보안관님. 장검을 압수한 다음 강제로 추방하지요."

이파리 보안관은 씁쓸한 얼굴로 고개를 끄덕였다.

나는 눈앞에 펼쳐진 현재를 외면한 채 과거의 비망록에만 코를 박는 처사에 호의를 가져본 적이 별로 없다. 하지만 그때 나는 내가 비웃어왔던 그 감정의 포로가 되어 있었던 듯하다. 칼자루를 쥘 때까지 나는 보안관 조수였지만, 칼을 빼어들고 시민들의 시선을 한몸에 받으며 마하단을 향해 걸어갈 때는 이미 제국군 검술 사범으로 돌아가 있었다.

'이 풋내기들. 너희들은 모두 쓰레기다. 그런 모욕적인 언사는 당치도 않다는 듯이 눈살 찡그리지 마라. 너희들의 정체를 말해 줄까? 고향에서 힘 깨나 쓴다는 이야기 들으며 자라왔겠지. 그래서 분수도 모르고 제국군에 들어왔겠지. 자, 이제 날아가는 새의 똥구멍을 쑤실 정도로 높은 그 콧대를 내밀어 봐라. 뭉개줄 테니까. 원한다면 둘이서 덤벼도 좋아. 너희들의 사범이 정박아를 상대한다는 기분을 느끼게 하고 싶지 않다면 셋이서 덤벼보라고 충고하고 싶다. 세 놈은 모아야 한 놈 구실 할 것 같이들 생겼으니까.'

마하단이 난쟁이가 아니었다면 이런 오만한 생각까지 떠올리진 않았을지도 모르겠다고 변명해 본다. 그러나 마하단은 분명히 난쟁이였고, 그 시절의 나는 월간 훈련 계획표를 구상하면서도 신병 셋 정도는 작살낼 수 있었다(그 셋 중 트롤이나 오크가 섞여 있다면 약간 더 바빠야 했지만 결과는 변함이 없다.).

결정적인 문제. 내 실력은 그다지 퇴보하지 않았다. 하지만, 마하단 쿤은 보통 난쟁이가 아니었다.

마하단이 발을 구를 때까지만 해도 나는 미소를 짓고 있었다. 하지만 마하단이 장검을 내뻗었을 때 내 미소는 온데간데없이 사라졌다. 제아무리 용을 써도 내 복부 이상은 공격 목표가 될 수 없을 거라고 여겼지만, 마하단의 첫 번째 공격은 놀랍게도 내 목을 겨냥하고 있었다.

"티르!"

이파리 보안관의 비명이 들려왔을 때야 내가 무엇을 했는지 알아차릴 수 있었다. 혹독한 반복 훈련으로 근육에 새겨놓은 검술이 내 목숨을 구했다. 아니, 정확하게는 내 체면을 구했다. 마하단은 나를 죽일 생각까지는 없었던 것 같다. 하지만 마하단의 검을 아슬아슬하게 쳐낼 때 나는 죽다가 살아난 기분을 느꼈다. 마하단 역시 꽤 놀란 듯했다.

"어떻게!"

마하단과 나는 똑같은 말을 외친 다음 그런 서로를 멍한 눈으로 바라보았다. 다음 순간 우리는 또다시 외쳤다.

"……!"

두 번째로 외친 말들은 서로 내용이 달랐기 때문에 처음처럼 명료하게 들리진 않았고, 그래서 우리는 동시에 신음을 흘렸다. 나는 턱으로 마하단을 가리켰다.

"먼저 말해."

"고마워. 어떻게 그걸 막아낸 거냐고 물었는데."

"아, 그래? 난 어떻게 그렇게 뛰어오른 거냐고 물었어."

"잘 봐!"

이런 망할 자식. 마하단은 뛰어오르는 대신 아래로 세차게 뛰어들며 검을 뿌렸다. 난쟁이라서 유리한 점이 있긴 있었다. 보통은 생각하기 힘든 낮은 궤도에서 공격이 들어왔으니까. 뒤로 뛰어 그것을 피한 다음 있는 힘껏 검을 내리찍었다.

그리고 막힐 리가 없는 곳에서 내 검이 막혔다.

나는 얼빠진 눈으로 내 검을 바라보았다. 그것은 마하단의 검에 막혀 내 얼굴 앞의 허공에 멈춰 있었다. 검을 맞댄 채의 이런 힘겨룸은 칼싸움에선 그다지 특별할 것도 없는 상황이지만, 마하단은 난쟁이지 않은가. 높이가 맞지 않는다! 하지만 내가 특별히 허리를 더 숙이고 있는 것도 아니고 마하단이 발판 위에 올라온 것도 아닌데 그와 나의 검은 서로 정확하게 맞물려 있었다. 말도 안 되는 상황이다.

나는 있는 힘껏 검을 밀어 마하단을 뿌리친 다음 공포 섞인 절규를 외쳤다.

"공간이 일그러진다?"

마하단의 얼굴에 경탄이 스쳤다.

"허. 보통은 쓰러지기 전까진 알아차리기 어려운데."

이런 경우를 생각해 보라.

바닥이 비스듬한 방이 있다. 바닥이 낮은 쪽에 키 큰 사람이, 그리고 높은 쪽에 키 작은 사람이 서 있다. 그래서 두 사람의 머리는 천장과 비슷한 거리를 두게 된다. 사정을 알지 못하는 사람이 이 모습을 볼 경우, 주의 깊게 보지 않는다면 그는 바닥이 비스듬하다고 생각하기보다는 두 사람의 키가 같다고 생각하게 된다. 하지만 사실은 방이 일그러져 있는 것이다.

마하단의 주위에서는 바로 그런 일이 일어나고 있었다. 그의 근처에 간 내 검은 느려지고 낮아졌다. 하지만 내 쪽으로 날아오는 마하단의 검은 정반대 현상을 보이고 있었다. 갑자기 빨라지는 검, 느닷없이 솟아오르는 공격. 차라리 눈을 감고 싸우는 것보다 못했다. 보통 사람과 싸우는 것과 똑같다고 여기면 될 테지만, 몸 주위로 호전적인 날붙이가 춤추는 상황에서 현상과 실체를 분리하여 후자로써 전자를 해석하는 고등한 정신 활동을 시도하는 것은 불가능하다.

결국, 나는 뒤통수를 호되게 맞고 졸도했다.

'난쟁이에게 뒤통수를 맞을 수도 있는 법' 어쩌고 하면 사람들은 그것이 일종의 경구라고 생각할 것이다.

의식은 우당탕거리는 소리와 함께 돌아왔다.

익숙지 않은 광경들이 눈에 들어왔다. 검은 빛이 감도는 기둥과 천장, 그리고 벽에 걸려 있는, 농기구도 아니고 대장간 연장도 아닌 묘한 모습의 도구들. 목공소에서 볼 수 있을 것 같은데. 하지만 사냥꾼의 오두막에나 걸려 있을 법한 저 거대한 뿔은 뭐지? 그리고 저 커다란 솥은 왜 기분 나쁜 하얀 얼룩으로 가득한 것일까. 이것들이 대관절 무엇이냐고 묻는 내 눈의 질문에 대답해 주기 위해서 내 뇌는 과거의 기억들을 뒤적거려야 했다.

구스룬 프리모 궁장의 공방이었다. 안도의 한숨과 더불어, 지옥의 기괴한 고문 도구쯤으로 보이던 것들이 평범한 연장과 활 만드는 재료들로 보이기 시작했다. 그동안에도 우당탕거리는 소리는 계속되었고, 그래서 난 소리의 진원지를 향해 고개를 돌렸다.

마하단 쿤이 활과 화살 무더기를 끌어안은 채 달려가고 있었다. 마하단은 그것들을 창문 아래 쏟아놓더니 곧 다른 무더기를 들고 와 그 옆의 창문에도 쏟아놓았다. 아무래도 그 난쟁이가 공방을 요새화하고 있는 것처럼 보였다. 문을 보자 기대한 대로의 모습, 그러니까 탁자와 의자, 궤짝 등으로 막혀 있는 모습이 보였다.

그리고 나는 마하단 쿤의 포로가 되어 있었다. 어쨌든 공방 중앙의 기둥에 묶어놓는 것이 쿤 방식의 귀빈 대접이라고 보긴 어려울 것이다. 어깨 너머를 돌아보자 내 반대쪽엔 이파리 보안관이 묶여 있었다. 불쌍하게도 머리 한쪽이 찢어진 채 기절해 있었다. 그때 누군가가 내게 말을 걸어왔다.

"정신이 들었어요?"

션 그웬이 물그릇을 든 채 나를 바라보고 있었다.

"션? 여기서 뭐하고 있냐."

"저 난쟁이는 도와줄 사람을 요청했지요. 그리고 어차피 제 손님들이잖아요."

"그 물은 나 주려고?"

"죄송하지만, 아뇨. 조금만 기다리세요."

션은 몸을 돌렸다. 넓은 작업실 저편에는 어울리지 않는 검은 휘장 같은 것이 늘어져 있었다. 션은 그 휘장을 들어올렸다. 짧은 순간 그 뒤편을 볼 수 있었지만 온통 검은 그림자들 뿐이라 보이는 것이 별로 없었다.

션이 휘장 안으로 사라지고 나서 얼마 후 맹렬한 기침 소리와 토하는 소리 같은 것이 들려왔다. 격한 신음과 흐느낌. 그리고 짧고 비틀린 침묵. 뒤이어 모골이 송연해지는 비명이 들려왔다. 참을 수 없는 고통에 분노하는 비명이었다.

곧 션이 빈 물그릇을 들고 밖으로 나왔다. 나는 션의 셔츠 앞섶에 묻어 있는 피 섞인 노르스름한 액체를 보며 몸을 떨었다. 내 시선을 알아차린 션은 자신의 셔츠를 내려다보곤 손수건을 꺼내어 차분히 닦아내었다.

"그 뒤에 누구냐? 까로 트랙스?"

"예."

"그 사람은 흑사병 환자다."

"알고 있어요. 물 가져다드릴까요?"

"사양하지."

션은 다시 그 우는 듯한 미소를 지어보였다. 걸어가려던 션은 문득 생각이 난 것처럼 쥐고 있던 손수건을 내려다보았다. 션의 손안에 구겨져 있는 하얀 손수건이 왠지 꽃처럼 보였다.

그 손수건이 션의 얼굴 쪽으로 올라갔을 때 난 비명을 지르고 말았다.

"미친 짓 집어치워!"

하지만 션은 손수건에 코를 파묻고는 깊이 숨을 들이마셨다. 나는 잇소리를 내며 몸부림을 쳤지만 밧줄은 헐거워지는 기색조차 없었다.

"티르, 얌전히 있지 못하겠나? 난 지금 자네에게 예절 교육까지 시킬 여유는 없어."

고개를 돌리자 마하단이 이마를 훔치며 내 쪽으로 다가오는 모습이 보였다. 다시 돌아보니 션은 어디론가 사라져 있었다. 그래서

180

나는 마하단에게 화내기로 했다.

"네가 무슨 짓을 저질렀는지 알고 있나? 황제 폐하의 관료를 이렇게 다루고도 무사할 줄 알아?"

마하단은 내 협박을 무시한 채 자신이 할 말만 꺼내었다.

"주인님께서 쾌차하신 다음, 저 그레이엘프 친구와 함께 여기를 떠나겠다. 자네와 보안관은 그때까지 내 인질이야. 얌전히 있겠다면 해를 끼치지는 않겠어."

"해를 끼치지 않는다고? 흑사병 환자와 한지붕 밑에 있는 처지에 그보다 더 반가운 말도 없군."

"자네와 보안관이 먹고 마실 건 다른 식기에 따로 만들어오라고 명령했어. 그리고 자네들은 저 휘장 너머로 갈 필요가 없고. 그래도 전염이 된다면 뭐 어쩔 수 없는 일이지. 내가 더 이상 손써 줄 수 있는 부분은 없어. 있다면 알려줘. 고려해 볼 테니."

"꽤 친절하시군."

비아냥거린 것이었지만 마하단은 그것을 오해했다.

"속임수를 쓴 것 때문에 미안해서 그래."

"속임수?"

"칼 쓰는 거 보아하니 자부심 있는 칼잡이였을 것 같더군. 그러니 만큼 난쟁이에게 졌다는 것이 가슴 아프겠지. 하지만 그럴 필요 없어. 그건 공정하지 못한 싸움이었으니까. 자넨 자네의 검만 가지고 싸웠지만, 내겐 내 검뿐만 아니라 주인님이 걸어주신 마법도 있었지."

"그게⋯⋯, 마법이었나? 자네 주위의 공간이 일그러지는 거?"

"그래. 나는 내가 원할 때 그렇게 할 수 있어."

나는 공간을 자유롭게 지배한다는 식의 이런 말을 거의 믿을 수 없었다. 후두부를 대가로 내주면서 확인하지 않았다면 그런 이야기에 귀를 기울이는 것 자체를 거부했을 것이다. 하지만 그러기엔 뒤통수가 너무 아팠고, 마하단의 태도 또한 평온하기 짝이 없었다.

"주인님은 내가 무사가 될 수 있게 해주셨지. 난 싸움꾼이 아냐, 티르. 폭력에 매료되는 그런 성격은 아니지. 하지만 난쟁이라는 것은 온갖 조롱의 대상이지. '목소리는 들리는데 보이지 않는군. 어디 있나?' '잠깐 기다려! 사다리를 내려줄 테니까, 올라와서 이야기하자고.' '죄송합니다만, 손님. 저희 여관의 목욕탕에는 구명부이가 준비되어 있지 않은지라 손님을 모실 수 없습니다.' 이런 농담 들어봤나? 난 지겹게 들었어. 그런 난쟁이가 자기 손으로 일반인을 거꾸러뜨릴 수 있다는 것이 어떤 기분이었을 것 같나? 그건 굉장한 선물이었어. 폭력을 휘두를 수 있다는 것에 고마워하는 것이 아냐, 티르. 그건 자존심과 긍지, 자기에 대한 자신감의 문제야."

"이해할 것 같군."

"그래서 난 주인님을 포기할 수 없어. 흑사병보다 더한 병이라 할지라도 난 그분을 지키고 보호할 테고 그것을 위해선 무슨 일이라도 할 거야. 그러니 자넨 나를 협박하거나 설득하려면 어떤 말이 좋을까 따위 고민할 필요는 없어. 완전히 무가치한 일이니까."

마하단의 말이 사실임을 알 수 있었다. 그의 눈은, 필요하다면 수소에게서 우유를 짜낼 수 있는 자의 눈이었다. 나는 한숨을 쉬고 말했다.

"하지만 그 녀석은 보내줘."

"그 녀석?"

"션 그웬. 그 애는 아무 상관없잖아. 주인의 간병은 자네 스스로 하라고."

"그건 곤란해. 난 자네들을 감시하고 이 공방을 지켜야 하거든.

그래서 누군가 대신 주인님을 간병할 사람이 필요해. 그리고 그 친구를 위해 흑사병이 창궐한 대지를 건너시다가 저렇게 되신 주인님을 생각할 때 난 다른 누구보다도 선 그웬을 원하게 되더군."

외치고 싶었다. '그 녀석은 너나 네 주인을 도우려는 게 아냐. 흑사병에 걸리려고 온 거라고!' 하지만 그때 바깥에서 무슨 소리가 들려왔고 마하단은 창가로 달려갔다. 그가 활과 화살을 집어드는 모습을 보고는 약간 어이없는 기분을 느꼈다. 저 팔로 시위를 당겨 봐야 얼마나 당기겠나? 하지만 다시 생각해 보니 마하단은 주위의 공간을 일그러뜨릴 수 있다. 그렇다면 시위를 약간만 당겨도 무서운 힘으로 발사되지 않을까.

조금 있다가 이파리 보안관도 깨어났다. 대범하긴 하지만 역시 오크였던 보안관은 자신이 무력한 상태로 묶여 있다는 것에 주체할 수 없을 정도로 노여워했다. 나는 그를 달래기 위해 시민들이 곧 우리를 구하러 와줄 것이라고 말했지만 이파리 보안관의 생각은 나와 정반대였다(어쨌든 보안관의 분노는 가라앉았다.).

"글쎄, 그 사람들은 당황하고 혼란스러워하고 겁먹을지는 몰라도 우리를 구하려고 하지는 않을 거야. 그런 생각은 아예 하지를 못할걸. 그리고 나 역시도 그걸 바라지는 않고. 그 사람들에게 너나 내가 신세를 질 수도 있고 도움받을 수도 있는 사람으로 비춰지면 단 둘이서 이 도시의 치안을 맡는 일은 불가능해진다."

나는 신음을 토했다. 이파리 보안관의 지적은 정확했다. 양 떼들이 양치기 개를 구출하기 위해 늑대에게 덤벼든다는 이야기는 들어본 적이 없다. 그리고 양치기 개 입장에서도 그걸 바랄 수는 없다. 그런 일이 있고 나서 어떻게 양 떼들에게 짖어대겠는가. 이파리 보안관은 마하단에게 주의를 기울이며 낮게 속삭였다.

"우리가 이 도시에서 기대를 걸 수 있는 사람은 세 명뿐이다."

"셋?"

"율피트와 미레일이 우선 포함되지."

"……인정합니다만, 구출 작전 도중 인질 사망 어쩌고 하는 결과 는 달갑잖으니 세 번째에 모든 기대를 걸겠습니다."

"네가 가장 믿는 사람, 케이토. 그 사람이라면 분명히 나서줄 테고 마하단이 아무리 신기한 마법을 자랑한다 한들 위어울프를 만만하게 여기진 못할 거다. 난 사실 왜 아직까지도 케이토가 움직이지 않았는지 의아하게 생각하고 있어."

"보안관님, 고백할 게 있습니다."

"도대체 왜 그랬어!"

"아직 고백 안 했는데요?"

"미리 꾸중한 거야. 무슨 멍청이 짓을 했는데?"

"케이토가 시장님 저택의 환기 상태를 개선했을 때 말입니다. 션을 기절시킨 다음 케이토는 그냥 돌아가지 않았습니다."

"흐음, 너를 공격했냐?"

"예."

"너 시체라고 보기엔 상태가 너무 좋은데. 거의 살아 있는 것처럼 보여."

"케이토를 쓰러뜨린 다음 지니고 있던 안셀의 약을 먹였습니다. 그 약 효과를 보고는 쓸 만할 것 같아서 한 병 가지고 있기로 결정했거든요. 지금쯤 그 친구는 나비를 향해 앞발, 아니 손을 휘둘러 대고는 있을지언정 우리를 구할 생각은 떠올리지 못할 겁니다."

"그런데 케이토를 어떻게 쓰러뜨렸다는 거냐? 너 그때 손에서 칼도 놓은 상태였잖아."

"그래서 죽이거나 죽임당하지 않은 거지요. 케이토와 저 양자에게 행운이었습니다."

케이토를 감옥에 가둬뒀을 때 나는 그의 은팔찌를 가지고 놀다
가 그것을 여닫는 법을 우연히 알게 되었다. 그리고 내가 죽인 위
어울프의 약혼자와 칼도 없이 맞상대하게 되었을 때 나는 감히 저
항할 생각을 못한 채 무조건 션에게 몸을 날렸다. 케이토가 나를
휴대 간편한 크기로 조각 내기 직전 나는 가까스로 션의 왼팔에서
팔찌를 벗겨내어 내 팔목에 채울 수 있었다. 그 다음부터 내가 한
일은 내 소중한 추억, 그러니까 군수품 밀반출이라는 중범죄를 저
질러서라도 기쁘게 해주고 싶었던 사랑스러운 여인에 대한 추억을
죽을 힘을 다해 계속 떠올리는 일뿐이었다.

"그 은팔찌는 확실히 교감을 이루더군요. 케이토는 지데에 대한
슬픈 추억과 제가 보낸 혐오감 사이에서 지독한 혼란을 겪다가 무
력하게 쓰러졌습니다."

"참 잘했다. 그럼, 우린 자력으로 이 상태를 벗어나야 되는 것이
군."

서너 시간이 지난 후 우리는 참으로 오래간만에 즐기는 망중한
이 아니냐며 서로를 위로해야 했다.

보안관의 예상대로, 그리고 마하단으로서는 당혹스럽게도 이 도
시의 아무도 이 공방 안의 상황 개선을 위해 전투 행위를 개시하지
않았다. 물론 이 도시의 존경받는 유지들이 먼발치에 나타나 그들
이 안전하냐, 우리는 그들의 석방을 애타게 원한다, 그들을 풀어주
면 당신이 그곳에서 주인을 간병하는 것을 돕겠다 등으로 외치긴
했다. 나와 보안관은 그 마지막 말이 명백한 진심일 거라 여겼지만
마하단은 그렇게 믿을 수 없었던 모양이다. 그는 의미를 알 수 없
는 이 앓는 소리를 내며 화살 한 대를 하늘로 쏘아붙였고 혼비백산
한 유지들은 뿔뿔이 흩어져 도망쳤다. 마하단은 그저 션의 거처라
는 점 때문에 이 공방을 점거한 것일 테지만 그것은 매우 훌륭한

결정이었다. 이 도시 내의 장검 소지자가 모두 억압된 상태에서, 프리모 궁장의 공방은 실질적으로 이 도시의 무기고라 할 수 있을 정도였다. 게다가 이 공방은 소음 때문에 시내에서 조금 떨어진 언덕에 위치하고 있었기에 훌륭한 요새지라고 할 수도 있다.

마하단은 포로를 괴롭히는 성격은 아니었고 시민들은 그의 요구대로 음식을 꼬박꼬박 가져왔다. 실제로 편하다면 편한 상황이었고, 그래서 보안관과 나의 공포는 두 가지뿐이었다. 첫 번째는 안셀이 자신을 협상의 대가나 전격 구출 작전의 귀재로 여기게 되는 일이었다. 하지만 신의 가호인지 그런 일은 일어나지 않았다. 두 번째는 흑사병에 감염되는 일이며 이건 어쩔 도리가 없었다. 그래서 우리는 까로가 빨리 나으라고 빌기 시작했다. 고백하자면 빨리 죽는 쪽도 좋다는 심정이었지만 보안관과 나 모두 상대방의 의중을 짐작하면서도 그 말은 꺼내지 않았다. 그런 말을 꺼내기엔 마하단의 태도가 너무 극진했다.

그리고 션이 있었다.

션의 태도는 마하단을 기쁘게 만들었고 우리를 미치게 만들었다. 션은 많은 시간을 휘장 너머에서 보내었고 그가 그 안에 있는 동안 내내 나는 검은 휘장을 노려보았다. 반대쪽에 묶여 있던 보안관이 부러울 정도였지만 고개를 돌릴 수는 없었다. 신음과 헛소리, 그리고 간혹 터져나오는 신성 모독적인 욕설들. 까로 트랙스의 모습은 한번도 본 적이 없었지만 그가 보통 대가 센 인물이 아니라는 것은 분명했다. 몽롱한 상태에서도 그는 자신의 고통에 욕설을 퍼부을지언정 우는소리를 내지는 않았다. 흑사병 환자가 그 정도로 거칠게 굴 수 있다는 것부터가 이미 놀라운 일이긴 했지만. 그리고 션이 휘장을 들어올리며 밖으로 나올 때, 나는 그를 험악하게 노려보면서도 그의 얼굴에 어떤 병색도 떠오르지 않았다는 사실에 안도

했다. 흑사병이 갑자기 쓰러지는 병이라는 것도 무시한 채. 하지만
션은 물이나 수건, 시민들이 가져온 강심제 등을 챙겨들자마자 곧
장 휘장 안으로 돌아갔다. 그리고 전염의 공포를 물리칠 수 없었던
나는 그를 멈춰 세우지 않았다.

바깥을 경계하고 우리를 감시하기 위해서이긴 하지만, 마하단은
휘장 안쪽으로 거의 들어가지 않았다. 그리고 나는 그의 충성심을
조롱하는 언사는 꺼내지 않았다. 보안관과 나를 돌보는 사람이 저
검은 휘장 안으로 들락거리는 것은 절대로 반대였으니까.

끊어질 정도로 잡아당겨진 듯한 하루가 지났다.

"오늘로 닷새째야."

"차도가 있으신가?"

"나으실 거야. 말 그만하고 입이나 벌려."

나는 마하단이 떠먹여 주는 스튜를 받아먹으며 생각에 잠겼다.
급성 전염병인 흑사병은 발병 후 닷새면 죽든 살든 결판이 난다.
그렇다면 오늘이나 내일 안에 무슨 일이든 일어나겠지. 밤새 소름
끼치는 비명과 저주를 내질러 대며 우리의 안면을 방해하던 까로는
해가 떠오르자 지쳐 잠이 들었는지 조용했다. 내가 식사하는 동안
무료해하던 이파리 보안관이 갑자기 말했다.

"마하단 자네는 듣기 싫은 이야기일 테지만, 혹 말일세. 저 분이
돌아가시면 14대나 전수되던 마법도 대가 끊어지는 건가?"

마하단의 숟가락이 내 이를 강타했다. 손으로 입을 감쌀 수는 없
기에 턱을 가슴에 파묻어 가며 괴로워하는 동안 마하단은 슬픈 어
조로 중얼거렸다.

"그렇게 되겠지요. 너무 큰 손실입니다. 7400년 동안 축적되어
왔던 지혜가 사라진다는 것은……"

"뭐? 잠깐, 자네 단위 하나 착각한 거 아닌가?"

"아닙니다."

등 뒤에서 끔찍해하는 신음이 들려왔다. 나 역시 어이가 없어서 이의 아픔을 잊을 정도였다.

"마하단, 7400년이라고 했나? 그거 혹시 엘프 삼 왕국 시대 아닌가? 아니면 혹 시인(始人)들이 거인들을 부려 대방벽을 쌓던 시절인가?"

"역사에 조금 약하군, 티르. 대방벽은 9000여 년 전에 완성되었어. 엘프 삼 왕국 시대가 맞아. 우리 주인님의 시조인 사카 둠바는 삼 왕국을 떠돌던 마술사였지. 물론 당시에는 별 대단한 인물은 아니었으니까 자네나 보안관님은 모르겠지만."

"7400년을 14대로 나누면 1대가 대충 500년이 좀 넘는다는 말인데. 엘프가 섞여 있었나?"

"그래, 이건 유례를 찾아볼 수 없는 전통이야. 국가들 중에도 이렇게 오랫동안 이어진 국가는 없어. 감히 말하지만 우리가 신전을 짓고 신에게 제를 지낸 것도 이 전통에 비해 보면 최근의 일이라고 할 수 있지."

신성 모독적인 성격은 주인과 종복이 공유하는 것인가 보다. 아니면 주인의 성격에 종복이 물든 것일까.

"수천 수만 명의 사람들이 애정을 보내는 국가조차도 그렇게 오랫동안 존속할 수는 없어. 하지만 겨우 열네 명이 이룩해 낸 일을 봐, 티르. 내게 걸려 있는 이 마법을 보라고. 그들은 공간의 비밀을 파헤치고 그것을 지배하는 경지까지 왔어. 아무도 돕지 않는 가운데, 그들 외로운 열네 명이 자신들의 평생을 바쳐 사람들의 지혜를 여기까지 이끌어왔단 말이야. 그들이 어디까지 갈 수 있겠나? 그들은 벌써 내 주위의 작은 공간이나마 공간을 일그러뜨리게 되었어.

언젠가는 수천 수만 킬로미터를 일그러뜨려 단숨에 이동하고 하늘을 날아 달과 별을 만질 수 있게 될지도 몰라. 저 찬란한 성운 너머, 눈에 보이지도 않는 곳까지 사람들을 데려가 줄 수 있을지도 모른단 말이야. 이건 몽상가의 백일몽이 아냐. 그들은 할 수 있어!"

마하단은 온몸으로 외치고 있었다. 그가 다시 마법을 사용하고 있는 것이 아닌가 착각될 정도였다. 그의 주위 공간이 일그러지며 그는 더 이상 작지 않게, 아니 심지어 거인처럼 보였다. 그렇다. 그는 다른 시간에 부활한 거인이었다. 그는 단순히 개인적인 은혜 때문에 주인을 보살피는 것만은 아니었다. 대방벽을 쌓았던 거인들처럼, 그는 주인의 방벽이 되어 사람들의 미래를 지키고 싶었던 모양이다.

"자네는 그것을 볼 수 없어, 마하단. 여기까지 7400년이라면, 자네가 말하는 그날은 앞으로 1만 년은 지나야 올지도 모르지. 그건 생각해 봤나?"

"그게 무슨 상관인가?"

상관없겠지. 보안관과 나는 뜨개질을 한다. 마하단의 말을 이해할 수 있었다. 하지만 덕분에 스튜가 식어버린 것은 유감스러운 일이다.

정오 무렵, 션이 밖으로 나와 마하단을 불러들였다. 마하단은 휘장 안으로 들어가려 했지만 션이 만류했다.

"들어오시지 말고 밖에서 들으라고 하셨어요."

마하단은 움찔하여 션을 바라보다가 침통한 표정으로 고개를 숙였다. 그리고 그는 휘장에 얼굴을 가져갔다. 휘장 너머로부터 뭔가 웅얼거림 같은 것이 들려왔지만 거리가 멀어서 우리는 제대로 알아들을 수 없었다. 하지만 마하단의 표정이 계속 어두워지는 것은 똑똑히 보였다. 마하단은 한참 동안 아무 대답 없이 듣기만 하다가

"알겠습니다."라고 대답하고는 몸을 돌렸다. 그는 공방 가운데에 서서 생각에 잠긴 표정으로 바닥을 응시했다. 그러다가 마하단은 우리 쪽으로 몸을 돌렸다.

"이 근방에 관한 일이라면 당신들이 가장 잘 알겠지요. 보안관 님."

"무슨 일인가?"

"이 도시나 또는 가까운 도시에 마술사가 있습니까?"

"마술사? 그럼 자네 주인은……."

"주인님께서는 마법을 전수하시기로 결심하셨습니다. 전 주인님 이 낫기를 바랍니다만, 그분께선 더 이상 모험을 할 수가 없다시는 군요. 더 지체하다가 자칫 의식이 혼미해지기라도 하면 끝장이니까 요."

"티르에게 듣기로, 그건 대단히 확률이 낮은 일이라고 하던데."

"예, 그래서 원래는 차분하게 후보자를 고르고 면밀히 자질을 검 사한 다음에 시도하실 계획이었습니다만, 이렇듯 상황이 급하게 되 었으니 그럴 여유가 없군요."

이파리 보안관은 동정심이 물씬 묻어나는 어투로 말했다.

"무슨 말인지 알겠군. 안됐지만 이 근방엔 마술사가 없어."

등 뒤에 묶여 있던 보안관의 표정은 볼 수 없었지만 마하단의 얼 굴이 일그러지는 것은 잘 보였다. 마하단은 다급하게 말했다.

"하나도 없단 말씀입니까? 잘 생각해 보십시오. 어떤 마술사들 은 자신이 마술사임을 숨기기도 합니다. 짐작이 가실 만한 이유 때 문이지요. 또는 자신이 마술사임을 모르는 경우도 있습니다. 남달 리 날씨를 잘 맞춘다거나 이상하게 카드를 잘하는 사람이라도 없습 니까? 혹은 대형 참사에서 홀로 살아남은 사람이라도?"

"그러니까 비정상적으로 운이 좋은 사람? 내 조수가 혹 그런 쪽에 해당할지도 모르겠구먼. 분노한 위어울프와 두 번이나 맞닥뜨리고도 아직 살아 있으니."

글쎄. 내가 운이 좋다면 이런 개척 도시까지 흘러와 보안관 조수나 하고 있지는 않을 것 같은데. 마하단 역시 같은 생각이었나 보다.

"티르는 아닙니다. 이 친구의 재주는 마술이 아니라 그냥 호되게 단련된 검술과 좋은 판단력입니다. 직접 칼을 부딪혀봐서 압니다. 다른 경우는 없습니까? 제발 깊이 생각해 주십시오. 7400년의 전통이 끊길 판국이란 말입니다. 부담을 드리고 싶진 않지만, 이건 온 세상 사람들을 위한 일입니다!"

마하단만큼 필사적이지는 않았지만 나와 보안관은 그것이 안타까운 일이라는 점에는 동의했다. 그래서 우리는 이 도시에서 일어난 행운을 경쟁적으로 주워섬기기 시작했다. 그리고 우리는 두 가지 사실에 놀랐다. 이 조용한 소도시에 이렇게 많은 행운이 있었다는 사실과, 그리고 그 행운들이 너무도 평범하다는 사실. 우리 사무실에 꿀이 떨어졌을 때 요란하스 부인이 '우연히도' 산딸기 잼을 만들기로 결심한 것은 분명히 행운이다. 하지만 그 잼병을 들고 달려오던 미레일이 율피트가 설치해 놓은 허방다리에 빠져 병을 깨먹은 것은 어떻게 해석할까?

우리들이 거론한 행운은 모두 이런 수준이었고 우리들의 열거가 계속됨에 따라 마하단의 얼굴은 점점 더 일그러졌다. 붉으락푸르락하던 난쟁이의 얼굴이 노르스름하게, 마침내 시커멓게 변하는 모습을 보자 이 도시에 넘쳐나던 마술사를 우리가 모두 살해하기라도 한 듯한 기분이 들었다.

"정말 미안하네만……, 아무리 생각해 봐도 그렇게 놀랍고 충격적인 일 같은 건 없는걸. 다른 경우라면 인생이 원래 그런 법이라고 말해 줬을 테지만 지금은 그렇게 말 못하겠군."

마하단은 울 것 같은 얼굴이 되어 일어났다. 그는 휘장 쪽으로 걸어가 섰고, 떨리는 목소리로 이야기를 꺼내기 시작했다. 나는 고개를 뒤로 약간 돌려 기둥 반대편에 묶인 보안관에게 속삭였다.

"왜 그러셨습니까?"

보안관은 무슨 말이냐고 되묻지는 않았다.

"넌 왜 그랬냐?"

"보안관님과 같은 이유인 것 같습니다만."

"그래, 나도 그렇다. 솔직히 좀 무섭다."

보안관은 시원하게 자신의 속마음을 털어놓았다. 이 늙은 오크가 검을 더 들 수 없게 되면 정말 슬플 거라 생각되는 부분이었다. 그가 보안관이고, 내가 조수인 편이 항상 근사하겠는걸.

"안타깝긴 하지만, 15대나 16대쯤에 어린애 뺨 치고 과자 뺏어먹을 인물이 섞여버리기라도 하면 그건 더 지독한 재앙이 될 것 같더라."

어쨌든 우리 둘 다 거짓말을 하진 않았다. 하지만 보안관이 율피트에게 일어난 행운을 이야기하면 나는 미레일이 그것을 어떻게 훼방놓았는지를 말했다. 그리고 내가 안셀이 어떤 행운으로 새 직업을 얻었는지 이야기하면 보안관은 그 새로운 직업이 어떤 어이없는 결말에 봉착했는지를 이야기했다. 거짓말은 하지 않았지만, 그리고 객관적으로 봐서 이 도시에 마술사라 불릴 만한 사람은 전혀 없지만, 그럼에도 마음이 무거웠다.

"정말 끔찍한 바보 짓을 한 게 아닌가 싶기도 한데요. 그들이 정말 우리들을 저 성운 너머까지 데려다줄지도 모르잖습니까."

"글쎄. 난 오크 경전에 단어 하나 더 추가하고 마음의 부담을 잊기로 했다. 너도 그러면 어떻겠냐?"

"세상에 필요없는 것은 영웅, 현자, 성자, 그리고 마법사입니

192

까."

내 늙은 오크는 만족한 듯 낄낄거렸다. 물론 마하단에게 들리진 않을 정도로.

우리는 거인이 아니다. 마하단이 1만 년 후의 거대한 꿈을 바라볼 때 우리는 내일이나 모레쯤 그들이 무슨 변덕을 부려 세상에 화를 끼칠지 모른다고 걱정한다. 마하단에 비한다면 난쟁이인 것은 우리 쪽이다.

"예?"

마하단의 외침에 우리는 깜짝 놀라서 휘장 쪽을 바라보았다. 마하단은 휘장을 들어올리려는 듯 그것을 움켜쥐고 있었다. 하지만 안쪽에서 무슨 명령이 떨어진 듯했고 그러자 마하단은 차마 휘장을 들어올리지 못했다. 대신 그는 목소리를 더욱 낮춰서 뭐라고 중얼거리기 시작했다. 다급하다는 것 말고는 알아듣기 어려운 대화가 계속되는 가운데 보안관과 나는 불안을 느꼈다. 제기랄, 우리는 속인 것이 아냐. 이 도시에는 마술사가 없어. 그건 분명한 사실이야.

그러나 마하단이 검을 뽑아들었을 때, 난 사실을 숨겼음을, 그러니까 내가 마술사임을 고백해야 되는 게 아닐까 하는 황당한 망상에 시달렸다. '감히 날 속이다니! 네가 바로 마술사였잖아!' '자, 잠깐! 난 내가 잘생겼다는 것과 머리가 좋다는 것은 알고 있었지만 마술까지 부린다는 것은 몰랐어! 이미 충분히 잘났는데 어떻게 더 잘난 내 모습을 상상했겠어……!'

마하단은 밧줄을 끊었다.

고대의 영웅이나 노래 속의 주인공이 아니었던 우리는 마하단에게 달려든다거나 하는 모험을 시도할 수는 없었다. 그보다는 하루가 넘게 묶여 있던 팔다리를 주무르느라 바빴다. 천천히 일어난 이 파리 보안관은 마하단을 똑바로 바라보며 질문했다.

"이건 뭐지?"

"나가십시오."

"자네와 자네 주인은 마법 전수를 포기하는 건가?"

"장검은 문 옆의 짐꾸러미에 있습니다."

마하단의 얼굴은 거의 우는 것 같았다. 어쨌든 자상하게 상황을 설명해 줄 만한 상태는 아닌 것 같았다. 이파리 보안관은 눈살을 찌푸린 채 그를 바라보다가 빠르게 결정을 내렸다.

"이곳을 격리하겠네. 음식과 물은 계속 보내주겠어. 흑사병이 퍼지지 않는다는 확신이 있을 때까지 자네와 자네 주인, 그리고 션은 시내 쪽으로 접근할 수 없어. 혹 필요한 것이 있다면 화살에 편지를 묶어 날리게."

"감사합니다."

"자네 주인이 쾌차하시길 바라겠네. 그럼."

이파리 보안관은 곧장 문 쪽을 향해 걸어갔다. 조금 늦게 일어난 나는 마하단을 바라보았다. 그는 이미 우리들에게 흥미를 잃은 듯 멍한 시선으로 검은 휘장 쪽을 바라보고 있었다. 나는 헛기침을 한 번 하고서 말했다.

"자네 주인이 나으시면 다른 곳에서 마술사를 찾아 전수를 시도할 수 있을 거야, 마하단. 그러니 너무 실망하지 말아."

마하단은 멍한 시선을 그대로 내게 돌렸다. 그 눈 안에서 해석될 수 있는 감정을 찾긴 어려웠다. 그가 대답을 하지 않으려 한다고 생각했을 때, 마하단은 갑자기 자기 자신에게 말하듯 말했다.

"이어져야 해."

"응?"

"끊어져선 안 돼."

"……완전히 동의하진 못하겠지만, 자네 마음은 이해해."

마하단은 내 대답을 듣고 있지 않았다. 그는 공방 한 켠에 놓여 있던 목재 더미로 걸어가서는 그 위에 털썩 주저앉았다. 그러곤 얼굴을 가린 채 고개를 떨구었다.

나는 공방 밖으로 나왔다.

이파리 보안관은 공방 바깥의 언덕받이에 서 있었다. 내가 곁에 다가가 설 때까지 보안관은 가만히 선 채 아래쪽 시내를 바라보고 있었다. 그가 무슨 생각을 하고 있을지 추측해 보았고, 그 대답은 내가 생각하고 있던 것에서 얻을 수 있었다. 그래서 나는 시무룩한 어조로 질문할 수밖에 없었다.

"어떻게 하죠?"

"모르겠다, 젠장."

"며칠 산이나 돌아다녀 볼까요? 발병하는지 안 하는지 보게. 그게 안전할 것 같은데."

우리 두 사람은 모두 전염되었을 가능성이 있다. 이 상태로 시내에 내려간다는 것은 살인 행위다. 보안관은 떨떠름한 표정으로 주위의 야산을 바라보았다.

"뭐 이제 초여름이라 할 수 있으니 야외에서 버티는 거야 큰 문제는 없겠다만, 일단 사람들에게 알리긴 해야 할 것 아니냐."

"흐음. 그럼 일단 내려가보도록 하죠. 조금 더 가면 윙켈의 대장간이 나오지요? 그 앞의 느티나무에서 고함을 질러보지요. 가까이 가진 말고요."

"그 생각도 해봤는데 윙켈의 대장간은 끔찍하게 시끄럽잖아. 우리 소리를 들을 수 있을지 모르겠다. 하지만 다른 방법도 없으니 일단은 그렇게 해보자."

그래서 우리 둘은 초여름의 언덕길을 걸어 내려가기 시작했다. 빠르게 걷기는 어려웠다. 아직까지 다리를 움직이는 것이 쉽지 않았거니와 빨리 걸을 이유도 없었다. 그래서 우리는 천천히 햇살 속을 가로질러 갔다. 들판에서 피어오른 아지랑이들이 그 너머 보리밭을 물결 치는 바다로 바꿔놓고 있었다. 그 어디쯤 네펜지스 강이 흐르고 있겠지만 나는 도저히 보리밭과 강물을 구분할 수 없었다. 그리고 어차피 그쪽엔 관심도 없었다. 서로 약속이나 한 것처럼, 보안관과 나는 공방을 흘끔흘끔 뒤돌아보았다. 잠시 후 나는 한숨을 내쉬었다.

"아무래도 아깝다는 생각이 계속 듭니다, 보안관님."

이파리 보안관은 송곳니를 톡톡 두드리며 혼잣말처럼 말했다.

"역시 이를 뽑아줄 손 빠른 친구 하나가 있는 편이 좋겠나?"

대답하기 어려웠다. 이제 나는 이파리 보안관의 말을 이해할 수 있었다. 행동하는 영웅에 대한 갈망은 거꾸로 보면 자신은 행동하지 않겠다는 뜻이다. 앞장서서 어린애의 이를 뽑아주는 사람부터 새로운 지평을 여는 선구자는 모두 행동하지 않는 자의 노예일지도 모르겠다. 마하단에 비하면 난쟁이인 우리들이지만, 현실적으로 모두가 거인일 수 없다면, 우리는 난쟁이의 보폭에 맞춰 10만 년의 걸음을 걸어야 되지 않을까. 저 찬란한 성운이 암흑을 불사르는 그곳으로 갈 때도 모두 함께 걸어가야 하지 않을까.

하늘을 올려다보았다. 성운 대신 작렬하는 태양이 하늘을 불사르고 있었다. 현기증이 느껴졌지만 나는 고개를 숙이지 않은 채 중얼거렸다.

"팔다리가 다 잘려도."

이파리 보안관은 내 혼잣말에 의아한 표정을 지었지만 질문하지는 않았다. 그리고 나 역시 대답하지 않았다. 션 그웬, 이 어리석은 녀석아. 팔다리가 다 잘리면 기어가면 돼. 너의 주위엔 기어가는 너에게 보조를 맞추기 위해 기다리는 사람이 있을 것이다, 분명히.

너 때문에 죽을 뻔한 나를 봐라. 그리고 너를 위해 팔찌를 벗어주었다가 안셀의 약까지 먹게 된 케이토를 생각해 봐.

가슴 깊은 곳에서 킬킬거림이 솟아올랐다. 약을 먹고 야옹거리던 케이토의 모습은 아마도 죽을 때까지 심심하면 꺼내보는 추억거리가 될 것 같다. 그리고 나를 죽일지도 모르는 친구를 더 사랑하는 데 도움이 될 것이다. 고맙구나, 션. 네 덕택이야. 모두 다…….

몸이 굳으며 걸음이 멈춰졌다.

현기증이 더욱 심해지면서 몸이 차가워졌다. 꺼림칙하고 무시무시한 기분. 바람이 보리밭을 갈라놓았을 때 그 속에서 느닷없이 나타난 시체를 보는 것 같았다. 혼란스러운 머릿속에는 계속 두 개의 문장이 끊임없이 메아리쳤다.

'모두 네 덕택이야.'

'이어져야 해.'

누군가가 내 팔을 툭 쳤다. 가까스로 아래를 바라보자 이파리 보안관이 제자리에 멈춰선 나를 의아해하는 눈길로 쳐다보고 있었다.

"왜 그러냐, 티르?"

"있었어…….."

"뭐?"

"보안관님, 션을 도우려던 사람은 어떻게 되었지요?"

"무슨 말이야?"

"제기랄! 션을 도우려던, 그를 사랑했던 사람들 말입니다! 션을 태어나게 했던 부모는 곧장 죽었습니다. 션을 가르치려 했던 구스룬 프리모도 죽었습니다. 션을 사랑했던 에이라 에존하우어도 죽었고요!"

"나도 잘 알고 있는 사실을 열거하는 이유가 뭐야?"

"끝까지 들어보세요. 은팔찌로 녀석을 감시하려 했던 케이토는 고양이 흉내를 내게 되었지요. 그리고 그날 밤, 나는 녀석을 감시하다가 케이토에게 죽을 뻔했습니다. 어쩌면 케이토가 죽었을지도 모르지요. 아, 하나 더 있습니다. 그를 돌봐주기 위해 찾아오던 까로 트랙스는 흑사병에 걸렸습니다! 션을 사랑했던 자들은 죽었고 그를 도우려 했던 자들은 위험에 빠졌습니다. 이게 뭘 의미합니까?"

이파리 보안관의 눈 주위가 꿈틀거렸다. 그는 낮은 으르릉거림을 내며 내가 암시하는 바에 대한 불쾌감을 표시했다. 나 역시 지독한 불쾌감을 느끼며 속에 있던 말을 토해 놓았다.

"마하단은 비정상적인 행운의 소유자를 찾았지만, 비정상적인 불운도 정상이 아니라는 점에서는 마찬가집니다. 션은, 그 녀석은……, 마술사였어요! 마술사가 있었던 겁니다!"

"잠깐만. 네 말은 말이 되는 것 같지만 가장 중요한 사실을 간과하고 있어. 션이 진짜 마술사였으면 그런 불행들이 생길 리가 없어. 누구라도 무의식중에 자기를 돕는 방향으로 행동하게 되니까."

"션도 그랬습니다. 션이 원한 대로 된 겁니다!"

"무슨 말이야?"

"션은 세상을 없애겠다고 말하곤 했습니다. 하지만 그건 자살을 유아론적으로 표현한 것이 아니었어요. 아니, 그런 그레이엘프식 표현 때문에 녀석의 생각이 그렇게 변했는지도 모르지요. 어떤 게 앞이고 어떤 것이 뒤인지야 모르지만, 션은 진짜 그걸 원했던 걸 겁니다. 주위를 파괴하길 원했습니다. 그리고 그렇게 되었습니다! 녀석은 마술사였어요. 그리고 까로 트랙스는 그걸 알았던 겁니다. 그래서 우리를 내보내고……. 이런, 개자식!"

이파리 보안관은 갑자기 몸을 돌려 언덕을 달려 올라가는 조수의 모습에 꽤 놀랐을 것이다. 하지만 그 조수는 아직까지 불편한 상태였고 그래서 빠르게 달리진 못했다. 이파리 보안관은 씩씩거리며 내 뒤를 따라왔다.

"무슨 말이냐, 까로 트랙스가 우리를 내보내고 션에게 마술을 전수하려 한다는 거냐? 하지만 트랙스가 그걸 알았다면 왜 우리에게 마술사가 있는지를 물어본 거냐? 바로 자기 옆에 있는데?"

"션은 어린애 뺨 치고 과자 뺏은 다음 그걸 밟아뭉개는 녀석이니까요! 그런다는 인식도 없이!"

까로 트랙스는 알고 있었을 것이다. 사카 둠바의 14대 전수자, 공간을 희롱하는 그 위대한 작자는 션을 보자마자 그가 마술사인 것을 알았을 것이다. 그리고 동시에 션이 주위를 파괴하는 마술사라는 것도. 하지만, 마법을 전수할 다른 마술사가 없다는 것이 밝혀지자 그는 션에게 마법을 전수하려는 것이다. 션이 어떤 해악을 끼칠지 상관하지 않고 그저 마법의 전통이 끊어지지 않게 하려고.

공방이 눈에 들어왔다.

우리 둘은 달리기를 멈췄다.

공방 앞에선 난쟁이가 검을 빼든 채 우리를 기다리고 있었다. 보안관과 나는 거리를 충분히 둔 채 멈춰섰다. 하지만 마하단에게 공격 의사는 없었던 듯했다. 우리가 격해진 호흡을 고르는 동안 마하단은 음울하게 말했다.

"주인님께서는 당신들을 죽이라 하셨소."

"죽인다고?"

"주인님은 고통 속에서도 당신들이 틀림없이 알아챌 것임을 예지하셨지요. 그리고 당신들의 존재가 제15대 전수자 션 그웬에게 방해될 것이 분명하다 판단하셨습니다. 그래서 내게 그런 명령을 내리셨습니다. 하지만 난 그러고 싶지 않았고 지금도 당신들을 죽일 생각은 없습니다."

마하단은 검을 힘 있게 쥐어올렸다.

"다만 저 안쪽으로 들어가는 것은 허락하지 않겠습니다."

보안관이 먼저 장검을 뽑아들었고 뒤이어 나도 검을 뽑아들었다. 하지만 달려들 생각은 두 사람 모두에게 없었다. 나는 검을 내리며 마하단에게 말했다.

"마하단, 자네가 그걸 얼마나 원하는지는 알지만, 그 마법이 션에게 전수되어선 안 돼."

"그럼 누구에게? 이곳엔 션 그웬밖에 없어."

"굶어죽을 지경이라고 해서 독약을 먹는 건 바보 짓이야! 그 전수 자체에 반대하는 건 아냐. 하지만 션은 안 돼. 자네 주인을 말려. 병이 나을 수도 있잖아. 그 다음에 다른 마술사를 찾으라고!"

"너무 위험이 커. 주인님이 나을 가능성도 다른 마술사를 찾을 가능성도 모두 낮아. 하지만 션 그웬은 바로 이곳에 있어."

"션에게 전수될 바엔 그 전통이 끊어지는 편이 훨씬 나아!"

마하단은 무겁게 고개를 가로저었다.

"자넨 자신이 무슨 말을 하는지 모르고 있어, 티르. 자네는 우리의 후손들 수천만, 아니 어쩌면 수천억 명의 사람들을 도울 수도 있는 힘을 포기하라고 말하고 있어. 자네에게 그 많은 이들을 대신하여 판단할 권리가 있다는 건가?"

"권리라고? 있어! 자네도 가지고 있는 바로 그 권리가 있어."

"무슨 말인가?"

"판단한 것에 책임을 질 작정인 자가 가지는 권리! 나는 션이 주위를 파괴하는 마술사라고 판단했어. 이제야 깨달았어. 녀석은 자기에게 손 내미는 사람의 손가락을 깨물어가며 자신을 고독하게 만드는 녀석이야. 그러곤 세상이 자기 팔다리를 다 잘랐다고 칭얼거리지. 많은 사람들이 그렇게 하지만, 아니 모든 사람에게 그런 경향이 약간씩은 있지만 마술사인 션의 경우엔 그 정도가 더 심해! 다른 누구라도 좋지만, 그 녀석에겐 전수하면 안 돼! 녀석은 세상을 파괴한 다음 세상이 자기를 버렸다고 말할 놈이야!"

이파리 보안관의 얼굴이 해쓱해졌다. 마하단 역시 질린 표정이었지만, 그러나 검을 내리지는 않았다.

"……주인님께서 그에게 바라는 것은 16대 전수자를 찾을 때까지의 징검다리 역할이지. 내가 그의 곁에서 그 과정을 관리할 거야. 그 기간이 짧아지도록 노력하겠어. 그 외엔 더 해줄 말이 없군."

그를 향해 다시 고함을 지르려다가 중요한 사실을 깨달았다. 마하단은 나와 논쟁을 하려는 것이 아니었다. 그는 단지 시간을 끌고 있을 뿐이다. 까로 트랙스가 션에게 마법을 전수할 수 있도록. 그렇다면 그를 논리적으로 설득하는 것은 불가능하다. 하지만 물리력으로는? 어쨌든 마하단이 시간을 끄는 것은 우리를 다치게 하고 싶지 않기 때문이지 우리를 두려워하기 때문은 아닐 것이다.

말로도, 검으로도 마하단을 굴복시킬 수 없다면…….

남은 방법은 하나뿐이다.

마하단은 갑자기 검을 내뻗는 내 모습에 긴장했다. 하지만 잠시 후 그는 그 검끝이 엉뚱한 곳을 겨냥하고 있다는 것에 당황했다. 이파리 보안관 역시 어리둥절한 표정으로 나를 바라보았다.

"티르, 뭐 하는 거냐?"

대답할 겨를이 없었다. 나는 검으로 공방을 겨냥한 채 계속 같은 말을 중얼거렸다. 도대체 말이 되지 않았지만, 될지 안 될지 의심하는 것조차 두려운 상황에서 나는 스스로를 윽박지르고 협박하고 탄압했다. 된다. 분명히 된다. 이렇게 하면 된다. 제기랄, 안 되면 안 돼!

그리고 그것은 이루어졌다. 먼 곳에서 질풍같이 달려오는 발소리와 함께 사랑하는 친구의 포효가 들려왔을 때, 나는 눈물이라도 쏟아내고 싶은 반가움과 이제 다 살았다는 절망감을 동시에 느끼며 몸을 떨었다. 어쨌든 한 가지 사실은 확실했다. 이 소도시의 보안관 조수의 시간제 업무에 마술사의 역할을 덧붙일 시간이다.

오우우우…… 우!

OVER THE NEBULA
여름밤의 성운

깊은 밤이었다.

나뭇가지 끝에 걸린 조각달 끄트머리에서 달빛이 흘러내리는 여름 밤, 탁탁거리는 모닥불 소리 말고는 아무 소리도 들리지 않았다. 어둡고 고요한 공기 속엔 정순한 암흑과 맑은 차가움만이 천천히 쌓여가고 있었다.

바람에 모닥불이 흔들렸다.

난 모닥불에 삭정이를 던져넣은 다음 주위를 돌아보았다. 굳이 불을 피우지 않아도 좋은 여름 밤이었지만, 어쩌면 묘지에 출몰하는 도깨비불 소문이 퍼질지도 모르고 그러면 순찰할 곳이 하나 줄어들지도 모른다. 나는 피식거리며 모닥불 너머의 무덤을 바라보았다.

나는 삭정이를 부러뜨리며 내 옆에 앉아 있던 마하단을 돌아보았다.

"내 말이 맞지? 불을 피우니 무덤들도 한결 따뜻해 보이잖아."

난쟁이는 바닥에 똑바로 앉은 채 모닥불을 바라보았다.

"그렇군. 자네도 묘지를 좋아하나?"

"엄숙해지는 기분도 좋지만, 무엇보다도 함께 있는 친구들이 침묵의 미덕을 안다는 사실이 좋지. 대부분 사람들은 혼자 있기 싫은 감정과 여럿이 있을 때의 소란 사이에서 타협점을 찾아내기 어려워하지. 하지만 묘지는 그 양쪽을 해결해 줘."

"그런 식으로 생각해 보진 못했군. 나도 묘지를 좋아하지만 자네처럼 이유를 정리해 보진 못했어."

"그런 거야, 마하단."

멍한 눈으로 불꽃을 바라보던 마하단은 조금 후에야 내 말에 반응했다.

"무슨 말인가?"

"그런 거라고. 다가온 손이 눈을 찌를 것 같아서 깨물어버리지만, 속으론 그 손이 없어지는 것을 더 두려워하지. 션의 경우엔 그게 너무 심했어. 다가오는 손의 주인까지도 없애버리곤, 그리고 주위에 아무도 없다는 사실에 오열하며 자살하려 했지. 마술사였기 때문일지도 모르겠지만."

"……그때는 어떻게 한 건가?"

"응?"

마하단은 밤하늘을 올려다보며 말했다.

"그 위어울프 말이야. 케이토라고 했던가? 말 안 될 건 없는 상황이지. 케이토는 그날 아침에야 자네가 먹였던 약에서 깨어났고, 그리고 그동안에 일어난 일을 전해 듣고는 자네들을 구출하기 위해 왔지. 그러곤 나를 밀어붙여 자네와 보안관이 건물 안으로 돌입할 수 있도록 시간을 벌어줬어."

"그랬지."

"하지만 나와 보안관은 다른 사람들이 보지 못한 것을 보았어. 자넨 공방을 노려보며 뭐라고 계속 중얼거리고 있었지. 그리고 그

중얼거림에 부응하듯 케이토가 나타났어. 어떻게 된 거지? 자넨 그 때 뭐하고 있던 거였나?"

나는 남은 삭정이를 전부 끌어모아 모닥불 안에 던졌다. 불티들이 분수처럼 솟아올라 허공으로 비약했다.

"마술을 부리고 있었지."

마하단은 헛바람을 삼켰다.

"자네 마술사였나?"

"아니, 그렇지 않아. 정확하게 말하면 마술을 부린 건 내가 아냐."

"그럼?"

"션이지."

"설명해 줘."

"션의 마술은 그를 아끼고 사랑해 주는 사람들에게 불운을 보내지. 그 사실을 알고 있을 때 내가 할 일은 자명했어. 나는 계속해서 션을 죽여야 된다고 나 자신을 설득했어. 그게 가능한가 불가능한가 의심하지도 않는 상황에서. 그리고 지금까지도 그게 성공한 건지 실패한 건지 모르겠어. 하지만 나 자신만을 만족시키는 결론에 자네가 동의해 준다면, 이렇게 말할 수도 있겠지."

"어떻게?"

"그때 션의 마술은 그를 죽이려 드는 나에게 행운을 보냈다고. 그리고 행운이 일어났지. 내가 가장 믿고, 동시에 내가 가장 무서워하는 친구가 나타난 거야."

마하단은 무거운 한숨을 내쉬었다.

"티르, 자네 가설이나 시도는 재미있지만 사실과 달라. 그 위어울프는 그날 아침에 이미 깨어나 있었어. 어디에 행운이 있다는 건가? 그것은……!"

마하단은 말을 멈춘 채 잔뜩 일그러진 얼굴로 나를 쳐다보았다. 호흡이 곤란한 것 같은 그 얼굴에 나는 헛웃음을 지어보였다. 마하단은 쥐어짜듯 외쳤다.

　"설마!"

　"자네가 그렇게 말하면 안 되지. 나는 정말 믿기 어렵지만."

　"그게, 그렇게 되었을까? 어떻게……."

　"자네 주인은 자네에게 공간을 일그러뜨릴 수 있는 힘을 주었지. 션도 그렇게 한 거야. 어쩌면 전수 도중이었으니까 까로 트랙스의 막강한 힘을 이용할 수 있었을지도 모르지. 어쨌든, 그날 오후 내가 그것을 원한 순간, 션은 그날 아침의 케이토가 약에서 깨어나게 했어. 시간을 일그러뜨린 거지."

　마하단은 잔뜩 충격받은 얼굴로 고개를 떨구었다. 그리고 나는 그 다음 이야기를 꺼내어놓진 않았다. 나와 보안관이 공방에 돌입함으로써 전수 과정은 실패했고, 션은, 나의 그 천치는 7400년 동안 쌓여왔던 마법이 몸 안에서 요동치는 바람에 온몸의 혈관이 다 끊어진 모습으로 사망했다. 잔혹한 표현을 피한다면 너무 오랫동안 소망했던 소원이 이루어졌다고 말할 수도 있을 것이다. 그리고 흑사병과 좌절(둘 중 어느 쪽이 더 큰 원인일지 말하기는 미묘한 문제다) 때문에 까로 트랙스 또한 사망했다.

　마하단은 고개를 떨군 채 말했다.

　"어떻게 해야 좋을지 모르겠어. 자네를 죽이고 싶지만, 그래 봐야 아무것도 원래대로 돌아오진 않겠지."

　아무래도 나는 나를 죽일까 말까 갈등하는 친구를 주위모으는 재주가 있나 보다.

　"자네는 검을 들어 낡은 공방을 겨냥했을 뿐이라고 말할 수도 있겠지. 하지만 자네가 겨냥한 것이 정말 그것뿐일까? 티르, 자넨 후회나 안타까움이 전혀 없나?"

"무시무시할 정도로 많아, 마하단."

마하단은 고개를 들어 나를 돌아보았다.

"많다고?"

"사카 둠바에서 까로 트랙스까지 7400년. 그리고 션 그웬에서 이름을 모를 누군가까지의 수만 년. 어떻게 안타까워하지 않을 수 있겠나. 하지만 나는 나 자신에게 찬성을 보내겠어. 그리고 내 짧은 팔이나마 그들의 어깨에 걸어 함께 걸어갈 거야."

"그들?"

"서로 손가락을 깨무는 것을 삼갈 줄 아는 자들의 곁에서."

"티르."

"더 이상 말하고 싶지 않아, 마하단. 지금 나는 내 이웃이었던 한 젊은 도제의 죽음에 추모를 보내고 싶을 뿐이야."

나는 발 아래 산비탈에 놓인 션의 무덤을 바라보았다. 그리고 그 너머, 지평선 위쪽에 걸려 있는 불타는 성운을 조용히 응시했다.

오버 더 미스트

(2003)

● ● ●

보안관과 조수, 미확인 생명체를 쫓다.

OVER THE MIST
밤

  소란다스 부인을 배웅하고 돌아왔을 때 나는 탁자 위에 놓여 있던 초가 꺼져 있음을 발견했다. 아마도 문이 열릴 때 불어 닥친 바람 때문에 그렇게 된 것 같다. 나는 더듬더듬 탁자 쪽으로 다가갔다. 젖은 소매에서 떨어지는 물방울 때문에 불붙이는 작업이 쉽진 않았다. 간신히 불을 붙인 다음 나는 침대를 돌아보았다.

  이파리 하드투스 보안관은 눈을 감고 평온하게 누워 있었다.

  우울함 속에서 그 모습을 내려다보다가 내가 바닥을 더럽히고 있다는 것을 깨달았다. 나는 젖은 신발과 겉옷을 벗었다. 이왕이면 피곤에 찌든 몸도 어딘가에 벗어두고 싶다. 영혼의 불멸성을 말하는 신관들에게 묻노니, 왜 조물주께서는 착탈 가능한 육신을 만들어주지 않으셨단 말인가. 그대들은 흔히 육신을 옷에 비유하지 않는가.

  아무리 기다려봐도 시제품에서 누락되었던 기능이 부가된 최신형 육신을 가지고 조물주께서 방문해 줄 가능성은 없는 것 같기에, 나는 수십 년 된 내 낡은 육신을 이끌고 의자로 다가갔다. 바지가 철벅거리는 느낌이 말할 수 없이 불쾌했다. 나는 맨발을 아무렇게나 던진 채 등받이에 몸을 눕혔다.

그대로 잠든다는 것보다 더 좋은 계획을 떠올릴 수 없었다. 하지만 그 계획은 실행할 수 없었는데, 도무지 잠이 오지 않았기 때문이다. 견딜 수 없이 피곤함에도 불구하고 내 정신은 또렷했다. 아니, 어폐가 있는 표현이다. 정확하게 말한다면 내 개 같은 정신은 현재의 낙엽을 걷어내고 기억의 부엽토를 파 뒤집느라 바빴다. 거기에 뭐라도 묻어놨나 보다.

이파리 보안관과 나 중 누가 더 정신이 온전한 사람인지 알 수 없었다. 어쨌든 방 안에 있는 두 사람 중 한 명은 온전해야 할 것 같다. 그래야 다른 사람을 도와줄 수 있으니까. 정신을 차리기 위해 뭐라도 해야 했지만 입 이외에 어떤 것도 움직이고 싶지 않았다.

혼수상태에 빠져 있는 사람에게 이야기를 거는 것이 현실감 회복에 얼마나 도움이 될지 알 수 없었다. 모르면 시도해 봐야 하는 법. 그래서 나는 이파리 하드투스 보안관에게 중얼거리기 시작했다.

"기억나세요, 보안관님? 이 웃기는 일이 시작되었을 때 말입니다. 우리 중 아무도 상황이 이렇게 되리라곤 생각하진 못했지요."

OVER THE MIST
저승사자와 천사

실로 기괴한 일이 아닐 수 없다. 우리 도시의 자랑스러운 보안관이파리 하드투스조차도 이 경천동지할 상황 앞에서 당혹감을 감추지 못하고 있었다. 오크가 보여줄 수 있는 가장 진지한 얼굴을 한채, 보안관은 나를 돌아보며 말했다.

"이걸 뭐라고 불러야 되냐?"

대답할 말이 없었기에 나는 뒤통수를 긁적이다가 몬도 시장을 돌아보았다. 몬도 시장은 내 시선에 당황하여 나라부스 시의회 의장을 돌아보았고, 그러자 나라부스 의장은 흠칫하며 아인켈 우체국장을 바라보았다. 아인켈 우체국장은 난처한 듯 잔파드로스 신관을 쳐다보았고 잔파드로스 신관은 어쩔 줄 몰라 하다가 옆 사람, 즉 우리 도시에서 생물학자가 될 가능성이 가장 높은 사람을 쳐다보았다. 신관의 시선을 받은 안셀은 자신 있게 말했다.

"글쎄."

시장과 시의회 의장과 우체국장과 신관이 '아차!' 하는 표정을 짓는 것을 보며 나와 보안관은 의기소침할 수밖에 없었다. 하지만,

우리들의 당혹이 아무리 크다 한들 지금 이 자리에 없는 율피트 소란다스와 미레일 요란하스의 당황만큼 크지는 않을 것이다. 우리 도시의 사건 사고 발생률 성장 곡선에 지대한 영향을 끼치고 있는 이 두 악동은 다행히 학교에 가 있었지만 만약 그들이 이곳에 있었다면 상황은 통제가 불가능했을 것이다.

상황은 이러하다.

장소는 요란하스 저택의 헛간. 등장인물은 몬도 시장, 나라부스 시의회 의장, 아인켈 우체국장, 잔파드로스 신관, 하드투스 보안관, 스트라이크 보안관보, 그리고 안셀. 지금 이 소도시의 행정, 입법, 통신, 종교, 사법의 책임자와, 왜 불려왔는지 명확하게 말하기는 힘들지만 그렇다고 해서 부르지 않기엔 꺼림칙한 인물 한 명이 한 자리에 모여서 근심스러운 얼굴로 바라보고 있는 것은 못생긴 암캐와 그 품에서 꿈틀거리고 있는 네 마리의 새끼. 이해할 수 없다고? 내 생각에도 그렇다.

사정은 이러하다.

소란다스 가문의 차세대 주자인 율피트 소란다스는 수고양이를 한 마리 키우고 있었다. 지체 높은 가문의 영양들이 무릎 위에 올려놓고 어르는 고양이의 탈을 쓴 완구를 생각해선 곤란하다. 가축 중에서 자신이 직접 먹잇감을 사냥하는 유일한 동물인 고양이는 실로 고독을 즐길 줄 아는 사냥꾼이며, 타협할 줄 모르고 무릎 꿇을 줄 모르는 자존심의 정화다. 율피트의 고양이는 바로 그런 녀석이었다. 그 녀석은, 아마도 글을 읽을 줄 모르기 때문에 그럴 테지만, 날씬한 어깨와 날렵한 허리, 민첩한 꼬리 등 시인이나 중얼거릴 만한 고양이의 덕목에는 무관심했다. 대신 녀석이 가지고 있는 것이라곤 뭉쳐진 근육 때문에 동글동글한 어깨와 우람한 허리, 두 번 꺾어진 꼬리 등이었다. 목소리는 또 어찌나 큰지, 자주 그러지는 않지만 한번 울부짖으면 동네 개들이 단체로 오줌을 지릴 정도다. 호빗 같은 좀 체격이 작은 시민들은 겁이 나서 이 녀석 근처에 가지도 못한다. 녀석은 턱없이 어울리는 '저승사자' 라는 이름을 가지고 있다.

그리고 최근 요란하스 가문의 자랑 미레일 요란하스는 암캐를 한 마리 키우기 시작했다. 개의 이름은 '천사' 다. 미레일을 동물을 사랑하는 소녀라 생각하더라도 상관하진 않겠지만, 꼬리를 흔드는 복슬강아지와 함께 까르륵 웃으며 정원을 뛰노는 그런 소녀를 연상한다면 나는 애처로움을 금할 수 없을 것이다. 미레일이 개를 키우기로 결심한 이유는 단 하나, 저승사자를 처단하게 하려는 이유에서다. 그리고 천사는 그런 주인의 목적에 완벽히 부합하는 엽기적인 녀석이다. 아직 나이가 어려서 체격은 그다지 크지 않지만, 이 녀석이 장차 식인 괴수로 성장한다 해도 슬퍼할 이는 많을지언정 놀랄 사람은 별로 없을 것이다. 미레일은 그 영광의 날이 오기를 손꼽아 기다리며 천사를 애지중지 키웠고, 천사는 주인의 전폭적인 지지 하에 요란하스 가를 방문한 손님들의 구두를 작살내며 전투력을 키워왔다. 그리고 우리 소도시의 시민들은 그 저주받은 날이 다가오는 것을 두려움에 차서 기다리고 있었다.

그리고 마침내 어느 날, 율피트가 미레일을 머리끝까지 화나게 만들었다. 일상사라 할 수 있는 일이지만 그날이 특별했던 이유는 분노 때문에 이성을 잃은 미레일이 마침내 대재난의 봉인을 풀어버렸기 때문이다.

천사가 드디어 요란하스 가의 대문을 나선 것이다.

장관이라 하지 않을 수 없었다. 천사에 대해 입소문만 듣고 있던 이들도 그 피비린내 나는 소문이 오히려 부드러운 편이었다고 생각하게 되었다. 뻣뻣한 털가죽 아래 실룩거리는 근육, 입 안에 어떻게 다 들어가 있는지 모를 흉포한 이빨, 너무 벌어진 어깨 때문에 안짱다리에 가까운 네 다리. 오만함에 차서 대로를 걸어가는 암캐의 위용은, 실로 신화의 부활이었다. 그렇다. 녀석은 잘못된 시간에 떨어진 비애에 찬 괴수였다. 신화시대에 태어나 영웅들의 시련이 되었어야 할 괴수가 이토록 어울리지 않는 물질주의의 시대 한가운데를 고독하게 걷고 있는 모습에서는 비극적 숭고함마저 감돌고 있었다.

숨 막히는 정적이 사위를 짓누르고 대지와 산들과 하늘마저 숨을 죽이고 바라보는 가운데 저승사자와 천사가 맞닥뜨리게 되었다.

그리고 그 둘은 사랑에 빠져버렸다.

첨언하자면, 꽤 시끄러웠다.

"개양이라고 부르면 어떨까?"

안셀이 그렇게 말한 순간 모든 이가 숨이 탁 트이는 듯한 안도감을 느낀 사실에서 우리가 얼마나 당황하고 있었는지 잘 알 수 있을 것이다. 이파리 보안관은 어눌한 목소리로 말했다.

"나는 개와 고양이 사이에서 새끼가 생긴다는 말은 들은 적이 없어."

나는 천사의 젖을 빨고 있는 것들을 가리키며 말했다.

"하지만 눈앞에 이놈들이 있잖습니까."

천사의 배가 불러오기 시작했을 때부터 우리 소도시는 공황 상태에 빠져버렸다. 둘만 만나면 나오는 이야기가 바로 그것이었다. '그 배 속에 뭐가 들어 있을까?' 개다, 고양이다, 뭔지 모르지만 죽은 새끼일 것이다. 거룩한 신께 맹세코 천사는 씹어 삼킨 구두 가죽 때문에 소화 불량에 걸린 것이지 임신한 것이 아니다. 도시 활동이 마비될 지경이었고, 그 때문에 보안관과 나는 평소의 두 배나 되는 격무에 시달려야 했다. 남편들은 술집에서 그 이야기에 열을

216

올리다 나가떨어지기 일쑤였고 이웃집 부인네와 그 이야기에 정신이 팔렸다가 집에 불을 낼 뻔한 부인네들 또한 부지기수였다. 따라서 개가 새끼 낳는 일을 보러 도시의 유지들이 모조리 회동한 지금과 같은 상황에 놀랄 필요는 없다.

마침내 모든 시민들이 기다리던 그놈들이 태어났지만, 우리는 이놈들이 뭔지 알 수 없었다. 정정. 안셀은 그 우리에 포함되지 않았다.

"그럼 고양개라고 부를까?"

이파리 보안관은 송곳니를 위협적으로 내밀며 투덜거렸다.

"개양이든 고양개든 그게 문제가 아냐. 이건 있을 수 없는 일이라고. 아마 틀림없이 이 녀석이 다른 수캐와 만든 작품일 거야. 그러니까, 이건 고양이를 너무 닮은 개라고."

우리 보안관이 보수 성향에 충실한 원칙주의자일 거라고 생각해도 좋고 천사가 개를 낳을 거라는 데 5000렐을 걸었다는 사실을 상기해도 좋다. 하지만 나는 지적 도전을 즐기는 성격을 가지고 있으며 또한 개와 고양이의 잡종을 낳을 거라는 데 5000렐을 건 보안관 조수답게 그 논리를 거부했다.

"이건 고양이를 닮은 정도가 아니잖아요. 보시라고요."

보시라고 말했지만, 사실 뭐 볼 건 없다. 천사의 젖을 빨고 있는 새끼들의 얼굴은 찰흙을 대충 주물럭거려 놓은 것처럼 생겨서 지금으로선 고양이인지 개인지 구분할 수 없었다. 얼마 후엔 그럭저럭 소속이 어느 쪽인지 드러나겠지만 지금으로선 어떻게 보면 개처럼 보이고, 어떻게 보면 고양이처럼 보인다. 내가 보기엔 보는 사람이 어느 쪽에 돈을 걸었는가에 따라 개, 혹은 고양이로 보이는 듯하다. 어느 쪽에도 돈을 걸지 않았던 안셀이 다시 끼어들며 "개양이 쪽이 듣기 좋지 않아?"라고 말했지만 아무도 신경 쓰지 않았다.

"그럼 개가 고양이 새끼를 낳았단 말이야?"

"저승사자라면 암소한테도 자기 새끼를 배게 하는 것이 가능할 것 같은데요."

"동감하고 싶어지는 이야기야, 티르."

"역시 개양이가 낫지 않아?"

"대신전에 보고해야겠습니다."

"개양이 타령 좀 그만해. 이건 그냥 강아지라고!"

"이 녀석들에게 자백을 받아냈어요? 혹시 고문했어요?"

"이파리 보안관. 당신 고문도 합니까? 오크식 고문은 어떤 거죠?"

"아무래도 '고양개야'라고 부르는 것보다는 '개양아'라고 부르는 것이 매끄럽잖아?"

"저, 여러분. 그러니까 제 생각엔 대신전에 빨리 이 사실을……."

"이것 보게들. 나는 내기에서 빠지고 싶은데."

"천사가 새끼를 낳기 전이라면 모를까, 이제는 빠질 수 없어요."

"아직 종자가 확인되지 않았으니까 상관없잖아."

"확인 안 되긴 뭐가 안 되었습니까. 이건 강아지입니다."

"빌어먹을. 대신전에 보고해야겠다고요!"

우리는 잔파드로스 신관을 돌아보았다. 격분에 찬 얼굴로 우리를 노려보던 잔파드로스 신관은 갑작스럽게 자신이 저지른 일을 깨닫고는 당황했다. 그가 선택한 타개책은 그다지 현명한 것이 되지 못했는데, 잔파드로스 신관은 어디서 외침이 들려왔는지 몹시 궁금하다는 듯한 얼굴로 주위를 둘러보았다. 다시 우리 쪽으로 고개를 돌린 잔파드로스 신관이 어떤 표정들을 마주하게 되었는지는 거론하지 않겠다. 주눅이 든 신관을 향해 나라부스 의장이 헛기침을 하고 말했다.

"신관님. 개가 새끼 낳은 일을 대신전에 보고하겠다고 하셨습니까?"

나머지 우리는, 그러니까 개양이라는 이름의 걸맞음을 입증하고 싶어 안달이 난 안셀을 제외하고, 웃을 채비를 갖췄다. 잔파드로스 신관이 약간 더듬거리기라도 했다면 우리는 곧 웃음을 폭발시켰을 것이다. 하지만 잔파드로스 신관은 의장의 말을 듣자마자 자신감을 회복했다. 신관은 당당하게 선언했다.

"이것은 악마의 장난일 수 있습니다."

목구멍에서 출정 준비를 갖추었던 웃음은 다시 아래로 곤두박질쳤다. 우리는 얼어붙은 모습으로 잔파드로스 신관을 바라보았다. 갑자기 이 도시의 책임자인 자신의 위치를 깨달았는지 몬도 시장이 질문했다.

"그게 무슨 말씀입니까, 신관님?"

"아, 시장님. 추측일 뿐입니다. 만약 이…… 동물이 이파리 보안관의 추측대로 그냥 보통 강아지에 불과하다면 아무 문제가 없습니다. 하지만 이 동물이 고양이와 개의 자식이라면, 그것은 창조주의 섭리를 거스르는 일입니다. 그렇다면 그것이 누구의 소행이겠습니까?"

갑자기 오싹한 기분이 느껴졌다. 시장과 의장과 우체국장이 서로를 쳐다보았다. 보안관 조수인 나는 보안관과 마주보아야 할 것 같았기에 그렇게 했다. 하지만 이파리 보안관은 손가락으로 송곳니만 톡톡 두드릴 뿐 내겐 눈길도 주지 않았다.

문득 그가 오크라는 사실이 떠올랐다. 보수적인 오크로서 이파리 하드투스 보안관은 마술이나 환상, 유령, 저주 따위에 무관심한 것처럼 신에게도 관심이 없다. 오크는 어디에 있는지도 모를 신보다 자기 손에 쥔 칼을 더 믿는다. 혹 칼이 제공할 수 없는 정신적 위안이 필요해지면 그들은 다른 종족들처럼 신을 믿는 대신 지혜의 말이 담긴 비밀 경전을 읽는다. 그런 오크의 일원인 이파리 보안관에게 악마의 위협은 농담 이상으로 받아들여지기 어려울 것이다.

보안관의 그 담담한 태도를 보고 나는 지금 발을 딛고 있는 곳이 요란하스 가의 헛간이라는 사실을 되새겼다. 요란하스 부인도 자기가 가지고 있다는 것을 잊어버렸을 잡동사니들이 잔뜩 쌓여 있는 풍경은 그런 환기를 도와주었다. 나는 말했다.

"신관님. 이곳이 악마의 육종 실험장이라고요? 어, 아무래도 악마가 나타나기엔 지나치게 촌스러운 장소 아닐까요? 악마의 세련된 감각에는 제도나 파사디아 같은 곳이 훨씬 마음에 들 텐데요. 그 늙은이는 멋쟁이라고 하잖습니까?"

"음. 티르. 나는 엄숙주의자들처럼 농담이 나쁘다고 말하지는 않겠어요. 하지만 그럼에도 불구하고 불구대천의 원수를 희화화하는 일은 언제나 위험합니다. 악마를 얕잡아 보는 순간 악마에 대한 우리의 경계가 흐트러지게 되는 것은 분명하니까요. 일찍이 호고르미오 수석 신관은 농담이 악마의 차용증이라고 말씀하셨는데……"

신전과 악마의 오랜 투쟁사를 다 듣게 될 것 같은 위기감 때문에 나는 무례하게도 잔파드로스 신관의 말허리를 잡아챘다.

"예. 알겠습니다. 하지만 악마가 뭣하러 고양이와 개의 중매를 서지요? 별 소득이 없는 일일 텐데요."

사람들은 내 말에 귀를 기울이는 것 같았다. 말을 중도에 끊긴 잔파드로스 신관은 약간 불편한 기색이었지만 부드럽게 말했다.

"예. 황제 폐하를 홀린다거나 제국군에 잠입하여 폭동을 일으키는 대신에 말이죠?"

"어, 이를테면 그렇다는 거죠."

"혹은 치료 불가능한 돌림병을 퍼뜨리거나 지진을 일으키거나 화산을 폭발시키거나 황충을 발생시키는 대신에?"

"그런 일이 일어나면 좋겠다는 뜻은 아닙니다. 신관님."

"미안합니다. 티르. 내가 든 예들이 좀 무시무시했지요? 하지만 그것들은 무시무시하기 때문에 악마의 관심사가 아닙니다."

"예?"

"그런 무시무시하거나 사악한 일들이 일어나면 사람들은 세상에 횡행하는 악의 기운을 명백하게 느끼게 됩니다. 그런데 그것은 악마의 목표와 대치되는 일입니다. 악마는 궁극적으로 모든 사람들이 자신의 존재를 잊어버리길 원합니다. 악마에 대한 농담이 위험한 이유도 그 때문…… 아, 예. 악마는 사람들이 자기를 잊으면 신 또한 잊게 될 것을 알고 있거든요."

제국군에 복무하던 시절 알고 지냈던 종군 신관에게 얻어들었던 이야기가 생각났다. 성전보다는 칼, 칼보다는 술병을 더 사랑하는 자신의 취향과 자신의 믿음 사이에서 갈등을 일으키던 분이었지만 그래도 나와는 가끔 죽이 맞았다. 그 종군 신관도 비슷한 이야기를 들려주었던 것 같다. 전쟁이 일어나면 제일 먼저 도망치는 건 악마라고 했던가.

우리 소도시의 지도자들이 난해한 신학적 명제에 고민하고 있는 모습을 훑어본 다음 나는 다시 천사의 품에서 꿈틀거리고 있는 것들을 바라보았다. 내 시선이 마음에 들지 않은 듯 천사는 구두 염색약 때문에 울긋불긋해진 송곳니를 드러내며 으르릉거렸다. 그래서 천사가 으르릉거림을 멈출 때까지 뒤로 물러났다.

"무슨 말씀인지 알겠습니다. 신관님. 그렇다면 그 늙은이는 이런 희한한 일을 벌이는 것도 삼가야 하지 않겠습니까?"

잔파드로스 신관은 고개를 끄덕였다.

"옳은 말입니다. 티르. 하지만 이 사건에서는 창조주의 섭리를 비웃는 사악한 의도가 엿보입니다. 물론 제가 악마의 모든 계책을 알고 있지는 않습니다. 정확한 판단을 위해서라도 대신전에 보고하고 조언을 구해야겠습니다. 아인켈 우체국장님? 제도로 향하는 다음 우편마차가 언제 들어오지요?"

아인켈은 내일 오전에 온다고 말했다. 잔파드로스 신관은 보고서를 써야겠다고 말하며 물러가겠다고 말했다. 그때 나라부스 의장이 손을 들었다. 잔파드로스 신관이 돌아보자 나라부스 의장은 줍많은 양파를 대할 때처럼 진지한 태도로 말했다.

"저, 신관님. 그렇다면 이놈들을 어떻게 해야겠습니까?"

"네?"

"사태가 확실해질 때까지 격리해야 됩니까? 만약 이것들이 정말 사악한 것들이라면, 어, 부인네들이나 어린애들이 이곳에 접근하는 일은 금지시켜야 될 것 같습니다만. 이것들을 구경하려고 작정하고 있는 사람들이 잔뜩 있다는 것은 아시죠?"

잔파드로스 신관은 오른 주먹을 왼손바닥에 내리쳤다.

"맞습니다! 의장님. 그런 생각을 못했군요. 아직 확실하지는 않습니다만 작은 위험도 무릅쓸 필요가 없겠지요. 이곳을 격리시켜야겠습니다. 그리고 율피트의 고양이인 저승사자도 감금해 두는 편이 좋겠군요. 시장님? 그래야겠지요?"

"아, 예. 그래야겠군요. 보안관?"

갑자기 지적당한 이파리 하드투스 보안관은 굵은 목을 좌우로 비틀었다.

"그럴 수는 없지요. 여기를 격리시키면 요란하스 씨가 불편할 텐데요."

"하지만 이것이 정말 악마의 장난이라면……."

"어, 그리고 이곳은 안전하게 격리할 수 있는 장소가 아닙니다. 문에는 자물쇠도 없고 창문도 저렇게 큼직한 것이 있는 걸요. 그렇다고 해서 누가 여기에 계속 붙어 있을 수도 없고요."

시장은 난처하다는 표정으로 이번에는 신관을 쳐다보았다.

"어, 그렇습니다. 어떻게 하죠?"

잔파드로스 신관이라고 해서 뾰족한 수가 있는 것은 아니었다. 그래서 신관은 우체국장을 바라보았고 우체국장은 의장을 쳐다보았다. 다행히 이파리 보안관은 또다시 시선 돌리기가 재현되도록 내버려두지 않았다. 다른 사람들이 현책을 떠올리길 기다리느니 자신의 우책을 시도하겠다는 오크다운 태도로 이파리 보안관은 말했다.

"꼭 격리시켜야 됩니까?"

모든 사람들이 잔파드로스 신관을 바라보았다. 판단을 강요하는 눈빛이었다. 잔파드로스 신관은 판단했다.

"안전을 위해서라면 그렇게 하는 것이 좋겠습니다. 최소한 이 불가해한 일을 설명할 수 있게 될 때까지는 말입니다."

"뭐, 그렇다면 이 녀석들과 그 고양이는 보안관 사무실에 가져다 놓지요. 그곳이라면 안전할 겁니다."

감탄했다. 우리 보안관 사무실, 즉 정의와 상식과 윤리의 옹호자들이 기거하는 그곳에 감히 침입하려는 의도를 품을 수 있는 시민은 이 소도시에 없다.

그리고 조금 후 나는 더 감탄했다. 내가 이렇게 멍청할 줄은 몰랐다. 이파리 보안관의 대책이 성립하기 위해서는 세심성과 과감함이 동시에 요구되는 운반 작업이 필요했다.

"티르. 천사를 들어. 난 새끼들을 맡지."

"사표 수리해 주세요."

"사무실에 도착하면 해줄 테니까 들어. 먼저 가. 나는 요란하스

부인과 미레일에게 이놈들을 보안관 사무실에 가져다 놓겠다고 말
하겠어."

"하지만 이놈을 나 혼자서⋯⋯"

"그리고 소란다스 저택에 가서 그 고양이를 잡아가지."

할 말이 없다. 공평하니까. 극심한 심리적 압박감 속에서 내가
떠올린 해결책은 안셀에게 동물 수송 전문가에 대해서 어떻게 생각
하는지 물어보는 것이었다. 나는 복이 없다. 안셀은 분류학에 자신
의 인생을 바치기로 결심한 상태였다.

드래곤보다 강한 것은? 엄마 드래곤. 우리 모두 잘 알듯이 어떤
압박이 가해졌을 때 모정은 쌍벽을 불허하는 공격성으로 바뀐다.
그런데 왜 '상처 입은 야수'라는 표현은 많이 사용되는데 '새끼 키
우는 야수'라는 표현은 사용되지 않는 것인지 모르겠다. 남성성의
신화를 만족시키기 어렵기 때문일까? 하지만 내게 선택권이 있다
면 후자와 상대하느니 전자와 맞닥뜨리고 싶다.

하지만 이 소도시의 존경받는 보안관 조수인 나에게는 선택권이
없었다. 천사는 주둥이에 닿는 범위 내에 들어오는 것은 무엇이든
한 입 크기로 산산조각 낼 태세였다. 내 처지를 딱하게 여긴 우체
국장 아인켈이 트롤의 완력과 재생력을 낭비해 가며 천사의 입과
앞발, 그리고 뒷발을 묶어주지 않았다면 나는 놈에게 살해당하고
말았을 것이다. 아인켈은 천사를 내 목 뒤에 얹어주었다.

"끌고가긴 힘들 테니 이렇게 데리고 가게. 티르. 안고 가는 것보
다는 낫겠지."

나는 아인켈이 권하는 대로 천사의 두 앞발을 오른손으로, 그리
고 뒷발들을 왼손으로 움켜쥐었다. 확실히 편리한 자세였다. 하지
만 천사는 그렇게 생각하지 않는 듯했다. 천사는 묶인 입 주위로

배어나오는 거품을 내 어깨와 머리에 잔뜩 묻히며 버둥거렸다. 그 자체로도 상당한 부담이었지만 천사의 엄청난 무게 때문에 나는 턱이 가슴에 닿을 정도로 머리를 숙여야 했다. 악전고투 끝에 요란하스 가를 나와 사무실 쪽으로 걸어갔다.

거리엔 안개가 가득했다.

네펜지스 강이 품어내는 습기와 노천광에서 흘러나오는 석탄 가루 때문에 우리 도시의 가을 안개는 별스럽달 만큼 짙다. 어지간히 눈이 좋은 자라도 대로 저편에서 걸어오는 것이 트롤인지 호빗인지 구분할 수 없을 지경이다. 그런 사정 때문에 나는 뜻하지 않게도 시민들에게 상당한 이야깃거리를 선물하게 되었다.

안개 저편에서 거무튀튀한 그림자가 다가온다……. 누군지 알 수 없지만 이 도시의 상냥한 시민들은 이미 인사를 건넬 채비를 갖춘다……. 그러나 그림자가 다가올수록 기묘한 신음이 커진다……. 당황하는 시민들……, 헐떡거리는 호흡, 투박한 발걸음, 이를 가는 소리……, 공포……, 그리고…… 갑자기 나타난 야수의 머리와 인간의 몸을 가진 괴수……. 경악으로 얼어붙은 시민들……, 거친 호흡……, 그들을 지나쳐 다시 안개 속으로 사라지는 괴물……. 헛것을 본 것이 아닌가 의심스럽지만 뒤를 돌아볼 용기를 가진 자는 아무도 없다…….

이런 사정을 알게 된 것은 그 다음날의 일이었다. 당시 나는 천사에게 깔린 머리를 제대로 들어올리지 못해 옆에 누가 지나가는지도 알지 못했다. 내가 그들에게 인사를 건네지 않고 무심히, 그러니까 산 자의 곁을 지나치는 죽은 자처럼 지나친 것도 그 때문이다. 길을 잃지 않고 사무실에 도달할 수 있었던 것이 신기했다.

가까스로 사무실에 도착했지만, 나는 우선 천사를 구속할 방법을 강구해야 했다. 가장 속편한 방법은 사무실의 지하 감옥에 집어넣는 것이었지만 그 안에 넣어둘 경우 먹이를 공급하는 것이 어렵다는 것을 깨달았다. 천사가 혹 제국에서 가장 영리한 개일지도 모르지만 그렇다고 해서 음식 반입구로 음식을 받아먹을 수 있을 것 같지는 않았다. 그래서 나는 천사를 바닥에 내려놓고는 엄명을 내렸다.

"얌전히 있어. 밧줄을……, 쇠사슬을 찾아올 테니까."

천사는 분노에 찬 눈으로 노려보다가 몸을 뒤틀었다. 저러다가 다칠까 싶어 걱정되었기에 나는 황급히 창고를 뒤졌다. 다행히 쓸 만한 물건이 있었다.

여기서 잠시 안셀이 '운명적 기계공'이었던 무렵 제작하여 보안관 사무실에 선물한 '인도주의적 다기능 포박기'의 특징을 설명하겠다. 그 물건은 채우기가 엄청나게 어렵고 풀어버리기는 쉽기 때문에 인도주의적이라는 명칭은 정확하다. 또한 가벼운 물건을 눌러두는 기능이나 이파리 보안관과 나의 발목을 잡아채는 기능 등 여러 가지 기능을 가지고 있기에 다기능이라는 명칭에도 부합한다. 그것을 가지고 황급히 사무실로 돌아오는 동안 나는 그 물건이 제멋대로 분해되어 운반자의 무릎을 후려갈기는 기능도 가지고 있음을 발견하고 감탄했다. 한쪽발로 깡충거리며 뛰어 들어오는 나를 보고 천사가 무슨 생각을 했는지 궁금했다.

안셀 외에는 아무도 재조립할 수 없는 물건을 재조립하려 시도하는 대신, 나는 그 구성품들을 이용하여 어떻게 해서든 임시변통의 목줄을 만들어내었다. 그것의 한쪽을 천사의 목에, 그리고 반대쪽을 사무실 기둥에 묶었다. 보기 흉했지만 천사를 억류할 수는 있어 보였다. 준비를 끝낸 다음 나는 천사의 발을 풀어주었다.

그리고 나는 자신의 명청함을 저주했다. 다리가 풀린 천사는 당장 뒤로 물러서서 나를 노려보았다. 그 때문에 천사의 입을 풀어줄 수가 없었다.

천사는 나를 경계하며 앞발로 자신의 주둥이를 긁었다. 하지만 내 안위를 걱정한 아인켈이 튼튼하게 묶어놓은 매듭은 천사의 앞발을 버텨내었다. 천사는 주둥이를 바닥에 비비고 벽에 부딪치며 난동을 부렸다. 도무지 가까이 다가갈 엄두가 나지 않았지만 그런 자해를 두고볼 수도 없었다. 나는 천사의 목쯤을 겨냥해 몸을 날렸다.

되새김질 당하는 풀이 어떤 기분을 느끼는지 알 것 같았다.

발이 풀린 천사는 무서운 난동을 부렸고 나는 벽과 바닥과 기둥과 개의 뜨거운 육체 사이에 휘말려 잘 짓이겨졌다. 어떤 곳에 어디를 부딪치고 있는 것인지 짐작도 할 수 없는 연쇄 충돌 끝에 나는 뭔가를 부여잡았다. 그러자 그것이 말을 했다.

"티르 아저씨?"

제비초리가 잡아당겨지는 것 같은 충격을 느꼈다. 개가 말을 한다면 이보다 더 확실한 악의 증거가 어디 있으랴. 나는 두려움에 떨며 내가 붙잡은 것을 바라보았다. 그리고 내가 부여잡고 있는 것이 미레일 요란하스의 오른발이라는 것을 깨닫고는 뭐라 말하기 힘든 상실감 같은 것을 느꼈다.

나는 똑바로 앉은 다음 엉덩이와 두 발을 이용하여 뒤로 물러났다. 다행스럽게도 그곳은 천사의 반대 방향이었다. 책상이 있는 곳까지 물러나 거기에 등을 기댄 다음 나는 헐떡거리며 미레일을 관찰했다. 당장 한 가지 사실을 알 수 있었다.

"너 어머니에게 말하지 않고 나왔구나?"

미레일은 전투복, 아니, 외출복 차림이 아니었다. 미레일 요란하스와 율피트 소란다스가 벌여온 유서 깊은 전쟁의 결과로 소란다스 부인과 요란하스 부인은 같은 타협점에 도달했다. 그녀들은 집안에서만 착하고 예의바른 자녀의 환상을 유지하고 밖에서는 둘이 무릎을 걷어차든 머리를 쥐어뜯든 서로에게 죽은 쥐를 던지든 신경 쓰지 않기로 했다. 그래서 소란다스 부인은 오래 전에 현관 바로 앞에 대형 목욕통을 비치해 두었고 요란하스 부인의 탁월한 재봉 솜씨는 미레일의 실내복에만 적용되었다. 이 도시에 처음 온 몇 년 전, 미레일의 투박하고 질긴 전투복, 아니 외출복을 본 나는 요란하스 부인의 옷 짓는 솜씨가 예사롭지 않다는 평을 믿을 수 없었다.

그런데 지금 내 눈앞에 있는 미레일은 나 같은 비전문가가 봐도 감탄할 만한 솜씨로 만들어진 옷을 입고 있었다. 따라서 미레일은 몰래 집 밖으로 나온 것이다. 하지만 미레일은 내 지적에 대해 별 반응을 보이지 않았다. 대신 미레일은 비명과 신음의 중간쯤 되는 소리를 내며 천사에게 달려갔다.

미레일은 천사의 입을 묶고 있는 끈을 풀어내었다. 천사는 놀랍도록 고분고분했다. 그 과정을 보고 있던 나는 미레일의 다음 동작에 재빨리 입을 열었다.

"목줄은 놔둬."

"왜요? 이 애가 누굴 물기라도 했어요?"

"그런 일을 미리 막으려는 거야. 그 목줄 길잖아. 내버려둬도 돼."

미레일은 천사를 몸으로 가리듯 섰다. 양쪽 허리에 손을 얹은 이 도시 최고의 여성 전과자는 따지듯이 말했다.

"티르 아저씨. 이 애는 내 개예요. 내가 학교 간 사이에 훔쳐오다니, 너무해요. 아저씨가 뭔데 내 천사를 훔쳐 와서 묶어놓은 거예요? 새끼는 어디 있어요?"

미레일의 기를 꺾기 위해서는 권위의 상징인 장검을 보여줄 필요도 없었다. 그저 똑바로 일어서는 것으로 충분할 것이다. 하지만 나는 바닥에 앉아 미레일과 같은 눈 높이를 유지한 채 말했다.

"미레일. 미안하지만 네 개한테 뭔가 나쁜 일이 일어난 것 같다. 너도 알겠지만 천사는 저승사자와 결혼했잖아? 그런데 보통 개와 고양이는 결혼하지 않거든. 그러니 이상하잖아."

"그건 저승사자가 천사를 겁탈한 거예요!"

충격을 드러내지 않은 자신이 자랑스러웠다.

"겁탈? 그게 무슨 말이지?"

"강제로 결혼하는 거지요. 프나다 남작이 히롤레스 공주님과 강제로 결혼하려고 한 것처럼요."

휴우. 다시 생각해 보고, 휴우.

"맞아. 그리고 용감한 전사 벨컨이 프나다 남작을 물리치고 공주님을 구했지."

사실 주사이 벨컨이 원했던 것은 히롤레스 공주의 지참금이자 훗날 벨컨 공작령이 된 광대한 토지였을 가능성이 높지만, 그리고 그걸 위해서 오쟁이 진 남편이 되는 것도 감수했으니 용감하다고 말할 수도 있겠지만, 그런 이야기는 앞으로 30년 동안은 미레일과 나누기 어렵겠지.

"어쨌든 천사와 저승사자는 결혼했어. 맞지? 그런데 그건 정말 이상한 일이거든. 그래서 왜 그런 일이 일어났는지 조사해 봐야 한단다. 조사가 끝나면 천사는 다시 네게 돌아갈 거야."

미레일은 혼란스러운 얼굴로 천사와 나를 돌아보았다.

"조사가 얼마나 걸리는데요?"

"그건 아직 몰라."

"사흘 뒤에 돌아와요?"

"그보다 더 걸릴지도 몰라."

미레일은 그런 엄청난 미래를 상상할 수 없을 것이다. 한참 후에야 미레일은 충격에서 빠져나와서 외쳤다.

"저승사자가 나쁜 거예요. 프나다 남작처럼! 그 나쁜 고양이를 감옥에 가둬요. 천사는 새끼들을 키워야 해요. 그런데 새끼는 어디에 있어요?"

"아, 새끼는 보안관님이 데려오실 거야. 그런데 늦는군. 아마 순찰 돌고 오는 모양이야. 그러니 아무 걱정 마. 천사는 여기서 새끼들을 키우면서 조사를 받을 거야. 그런데 넌 빨리 집으로 돌아가야 하지 않아? 나온다는 말도 하지 않고 나왔으니 어머님이 걱정하시겠다."

미레일은 그제야 좀 걱정하는 얼굴이 되었다. 하지만 천사를 두고는 발이 떨어지지 않는 모양이었다.

"티르 아저씨가 천사한테 밥 줄 거예요?"

"그래. 그러니 걱정하지 말고 빨리 돌아가."

"천사 밥그릇 가져올까요?"

"아냐. 아니, 그래. 하지만 네가 가져올 필요는 없어. 오후 순찰 때 내가 가지러 가지."

미레일은 더 이상 말할 거리를 떠올리지 못하는 것 같았다. 나는 일어나서 미레일의 어깨를 감싸 쥐었다. 미레일은 주춤거리며 내 손을 따라 걸었다. 그러자 천사가 우리를 따라 걸었다. 하지만 목줄이 곧 팽팽해졌고 천사는 몸을 이리저리 비틀었다. 미레일의 눈이 눈물로 그렁해졌다.

조금 지켜보다가 어쩔 수 없이 미레일을 떠밀듯 밖으로 내보냈다. 미레일은 풀이 죽어서 발을 질질 끌면서 걸어 나갔다. 문밖에선 미레일은 몸을 돌릴 생각도 못한 채 멍하니 서 있었다. 그 얼굴을 향해 문을 닫을 수는 없었고, 그래서 나는 요란하스 가를 가리키며 다시 집으로 돌아가라고 권했다. 몇 번을 더 말한 후에야 미레일은 내키지 않는 걸음으로 어기적거리며 걸어갔다. 미레일의 축

230

처진 뒷모습을 곧 감춰준 안개가 고마웠다.

반 시간 뒤, 자신이 이파리 하드투스라고 주장하는 피투성이 오크가 사무실로 들어왔다.

나는 몇 가지 질문을 던지고 합당한 답을 얻은 후에야 겨누고 있던 장검을 아래로 내렸다. 화를 낼 수도 있겠지만, 그리고 실제로 그러고 싶어 하는 것처럼 보였지만, 이파리 보안관은 녹초에 된 몸을 의자에 던지는 현실적인 선택을 했다.

하지만 천사가 그를 내버려두지 않았다. 천사는 목줄이 허락하는 범위 내에서 이파리 보안관을 향해 맹렬하게 덤벼들었고, 그 녀석이 날뛸 때마다 기둥이 쿵쿵 울렸다. 왜 그런 발작을 일으키는 건지 궁금했지만 이파리 보안관이 진저리를 치며 품속에서 새끼를 꺼내 바닥에 내려놓는 것을 보고는 사정을 이해했다. 천사는 네 마리 새끼를 재빨리 구석으로 옮기고는 불신에 찬 눈으로 우리를 노려보았다. 그동안 나는 물이 담긴 대야와 수건을 가져와 보안관 앞에 내려놓았다.

보안관은 이게 뭐냐는 눈으로 나를 바라보다가 겨우 자신의 상태를 떠올렸다. 보안관이 웃옷을 벗고 몸을 씻는 동안 나는 보안관이 왜 피투성이가 될 정도로 넘어졌는지 고민했다. 결국 나는 이 도시에 보안관을 습격할 수 있는 작자가 있다는 생각은 할 수도 없었던 것이다. 이파리 보안관이 말했다.

"습격을 당했어."

"땅이 갑자기 일어나서 덤볐죠? 땅이란 놈은 참 호전적이죠. 아, 하늘이라는 녀석이 갑자기 등 뒤로 내려오진 않던가요?"

"제기랄, 농담하는 거 아냐! 엇, 따거!"

"율피트의 허방다리에 빠진 걸 가지고 습격이라고 말하는 건 좀 거창하지 않습니까. 다 메우라고 했는데 그 녀석 한두 개 정도 까먹고 안 메웠던 모양이군요."

"그게 아냐! 진짜 습격을 당했다고."

"누구한테?"

"저승사자."

웬 모닥불 괴담인가 하는 생각을 하다가 간신히 보안관이 무슨 말을 하는지 이해했다.

"율피트의 고양이 말입니까? 그 녀석이 덤볐다고요?"

"그래."

"소란다스 저택에서?"

"아니. 거기엔 녀석이 없었어. 그래서 그냥 사무실로 돌아오는데 안개 속에서 뭐가 갑자기 휙 날아왔어. 솔직히 말하면 날아오는 것은 보지도 못했어. 갑자기 눈앞이 캄캄해지면서 얼굴이 화끈해지는 것을 느꼈을 뿐이지. 그 녀석을 뜯어내려고 했는데 얼굴에 발톱을 콱 박고 버티는 거야. 얼굴 가죽 다 뜯기는 줄 알았다."

이파리 보안관은 보기 드물게 호들갑스러웠다. 충격이 컸던 모양이다.

"허, 허. 그래서요?"

"정확하게 어떻게 했는지 나도 잘 모르겠다. 어떻게 하다 보니 내 손에 붙어 있었어. 그걸 떨쳐내려고 흔들었는데 다음 순간엔 등에 붙어 있더군. 여기, 목 뒤로 해서 옷 속으로 들어가려고 하는데 정말 미치겠더라고. 제자리에서 팔짝팔짝 뛰어서 간신히 떨쳐내고는 냅다 고함을 질렀지."

고개를 끄덕였다. 오크의 전투 함성은 무섭다.

"눈도 못 뜨고 고함지른 거지만 어떻게 먹혀들었던 모양이야. 눈을 떠 보니 그 녀석 보이지 않더군. 잡아서 물동이에 처박아주려고 했는데 안개 때문에 도저히 찾을 수가 없었다. 원, 이런 험한 꼴은 마하단 쿤에게 당한 이후로 처음이야. 황당하기로는 난생 처음이고. 내가 그 녀석 꼬리라도 밟았나?"

"자기 새끼를 구하려고 한 것 같은데요."

"뭐야?

나는 천사의 품에 안겨 있는 네 마리 새끼를 가리켰다. 내 손가락질이 마음에 들지 않은 듯 천사는 입매를 비틀어 이빨을 드러냈다. 나는 황급히 손을 끌어당겼다.

"보안관님이 저 녀석들을 데리고 있었잖습니까. 저승사자는 보안관님한테서 새끼를 구하려고 덤빈 것이지요."

보안관은 내 말을 잘 이해하지 못하는 것 같았다. 그는 나와 천사, 그리고 대야를 한 번씩 쳐다보고는 다시 나를 돌아보았다.

"새끼를 구한다고?"

"예."

이파리 보안관은 혀를 찼다.

"이 한심한 조수야. 그런 말도 안 되는 소리를 하고 있냐. 일단 저것들이 저승사자의 새끼일 리가 없거니와, 만에 하나 그렇다고 해도 수고양이는 자기 새끼를 보호하지 않아. 그거 모르냐?"

"압니다. 하지만 수고양이는 암캐와 사랑에 빠지지도 않을 텐데요."

이파리 보안관은 말문이 막힌 것 같았다. 보안관은 피투성이가 된 웃옷을 대야 속에 집어넣고는 반라 상태로 생각에 잠겼다. 무수한 상처로 뒤덮인 우람한 오크 근육들이 오락가락하는 모습은 선정적이지는 않았지만 점잖은 모습도 아니었다. 그래서 나는 사무실 뒤편의 관사에서 새 옷을 가져와 보안관에게 건네주기로 했다.

그 계획은 곧 철회해야 했다. 이파리 보안관은 뒷문을 열었다가

도로 닫는 나를 이상하게 쳐다보았다. 나는 뒷문에 등을 기댄 채
속삭였다.

"저승사자가 뒷마당에 와 있어요."

이파리 보안관은 나처럼 혼란을 일으키지는 않았다. 오크답다.

"그 고양이 새끼가! 이놈이 겁도 없이 여기로 오다니, 잘됐다.
붙잡자."

"상대하실 수 있겠어요?"

"놀리지 마. 아까는 갑자기 당해서 이렇게 된 거야. 그래봐야 고
양이잖아. 잠깐만. 때려잡을 수는 없고, 어디 그물이나 뜰채 같은
거 없나?"

조금 후 보안관은 네펜지스 강에서 쓰던 투망을 들고 나는 망토
를 양손에 펴든 채 뒷문 앞에 섰다. 우리는 소리 없이 셋을 센 다음
뒷마당으로 돌격했다.

저승사자는 보이지 않았다. 우리는 사무실 주위를 한 바퀴 둘러
보았지만 저승사자의 모습은 찾을 수 없었다. 안개 때문에 탐색은
불가능했다. 하긴 안개가 없더라도 고양이가 몸을 숨기려고 작정하
면 찾아내는 것은 쉬운 일이 아니다.

몇 분 후 우리는 포기하고 보안관의 새 옷을 챙긴 다음 사무실로
돌아왔다. 어쩐지 천사가 우리를 비웃는 것 같다고 생각한 것은 나
뿐만은 아닌 것 같았다. 보안관은 천사를 향해 송곳니를 사납게 내
밀어 보였다. 천사는 자신의 그것보다 더 엄청난 송곳니에 약간 위
축된 것 같았다. 보안관은 만족한 표정으로 의자에 털썩 주저앉았
다. 나는 내 의자에 앉아 뜨개질 바구니를 끌어당겼다.

하지만 항상 느끼는 것처럼 우리는 쉴 팔자가 아니었다. 이파리
보안관과 나에게 실 뭉치가 가득 담긴 바구니와 안락의자와 아무
일 없는 하루를 선물할 수 있는 자가 있다면 우리는 그에게 절이라

도 할 것이다.

스웨터 두 줄도 올라가기 전에 사무실 문이 벌컥 열렸다. 안으로 들어선 것은 양손에 커다란 광주리를 든 잔파드로스 신관이었다. 신관은 우리가 '여'나 '오'라고 말할(왜 그런 말을 해야 하는지는 신경 쓰지 말기로 하고) 기회도 주지 않고 사무실을 가로질러 책상까지 걸어왔다. 양손에 든 광주리를 책상 위에 올려놓은 잔파드로스 신관은 그제서야 이마의 땀을 훔치며 우리를 보았다. 당연하게도, 신관은 이파리 보안관의 모습에 깜짝 놀랐다.

"보안관님? 얼굴이 왜 그러십니까?"

"저승사자가 이렇게 해놨습니다. 젠장. 흉악한 놈입니다."

"그 고양이가요? 어, 그런데 저승사자는 어디 있습니까?"

"아직 못 잡았습니다. 하지만 곧 잡을 겁니다."

"아아, 예. 속히 붙잡아주시길 바랍니다. 그건 그렇고 일단 사무실을 정화해야겠습니다."

"예?"

잔파드로스 신관은 잠깐 동안 주춤했다. 그리고 준비해 온 말을 꺼내듯 장황하게 말했다.

"여러분들이 위험을 무릅쓰고 저 동물들을 맡아주신 것은 정말 찬사받을 만한 대단한 용기입니다. 다행히도 찬사를 드리는 것 이외에도 할 수 있는 일이 있을 것 같습니다. 이 사무실은 악마의 사특한 손길이 닿을 수 없도록 거룩한 신의 이름과 정의로 정화되어야 합니다. 여기 성수와 성물을 가져왔습니다."

아마 신관은 박수나 감탄을 기대했을 것이다. 하지만 보안관은 노골적으로 귀찮다는 표정을 지었다. 분위기가 어색해지기 전에 내가 말했다.

"잘됐군요. 그렇잖아도 우리 도시에서 딱 두 명밖에 없는 무장한 사람이 악마의 새끼일지도 모르는 것들과 함께 있어야 된다는 사실이 마음에 걸렸는데. 잘 부탁합니다. 신관님."

이파리 보안관은 역시 인간은 못 말리겠다는 표정으로 나를 바라보았다. 난 겸연쩍은 표정을 지은 다음 내가 겸연쩍어 한다는 인상을 더 확실히 주기 위해 도망치듯 일어났다.

"어, 그럼 전 순찰 나가겠습니다. 천사 밥그릇도 가져와야 하고……."

한심하다는 눈으로 바라보는 보안관에게 뜨개질 거리를 건넨 다음 나는 장검을 집어 들었다. 그리고 대바늘을 놀리기 시작하는 이파리 보안관과 기도문을 암송하며 성수를 뿌리는 신관을 뒤로 하고 밖으로 나왔다.

바깥은 여전히 자욱한 안개로 뒤덮여 있었다.

뿌연 안개는 손을 뻗으면 만져질 것 같았고 그 속을 걷노라니 자꾸만 누군가가 목을 만지는 것 같은 기분이 들었다. 묘하게 몸의 무게감이 사라지는 것 같다. 빨리 걸을 수 없기 때문에 의도적으로 억제하는 걸음은 신경을 거슬리게 한다.

나는 약간 혼란스러움을 느끼고 있었고, 그래서 조금 성질이 다른 느낌이 느껴졌을 때 그것을 지나칠 뻔했다. 하지만 내 발은 반사적으로 멈춰 서서 내게 그 느낌을 좀더 파악해 보라고 요구했다. 그래서 그 이질적인 느낌에 집중했다.

누군가가 나를 노려보고 있었다.

참으로 오래간만에 머리끝부터 발끝까지 긴장하는 기분을 느꼈다. 이걸 뭐라고 설명하면 좋을까. 시험이 시작되기 직전의 느낌에 학수고대하던 여인의 승낙 신호를 받은 느낌을 적절히 버무린 다음 뒤집어놓으면 내가 느끼는 느낌과 비슷할지도. 불현듯 어떤 사내의, 그다지 유쾌하지는 않은 일대기가 떠올랐다.

어떤 제국군 검술 사범이 있었다. 군수품에 대해 통념이 허락하지 않는 창의적 용도를 떠올린 죄로 그 자리에서 쫓겨나 제국 북부의 개척 도시까지 흘러갔지만, 그 전까지 사내는 제국군의 무력 향상에 크게 이바지하고 있었다. 하지만 그 사내는 검술 사범이지 살인자가 아니다. 당신이 어떤 종류의 공부나 수련을 했다면 좋은 직업인의 자질과 좋은 스승의 자질이 조금 다르다는 것을 알 것이다. 그 검술 사범의 경우에 비춰 말한다면, 그 사내는 서로를 죽이지 않아도 될 때는 무적이라 해도 좋은 검술을 가지고 있었다. 하지만 검의 본령은 상대를 살해하는 것에 있고 그런 측면에서 본다면 그 사내 역시 다른 사람과 마찬가지로 50대 50의 확률을 가지고 있을 뿐이다. 죽거나, 죽이거나.

나는 오른손을 칼자루 위에 천천히 얹었다. 달갑진 않았지만 이 평화로운 개척 도시 거주자 중 나를 죽이려 들 만한 사람이 있는지 생각해 보았다. 나는 그 목록의 첫 번째 이름을 시험 삼아 말해 보았다.

"케이토?"

대답은 없었다. 다음 이름을 부르려다가, 이런 항목이 하나 이상이라는 것도 서글픈 인생이라는 생각이 들었다. 나는 입을 다문 채 소리에 귀를 기울였다.

아아, 그래. 안개에 덮인 도시 한가운데서 청력에 집중해 봐야 누구네 집 하수구 물 빠지는 졸졸졸 소리, 계단을 뛰어다니는 아이들의 쿵쿵쿵 소리, 빨래 방망이 휘두르는 착착착 소리 따위가 들릴 뿐이다. 이런 찬란한 생활의 소음 가운데서 바늘 세운 고슴도치 꼴을 하고 있으려니 한심해지는 기분이 든다.

칼자루를 놓고 똑바로 섰다.

빠르게 세 번 숨을 내쉬고 안개를 똑바로 마주보았다. 훈련이라고 생각하자. 밤과 늪, 그리고 출발 전 들려주는 죽은 병사의 유령에 관련된 농담 몇 마디면 험지 적응 훈련에 참가한 신병 대부분에게서 비명을 뽑아낼 수 있다. 그런 상황에서 신병들의 머리에 혹을 만들어주던 때에 비하면 이곳은 안개에 휩싸여 있을 뿐 익숙하고 평탄한 장소다. 좋다. 이것은 훈련이다. '나는 운 좋게 좋은 자리를 차지하고 사범에게 한 대 먹일 기회를 엿보고 있는 건방진 오크 신병에게서 오만함을 제거하러 가는 중이다. 무방비하게 걸어가면 흥분한 신병은 실수하게 되어 있다. 그것은 운명이다. 가자.'

걸음을 떼자 느낌이 사라졌다. 한숨을 내쉬려 했을 때 미약한 발소리가 들려왔다. 호흡보다도 작은 발소리.

그랬군. 나는 안개를 향해 말했다.

"순순히 체포될 생각은 없겠지, 저승사자?"

"냐옹."

"좋아. 하지만 이 안개만 사라지면 곧 잡아주겠어. 그런데 진지하게 묻겠는데 말이야. 도대체 종족의 차이를 뛰어넘게 만든 것이 뭐야?"

"냐옹?"

"아, 그래. 사랑. 역시 그게 답이었군."

순찰을 마치고 돌아올 무렵 안개가 사라졌다. 도시의 모습은 뚜렷하게 드러났지만 저승사자의 모습은 드러나지 않았다.

다음날 아침 사무실에 출근한 나는 세상에서 가장 불쌍한 오크의 모습을 발견했다. 이파리 보안관의 횡설수설을 이해하는 데는 적지 않은 시간이 필요했다.

저승사자는 밤새도록 사무실 주위를 배회했던 모양이다. 이파리 보안관은 연인들의 만남을 방해하는 고전적 악당으로 취급되는 것은 얼마든지 참을 수 있었다. 하지만 바깥의 저승사자와 사무실 안의 천사가 합심하여 불러대는 이중창 때문에 가위에 눌리게 되는 것은 논외였다. "키야옹!" "컹컹컹컹!" 밤새 보안관은 열 번 이상 침대에서 뛰쳐나왔다고 한다. 밖으로 나온 보안관은 으르렁거리고, 주먹으로 벽을 두드리고, 기둥을 발로 걷어차고, 도끼로 장작을 찍는 등 온갖 방법으로 자신의 분노를 두 동물에게 전달하려 애썼다. 여담이지만 장작을 찍은 행동에서는 이파리 보안관의 합리적인 성격을 엿볼 수 있다. 소음 창출과 땔감 확보의 일석이조니까.

하지만 그 모든 노력에도 불구하고 보안관이 얻은 소득은 사람의 환경에 익숙한 고양이가 사람을 놀리기로 결심한다면 어지간한 야생 동물은 비교도 할 수 없는 괴로움을 줄 수 있다는 사실을 확인한 것밖에 없었다. 잠을 설친 보안관을 위해 그날 순찰은 모두 내가 돌겠다고 말했다. 보안관은 감사의 말처럼 들리는 웅얼거림을 남겨두고는 곧 책상에 엎드려 잠들었다.

보안관이 잠에서 깨면 먹을 수 있도록 간단한 음식을 만들어 뚜껑 달린 그릇에 담아 책상 위에 올려놓았다. 그리고 요리 도중 발생한 찌꺼기는 푹 끓여서 천사의 밥그릇에 담아주었다. 그리고 나는 장검을 허리에 차며 생각에 잠겼다.

저승사자 포획이라는, 이름만 들으면 꽤 근사한 이 의무를 해결하기 위해선 아무래도 도움이 필요했다. 오래 생각할 필요도 없이 이 도시 최고의 남성 전과자를 만나야 한다는 결론이 나왔다.

그래서 나는 학교로 출발했다.

쉬는 시간에 맞춰 학교에 도착할 수 있었다. 마당으로 뛰어나오는 아이들의 모습을 살폈지만 내가 찾는 사람의 모습은 보이지 않았다. 나는 꼬마 한 명을 붙잡아 간단한 부탁을 한 다음 마당 한 편의 긴 자에 앉았다.

얼마 후 율피트 소란다스가 내게 걸어왔다.

율피트는 지금까지 본 것 중에 가장 의기소침한 모습으로 나타났다. 미레일에 의해 아랫도리가 홀라당 벗겨진 채 대로를 방황해야 했을 때도 율피트는 지금처럼 기가 죽어 있지는 않았다. 그 녀석은 아무 말 없이 내 곁에 앉았다. 도무지 어떻게 말을 시작해야 할지 알 수 없었다. 기대하지도 않았지만 율피트는 나를 조금도 도와주지 않았다. 결국 내가 말을 꺼내야 했다.

"오늘은 뭐 배웠니, 율피트?"

아아, 이런. 소름끼칠 만큼 창의력 없는 질문을 던진 덕분에 나는 율피트 소란다스가 엘프 삼 왕국의 멸망사 부분을 배우고 있음을 알게 되었다. 밤하늘이 피처럼 붉게 변하고 털 난 물고기가 나타났다는 등의 이야기를 듣고 있노라니 내가 꺼낼 이야기도 그럭저럭 어울릴 것 같다는 생각이 들었다.

"율피트. 네 고양이 저승사자가 미레일의 개인 천사와 결혼해서 새끼를 낳았다는 것은 알고 있지?"

율피트는 어두운 얼굴로 발뒤꿈치로 긴 자의 다리를 탁탁 두드렸다. 아무 말도 하고 싶지 않다는 의사 표시인 것 같아서 내가 계속 말했다.

"너도 들었겠지만 그건 정말 이상한 일이거든. 왜 그런 일이 일어났는지 조사를 해야 해. 그래서 천사와 그 새끼들을 어제 보안관 사무실에 가져다놓았어. 그런데 저승사자는 아직 붙잡지 못했어. 그래서 부탁인데, 저승사자가 너희 집에 오면 사무실에 좀 데려다 줄래?"

"안 돌아와요."

"뭐?"

"집에 안 돌아와요."

"저승사자가 집을 나갔다는 말이야?"

"며칠 전부터 안 돌아와요. 오늘 아침까지도 안 들어왔고. 엄마는 내가 학교 갔다 오면 돌아와 있을 거라고 말했지만 내 생각엔 그렇지 않을 것 같아요."

"왜 안 돌아올 거라는 거야?"

"그냥요."

왜 그런 쓸데없는 질문을 하냐고 말하고 싶을 때 아이들이 쓰는 표현이군. 이 경우엔 질문의 형태를 바꾸든지 다른 말을 해야 한다. 질문을 어떻게 바꿔야 할지 알 수 없었기에 다른 말을 꺼내기로 했다.

"좋아. 그렇다면 내가 그 녀석을 붙잡지. 그리고 조사해 본 다음 너희 집에 데려다줄게. 그런데 그 녀석을 잡으려면 어떻게 하는 것이 좋을까? 저승사자가 자주 가는 곳이 어디지? 좋아하는 것은?"

율피트는 대답하지 않았다. 이 침묵이 무슨 의미를 가지고 있나 하는 쓸데없는 생각을 떠올렸을 때 율피트의 입이 열렸다.

"못 잡아요."

"나는 보안관 조수야."

보안관 조수가 만물의 조정자로 통하는 도시에서는 동물 포획 전문가라고 말하는 대신 보안관 조수라고 말해도 충분히 통한다. 율피트 또한 내 말을 그렇게 이해했다. 그리고 율피트는 보안관 조수의 전능성으로써 나를 함정에 빠트렸다.

"그러면 아저씨가 알아서 잡으세요. 나는 몰라요."

난감함과 별개로 흥미로운 느낌을 받았다. 율피트의 태도에는 저승사자가 어떻게 되건 자신과는 상관없다는 듯한 심리가 담겨 있었다. 그렇게 애지중지했는데 왜 갑자기 애정을 잃어버린 것일까?

그 의문을 해소할 시간은 없었다. 땡땡땡 하는 종소리가 들렸다. 고개를 돌려보자 창가로 다가온 버나드 교장이 손에 든 종을 흔들어 쉬는 시간이 끝났음을 알리고 있었다. 그 소리를 들은 율피트는 나를 한 번 돌아보지도 않고 긴 의자에서 미끄러져 내려갔다. 그리고 다른 아이들과 함께 건물 안으로 도망치듯 달려 들어갔다.

급한 용무가 있는 것도 아니기에 나는 텅 빈 학교 마당을 보며 잠시 생각에 잠겼다. 꽤 흥미로운 사유의 소재가 있었다.

율피트와 미레일은 신이 운명적으로 짝지은 맞수이며, 맞수는 대개 비슷한 행동을 보이는 법이다. 그런데 애완동물의 실종이라는 사건 앞에서 두 꼬마는 인상적인 차이를 보여주었다. 미레일은 천사에 대한 한결같은 애정을 가지고 보안관 사무실에 달려와 감히 보안관 조수에게 대들었다. 그에 반해 율피트는 저승사자가 어떻게 되건 신경 쓰지 않는 것처럼 보였다. 그 차이는 어디에서 기인하는 것일까. 내게 그런 차이는 해와 달이 각자 다른 방향으로 움직이는 것만큼이나 이상하게 보였다.

남녀의 차이라고는 도저히 생각할 수 없었다. 율피트와 미레일은 남자와 여자가 아니라 그냥 꼬마들이다. 천사는 우리에게 끌려왔지만 저승사자는 제 발로 떠났기 때문일까? 이 설명이 훨씬 그럴듯하다. 미레일은 나와 이파리 보안관에게 화를 낼 수 있지만 율피트는 저승사자에게 화를 내어야 한다. 그렇다면 율피트는 저승사자에 대한 애정을 잃은 것이 아니라 서운함을 표현하고 있는 것이다. 그렇다면 역시 차이는 없다. 율피트와 미레일은 애완동물들에게 똑같이 애정을 품고 있는 것이다! 마침내 두 맞수의 서로 다른 행동이 사실은 같은 이유에서 표현된 것임을 확신하게 되자 해와 달의 움직임을 정상적으로 돌려놓은 것 같은 뿌듯함이 느껴졌다.

좋아, 그래. 나도 알아. 내가 저승사자를 포획하는 문제를 조금도 진전시키지 못했다는 것. 차라리 사람들에게 고양이를 잡는 좋은 비방이나 물어보러 가는 것이 낫겠다.

한 시간 후 나는 꽤 많은 조언을 수집하여 사무실로 돌아갈 수 있었다. 하지만 내가 올린 수확에 대해 나 스스로도 확신할 수가 없었다. 잠에서 깬 이파리 보안관 역시 내가 가져간 수확물에 대해 의구심을 표했다. 하지만 다른 수가 있는 것도 아니었기에 이파리 보안관은 우유와 개박하, 생선, 그리고 소리가 나는 장난감 등을 구해 오는 것에 동의했다. 여전히 피로를 떨쳐내지 못한 보안관을 대신하여 내가 그 물건들을 구하러 나갔다.

네펜지스 강에서 낚시를 하고 있던 케이토가 흔쾌히 물고기 몇 마리를 선물했고 나라부스 의장이 야채 뱀파이어답게 개박하를 구할 수 있는 곳을 상세하게 알려주었기에 필요한 모든 물건을 구할 수 있었다. 불면의 복수를 다짐하고 있던 이파리 보안관은 내가 가져간 물건들을 뒷마당에 펼쳐놓고 밤을 기다렸다. 나도 함께 밤을 보내며 보안관을 돕기로 했다.

상대가 고양이 한 마리라는 것 때문에 무게감이 좀 떨어지긴 했지만 그럭저럭 잠복 수사라 할 수 있었다. 이 조그마한 소도시의 유일한 무장 세력으로서 이파리 보안관과 나는 일반적인 법의 수호자들이 지고 있는 의무보다 몇 배나 막중한 의무를 지고 있으며, 그런 의무 중에는 과감한 처녀들의 정조를 수호할 책임도 포함되어 있다. 눈이 맞은 처녀 총각들처럼 남의 눈을 잘 피하는 자들이 어디 있으랴. 그렇기에 이파리 보안관과 나는 잠복에 익숙하다. 가끔 보안관과 내가 없으면 이 도시가 어떻게 될지 궁금해진다.

그러나 저승사자는 보통 고양이보다 몇 배나 영악했다. 차마 우리가 고양이보다 멍청하다는 것을 인정할 수는 없다.

우리 두 사람 모두 끝내 확신할 수는 없었지만, 어쩌면 저승사자는 전략을 구사할 능력이 있을지도 모른다. 그렇지 않고서는 양쪽으로 갈라져 고양이 소리를 추적하던 우리 두 사람이 건물 모퉁이에서 충돌한 이유를 설명할 수가 없다. 이파리 보안관은 끝내 동의하지 않았지만, 나는 그 녀석이 우리가 투망을 던지도록 유도했다고 확신한다. 그렇지 않으면 우리가 헝클어진 투망을 회수하느라 낑낑거릴 때 당당하게 나타나 물고기 한 마리를 물고 사라진 저승사자의 의연한 모습을 설명할 수가 없다.

그리고 그 사건들은 우리가 일으킨 소동의 극히 일부분일 뿐이다. 그 끔찍한 밤 동안, 만약 시민들에게 알려졌다면 그들로 하여금 이 도시가 치안부재 상태라고 확신하게 만들 사건들이 많이 일어났다고만 말해 두겠다. 하지만 마지막 사건은 어쩔 수 없이 고백해야 할 것 같다.

마음에 씻기 어려운 상처를 입은 두 사내에게도 아침은 공평하게 찾아들었다. 그 아침 속에 패잔병처럼 서 있던 우리는 천사의 새끼 한 마리가 사라졌음을 발견했다. 사건의 유일한 목격자인 천사는 증언을 거부했다. 하지만 개의 증언이 불가결할 정도로 불가사의한 사건은 아니었다. 책상 위의 서류들은 발기발기 찢어져 있었고 의자 다리에는 몇 센티미터나 되는 거스러미가 일어나 있는데다 바닥에는 고양이 발자국이 잔뜩 찍혀 있었으니까.

OVER THE MIST
두 기사단

　고맙다고 해야 할지 슬프다고 해야 할지 알 수 없었지만 우리 도시의 선량한 시민들은 저승사자에게 농락당한 이파리 보안관과 나를 바보 취급하지 않았다. 정의와 상식과 윤리의 옹호자인 우리 두 사람의 무능함을 인정하는 것은 그들에게 크나큰 거부감을 자아내는 일이었다. 그래서 시민들은 저승사자를 경외하는 쪽을 선택했다. 저승사자의 찬란한 전설들이 재조명되었고 더 많은 전설들이 창조되었다. 저승사자가 못을 씹어 먹고 불타는 오줌을 싼다는 이야기를 들으며 이상하다는 생각을 전혀 하지 못하는 나 자신을 보고 있노라니 미쳐가는 기분이 이런 걸까 하는 생각이 들었다.

　물론 미레일 요란하스는 우리 도시의 선량한 시민에 속하지 않는다. 그 애는 분노의 화신 같은 모습으로 사무실에 나타나 내 무능함과 나태함, 불성실함 등을 꾸짖었다. 적당하다고 생각되는 만큼 경청한 다음 나는 품위 있는 동작으로 천사를 가리켰다.

　"나는 천사가 새끼를 내쳤다고 봐."

　미레일을 진정시키기 위한 거짓말은 아니다. 나와 보안관은 실제로 그랬으리라 믿었다. 천사의 동의 없이 그 품에서 새끼를 가져 가려 했다면 무시무시한 폭력 사태가 벌어졌을 것이다. 하지만 천사의 코에 흉측한 상처가 나 있지도 않았고 바닥에 저승사자의 몸 일부가 떨어져 있지도 않았다. 저승사자는 실로 평화로운 방식으로 새끼를 데려갔고 따라서 천사가 그것을 용인했음은 분명하다. 화가 머리끝까지 난 미레일도 이 논리를 부정할 수는 없었다.

하지만, 우리에 대한 시민들의 신뢰가 한결같다는 사실과 사건이 천사의 방조 하에 일어났다는 확신에도 불구하고 우리들은 우리 자신을 용서하기 힘들었다. 이파리 보안관은 격분한 오크가 보여주는 모든 증세를 보여주며 사무실의 보안 상태 점검에 들어갔다. 그 편집증적인 모습은 어떤 일에 몰두한 안셀과 똑같았고 그래서 나는 보안관이 안셀과 바뀌치기 된 것이 아닌가 하는 의심을 느껴야 했다. 하지만 보안관이 나에 대해 똑같은 의심을 하고 있다는 것을 알게 된 후로는 스스로를 돌아보게 되었다. 그리고 보안관 조수의 박봉이 수많은 덫과 올무와 올가미와 통발 같은 잡동사니들로 바뀌어 있는 것을 발견하고는 자기 혐오에 빠질 뻔했다.

나나 보안관이 왜 이런 극단적인 반응을 보이는 것인지 생각해 보지 않을 수 없었다. 어렵지 않게 대답을 떠올릴 수 있었다. 그것은 고양이를 좋아하지 않는 사람들이 고양이의 악덕으로 손꼽는 바로 그것이었다. 저승사자는 우리를 존경하지 않았다.

고양이의 존경을 받지 못하는 것이 그렇게 괴로운 일이냐고? 그런 의혹을 품는 것은 이파리 보안관이나 나를 얕보는 처사가 될 것이다. 아이와 어른의 차이는 단순하다. 나이에 상관없이 타인에게 존경을 받고 싶어하면 아이고 자신에게 존경을 받고 싶어하면 어른이다. 그리고 이파리 보안관과 나는 어른이다. 어쨌든 고양이 한 마리의 존경을 받지 못해 안달할 정도로 유치한 작자들은 아니다.

문제는 저승사자가 악마의 하수인이라는 의심을 받고 있다는 사실이다.

대도시라면 상관없겠지만 우리 도시처럼 작은 개척도시에서는 그런 풍문이 상당한 영향력을 발휘한다. 이파리 보안관과 나는 사람들이 두려워하고 있도록 내버려둘 수 없으며, 그러기 위해서는 저승사자가 평범한 고양이에 불과하다는 사실을 증명해야 한다. 저승사자가 간단한 책략과 사소한 노고만으로 통제할 수 있는 단순 질박한 동물임을 보여준다면 그런 의혹은 사라질 것이다. 통제할 수 있는 것은 두렵지 않은 법이다.

그런데 그것이 안 되는 것이다.

처음부터 우리에게 불리한 상황이긴 했다. 이파리 보안관과 나는 낮 동안에는 고양이 생포 작전에 가용할 수 있는 시간이 별로 없다. 고양이는 어차피 야행성 동물이니 밤에 잡으면 되지 않느냐고 묻지는 않겠지. 우리는 주행성 동물이다.

결국 우리는 잠시 저승사자 포획 계획을 보류하고 저승사자가 자신의 영민함을 드러낼 기회를 주지 않기로 결정했다. 사무실 주변에 내 봉급을 뿌려놓고 문단속을 철저히 한 것이다.

하지만 그럼에도 불구하고 엿새 뒤 우리는 또 한 마리의 새끼를 도둑맞았다. 환장할 노릇이었다. 그 일을 가능하게 만든 저승사자의 놀라운 능력은 둘째치더라도 그 의도를 도무지 알 수 없었다. 이파리 보안관은 천사를 보며 으르렁거렸다.

"이 못된 녀석아. 우리는 근처에도 못 오게 하면서 왜 저승사자는 내버려두는 거야?"

천사는 오래 전부터 이파리 보안관의 송곳니를 높이 평가하고 있었기에 마주 으르렁거리지는 않았다. 다만 보안관을 무시하며 밥그릇에 주둥이를 들이밀었다. 나는 한숨을 내쉬었다.

"이상하군요. 도무지 말이 안 돼요. 수고양이는 새끼를 돌보지 않아요. 혹 저승사자가 제정신이 아닌 수고양이라 해도, 뭐 제정신이라면 그런 사랑에 빠지진 않았겠지만, 그렇더라도 젖도 안 나오는 그 녀석이 새끼를 키울 수는 없을 텐데요. 도대체 왜 데려간 건지 모르겠어요."

"그래서? 너도 이게 무슨 악마의 조화라고 말하고 싶은 거야?"

"음. 아직은 판단 보류입니다."

속마음과 좀 차이가 나는 말을 한 다음 천사를 바라보았다.

주인이 주는 밥 외엔 받아먹지 않는 충견에 대한 전설은 많지만 천사는 그런 전설을 들어보지 못한 모양이다. 천사는 내가 주는 음식을 조금도 꺼리지 않고 받아먹었다. 새끼를 두 마리나 잃은 천사를 위로하기 위해 찾아온 미레일은 그런 모습에 약간 배신감을 느끼는 것 같았다. 새끼에게 젖을 주기 위해선 뭐든 먹어야 한다고 설명해 주었지만 미레일은 쉽게 납득하지 않았다. 다음 번 사무실을 방문했을 때 미레일은 살점이 근사하게 붙어 있는 소 뒷다리 뼈를 가지고 나타났다.

어디서 그걸 구했는지는 생각해 볼 필요도 없다. 술집 주인 초니가 또 어디서 밀도살을 한 모양이다. 미레일은 그 사실을 가지고 협박하여 소 뒷다리 뼈를 얻어내었을 테고. 의리를 아는 미레일은 절대로 내게 초니의 범행을 밀고하지 않겠지만 그 뼈다귀만으로도 충분하다. 그래서 나는 그것이 어디서 났냐고 묻지 않았다. 그리고 뼈다귀를 게걸스럽게 뜯는 천사의 모습을 보던 미레일이 승리감에 찬 표정을 지어보였을 때 난 심술이 난 듯한 표정도 지어주었다.

다행히 더 이상의 새끼 분실 없이 닷새가 더 지났다. 천사와 그 새끼들이 우리 사무실에 온 지도 열하루가 된 그날, 잔파드로스 신관이 사무실에 찾아왔다.

천사의 위협 때문에 잔파드로스 신관은 충분히 안전한 거리에서 천사의 새끼들을 살폈다. 그 시선이 어찌나 진지한지 나와 보안관은 저도 모르게 숨을 죽였다. 꽤 긴 시간 동안 새끼들을 관찰한 잔파드로스 신관은 고개를 가로저으며 뒤로 물러났다.

"여전히 모르겠군요."

"예? 무슨 말씀입니까, 신관님?"

"저 새끼들 말입니다. 꽤 컸는데 여전히 개인지 고양이인지 모를 모습이군요. 그렇잖습니까?"

보안관과 나는 당황했다. 매일 보고 있었기에 우리는 새끼들의 변화를 제대로 느끼기 어려웠다. 잔파드로스 신관의 말에 다시 살펴보자 과연 새끼들은 처음 사무실에 데려왔을 때보다 월등히 커진 모습이었다. 하지만 고양이인지 개인지는 알 수 없었다.

대부분의 강아지는 귀가 누워 있다. 그 새끼들의 귀는 누운 것도 아니고 선 것도 아닌 모습이었다. 대부분의 고양이는 이마가 좁다. 그 새끼들은 넓지도 좁지도 않은 어중간한 이마를 가지고 있었다. '개는 심심하면 하품을 하고 고양이는 심심하면 몸을 핥는다.' 같은 상식은 아직 적용시키기 어려웠다. 그 녀석들은 걸핏하면 하품을 했고 천사는 시도 때도 없이 그 녀석들의 몸을 핥았다. 고양이에게는 똥오줌 가리기를 가르칠 필요가 없지만 개는 가르쳐야 한다는 상식도 적용이 불가능했는데, 천사가 지극한 정성으로 다 먹어치우기 때문이다.

의자에 앉아 불안한 얼굴로 천사를 바라보던 잔파드로스 신관은 내가 내민 찻잔을 붙잡고는 한숨을 내쉬었다.

"저걸 보면 정말 놀라겠군요."

"누가 놀란다는 말씀입니까?"

이파리 보안관의 질문에 잔파드로스 신관은 문득 생각났다는 듯

품속에서 편지 봉투를 여러 개 꺼냈다. 신관은 그것을 모두 보안관에게 건넸다. 얼핏 보자 보안관 사무실로 오는 공문서들이었다.

"우체국에 있다가 여기로 오는 길입니다. 오는 김에 이곳으로 오는 편지들도 가져왔지요."

"고맙습니다. 그런데 우체국엔 왜?"

"이것 때문이지요."

잔파드로스 신관은 봉투더미 사이에서 작은 봉투 하나를 집어 들었다. 공문서용의 투박한 봉투들에 비해 훨씬 고급스러운 봉투였고 이미 개봉되어 있었다.

"제가 보낸 편지에 대해 대신전에서 보낸 답장입니다."

"어? 어떻게 오늘 답장이 올 줄 아셨던 겁니까?"

"오늘이 아닙니다. 며칠 전부터 우편마차가 오는 시간에 우체국에 들르곤 했습니다."

"아아, 예. 그러셨군요. 그런데 그 답장은 무슨 내용입니까? 저게 정말 악마의 장난이랍니까?"

잔파드로스 신관은 대답하는 대신 봉투를 엄지와 검지로 집은 채 책상을 탁탁 두드렸다. 말을 꺼내기가 꽤 힘든 모양이다. 어쩔 수 없이 이파리 보안관과 나는 차를 홀짝거리며 기다려야 했다. 봉투 모서리가 뭉툭해졌을 무렵 잔파드로스 신관이 겨우 입을 열었다.

"두 마리를 잃으셨지요?"

이파리 보안관은 불편한 기색을 담아 헛기침을 했다. 잔파드로스 신관이 황급히 사과했다.

"죄송합니다. 질책하려는 것이 아닙니다. 그렇잖아도 공사다망하신 분들인데 개까지 지키셔야 한다는 것은 가혹한 일이지요. 하지만, 남아 있는 두 마리는 꼭 지키셔야겠습니다."

"지켜야 된다고요?"

"예. 내일이나 모레쯤 이것들을 보러 사람들이 올 테니까요."

"내일이나 모레? 그렇게 빨리요?"

"편지와 함께 출발했으니까요. 우편마차로 온 편지가 조금 빨리 도착한 겁니다."

"아아, 예. 그런데 누가 온다는 겁니까?"

"수마이 전투 신관과 신전 기사단 200명입니다."

차를 마시는 도중에 들을 이야기가 아니었다. 나는 사레가 들리고 말았다. 이파리 보안관은 콜록거리는 나를 한 번 쳐다보지도 않은 채 멍한 표정으로 말했다.

"저, 전투 신관이요? 그리고 시, 신전 기사단이요?"

"그렇습니다."

"왜?"

잔파드로스 신관은 심히 곤혹스러운 얼굴로 말했다.

"저도 모르겠습니다. 저는 과거의 제 지도 신관님께 자문을 요청했을 뿐입니다. 악마의 사주 하에 일어난 것이 아닌가 싶은 기괴한 일이 일어났다고 쓰고 그것이 악마의 소행인지 확인하기 위해서는 어떻게 해야 하는지 여쭤봤습니다. 제가 편지에 쓴 것이라고는 그것이 전부입니다. 그런데 제 지도 신관님 대신에 엉뚱하게도 신전 기사단 본부에서 편지가 온 겁니다."

"무슨 일이 일어났는지 정확하게 쓰셨지요? 고양이와 개에 관련된 거라고?"

"예, 예. 물론입니다. 그 이름 때문에 이상한 오해가 일어날 것 같아서 그것이 개와 고양이의 이름이라고 명백하게 밝혀두었습니다."

이파리 보안관은 그렇게 하면 이해가 더 잘 된다는 듯이 손가락을 하나씩 굽히며 말했다.

"그렇다면, 여기서 일어난 일에 대해 아무런 오해도 없이, 전투 신관님과 신전 기사 200명이 온단 말입니까? 개가 새끼 낳은 것 구경하려고?"

"개가 낳았지만, 그 아비는 고양이일지도 모르잖습니까."

"하지만 그것이 아무리 신기한 일이라고 해도 신전 기사단이 뭐하러 온다는 겁니까? 아무 관련이 없잖습니까? 설마 천사와 저승사자를 중매 맺은 악마를 찾아 싸우기라도 한다는 겁니까?"

이파리 보안관은 일종의 농담을 하려 했던 것 같다. 하지만 잔파드로스 신관과 나는 고개를 번쩍 들어 보안관을 바라보았다. 우리 시선에 놀라 머뭇거리던 보안관은 조금 후 격분하여 외쳤다.

"신관님!"

이파리 보안관의 쇳소리에 퍼뜩 제정신을 차렸다. 나는 이성적으로 생각하려 애썼다. 그렇다. 잠시나마 동요했던 것이 창피할 정도로 몽상적인 이야기다. 저승사자에게 농락당하며 보낸 며칠이 예상 외로 많은 정신적 피로를 남겼던 모양이다.

그러나 잔파드로스 신관은 고개를 살짝 끄덕였다.

"그럴 듯하군요."

이파리 보안관은 그만 맥이 쭉 빠진 것 같았다.

"신관님. 지금 진심으로 하신 말입니까?"

잔파드로스 신관은 대답하지 않았다. 항상 느끼는 거지만 우리 도시에서 가장 성스러운 인간은 깊은 생각에 빠진 표정을 참 근사하게 지어 보인다. 하지만 지금은 그런 표정이 반갑지 않았다. 고맙게도 신관은 우리를 오랫동안 애타게 하지는 않았다.

"물론 보안관님이 말씀하신 그대로 생각하는 것은 아닙니다. 하지만 보안관님의 말씀 덕분에 한 가지 가능성이 떠올랐군요."

"그게 뭡니까?"

"모피어."

"예?"

"오래된 야사에 그런 것이 있지요. 엘프 삼 왕국이 멸망하기 직전에 털이 난 물고기가 나타났다는 이야기 말입니다."

"누구나 다 아는 이야기죠. 그것이 어쨌다는……!"

허공에 있던 보이지 않는 누군가가 이파리 보안관의 말끝을 훔쳐간 것 같았다. 나는 호흡이 곤란해지는 것을 느끼며 억지로 숨을 몰아쉬었다.

잔파드로스 신관은 천사가 웅크리고 있는 구석 쪽을 바라보았다. 오랫동안 나와 보안관의 발길이 닿지 않은 그곳은 우리 사무실과 아무 관련이 없는 공간으로 바뀌어 있는 것처럼 보였다. 새끼들의 침과 분변 찌꺼기와 털이 먼지와 뒤섞여 바닥과 벽 아랫부분에 끈끈하게 달라붙어 있었다. 벽이 땀을 흘린 것처럼 보인다. 젖내와 노린내가 뒤섞인, 규정할 수도 없고 친근하지도 않은 냄새가 흠뻑 배어 있는 그곳에서 천사는 두 발에 턱을 얹은 채 눈을 치켜떠 우리를 노려보고 있었다. 나는 새끼들의 모습을 찾았다. 그것들은 천사의 몸 일부분인 양 그 어미에게 바짝 달라붙어 있었고 천사의 늘어진 털에 그것들을 뒤덮고 있었다.

잔파드로스 신관은 예전에 잃어버렸다가 우연히 되찾은 편지(내용을 다 알고 있고, 그저 읽는 행위 자체를 위해 읽게 마련인)를 보는 눈으로 그 광경을 바라보았다. 그가 말했다.

"믿기 어렵지만 세상에는 징조라는 것이 있지요."

그 말을 자기 의자에 대신 앉혀놓고 잔파드로스 신관은 부스스 일어났다. 그는 생각에 잠긴 표정으로 목례하고는 떠났다. 이파리 보안관과 나는 '어'나 '에' 같은 말도 꺼내지 못한 채 그를 보냈다.

머릿속이 복잡했다. 그 때문에 우리는 시장을 만족시키지 못했다.

잔파드로스 신관이 떠나고 얼마 후 우리 사무실로 뛰어든 몬도 시장은 자신의 외침에 무미건조한 반응을 보이는 보안관과 보안관 조수의 모습에 당황했다. 시장은 자신의 말이 제대로 전달되지 않은 것이라 판단하고는 똑같은 말을 반복했다.

"그러니까, 링산크 백작과 제도 기사단 200명이 여기로 온다고 했소, 보안관."

이파리 보안관은 짜증스러운 표정으로 고개를 끄덕였다.

"조금 전에 잔파드로스 신관에게 들었습니다. 그런데 이름을 잘못 아시고 계시는군요. 수마이 전투 신관님과 신전 기사단 200명입니다."

당황한 몬도 시장은 호주머니를 뒤적거렸다. 그 안에서 구겨진 편지를 꺼낸 시장은 그것을 펴 읽기 시작했다. 같은 부분을 여러 번 반복해서 읽는 듯 시장의 눈이 자꾸 위아래로 움직였다. 시장은 편지를 앞으로 내밀며 말했다.

"아니오. 링산크 백작과 제도 기사단 200명이오. 도대체 무슨 말을 하는 거요, 보안관?"

이파리 보안관은 여전히 시장이 뭘 잘못 알고 있다는 태도를 취했다. 뭔가 이상한 기분을 느낀 내가 보안관을 대신하여 시장이 내민 편지를 받아들었다. 그리고 그것을 읽었다.

피가 식는 기분을 느꼈다. 나는 아래턱을 덜덜 떨면서 보안관과 시장을 바라보았다. 두 사람도 내가 이상하다는 것을 느끼고는 숨소리를 죽였다. 그래서 내 가냘픈 목소리가 꽤 잘 들렸다.

"보안관님."

"왜? 말해."

"링산크 백작과 제도 기사단 200명 '도' 오는 모양입니다."

"도?" "도?"

두 사람은 똑같은 말을 외쳤다. 나는 더듬거리며 몬도 시장에게 우리 도시를 향해 오고 있는 수마이 전투 신관과 신전 기사단에 대한 이야기를 들려주었다. 내가 말을 채 끝내기도 전에 몬도 시장은 혼절했다.

혼절한 몬도 시장에겐 꽤 미안한 일이었지만, 이파리 보안관과 나는 우애 있는 이웃답게 그의 뺨을 때리는 대신 그를 방치해 둔 채 시장이 가져온 편지를 읽었다. 그 편지는 제도 기사단장이 보낸 것이었다. '고양이와 개가 교접하여 낳았다는 그 새끼들'이라는 표현을 보건대 제도 기사단 쪽에서는 우리 사정을 잘 알고 있는 모양이다. 하지만 그들은 어디서 그런 이야기를 전해 들었는지는 밝히지 않았다. 편지의 주된 내용은 몬도 시장이 이 전대미문의 사태에 원활하게 대응할 수 있도록 약간명의 사람을 보내어 돕겠다는 우애에 넘치는 것이었다.

편지를 다 읽은 이파리 보안관은 그것을 접었다. 마치 글자들이 당장 곤충으로 변해 날아오를 것을 걱정하듯 이파리 보안관은 힘 있게 종이를 접어 조심스럽게 책상 위에 올려놓았다. 등받이에 몸을 기댄 이파리 보안관은 자신의 송곳니를 톡톡 두드렸다.

보안관이 아무 말도 하지 않을 작정임이 분명해질 때까지 기다린 다음, 조심스럽게 말했다.

"보안관님."

"말해."

"이 사태에 원활하게 대응할 수 있도록 사람을 보내어 돕겠다……. 이건 아무 말도 아니에요. 내용이 없는 말이지요. 얼핏 보면 총책임자가 몬도 시장이라는 식으로 말하는 것 같지만, 우리 시장이 링산크 백작과 200명의 제도 기사단을 통제할 수 있을 리가 없지요. 따라서 이건 우리 병력을 보낼 테니 그렇게 알고 있으라고 말하는 것이나 다름없어요. 뭔가 우리 쪽에 알릴 수 없는 사정이 있는 것 같은데요."

이파리 보안관은 불성실한 자세로 입술을 툴툴거렸다. 그리고 느닷없이 말했다.

"몇 명이지?"

"예?"

"신전 기사단 200명에 제도 기사단 200명. 기사만 400명인데, 종자들까지 치면 모두 몇 명이지?"

"어, 기사 각자의 재산 정도에 따라 다릅니다. 한두 명 데려오는 기사도 있을 테고 대여섯 명쯤 데려오는 기사도 있겠지요. 이런 대규모 파병일 경우엔 기사 숫자의 네 배라고 생각하면 대충 맞습니다. 그러면 400명에 1600, 모두 2000명 정도군요."

내 말이 우습다고 생각되지는 않았지만, 이파리 보안관은 피식 웃었다. 그는 낄낄거리듯 말했다.

"제기랄. 개새끼 네 마리 때문에 전쟁도 치를 수 있는 병력이 움직인다는 말이군? 하!"

이파리 보안관은 갑자기 주먹을 뻗어 책상을 내리쳤다. 쾅 소리에 몬도 시장이 깨어났지만 보안관은 시장 쪽은 쳐다보지도 않은 채 말했다.

"우습기 짝이 없는 말이잖아. 대신전이든 제도 기사단이든 정말 궁금하다면 기사 한 명씩만 보내도 충분해. 그것이 훨씬 싸게 먹히면서도 효율적인 방법이야. 기사를 200명씩 소환해서 파견하려면 돈이 얼마나 드는지 알아? 그 병력을 이곳으로 보내는 것만으로도 대신전과 제도 기사단은 몇 달치 예산을 까먹게 될 걸. 불확실한 일 때문에 그런 돈 잔치를 벌일 수는 없단 말이야. 알겠냐, 티르?"

"뭔가 확실한 이유가 있을 거라는 것은 저도 짐작하고 있어요. 그게 무슨 내용인지 알 수 없어서 유감이지요."

내 대답에 보안관은 심술 사나워 보이는 미소를 지었다. 이파리 보안관은 손을 뻗어 책상에 놓여있던 편지를 집었다. 그리고 깨어난 몬도 시장에게 내밀었다. 아직 혼란이 채 가시지 않은 몬도 시장은 엉겁결에 그것을 받아들었다. 이파리 보안관이 말했다.

"제도 기사단도 편지와 함께 출발했습니다. 그러니 두 기사단은 모두 내일이나 모레쯤 도착하겠지요. 시장님. 절대로 진입 허가를 내줘서는 안 됩니다."

"엉? 진입 허가라니?"

"도시 진입 허가 말입니다. 이것들을 절대로 시내에 들어오게 해서는 안 됩니다."

몬도 시장은 정신을 차리기 위해 꽤 애썼다. 하지만 결국 몬도 시장은 애처로운 얼굴로 물었다.

"왜 들어오지 못하게 한다는 거지? 그리고 나한테 이 사람들을 강제할 권한이나 있는 거요?"

이파리 보안관은 어이없다는 표정을 지었다. 그래서 내가 돕고 나섰다.

"당연히 그러실 수 있습니다, 시장님. 일반 여행자라면 보안관님이나 제가 여행증 조사하면 그만이지만 이건 군대입니다. 군대가 시장님의 허락 없이 시 경계를 넘으면 그 자체로 이미 전쟁입니다."

"아, 그런가?"

"예. 시장님이 먼저 말씀하실 필요도 없습니다. 수마이 전투 신관님과 링산크 백작님이 시장님께 진입 허가를 요청할 겁니다. 절대로 허락하지 마십시오."

"하지만 그건 예의가 아닌 것 같은데. 도와주러 오겠다는 사람에게 어떻게 그런 문전박대를……"

이파리 보안관이 격노하여 말했다.

"이런, 우라질. 예의는 무슨 얼어 죽을! 무장병력이 2000명이나 시내에 들어오면 그것들이 제아무리 선의에 충만한 것들이라도 도시가 난장판이 될 거란 말입니다! 티르와 나 둘이서 그것들을 통제할 수는 없어요!"

몬도 시장은 겁먹은 얼굴로 황급히 고개를 끄덕였다. 아마 무의식적으로 그런 모양이다. 조금 후 몬도 시장은 이해했다는 표정으로 한 번 더 천천히 고개를 끄덕이며 말했다.

"그렇군. 맞아. 맞는 말이오. 그럼 들어오지 못하게 해야겠군."

내가 이어서 말했다.

"물자나 인력 등 어떤 종류의 지원도 해줄 수 없습니다. 현금으로 구입하겠다고 하면 팔 수야 있겠지만. 그리고 군대 진입이 아닌 개인 자격으로 시내에 들어오는 것도 제한해야 합니다. 한 번에 들어올 수 있는 인원은 각 기사단마다 두 명으로 제한하십시오. 그것도 낮에만 들어올 수 있으며 밤에는 절대로 못 들어옵니다. 일몰 후에 시내에서 보이면 전투 신관이든 백작이든 무조건 체포하겠다고 하십시오."

"그렇게까지?"

"아니요. 더 있습니다. 들어올 수 있는 두 명 당 소지할 수 있는 무기는 한 자루뿐입니다."

몬도 시장은 황제에 맞서 반란을 일으키자는 제안을 들은 것 같은 얼굴이 되었다. 그를 달래듯 말했다.

"기사라서 그나마 한 자루를 인정해 주는 겁니다. 사실 비무장으로 들어오라고 말해도 무방합니다. 이건 상당히 예우해 주는 겁니다. 그쪽에서도 상식이 있다면 이해하고 오히려 고마워할 겁니다."

"아, 그래. 그래. 알았어."

"그리고 그 명령을 서면으로 작성해서 확인하고 사본을 세 부 작성하십시오."

"세 부? 왜?"

"대신전과 제도 기사단 본부, 그리고 제국 행정성에 보내야 하니까 세 부입니다. 수마이 전투 신관님과 링산크 백작님에겐 도착하면 구두로 명령하면 되겠지요. 혹 생각나는 곳이 있으시면 몇 부더 작성하셔서 다 보내셔도 됩니다. 지금 당장 시청에 가서 작성하십시오. 오늘 내에 보내야 합니다. 정리하겠습니다. 진입 불가, 지원 불가, 들어올 수 있는 건 낮 시간에 두 명과 무기 한 자루. 이해하셨지요? 서두르십시오!"

몬도 시장은 엉덩이를 걷어차인 사람마냥 황급히 달려 나갔다. 문이 닫히며 난 쾅 소리의 여운이 사라질 무렵 이파리 보안관은 씩 웃었다.

"구경 잘했다, 티르."

나도 보안관처럼 여유 있어 보일 수 있으면 좋겠다. 하지만 나는 이마를 닦으며 의자 등받이에 몸을 기댄 것이 고작이었다. 갑자기 사무실이 지나치게 답답하다는 느낌이 들었다. 나는 목깃을 잡아당기며 말했다.

"보안관님."

"말해."

"2000명이나 되는 병력이 왜 오는 걸까요?"

이파리 보안관은 손을 뻗어 천사 쪽을 가리켰다.

"저놈들 때문에 오잖아."

"저놈들에게 무슨 가치가 있는 거죠?"

"몰라. 관심 없어."

"정말 그렇게 내 할 일만 하겠다는 태도로 일관할 겁니까? 조금 전에 시장님을 윽박질러서 쫓아 보내는 것을 돕긴 했지만, 저는 사실 시장님 붙잡아놓고 생각나는 사람 다 불러 모아서 이 일에 대해 토의해 보고 싶었습니다. 지금이라도 그렇게 하면 안 될까요? 공청회나 토론회라도……"

"없어."

"왜죠?"

"바보들이 바보짓 하는 걸 가지고 뭐라 할 수 있나. 그건 바보의 권리인데. 난 내 할 일만 할 거야."

"이것이 끔찍한 재난의 징조라고 생각한 사람들이 2000명이나 되는 병력을 여기로 보냈습니다! 그런데 징조를 고려하는 것이 그렇게 바보짓입니까!"

이파리 보안관은 볼을 부풀렸다가 후 하는 소리를 내며 입김을 내뿜었다.

"아니, 징조 같은 걸 믿는 건 바보짓이 아냐. 나도 그러는걸."

"예?"

"개구리가 울고 달무리가 끼고 제비가 낮게 날면 비가 올 징조야. 그렇다면 나는 그 징조들을 보고 비를 피할 준비를 하지. 그런 건 바보짓이 아냐."

"그럼 뭐가 바보짓이라는 거죠?"

이파리 보안관은 대답하지 않았다. 대신 보안관은 숫돌과 대야를 찾아와서는 장검의 날을 세웠다. 뭐라고 악을 써볼까 하다가, 필요한 일처럼 여겨졌기에 나 또한 그렇게 했다.

이파리 보안관이 방관자적인 입장을 지키고 싶다면 방해하고 싶지는 않다. 나는 아마도 여기로 오는 자들에게서 필요한 것을 얻어낼 수 있을 것이다.

신전 기사단과 제도 기사단은 다음날 오후에 도착했다.

그들은 도시 바깥 5킬로미터쯤 떨어진 곳에서 멈춰 섰다. 요구 조건을 전달해야 하는 몬도 시장에게 다행스럽게도 그즈음 안셀은 자신의 용감성과 기민함, 그리고 투철한 책임감에 어울리는 직업은 전령밖에 없다고 생각하고 있었다. 안셀이 비장한 표정으로 떠나고 나서 얼마 후 두 기사단이 네펜지스 강 쪽으로 움직이는 모습이 목격되었다. 몬도 시장은 그 움직임에 대해 불안해했지만 이파리 보안관은 툴툴거리며 설명했다.

"물을 구할 수 있는 곳에 야영지를 건설하려는 겁니다."

얼마 후 돌아온 안셀이 이파리 보안관의 추측을 확인해 주었다. 그들은 곧 야영지 건설에 들어갔다. 전투 거점이라 할 만한 거창한 것은 아니었지만 그런 놀라운 광경을 난생 처음 보는 우리 시민들 사이에서는 황제가 우리 도시를 파괴시키기로 결심했다는 흉흉한 소문이 돌았다. 신전 기사단과 제도 기사단이 야영지를 건설하느라 분주한 시간을 보내는 동안 우리 또한 시내 곳곳을 돌아다니며 그런 소문을 잠식시키기 위해 꽤 바쁜 시간을 보내야 했다.

그런 일을 하는 동안 오후가 다 지나갔다. 두 기사단에서 파견한 전령들이 달려온 것은 일몰 직전이었다. 그들은 내일 아침에 도시 입구에서 만나자는 말을 전하고는 체포될 것을 염려하며 황급히 돌아갔다. 시장이 내건 조건은 모두 받아들여진 것이다.

다음날 아침 시장 저택으로부터 몬도 시장이 몸살에 걸렸다는 기별이 왔다. 시장 저택으로 달려간 보안관은 참을성 있게 시장의 넋두리를 경청한 다음 도시 입구로 나가서 바람 좀 쐬면 낫는다는 처방을 제시했다. 몬도 시장은 죽을상을 한 채 끌려나왔다. 시장과 보안관, 나, 상급자를 맞이하기 위해 나온 잔파드로스 신관, 그리고 왜인지 모르겠지만 안셀이 포함된 시 대표자 일행은 두 기사단의 진지가 동시에 시야에 들어오는 위치까지 나가서 멈춰 섰다. 보안관의 처방은 정확했다. 시장의 몸살은 싹 사라진 것 같았다.

기사단 측에서도 우리 모습을 본 것 같았다. 오래 기다리지 않아 두 진지에서 두 명씩 모두 네 명의 기수들이 나타났다. 그들은 말을 천천히 몰아 다가왔다. 다가오는 자들의 숫자를 몇 번이나 세어 본 몬도 시장은 안도의 한숨을 내쉬었다. 거리가 가까워지자 기수들은 약속이나 한 듯 동시에 말에서 내렸다. 우리 측에서 아무도 말을 타고 있지 않기에 그런 것 같았다.

통성명이 오갔다.

제도 기사단 쪽에서 나온 자들은 링산크 백작과 핏골이라는 이름의 기사였다. 허리에 큼직한 칼을 찬 링산크 백작은 꽤 사나운 인상을 하고 있는 오크였고 눈에서는 영민함이 번득였다. 핏골은 좀 마른 체구에 팔다리가 엄청나게 긴 트롤이었고 싸움에 능해 보였다. 신전 기사단 측에서 온 수마이 전투 신관과 기사 파린세도 녹록찮은 인물들로 보였다. 수마이 전투 신관은 인간이었지만 그 체격이 트롤에 범접할 지경이었다. 들고 있는 전투 망치는 내가 다룰 수나 있을까 의심스러운 크기였다. 그를 수행하고 있는 기사 파린세 또한 칼 밥을 꽤 먹은 것 같은 손을 가지고 있는 엘프였다.

의례적인 인사말까지 끝나자 수마이 전투 신관은 단도직입적으로 말했다.

"그러면 그 동물을 보러 갈까요?"

상쾌한 태도였다. 이곳의 일을 어떻게 알았는지, 무엇을 하러 왔는지 아무것도 설명하지 않은 채 곧장 자기 용건으로 돌입했으니 정녕 태도만큼은 상쾌하다 말할 수 있을 것이다. 윽박지르기의 교과서적인 모습이었고 단숨에 우위를 점해서 그 상황을 고정시키려는 의도가 명백하게 보였지만, 사람 좋은 우리 시장은 자신이 압박당하고 있다는 것을 알아차리지도 못한 것 같다. 시장의 입은 당장이라도 그러자고 말할 것 같았다. 내가 재빨리 말했다.

"이미 알려드렸지만, 무기는 하나씩만 가지고 들어오실 수 있습니다."

내가 갑자기 끼어들자 수마이 전투 신관은 약간 짜증이 난 것 같았다. 전투 신관은 신경질적으로 손을 뻗어 동행하고 있는 기사 파린세를 가리켰다. 파린세는 자신의 허리를 보여주었고 거기엔 빈 칼집이 매달려 있었다. 링산크 백작 또한 기사 핏골을 가리켰다. 핏골은 양손은 물론이고 허리에도 아무것도 가지고 있지 않았다. 누가 봐도 우리측의 요구 조건이 성의 있게 받아들여졌다고 생각할 법했다. 그리고 나는 그 '누가'에 해당하지 않는다. 나는 링산크 백작의 왼팔을 가리켰다.

"방패를 가지고 오셨군요."

링산크 백작은 성마르게 말했다.

"방패는 무기가 아니지 않소. 보다시피 여기엔 내 가문의 문장이 들어 있소. 설마 가문의 이름 아래 명예롭게 행동하고 싶어하는 내 욕망을 탓하지는 않으시겠지."

"물론 아닙니다. 하지만 방패 뒷면에 있는 다트 12개는 분명히 무기고, 백작님 가문의 명예와 상관이 없는 물건일 거라 생각합니다. 내주십시오."

링산크 백작의 얼굴이 굳은 것과 몬도 시장이 이상한 신음을 흘린 것, 그리고 이파리 보안관이 칼자루 위에 손을 얹은 것은 거의 동시에 일어난 일이었다. 잠깐 동안 링산크 백작은 시치미를 뗄까 하는 유혹을 느끼는 것 같았다. 하지만 12개라는 숫자까지 정확하게 거론된 이상 그러기는 어려울 것이다. 링산크 백작은 포기했다.

"빌어먹을. 떼놓는 걸 잊었군. 돌아가면 종자 녀석을 박살내야겠어. 그런데 어떻게 알았소? 눈이 날카로우시군."

그야 제도 기사단의 4단계 무장은 제국군 돌격기병의 그것을 모방한 것이니까 알지. 내가 아무 말도 하지 않자 백작은 방패 뒤에서 다트들을 꺼내어 내밀었다. 그것을 받아들자 갑자기 안셀의 활용 방법이 떠올랐다. 나는 그것들을 안셀에게 주었고 다행히도 안셀은 기뻐하며 받아들었다. 다시 돌아선 나는 링산크 백작의 허리에 있는 커다란 칼을 가리켰다.

"칼도 내주십시오."

"무슨 개수작을! 무기 한 자루는 휴대할 수 있다고 했잖소!"

"물론입니다. 하지만 백작님께선 흥미로운 정강이받이를 차고 계시는군요. 그 정강이받이들을 백작님의 허리띠에 연결하면 원래 철편을 쓰던 사람에겐 충분한 무기가 되는 것으로 알고 있습니다. 일반적으로 철편 사용자들은 철편에 휘말릴까봐 망토 같은 것을 착용하지 않는데, 동행하신 핏골 기사님께서도 그런 차림이시군요. 칼을 선택하시겠다면 정강이받이는 포기하시지요."

링산크 백작의 정강이받이는 아예 처음부터 그런 용도로 만들어진 것이 좀 다를 뿐 이 역시 원래는 제국군의 경험 많은 보병들이 부리는 묘기 중 하나다. 백작이 자기가 배운 기술의 근원을 제대로 알고 있다면 내가 제국군과 관련이 있다는 것을 짐작하겠지만 그럴 가능성은 별로 없다. 군대는 다른 자들에게 뭘 배웠다는 사실을 인정하길 싫어하는 집단이니까.

이파리 보안관은 웃고 싶은 기분과 화를 내고 싶은 기분을 동시에 느끼는 것 같았다. 그러자 그 얼굴이 꽤 섬뜩하게 변했다. 거의 협박하는 표정으로 보일 만큼. 링산크 백작은 당장이라도 폭발할 것 같은 표정으로 나와 보안관을 쳐다보다가 허리를 굽혔다. 그는 손수 정강이받이들을 푼 다음 그것을 내팽개쳤다. 그것들을 정중하게 집어 들어 역시 안셀에게 건넸다.

"도시에서 나가실 때 돌려드리겠습니다."

링산크 백작은 얼음장 같은 얼굴을 해보일 뿐이었다. 그들에게 인사를 하고 신전 기사단에서 온 자들 쪽을 쳐다보았다. 대충 훑어보았지만 수마이 전투 신관이 들고 있는 전투 망치 이외에는 다른 무기가 보이지 않았다. 난감했다. 제국군으로부터 많은 것을 표절한 제도 기사단과 달리 신전 기사단은 자신들의 고유한 무기 체계를 가지고 있다. 나는 그들의 무장에 대해 아는 바가 없다. 그렇다고 해서 몸수색을 요구할 수도 없다.

예상치 못한 방법으로 문제가 해결되었다. 링산크 백작이 난폭하게 말했다.

"수마이 전투 신관. 이 보안관보의 눈썰미가 예사롭지 않군요. 창피는 내가 당한 걸로도 충분하니, 적발당하기 전에 당신 손목에 찬 투검과 망치 자루에 숨겨놓은 단검을 내주는 것이 좋겠습니다."

수마이 전투 신관은 표정을 바꾸고 싶지 않았던 것 같다. 하지만 그가 통제할 수 없는 짧은 순간 그의 얼굴에 못마땅한 표정이 스치는 것을 볼 수 있었다. 수마이 전투 신관은 곧 차분하게 말했다.

"항상 가지고 다니던 거라 그만 떼놓는 것을 잊었군요. 충고 고맙습니다, 백작."

전투 신관은 투검과 단검을 꺼내어 내게 내밀었다. 얼떨결에 그것을 받아들고는 뒤로 돌았다. 안셀에게 그 물건들을 건네며 재빨리 이파리 보안관을 바라보았다. 그리고 이파리 보안관의 표정을 보고 나와 같은 생각을 하고 있다는 것을 알게 되었다. 링산크 백작이 벼락같이 외쳤다.

"그럼 이제 이 똥구덩이 같은 도시에 들어갈 수 있는 것이겠지? 어서 들어갑시다! 그 개새끼인지 고양이 새끼인지 모를 것을 보러

왔으니."

몬도 시장은 이 폭언에 얼굴이 허옇게 질렸다. 그를 대신하여 이파리 보안관이 침울한 표정으로 우리를 인도했다.

보안관 사무실로 향하는 일행은 모두 아홉 명이었다. 그리고 나는 그보다 더 많은 고민이 동행하고 있다는 인상을 받았다. 수마이 전투 신관과 링산크 백작은 내 쪽은 쳐다보지도 않았고 어떻게든 대화의 물꼬를 트려 애쓰는 몬도 시장의 노고에도 보답하지 않았다. 그들에게 뭔가를 얻기 위해서는 먼저 기를 죽여 놓는 것이 좋겠다고 생각한 것은 아무래도 실수였던 것 같다. 내가 건드린 부분은 옆구리가 아니라 역린인 듯하다. 몬도 시장은 몸살이 재발하는 것처럼 보였다.

보안관 사무실 앞에서 다시 사소한 충돌이 일어났다. 체격 좋은 네 명의 기사가 포함된 아홉 명의 인원이 들어서기엔 우리 사무실이 좀 협소했다. 누가 밖으로 나갈 것인가 하는 문제가 잠시 대두되었고 결국 파린세와 핏골, 그리고 안셀이 밖에서 기다리기로 했다. 그런 결정이 쉽게 내려진 것은 아니었다. 링산크 백작과 수마이 전투 신관은 모두 자신의 수행인과 함께 있으려 했다. 이파리 보안관이 무뚝뚝하게 조정에 나선 후에야 두 사람은 그 조정안에 합의했다.

그리고 수마이 전투 신관과 링산크 백작은 천사의 새끼를 관찰할 수 있게 되었다.

그들이 어떤 기대를 가지고 왔건 최소한 실망은 하지 않은 것 같았다. 백작과 전투 신관은 흥미롭기 짝이 없다는 표정으로 새끼들을 바라보았다. 백작이 먼저 말했다.

"네 마리라고 알고 왔는데, 두 마리뿐이군? 두 마리는 죽었소?"

이파리 보안관은 차마 입이 떨어지지 않는다는 표정으로 말했다.

"아닙니다. 백작님. 그 새끼들의 아비로 추정되는 수고양이가 사무실에 몰래 숨어 들어와서 새끼 두 마리를 훔쳐갔습니다. 나름대로 열심히 지켰습니다만 워낙 약삭빠른 놈이라 도리가 없더군요."

도시 입구에서 내가 선점한 우위는 그 순간 사라졌고 우리는 무능한 시골 사법관의 위치로 전락했다. 이곳까지 오면서 알게 된 링산크 백작의 난폭한 성격으로 미루어 보건대 우리는 아마 끔찍한 비아냥거림을 받게 될 것이다. 다행히 수마이 전투 신관은 우리를 놀리기보다 다른 사실에 놀랐다.

"수고양이가? 수고양이들은 그런 짓을 하지 않는데?"

그건 이미 우리 자신에게도 수백 번 이상 던져봤던 질문이고 질문하는 사람이 전투 신관으로 바뀐다 한들 새삼스럽게 답이 떠오를 리도 없다. 그때 링산크 백작이 천사의 새끼에게로 불쑥 손을 뻗었다. 그러면 큰일 난다고 외치려 했을 때 수마이 전투 신관이 먼저 움직였다.

수마이 전투 신관은 백작의 손목을 붙잡았다.

링산크 백작은 살기 어린 눈으로 수마이 전투 신관을 노려보았다. 백작은 수마이 전투 신관의 손을 거칠게 뿌리쳤다. 손이 아플 법도 하지만 수마이 전투 신관은 차분하게 말했다.

"안 됩니다, 백작님. 이것들이 진정 악마의 작품이라면 손을 대는 것은 섣부른 일입니다."

타당한 설명이었다. 하지만 링산크 백작의 눈에 강한 불신감이 스치는 것을 놓친 사람은 아마 아무도 없을 것이다. 링산크 백작이 뭐라 말하려 할 때 수마이 전투 신관이 그를 외면하며 말했다.

"음. 볼수록 특이하군요. 개와 고양이를 구분하지 못할 리는 없다고 생각해 왔지만, 이것들은 어느 쪽에 속하는지 말하기 어렵군요. 백작님 생각은 어떠십니까?"

내 예상과 달리 놀랍게도 링산크 백작은 부드럽게 말했다.

"글쎄요. 나도 쉽게 판단할 수 없군요."

"그렇습니다. 많은 논의가 있어야 할 것 같습니다. 음. 일단 볼 것은 봤으니 점심이라도 들면서 이 동물에 관해 이야기를 나누도록 하지요. 저희 진지로 가시지요. 다행히 요리사를 데려올 수 있었으니 대접에 소홀함이 없을 겁니다."

몬도 시장은 질겁했다. 우리 착한 시장은 먼데서 오신 손님들을 어찌 대접하지 않을 수 있겠냐고 말하며 자기 집으로 가자고 요청했다. 하지만 시장의 친절한 제안은 어디에서도 호평받지 못했다. 무례하지는 않지만 그렇다고 해서 친근하지도 않은 어조로, 수마이 전투 신관은 신전 기사단의 진영으로 자리를 옮겨 논의를 나누는 것을 기정사실로 만들었다. 링산크 백작도 동의했기에 몬도 시장은 어쩔 수 없이 그들을 따라가기로 했다. 하지만 이파리 보안관은 거절했다.

"초대 감사드립니다만 나와 티르는 여기 남겠습니다."

"식사하실 때가 되지 않았습니까? 그러지 말고 같이 가시지요."

똑같은 말이 훨씬 따사롭게 들릴 수도 있겠지만, 수마이 전투 신관이 말할 때는 거북함만 느껴졌다. 이파리 보안관은 고개를 가로저었다.

"보안관 사무실을 비워둘 수는 없습니다. 그리고 여러분들이 논의를 나누는 동안 이 동물들도 지켜야 할 테고요. 시장님. 잔파드로스 신관님과 안셀과 함께 전투 신관님의 초대에 응하시지요. 도시는 저희들에게 맡겨두시고."

수마이 전투 신관은 더 이상 요청하지는 않았다. 우리는 도시 입구까지 일곱 사람을 배웅한 다음 사무실로 돌아왔다.

268

사무실로 돌아오자마자 이파리 보안관은 창문 쪽에 붙어서 바깥을 훔쳐보았다. 나는 왜 그러냐고 묻는 대신 뒷문을 살짝 열어 바깥을 살폈다. 유념할 만한 것은 보이지 않았다. 내가 뒷문을 잠그고 돌아서자 이파리 보안관 또한 창문에 커튼을 치고 돌아왔다. 우리는 각자 의자를 들고 사무실 가운데로 모였다. 의자를 맞대고 머리도 맞댄 후 보안관이 낮게 말했다.

"서두 궁리하기 귀찮아. 그러니까 네가 시작해."

"그러지요. 신전 기사단과 제도 기사단은 동맹이 아니었습니다."

"서로 상대편이 저것들을 가지게 될까봐 겁내고 있어."

"잔파드로스 신관은 수마이 전투 신관 때문에 꽤 입장 곤란한 점심 식사를 하게 되겠군요."

"링산크 백작은 우리 시장을 들볶겠지. 안됐군."

"그런데 이 족보 골치 아픈 새끼들이 도대체 무슨 엄청난 가치가 있는 걸까요?"

"저것들은 2000명의 피를 뿌릴 가치는 된다고 생각하나 보다."

얼굴 피부가 갑자기 석회암으로 바뀌는 것 같았다.

"설마…… 진짜 전투가 일어날 거라고 생각하십니까?"

"너도 그 생각하지 않았냐?"

인정했다.

"했습니다. 그런 사람들이 습관적으로 가지고 다니는 보조무장을 지적해서 약이나 올려주려고 했는데 무의식적으로 가져온 것이 아니더군요. 링산크 백작은 자기 무장을 뺏기자 수마이 전투 신관의 무장도 내놓게 했지요. 그렇다면 백작과 전투 신관은 그 무기들을 서로에게 쓸 각오를 하고 있었다고 봐도 될 겁니다. 하지만 조금 전 링산크 백작이 수마이 전투 신관의 초대를 받아들인 것을 보고는 생각이 좀 바뀌었습니다. 둘이 정말 적대적이라면 설마 지휘관이 상대 진영으로 들어가겠습니까?"

"아니. 들어갈 수 있어."

"예?"

"이 소동은 저 새끼들 때문에 일어난 일이라는 거 잊어먹었냐? 두 기사단이 싸운다면 그건 저것들 때문이라는 거지. 그런데 지금 저것들은 여기 있단 말이야. 그러니 당장은 싸울 일이 없지. 게다가 상대 진영으로 들어가면 상대편이 자기 몰래 이것들을 훔치러 오지 않나 감시할 수도 있거든."

흠칫하는 기분에 다시 창문과 뒷문을 돌아보았다. 나는 목소리를 더 낮췄다. 그리고 편잔을 들은 다음 조금 크게 말했다.

"훔치러 올까요? 라고 말했습니다."

"시장과 신관을 들볶는 것부터 시작하겠지. 일단 두 사람이 돌아오면 그 다음에 입장 정리하자. 훔쳐가게 내버려둔다는 방법도 있으니까."

그 말에 대해 생각해 보았다. '훔쳐가게 내버려둔다.' 라. 두 기사단에겐 저 새끼들을 가져야 할 중대한 이유가 있는지도 모르지만 우리에겐 그런 이유가 없다. 그렇다면 불필요한 마찰을 피하려면 훔쳐가게 내버려두는 것은 괜찮은 방법이다. 그럴 경우엔 우리가 둘 중 한쪽에게 새끼를 내줌으로써 다른 쪽의 미움을 받게 되는 일을 피할 수 있으니까.

"하지만 어느 쪽이 훔쳐가게 합니까?"

"뭘 고민하냐. 이런 경우엔 선착순이지."

이파리 보안관은 비가 오면 땅이 젖는다고 말하는 것처럼 간단하게 말했다. 나는 상체를 뒤로 당기고 팔짱을 꼈다.

"보안관님. 저 작자들이 저것들 때문에 전투도 불사하려는 이유가 뭔지 정말 궁금하지 않으십니까?"

"안 궁금해."

하지만 나는 궁금하다. 궁금한 것이 정상 아닌가.

"그러면 제가 저것들을 지켜도 되겠습니까?"

"훔치러 온 녀석 붙잡아서 물어볼 생각이지? 다칠 수도 있고 큰 싸움 날지도 모른다. 어쩌면 그걸 핑계삼아 저 바깥의 녀석들이 시내로 들어올지도 모르고. 안 돼."

화가 났다. 이파리 보안관이 지적한 것들은 내가 이미 떠올렸어야 마땅한 것들이다. 천사가 저 계보 혼란스러운 새끼들을 낳은 이후로 나는 계속 바보처럼 행동하고 있다. 이파리 보안관처럼 머리 아픈 문제는 머리 아프길 좋아하는 작자들에게 넘겨버리고 관심 끊어버리는 것이 현명한 태도일지도 모르겠다. 최소한 스스로 노력해봐야 문제를 해결할 가능성이 없다면 말이다.

"머리 좀 식혀야겠습니다."

"그럴래."

"예. 순찰 돌고, 초니의 비밀 도살장이나 덮쳐야겠습니다."

이파리 보안관은 피식 웃으며 뜨개질 거리를 집어들 뿐이었다. 보안관도 나처럼 초니가 새로 만든 비밀 도살장의 위치를 알고 있었던 모양이다. 그리고 고기를 거의 다 쓴 후에 덮친다는 계획을 세운 것도 나와 마찬가지고.

법의 위대함은 사람의 위대함과 마찬가지다. 분명히 법은 존중받아야 하는 것이지만, 개개의 사람들처럼 법도 황당하거나 부조리한 부분들을 가지고 있다. 고기를 먹으려는 우리 시민은 누구나, 그러니까 적당한 담력만 있다면, 태연하게 짐승을 죽이지만 주점 주인 초니는 그럴 수 없다. 정식 도축장에서 도축된 고기만이 음식점에서 사용될 수 있기 때문이다. 그런데 초니는 문맹자다. 문맹이 여러 모로 불편한 것은 분명하지만 초니에게 특별히 더 문제가 되는 것은 도축 면허를 얻을 수 없다는 점이다. 초니는 절대로 무법자 같은 사람은 아니고 한때는 글을 배우기 위해 무진 애를 쓰기도 했다. 그러나 문자는 초니에게 자신을 허락하지 않았고 결국 초니는 죽는 동물들이 문맹자의 공격에 더 비통해할 리는 없다는 결론을 내렸다. 그리고 초니는 밀도살을 선택했으며 이파리 보안관과 나는 게으름뱅이가 되는 것을 선택했다.

나는 장검을 차고 밖으로 나왔다.

초니의 비밀 도살장은 도시 외곽의 측백나무관으로 가다가 도중에 노천광 쪽으로 방향을 바꿔 반 시간쯤 걸어간 곳에 있다. 나는 산책하는 기분을 느끼려 애쓰며 숲을 가로질러 걸어갔다. 측백나무관이라는 이름의 원인이기도 한 측백나무들 사이를 천천히 걷고 있노라니 그럭저럭 평온한 기분을 느낄 수 있었다. 그래서 안으로만 향하던 눈길을 밖으로 돌려보았다.

모든 곳에 가을이 있었다.

가을은 자신의 붓끝으로 여름이 남겨둔 것들을 세심하게 물들이고 있었다. 실로 가을은 전체를 한꺼번에 보는 능력이 있는 채식가(彩飾家)이며 지워진 것이 사라진 것은 아님을 아는 문장가다.

초니의 일처럼 알고도 모르는 척하는 것이 나은 일이 있다면 한편으로는 애초부터 알 필요가 없는 일도 있을 것이다. 고양이와 개 사이에서 나온 새끼에게 무슨 엄청난 가치가 있건, 내게 1000명의 병사들을 동원할 능력이 없다면 그럴 수 있는 사람들에게 맡겨놓고 나는 관여하지 않아도 될 것이다.

이런 빌어먹을 비겁자의 논리 같으니!

몰라도 되는 일 같은 것은 없다. 그걸 알기 전까지는 그것이 몰라도 되는 일인지 알 수 없기 때문이다! 지워지려면 먼저 씌어져야 한다. 씌어지기 전에는 지울 수가 없는 것이다. 가을은 여름을 구축(驅逐)하지 않는다. 다만 여름이 구축(構築)한 것을 조심스럽게 무너뜨릴 뿐이다. 가을이 아름답다면 그것은 그 느리고 세심한 파괴 때문이다.

나는 팔다리를 더 빠르게 놀렸다. 어쩌면 달려가는 것과 비슷했을지도 모르겠다. 초니의 도살장을 점검하고 빨리 내 오두막으로 돌아가야 한다. 그리고 모든 준비를 끝내고 시장 저택으로 가야 한다. 그렇지 않으면 신전에라도. 몬도 시장과 잔파드로스 신관 중 한 명은 두 기사단의 속셈을 짐작할 수 있는 정보를 얻어왔을 것이다. 두 사람이 아무것도 가져오지 못했다면 사무실 주변에서 망을 봐야겠다.

비록 훔쳐가게 내버려두는 것으로 결정을 내려야 한다 해도 왜 그래야 하는지는 알아야겠다.

초니의 도살장이 가까워졌다. 냄새만으로도 알 수 있었다. 측백나무의 그윽한 향을 단번에 사라지게 만드는 악취가 풍겨왔다. 초니가 좀더 가까운 곳에서 도살장을 차렸다면 우리는 축농증 환자 흉내를 내야 했을지도 모르겠다. 나는 그 냄새를 향해 똑바로 걸어갔다.

곧 간이 건조장의 모습이 나타났다. 거의 무너져 있었지만 남아 있는 흔적을 보니 소 한 마리를 잡은 것 같다. 아래에는 장기간에 걸쳐 불을 땐 흔적이 남아 있었다. 주위를 조금 둘러보자 적당히 은폐되어 있는 반 지하 움막이 보였다. 건조시킨 고기를 보관하는 곳이리라. 움막 입구를 뒤덮은 잔가지들을 치우고 안으로 들어섰다.

난감했다. 계단을 따라 내려가자 상당량의 고기가 남아 있는 보관소 내부가 보였다. 초니는 이 도살장이 절대로 들키지 않으리라 생각하고는 시간이 오래 걸리는 건조법을 채택한 것 같다. 아무래도 어제나 그제쯤 건조를 마치고 보관을 시작한 것 같았다. 보관소를 조금 더 둘러보자 내 짐작이 맞았음을 알게 되었다. 보관소는 꽤 공들여 만들어진 곳이었고 한 번 쓰고 버리기엔 아까운 곳이었다. 초니는 가을은 물론이거니와 고기를 보관하기 쉬운 겨울 동안 내내 이곳을 이용할 작정인 것 같았다.

몇 번 더 보관소 안쪽을 둘러본 다음 이곳을 잊어야 한다고 결정했다. 초니의 밀도살 범죄가 밝혀질 시기는 늦겨울이나 초봄 정도가 좋을 것 같다. 나는 다시 계단 쪽으로 몸을 돌렸다. 흐음. 이 계단도 이곳이 꽤 오랫동안 사용되리라는 증거로군.

계단에 발을 올렸다가, 그대로 멈춰 섰다.

뭔가가 마음에 걸렸다. 나는 다시 뒤를 돌아보았다. 뭐지? 고기와 갈고리, 튼튼하게 만들어진 벽과 천장. 무엇이 나를 붙잡은 것인지 알 수 없었다. 그러다가 조금 후, 나는 주의를 끈 것이 시각이 아닌 후각이었음을 깨달았다. 그곳에는 맡으리라 예상할 수 없는 냄새가 있었다.

그 냄새를 따라갔다. 보관소의 구석 쪽이었다. 구석 앞까지 걸어간 다음 코를 벌름거렸다. 아래쪽이었다. 약간 고민하다가, 보는 사람도 없다고 자신을 위로하며 바닥에 손을 짚고 개처럼 냄새를 맡았다.

냄새 대신 다른 것을 먼저 느꼈다. 그곳에는 조그마한 굴이 있었다. 보관소의 어둠 속에서 쉽게 발견할 수 없는 굴이었다. 손을 뻗어본 후에야 그곳에 굴이 있다는 것을 확신할 수 있을 정도였다. 냄새는 그 안쪽에서 흘러나오고 있었다.

간단히 해석되는 냄새가 아니었다. 그리고 코는 쉽게 무뎌지는 감각이다. 더 이상 냄새를 느낄 수 없을 때까지 그 냄새를 빨아들인 다음 나는 손을 집어넣어 굴의 크기를 확인했다. 그리고 밖으로 나와 몇 가지 가설을 세우며 측백나무들 사이를 돌아다녔다. 코의 기능이 회복되었다고 자신할 수 있을 때까지 그러다가 나는 다시 보관소로 돌아갔다. 그리고 조금 전의 행동을 되풀이했다.

가설 중 하나가 맞았다. 여러 가지 냄새들 가운데는 내가 기대하던 냄새가 섞여 있었다.

그것은 토사물의 냄새였다. 나는 똑바로 일어서서 조금 전까지 냄새를 맡던 그곳을 내려다보았다.

"저승사자."

혹 초니가 올지도 모르기에 보관소를 빠져나왔다. 더 이상 도살장의 모습이 보이지 않을 때까지 측백나무들 사이를 걷다가 적당한 바위에 걸터앉았다.

대단하다. 보안관 사무실에서 두 마리 새끼를 훔쳐낸 것도, 고기가 가득한 이곳을 은신처로 선택한 것도, 혹 초니에게 들킬까봐 굴을 판 것도 모두 대단하지만 나는 저승사자가 새끼들을 먹인 방법에서 깊은 인상을 받았다. 수컷인 저승사자가 새끼들에게 젖을 줄 수는 없었다. 대신 저승사자는 초니의 고기를 반쯤 소화시켜 새끼들에게 토해주었다. 믿기 힘든 일이었다. 세상에서 그런 짓을 하는 수고양이가 몇 마리나 있을까?

그런데 이렇게 좋은 장소를 두고 어디로 간 걸까?

가끔 들르는 초니 외에는 아무도 오지 않을 것이고 먹을 것은 가득하다. 내가 올 것을 짐작하지 않았다면 이렇게 좋은 곳을 떠날 이유가 없다. 하지만 손으로 더듬어본 굴 안쪽에는 아무것도 없었다. 혹 고기 냄새를 맡고 저승사자가 상대할 수 없는 큰 동물이 온 것일까? 아니다. 만약 이곳에 고기 도둑이 있다면 초니는 입구를 단단히 막았을 테고 그랬다면 저승사자도 안으로 들어갈 수 없었을 것이다. 이곳은 도심에서 먼 곳이긴 하지만 가까운 곳에 측백나무관도 있고 광산들도 있어 큰 동물들이 마구 돌아다닐 만한 곳은 아니다. 그렇다면 무엇 때문에 이곳을 떠났을까? 저승사자에겐 아직 훔칠 새끼가 두 마리 남아 있는데. 한 번에 한 마리씩 물어 나른다면 앞으로도 두 번은…….

황급히 일어서다가 앞으로 고꾸라질 뻔했다. 스스로에게 욕설을 퍼부으며 간신히 자세를 회복했다. 그리고 사무실을 향해 달음박질쳤다.

빌어먹을! 남아 있는 새끼는 두 마리지만, 두 번이 아니다. 한 번이다! 저승사자는 물론 새끼 한 마리만 물어 나를 수 있다. 하지만 천사 또한 한 마리를 물어 나를 수 있다. 다음번이 그 구성 복잡한 가족의 마지막 탈출인 것이다. 그리고 그날은 오늘이다. 저승사자는 도시로 다가온 군대와 보안관 사무실로 온 갑옷 입은 사람들을 목격했을 것이다.

이성적으로 말이 안 되는 추측이라는 것은 잘 안다. 하지만 나는 달리는 것을 멈추지 않았다. 이성을 따진다면 애초에 개와 고양이가 교미한다는 것부터가 이성적인 상황이라고 할 수 없다. 이런 혼란스러운 상황에서는 차라리 직감을 믿는 편이 낫다. 그리고 직감은 내게 그날이 오늘이라고 말해 주고 있었다.

숨 쉬는 법을 잊어버릴 정도로 달린 끝에 도심으로 돌아왔다. 멀리 보안관 사무실이 보였을 때 불안감이 가일층 심화되는 것을 느꼈다. 건물이 표정을 지을 리는 없지만, 그리고 상궤를 벗어나는 것은 아무것도 보이지 않았지만, 나를 괴롭히든 직감은 더욱 뚜렷해졌다. 마지막 힘을 짜내어 멈춰 서려는 다리를 채근했다. 보안관 사무실을 몇십 미터 남겨두었을 때였다.

분노에 찬 보안관의 외침이 들려왔다. 그리고 보안관 사무실의 창문이 박살나며 무엇인가가 밖으로 뛰쳐나왔다. 나는 우뚝 멈춰

섰다.

폭발하는 잔해 속을 날아 대로 위에 선 것은 입에 한 마리씩 새끼를 물고 있는 저승사자와 천사였다.

나는 아래를 향해 말했다.

"됐습니다. 내려주세요."

나를 무동 태우고 있던 아인켈 우체국장은 내 다리와 손을 붙잡으며 아래로 내려서도록 도와주었다. 바닥에 서자 우선 바람 때문에 얼얼해진 귀를 좀 문질러야 했다. 우리 도시에서 감시탑으로 쓰일 정도의 전망과 높이를 갖춘 곳은 신전의 종탑뿐이었고 그곳을 휘감아 도는 밤바람은 뼈에 사무치리만큼 강했다. 불빛이 위로 새지 않도록 가리개를 펼쳐놓은 랜턴에 손을 가져가 비비며 나는 기다리던 사람들에게 말했다.

"들판에 불 난 것 마냥 잔뜩 깔려 있습니다. 모두 손에 작대기를 들고 덤불을 두드리고 있고요. 여우 사냥이라도 하는 것 같군요. 절대로 빠져나갈 수 없다고 말하진 않겠지만, 저승사자와 천사가 새끼들을 데리고 저 사이를 뚫기는 상당히 어려울 것 같습니다. 아직 소동이 없는 걸 보니 어딘가에 몸을 숨기고 관망 중인 것 같습니다."

몬도 시장은 고통스러운 신음을 흘렸다. 신전 기사단과 제도 기사단의 전 병력을 도시 바깥에 풀어놓은 행위는 충분히 포위로 해석될 수 있고 따라서 이것은 위법과 적법 사이를 넘나드는 아슬아슬한 행동이다. 그리고 수마이 전투 신관과 링산크 백작 중 누구도 그런 작전 행동에 대해 우리에게 양해를 구하지는 않았다. 그들은 천사와 저승사자를 놓친 것만으로도 우리가 수치를 알아야 하며 권리 주장 따위는 삼가야 된다고 생각하는 모양이다. 할말은 없지만,

그래도 이것은 너무하다. 미레일이 천사의 쇠사슬을 조금 늦춰놓았을 거라고 누가 예상할 수 있단 말인가.

미레일이 악의를 품은 것은 아니다. 그 애는 그저 내가 보지 않을 때 천사가 답답하지 않도록 목줄을 조금 느슨하게 해 놓은 것뿐이다. 하지만 미레일이 만들어준 틈은 천사가 난동을 부리다가 목을 빼낼 정도는 되었다.

나라부스 의장이 품속에서 눈에 익은 쌈지를 꺼냈다. 많이 긴장하고 있는 모양이다. 쌈지 속에서 미나리 줄기 하나를 꺼내어 입에 문 나라부스 의장은 그것을 빨면서 말했다.

"차라리 그 개와 고양이가 빨리 발견되는 편이 좋겠군. 그러면 저 자들도 그것들을 가지고 돌아갈 것 아닌가. 그것들이 이대로 계속 발견되지 않는다면 저 자들은 화를 낼 테고 결국 우리에게도 좀 더 심각한 피해가 오게 될 거야."

내가 말했다.

"우리 쪽에서 먼저 강하게 나가는 것이 어떨까요? 애초에 저 자들이 이곳에 온 동기가 모호하잖습니까. 따지고 보면 이건 우리 시민들이 개와 고양이를 잃은 사건에 불과하고 저들이 저렇게 소동을 피울 명분은 없습니다."

몬도 시장이 거멓게 변한 얼굴로 말했다.

"물론 맞는 말이지만 저 자들은 2000명이고 모두 병사요. 티르."

"상관없습니다. 대신전과 제도 기사단 본부에 정식으로 항의장을 보내지요."

이파리 보안관이 고개를 가로저었다.

"아냐. 해결책이 안 돼. 제도 기사단은 몰라도 대신전 측은 악마 이야기를 꺼낼 수 있거든. 만약 대신전이 정식으로 악마 토벌을 선언하면 더 많은 기사들이 올 수도 있어. 그러면 긁어 부스럼 만드는 일이 되는 거지."

그렇게 말하며 이파리 보안관은 구석 쪽에 존재감 없이 서 있던 잔파드로스 신관을 한 번 쳐다보았다. 꽤 의도적인 동작이었다. 그 시선을 피하려던 잔파드로스 신관은 마음을 고쳐먹은 듯 이파리 보안관을 똑바로 마주보며 말했다.

"보안관님. 제가 아무것도 아닌 일을 괜히 크게 만들어 무장 세력을 도시로 끌어들였다고 생각하시는 겁니까?"

"글쎄요. 지금 나를 곤혹스럽게 만드는 것은 저승사자나 천사, 그 새끼들이 아닌 저 무장 세력들이라는 것은 분명한 것 같습니다."

"저는 우리 도시의 보안관이 개 한 마리도 제대로 지키지 못했다는 사실이 더 곤혹스러운데요?"

사람들의 낯빛이 확 변했다. 그들은 일제히 그 사건은 미레일 때문에 일어난 일이며 이파리 보안관의 실책이 아니었음을 역설했다. 그 태도들은 열정적이었지만 많은 사람들이 중구난방으로 말하는 바람에 호소력은 별로 없었다. 한편, 정작 비난의 대상인 이파리 보안관은 아무 말 없이 발치 근처를 내려다볼 뿐이었다. 잔파드로스 신관은 날카롭게 말했다.

"용건이 끝나셨으면 모두들 나가주십시오. 이곳은 신전입니다. 심야에 이렇게 소란을 피워도 되는 장소가 아닙니다."

사람들의 당황이 커졌다. 하지만 잔파드로스 신관은 굳은 얼굴로 앞장서서 종탑을 내려갔다. 곧 이파리 보안관이 계단을 내려갔고 우물쭈물하던 우리는 그 뒤를 따를 수밖에 없었다.

모든 사람이 신전을 나서자 잔파드로스 신관은 고개만 끄덕이고는 다시 안으로 들어가 버렸다. 졸지에 대로에 남겨진 사람들이 어떻게 해야 할지 알 수 없어 웅성거렸다. 하지만 대안을 제시하는 사람이 아무도 없었기에 그 웅성거림은 곧 시들해졌다. 모든 사람들이 입을 다물자 이파리 보안관이 말했다.

"일단 지금 할 수 있는 일은 없습니다. 모두 돌아가서 눈을 붙이도록 합시다. 밝은 낮에 맑은 머리로 생각해 보면 좋은 생각이 떠오를지도 모르니까."

적당한 시점에 나온 제안이었다. 이 거북한 자리에서 빠져나가고 싶어 하던 사람들은 별 불평 없이 이파리 보안관의 말대로 했다. 멀어져가는 사람들의 뒷모습을 보던 보안관은 내 쪽을 바라보았다.

"너도 오두막 가서 자고 싶냐?"

"아니요. 사무실에서 자겠습니다. 며칠 동안은 그곳에 있어야겠군요. 사고가 일어날지도 모르겠고."

"그래. 그러는 게 좋겠다. 가자."

하루 종일 바람이 별로 불지 않더니 밤안개가 끼기 시작했다. 건물과 도로를 타고 슬금슬금 기어오는 밤안개를 보며 밖에서 수색작전을 펼치고 있는 병사들에겐 큰 장애가 될 것 같다고 생각했다.

"그렇게 안 봤는데, 잔파드로스 신관한테도 좀 속물 끼가 있군요. 전투 신관과 신전 기사단이 근처에 오니 목에 힘이 들어가는 모양입니다. 보안관님께 대들다니, 놀랐습니다."

"네 수준에 어느 정도 자신이 있지 않으면, 그걸로 사람 판단하지는 마라, 티르. 잔파드로스 신관은 인격자다."

"이 와중에 잘잘못이나 따지자는 식으로 말하는 것이 인격자입니까?"

"인격자도 화를 낼 수는 있는 법이야. 잔파드로스 신관은 그 새끼들이 정말로 흉조라고 믿고 있어. 사실 그렇게 생각할 법도 하지. 지금 상황을 봐라. 네 눈엔 이게 콧노래 나올 상황이냐?"

섬뜩한 기분이 들었다. 바깥에서 험상궂은 병사들이 칼과 불을 들고 서성일 때 무력한 시민들은 불안과 공포 속에 잠 못 이루리라……, 오, 맙소사. 충격을 받은 나는 이파리 보안관의 말을 건성으로 들었다.

"잔파드로스 신관은 자기가 여러 번 경고했는데도 상황이 이렇게 되어버리니 약간 좌절한 거야. 그리고 오만한 무신론자이자 못된 유물론자인 늙은 오크가 지키라고 맡겨두었던 흉조를 잃어버린 것에 대해 화도 나고. 당연하잖아."

"그럼 그게 정말 흉조였을까요?"

뭔가 맥락에 맞지 않는 말을 한 것 같다. 이파리 보안관은 걸음을 멈추고 나를 한참이나 바라보았다. 조금 후 보안관은 고개를 홰홰 내저었다. 그리고 조수의 선택폭이 지극히 좁은 자신의 기박함에 대해 뭐라 투덜거린 다음 말했다.

"티르. 그건 그냥 강아지야. 왜 강아지냐고? 말이 낳으면 망아지고 소가 낳으면 송아지일 수밖에 없는 듯, 그건 개가 낳았으니까 강아지야."

"저승사자는 천사와 교미했고, 그 새끼를 훔쳤고, 자기가 먹은 것을 토해가면서 키웠습니다."

"알아. 그게 어쨌다는 거야?"

"저승사자가 그 새끼들의 아비라는 증거지요."

"내게는 저승사자가 제정신이 아니라는 증거로 보이는데. 그런 짓을 하는 수고양이가 있냐? 저승사자가 다른 수고양이들처럼 새끼들에게 완전히 무관심하다면 오히려 그 아비라는 증거가 될지도 모르겠다만."

이파리 보안관이 말하는 것이 무엇인지 알 것 같다. 예외적인 전제로 예외적인 문제를 해결할 수는 없다. 삼단논법을 가르치는 교사들이 그 오류로써 많이 거론하는 것이다.

"하지만 저승사자가 새끼들의 아비가 아니라면 왜 그런 짓을 하겠습니까? 다른 이유가 없잖아요."

"저승사자가 천사를 암고양이로 착각했고, 조그마한 동물을 괴롭히는 고양이의 버릇 때문에 새끼를 훔쳤고, 율피트가 먹기 싫은 음식을 몰래 식탁 아래의 저승사자에게 뱉어주곤 했다고 생각하면 어때?"

"억지입니다."

"저승사자가 강아지들의 아비라고 주장하는 것만큼 억지는 아닐 것 같은데."

말문이 막혔다. 이 논쟁은 애초부터 내가 불리한 것이었다. 이파리 보안관은 논거들을 성실하게 준비할 필요도 없었다. 고양이는 강아지의 아비가 될 수 없다는 것은 공리다. 공리는 논쟁의 도구이지 대상이 아니다. 그런데 나는 그 공리를 대상으로 논쟁하려 하고 있다. 하지만 내 감정은 저승사자가 새끼들의 아비라고 믿고 있었고 이제 그 느낌은 거부할 수 없는 것이 되어 있었다. 내 감정에 충실하려는 맹목적인 욕구 때문에 나는 논리적 함정을 고안했다. 그것을 이파리 보안관에게 던지기 위해 걸음을 멈췄다. 그러자 이파리 보안관은 따라 멈추며 말했다.

"너도 들었냐?"

당황하여 간신히 짜낸 논리 함정을 잊어버리고 말았다. 나는 무슨 소리냐는 표정으로 이파리 보안관을 바라볼 수밖에 없었다. 이파리 보안관은 나 대신에 이제 한층 짙어진 안개 저편을 바라보고 있었다.

"그래. 말발굽 소리다. 밤에 들어오면 체포한다고 했는데……, 빌어먹을 놈들이 드디어 막나오는군. 칼 뽑아, 티르."

어깨가 굳었다. 내가 황급히 칼을 뽑아들었을 때 이파리 보안관은 어느새 앞으로 성큼성큼 걸어가고 있었다. 그때 내 귀에도 말발굽 소리가 들렸다. 대로에 깔린 포석을 때리는 다가닥, 딱! 하는 무거운 소리. 어떻게 지금까지 그 소리를 듣지 못한 건지 모르겠다. 그렇게 깊은 생각에 빠져 있었나? 나는 이파리 보안관의 뒤를 재빨리 따라갔다. 말발굽 소리가 커졌다. 다가닥, 딱! 이파리 보안관은 칼을 적당히 늘어뜨린 채 멈춰 섰다. 대로 가운데를 가로막듯이 선 이파리 보안관이 외쳤다.

"멈춰라!"

다가오던 말발굽 소리가 잠깐 멈췄다. 안개 저편에 무엇이 있는지는 잘 보이지 않았고, 그래서 이파리 보안관은 상체를 앞으로 조금 숙였다. 앞으로 걸어가려는 것처럼 보였다. 보안관과 내 거리는 몇 미터쯤 떨어져 있었고, 그 거리는 영원히 줄일 수 없을 것처럼 보였다. 그때 무엇인가가 포석을 강하게 때리며 굉음을 내었다.

시간이 가혹하게 느려지는 것처럼 느껴졌다. 암흑과 희뿌연 안개만 가득하던 공간이 갑작스럽게 거대한 전투마와 기수로 바뀌었다. 마술 같았다. 말과 이파리 보안관의 거리는 불과 몇 걸음도 되지 않았고 나타났을 때부터 말은 지나칠 정도의 속력을 가지고 있었다. 이파리 보안관이 말의 발에 걷어채어 날아갔을 때 나는 묘하게도 충격을 느끼지 않았다. 그 모습은 지나치게 무기질적인 광경처럼 보였다. 몸을 비틀며 날아가는 이파리 보안관은 커다란 인형, 아니, 그보다도 더 이파리 보안관 자신과 관련이 없는 물체 같았다. 바닥을 구르는 이파리 보안관과 그가 있던 자리를 지나치는 말을 보며, 그리고 반사적으로 몸을 움직여 말을 피한 후에도 나는 약간의 난처함과 약간의 우스꽝스러움 외에는 느끼지 못했다. 어쩌면 웃음을 터뜨렸을지도 모르겠다.

나는 비명을 질렀다.

무슨 말을 외쳤는지 모르겠다. 어떻게 이파리 보안관에게 접근했는지도 모르겠다. 이파리 보안관의 몸을 더듬고 그의 피를 손바닥에 묻히며 내가 무슨 생각을 했는지도 모르겠다. 시간은 느렸다. 공간은 쪼그라들고 있었다. 묘하게도 선명하게 들리는 어떤 소리가 있을 뿐이었다.

"마니 다치셔쏩니까?"

소리. 소리다. 바람 소리처럼. 잠깐. 저런 걸 말이라고 하던가? 그 소리를 들은 직후 나는 어떤 엘프를 바라보고 있었다. 또 다른 마술이다! 놀랍군. 아냐. 내가 소리를 향해 고개를 돌린 것인가? 그랬나? 모르겠다. 어쨌든 저건 엘프다. 에에에엘프. 저게 엘프지? 그 엘프가 있는 쪽에서 다시 소리가 들려왔다. 대충 이런 소리였다.

"갑짜기 고하믈 치셔서 마리 놀라쏩니다. 손 쓸 겨르리 업서쏩니다."

하수구를 흐르는 물소리만큼도 의미를 느낄 수 없다. 하지만 어쩐지 거슬리는 소리다. 그런데 또 다른 소리가 들려왔다.

"넌 마를 세워써. 멈춰따가 출발해써."

이건 어디서 나는 소리일까? 소리의 방향을 가늠할 수가 없다. 응? 이건 내가 낸 소리인가? 그 순간 시간이 역전되었다. 그리고 이런 말들이 들려왔다.

'넌 말을 세웠어. 멈췄다가 출발했어.'

'갑자기 고함을 치셔서 말이 놀랐습니다. 손 쓸 겨를이 없었습니다.'

나는 악을 쓰며 기사 파린세에게 달려들었다.

"개자식! 네 말은 분명히 멈췄다가 돌격했어!"

내 돌진에 대응하여 파린세는 점잖게 칼을 뽑았다. 빠른 동작이었지만 서두르는 기색은 없었다. 오만했다. 자신감에 차 있었다.

그 예쁜 얼굴을 뭉개주고 싶다. 수십 수백 조각으로 찢어버리고 싶은 가면이다. 그리고 그 가면 너머에서 은둔하고 있던 공포를 끄집어내어 내 제단에 봉헌하리라. 기필코!

정신이 펄펄 끓는 것 같았지만 머리 한편은 무섭도록 맑았다. 나는 파린세가 어떻게 방어할지 그 자신보다 더 잘 알고 있었다. 단숨에 심장을 도려낼 수 있었지만 대신 나는 파린세가 방어 태세를 갖출 때까지 기다렸다. 그리고 그 방어 위에 내 공격을 작렬시켰다. 파린세의 얼굴이 단박에 일그러졌다.

'촌구석의 보안관 조수가 어떻게?'라고 말하는 표정이군. 틀렸어.

파린세의 허리가 움직일 것이다. 움직일 때까지 기다려주지. 파린세의 발이 그 동작을 따라갔다가 찌르기를 위해 비틀어질 것이다. 기다려주지. 빨리 움직여라. 지루할 지경이다. 가까스로 찌르기가 시작되려 했을 때 나는 파린세의 옆쪽으로 돌아들어갔다. 그리고 찌르기 위해 뒤로 당긴 파린세의 오른팔을 그대로 뒤로 밀어올렸다.

이번에는 경악의 표정이군. 그것도 아냐.

파린세의 상체가 앞으로 구부러졌다. 느리다. 제발 좀 빨리 와! 내 왼쪽 무릎에 이끼가 끼겠군. 옳지. 이제 다 숙였나? 파린세의 얼굴을 무릎으로 쳐올렸다. 천천히 위로 솟구치는 파린세의 머리가 나를 미치게 만들었다. 턱이 위로 충분히 치솟았을 때, 갑자기 그 턱에 구멍을 내어 입에 넣은 음식이 흘러내리게 하면 파린세를 굶어죽게 할 수도 있다는 잡념이 들었다.

공포를 내놔라.

파린세의 목에 칼날을 갖다 대고 주의를 촉구했다. 공포를 내놔라. 파린세의 명치를 칼끝으로 간지럽히며 부탁했다. 공포를 내놔

라. 파린세의 칼을 허공으로 날려 보내고 그 뺨을 때리며 애원했다. 제기랄, 공포를 내놔! 그래야 죽일 수 있단 말이다!

마침내 그것이 나타났다. 파린세는 바닥에 무릎을 꿇고 두 손으로 머리를 감싸 쥐었다.

"사, 사람 살려!"

고마움에 눈물이 날 것 같다. 마침내 이 녀석의 명줄을 끊어줄 수 있겠군. 나는 땅에 엎드린 파린세를 걷어찼다. 숨 막히는 소리. 감미롭다. 데굴데굴 굴러가는 녀석의 등 위로 훌쩍 뛰었다. 그리고 반대편으로 걷어찼다. 통쾌한 느낌이 느껴졌다. 지인 중에 접골사 있나? 아, 미안해. 부를 시간이 없겠군. 똑바로 누운 녀석의 가슴을 짓밟았다. 목표물 고정. 칼을 위로 던져 거꾸로 쥐었다. 거기 있군. 네 녀석의 울대뼈.

"살려주세요! 제발 살려주세요!"

그 말은 꼭 네 유가족에게 전해 주지. 나는 칼을 높이 들어올렸다.

"멈춰."

눈이 뒤로 돌아가고, 그리고 고개가 따라 돌아갔다. 뒤쪽에서 들려온 그 목소리는 귀에 익었다. 뭘 봐야 할지 알 수 없었다. 그러다가 내가 보고 싶어 하지 않는다는 것을 깨달았다. 다시 바라보자 피를 닦아낸 걸레 같은 모습으로 처박혀 있던 이파리 보안관이 보였다. 아냐. 역시 죽었어. 보고 싶지 않았는데.

보안관의 입이 움직였다.

"티르."

이파리 보안관의 눈이 나를 향했다. 살아 있다!

그 순간 나는 파린세가 도대체 무슨 물건인지 모르게 되었다. 눈 깜짝할 사이에 보안관 곁으로 돌아온 나는 칼을 팽개치고 보안관의 상체를 움켜쥐었다. 그대로 들어올리려다가 움찔했다. 들어올려도 되는 건지 알 수 없었다. 그러다가 자칫 이파리 보안관을 죽이게 될지도 모른다.

꿈쩍도 할 수 없었던 나 대신에 이파리 보안관이 힘겹게 손을 들어올려 내 손 위에 얹었다. 세상에, 이렇게 차갑다니. 보안관이 말했다.

"하지 마."

뒤쪽에서 흐느끼는 소리가 들려왔다. 제기랄, 시끄러워! 나는 이파리 보안관의 입 쪽으로 귀를 가져갔다. 거친 숨소리가 귀를 긁는 것 같다.

"너도 죽는다. 이 멍청아……. 멍청이 하나쯤 죽어도 상관없지만……, 도시도 다친다. 내버려둬."

뭐라고 말해야 하나? 응? 뭐라고? 나는 떠오르는 첫 번째 말을 무턱대고 말했다.

"죽지 마세요."

말해 놓고 보니 내가 무엇을 원하는지 알 수 있었다. 스스로에게 말한 것이 아닌지 의심스러웠지만 이파리 보안관에게 들렸던 모양이다. 보안관의 얼굴이 움직였다. 미소를 짓는 것처럼 보였다. 그러다가 갑자기 모든 것이 불투명해졌다. 나는 눈물을 줄줄 흘리며 말했다.

"제발 죽지 마세요."

OVER THE MIST
징조들이 날뛰는 밤

수마이 전투 신관은 이파리 하드투스 보안관이 당한 사고에 대해 유감을 표시했지만, 동시에 기사 파린세가 당한 끔찍한 폭행에 대해 분노했다. 우발적 사고에 대해 기사 파린세가 그런 방식으로 책임을 질 필요는 없다는 것이 수마이 전투 신관의 주장이었다. 그는 내 목을 원했다. 집무실 벽에 걸어놓을 것이 별로 없나 보다.

하지만 수마이 전투 신관의 주장이 힘을 얻는 것에는 커다란 장애가 두 가지나 있었다. 먼저 손상당한 그와 신전 기사단의 체면을 들 수 있다. 신전 기사단의 정예 기사가 일개 보안관보에게 그 이름만 듣고도 경기를 일으킬 만큼 두드려 맞은 것은 도저히 공론화할 수 없는 창피한 사건이다. 이것은 과장 없는 사실인데, 실제로 기사 파린세는 몸의 상처보다 마음의 상처 때문에 황급히 신전 기사단 본부로 이송되어야 할 처지라고 한다.

두 번째 장애는 이파리 보안관에 대한 우리 시민들의 애정과 신뢰였다. 나는 몬도 시장이 감히 수마이 전투 신관에게 '들어오지 않겠다고 약속한 밤 시간에 왜 들어온 거냐?' 라고 대들었다는 이야기를 믿을 수 없었다. 하지만 더 놀랄 만한 소식이 뒤를 이었다. 잔 파드로스 신관은 수마이 전투 신관에게 찾아가 조금도 굽힘 없는 태도로 이렇게 말했다 한다. 기사 파린세는 안개 때문에 이파리 보안관을 보지 못했다고 했는데, 그렇다면 그는 안개가 낀 시내에서 말을 전속력으로 달리는 미친 짓을 했다는 것을 인정하는 것이라고. 반박의 여지가 없는 완벽한 공박이다. 자칫하면 파린세가 의도적으로 그런 짓을 저질렀다는 것을 인정하게 될지도 모르는 상황에서 수마이 전투 신관이 선택할 수 있는 길은 별로 없었다. 그는 전적으로 파린세의 실수임을 인정하고 신전 기사를 상대로 폭력을 행사한 보안관보에 대해서는 사과를 받는 것으로 사태를 일단락하기로 했다. 나는 길에 엎드려 살려달라고 싹싹 빌게 만든 것은 좀 미안하다고 적어서 보내주었다. 내 목 대신 그 사과장을 집무실 벽에 걸어주지 않을까 기대하면서.

파린세가 왜 그런 짓을 저지른 걸까? 그것을 깨닫는 데는 시간이 조금 더 필요했다. 하지만 결국 상황을 알게 되었다.

파린세가 그 밤중에 도시로 들어온 이유는 수색에 필요한 인원을 지원받기 위해서였다. 아마도 그들은 '자원'한 시민들로 수색대를 보강한 다음, 자원 수색대에 대한 식량 명목으로 급히 출발하느라 많이 가져오지 못한 자신들의 군량도 '지원'받는다는 계획을 세운 것 같다. 오크와 트롤 등이 포함된 2000명의 병사들을 먹이기 위해선 하루에 밀 2.5톤이 필요하다. 여기에 기타 부식과 연료와 기사들이 타는 말의 먹이까지 포함시키면 계산하기가 싫어질 정도다.

수마이 전투 신관과 링산크 백작이 우리 도시로부터 필요한 만큼의 지원을 받기 위해서는 시의 지배층을 강력하게 장악할 필요가 있다. 이파리 보안관을 향해 말을 돌진시킨 기사 파린세의 행동은 방해가 될지도 모르는 보안관을 잠시 무대 뒤로 퇴장시키고 동시에 시의 지배층에 대해 엄포를 주는 일석이조를 노리는 것이었다. 물론 그런 행동을 하라는 명령을 받진 않았을 테니 그것은 파린세의 단독 행동이었을 것이다.

먼저 군에 몸담았던 선배로서 나는 파린세에게 정신이 제대로 박힌 군인이라면 시키는 일만 잘 해야 한다는 조언을(물론 내 두 손이 다 묶여 있어서 그 녀석을 도저히 죽일 수 없다는 전제 하에) 해주고 싶다. 영리하게 굴려 했던 덕분에 파린세는 경험할 거라 상상할 수도 없는 폭행을 당했고, 결과적으로 자기 상관의 바람도 충족시키지 못하게 되었다. 시장은 기사단의 요청을 시민들에게 전달했지만 어휘는 완전히 자의대로 선택했다. "우리 보안관을 깔아뭉갠 기사단에서 개새끼 수색하는 일을 도와줄 사람을 찾는다는데, 관심 있는 사람?" 우리 시민들은 아무도 자원하지 않았다.

나는 이파리 보안관의 침대 옆에 붙어 있었지만 그런 사정을 눈으로 본 것처럼 짐작할 수 있었다. 보안관 관사 앞에 장사진이 늘어설 정도로 많은 시민들이 병문안을 하기 위해 찾아왔던 탓이다. 그들이 들려주는 이야기를 듣고 있으니 관사 바깥 사정을 훤히 알 수 있었다.

그들이 주로 내게 말을 건 까닭은 이파리 보안관이 말을 받아줄 상태가 아니었기 때문이다.

내 품에서 기절한 이후로 이파리 보안관은 깨어나지 않았다. 우리 도시에 하나밖에 없는 의사이자 수의사, 그리고 이발사인 노움 봇뜨리는 이파리 보안관의 상태에 대해 솔직하게 모르겠다고 고백했다. 한 사람이 세 가지나 되는 직업을 가지고 있다는 것은 제대로 하는 일이 하나도 없다는 의미일 가능성이 더 높지만 봇뜨리에게는 해당하지 않는 말이다. 봇뜨리는 정말 솜씨 좋은 이발사다. 하지만 나머지 두 직업은 그저 그런 수준이다. 봇뜨리는 이파리 보안관이 입은 타박상과 골절은 어렵잖게 치료했지만 의식을 회복하는 문제에 대해서는 아무런 치료법을 내놓지 못했다. 느닷없이 의사인 것처럼 말하기 시작한 안셀이 보안관은 사흘 안에 눈을 뜬다고 말했을 때 나는 평생의 신조를 깨고 안셀의 말을 믿을 뻔했다.

내방객들의 방문이 좀 뜸해진 것은 정오 무렵이었다. 그때까지 나는 한숨도 자지 못했지만 자고 싶다는 생각은 조금도 들지 않았다. 나는 침대에 누운 이파리 보안관을 바라보며 제국군 시절에 배웠던 것 중에 뭐 쓸만한 것이 없나 필사적으로 생각했다. 그러고는 분노를 느꼈다. 병사들에게 가르치는 야전 의학이라는 것은 당황한 병사들이 전우애를 발휘하다가 부상병을 죽이지 않도록 방지하는 것이 주 목적이다. 내가 파악할 수 있는 것은 이파리 보안관의 숨소리에 끓는 소리 같은 것이 섞여 있지 않고 그 호흡에서 특별히 이상한 냄새도 나지 않는다는 것뿐이었다. 내 기억에 의하면 그것들은 모두 좋은 의미였다. 그러다가 내가 발견할 수 있는 이상 징후라면 봇뜨리나 옆에 있는 소란다스 부인이 이미 발견하고 대처했을 거라는 생각이 들었다.

결국 의자에서 일어났다. 소란다스 부인이 고개를 끄덕였다.

"그래요, 티르. 당신도 좀 쉬어야 해요. 한숨도 안 잤으니까. 보안관님은 내가 돌보겠어요."

"그럼 좀 부탁하겠습니다. 저는 사무실에 있겠습니다."

"집에 가서 쉬라니까 그러네."

"사무실을 비워둘 수는 없지요. 괜찮습니다. 책상에 엎드려서 눈 좀 붙이면 됩니다. 멀리 가고 싶지도 않고요."

소란다스 부인은 더 말하지 않고 그저 고개를 끄덕였다. 나는 관사에서 나와 사무실 건물로 돌아갔다.

의자에 걸터앉아 두 다리를 죽 뻗었다. 못 견딜 정도로 피로했지만 그것은 몸의 피로가 아니었다. 정신이 몸 안쪽에서 몸을 마구 난타한 것 같은 느낌이었다. 벌떡 일어나서 어디로든 달려가고 싶은 기분을 억눌러야 했다. 머리를 좀 쥐어뜯어 보았지만 소득은 별로 없었다. 집중할 것이 필요했다.

보안관의 책상으로 자리를 옮겼다. 책상 위에는 서류들이 어지럽게 흩어져 있었다. 그것들을 좀 정리할까 하다가 문득 유품을 정리하는 것 같다는 느낌이 들어 진저리가 쳐졌다. 되도록 책상 위의 혼잡도를 줄이지 않으려 애쓰면서 나는 수도에서 온 공문들을 집어들어 읽었다.

이파리 보안관은 겉봉에 지급이라고 적혀 있지 않은 공문들은 절대로 당장 읽지 않으며, 따라서 이파리 보안관이 잊어버리기 전에 그것들을 읽는 일은 내 소관이다. 그렇다고 해서 엄청난 내용들을 읽게 되는 일은 별로 없다. 그런 공문들은 대개 시시한 일이거나 우리 도시와 상관없는 일, 혹은 양쪽 모두에 해당하는 일들에 대해 말하는 것이 보통이다. 역병 발생이나 강도단 출현 같은 우리 시민들에게 정말 중요한 내용을 담고 있는 편지에는 반드시 지급이라고 기재된다. 따라서 내가 그것들을 읽는 일에는 오해나 착오 때문에 겉봉에 지급 표시를 하지 않은 지급 편지를 찾아내는 정도의 의미밖에 없다. 하지만 집중할 일이 필요했던 나는 평소 때와 달리 글자 하나도 빼놓지 않고 읽었다.

잘못된 시도이거나 내 정신이 두 개로 나뉘어 있는 모양이다. 분명히 집중해서 읽었지만 내 머리의 한구석은 자꾸만 망상을 자아내었다. 그것들을 쫓아내려고 하자 거꾸로 내게 달려들었다.

천사의 새끼들은 정말 흉조인 걸까?

끔찍한 일을 당하고 보니 그런 생각을 떨치기 어려웠다. 끝까지 그런 가능성을 부인했던 이파리 보안관은 달려드는 말에 치었다.

한편, 이파리 보안관에 대한 파린세의 공격은 신전 기사단과 제도 기사단이 천사의 새끼들을 어떻게 생각하는 건지 짐작할 수 있게 한다. 그들은 그 새끼들을 획득하기 위해서는 엄청난 물의를 일으킬 가능성까지 감수할 작정인 것이다. 그렇다면 그들은 조만간 다시 도시를 장악하려고 나설지도 모른다. 분명히 군량 조달에 압박을 느끼고 있을 테니까.

그렇게 된다면 도시와 두 기사단의 충돌이 일어날지도 모른다.

속이 뒤집히는 것 같았다. 나는 알 수 있었다. 그들은 정말 그럴지도 모른다.

도대체 천사가 낳은 그것이 무엇일까? 저승사자가 수고양이의 습관을 위반하게 만든 그것은, 이 한가로운 개척도시까지 두 기사단을 불러들인 그것은, 결과적으로 이파리 보안관이 혼수상태에 빠져들게 만든 그것은 무엇일까? 이파리 보안관의 믿음은 옳지 않다. 그것은 결코 보통 강아지들이 아니다. 평범한 강아지들 때문에 그런 일이 일어나지는 않는다! 만일 그렇다면 그것은 뭔가가 잘못된 세상이다.

안 되겠다. 정신이 이상해지는 것 같다. 나는 의식적으로 호흡을 느리게 하려 애썼다. 그리고 다음 편지를 집어 들었다.

몇 초 후, 나는 어리둥절한 기분을 느끼며 편지를 내려놓고 그 겉봉을 살펴보았다. 그리고 다시 편지를 읽었다.

죄송합니다. 보안관님. 이 편지는 귀 도시의 잔파드로스 신관에게 보내는 것입니다. 하지만 다른 이들의 눈을 피해야 하기에 보안관님의 이름을 빌렸습니다. 잔파드로스 신관에게 전해 주길 부탁합니다. 여의치 않다면 보안관님이 읽고 그에게 전해주셔도 좋습니다.

혼란이 사라지고 대신 흥미가 느껴졌다. 보안관이 읽어도 되는 편지라면 나 또한 읽어도 될 것 같았다. 그래서 곧장 일어나 신전으로 가는 대신 편지를 계속 읽었다.

친애하는 잔파드로스 보게.

이 서신이 얼마나 빨리 도착할지 모르겠지만, 조금 빨리 도착하더라도 자네는 머지않아 상황을 알게 될 걸세. 그러니 나는 자네가 수마이 전투 신관과 신전 기사단 200명, 그리고 링산크 백작이 이끄는 제도 기사단 200명이 그곳으로 간다는 사실을 이미 알고 있다는 전제 하에 말하겠네.

아마 그 소식에 놀라고 어이없어 하고 있겠지. 미안하네. 그건 모두 내 불찰일세. 자네가 보내준 이야기가 하도 신기해서 떠들고 다닌 것이 화근이었어. 하지만 사태가 이렇게 흘러갈 거라고 누가 짐작할 수 있었겠나?

친애하는 잔파드로스. 자네 기억력은 아직 뚜렷할 테니 자네의 스승이 정치적인 인물이 아니라는 것은 기억하고 있겠지. 난 왜 이런 사태가 일어났는지 알 수 없었어. 고맙게도 내 부족한 부분들을 채워주곤 하는 현명한 친구가 상황을 설명해 주었지. 그 친구의 이름은 밝힐 수 없지만 나를 신뢰한다면 그 친구도 신뢰할 수 있다고 말하겠네. 되도록이면 그 친구의 말을 그대로 옮기도록 애써보겠어. 아마 앞으로 실명을 밝힐 수 없는 사람의 이야기가 많이 나오게 될 거야. 답답하겠지만 참아주게.

그곳에선 제도의 동정을 파악하기 쉽지 않겠지만, 요즘 제국 정치계에선 어떤 고위 인물의 자질 시비가 크게 일어나고 있네. 편의상 그를 갑이라고 부르겠네. 그리고 그 고위 인물에겐 막상막하의 실력을 가진 정적이 한 명 있는데, 그를 을이라고 부르겠어.

을은 모험에 가까운 시도 끝에 갑의 자질 문제를 시비 거리로 부각시킬 수 있었어. 상황은 아주 미묘해. 갑이 만약 자신의 자질을 입증한다면 갑은 놀랄 만한 영향력을 획득할 수 있게 될 거야. 그리고 을은 회복할 수 없는 타격을 입고 역사의 뒤안길로 영원히 물러나게 될 거야. 하지만 갑이 자질을 입증하지 못한다면 상황은 반대가 될 거야. 그리고 일어날 수 있는 상황은 그 둘 중 하나뿐이야. 두 사람은 극한적인 대립을 보이고 있고 따라서 극적인 타협 같은 것이 일어날 가능성은 희박해.

대신전은, 그래. 언제나 지상의 정치에 대해서는 중립이지. 하지만 그것이 궤변이라는 것은 자네도 알고 있을 거야. 완전한 중립이라는 것은 불가능해. 대신전은 둘 중 한쪽을 지지하고 있어. 수마이 전투 신관과 신전 기사단이 동원된 것만 보더라도 짐작할 수 있을 거야.

다시 갑의 아슬아슬한 위치에 대해 말하겠네. 을의 결사적인 공격 때문에 갑은 현재 아주 사소한 추문만으로도 나락으로 떨어질 수 있는 상태일세. 하지만 갑은 놀라운 자기 절제력을 가지고 있기 때문에 그의 주위에서 추문을 발견하기는 쉬운 일이 아니야. 그래서 모든 공격 수단을 소모한 을은 초조해하고 있어.

그런 상황에서 내 이야기가 제도에 퍼진 거야.

무슨 말인지 짐작하겠나? 제발 웃지 말게. 나도 웃고 싶지만 그럴 수가 없군. 초조해진 을은 자네의 이야기를 마지막 반전의 기회로 삼았어. 을은 만약 고양이와 개가 교미하여 낳은 새끼가 실제로 존재한다면, 그것은 하늘이 갑을 용납하지 않는다는 증거가 될 수 있다고 주장했어!

나 또한 웃을 수 없었다. 웃기는커녕 욕설이 튀어나왔다. 이제 사태가 어떻게 된 건지 알 수 있었다. 나는 분노 속에서 나머지 내용을 빠르게 읽어 내려갔다.

그래. 수마이 전투 신관과 링산크 백작은 그 고양이와 개가 교미하여 낳았다는 새끼를 먼저 확보하기 위해 각자 신전 기사단과 제도 기사단을 이끌고 황급히 그곳으로 가고 있는 걸세. 그들 중 한쪽은 갑의 지지 세력이고 다른 쪽은 을의 지지 세력이야. 이런 식으로 쓰는 것에 대해 나 자신이 화가 날 지경이니 읽는 자네는 참기 어렵겠지. 부디 큰 관용을 발휘해 주게. 오로지 자네와, 그리고 혹 이 서신을 읽게 될지도 모르는 자네 도시의 보안관을 보호하기 위함일세.

만약 갑을 지지하는 측이 그 동물을 확보한다면 그들은 그것을 분명히 알아볼 수 있는 강아지 같은 것으로 바꿔치기한 다음 잘못된 소문이라고 주장하겠지. 개와 고양이가 교미한다는 말도 안 되는 소리를 믿느냐고 말하면서. 그러면 을은 대단히 멍청한 사람처럼 보이겠지? 반대로 을의 지지 세력이 그 동물을 확보하면 갑은 하늘의 꾸짖음을 받는 사람이 될 거야. 당장 모든 것을 잃게 되겠지.

결과적으로 갑과 을의 정치적 생명이 모두 자네 도시의 개가 낳았다는 그 어린 동물들에게 달려 있게 된 셈일세. 우스우면서 슬픈 일이야. 나로서는 이런 해괴한 사태야말로 악마의 소행이 아닌가 하는 생각을 지우기 어렵군. 내가 자네에게 직접 편지를 보내지 못하고 이렇게 우회하여 보내는 까닭도 그 때문이야. 앞서 말했던 내 친구가 그렇게 하라고 권고했어. 갑과 을의 지지자들 중 누군가가 내 편지를 훔쳐볼지도 모른다고 말이야. 서신보호법의 엄중함을 잘 알고 있기에 설마 그런 일이 일어날까 의심스럽기는 하지만 나는 그의 권고를 따르기로 했네.

친애하는 잔파드로스. 자네는 이제 상황을 알게 되었어. 누가 누구의 편인지 모른다는 점만 제외한다면 말이야. 자네는 어쩌면 동료 의식에 입각하여 대신전의 편을 들고 싶은 충동을 느낄지도 모르지. 수마이 전투 신관에게 그 동물을 내어주는 것이 순종의 미덕을 발휘 하는 일이라고 생각할지도 몰라.

그래서는 안 되네. 자네가 그러길 바란다면 나는 이런 편지를 쓰 지 않았을 거야. 그렇다고 해서 링산크 백작에게 그 동물을 내어주 라고 말하려는 것도 아니야.

왜냐하면, 그 동물들은 진짜로 전조이기 때문일세.

자네의 생각이 맞았어. 고양이와 개가 교미하는 일은 있을 수 없 는 일이지. 그런 신비로운 일이 아무 의미 없이 일어나지는 않아. 분명히 의미가 있지. 하지만 그것을 설명하지는 않겠네. 나는 다만 자네에게 약간의 암시를 줄 수 있을 뿐이네. 자네에게 신의 가호가 함께 하길.

그 다음에는 내가 읽을 수 없는 이상한 글이 몇 줄 적혀 있었다. 분명히 제국 문자였지만 읽어봐도 무슨 말인지 알 수 없었다. 하지 만 이미 많은 것을 알았기에 그 이상한 글을 해석하려 애쓰지는 않 았다. 서명은 '한 때 자네의 스승이었으나 이제는 벗인 이가.'라고 되어 있었다. 이름을 밝히지 않은 것 또한 비밀주의 때문인 것 같 다. 하지만 잔파드로스 신관의 스승이었던 자가 누군지 알아내는 것이 그렇게 어려운 일이라고 생각되지는 않는다. 읽으면서 이미 느꼈던 거지만, 편지를 쓴 이는 좀 허술한 사람이다. 부족한 부분 을 채워준다는 그 현명한 친구가 좀더 분발해야 할 것 같다.

나는 해야 할 일을 생각했다. 그리고 자리에서 일어났다. 이파리 보안관의 상태를 한 번 더 점검하고 소란다스 부인에게 잠시 밖으 로 나가겠다고 말한 다음 신전을 향해 걸었다. 이미 정오 무렵인데도 불구하고 안개는 사라지지 않았다. 시내 지리는 손바닥처럼 잘 알고 있기에 방해가 되진 않았지만 시야가 제한되는 것은 역시 짜증을 불러일으킨다. 며칠이 더 지나고 날씨가 훨씬 싸늘해져야 이 지긋지긋한 안개도 사라질 것이다.

사무실에서 몇십 미터쯤 걸어갔을 때 내 앞쪽의 안개가 갑자기 트롤로 바뀌었다.

제도 기사단의 기사 핏골이었다. 그는 아무 말 없이 내게 따라오라는 손짓을 하고는 몸을 돌렸다. 나 또한 아무 질문 없이 그 뒤를 따라갔다. 뒤쪽에서 나는 핏골의 허리 쪽을 살폈다. 내가 짐작했던 것처럼 핏골은 철편을 차고 있었다. 하지만 그 철편은 내가 짐작했던 것 이상이었다. 크기가 유달리 큰 것은 아니었다. 오히려 좀 작은 편이었다. 핏골의 힘과 팔 길이만으로도 충분히 치명적이기에 특별히 긴 것이 필요하지는 않은 모양이다. 엄청난 것은 철편의 모양이었다. 그 생김새의 흉측함이란 호빗 소녀가 휘둘러도 상대의 사지를 찢어내기에 충분할 정도였다. 하지만 정말 호빗 소녀가 저걸 휘두른다면 자기가 다칠 가능성이 훨씬 높다. 철편은 다루기가 까다로운 무기다. 그럼에도 불구하고 저런 모양을 채택했다면 철편 다루는 기술이 수준급 이상인 모양이다.

핏골이 멈춰 섰다.

주위를 둘러볼 필요도 없이 이곳이 어디인지 알 수 있었다. 몸을 울리게 하는 굉음 덕분에 윙켈의 대장간 근처라는 것을 알 수 있었다. 좋은 장소를 골랐군, 핏골.

이파리 하드투스 보안관이 혼수상태에 빠진 것에 이어 티르 스트라이크 보안관보마저 실종되면 우리 도시는 치안 부재 상태에 빠지게 된다. 시 지배층은 위축될 것이고 제도 기사단은 우리 도시의 치안을 대행하겠다고 나설 것이다. 그리고 실종된 티르 보안관보를 수색하기 위한 수색대를 조직하고 식량을 지원받을 것이다. 이미 짐작하고 있던 일이기에 문답은 필요 없다. 그렇더라도 파린세가 호되게 당한 지 하루도 지나지 않은 시점에서 공격이 있을 거라고는 짐작하지 못했다. 핏골은 자신이 파린세보다 더 강하다고 믿는 모양이다. 철편의 모양을 보건대 핏골이 정말 그렇게 믿고 있어도 탓할 일은 아닌 것 같다.

핏골은 허리에 찬 철편을 풀어내었다. 나 또한 장검을 뽑아들었다. 그리고 대장간의 굉음을 의식하여 약간 크게 말했다.

"좋아. 덤벼."

하지만 핏골은 곧장 덤비지 않았다. 대신 이상한 말을 꺼냈다.

"옛날에 주점에서 건방진 제국군 놈들과 시비가 붙은 일이 있었어. 하나씩 때려눕히는 중이었는데 그중 한 놈이 재미있는 이야기를 하더라고."

무슨 소리인지 알 수 없어서 잠자코 들었다. 핏골이 계속 말했다.

"그 녀석이 말하길, 자기 군단의 검술 사범이 있으면 나를 순식간에 박살냈을 거라나. 그래서 그놈한테 사범을 데려오라고 했지. 그러니 뭐라고 했는지 알아? 사범은 군수품 빼돌리다가 처벌받고는 불명예 제대를 했다더군. 웃기는 이야기잖아?"

"웃기네."

"그 녀석한테 차라리 아빠를 데려오라고 말해 줬지. 그런데 끝까지 자기 말이 사실이라는 거야. 그러고는 북쪽으로 갔으니 궁금하면 북쪽에 가서 찾아보라고 악을 쓰더군. 이미 쓰러진 녀석들도 이구동성으로 그렇다고 말했어. 그래서 기회가 되면 그렇게 하겠다고 약속한 다음 때려눕혔지."

"그냥 확인해 두려고 묻는 건데, 네가 손봐줬다는 제국군이 제12군단 소속이었나?"

핏골은 맞다고 했다. 개 콧구멍으로 알던 과거의 제자들이 갑자기 극진한 애정의 대상으로 다가왔다.

잔파드로스 신관은 믿을 수 없다는 투로 외쳤다.
"이게 정말 당신 피가 아니라고요?"
나는 웃옷을 벗었다. 그리고 두 팔을 펼쳐보였다.
"괜찮지요? 이미 말씀드렸다시피 이건 다른 사람 피입니다."
잔파드로스 신관은 내 몸을 꼼꼼하게 살피고는 허탈한 한숨을 내쉬며 의자에 앉았다. 그리고 내게 양동이를 밀었다. 내가 몸을 씻는 것을 보던 잔파드로스 신관은 갑자기 생각난 듯 공포에 질려 말했다.
"잠깐만요! 그럼 이 피를 흘린 사람은 도대체 어떻게 된 거란 말입니까?"
"다른 사람들의 믿음을 함부로 시험하면 안 된다는 교훈을 곱씹고 있겠지요."
내 설명은 잔파드로스 신관을 만족시키지 못했다. 하긴 내 설명은 사실에 부합하지 않을지도 모르겠다. 지금 윙켈의 대장간 근처에 쓰러져 있을 핏골은 왜 자기가 트롤인가 하는 존재론적인 의문에 빠져 있을 가능성이 더 높다. 핏골은 파린세보다 월등히 강했기에 나는 사정을 봐주면서 싸울 수 없었다. 고맙게도 상대는 막강한 재생력을 가진 트롤이었고, 그래서 나는 치명적인 공격을 마음껏 퍼부었다. 핏골의 자부심을 위해 말해 두겠는데 율피트가 최근에 만들었다가 건성으로 메운 허방다리의 위치를 내가 기억하고 있지 않았다면 승부가 그렇게 일방적이진 않았을 것이다.
나는 잔파드로스 신관에게 분명히 누군가가 피를 흘리긴 했지만 아무도 죽지는 않았으며 또한 앞으로도 그럴 일은 없다고 다짐했다. 내가 맹세까지 하자 잔파드로스 신관은 그제야 조금 안도하며 내 말을 들을 수 있게 되었다. 나는 벗어놓은 웃옷에서 편지를 꺼내어 신관에게 건넸다.

잔파드로스 신관이 편지를 읽는 동안 나는 몸을 닦고 신관이 빌려준 옷을 갈아입었다. 내겐 좀 작았지만 그럭저럭 입을 만했다. 편지를 다 읽은 신관은 잠시 머리가 어지럽다는 표정을 지었다. 그가 충분히 내용을 반추할 때까지 기다린 다음 질문했다.

"그런데 그 마지막의 이상한 문구는 뭡니까?"

"예? 아, 이거요? 아마 오크 경전어인 것 같습니다. 저는 읽을 줄 모릅니다."

"신관님도 읽을 수 없다면 왜 그걸 쓴 거죠?"

잔파드로스 신관의 얼굴에 겨우 웃음기가 돌아왔다. 그는 내 얼굴을 피하며 말했다.

"스승님은 학식이 깊으시고 현명한 분입니다만, 세심하다고 말할 수 있는 분은 아닙니다. 그분은 아마 제가 오크라고 착각하고 계신 듯합니다."

나는 잔파드로스 신관의 스승이라는 자가 오크 경전어도 읽고 쓸 수 있을 정도로 똑똑한 사람인지, 아니면 자기 제자가 무슨 종족인지도 제대로 기억하지 못하는, 그것도 신관이 될 리 없는 오크라고 착각할 정도로, 멍청이인지 구분할 수 없었다. 잔파드로스 신관이 말했다.

"이파리 보안관님이 깨시면 여쭤볼 수 있겠지요. 지금 어떠신지요?"

아직 깨어나지 않았다고 말했다. 잔파드로스 신관은 나를 위로하고 이파리 보안관이 곧 깨어날 거라 말한 다음 빨리 화제를 바꿨다.

"어쨌거나 사정을 대충 알게 되어 다행입니다. 두 기사단이 여기로 온 것에는 이런 사정이 있었던 것이군요. 저들의 어리석음에 슬픔을 참을 수 없군요. 이토록 분명한 악의 징조 앞에서 어찌 선을 키울 생각은 하지 못하고 오히려 악업을 쌓다니……"

"죄송합니다만 신관님. 제 말부터 좀 들어주시겠습니까? 시간이 없어서요."

"아, 네. 무슨 말이지요?"

"신관님. 선과 악의 문제는 제 장기가 아닙니다. 신관님께서 개탄스러워 하시는 악업을 하나 더 쌓는 일일지도 모르겠습니다만 속물인 제가 중대하게 생각하는 문제는 이렇습니다. 저는 저들이 빨리 여기를 떠나야 한다고 생각하고 있습니다. 체류가 길어지면 저들은 우리에게 행패를 부릴 거라고 생각했거든요. 그러니까 먹을 것과 마실 것을 내놓고 필요한 인력도 내놓으라고 할 거라고요."

"제국 정부에 항의하면……"

"그럴 수 있습니다. 얼마든지 그럴 수 있지요. 하지만 폐하의 정부에 대한 영향력은 저쪽이 훨씬 클 겁니다. 빌미를 만들어 내거나 책략을 부리는 것 또한 저쪽이 우리보다 훨씬 잘하는 일이고 또 우리보다 훨씬 냉정하게 할 수 있습니다. 우리는 진이 다 빠질 정도로 고생하게 될 겁니다. 차라리 저쪽이 원하는 것을 빨리 찾아서 떠나는 쪽이 좋습니다. 그래서 저는 천사의 새끼들이 빨리 붙잡혀야 한다고 생각하고 있었습니다. 제도 기사단이든 신전 기사단이든 그걸 손에 넣는 즉시 제도로 돌아갈 겁니다. 그런데, 그 편지 때문에 제 생각이 바뀌었습니다."

"어떻게 바뀌었지요?"

"신관님의 은사님께서는 그 새끼들이 진짜 징조라고 말씀하셨습니다."

잔파드로스 신관은 허둥지둥 편지를 들어올려 다시 마지막 부분을 읽었다. 그는 고개를 끄덕였다.

"그렇군요. 그런데?"

"그렇다면 그것들은 제도로 가선 안 됩니다."

"예?"

"모르시겠습니까? 천사의 새끼들 때문에 우리가 어떤 일을 겪어야 했는지. 도시는 적대적인 두 기사단을 맞이하게 되었고, 이파리 보안관은 혼수상태에 빠졌고, 파린세는 폭행을 당했으며, 누군가는 제가 뒤집어쓴 피를 잔뜩 흘렸습니다. 그런데 만일 그것들이 제도로 가게 되면 어떤 일이 벌어지겠습니까?"

잔파드로스 신관의 얼굴이 허옇게 질렸다. 나는 그의 손에 들린 편지를 가리켰다.

"만일 그것들이 제도로 가게 된다면 우리 도시에서 일으킨 사건들과는 비교할 수도 없는 불행을 일으키게 될 겁니다. 이건 막연한 추측이 아닙니다. 편지에서도 밝혀졌듯 강력한 권력자 두 명이 그것들을 간절하게 원하고 있습니다. 갑과 을 중 어느 쪽 손에 그것이 들어가든 다른 쪽은 자포자기하게 되어 정면충돌을 개시할 겁니다. 어쨌든 그들은 각자 신전 기사단과 제도 기사단을 움직일 수 있을 정도로 강한 사람들이고 그런 자들이 정면충돌을 일으키면 사태는 걷잡을 수 없게 폭주할 겁니다. 그래서 신관님의 은사님께서는 수마이 전투 신관에게도, 링산크 백작에게도 그걸 넘겨서는 안 된다고 하신 겁니다. 예. 그것들은 제도로 가선 안 됩니다."

잔파드로스 신관은 곧 기절할 것처럼 보였다. 그러는 대신 신관은 입을 열어 말했다.

"그렇다면……, 당신 말은 스승님께서……"

"예. 그 분께서는 그 새끼들을 죽이라고 말씀하신 겁니다."

"어떻게 그런단 말입니까? 지금 밖에서 2000명의 병사들이 그것들을 찾고 있습니다만 아직 성공하지 못했습니다. 우리는 그것들이 어디 있는지도 모릅니다."

"저는 알고 있습니다."

"예?"

"저는 저승사자와 천사, 그리고 그 새끼들이 어디에 있는지 알고 있습니다. 그것들은 제도 기사단 진지에 있습니다."

잔파드로스 신관은 나를 미친 사람처럼 바라보았다. 나는 핏골이 마지막에 들려주었던 말을 어떻게 바꿔 말할지 잠깐 고민했다.

"그것들을 찾았다고?"

"그래. 고양이는 찾지 못했지만 개와 새끼 네 마리는 찾았지."

"이미 찾았는데 왜 나한테 온 거야? 나를 공격한 건 우리 도시를 장악하기 위한 것 아니었어?"

핏골은 쿨럭거리며 웃었다.

"그렇게 짐작해도 당연한 일이지만, 아니야. 새끼들을 찾았으니 우리는 곧 떠날 작정이었어. 하지만 네가 마음에 걸렸어. 파린세를 그렇게 만든 녀석이 불명예 제대를 했다는 그 검술 사범이라는 것은 분명했으니까. 그리고 난 널 찾아보겠다고 약속했거든."

그 다음에 핏골은 무사의 호승심이니 승부사의 혼이니 어쩌고 하는 쓸데없이 화려한 내용을 암시하는 잡담을 늘어놓았지만 정확하게 뭐라고 했는지는 모르겠다. 그 친구를 내버려두고 떠났기 때문이다. 핏골이 낭패감을 느꼈다 해도 할 수 없다. 나는 자신이 개인인지 집단의 구성원인지 구분하지도 못하는 얼간이와 오랫동안 이야기 나누는 취미는 없다.

나는 결국 제도 기사단에서 보고를 받았다고 말했다. 특별히 틀린 표현도 아니다. 잔파드로스 신관이 조금 더 교활했다면 그 소식을 알려줄 경우 새끼들을 합법적인 소유자인 미레일 요란하스에게 돌려주어야 하므로 제도 기사단이 그 소식을 알려줄 리가 없다는 것을 짐작했겠지만, 잔파드로스 신관은 그저 이렇게 말했다.

"제도 기사단이 그것들을 찾았단 말입니까?"

"그렇습니다. 오늘 오후부터 철수 준비를 할 테고 늦어도 내일이면 출발하겠지요. 어쩌면 신전 기사단은 제도 기사단을 뒤따라가다가 기습할지도 모르겠습니다."

"설마……"

"애초부터 제도 기사단이든 신전 기사단이든 상대와 마찰이 생길 거라고 생각하지 않았다면 왜 그렇게 많은 병력을 보냈겠습니까? 그들은 처음부터 충돌을 각오하고 온 겁니다. 그것도 전부 그 새끼들이 조장한 일입니다."

"막아야 하는군요!"

"예?"

잔파드로스 신관은 벌떡 일어나서 주먹을 움켜쥐고 외쳤다.

"그것들이 제도로 가서는 안 되는군요! 이제야 이해했습니다. 그것들은 절대로 가면 안 됩니다. 알겠습니다. 지금 당장 미레일과 요란하스 씨를 데리고 제도 기사단을 방문하겠습니다. 그 새끼들을 낳은 천사가 미레일의 개니까 그 새끼들도 당연히 미레일의 것입니다. 돌려달라고 해야겠습니다!"

"내줄 리가 없습니다. 신관님. 그들은 자기들이 새끼들을 찾았다는 것도 부정할 텐데요."

"예? 당신한테는 말했다고 했잖습니까?"

이런, 젠장.

"저는 좀 비공식적인 방법으로 알아낸 겁니다. 공식적으로 요청하면 그들은 부정할 겁니다. 그렇다고 해서 부대를 수색하게 해줄 리도 없지요."

"그렇다면 수마이 전투 신관에게 도와달라고 요청하면 어떨까요?"

"무의미합니다. 수마이 전투 신관도 다른 기사단의 영내를 수색할 권한은 없습니다. 명백한 증거가 없이는 누구도 그런 일을 할 수 없습니다. 혹 그런 증거가 있다 해도 수마이 전투 신관의 도움을 받을 수는 없습니다. 전투 신관님 자신도 그 새끼들을 원할 테니까요."

"그러면 어떻게 해야 합니까? 제도 기사단 전체를 상대로 싸우지 않고서야 그 진지 안쪽에 있는 그것들을 어떻게……."

자포자기 조로 말하던 잔파드로스 신관은 문득 말꼬리를 흐렸다. 그는 믿을 수 없다는 눈으로 나를 바라보았다. 나는 고개를 끄덕였다. 잔파드로스 신관은 내게 달려들 듯한 동작으로 외쳤다.

"티르!"

나는 그에게 손바닥을 내밀어 보였다.

"신관님. 불운을 부르는 그것들을 제도로 보낼 수는 없습니다."

"그래서요? 도대체 어쩌겠다는 의미입니까?"

"그건 제가 알아서 할 겁니다. 신관님께는 다른 것을 부탁드리려고 합니다. 제 계획이 성공하면 저는 이 도시를 떠나야 합니다. 아마 다시는 돌아오지 못할 겁니다."

잔파드로스 신관은 자신의 무력함에 화가 난다는 얼굴로 내 말을 반복했다.

"영영 떠난다고요?"

"예. 모든 사태가 종료된 뒤에도 사람들에겐 제가 들려드렸던 이야기를 말씀하시지 마십시오. 하지만 보안관님이 깨어나면 그분께,

만 조용히 들려주십시오. 그분은 자기 조수가 왜 사라졌는지 아셔야 하니까요."

나는 의자에서 일어났다. 잔파드로스 신관은 멍한 얼굴로 내 모습을 바라보았다. 그러다가 내가 목례하고 몸을 돌리자 황급하게 외쳤다.

"잠깐만요! 티르. 정말로 혼자서 제도 기사단을 습격할 작정입니까?"

나는 뒤돌아보지 않은 채 말했다.

"그런 일을 벌이기엔 제 박자 관념이 부족합니다."

"예?"

"박자 말입니다. 음악가가 한 명 필요하겠군요."

묘지에는 안개비가 내리고 있었다. 묘비에 부딪히는 포근한 소음뿐 주위는 고요하다. 나는 정돈이 잘 된 무덤 앞에 한쪽 무릎을 꿇은 채 앉아 있는 키 큰 남자를 바라보았다.

케이토. 수준급의 연주가이자 작곡가이며, 약간 수줍어하는 경향이 있지만 부드러운 사교술을 가지고 있는 남자다. 누구든 이웃에 두고 싶어 하는 타입으로 나 또한 그런 평가에 동의한다. 물론 케이토에게도 단점은 있지만 세상에 완벽한 사람이 어디 있을까. 좋은 이웃은 구하기 힘든 법이고 세상에 해결할 수 없는 문제는 없다. 그런 점에서 볼 때 케이토가 가지고 있는 단점은 내 주위 3미터 이내에만 접근시키지 않으면 해결할 수 있는, 그야말로 사소한 문제다. 그래서 나는 케이토에게서 4미터 떨어진 곳에서 말했다.

내 이야기가 끝나자 케이토는 고개를 돌렸다. 조용히 무덤을 바라보던 케이토는 불현듯 손을 뻗었다. 그리고 묘비에 맺힌 물방울들을 조심스럽게 닦아내었다. 그 광경을 보고 있노라니 놀랄 정도의 감정 이입이 일어났다. 칼날이 내 목을 쓰다듬는 것 같았다.

조언하기 좋아하는 참견꾼은 많지만, 내가 보안관 조수가 되기로 했을 때 그 직업이 자기가 죽인 여자의 무덤 앞에서 그 약혼자와 이야기해야 하는 직업이라고 말해 준 사람은 없었다.

다시 한 번 묘비를 닦아낸 케이토는 손을 털어 물방울을 뿌렸다. 그리고 천천히 일어섰다. 두 손을 외투 주머니에 꽂아 넣은 케이토는 똑바로 서서 나를 바라보았다. 그 시선을 마주하다가, 별 생각 없이 그러는 것처럼 손을 바지에 닦았다. 미끄러운 손바닥 때문에 필요할 때 칼자루를 놓칠까봐 두려웠다. 그러나 케이토는 꼼짝도 하지 않았고 내 손은 다시 비에 젖었다. 낭패였다. 또 손을 닦을 수는 없었다. 소리 없는 안개비 속에서 내 뜨거운 입김이 소란스럽게 까불거렸다.

케이토가 말했다.

"끝나고 술 한 잔 사게. 티르."

"그러지."

목이 메어 목소리가 이상하게 나왔고, 그래서 헛기침을 하고 다시 말했다.

"초니의 주점에서 살 수는 없겠지만. 솔직히 고백하자면 어디서 살 수 있을지 나도 모르겠어."

"그건 걱정 마."

케이토는 부드러운 표정으로 말했다.

"내가 찾아갈 테니까."

죽을 때까지 외로울 일은 없겠군. 성공한 인생이야. 나는 케이토에게 손을 내밀었다. 악수를 위한 행동은 아니다. 케이토 또한 그런 착각은 하지 않았다. 케이토는 자신의 왼손에서 은빛 팔찌 하나를 풀어서 내게 건넸다.

사람들은 위어울프가 은팔찌를 풀면 변신한다는 사실을 알고 있다. 하지만 위어울프들이 양쪽 팔 모두에, 즉 두 개의 은팔찌를 끼는 이유에 대해서는 별로 생각하지 않는다. 나 또한 나를 죽일지도 모르는 위어울프 친구를 사귀게 되지 않았다면 그것에 대해 고민하진 않았을 것이다.

두 개의 은팔찌를 모두 차고 있을 때 위어울프들은 안전하다. 당신이 카드 속임수를 쓴다고 해서 당신의 머리를 날려버리지는 않을 거라는 의미다. 그리고 두 개의 은팔찌를 모두 풀면 그들은 야수로 변한다. 그들이 당신의 머리를 날리기 위해선 단지 당신이 머리를 가지고 있기만 하면 된다. 하지만 하나의 팔찌만 차고 있을 때 그들은 조금 미묘한 상태가 된다. 두 개의 팔찌에 비해 하나의 팔찌는 절반의 억제력밖에 가지고 있지 못하며, 그 억제력을 넘어서는 동기를 자신에게 부여할 때 위어울프들은 하나의 은팔찌를 찬 상태에서도 변신할 수 있다. 이때 그들의 상태를 뭐라 말해야 할지 알 수 없지만 은유적으로 표현하자면 그들은 목적 의식을 가진 야수가 된다.

물론 그런 상태에서도 위험하기는 마찬가지다. 언젠가 하나의 팔찌를 찬 상태에서 변신했던 케이토는 나를 죽일 뻔했다. 그 이야기는 다른 기회에 할 수 있을 테지만, 내가 살아난 것은 그때 다른 팔찌가 내게 있었기 때문이라는 것은 말해 두겠다. 두 개의 은팔찌에는 위어울프를 변신하지 못하도록 억제하는 효과 이외에 또 다른 흥미로운 효과가 있다. 한 쌍의 팔찌를 나눠 가진 두 착용자는 서로의 감정을 공유할 수 있다.

내가 케이토의 은팔찌를 차자마자 비탄에 빠진 것도 바로 그 때문이다.

미리 대비하지 않았다면 나는 죽은 약혼자에 대한 추억 때문에 아무 일도 못하게 되었을 것이다. 혼란 속에서 나는 가까스로 그것이 내 약혼자가 아니라 케이토의 약혼자인 지데이며 지데를 죽인 것은 바로 나 자신임을 일깨웠다.

내가 침착함을 되찾자 케이토 또한 눈에 띠게 침착해졌다. 그리고 케이토는 그런 자신의 상태에 달갑잖은 기색을 보였다. 이해하기 어렵다고 느낄 필요는 없다. 정상적인 사람이라면 누군가를 좋아하면서 동시에 혐오하는 일이 얼마든지 가능하다. 지데의 약혼자인 케이토와 지데의 살해자인 내가 그 순간 똑같이 느끼는 감정은 바로 그런 종류의 것이었다. 당연히 나 또한 그런 내적 갈등이 달갑잖았다. 케이토와 나는 동시에(당연히 동시일 수밖에 없다.) 다른 생각을 하기로 결심했다. 공유되는 것은 감정이고 사고가 아니기 때문에 내가 먼저 말했다.

"필요한 물건을 하나 챙겨와야겠어."

케이토는 그것이 뭐냐고 묻지는 않았다. 대신 엉뚱한 말을 했다.

"이 도시를 사랑하는군, 티르."

어떻게 알았냐고 묻는다면 당연히 바보짓이다. 그래서 나는 듣기에는 더 바보처럼 들리지만 실제로는 그렇지 않은 질문을 했다.

"내가 그래?"

"그래. 내게 이 도시는 지데가 묻혀 있는 도시일 뿐이고, 또 자네가 있는 도시일 뿐이지. 하지만 지금 나는 다른 눈으로 이 도시를 보게 되는군. 이 느낌은 아마 자네에게서 온 것이겠지."

"지긋지긋한 곳이라고 생각했는데."

케이토는 희미한 미소로 대답했다. 우리는 자신에게 보내는 것 같은 인사를 나누고서 헤어졌다.

필요한 물건은 요란하스 저택의 헛간에 있었다. 자물쇠도 채워두지 않는 그 헛간에서 물건 하나 꺼내오는 데는 아무 어려움이 없었다. 마음속으로 요란하스 씨에게 감사한 다음 그것을 품속에 챙겨 넣고 도시 밖으로 걸어 나왔다.

빗줄기가 몸을 간지럽혔다. 꿈틀거리는 짙은 안개와 빗줄기 때문에 마음속으로 어림하던 것보다 훨씬 긴 거리를 걷는다는 느낌을 받았다. 제도 기사단의 병사들은 한 명도 만날 수 없었다. 제도 기사단은 이미 철수 준비를 시작한 모양이다. 하지만 신전 기사단의 불쌍한 병사들은 여전히 수색 작업에 혹사당하고 있었다. 그들은 모두 열의를 찾기 어려운 얼굴을 하고 있었고 아무리 봐도 수색과는 상관없어 보이는 행태를 보이는 병사들도 많았다. 그들에게 이런 악천후 속에서 새끼 동물들을 찾아다니라고 명령한 지휘관들도 병사들이 명령을 완전무결하게 수행하리라는 환상은 품지 않았을 것이다.

작전 중이긴 했지만, 신전 기사단의 병사들은 내게 별다른 제지를 가하지는 않았다. 가장 상상력이 풍부한 병사라 해도 내가 고양이나 개의 첩자일 거라 의심하기는 힘들 것이다. 하지만 제도 기사단 진지 쪽으로 다가가자 엄격한 검문이 시작되었다. 안으로 좀 들어가야겠다는 내 요청에 대해 경비병들은 자신의 기억력을 과시해 보였다. 아무도 들어오지 못하게 하라는 명령을 들었다는 이야기를 얼마나 들었는지 모르겠다. 신전 기사단 쪽에 새끼들의 소재를 알려주지 않기 위해 제도 기사단은 엄중한 경계를 펴고 있는 듯했다.

나는 뒤로 물러나 안개 속에 몸을 감추고 잠시 새끼들이 어디에 있을지 생각해 보았다. 상식적으로 생각한다면 가능성이 가장 높은 것은 링산크 백작의 천막이다. 그런데 그 천막이 어디에 있을지 알 수 없었다. 기병과 보병이 독립되어 있는 제국군과 달리 제도 기사단의 기사들이 보병이라 할 수 있는 자신들의 종자들과 많이 떨어져 있을 것 같지는 않았다. 그리고 제도 기사단이 내 편의를 위해 제국군의 진지 건설법을 베끼지는 않았을 것 같다. 난감했다.

결국 상식적으로 생각하기로 했다. 나는 중앙에 링산크 백작의 천막이 있을 거라 가정하기로 했다. 진지 중앙이라면 어느 방향으로 잠입하든 거리는 비슷하다. 나는 경계가 허술한 방향이 어느 쪽일지 생각해 보았다. 대강 계획을 세우고 일어서자 빗발이 조금 굵어져 있는 것을 알 수 있었다. 안개는 수십 년간의 애착처럼 짙게 요동치고 있었다. 그리고 네펜지스 강에 도착했을 때 먼 곳에서, 땅이 트림한 것이 아니라면 천둥소리임이 분명한 소리가 들려왔다.

칼을 등 뒤로 옮겨 매고서 강물 속에 허리를 담갔다.

나는 수양버들의 가지와 강둑의 관목들이 던지는 그림자 사이로 움직였다. 예상했던 일이지만 채 열 걸음도 걷기 전에 다리가 얼어붙는 것을 느낄 수 있었다. 빗줄기의 충돌로 수면은 들끓었고 꼼꼼한 풍경화가도 놓치기 쉬운 수초들이 놀랄 만큼의 존재감으로 내게 다가왔다. 무엇인지 모를 것이 근처의 수면 위로 뛰어오르는 것도 느껴졌다.

군수품 하나 제대로 빼돌리지 못해 불명예 제대를 한 전력에서 알 수 있듯 내게 도둑의 재능은 없다. 용감한 도둑이라면 엄중하게 경계하는 1000명의 병사들을 뚫고 들어가 목표물을 훔쳐내면서 고양감을 느낄지도 모르지만 그 차갑고 지저분한 강물을 헤치며 내가 느끼는 것은 의기소침해지는 기분뿐이었다. 좌절해 버리고 싶은 그 순간 내게 기원하지 않은 자신감이 느껴졌다. 고마워, 케이토. 새로 얻은 활력 속에서 나는 계획을 검토했다.

그 새끼들은 그냥 사라져서는 안 된다. 죽었다는 것이 확실하게 증명되지 않으면 두 기사단은 다시 수색을 시작할 것이다. 그렇지만 시체는 남겨둘 수 없다. 그 별스럽게 생긴 새끼들은 시체 상태가 되어도 쓸모가 있을 것이다. 이런 복잡한 조건 하에서 내가 선택할 수 있는 길은 얼마 되지 않았다. 나는 품속을 뒤져 자루가 잘 있다는 것을 확인했다. 되도록 많은 목격자들이 보는 가운데 그 새끼들을 자루에 넣어 강물에 집어던진다는 것이 내가 선택한 방법이었다. 그보다 더 확실한 방법도 있겠지만 가장 빠르게 해치울 수 있는 방법은 그것이었다.

그 시도가 성공할 경우 내가 모아놓은 목격자들은 그대로 공격자로 바뀌게 될 것이다. 몸을 빼내기 쉽지 않을 것이고 그럴 생각도 없다. 성공한 후엔 칼을 버리고 투항할 계획이니까. 그들이 나에게 어떤 죄목을 적용할지 궁금하다. 개양이 살해라는 죄목이면 안셀을 즐겁게 할 수 있을 텐데.

반 시간쯤 후에 나는 제도 기사단 진지의 배수구를 발견했다. 육안으로 발견한 것은 아니다. 일몰은 아직 멀었지만 안개와 비 때문에 주위는 캄캄했다. 나는 소리에 집중했고 진지에 고인 빗물이 빠져나오는 소리 덕분에 배수구를 찾을 수 있었다. 가파른 강둑을 따라 흘러내려오는 물을 거슬러 올라가는 것은 쉽지 않았지만 결국 나는 목책 안쪽에 도달할 수 있었다.

물이끼와 진흙 때문에 피부는 미끈거렸고 견딜 수 없이 추웠다. 나는 가까이 있는 수양버들 근처로 힘겹게 걸어가 몸을 숨겼다. 다시 천둥소리가 들려왔다. 아까 들었던 것보다 훨씬 가까워져 있었다. 이런 날 야외에서 움직이는 것은 바보짓이겠지만 진지 내부는 뜻밖에 소란스러웠다. 여기저기서 욕지거리가 섞인 고함이 들려왔고 횃불 같은 것이 분주하게 뛰어가는 모습도 보였다. 질퍽거리는 발소리와 무거운 수레바퀴가 움직이는 소리도 들려왔다. 링산크 백작은 병사들 중 누군가가 벼락을 맞는 한이 있어도 철수 준비를 오늘 내에 끝장낼 결심인 것 같았다.

그 혼란과 어둠이라면 바로 옆을 지나가는 침입자의 존재도 알아차리기 어려울 것 같았다. 주위를 적당히 둘러보다가 적당한 물통 하나를 발견했다. 빗물이 가득 차 있는 물통을 비운 다음 어깨에 얹었다. 그리고 어느 기사의 불운한 종자쯤으로 보이길 기대하며 진지 한가운데를 가로질러 걸어갔다.

빈 물통은 무겁진 않았지만 엄청나게 시끄러웠다. 빗줄기가 통을 때릴 때마다 밀착해 있는 귀로 고스란히 진동음이 전달되어 왔다. 고맙게도 진지 중앙까지 접근하는 동안 내게 주의를 기울이는 사람은 없었다. 나는 어느 것이 링산크 백작의 천막일지 고민해 보았다.

대략 다섯 개 정도의 후보가 눈에 들어왔다. 진지의 가장 가운데 있는 천막은 지나치게 큰 것이 아무래도 지휘 본부용으로 쓰이는 것 같았다. 내가 고른 다섯 개의 천막은 그 큰 천막 주위를 에워싸듯 배치되어 있는 천막들 중 가장 화려한 것들이었다. 나는 사람들이 오가지 않는 통로를 골라 물통을 내려놓았다. 그리고 한쪽 무릎을 꿇고 통과 천막 사이에 몸을 숨겼다.

등에 찼던 칼을 풀어 왼손에 들었다. 호흡을 가다듬은 다음, 나는 웃기는 추억들을 떠올렸다.

케이토와 한 약속은 그런 것이었다. 지금 저 바깥 어느 어둠 속에 숨어 있을 케이토는 갑자기 즐거운 기분이 들면 변신하기로 되어 있다. 그리고 진지를 두른 목책에 공격을 퍼부을 것이다. 비록 케이토가 한쪽 은팔찌를 낀 채 변신하겠지만 군대와 위어울프를 충돌시키는 위험한 모험이라는 점에는 변함이 없고, 따라서 케이토의 통제는 내가 맡기로 되어 있다. 즉 나는 소란을 틈타 천사와 그 새끼들을 찾는 것과 동시에 자신의 심리 상태를 살펴야 한다. 그리고 갑자기 가슴이 뛰고 분노가 치밀면 마음을 가라앉히려 애쓰는 것이다. 내가 좋아하는 임무는 아니다.

앞으로 일어날 일에 대한 중압감 때문인지 강물을 따라 걷다가 유머 감각을 흘린 건지는 모르겠지만, 즐거운 기분이 들지 않았다.

낭패였다. 섣불리 이 추억 저 추억을 시험해 볼 수도 없었다. 내가 감정을 완전히 통제할 수 없는 상태에서 케이토를 변신하게 한다면 케이토가 제도 기사단과 충돌을 일으킬 때 내가 그를 제지할 수 없을지도 모른다. 그래서 나는 기억의 이 페이지 저 페이지를 마구 들쳐보는 대신 우선 내 심리를 안정시키려 애썼다.

부분적으로는 성공했고, 부분적으로는 실패했다. 성공한 것은 피로감 때문인 것 같다. 그리고 실패는 갑자기 옆에 있는 천막이 요동쳤기 때문이다.

나는 당혹과 혼란 속에서 옆에 있는 천막을 바라보았다. 짙은 어둠 때문에 소득은 별로 없었다. 그래서 나는 그곳에 귀를 가져갔다. 그러자 천막 안쪽에서 굉장한 소란이 일어났음을 알게 되었다. 천막 안에서 격투가 일어났거나, 혹은 새 직업을 막 떠올린 안셀이 천막 안으로 들어간 것 같았다. 어느 쪽이 더 가능성이 높은가를 따지려 했을 때 갑자기 모든 것을 잊게 만드는 사건이 일어났다.

귀를 대고 있던 천막 천이 갑자기 움직이더니 무엇인가가 천막의 천을 밀어 올리며 기어 나왔다. 그 일이 일어난 곳은 내게서 1미터도 떨어지지 않은 곳이었고 그래서 나는 그것이 무엇인지 알 수 있었다. 새끼 한 마리를 입에 문 천사였다. 천사 또한 내 모습을 발견했다.

천사도 나만큼 놀란 것 같았다. 그 녀석은 나를 보자마자 반사적으로 반대 방향으로 훌쩍 뛰었다. 땅에 내려섰을 때 천사는 내 쪽으로 머리를 향하고 있었다. 잠깐 동안 천사와 나는 서로의 눈을 지그시 들여다보며 상대의 속마음을 읽으려 애썼다…… 헛소리다. 어둠과 비 때문에 내가 볼 수 있는 것은 천사의 윤곽뿐이었다. 천사 또한 냄새 쪽에 더 관심이 있는 것 같았다. 빗소리와 엄청난 소란에도 불구하고 천사의 호흡 소리가 또렷하게 들렸다.

그때 내 쪽에서는 보이지 않는 천막의 장막이 젖혀지는 소리가 들려왔다. 그 소리가 들리자마자 천사는 몸을 돌렸다. 그리고 빗줄기 사이로 맹렬하게 달려갔다. 어디서 분노의 외침이 들려왔다.

"붙잡아! 그 녀석을 붙잡아!"

링산크 백작의 목소리였다. 뭔가 행동에 돌입해야 했고, 그래서 나는 땅바닥에 털썩 주저앉았다. 뒤쪽에서 다급한 발소리가 다가왔을 때 나는 아무 방향이나 가리키며 더듬거렸다.

"시, 시커면 것이……!"

"봤나!"

"눈에서 불이…….."

고맙게도 더 이상의 질문은 없었다. 내 뒤에서 다가오던 발소리는 곧 내가 가리킨 방향으로 사라졌다. 충분히 멀어졌다고 생각되었을 때 나는 냉큼 일어났다. 어떻게 행동해야 할지 알 수 없었다. 그때 뭔가가 잘못되었다는 느낌이 들었다.

그것은 그 순간에 어울리지 않는 감정이었다. 나는 도시 쪽을 돌아보았다. 케이토가 왜 그런 감정을 느끼는 거지? 그에게 무슨 일이 일어났나? 하지만 조금 더 기다려보아도 분노나 다급함 같은 그럴 듯한 감정은 느껴지지 않았다. 그저 잘못되었다는, 큰 실수가 저질러지고 있다는 느낌뿐이었다. 어떻게 해야 할지 알 수 없었다. 결국 케이토에게 맡겨두기로 하고 나는 침착해지기로 애썼다.

효과가 있는 것 같았다. 잘못되었다는 느낌은 사라졌다. 그리고 침착해진 덕분에 나는 천사가 한 마리의 새끼를 물고 도망쳤다는 사실을 떠올렸다. 그렇다면 아직 세 마리의 새끼가 남아 있을 것이다.

나는 조금 전 장막 열어젖히는 소리가 났던 곳으로 다가갔다. 그곳에는 천막의 입구가 있었다. 안으로 들어서려다가, 조금 전 내게 질문했던 사람이 링산크 백작이 아님을 상기했다. 그렇다면 백작은 아직 천막 안에 있을 것이다. 세 마리의 새끼가 남아 있을 테니 그곳을 지키는 것이 당연하다. 안에 있는 백작을 어떻게 해야 할지 고민하고 있을 때 입구를 가리고 있던 장막이 움직였다. 나는 생각해 볼 겨를도 없이 장막을 후려갈겼다.

주먹에 묵직한 충격이 왔다. 뒤이어 누군가가 쓰러지는 소리가 들려왔다. 나는 장막을 들어올리고 천막 안쪽으로 돌입했다. 그리고 쓰러져 있는 링산크 백작을 뛰어넘었다.

나는 칼을 뽑아들고 링산크 백작을 살폈지만 곧 그럴 필요가 없다는 것을 알게 되었다. 링산크 백작은 아무런 대비도 못한 상태에서 공격을 당한 사람답게 '범인은 장막'이라는 메시지 하나 남겨두지 못한 채 기절해 있었다. 적어도 몇 분 동안은 깨어나기 힘들 것이 분명했다. 나는 재빨리 새끼들을 찾았다.

눈에 잘 보이는 곳에 자물쇠 고리가 달린 상자가 있었다. 고리에는 자물쇠 대신 걸쇠가 끼워져 있었다. 링산크 백작은 새끼를 가둬두고 천막을 나오려다가 봉변을 당한 모양이다. 걸쇠를 빼고 뚜껑을 열어보자 역시 세 마리의 새끼가 보였다.

나는 자루를 꺼내어 새끼들을 옮겨 담았다. 뚜껑을 닫은 다음 나는 걸쇠까지 다시 꽂아두었다. 그리고 일이 잘되고 있는 건지 악화되고 있는 건지 고민하며 천막을 나왔다. 결론은 얻을 수 없었지만 무엇을 해야 할지는 분명했다. 나는 천사가 사라진 방향으로 달렸다.

한동안 아무것도 제대로 보이지 않았다. 날이 밝았다면 혹 천사의 발자국을 찾아보려는 시도를 해볼 수도 있었겠지만 비와 어둠, 그리고 소란스럽게 오가는 사람들 때문에 엘프 추적자라도 천사의 자취를 찾아내는 것은 불가능해 보였다. 나는 천사가 방향을 바꾸지 않았기를 애원하며 계속 한쪽 방향으로 내달렸다. 그때 엄청난 섬광이 일어났다. 벼락이 가까운 곳에 떨어진 모양이다. 그 빛 속에서 나는 반가우면서도 동시에 가슴이 철렁해지는 광경을 보았다.

수십 명의 사람들이 몸을 밀착시킨 채 몰려 서 있었다. 그들은 목책 앞쪽에 반원형으로 서 있었고 뭔가 소란스럽게 고함을 지르고 있었다. 사람들이 가둬두고 있는 것이 무엇일지는 짐작할 수 있었지만 눈으로 상황을 확인해야 했다. 그때 나와 비슷한 생각을 한 자들이 또 있다는 것을 깨달았다. 몇몇 병사들이 수레를 끌고 와 사람들 뒤편에 세우고는 그 위에 뛰어올랐다. 여러 번 생각할 것 없이 나는 그들의 뒤를 따랐다. 칼을 다시 칼집에 꽂아 넣었지만 한 손엔 여전히 자루가 남아 있어 수레 위로 뛰어오르는 것이 쉽지 않았다. 고맙게도 먼저 올라갔던 병사들 중 하나가 손을 내밀어 나를 붙잡아 올려주었다. 나는 자연스럽게 들리도록 애쓰며 고맙다고 말했다. 그리하여 갑작스럽게 일행이 된 우리들은 사람들의 머리 너머를 바라보았다.

병사들이 조명을 위해 횃불 몇 개를 던져두었기 때문에 그 안쪽은 밝았다. 그리하여 나는 천사가 목책을 등진 채 서 있는 모습을 똑똑하게 보았다. 입에는 여전히 새끼를 문 채 천사는 이쪽저쪽을 빠르게 둘러보았다.

비 때문에 횃불이 꺼질 것 같자 병사들은 다시 몇 개의 횃불을 집어던졌다. 천사는 날아오는 횃불에 놀라 펄쩍펄쩍 뛰었다. 그 모습을 보자 병사들 사이에서 잔인한 웃음이 터져 나왔다. 하지만 병사들은 그 외의 다른 행동은 취하지 않았다. 그들은 대부분 종자들인 것 같았고 명령을 내려줄 상급자가 없는 것 같았다. 그 상황을 어떻게 이용해 볼 수 없을까 생각해 봤지만 갑자기 그들에게 다가가서 상급자인 척해 봐야 통할 것 같지는 않았다.

그때 또다시 만사가 크게 잘못되었다는 감정이 느껴졌다. 눈앞의 광경에서 눈을 뗄 수 없었지만 나는 케이토에 대해 걱정했다. 케이토는 어쩌면 이 안쪽에서 일어나고 있는 이상한 소란 때문에 그런 감정을 느끼는지도 모르겠다. 그러자 그를 불러들이고 싶은 충동을 느꼈다. 나는 순식간에 적대적으로 바뀔 수 있는 자들 사이에 숨어 있는 것이다. 하지만 케이토에게 전할 수 있는 것은 감정뿐, 위치 같은 정보는 전할 수 없다. 케이토가 엉뚱한 곳에서 소란을 부리기 시작한다면 그에게도 나에게도 도움 될 것이 하나도 없다. 나는 다시 마음을 진정시키려 애썼다.

그때 다급한 말발굽 소리가 들려왔다. 수레 위에 있던 다른 자들과 함께 나는 소리가 들려오는 쪽을 돌아보았다. 말에 탄 기사 몇 명이 이곳을 향해 똑바로 다가오고 있었다. 선두에 있던 기사가 외쳤다.

"그곳에 있나?"

병사들은 요란하게 긍정의 대답을 외쳤다. 기사가 다시 외쳤다.

"좋아! 그대로 있어!"

달려온 기사들은 병사들의 뒤편에 말을 세웠다. 말에 타고 있기 때문에 그들도 나처럼 천사의 모습을 똑똑히 볼 수 있었다. 천사가 완전히 포위되어 있다는 것을 확인한 기사가 다시 외쳤다.

"그놈을 붙잡아!"

병사들 사이에서 잠깐 동요가 일어나더니 체격이 좋은 병사 몇 명이 반원형의 공터 안으로 들어섰다. 천사는 이 도전에 당당하게 응했다. 새끼를 땅에 내려놓고는 사람들을 향해 무섭게 짖어댄 것이다. 조심스럽게 다가서던 병사들은 움찔하며 멈춰 섰다. 상당히 난폭해 보이는 오크 한 명은 단검을 뽑아들었다. 그는 단검을 천사 쪽으로 내밀고는 기사들을 향해 외쳤다.

"산 채로 잡아야 됩니까?"

기사들은 이 질문에 서로를 쳐다보았다. 그들도 천사를 어떻게 처리해야 되는지 알지 못했던 모양이다. 그들이 부하들의 질문에 지체 없이 대답할 수 있는 숙련된 기사가 아닐 거라고는 생각하지 않지만 이런 상황은 그들에게 익숙한 전투와는 지나치게 다른 것이었고, 그래서 빠른 판단을 내릴 수 없었던 모양이다. 결국 기사들 사이에서 논의가 오갔다.

"골치 아프군. 어미는 필요 없잖아? 새끼만 있으면 되는 거 아냐?"

"하지만 새끼들에게 젖을 먹이려면 어미가 있어야 할 텐데."

"아. 그런 문제가 있군."

"그리고 저걸 낳은 것이 개라는 것도 밝혀야 하고."

"그런데 백작님은 왜 안 오시는 거야? 이봐. 백작님 천막으로 가서 좀 모셔와."

기사들은 행동 방침을 결정한 것 같았다. 그들 중 한 명이 백작의 천막 쪽으로 달려갔다. 그리고 남아 있던 기사들은 병사들에게 산 채로 붙잡으라고 명령했다. 단검을 뽑아들었던 오크는 투덜거리며 그것을 다시 칼집에 꽂아 넣고 외쳤다.

"어이! 누구 망토나 담요 같은 것 좀 가져와."

바깥쪽에 있던 병사들 중 일부가 재빨리 주변의 천막들로 달려갔다. 나는 어떻게든 즐거운 생각을 떠올리려고 애썼다. 곧 링산크 백작이 기절했다는 사실이 알려질 것이고 천사 또한 붙잡힐 것이다. 그 전에 천사의 곁에 놓여 있는 새끼를 내 손에 넣어야 했다. 세 마리를 제거한다 해도 한 마리가 남아 있다면 아무 쓸모가 없다. 따라서 케이토의 조력이 필요했다. 하지만 불과 5미터 남짓 떨어져 있는 그 새끼에게 손을 뻗을 수 없다는 사실에 화가 치밀 뿐

도무지 즐거운 기분이 들지 않았다. 홧김에 목책 위쪽을 쳐다보았다. 바로 저 뒤편에 케이토가 있는데…….

나는 어리둥절해졌다. 목책 위쪽엔 희푸르게 빛나는 두 개의 눈이 있었다. 잠깐 동안 케이토가 내 사정을 눈치 채고 변신하여 나타난 것이 아닌가 하고 생각했다. 하지만 그럴 리가 없다. 나는 눈 주위에 묻은 물기를 닦아내고는 눈을 가늘게 뜨고 목책 위를 살폈다.

비에 흠뻑 젖은 저승사자가 그곳에 있었다.

저승사자는 당장이라도 뛰어내릴 태세였다. 천사와 그 새끼들을 구하려는 것이 분명했지만 그 녀석이 뛰어내린다 해서 상황을 호전시킬 수 있을 것 같지는 않았다. 여기 있는 자들은 저승사자의 포효에 질겁하여 도망치는 우리 시민들이 아니라 거친 병사들이다.

그때 세 번째로 기묘한 느낌이 들었다. 이전의 두 번보다 훨씬 강하게 모든 것이 잘못되어 있다는 느낌이 들었다. 그리고 나는 그것이 케이토의 감정이 아니라는 것을 갑작스럽게 깨달았다. 그것은 나 자신의 느낌이었다.

순간 굉음과 함께 세상이 하얗게 변했다. 번개가 마침내 우리들의 머리 바로 위까지 도달한 모양이다. 나는 잔영으로 이루어진 세계를 바라보았다. 그리고 머릿속으로는 어떤 생각을 포착했다.

그 생각은 나를 즐겁게 했다.

OVER THE MIST
아침

더 이상 안개가 낄 리 없다고 예측했지만 그 예상은 보기 좋게 빗나갔다. 해가 지나치게 늦게 뜬다고 생각하고서 창문으로 다가갔을 때 나는 안개가 도시를 뒤덮고 있는 것을 발견했다. 어쩌면 오늘 하루 종일 초를 켜둬야 할지도 모르겠다.

나는 다시 침대 옆으로 돌아왔다. 이파리 보안관은 침대 위에 평온한 모습으로 누워 있었다. 가슴을 두드리면 당장이라고 기지개를 켜며 일어날 것 같았다. 그러고 싶은 충동을 참기 어려울 지경이었다. 하지만 그러는 대신 나는 의자에 앉았다. 그리고 밤새도록 했던 이야기의 끝부분을 말했다.

"제가 그 생각을 한순간 케이토가 목책을 부수면서 나타났습니다."

눈이 침침했지만 청중의 표정을 살필 일은 없기에 상관없었다. 나는 눈을 반쯤 감고서 말했다.

"제가 여러 번 뭔가 잘못되었다는 느낌을 받았다고 했지요? 당연한 말이지만 케이토도 그런 느낌을 받았습니다. 그리고 저와 똑같이 행동했어요. 그는 제가 어처구니없는 짓을 하고 있는 것이 아닌가 걱정하며 목책 주위를 돌았답니다. 그러다가 소란이 일어난 곳, 그러니까 제가 있던 곳 바로 바깥에 도달했지요. 그곳에서 케이토는 목책 안쪽이 이상하게 시끄럽다는 것, 많은 불빛이 새어 올라온다는 것, 그리고 무엇보다도 목책 위에 저승사자가 도사리고 있다는 것을 발견했지요. 케이토는 저를 위해 침착함을 유지하려 애쓰며 상황을 주시했어요. 그런 그에게 갑자기 제가 느낀 즐거움이 전달되었고, 그래서 케이토는 곧장 변신한 다음 목책을 부수고 천사의 바로 뒤쪽에 나타났어요.

목책 안쪽의 제도 기사단 기사들과 종자들이 얼마나 놀랐을지 짐작되시죠? 저도 잠깐 동안은 천사를 구하기 위해 지옥의 권세가 나타났다고 생각했을 정도니 그 사람들 놀란 거야 말 다했지요. 병사들이 비명을 지르며 도망치고 말들은 허공을 긁어대고 기사는 바닥에 나뒹굴고, 난장판도 그런 난장판이 없었지요. 보안관님 보셨으면 좋아하셨을 겁니다.

저도 혼란에 휩쓸릴 뻔했지만 간신히 제자리를 지켰죠. 그러지 않으면 끔찍한 일이 일어난다는 느낌을 받았거든요. 틀린 느낌은 아니지요. 그 상황에서 제가 흥분했다간 케이토 또한 흥분할 테고 그건 끔찍한 유혈 사태를 일으킬 무책임한 짓이지요. 하지만 당시에는 지금 말하는 것처럼 뚜렷하게 생각하고 행동한 것은 아니에요. 그 왜 있잖아요? 무섭거나 부당한 일을 당한 어린 아이들이 자기가 꼼짝 안 하면 아무 일도 일어나지 않을 거라 믿고 꼼짝도 안 하는 거. 저도 비슷한 상태였어요. 다른 점이 있다면 어린 아이들의 믿음은 부정확한 것이지만 제 믿음은 정확한 것이었지요.

그래서 저는 천사와 저승사자가 움직이는 것을 볼 수 있었습니다.

제가 가만히 있었기 때문에 케이토 또한 목책을 부쉈을 뿐 안으로 뛰어 들어오지는 않았어요. 그리고 병사들은 전부 뒤로 물러났지요. 그 텅 빈 공간에 저승사자가 훌쩍 내려섰어요. 그리고 천사는 내려놓았던 새끼를 물어 올렸지요. 그리고 두 마리는 박살난 목책 틈 사이로 빠져나갔습니다.

저 말고 다른 사람도 그 모습을 봤나 봅니다. "도망친다!" 하는 고함이 들려오더라고요. 저는 그제야 수레에서 뛰어내렸어요. 그리고 "잡아라!" 하고 외치면서 케이토 쪽으로 달려갔지요. 머릿속으로는 그것들을 따라가야 한다는 생각을 계속 하면서요. 지금 생각해 보니 위험한 짓이었습니다. 전달되는 것은 감정이니까 케이토는 저를 추적할 수도 있었거든요. 저는 운이 좋았지요. 밖으로 나오니 달려가는 케이토의 뒷모습이 보였습니다.

제가 달려 나가자 다른 병사들과 기사들도 뒤따라 나오는 것 같더군요. 하지만 지형을 우리만큼 잘 알지 못하는 제도 기사단 패거리들은 얼마 있지 않아 추적을 단념했지요. 안개와 비가 엄청났거든요. 하지만 케이토는 저승사자와 천사를 놓치지 않았고 저는 변신한 위어울프의 커다란 덩치를 놓치지 않았어요. 그런 추적이 몇 시간 동안 계속되었어요. 실제로는 얼마 안 되는 시간인지도 모르겠지만, 젠장. 그때는 지옥에 보내는 천국의 편지를 배달하는 기분이었습니다. 어쨌든 저는 얼마 후 제3 노천광 근처에 도달해 있었어요. 포인도트 씨와 소란다스 씨가 일하는 그 광산 말입니다.

케이토는 아침까지라도 달릴 수 있는 것처럼 보였지만 저는 기절한 채 달리는 거나 마찬가지인 상태였어요. 고맙게도 천사와 저승사자 역시 기진맥진해 있었지요. 저는 케이토가 멈춰 선 것을 보고는 두 동물 또한 멈췄다는 것을 알게 되었지요. 땅이 어떤 상태건 쓰러져 눕고 싶었지만 그랬다간 케이토의 주의를 끌게 될지도 몰랐어요. 그래서 저는 호흡을 억누르며 변화하고 싶다고 계속 생각했습니다. 뭔가 다른 존재가 되고 싶다고, 지금 제 모습이 마음에 들지 않는다고…… 쳇. 아시죠? 지겨운 레퍼토리지요. 하지만 효과는 있었습니다. 케이토는 다시 사람으로 바뀌었지요.

매 걸음을 내딛을 때마다 다음 한 걸음을 실패할 거라는 확신을 느끼며 저는 케이토에게 다가갔어요. 다가오는 제 발소리를 들었겠지만 케이토는 돌아보지 않았어요. 저는 케이토 곁에 가서 무릎에 손을 짚고 앞쪽을 바라보았어요. 그제야 제 상태를 확인한 케이토가 저를 부축해 주었지요. 손 하나가 자유로워졌기에 저는 가물거리는 눈을 비빌 수 있었습니다.

비는 그쳐 있었어요. 안개 또한 살그머니 흩어지고 있었고.

그곳에 저승사자가 서 있더군요.

보안관님도 아실 겁니다. 고양이는 물에 젖는 것 굉장히 싫어하지요. 평소에도 몸 핥는 것 좋아하지만, 몸에 물이라도 조금 묻으면 고양이는 광분하여 자기 몸을 핥아대지요. 따라서 도저히 불가피한 이유가 아니면 고양이는 빗속을 달리지 않습니다. 그리고 그런 짓을 했을 때 고양이는 참 볼썽사나운 모습으로 바뀌지요. 고양이가 가장 체통을 크게 잃는 것은 물에 빠졌을 때라고 알려져 있지만, 빗속을 달렸을 때의 모습은 그 이상이더군요. 저승사자의 다리와 꼬리는 비비 꼬인 새끼줄처럼 바뀌었고 그 끝부분은 오물로 더러워져 있었습니다. 젖은 털은 달리느라 뒤엉켜 쥐어뜯긴 걸레 같은 꼴이었고요.

그런 모습으로 저승사자는 우리를 겁주려고 애쓰더군요. 비참했습니다. 귀는 눕힐 수 있었지만 젖은 털은 일어나지 않았습니다. 한껏 세운 꼬리도 염소가 잎사귀를 훑어먹은 나뭇가지 같은 꼴이었습니다. 그 녀석 꼬리가 원래 두 번 꺾여 있잖아요. 그런 꼬락서니를 보고 있으니 다시 즐거워졌습니다. 게이토가 묻더군요.

'왜 즐거워하지? 또 변신하라고 요청하는 것은 아닐 것 같은데.'

'이건 모든 사람들이 그들의 친구들에게 바라는 것이지만, 지금 그 모습 그대로 남아줘. 내가 즐거워하는 것은 저승사자와 천사 때문이야.'

'저 동물들의 무엇 때문에?'

'살아나려고 하고 있거든.'

케이토는 더 질문하지 않았습니다. 그리고 제가 자루를 풀어 세 마리 새끼를 내려놓았을 때도 아무 말도 하지 않더군요. 저는 그것들을 저승사자 쪽으로 보내주었습니다."

나는 뒤이어 나머지 이야기를 했다. 우리는 초니의 도살장에서 가져온 고깃덩이를 불태웠다. 주위에 고기 탄 냄새가 잔뜩 배이게 하고 바닥이 시커멓게 변하고 재가 날리도록 했다. 한 마디로 실의에 빠진 제도 기사단원들이 그곳에서 악마가 새끼들을 불태웠다는 판정을 내릴 수 있게끔 해두었다.

나는 저승사자와 천사가 우리의 작업을 관찰하고 있다고 믿었다. 하지만 고개를 들어 살펴보자 그들의 모습은 보이지 않았다. 언제부터 그곳에 없었던 것인지 알 수 없었다. 케이토에게 물어봤지만 그 역시 모른다고 말했다. 은팔찌를 돌려준 다음 나와 케이토는 도시로 돌아왔다.

이파리 보안관의 침실은 표현하기 힘든 빛으로 물들어 있었다. 촛농 무더기 위에서 너울거리는 작은 불꽃은 조명이라기보다 장식품처럼 보였다. 안개를 투과하여 창문으로 흘러 들어오는 빛이 방 안에 고여 있던 어둠을 바래게 하고 있었다. 바닥을 쓸면 사물의 표면에서 떨어져 나온 어둠의 가루를 모을 수 있을 것 같다. 그러는 대신 나는 벗어놓은 겉옷 속에서 편지를 꺼냈다. 편지는 군데군데 젖어 있었지만 망가지지는 않았다. 나는 그것을 조심스럽게 펼치며 말했다.

"힘들게 깨달았습니다. 그 새끼들은 태어난 것 외에 아무 일도 하지 않았습니다."

글자들도 별로 번지지 않았다. 나는 편지를 들여다보며 말했다.

"저는 비겁하게도 조금 전에 이 모든 일이 천사와 저승사자의 새끼들 때문에 시작된 것처럼 말했습니다. 하지만 이 모든 일이 그 새끼들 때문에 일어난 거라고 말하는 것은 갑과 을, 파린세, 저, 그리고 케이토가 아무 일도 하지 않았다고 말하는 것이나 다름없지요. 하지만 그렇지 않습니다. 여기 나타나 있듯 갑과 을은 신전 기사단과 제도 기사단을 보냈습니다. 파린세는 보안관님께 말을 돌진시켰고 저는 핏골을 폭행했습니다. 케이토는 제도 기사단의 진지를 박살냈지요. 아, 링산크 백작은 알지 못하겠지만 그에게 봉변을 안겨준 것은 저로군요. 백작에게 익명으로 사과 편지나 보내야겠습니다. 어쨌든 그 새끼들은 태어난 것 외에 아무 일도 하지 않았습니다. 제 생각이지만, 엘프 삼 왕국을 멸망시킨 것은 털 난 물고기가 아니라 엘프들일 겁니다. 이제 저는 더 이상 궁금한 것도, 의심스러운 것도 없습니다. 두 가지만 빼고요."

나는 편지의 끝부분을 손가락으로 짚었다.

"첫 번째로, 저는 그것들이 전조라는 이분의 말씀이 무슨 뜻인지 모르겠습니다. 그리고 두 번째, 오크 경전어로 적혀 있는 이 부분에 도대체 무슨 말이 적혀 있는지 궁금합니다. 보안관님. 제발 깨어나서 이 부분 좀 읽어주세요. 여기 적혀 있는 이 글은 도대체 무슨 뜻입니까?"

이파리 보안관이 내 손에 있던 편지를 가져갔다.

힘 좋은 누군가가 목을 콱 움켜쥐는 것 같았다. 동시에 성격 부지런한 누군가가 내 피부를 바깥으로 삽아낳기는 것 같았다. 입을 크게 벌렸지만 호흡을 제대로 못하면서 나는 보안관을 바라보았다. 보안관은 빈손으로 송곳니를 톡톡 두드리며 편지를 바라보다가 낭독하는 어투로 말했다.

"잔파드로스. 이제 이걸 읽었나? 아마 조금 전까지 자네는 자네 스승이 제자의 종족도 제대로 기억하지 못한다고 투덜거렸을지도 모르겠군. 내 악명이 높아지는 것은 즐거운 일이지만 미안하게도 나는 자네가 인간이라는 것을 알아. 그러면 잘 있게. 그리고 이걸 읽어주신 오크 신사분께 감사드립니다."

그리고 이파리 보안관은 내게 편지를 내밀었다. 얼떨결에 그것을 받아들었다. 할 말도 많았고 물어봐야 할 것도 끝이 없었지만 나는 가장 최근에 떠오른 의문부터 질문했다.

"아, 아무 내용이 없잖아요?"

"그렇지. 멍청아."

그렇군. 이런 멍청이.

"언제, 언제 일어나신 거죠?"

"네가 초에 불 붙였을 때."

그게 언젠데! 이파리 보안관은 기지개를 켜려다가 통증 때문에 이맛살을 찌푸리며 말했다.

"어쨌거나 첫 번째 의문도 해결되었겠군."

해결되었다.

"배고프다. 젠장. 내가 얼마나 누워 있었던 거야? 먹을 거 없냐?"

"보, 보안관님. 그러면, 그러면 제가……."

이파리 보안관은 의아해하는 표정으로 나를 보다가 곧 미소를 머금었다.

"아, 그래. 그 말 듣고 싶은 것이군? 알았어."

그리고 보안관은 두 팔을 조금 벌려 보였다.

"넌 잘 했어. 역시 내 조수답다."

무슨 행동이 필요할까? 나는 보안관을 마주 안았다. 울음을 터
뜨리고 싶었고 동시에 미친 듯이 웃고 싶기도 했다. 그래서 나는
아무 말도 못했다. 이파리 보안관이 말했다.

"저 녀석들도 그렇게 생각하는 것 같다. 잘 들어봐."

조금 후에야 보안관의 말을 이해했다. 나는 소리를 들으려 애썼
다. 안개 저편, 이 고요한 아침을 가로질러 꽤 먼 곳으로 짐작되는
곳에서 고양이와 개의 것이 분명한 울음소리가 들려왔다. 아침에
흔히 들을 수 있는 소리다. 하지만 나는 그것이 특별한 소리라고
생각했다. 이파리 보안관도 그렇게 생각한 모양이다. 나는 보안관
이 멀리 가버리는 것이 두렵다는 듯 더 힘주어 끌어안으며 말했다.

"보안관님. 꼭 하고 싶은 말이 있었어요. 보안관님이 정신을 잃
으셔서 제 말을 들으실 수 없으셨지요. 하지만 저는 꼭 들려드리고
싶었어요."

보안관은 자상하게 말했다.

"무슨 말이지?"

"저에게 5000렐 빚지셨어요."

그리고 나는 보안관에게 먹을 것을 가져다주기 위해, 또한 보안
관이 집어던지는 베개를 피하기 위해 방 밖으로 도망쳤다.

어느 실험실의 풍경

● ● ●

마법사와 제자는 그날 그곳에서 무엇을 했나?

골렘(*Golem*)

(1998)

"우리가 봉착한 문제를 세 단어 내외로 말해 보겠나?"

"옴짝달싹 못할 상황."

"진부해. 턱없이 진부해."

"이런 상황에서 기발하고도 진보적이며 상큼한 대답을 요구하시는 것은 가혹합니다."

핸드레이크는 투덜거렸다. 하지만 나로서도 그의 기분을 맞춰주고 싶은 생각은 별로 없다. 어쨌든 옴짝달싹 못할 상황인 것은 확실한데, 나는 그런 상황이 싫다.

핸드레이크는 다시 한번 눈 앞의 그림자를 노려보며(아마 열일곱번째 아니면 열여덟번째일 것이다) 턱의 상처를 긁적거렸다. 조금 전 자신의 성질을 못 참아서 무턱대고 앞으로 걸어가다가 멋진 어퍼컷을 맞아서 생긴 상처였다. 계속 그런 식으로 긁적거렸다가는 상처가 크게 덧날 거라고 경고하기도 이젠 지쳤다. 그래서 나는 그의 상처가 패혈증으로 진전되어 버리라고 충심으로 기원드리기 시작했다.

내 마음속을 들여다볼 수야 없는 핸드레이크는 내 우울한 표정을 보고서는 다정하게 말했다.

"보라고, 솔로처. 전혀 걱정하지 마. 자넨 틀림없이 데이트에 나갈 수 있네. 확실하다고!"

"……사부님, 지금 데이트가 문제가 아닙니다. 이 사태를 해결하지 못하면 사부님과 저는 가장 불명예스럽게 죽은 마법사의 인명록에 실릴 가능성이 퍽 높습니다."

"그게 무슨 말인가?"

"굶어죽은 마법사라는 것은 아무래도 우스꽝스럽지 않습니까?"

"아니, 내 말은 그게 아냐. 나는 그런 인명록에 실릴 수 있네. 하지만 자네는 마법사가 아니잖은가."

"할 말이 없습니다."

핸드레이크는 득의만면한 미소를 지으며 말했다.

"은근슬쩍 마법사인 척하지 말게. 나는 아직까지 자네를 마법사로 인정한 적 없네."

말도 하기 싫었다. 그래서 나는 다시 한번 문을 틀어막고 서 있는 그림자를 노려보았다. 만들어낸 작자의 인격이 그대로 드러나는 흉악무쌍하게 생긴 그 골렘을.

사부님의 연구실 문은 그렇게 작은 편은 아니다. 연구실로 들어오는 재료에는 별의별 것이 다 있기 때문에 사부님은 그 문을 꽤 큼직하게 만들어두었다. 하지만 연구실의 문을 틀어막고 있는 골렘 때문에 지금 그 문은 몹시 작아 보였다. 어깨 위로 플라스크들을 죽 세우면 최소한 열 개는 세울 수 있을 것 같은 무지막지한 어깨, 궁성 임펠리아의 가장 큰 기둥과 유사한 팔, 조금 전 핸드레이크의 턱을 부숴놓을 뻔한 주먹.등은 도대체 피해자의 안위를 조금도 걱정하지 않는 성격이 그대로 드러난다. 하지만 세상에는 정의라는 것이 있다. 저 끔찍한 피조물이 구사한 폭력의 첫 번째 피해자는 그 창조자가 되었으니까.

핸드레이크는 다시 턱을 긁적거리면서 말했다.

"이건 논리의 문제야, 논리라고. 하지만 모든 논리에는 빈틈이 있게 마련이네. 왜 그런지 아나?"

"왜 그렇습니까?"

"그 논리를 만들어내는 인간이라는 존재가 원래 논리적이지 않기 때문이야. 하하하!"

"별로 우습지 않습니다."

핸드레이크는 뭐라고 으르렁거리기 시작했지만 나는 이 가련한 마법사를 위로해 주고 싶은 생각이 조금도 없었다. 도대체 어쩌자고 그 나이가 되도록 자기 성질을 못 참고 괴팍하게 군단 말인가. 나는 골렘을 쳐다보기도 지쳐서, 이 연구실에 있는 단 하나의 창을 바라보았다.

날씨는 화창했다. 오늘의 봄맞이 축제는 최고일 것 같다. 하지만 어쩌면 오늘 축제에서는 가장 중요한 순서가 빠질지도 모르겠다. 시민들은 모두 저녁 식사 시간 전의 불꽃놀이를 기다리고 있는데 그 불꽃놀이를 담당한 내가 이 수상쩍은 연구실에 갇혀 있는 것이다.

도대체 왜 핸드레이크에게 조언을 구하러 온 거지?

그럴 수도 있다는 식으로 변명해 보기 시작했다. 나는 아는 것이라고는 마나의 법칙밖에 없는 궁정 마법사의 제자다. 그런데 불꽃놀이를 담당하게 된 궁정 마법사의 제자에게 어느 상냥한 귀족 아가씨가 불꽃놀이가 끝나고 나서 저녁 식사라도 함께하면 어떻겠냐고 제안했다. 여기까지는 일종의 기적이며 기분좋은 행운이었다.

하지만 동시에 그 행운이 궁정 마법사의 제자를 얼어붙게 만들었으며 그는 어쩔 줄을 몰라하다가, 그가 아는 유일한 조언자를 찾아온 것이다.

한심하긴. 어쩌자고 마법사에게 레이디와 함께하는 저녁 식사의 에티켓 따위를 물어보러 왔다는 말인가. 하지만 그 외에는 다른 사람이 없었기에, 나는 자포자기하는 심정으로 내 인생 전반에 걸쳐 가르침이 필요할 때 찾곤 했던, 그러나 소득은 퍽 적었던 사람을 다시 찾아왔다. 그것이 오늘 오후에 일어난 이 비극적인 상황의 시작이었다.

내가 찾아왔을 때 핸드레이크는 무슨 실험에 성공한 모양인지 퍽이나 기분좋은 상태였다. 물론 아무리 제자에게라도 실험의 내용에 대해서는 말해 주지 않았다. 하지만 그가 기분좋은 상태였다는 점은 분명했다. 제기랄!

"여어! 솔로처! 이 좋은 날씨에 그런 얼굴을 하고 찾아온단 말인가?"

"죄송합니다만 지금 날씨에 대해서 한담을 나눌 기분이 아닙니다. 사부님."

"왜?"

"조언을 좀 부탁드리고 싶습니다. 저, 그런데 좀……."

"비밀?"

"예."

핸드레이크는 아주 기분이 좋았기에 제자를 위해 선심을 쓰고 싶은 생각마저 들고 말았음이 틀림없다. 그는 연구실 한편을 향해 가볍게 손짓을 보냈다. 나는 그가 무엇을 향해 손짓하는지 몰랐으나 잠시 후 어두컴컴한 구석에서 들려온 쿵쿵거리는 소리에 그 정체를 파악할 수 있었다. 수백 킬로그램은 될 것 같은 몸무게를 강조하는 느릿한 걸음걸이로 나타난 골렘은 핸드레이크 앞에서 멈춰 명령을 기다렸다.

"저 문을 막고 아무도 드나들지 못하게 해."

골렘은 알았다는 식으로 고개를 끄덕이거나 하지는 않는다. 그저 묵묵히 명령을 수행할 뿐이다. 핸드레이크의 명령이 떨어지자 골렘은 즉각 문으로 걸어갔다. 그 충성스러움은 핸드레이크를 다시 한번 뿌듯한 즐거움 속으로 빠져들게 만든 모양이었다. 그리고 나는 머릿속이 고민으로 꽉 차 있었기 때문에 그의 실수를 알아차리지 못했다.

내 더듬거리는 어투는 핸드레이크를 약간 짜증나게 만들었다. 하지만 핸드레이크는 잠자코 끝까지 들었고, 다 듣고 나서는 그다운 반응을 보여주었다.

"우핫하하하! 데이트인 거냐?"

"그냥 저녁 식사입니다."

"그럼 데이트로군. 핫하하! 저 사우스그레이드에서 자네를 처음 봤을 때가 생각나는걸. 콧물을 마셔대고 있던 그 꼬마가 이젠 데이트 신청까지 받는 어엿한 청년이 되었군. 시간의 놀라움이여! 그 쾌속이 비정하게까지 느껴지는구면."

핸드레이크는 감회 어린 눈길로 위를 올려다보았다. 하지만 수상쩍은 물건들이 가득 매달려 있는 천장은 아무래도 바라보면서 시적 감흥을 떠올릴 광경은 아니었기에 핸드레이크는 다시 고개를 내렸다.

"사부님, 도대체 여자들과는 무슨 이야기를 나눠야 합니까?"

"보편적인 이야깃거리들이 있지 않은가? 지나온 날들. 그래, 주로 추억에 대해 이야기하는 것이 보편적인 것 같더군. 어전 회의나 각료 회의가 아닌 바에야 미래에 대해 이야기할 필요는 없지. 그렇 잖은가?"

"그 정도는 저도 짐작합니다만, 제가 기억하는 과거라고는 사부님 명령 때문에 괴상망측한 재료들을 찾아헤맨 이야기밖에 없는걸요. 아무리 그래도 귀족 가의 영양을 모셔놓고 바실리스크 눈알 모으던 이야기나 오크 십이지장 구하던 이야기를 할 수는 없지 않겠습니까?"

"아! 기억나는군. 그때 정말 황당했지. 오크는 십이지장이 없더라고."

"……사부님이 해부를 이상하게 하신 겁니다."

결국 핸드레이크와 나의 대화는 마법사와 그 제자의 대화 수준을 넘지 못했다. 격렬한 토론으로 전개된 우리들의 대화는 결국 오크에게도 십이지장이 있다는 것으로 결론이 났다. 하지만 핸드레이크는 끝까지 수긍하지 않겠다는 태도를 견지했다.

"다시 몇 마리 잡아서 정확하게 해부해 보세나."

"돌연변이를 붙잡지 않는 이상, 반드시 십이지장이 있을 겁니다. 그런데 많이 늦었군요. 아무래도 궁정 악단이나 가극단에 가서 물어보는 것이 낫겠습니다."

핸드레이크는 잠시 대화의 맥락을 놓치고서는 어리둥절한 표정을 지었다. 그러다가 그는 손가락을 딱 튕기며 말했다.

"그보다 나은 방법이 있네. 나랑 같이 시내로 가세나. 펍(pub)에 가서 물어보도록 하지."

기발한 방법이었다. 심지어 나까지도 역시 사부님이라는 둥의 감탄사를 내뱉고 말았으니까. 그러나 꽉 막힌 마법사와 그의 새파란 제자가 펍에 들어가서 '실례합니다만 레이디와의 우아한 교제 방법에 대해 가르쳐주시겠습니까?' 라고 묻는 해괴한 상황은 일어나지 않았다. 왜냐하면 우리는 펍에 가지 못했기 때문이다. 우리는 방에서 나가지도 못했다.

핸드레이크가 지팡이를 휘두르며 문 쪽으로 다가섰을 때였다.

문을 막고 서 있던 골렘은 상당히 음침한 눈빛을 번득이며 위협적으로 두 팔을 들어올렸다. 핸드레이크는 고개를 갸웃했지만 나는 순식간에 사태를 알아차리고 말았다.

"사, 사부님! 안 됩니다!"

"뭐가 안 된다는 거냐?"

핸드레이크는 걸음을 멈추지 않았고, 그래서 하마터면 바이서스의 궁정 마법사는 유명을 달리할 뻔했다. 내가 재빨리 그의 허리를 잡아채었을 때 골렘은 이미 그의 두개골을 찌그러트리기에 충분한 속력으로 팔을 휘두르고 있었다. 골렘의 팔은 아슬아슬하게 핸드레이크의 머리를 지나쳤고 나와 핸드레이크는 방바닥에 나뒹굴고 말았다.

"아이고, 허리야……."

나는 오만상을 찌푸리며 일어나려다가 손을 헛짚고 다시 엉덩방아를 찧고 말았다. 핸드레이크가 나동그라진 자세 그대로 어이없어하며 골렘을 쳐다보고 있었던 것이다. 자신에게 일어난 일을 느끼기는 하지만 이해하지는 못하는 그 표정은 우스꽝스럽기 짝이 없었고, 그래서 나는 웃고 말았다.

"하하하!"

내 웃음소리에 핸드레이크는 간신히 정신을 차렸다.

"뭐야? 방금 전에 일어난 일이 도대체 뭐였냐?"

"클클……. 골렘이 우리를 공격한 것입니다만."

"그런데 넌 왜 나를 붙잡고 늘어진 거냐?"

아무래도 상태가 많이 좋지 못한 모양이다.

"그러지 않았으면 사부님의 그 높은 학식을 담은 뇌수가 이 방바닥에 흘렀을 테니까요."

"뭐야? 어, 잠깐! 저 골렘이 나를 공격한 거야? 왜?"

나는 그제야 일어날 수 있었다. 핸드레이크는 내가 일어서는 모습을 보더니 따라 일어섰지만 그 눈은 문 쪽에 그대로 선 채 우리들을 물끄러미 바라보고 있는 골렘에게 못 박혀 있었다. 나 역시 골렘을 훔쳐보며 흩어진 옷을 추스렸다.

"하하, 아무래도 아까 명령을 잘못 내리신 것 같습니다. 아무도 드나들지 못하게 하라고 하셨잖아요."

"뭐? 어, 으어!"

핸드레이크는 그제야 분통을 터뜨렸다.

"이런! 도대체 무슨 이런 말도 안 되는 일이! 제기랄, 이봐! 명령 취소다. 비켜!"

나는 웃으면서 골렘이 움직이기를 기다렸다. 그러나 조금 후, 내 얼굴에서는 웃음기가 사라져가고 있었다. 나는 의아스러워 하는 눈으로, 꼼짝도 하지 않는 골렘과 역시 꼼짝도 하지 않고 입을 쩍 벌리고 있는 핸드레이크를 번갈아 쳐다본 다음 조심스럽게 질문했다.

"……어떻게 된 거죠?"

핸드레이크는 내 질문을 무시하고 골렘에게 외쳤다.

"비켜!"

하지만 골렘은 여전히 꼼짝도 하지 않았다. 그리고 나의 가슴속은 서서히 불안감에 젖어들었다. 핸드레이크는 붉으락푸르락한 얼굴로 골렘을 쏘아보다가 말했다.

"이거 아무래도 불량품인가 본데……."

"예?"

핸드레이크는 무서운 눈으로 골렘을 쏘아보면서 몇 번이나 비키라고, 혹은 명령을 취소한다는 식으로 외쳤다. 하지만 골렘은 무던하게도 꼼짝도 하지 않았다. 결국 핸드레이크의 인내심은 바닥났다.

"제기랄, 할 수 없군. 좋아, 부숴버리지."

슬슬 그런 상황이 싫어지기 시작하던 나 역시 아쉽다는 듯이 고
개를 끄덕였다. 핸드레이크는 침울한 표정으로 골렘을 바라보더니
크게 한숨을 내쉬었다.

"아까워라."

그러곤 입을 굳게 다문 채 앞으로 한 발 나섰다. 어깨를 편 채 골
렘을 노려보고 있는 바이서스의 궁정 마법사의 눈에서 불꽃이 번뜩
였다. 하지만 골렘은 그의 운명도 깨닫지 못한 채 꼼짝도 하지 않
고 서 있었다. 그때 핸드레이크가 폭발에 대비해서 뒤로 물러나는
나를 이상하게 바라보고 있다는 것을 알아차렸다. 핸드레이크가 말
했다.

"부수자니까."

"예, 그러시지요."

"어서 부수게, 솔로처."

"……예?"

"부수라니까. 아깝지만 별 도리가 없잖은가. 나는 괜찮으니 신경
쓰지 말고."

"저, 저 사부님? 직접 파괴하시지요?"

"자네의 역량을 사부에게 보여줄 기회를 주겠네."

"사부님……, 저, 혹시 저와 비슷한 문제를 가지고 계십니까?"

"자네, 설마?"

"저는 오늘 저녁에 사용할 불꽃놀이 때문에 다른 주문은 외워두
지를 못했는데요."

"아아, 그렇군. 나는 실험 때문에 외워둔 주문을 다 썼는데."

"아아, 그러시군요."

우리는 서로를 향해 히죽 웃어주었다. 그러나 잠시 후 우리들의
불안한 시선은 다시 골렘에게로 돌아갔다. 골렘은 여전히 심술궂게

문을 막고 서 있었다. 핸드레이크는 무서울 정도의 판단력으로 사태를 정리했다.

"그럼, 우리들에게는 저 녀석을 파괴할 수단이 없다는 건가?"

오, 맙소사.

"마, 마법책 없습니까? 사부님, 이곳은 연구실이잖습니까. 마법책이나 스크롤 같은 것 없습니까?"

"그런 건 서재에 있는데."

"으어……, 그렇다면 저 골렘에게 타인을 배려할 줄 알고 떨어지는 낙엽에 눈물지을 줄 아는 따스한 마음씨가 생기게 될 때까지 기다려야 된다는 말씀입니까?"

핸드레이크는 곧장 반색을 했다.

"어라? 골렘에게 정서를 부여할 수도 있는가? 실험해 봤나? 어떤 스펠을 사용하면……"

"사부님!"

"응? 아, 미안. 흥분했나 봐."

핸드레이크는 뒤통수를 긁적거리다가 자기가 그때까지도 지팡이를 움켜쥐고 있다는 것을 깨달았다. 지팡이를 옆으로 던져버린 핸드레이크는 입을 꾹 다물고는 문을 막아선 신장 6큐빗짜리 살아 있는 돌덩어리를 쏘아보기 시작했다.

"비켜, 인마. 비켜라. 아까 아무도 드나들지 못하게 하라는 그 명령은 취소다. 비키란 말이야!"

핸드레이크가 고래고래 고함지른 말들을 모조리 거론하는 것은 무의미한 짓이 될 것이다. 그저 몹시 비교육적이며 반인륜적이고도 부도덕한 말들을 쏟아냄에 있어 옆에서 듣고 있는 제자의 존재 따위에는 전혀 신경 쓰지 않았다고만 말해 두자. 성질을 더 참지 못한 핸드레이크는 내가 만류할 사이도 없이 불가해한 괴성을 지르며 골렘에게 무조건적으로 돌격했고, 그래서 턱에 멋진 상처를 가지게 되었다. 뭐, 소득이 없었다고는 말할 수 없다. 덕분에 골렘의 결심을 파악할 수 있었으니까. 저 불량품 골렘은 단순한 위협에서 그치는 것이 아니라 누군가가 문으로 다가설 경우 적극적인 파괴 행동도 불사하겠다는 결심인 것이다.

"역시 내 작품이란 말이야. 상당한 상황 판단과 대처 능력이지 않은가?"

핸드레이크는 불만스러운 감정 속에서 애써 자랑스럽게 말했다. 나는 상당히 기분 나쁠 듯한 시선을 보내주었고, 핸드레이크는 기분 나빠했다.

"제기랄! 사부를 보는 시선으로는 최하급이군. 자네 지금 사부의 실수를 점잖게 비난하는 현명한 제자의 역할을 수행하고 싶은 모양인데, 그건 나나 자네 모두에게 어울리지 않아. 난 제자에게 비난받을 만큼 멍청한 사부도 아니고, 자넨 사부를 비난할 만큼 똑똑한 제자도 아니라고!"

나는 구사할 수 있는 가장 정중한 말투로 말했다.

"이 불쾌한 상황을 시정함으로써 사부님의 주장을 증명해 주시겠습니까?"

"그래? 얼마든지! 자, 잘 보게!"

핸드레이크는 두 팔을 거칠게 휘두르면서 걸어갔다. 그가 멈춰 선 곳은 이 방에 단 하나밖에 없는 창문이었다. 자신의 연구를 보여주는 것을 좋아하는 마법사는 없는지라, 거의 천장 가까운 곳에 붙어 있는 창은 까마득하게 높았다. 핸드레이크는 그 창문 아래에 멈춰서더니 고개를 돌리고는 이상하다는 눈으로 나를 바라보았다.

"뭐하는가?"

"예?"

"어서 엎드리게."

"자, 잠깐만요. 사부님. 그 작은 창문으로 어떻게 나가실 생각이십니까?"

"무슨 소린가? 누가 나간다고 그랬나. 도와줄 사람을 부를 생각이네."

할 말이 없었다. 그래서 나는 떫은 표정을 지으며 핸드레이크에게 엉덩이를 들이댄 채로 몸을 숙였다. 핸드레이크는 놀라울 정도의 민첩함으로 내 등에 올라탔고 그 순간 내 무릎은 내가 보기에도 안쓰러울 만큼 휘청거렸다. 핸드레이크는 불만스럽게 혀를 차며 말했다.

"운동 좀 하게, 운동 좀. 마법사라고 해서 부부 생활까지 마나로 해결할 작정인가?"

"조금만 더 노력하시면 남의 말처럼 들릴 수도 있겠습니다. 끄응."

"조금 낮은데. 어디 보자."

핸드레이크는 헐떡거리고 뒤뚱거리는 등 별 짓을 다하고 나서야 간신히 내 어깨 위에 무등을 타고 앉았다. 어깨가 내려앉을 지경이었지만 이 방법보다 더 나은 방법을 제시할 수는 없었으므로 나는 비지땀을 흘리며 서 있었다. 흘끗 고개를 돌려보니 골렘은 꼼짝도 하지 않은 채 우리를 바라보고 있었다. 놀라운데. 이 창문으로는 우리가 나가지 못할 것을 추리할 수 있단 말이지? 불량품치고는 굉장한 판단 능력인걸.

핸드레이크는 창턱을 쥔 채 한참 동안 숨을 고르더니 고함을 지르기 시작했다.

"어어어어이! 아무도 없나?"

"누가 있으면 대답 좀 하게."

"만일 지금 듣고 있는 자가 벙어리라서 대답을 할 수 없다면 그냥 달려와서 얼굴을 보여줘도 좋아."

"만일 지금 듣고 있는 자가 타인의 불행에 대해 골렘만큼의 동정심도 가지고 있지 못해서 달려오고 싶은 생각이 없다면, 이놈아! 그 심보 좀 고쳐! 그런 심보를 가지고 바라보는 세상이 아름다울 수 있을 것 같으냐? 네놈을 개구리로 만든 다음, 선량한 왕자가 입맞춤해 줘야 인간으로 돌아오는 저주를 걸어버리겠다!"

역시 우리 사부다. 어느 나라의 왕자가 개구리에게 입을 맞출지 심히 궁금하다. 어쨌든 지금 핸드레이크는 불특정인을 대상으로 한 욕설과 협박을 심히 즐기고 있는 모양이다. 하지만 나는 어깨 위에 성질머리 고약한 궁정 마법사를 올려놓고 즐거워하고 싶은 생각은 전혀 없었다. 게다가 나는 그가 잊은 사실 하나를 떠올리고 말았다.

"내려오십시오, 사부님."

"자유에 대한 갈망을 잃는 것은 좋지 않은 증상일세, 솔로처."

"사부님, 오늘은 봄맞이 축제입니다. 모두들 연회장이나 서커스, 무도회장 등으로 달려갔을 거란 말입니다. 어쨌든 이 즐거운 축제일에 마법사의 연구실 주위를 배회하고 있을 사람은 없을 겁니다."

다시 헐떡거리고 뒤뚱거리고 난 다음 바닥에 내려선 핸드레이크는 버럭 고함을 질렀다.

"왜 진작 말하지 않았나!"

별로 답해 주고 싶은 말도 떠오르지 않는지라 나는 어깨를 주무르며 의자에 주저앉았다. 하필이면 문 쪽을 향해 있는 의자인지라 문을 가로막고 선 골렘이 시야에 넘치도록 들어왔다.

대략 한 시간이 지났고, 나는 골렘에게 애정을 느끼기 시작했다. 어쨌든 반쯤 미쳐버린 것 같은 마법사보다는 침묵의 미덕 속에 서 있는 골렘 쪽이 더 나의 애정을 자극하고 있음은 분명했다. 핸드레이크는 두 손을 마구 흔들며 고래고래 고함지르고 있었다.

"자의식! 이 상황의 기저에 작용하고 있는 것은 자의식의 문제야! 골렘의 행동 원칙은 그 창조주의 명령에 따르는 것이고 그것으로서 골렘은 자신의 자의식을 획득할 수 있어. 그렇잖은가! 골렘과 인간의 자의식 구현 방식이 똑같다고 생각하는 것은 다시 없는 돌대가리지! 그럼! 돌대가리라고! 그런데 저 골렘은 창조주의 명령을 따르기 위해 그 창조주를 구속하고 있어. 이것은 내재된 갈등 구조를 심각하게 드러내고 있단 말이야. 존재할 수 없는 형태의 자의식이 이 상황 기저에 나타나고 있고 그것이 전체 논리 구조를 훼손하고 있단 말이다. 내 말 알겠나, 솔로처?"

나는 천천히 오른손을 들어올린 다음 주의깊게 허공을 향해 휘저었다.

"휘이, 휘이."

"그게 뭔가?"

"아, 단어들이 너무 많이 떠돌아다녀서요."

핸드레이크는 내팽개쳐둔 지팡이를 들어올리더니 나를 박살내려고 들었고 나는 의자를 밀어붙이고 탁자를 뛰어넘어 도망치기 시작했다. 6큐빗짜리 악의 덩어리를 관객 삼아 벌어진 쇼는, 어쨌든 별로 재미는 없었을 것이다. 마법사와 그의 제자란 모름지기 육체적 활동에 있어 많은 장애를 가지는 법이다. 그래서 우리는 5분도 지나지 않아 암암리에 선포된 휴전 속에서 숨을 헐떡이며 다시 골렘을 노려보기 시작했다. 골렘은 여전히 꼼짝도 하지 않았다.

핸드레이크는 아무렇게나 집어던졌던 지팡이를 다시 한번 뱃심 좋게 걷어차버렸다. 궁내부장이 보았다면 자지러지고 말았을 것이다. 저 지팡이는 국왕의 왕관과 마찬가지로 궁정 마법사의 표식이

었다. 그 지팡이가 골렘의 다리에 맞고 튕겨났음에도 골렘이 꼼짝
도 하지 않는 것을 바라보며 핸드레이크는 끔찍한 신음을 흘렸다.

"이허우허허허! 이것아! 왜 반응을 하지 않는 거야!"

"반응하라고 명령해야 되는 거 아닌가요?"

이건 내가 꺼낸 말이 아니었다.

나와 핸드레이크는 서로를 바라본 다음, 다시 고개를 돌려 등 뒤
를 바라보았다. 그러고는 둘 다 입을 쩍 벌린 채 창문 위로 올라와
있는 얼굴을 바라보았다.

언제부터 올라와 있었는지 알 수 없지만 어쨌든 조금 전 나와 핸
드레이크가 자유에 대한 강인한 욕구를 배출해 내던 그 창문 위로
사람 얼굴이 하나 올라와 있었다. 부연 설명하자면 약간의 짜증과
재미있어 하는 감정이 적절히 뒤섞인 얼굴이었다. 우리들은 잠시
이 사태에 적응하지 못한 채 그 얼굴을 바라보았고, 우리들의 침묵
이 길어지자 창문으로 올라온 얼굴에서는 즐거움보다는 짜증 쪽이
더 진하게 번지기 시작했다. 하지만 우리들은 도저히 이해할 수 없
었다. 핸드레이크가 먼저 기막힌 목소리로 그 점을 지적했다.

"아니, 어떻게 그 위로……."

저 창문은 분명히 핸드레이크가 내 어깨에 올라타고서야 내다볼
수 있을 정도의 높이였다. 따라서 지금 밖에서 우리를 들여다보고
있는 사람은 절대로 저런 식으로 서 있을 수가 없다. 그러니까 창
턱에 팔을 괴고 그 위에 귀여운 얼굴을 얹은 채 있을 수는 없다는
말이다. 그러나 그녀는 심드렁한 목소리로 말했다.

"안장 위에 섰어요."

핸드레이크와 나는 누가 먼저랄 것도 없이 엄청난 속도로 튕겨
지듯 일어났다.

"위, 위험합니다, 공주님! 빨리 내려가세요!"

"안 돼요! 어서! 어서 내려가요, 공주님!"

맙소사. 지금 창턱에 한쪽 팔을 괴고 다른 손으론 턱을 받친 채 심드렁한 표정으로 우리를 내려다보고 있던 것은 세류델헨 국왕의 딸 헐스루인 공주였다. 그러니까 그녀는 벽 가까이 말을 세운 다음 그 안장 위에 올라서서는 저렇게 우리를 내려다보고 있었던 것이다.

"한 시간이에요."

공주님은 우리들의 필사적인 만류를 들은 척도 하지 않은 채 뜬 금없는 말을 했다. 핸드레이크 역시 공주님의 말을 들은 척도 하지 않은 채 낙마가 가져다줄 수 있는 다종 다양한 재난에 대해 고래고래 외쳐대고 있었지만 나는 고개를 갸웃하면서 말했다.

"한 시간이라니, 뭐가 말씀입니까?"

"궁정 마법사께서 저주를 걸겠다고 공언하신 지 한 시간이 지났다고요. 오늘은 햇살이 너무 뜨거워요. 기다리고 있기가 참 고역스러웠어요. 도대체 왜 안 거시는 거예요?"

핸드레이크는 입을 쩍 벌렸다. 그러고는 곧 분노한 표정을 만들어보였다.

"아니, 그렇다면 공주께서는 우리들이 외친 고함을 들었단 말이오?"

헐스루인 공주의 동그란 눈이 더욱 커졌다.

"물론이죠. 들었으니까 기다린 거 아니겠어요?"

"기다리다니?"

"구하러 오지 않으면 저주를 걸겠다고 하지 않으셨어요?"

핸드레이크는 분명히 뭐라고 말하려 했다. 그러나 지나친 충격은 그의 사고를 정지시켰고 그의 혀를 묶어버렸다. 나 역시 마찬가지였지만 간신히 입을 열 수는 있었다.

"그러니까, 공주님의 말씀은 무엇이냐……."

공주님은 방긋 웃었지만 그 미소를 바라보는 나는 결코 유쾌하지는 않았다.

"저를 개구리로 만들어주세요. 그거, 왕자님이 입맞춤을 해주어야 저주가 풀리는 조건도 반드시 넣어서."

털썩. 고개를 돌려보니 핸드레이크는 의자에 몸을 던진 채 두 손으로 이마 양쪽을 강하게 누르고 있었다. 하지만 나는 약간 유쾌해지기 시작했다. 이상한 일이었지만, 헐스루인 공주는 항상 내게 그런 기분을 선사한다. 그래서 나는 잠시 나의 처지를 잊기로 했다. 의자 하나를 들어 창문 쪽으로 등받이를 향한 뒤 나는 의자에 거꾸로 앉아서 공주의 얼굴을 올려다보기 시작했다.

"그러니까, 공주님은 사부님의 협박 내용이 마음에 드신 게로군요?"

"그래요, 솔로처."

"그래서 사부님과 제가 곤경에 처한 것을 알고서도 구하지 않기로 마음먹으신 것이군요? 협박 조건이 '도와주지 않는다면'이라니까 말이죠?"

"예, 솔로처."

나는 고개를 돌려 입구를 막은 골렘을 보았다가 다시 고개를 돌려 창문을 막은 또 하나의 골렘을 바라보았다. 여기 골렘이 하나 더 있었군. 말을 말로 이해해 버리는. 핸드레이크의 입에 축복이 있을진저. 그는 자신의 말에 의해 구속당하는군. 그거야 대부분의 사람들이 다 마찬가지겠지만 이 상황은 좀더 극적이며 더욱 우스꽝스럽군. 그리고 좀더 곤란하기도 하고.

"공주님, 어쩌자고 개구리가 되려는 생각을 하셨습니까?"

헐스루인 공주는 잔잔한 미소를 지으며 말했다.

"글쎄요. 저는 궁정 마법사의 말을 듣자마자 참 좋은 일일 거라고만 생각했어요. 차분하게 따져보지는 못했군요. 하지만 개구리가 되는 것은 좋을 거 같아요. 공부도 하지 않고, 갑갑한 옷도 입지 않고, 마음껏 수영을 즐길 수도 있겠군요. 오늘같이 따가운 봄 햇살 아래 이런 옷을 입고 있지 않아도 된다는 점 하나만으로도 개구리가 되는 것은 상당한 매력이 있어요."

"흐음, 공부라니? 공주님이 언제 공부를 하셨다는 말입니까?"

헐스루인 공주는 생긋 웃었다.

"말이 그렇다는 거지요. 그리고 개구리가 되면 날아다니는 음식을 먹게 되잖아요? 솔로처, 당신은 날아다니는 식기로 식사를 해본 적이 있나요?"

날아다니는 음식? 아아, 파리나 잠자리 등을 말하는 모양이군. 나는 빙긋 웃으며 대답했다.

"아뇨, 없습니다."

"퍽 재미있을 거 같아요. 날아다니는 빵이나 날아다니는 수프 접시 같은 것이겠죠. 곤충은 무슨 맛일까요? 그리고 영원히 개구리로 있는 것이 아니라 왕자님의 입맞춤만 받으면 다시 인간이 될 수도 있다고 했지요? 그럼 불만이 전혀 없네요."

급기야 나는 피식거리며 웃기 시작했다. 언제나 그렇지만, 헐스루인 공주와 이야기를 나누다 보면 내가 처해 있는 상황을 완전히 잊게 된다. 하지만 핸드레이크는 그렇지 않았다.

"공주! 부탁이니 농담은 그만하고 어서 도와줄 사람들을 불러주시오!"

"저주 안 거실 거예요?"

"공주에게 저주를? 난 국왕의 검에 맞아 죽은 첫 번째 궁정 마법사가 되고 싶은 생각은 전혀 없소."

헐스루인 공주는 한숨을 푹 내쉬었다.

"사정을 말씀해 보세요. 정확하게 어떤 도움이 필요한 것인지 짐작할 수 있도록."

핸드레이크는 장황하게 설명하기 시작했지만, 나는 그 설명 방식이 별로 마음에 들지 않았다. 그는 이 모든 것은 그의 제자가 가져온 재난이라는 식으로 설명하고 있었던 것이다. 물론 소급하자면 이 모든 상황은 내가 그에게 조언을 구하러왔기 때문에 일어난 일이기는 하지만, 이 상황의 본질은……

"궁정 마법사가 말실수를 한 거로군요."

오, 공주님 만세! 하하. 핸드레이크는 얼굴을 붉으락푸르락하고 있었지만 헐스루인 공주는 이미 그의 머리 너머로 골렘을 바라보고 있었다. 골렘은 여전히 꼼짝도 하지 않았기에 누군가 보았다면 석상으로 착각하기 안성맞춤인 모습이었다. 하지만 그를 석상으로 착각하는 친구가 있다면 사물이 눈에 보이는 대로의 것은 아닐 수도 있다는 교훈을 꽤 비싼 수업료를 치르며 얻게 될 것이다.

헐스루인 공주는 고개를 끄덕이더니 별로 재미없다는 듯 말했다.

"그러니까, 저 골렘은 궁정 마법사의 첫 번째 명령을 수행하기 위해 두 번째 명령을 무시하고 있는 것이군요. 너무 간단해서 시시하네요."

핸드레이크는 눈을 치켜떴다.

"예?"

"그렇잖은가요? 궁정 마법사는 아무도 드나들지 못하도록 하라고 했죠. 그 '아무도'에는 궁정 마법사도 포함되었어요. 그러니까 골렘은 궁정 마법사도 공격하려 한 것이겠지요. 그런데 궁정 마법사라는 존재는 저 골렘에게 독특해요. 왜냐하면 궁정 마법사는 저 골렘의 창조자이며 절대 명령권자니까."

아니, 이럴 수가. 헐스루인 공주가 핸드레이크처럼 말하는군. 그리고 나는 그 순간 한 가지 잊었던 사실을 떠올렸다.

헐스루인 공주가 아무 공부도 하지 않는 이유는, 그녀를 가르칠 만한 스승을 구하지 못했기 때문이다.

사람들은 핸드레이크가 궁정 마법사의 업무로 바쁘지만 않다면 그녀를 가르칠 수 있는 유일한 스승이 될 수도 있을 거라고 말하지만 내가 보기엔 그렇지도 않은 것 같다. 왜냐하면 핸드레이크는 입을 쩍 벌린 채 이렇게 말했기 때문이다.

"아아!"

헐스루인 공주는 예쁘게 하품을 하더니 볼을 만지작거리며 말했다.

"예. 궁정 마법사는 그 '아무도'라는 단어를 이용해서 골렘에 대한 궁정 마법사의 절대 명령권을 상회하는 새로운 명령 체계를 만들어낸 것이지요. 인식 체계라고 할까요? 으음. 다음절어는 역시 사용하기가 싫네요. 어쨌든 궁정 마법사가 그 명령을 내린 순간부터 궁정 마법사가 가진 절대 명령권은 취소, 아니, 취소되었다기보다는……."

"격하되었군!"

"그런 것 같네요. 궁정 마법사의 위상이 격하된 이상, 당신이 내리는 명령은 그 어떤 것이든 간에 앞서의 명령보다 높은 권위를 가질 수 없게 된 것 같아요."

딱! 박수를 친 핸드레이크는 의자 위로 기운차게 뛰어올랐다. 내가 당황해서 그를 말리려고 하기도 전에 핸드레이크는 헐스루인 공주와 눈높이를 맞추려 애쓰면서 이 자리를 일종의 지적인 분위기가 물씬 넘치는 토론장으로 만들어보려 노력하기 시작했다. 안장 위에 올라선 공주와 의자 위에 올라선 마법사의 대화가 내 눈에 얼마나 지적으로 보였는가에 대해서는 말하지 않겠다.

"맞아, 상당히 가능성 있는 추측이오. 이것은 자의식의 문제가 아니었군! 그러니까 골렘은 명령이라는 것이 명령권자에게 속해 있다는 것을 무시하는 게로군. 아니, 무시가 아니라 모르고 있는 거야. 그래서 명령을 명령권자보다 높은 수준으로 따르고 있는 것이고. 그렇게 된 거야. 맞았소!"

헐스루인 공주는 눈을 깜빡거리며 궁정 마법사를 바라보더니 조심스럽게 말했다.

"저, 이제 저주를 걸어주실래요?"

"공주!"

"음. 아무래도 저주를 걸어주실 생각이 없으신가 보군요."

"물론 그렇소!"

공주는 실망한 표정을 지으며 말했다.

"궁정 마법사께서는 앞으로 허언을 좀 줄이세요. 한 시간 동안 괜히 기다렸군요. 그럼 전 이만 가보겠어요."

"뭐라고요?"

헐스루인 공주는 그대로 창가에서 얼굴을 떼기 시작했다. 당황한 나는 고함을 빽 질렀다.

"아니, 어딜 가신단 말입니까, 공주님!"

헐스루인 공주는 고개를 갸웃했다.

"아, 조금 있으면 해가 질 거예요. 그럼 불꽃놀이가 시작되겠지요. 가서 옷을 갈아입고 좀 씻은 다음 아바마마와 함께 중앙 광장에 갈 생각인데요."

핸드레이크는 기가 막힌 표정을 지었다가 재빨리 몸을 돌렸다. 하마터면 의자에서 떨어질 뻔했지만 용케 균형을 잡은 핸드레이크는 마치 단상 위의 장군이나 된 것처럼 기운차게 손을 뻗어 나를 가리켰다.

"그 불꽃놀이는 저 친구가 담당했단 말이오. 솔로처가 나가지 못한다면 오늘 저녁의 불꽃놀이고 뭐고 다 취소될 거요!"

헐스루인 공주는 다시 고개를 갸웃했다. 어쨌든 핸드레이크든 헐스루인 공주든 자신들의 위태위태한 상황에 전혀 신경 쓰지 않는다는 점에서 내게 매우 감동을 주고 있었다.

"왜지요? 오셔서 불꽃놀이를 하세요. 많은 바이서스 임펠의 시민들이 기다리고 있을 텐데, 불꽃놀이가 취소되면 실망들 할 거예요."

핸드레이크는 다시 한번 위험한 회전을 시도했다. 저렇게 의자 위에서 빙글빙글 돌다간 반드시 떨어지고 말 거야. 그의 손은 이제 문을 막고 선 골렘을 겨냥했다.

"우리 둘은 이 오후 동안 계속 알고 있었고, 공주도 조금 전에 알게 되었듯이 저 골렘이 막고 있잖소!"

헐스루인 공주는 이제 고개를 가로저었다.

"당신들을 감금하고 있는 것은 당신들 자신이에요."

핸드레이크는 인상을 찌푸렸다.

"물론 그건 알고 있소. 그래, 내 실수였어. 하지만 실수라는 것은 원래……"

"아니요. 저는 그것을 말한 것이 아니에요, 궁정 마법사. 그리고 솔로처, 골렘은 솔로처가 중앙 광장으로 오는 것을 막고 있지 않아요. 늑장 그만 부리고 어서 오세요. 시민들이 기다려요."

핸드레이크는 공주가 무슨 말을 하고 있는지 고민하는 표정이 되었다. 그러나 나는 그 순간 헐스루인 공주가 그녀를 가르칠 만큼 똑똑한 스승을 찾기 어려울 정도로 명민한 그 머리를 이용해서 우리들의 문제를 해결할 근사한 방법을 알아낸 것임을 깨달았다. 그래서 나는 재빨리 창가로 다가서며 말했다. 헐스루인 공주는 이미 창문 아래로 모습을 감췄기에 나는 창문을 향해 고함을 지를 수밖에 없었다.

"공주님! 헐스루인 공주님! 우리는 아직 모르겠습니다. 어떻게 여길 나가면 됩니까?"

창문 저쪽에서 멀어져 가는 말발굽 소리와 함께 작은 목소리가 들려왔다.

"솔로처, 나에게 질문하고 있어요?"

멀어지는 것 같다.

"예? 아, 예."

"그리고 내가 대답하기를 원하고?"

왠지 더 멀어졌는걸?

"예? 아, 예."

"그럼 우리는 대화를 나누고?"

상당히 멀다.

"예? 아, 예."

"벽을 사이에 두고……."

잘 안 들린다.

이런 귀결은 예상하지 못했다. 또다시 '예? 아, 예' 하고 말하는 대신 나는 어이가 없어 핸드레이크를 바라보았고 핸드레이크 역시 기막힌 표정이 되었다. 그러나 내가 더 젊었기에 행동도 더 빨랐다. 나는 재빨리 핸드레이크에게 등을 들이대며 급박하게 고함질렀다.

"사부님! 어서 올라오십시오. 공주님이 가려고 합니다. 그 전에 물어봐야 됩니다!"

"뭐야? 이런!"

내 급박함이 약간 과했나 보다. 핸드레이크는 놀랍게도 의자에서 곧장 뛰어올라 내 등에 업히려는 시도를 감행했다. 핸드레이크가 그렇게 큰 실수를 한 것은 아니었다. 오른손의 경우, 실수라고는 절대로 말할 수 없다. 하지만 그의 왼손은 내 등에 닿지 못했고 따라서 핸드레이크는 내 등에 올라타지 못했다. 다시 한번 핸드레이크와 나는 매우 불쾌한 방법으로 중력의 존재를 증명하게 되었다.

핸드레이크는 나를 깔아뭉갠 채 이런 늙은이 하나 똑바로 받아내지 못해서 나동그라지게 만드냐고 고래고래 고함질렀다. 하지만 나는 그의 고함소리보다는 헐스루인 공주에게 더 관심이 많았다.

"사부님! 어서, 어서 내려와요! 공주님이……!"

그제야 핸드레이크는 욕설을 멈추고 내 위에서 비켰다. 하지만 의자 위로 올라간 핸드레이크는 입술을 질근질근 깨물면서 내려왔다.

"공주는 가버렸어."

"아아, 맙소사."

"이건 어처구니가 없는 일이야! 그녀에게는 인정이라는 것이 없단 말인가? 국왕 전하께 상주드려 봐야 될 문제로군. 공주가 우리에게 행한 행동을 정의할 수 있는 단어는 몰인정뿐이야! 내 이 점을 기필코……"

"왜 갔을까요?"

"응?"

핸드레이크는 내가 제시한 의문에 버거워했다. 아마도 대답이 어려워서 그런 것보다는 질문 자체를 이해하지 못한 모양이었다. 그래서 나는 시무룩하게 의자를 끌어당긴 다음 그 위에 앉아서는 팔짱을 끼고 핸드레이크를 바라보기 시작했다. 잠시 후, 핸드레이크는 내가 그를 매우 불쌍하게 바라보고 있다는 사실을 깨닫고 격분했다.

"이 배은망덕한 녀석아! 너는 오늘 오후에 상당히 여러 번 그 시선을 구사했는데, 난 그 시선이 달갑지 않을 뿐만 아니라 수용할 수도 없어!"

그 외에도 무슨 말들을 많이 했지만 나는 이미 그에겐 거의 신경 쓰지 않고 있었다. 헐스루인 공주는 몰인정한 성격이 아니다. 그녀는 우리들이 틀림없이 나올 수 있을 것이라고 믿었으며(이 점은 조금 의심스럽다. 그녀가 과연 우리 둘의 지적 수준을 신뢰했을까?) 충분한 도움도 줬다고 생각하는 것이리라(이 점은 미련없이 떠나버린 그녀의 행동을 보건대 신뢰할 수 있다.).

"당신들을 감금하고 있는 것은 당신들 자신이에요."

핸드레이크는 갑자기 굵은 눈썹을 찌푸리며 나를 바라보았다. 하지만 나는 계속해서 헐스루인 공주가 했던 말을 되풀이해 보았다.

"골렘은 솔로처가 중앙 광장으로 오는 것을 막고 있지 않아요."

"솔로처, 나에게 질문하고 있어요?"

"그리고 내가 대답하기를 원하고?"

"그럼 우리는 대화를 나누고?"

"벽을 사이에 두고……, 이 뒷부분은 뭐지?"

핸드레이크는 이제 걱정스러워하는 표정으로 나에게 다가왔다. 그는 거창한 동작으로 손을 들어올리더니 내 이마에 얹었다. 영문을 모른 채 그를 올려다보고 있는 나를 향해 핸드레이크는 따스하기 그지없는 목소리로 말했다.

"미안하네, 진심이 아니었어. 솔로처. 나는 한번도 자네를 배은망덕한 녀석이라고 생각한 적이 없네. 난, 그러니까 너무 흥분해서 한 말일 뿐일세. 아아, 잊어주게. 가련한 솔로처……."

"저를 충격 받아서 횡설수설하는 놈으로 만드시려는 거지요?"

"응."

"사부님!"

아무래도 내 성격의 상당 부분은 핸드레이크에게서 그 기원을 찾아볼 수 있음이 확실하다. 나는 핸드레이크를 향해 두 팔을 벌려 보이며 고함질렀다.

"헐스루인 공주가 우리를 괴롭히기 위해서 내버려두고 갔을 리가 없다는 말입니다! 그렇다면 그녀는 이미 우리를 도왔던 것이라고요! 그런데 우리가 알아차리지 못하는 겁니다! 그렇다면, 그녀가 했던 말 중에 우리를 도울 말이 섞여 있을 것이 틀림없어요. 그 말을 찾아야 됩니다! 아시겠습니까? 콜록콜록!"

"자네 기관지가 시원찮다는 것은 확실히 알아차렸네."

"우허허허!"

그러나 핸드레이크는 내 말을 모기 우는 소리나 오크 하품 하는 소리보다는 더 높은 위상을 가진 말로 받아들였던 모양이었다. 그는 탁자에 대충 걸터앉더니 골렘을 쏘아보며 곰곰이 생각하기 시작했다.

"자네의 의견은 합당해. 헐스루인 공주의 지혜가 비상하다는 것은 분명히 짚고 넘어가야 될 문제지. 게다가 그녀는 우리들에 비하면 객관적인 입장이라는 이점도 가지고 있어. 분명히 뭔가를 알아차렸을 수 있지."

"그럼요! ……그런데 그게 뭘까요?"

"나는 알았네!"

핸드레이크는 탁자에서 뛰어오르며 외쳤다. 나도 모르게 덩달아 의자에서 튕기듯 일어나서 그를 바라보았다. 핸드레이크의 눈에서는 예지의 빛이 넘쳐흘렀다. 그 자랑스러움이 넘치는 얼굴을 본 순간 나는 깨달았다. 맙소사, 그는 역시 나의 사부였던 것이다.

핸드레이크는 골렘을 향해 돌아서더니 두 팔을 힘 있게 들어올리며 외쳤다.

"네 속에서 격하된 나의 위상을 격상시켜랏! 앞서 내린 명령을 무시할 수 있을 만큼!"

그래……. 그가 내 사부라는 사실은 확실하다. 그래서 나는 불행한 것이다. 으윽.

골렘은 꼼짝도 하지 않았고 핸드레이크는 크게 당혹스러워하며 나를 돌아보았다. 그의 사랑스러운 제자인 나는 그의 말을 보다 이해하기 쉬운 말로 바꿔서 들려줄 정도의 친절은 가지고 있었다.

"감옥 속의 죄수가 간수에게 말합니다. '이봐, 간수. 내가 감옥문을 열라고 말하면 예, 하고 대답할 정도로 나를 존경해 주게.'"

"응?"

"이해 안 되십니까? 이건 어떻습니까. 전장에서 병사가 적군에게 말합니다. '이봐, 적군. 내 검에 몸을 집어던지라고 말하면 몸을 집어던질 만큼 생에 대한 의욕을 잃어주게.' 다른 예가 더 필요하시다면……."

"이해했으니 그만하게!"

핸드레이크는 애써 나를 외면하면서 고함질렀다. 나는 히죽 웃을 수 있어 행복했지만 곧 풀죽은 모습으로 골렘을 바라보았다. 나역시 헐스루인 공주의 말 속에서 해답을 찾아내지는 못했다. 과연내가 찾아낼 수는 있을까? 내가 찾지 못한다면 핸드레이크가 찾아낼 수는……, 관두자.

'당신들을 감금하고 있는 것은 당신들 자신이에요.'

'골렘은 솔로처가 중앙 광장으로 오는 것을 막고 있지 않아요.'

'솔로처, 나에게 질문하고 있어요?'

'그리고 내가 대답하기를 원하고?'

'그럼 우리는 대화를 나누고?'

'벽을 사이에 두고…….'

저 마지막 말의 뒷부분은 무엇일까. 혹시 그 뒷부분이야말로 헐스루인 공주가 가련한 우리들을 구제하기 위해 마지막으로 던져준 암시가 아니었을까? 그러나 이 점은 조금 의심스럽다. 사실 공주가 떠나가면서 했던 모든 말들은 우리들의 상황을 말하고 있었을 따름이다. 그러니까 벽을 사이에 두고 그녀와 우리들이 대화를 나누고 있던 그 상황.

'벽을 사이에 두고.'

'당신들을 감금하고 있는 것은 당신들 자신이에요.'

"알았습니다!"

나는 의자에서 펄쩍 뛰어올랐다. 그러나 핸드레이크는 미심쩍은 시선을 보낼 뿐 반가운 어투로 '알아차렸단 말인가? 역시 자네는 나의 제자로군! 아아, 자랑스럽네' 기타 등등의 말을 외치지는 않았다. 그저 무심한 표정으로 나를 바라보던 핸드레이크는 이렇게 말했다.

"'우리들은 갇혀 있었던 겁니다!' 이렇게 외치려는 거지?"

"예!"

"그럴 줄 알았어. 싱거운 녀석."

"아니, 아니요! 사부님, 제발 저에게 신뢰감 좀 나눠주시고 양쪽 귀 중 할일이 없는 귀를 저를 위해 열어주십시오. 부탁입니다!"

핸드레이크는 피식거리더니 거창한 동작으로 내게 오른쪽 귀를 들이대었다.

"말해 보게. 신뢰감은 좀 보류하겠네."

"좋습니다. 헐스루인 공주는 우리들이 스스로를 가두고 있다고 말했습니다."

"젠장, 알았네, 알았어! 그래. 나는 스스로의 실수로 자신을 궁지에 빠트린 대표적인 예로 역사서에 길이길이 남겠구먼. 알았다고! 한번만 더 '모든 것이 사부님 때문입니다.' 하는 식의 말을 꺼내면……"

나는 애가 타서 발을 동동 구르며 말했다.

"아니, 그걸 말하려는 것이 아닙니다. 그 말을 그대로 생각해 보시란 말입니다. 공주님은 그 말을 사부님의 실수에 대한 은유로서 말한 것이 아닙니다. 공주님이 우리에게 전달하려 하시는 내용은 그 말 그대로의 의미입니다. 우리가 우리를 가두고 있다고요!"

핸드레이크는 어리둥절한 표정으로 나를 바라보았다.

"무슨 소리야? 그 말 그대로라면……, 그래, 자네 말대로 우리는 스스로를 가두고 있다는 말인데, 그렇지는 않잖은가? 자네의 경우는 잘 모르겠지만 나는 이곳에서 빠져나가기 위해 모든 궁리를 짜내고 있네. 나는 스스로를 일부러 이곳에 가두고 있지는 않단 말일세."

"일부러 가두고 있습니다. 틀림없어요."

"설명해 보게. 박수나 호통, 혹은 비웃음은 그 설명을 들은 다음을 위해 아껴두겠네."

"예, 설명하지요. 조금 전의 상황을 떠올려 보십시오. 우리가 공주님과 이야기하던 상황 말입니다. 공주님은 그 상황에서 이미 우리들의 문제를 해결할 방법을 보셨지만 우리들은 보지 못했습니다. 그래서 공주님은 떠나가시면서도 계속해서 그것을 반복하셨습니다. 그 상황에 대해 생각해 보라고 주의를 환기시킨 거죠."

핸드레이크는 내 말을 듣자 창문과 의자를 번갈아 바라보더니 다시 미심쩍은 표정으로 나를 바라보았다.

"그러니까 공주님과 우리들이 말을 나눈 상황 말인가?"

"예. 그렇습니다! 어떻게 해서 그럴 수 있었지요?"

"공주님께서는 안장에 올라가시고 나는 저 의자에 올라가서……"

"제발, 사부님! 그게 아닙니다. 우리들은 분명히 공주님과 이야기를 나누었습니다. 저 벽을 사이에 두고서!"

나는 맹렬한 동작으로 팔을 휘둘러 벽을 가리켰다. 핸드레이크는 그 벽을 바라보다가 다시 나를 바라보았다.

"그런데?"

"어떻게 그럴 수 있었지요?"

핸드레이크는 다시 뭐라고 말하려다가 입을 다물고는 나를 바라보았다. 계속해서 설명해 보라는 의미라고 짐작한 나는 열성적으로 말했다.

"보십시오, 사부님. 우리는 공주와 이야기를 나누었습니다. 안에 있는 우리들과 밖에 있는 공주님이. 왜 그렇지요? 말을 나누는 것에는 안팎이라는 것이 아무런 의미가 없기 때문에 그렇습니다. 문제가 되는 것은 거리일 뿐이지 둘 사이에 존재하는 벽은 아무 의미가 없었습니다. 그렇다면, 최소한 공주님과 우리들이 말을 나눈 그 상황에서 우리와 공주님은 같은 공간에 있었다고도 말할 수 있지요?"

"뭐라고?"

"공간! 공간 말입니다. 저 벽이 태곳적부터 저기 있었습니까? 영원 불변한 우주의 진리로써 저 벽이 공간을 구획하고 있는 것입니까? 그렇지 않습니다! 공간은 그대로의 공간일 뿐이고 저 벽은 그냥 서 있는 벽일 뿐입니다. 그래서 우리는 공주님과 이야기를 나눌 수 있었지요. 저 벽이 적극적으로 우리들의 대화를 가로막지는 않으니까요. 그러나 우리의 의식 속에서, 우리는 벽의 존재 때문에 안팎의 공간을 마치 다른 두 개의 공간인 것처럼 생각해 버리고 있는 것입니다. 이것은 말입니다, 마치 '내 모습'이라고 말할 때 나의 신체뿐만 아니라 내가 걸치고 있는 옷, 신고 있는 신발, 걸고 있는 장신구까지 모조리 합쳐서 '나'라고 생각하며 말하는 것과 비슷한 것입니다. 하지만 그것들은 다른 사람이 입거나 신거나 걸치면 '다른 사람'이 되는 것 아닙니까?"

핸드레이크는 점점 솔깃한 표정이 되어가면서 점점 심각한 자세를 취했다. 나는 신이 난 목소리로 말했다.

"자, 저 벽을 이 안쪽으로 5큐빗 정도 당겨서 만들었다고 생각해 보지요. 그렇다면 안이 좁아지고 밖이 넓어지는 겁니까? 우리 의식 속에서는 그렇겠지요. 하지만 공간이 변화한 것입니까? 그렇지 않습니다. 공간에는 아무런 변화도 없지만, 그저 우리의 의식이 그렇게 생각하는 겁니다. '와, 비좁네.' 하면서요."

"그렇군, 그래! 무슨 말인지 알겠네. 그런데?"

"저 골렘이 우리처럼 안팎을 생각할까요?"

"응?"

"저 골렘이 과연 우리들처럼 안과 밖을 구분하고, 세상이 마치 우리들을 위해 쪼개어지고 구분될 수 있는 무엇인 것처럼 뻐뻐하게 믿을 수 있을까요? 그냥 존재하는 시간에 날짜를 붙여서 한 해의 마지막 날이 뭔가 애달픈 날이라도 되며 한 해의 시작일이 굉장히 축하할 날인 것처럼 믿을 수 있는 그 오만함이 있을까요? 천만에요! 골렘은 그런 것을 생각하지 못합니다. 도대체 한 해의 마지막 날과 그 다음날이 뭐가 다르답니까? 그날은 해가 두 개 뜨기라도 한단 말인가요? 전혀 그렇지 않습니다. 그 둘은 똑같습니다! 그저 인간 스스로가 거기에 날짜라는 것을 붙여놓고서는, 자신의 필요에 의해 붙여둔 날짜에 감정을 좌지우지당하는 겁니다. 그렇다면 이 안의 공간과 저 밖의 공간이 뭐가 다르다는 말입니까? 그저 우리가 벽을 세워두었다는 것일 뿐, 이 안과 저 밖은 전혀 다를 것이 없는 공간일 뿐입니다. 우리에게는 안 그럴지 몰라도 저 골렘에게는 똑

같은 공간일 뿐입니다. 아시겠습니까? 그러므로

'우리를 가두고 있는 것은 우리 자신'이 되는 겁니다!"

핸드레이크는 벌떡 일어섰다. 워낙 급격한 동작인지라 의자가 뒤로 나동그라질 정도였지만 핸드레이크는 괘념치 않은 채 외쳤다.

"자네는 역시 내 제자일세!"

'으윽. 좀 늦군.'

"훌륭하네, 훌륭해! 자네의 말이 옳아. 그렇군!"

핸드레이크는 열정적으로 내 어깨를 두드리며 말했다.

"헐스루인 공주님이 가르쳐주신 겁니다."

"그러니까 훌륭하다는 것일세! 나는 자네가 헐스루인 공주의 수수께끼를 풀 수 있을 거라고는 절대로……"

"사부님!"

핸드레이크는 딱 소리 나게 박수를 치며 말했다.

"으핫하하하. 좋아, 그렇다면 문제는 간단하군."

어라, 간단하다고? 설마. 여기서 우리는 골렘에게 존재와 인식에 대한 것을 가르치기 시작해야 될 테고, 그것은 매우 지난하며 어려운 작업이 될 텐데? 나는 의아한 표정으로 핸드레이크를 바라보았다.

"사부님? 그러니까……"

그러나 핸드레이크는 내 말은 듣지도 않고 그대로 몸을 돌려 골렘을 향해 걸어가기 시작했다. 나는 영문을 모른 채 그의 뒤를 따랐다.

골렘은 우리들이 나눈 이야기를 들은 것인지 듣지 못한 것인지 무표정하게(사실 표정을 지을 근육과 피부라는 것이 없기도 하지만) 서 있었다. 핸드레이크는 히죽 웃으며 나를 돌아보았다.

"자, 시작하지."

"예? 뭘 말입니까?"

핸드레이크는 이제 약 30분 전까지 골렘에게 보내고 있던 시선을 나에게 보내오기 시작했다. 내가 뭘 잘못 말했나? 핸드레이크는 기가 막힌다는 표정으로 나를 바라보더니 호통을 치기 시작했다.

"그러니까 나는 자네를 마법사로 인정할 수 없단 말일세! 스스로의 힘으로 해답을 다 찾아내고서는 답안지에 적을 줄을 몰라서 낙방하는 학생과 뭐가 다르단 말인가! 정말 못 참겠군. 어디 가서 누구 제자냐고 물어보면 절대로 내 제자라고는 대답하지 말게!"

"제가 사부님의 제자인 것 모르는 사람은 없습니다. 그리고, 사부님께서는 저의 사부님이므로 저를 지도하실 의무가 있지 않으십니까. 지도해 주시지요."

핸드레이크는 어처구니없어 하며 나를 바라보더니 갑자기 손을 뻗어왔다. 피하려고 했지만 핸드레이크의 손은 너무 빨랐고 나는 그에게 귀를 붙잡히고 말았다. 아이고, 내 귀!

"으아아아!"

"시끄러워! 입 닥치고 내 말 잘 들어."

핸드레이크는 그대로 내 귀로 입을 가져와서는 뭐라고 속삭이기 시작했다. 귀가 당겨지는 바람에 눈 앞으로 온갖 아름다운 빛이 떠다님과 동시에 격심한 통증에 발가락이 곤두설 지경이었는지라 나는 핸드레이크의 속삭임을 제대로 듣지 못했다. 그러나 핸드레이크는 두 번 반복했고 두 번째 말했을 때 나는 그의 말을 제대로 들을 수 있었다.

"뭐라고요?"

"그대로 말하게. 어서! 꼭 걸음마까지 가르쳐줘야 걷는단 말인가? 오호, 핸드레이크여. 너는 지지리도 제자 복이 없구나. 하긴 오죽 못났으면 데이트 방법을 물어보러 사부를 찾아왔을까. 어서 말

햇!"

그리고 핸드레이크는 몸을 돌려 골렘을 똑바로 바라보았다. 나는 이 모욕에 그럴듯한 항변의 말을 외쳐줄까 했지만 그는 완강한 태도로 등을 들이댄 채 내 말만 기다리고 있었다. 그래서 나는 어쩔 수 없이 그의 명령대로 고함을 질렀다.

"사부님! 앞으로 20큐빗만 걸어가십시오!"

그리고 핸드레이크는 골렘을 지나쳐 밖으로 걸어갔다.

밖으로 걸어갔다? 말을 잘못했군. 골렘은 그렇게 생각하지 않았을 거야. 핸드레이크는 20큐빗 이동했을 뿐이지 안팎으로 움직인 것은 아니다. 즉 '드나든' 것이 아니다! 나는 단숨에 이해했고, 그래서 펄쩍 뛰어오르며 괴성을 질렀다.

"우으으아!"

잠시 후, 나는 '솔로처, 앞으로 20큐빗만 걸어오게' 라는 사부님의 명령으로 앞으로 20큐빗을 걸을 수 있었다. 그리고 그 결과로 나는 핸드레이크의 연구실을 나와 골렘의 등을 바라보고 있을 수 있게 되었다. 나와 핸드레이크는 서로 얼싸안은 채 빙글빙글 돌며 음정도 맞지 않는 노래를 불러댔다. 다행히도 봄맞이 축제일이므로 누군가가 우리를 바라보며 '미친 마법사와 그만큼 미친 제자' 로 판단하는 일은 일어나지 않았다.

결국 우리들은 기쁨이 가셨다기보다는 너무 돌아서 어지러웠기 때문에 그짓을 멈추고 제자리에서 씩씩거리기 시작했다. 핸드레이크는 골렘의 등을 바라보다가 나를 향해 말했다.

"하하. 멋진 오후였네. 후, 후. 자넨 이제부터 부지런히 중앙 광장으로 달려가야겠지?"

"예. 헉헉, 그렇습니다. 사부님께서는 저 골렘을 처리하고, 헥. 뒤따라오시겠습니까?"

"응? 천만에. 나는 저 골렘을 그대로 둘 생각이네."

"예? 아니, 뭣 때문에……."

핸드레이크는 허리를 쭉 펴더니 당당하게 말했다.

"나는 자네의 말에 감동했네, 솔로처. 그리고 그 감동을 다른 모든 이들에게 전해 주고 싶네."

"그럼 저대로 놔두겠다는 말씀입니까?"

"물론이네! 세상이 우리 마음대로 자르고 나누고 구분할 수 있는 것이 아니라는 것을, 오로지 우리 의식 속에서만 그렇게 나눌 수 있을 뿐이지 우리가 세상을 마음대로 바꾸는 것은 절대로 아니라는 것을 되새기게 하기 위해, 앞으로 이곳을 드나드는 모든 이들이 우리와 같은 방법으로 드나들게끔 할 생각이네."

핸드레이크는 단호하고도 무게 있는 어조로 그렇게 말했다. 그리고 나는 훗날 두고두고 후회할 일을 저지르고 말았다. 핸드레이크의 생각을 칭송하며 박수를 쳐버린 것이다. 핸드레이크는 기특하다는 표정으로 나를 바라보았다.

그래서 그때부터, 핸드레이크의 연구실을 드나드는 모든 이들은 세상에 대한 겸허함을 배우게 되었다. 그들은 우리가 국경선을 긋든 벽을 세우든 그것은 우리 자신을 구속하는 것이지 세상을 구속하는 것은 아니라는 사실을 되새겨야 했다. 그리고 나는 나 혼자서만 짐작하는 사실에 대해 고민하며 밤마다 잠 못 이루며 고통스러워했다.

나는 핸드레이크가 심술 때문에, 즉 자기 두개골이 찌그러질 뻔한 일을 다른 사람도 겪어야 된다는 심술에서 그런 결정을 내렸을 거라는 확신에 가까운 판단을 누구에게도 말할 수 없었던 것이다.

키메라(*Chimera*)

(2001)

"흐음, 솔로처. 저쪽 찬장에 보면 썩은 꿀이 있을 거야. 그걸 좀 가져오게."

"……사부님. 물론 질문해도 좋다는 허락을 받은 적은 없습니다만, 그래도 좀 여쭤봐야겠습니다. 키메라를 제조하는 데 썩은 꿀이 꼭 들어가야 하는 겁니까?"

"물론이지! 꼭 필요한 거야. 이건 완벽한 키메라라고."

핸드레이크는 이런 당연한 사실도 모르느냐는 식으로 나를 쳐다보았고, 그 눈빛은 내게 대답이나 마찬가지였다. 그래서 나는 속으로 악담을 중얼거리며 그 꿀병을 가져왔다. 내 동작에서 뭔가 미심쩍은 모습을 발견한 핸드레이크는 터무니없이 과장되게 진지한 손짓을 하며 썩은 꿀을 솥 안에 부어넣었고, 나는 그 모습에 가소로운 미소를 지었다.

썩은 꿀이지만 그래도 꿀이니만큼 향기로운 냄새가 풍겨야 정상이겠지만, 솥 안에 먼저 들어갔던 재료들 때문에 냄새는 여전히 고약했다. 그 먼저 들어간 재료에 대해서는 부디 묻지 말아줬으면 좋겠다. 비위가 남달리 강한 사람이라도 안색이 창백해질 목록이다. 재료를 투입하는 과정에서 나는 두 번 졸도했다. 핸드레이크는 혼자서 실험할걸 어쩌고 하며 투덜거렸지만 재료들 중엔 혼자서 도저히 집어넣을 수 없는 것도 있었기에 내 도움이 꼭 필요한 상황이었다. 예를 들어, 낡은 책장이라든가 식물이 말라죽은 커다란 화분 등.

역시 내 생각대로 이건 봄 대청소임이 틀림없다.

완벽한 키메라의 제조 어쩌고는 연구실의 봄 대청소에 제자를 끌어들이기 위해 대마법사가 생각해 낸, 그리고 실로 대마법사나 생각해 낼 법한 구실인 것이다. 다시 한번 핸드레이크의 명령에 따라 끙끙거리며 깨진 모래 시계를 솥 안으로 우겨넣은 다음(이 또한 대마법사가 생각해 낼 법한 쓰레기 처치법이다. 나의 사부가 솥 안의 용적을 얼마나 부풀려놓았는지 상상도 되지 않는다. 혹 다른 차원과 연결해 버린 건 아닐까?)나는 더 참을 수 없는 기분이 되어 사부를 바라보았다.

주위를 두리번거리며 또 뭐 치울 것 없나 찾아보던 핸드레이크는 내 시선에 움찔하며 다시 메모를 참조하는 척했다.

"흠흠, 그러니까 다음으로 들어갈 재료는……."

왜 바이서스의 위대한 궁정 마법사 핸드레이크가 마법 하인을 만들어내지 않고 이렇게 제자를 괴롭히고 있냐고? 글쎄. 관점의 문제이긴 하겠지만, 그래도 플라스크 한번 엎질러서 세상이 박살나는 건 안타까운 노릇이지 않을까. 어쨌든 이곳은 핸드레이크의 연구실, 그러니까 대륙에서 가장 무시무시한 장소다. 망가진 가구 따위야 누가 치워도 상관없겠지만 맨드라고라의 뿌리라든가 독두꺼비 뿔, 그쉬룹의 흡혈초 등을 안전하게 다룰 수 있는 건 마법사뿐이다. 아니면 심술궂은 사부 때문에 아직까지 마법사로 인정받지 못한 수제자뿐이라고 할 수도 있다. 내가 이 화창한 봄날에 대청소에

나 매달려 있는 이유는, 게다가 내 사부의 가증스럽고 가소롭고 가식적인 연기까지 감수하는 이유는 바로 거기에 있었다.

"흐음. 이제 다음 단계로 넘어가기 위해서는 깨끗한 바닥이 꼭 필요하네. 빗과 쓰레받기, 그리고 먼지떨이와 걸레를 가져오게나."

……어쩌면 감수하기 어려울지도 모르겠다.

"물론, 반드시, 결단코, 의심의 여지 없이, 그건 완벽한 키메라의 제작에 필수불가결한 요소겠지요?"

"당연하지. 그런데 왜 그렇게 이를 바득바득 갈면서 말하는 건가? 이가 아픈가?"

나는 자기 최면을 걸기 시작했다. 책장도 의자도 화분도 썩은 꿀도 필요한데 깨끗한 바닥쯤이야. 나는 군말 없이 청소 도구들을 찾아들었다. 물론 내 이성의 보다 비관적인 쪽, 그래서 더 현명한 쪽은 이 장대한 연극의 끝이, 청소가 끝난 연구실과 키메라의 제작이 지난한 일임을 인정하는 핸드레이크의 장탄식일 것임을 예리하게 간파하고 있었다.

그랬기에, 청소를 마치자마자 솥 안에서 웬 머리가 불쑥 튀어나왔을 때 나의 경악은 필설로 형언할 수 없었다. 솥에서 머리를 내민 그것은 서로를 끌어안은 우리 둘을 발견하고는 품위 있게 말했다.

"나는 완벽한 키메라다!"

"서, 성공해 버렸다!"

핸드레이크의 이 외침은 내 추측을 뒷받침하는 것이었지만 그 당시에는 그런 생각을 떠올리지 못했다. 그와 나는 깨끗이 청소된 바닥에 주저앉은 채 서로를 얼싸안고 꼼짝도 하지 않았다. 우리가 아무런 반응을 보이지 않자 그것은 솥 안에서 천천히 몸을 일으켰다.

철퍽거리고 삐걱거리고 꿈틀거리고 심지어 줄줄 흘러내리기까지 했지만, 어쨌든 그것은 솥 안에서 걸어나와 우리들 앞에 섰다. 이상한 위치에 달려 있는 비정상적인 형태의 팔이 우리를 향해 뻗어왔다.

"네가 나를 만들었는가?"

"그, 그렇다. 나는 핸드레이크. 내가 너를, 아니, 정확하게 말하자면 우리가 너를 만들었다. 핸드레이크와 그의 제자 솔로처가 너를 만들었다."

공정함이라든가 정의라는 말을 뉘 집 강아지 이름쯤으로 알고 우습게 여기는 핸드레이크지만 마법에 대해서만은 사실을 중요시한다. 아니면 내 짐작대로 그는 이 괴상한 물체를 이미 실패작으로 판단하고 있는 건지도 모르겠다. 그렇다면 아마도 모든 사태가 종료된 뒤 나의 사부는 내가 끼어들어서 실패했다고 우길 것이다.

그것은 우리 둘을 한참 동안 바라보았다. 물론 깨진 약사발과 도롱뇽 박제가 우리 쪽을 향해 있는 것이 '바라본다'는 말에 해당하는 것인지는 확신할 수 없지만. 잠시 후 그는 무엇인가를 깨달았다는 듯이 갑자기 말했다.

"나는 완벽한 키메라다."

"흐음. 이건 재미있군."

핸드레이크와 나는 서로 떨어져 조심스럽게 뒤로 물러났다. 약간 떨어진 거리까지 물러나는 동안 그 '완벽한 키메라'는 우리를 바라볼 뿐 아무런 제재를 가하지 않았다. 우리는 충분하다고 생각되는 거리에서 일어나 그것을 바라보았다. 핸드레이크의 경우엔 턱수염을 약간 잡아당기고 있었는데, 아무래도 이게 꿈이 아닌가 확인하고 있는 것 같았다. 갑자기 핸드레이크는 나를 휙 돌아보았다.

"솔로처, 재료 투입 순서를 다 기억하나?"

아아, 순진한 나의 사부여. 나는 내 사부에게 악의 넘치는 미소를 지어주었다.

"사부님의 메모에 있지 않습니까?"

"음? 아, 물론 그렇지! 자네에게 가르쳐줄 필요가 있는지 알기 위해서 물어본 거야. 자네가 다 기억하고 있다면 내가 따로 가르쳐 줄 필요는 없겠지? 어, 어때?"

"따로 가르쳐주셔야겠습니다."

그러자 핸드레이크는 벌컥 화를 내었다.

"이 얼간이 같으니! 내가 관찰력도 없는 제자에게 귀중한 지혜를 전수해 줄 만큼 관대하다고 생각하나! 도대체 제 손으로 집어넣고도 뭘 어떻게 집어넣었는지를 기억 못한다고? 좀 제대로 기억해보란 말이다!"

난 죄송스러워 하는 표정을 지어보임으로써 핸드레이크를 좌절시켰다. 핸드레이크는 이제 자신이 창조해 낸 키메라를 어떻게 창조했는지 모른다는 사실에 격분해야 할 것이다. 공부하느라 바쁜 제자를 가소롭기 짝이 없는 구실을 들어 대청소에 동원한 벌이라면 이 정도가 딱 적당한 것 같다. 나는 지극히 애정 어린 눈으로 그 키메라를 바라보았다. 그때 키메라가 우렁차게 외쳤다.

"창조자들이여!"

"음? 왜 그러나?"

"나는 완벽한 키메라다."

잠시 기다리던 우리는 그 키메라가 더 이상 말하지 않을 작정이라는 것을 깨닫고는 맥이 풀리고 말았다. 핸드레이크는 짜증스러워하며 말했다.

"지능이 높은 것 같지는 않은데."

"그런 것 같죠?"

"그래. 한 연구실 안에 바보는 하나면 충분한데 말이야. 둘은 좀 많지."

"사부님!"

핸드레이크는 히죽 웃더니 팔짱을 끼며 그 키메라를 바라보았다.

"그래, 완벽한 키메라여. 너는 무엇을 할 수 있지? 어, 혹시 네 탄생 과정을 기억하나?"

속 보이는 질문이었지만 나 또한 그것이 궁금했던지라 기대감 속에 키메라를 바라보았다. 키메라는 화분을 갸웃하여 흙과 자갈이 얼마쯤 쏟아지게 만들었다가 천천히 대답했다.

"나의 발생 이전을 기억하는 나라는 것은 자가당착이다."

"어라? 의외로 근사한 말을 하는데."

핸드레이크는 감탄했다. 결국 이 친구를 통해서도 이 친구의 제작 과정을 알 수는 없게 되었지만 우리는 이 미증유의 지성을 관찰하는 것에 이미 흥미를 느끼기 시작했다. 핸드레이크는 시원스럽게 말했다.

"좋아. 완벽한 키메라여, 내 두 번째 질문은 잘못됐다. 인정하겠어. 그럼 첫 번째 질문에 대한 대답은 무엇이지? 너는 무엇을 할 수 있나?"

"나는 원할 수 있다."

그렇다. 인정한다. 우리는 마법사와 제자이다. 그래서 나와 핸드레이크는 이런 대답이 보통 사람들에게 야기할 만한 반응은 보이지 않았다.

"우와앗! 들으셨습니까? 욕망할 수 있답니다, 사부님!"

"엄청나군! 욕망이란 세계 인식과 자기 인식이 모두 갖춰졌을 때, 또한 거기에 미래라는 개념이 덧붙여졌을 때만 가능한 고등한 정신 활동이지. 이거 장난이 아닌데? 좋았어. 완벽한 키메라, 너는 무엇을 원하지?"

"나는 창조자들에게 원한다. 완벽한 짝을 만들어다오."

키메라가 세 번째 팔에 달린 두 번째 손을 높이 들어올리며 말하자 우리는 거의 주체할 수 없을 정도로 행복해졌다.

"짝! 종족 번식의 욕구일까요? 아니면 혹시 일자(一者)의 고독? 사부님은 어떻게 생각하십니까?"

"젠장, 이거 생각이 안 된다. 손끝이 다 떨리는데! 정말 멋지군. 짝이라고? 이것이 뭔가 중요한 사실을 나타내고 있다는 것에 내 수염을 걸어도 좋아!"

"맞습니다! 오오, 위대한 사부님. 그런데……."

나는 잠시 흥분을 가라앉히고 그 완벽한 키메라를 바라보았다. 별의별 잡동사니들이 뒤죽박죽으로 엉켜 있는 그 키메라를 바라보며 나는 중요한 사실을 떠올렸다.

"그런데 저게 남자입니까, 여자입니까?"

우리는 동시에 키메라의 사타구니를 바라보았다. 하지만 우리들이 바라본 방향은 서로 달랐다. 그 키메라는 다리라고 생각되는 부분이 여러 개인데다가 좌우 대칭도 아니었다. 게다가 그것이 한 걸음 움직였을 때 우리는 다리라고 생각했던 것이 실제로는 다리가 아님을 깨달았다. 내가 마음속으로 두 번째 팔이라고 이름붙여 두었던 것이 다리처럼 사용된 것까지는 이해할 수 있지만, 아무리 보아도 갈비뼈가 아닐까 생각되는 부분까지 이동에 이용되는 것은 정말 골치 아픈 노릇이었다. 핸드레이크 또한 나와 비슷한 고민을 하는 듯했고, 그래서 우리는 시간이 약간 지난 후에야 그것이 꽤 위협적일 정도로 가까이 다가와 있음을 깨달았다.

"창조자들이여! 완벽한 짝을 만들라!"

위협적인? 그렇다. 왠지 그렇게 느껴진다. 나와 핸드레이크는 자신도 모르게 뒤로 조금 물러나며 다시 한번 그것을 자세히 바라보았다. 이제 보니 그것은 높이가 7큐빗은 넘었고 넓이도 6큐빗은 충분히 되었다. 이빨이나 발톱, 뿔, 집게 따위야 당연히 없었지만 그것은 분명히 위험해 보였다.

"창조자들이여!"

"어, 재촉하지 말라고, 친구. 자네 이야기는 분명히 들었으니까. 짝을 원한다고 했지?"

"그렇다."

"왜 그걸 원하는 거지?"

"나는 완벽한 키메라다. 최초의 나는 너희들 창조자에 의해 만들어졌지만, 이제부터는 나 스스로 만들 것이다. 따라서 나에겐 짝이 필요하다."

우리는 동시에 고개를 끄덕였다.

"종족 번식이군."

핸드레이크는 두 팔을 약간 펼쳐보이며 말했다.

"자네와 같은 존재를 늘리고 싶다는 건가? 왜지?"

"완벽하니까. 세상엔 완벽한 존재가 필요하다. 따라서 나는 완벽한 짝과 더불어 완벽한 자손들을 만들고 또 만들어 그들로써 지상을 가득 채울 것이다."

핸드레이크는 기막힌 표정으로 나를 돌아보았다.

"이 친구 지금 세계 정복을 말하고 있는 거야? 꿀 범벅 된 양피지 뭉치 아래 덜그럭거리는 서랍과 튀어나온 탁자 다리에 엉긴 흡혈초 잎사귀가 매력적인 친구들이 세상을 가득 채운다고?"

우리는 그 광경을 상상해 보았다. 다음 순간 우리는 폭발적으로 웃기 시작했다. 맙소사, 그 세상 한번 정말 볼만하겠다. 나는 허리를 꺾은 채 웃어댔고 핸드레이크는 아예 눈물을 줄줄 흘리며 벽에 기대섰다. 결국 우리는 숨도 제대로 못 쉴 정도가 되었다. 이제야 정의를 내릴 수 있게 되었지만 자칭

'완벽한 키메라'라는 저 친구는 아무리 잘 봐줘도 움직이는 쓰레기 더미일 뿐이었다. 조금 전에 느꼈던 위협적인 느낌은 완전히 사라졌다. 핸드레이크는 벽에 기댄 채 헐떡이며 말했다.

"아, 그런데 말이야. 완벽한 키메라여, 나도 그렇게 생각하고 내 제자의 견해 또한 나와 같은 듯한데, 자네 같은 존재의 번창은 아무리 생각해도 풍경 화가의 악몽 이상은 아닐 것 같아."

"완벽한 짝을 만들라!"

"이런 쇠고집을 봤나. 야, 이놈아. 사람이 점잖게 말하면 말을 들어. 난 네 짝을 만들어주지 않겠어. 어쨌든 당장은 그래야 할 필요를 전혀 느끼지 않아!"

물론 만들어줄 수도 없고 말이지. 핸드레이크의 말이 끝나자 자칭 완벽한 키메라는 입을 다문 채(물론 수사적인 표현일 뿐이다) 우리를 가만히 내려다보았다. 깨진 약사발과 도롱뇽 박제가 좌우로 데굴거리는 모습을 보니 무슨 생각에 잠긴 듯했다. 그리고 우리는, 다시 말하지만 마법사와 그 제자였던 우리는 주위 상황을 살핀다거나 일어날지 모르는 위험을 추측해 보는 대신 이 친구가 무슨 대답을 할지에 모든 관심을 기울였다.

약간 오랜 시간이 지난 후 그 완벽한 키메라는 천천히 화분을 흔들었다.

"나에게 완벽한 짝을 만들어주지 않으면 너희 창조자들에게 위해를 가하겠다."

"우왓! 놀랍습니다, 사부님. 협박입니다. 믿을 수 없군요!"

"대단해! 그렇다면 저놈은 욕망의 달성 과정을 상정하고 거기에 자신의 능력을 개입시킬 시점과 형태를 가정할 수 있다는 말이군. 엄청난데!"

좋아서 어쩔 줄을 몰라하는 우리들의 모습이 키메라에게 어떻게 비쳤을지 궁금하다. 어쨌든 우리가 키메라를 만족시키지 않았음은 분명하다. 그렇지 않고서야 키메라가 우리에게 화염을 뿜어대었을 리가 없으니까.

우리는 기겁하며 좌우로 갈라졌고 키메라가 토해 낸 불줄기는 우리 둘 사이를 가로질러 뒤쪽의 탁자에 작렬했다. 화르르르! 열기를 이기지 못한 시험관들과 증류기들이 박살나며 튀어올랐고 놀랍게도 철제 절구공이가 벌겋게 달아오르기 시작했다.

"무울! 물 가져와, 솔로처!"

핸드레이크의 비명에 나는 퍼뜩 정신을 차렸다. 황급히 주위를 살피던 내 눈에 걸레가 담겨 있는 물통이 들어왔고 나는 냉큼 그것을 집어들어 탁자에 집어던졌다. 파파파파! 수증기가 천장을 향해 치솟고 벌써 재가 되기 시작한 탁자가 우지끈 소리를 내며 무너졌다. 가까스로 불기가 줄어들자 핸드레이크와 나는 누가 먼저랄 것도 없이 뛰어들어 불길을 밟아대기 시작했다. 이곳은 불장난을 치기엔 너무 위험한 곳이다.

신발이 타들어 가는 것조차 아랑곳하지 않은 노력 덕분에 불길은 사그라들었다. 옷에 붙은 불티들을 황급히 떨어낸 다음 핸드레이크는 격분한 얼굴로 키메라를 돌아보았다.

"네 녀석이 감히, 아……."

나는 깜짝 놀라 핸드레이크를 쳐다보았다. 나의 사부는 칭찬은 자제할지언정 폭언은 절대 자제하지 않는 인물이다. 그러나 키메라를 돌아본 나는 핸드레이크의 이 일탈을 까맣게 잊어버렸다.

키메라의 상체, 결코 정확한 명칭이랄 수는 없지만 그 상체에서 네 번째, 다섯 번째, 여섯 번째의 팔들이 솟아나오고 있었다. 팔들의 형태와 크기는 각양각색이었지만 그것들은 한결같이 뾰족하거나 날카롭거나 섬뜩하게 구부러져 있었다. 제아무리 사교 생활을 즐기는 작자라도 이 키메라와 악수할 것 같지는 않았다. 눈에 익은 것들도 많았다. 꾸불텅꾸불텅, 키메라의 무릎에서 건들거리던 흡혈초들은 갑자기 뱀처럼 머리를 쳐들더니 꽥꽥거리며 피를 갈구하기 시작했고, 뿌지직뿌지직, 독두꺼비의 뿔들은 거대화의 물약과 섞이기라도 한 것인지 드래곤의 뿔만큼이나 거대해진 모습으로 어깨 쪽에서 튀어나왔다. 가장 끔찍했던 것은 목 근처에서 튀어나온 맨드라고라의 뿌리들이었다. 얼씨구절씨구. 사람과 비슷하게 생긴 그 뿌리들이 목걸이처럼 얽혀 키메라의 목을 감싸고 있는 모습은 그 키메라를 어떤 무시무시한 신의 우상과 비슷하게 보이도록 만들었다.

이제 키메라는 춤이라도 한번 추면 자연 재해가 되고 말 모습으로 바뀌었다.

기가 막혀 말도 제대로 못하고 있는 우리들을 향해 키메라는 서랍을 힘차게 덜그럭거리며 외쳤다.

"창조자들이여! 완벽한 짝을 만들라!"

봄 대청소가 세상을 박살낼 만큼 위험하다고 말하면 사람들이 믿어주기나 할까?

어쨌든 세상을 박살내느니 어쩌느니 하는 말은 과장이라 할 수 있을 것이다. 하지만 이곳은 바이서스의 국왕이 거처하는 궁성 임펠리아 내에 소재하는 연구실이며, 그 말은 바꿔 말해서 바이서스의 국왕 및 왕실의 중요 인물들이 저 자연 재해적 피조물의 영향권 안에 있다는 말이 된다. 그 사실은 우리들로 하여금 저 키메라를 대함에 있어 진지한 자세를 갖출 것을 요구하고 있었다.

"잠깐. 진정하라고, 진정해. 짝? 만들어주겠어. 그러니 뒤로 조금 물러나 있어."

키메라는 뜻밖에도 뒤로 순순히 물러났다. 아마도 뒤로 물러나는 동작이 짝의 제작에 꼭 필요한 일이라고 믿은 모양이었다. 나는 그 틈을 타 핸드레이크에게 속삭였다.

"어쩌지요, 사부님?"

"뭐든 만드는 척하자."

"그건 미봉책밖에 안 될 텐데요?"

"그럼 어떡하냐?"

"저 녀석을 부숴버리지요. 최소한 무력화시키는 방도를 생각해 보지요."

핸드레이크는 기막힌 얼굴로 나를 쳐다보았다.

"긴 창과 방패, 갑옷을 가져다주랴? 힘센 전투마도 필요하겠지? 아, 나팔은 내가 불어주지. 자네가 기사도에 그토록 경도되어 있는 줄은 내 미처 몰랐군."

"그럼 어쩝니까? 어차피 짝을 만들어줄 수도 없을뿐더러 설령 만들어줄 수 있다고 해도 저 친구나 저 친구의 자손들은 다과 시간의 주인공이 되기엔 부족해 보이는데요."

핸드레이크는 다시 키메라를 돌아보고 고개를 끄덕였다.

"쯔읍. 대단히 독특한 개성을 가진 작자가 아니라면 저 친구와의 교류에서 즐거움을 느끼긴 어려울 거라는 데에는 동의하겠다. 하지만 지금 외로움을 좀 과격하게 표현하고 있다는 것 빼고는 별다른 해도 끼치고 있지 않으니……."

난 불탄 실험 도구들을 돌아보았다. 별다른 해가 없다고?

"부수는 건 좀 천천히 고려해 보자. 게다가 저 친구를 상대하는 것이 결코 쉬울 것 같지도 않고 말이야. 궁성 임펠리아 안에서 지나친 불꽃놀이를 할 수는 없잖아. 일단 시간을 좀 끌어야겠군."

"어떻게요?"

"내게 좋은 생각이 떠올랐다. 어이, 이봐. 키메라!"

키메라는 즉각 대답했다.

"왜 부르는가, 창조자 핸드레이크여?"

"짝을 만들기 위해 꼭 필요한 것이니 묻겠다. 자네 남자인가, 여자인가?"

핸드레이크는 조금 전 내가 던졌던 질문을 그대로 키메라에게 했다. 그러자 키메라는 침묵한 채 우리들을 바라보기 시작했다. 잠시 후, 키메라는 놀랍게도 약간 난처해하는 목소리로 말했다.

"창조자들이여, 그대들이 나를 만들었다. 그런데 내 성별을 모른단 말인가?"

어쩐지 투입 순서를 다 기억하냐고 묻는 사부님의 말투와 비슷했다. 그래서 나는 저 키메라도 자신이 어떤 성별인지 모른다는 사실을 알았다. 핸드레이크는 신나는 기분을 최대한 감추며 말했다.

"아, 물론 우리들이 자네를 만들긴 했지만 자네의 짝까지 만들 생각은 하지 않았거든. 그래서 자네의 성별을 특별히 고려해 두지 않았어. 그러니 자네가 우리들을 위해 좀 알려줘야겠는데."

이런 웃기는 대화는 봄 대청소중인 마법사의 연구실에서나 들어볼 수 있을 것이리라. 난처해하던 키메라는 마침내 온몸을 떨기 시작했다. 흙먼지가 피어오르고 종이가 찢어지고 구멍난 냄비가 웅장한 소리를 내며 울리기를 수분, 마침내 키메라는 포기한 듯한 몸짓을 해보였다.

"나는 내 성별을 모른다."

"뭐라고! 맙소사, 이런 낭패가 있나! 그럼 우리가 자네 짝을 만들어줄 수 없잖은가!"

핸드레이크는 경악에 차서 외쳤고 나는 웃음을 참기 위해 키메라의 어깨 너머 상인방을 쏘아보았다. 키메라는 좌절한 듯 바닥에 주저앉더니 우리를 멍하니 바라보았다.

"나는 내 성별을 알 수 없다. 그렇다면 짝을 만들 수 없는 것인가?"

"으음. 일단은 그렇군. 하지만 좌절하지 말게. 뭔가 방법이 있겠지. 시험해 보고 연구해 볼 수 있을 거야. 이건 그저 시간의 문제야."

"시험하고 연구하라!"

"뭐? 아, 그래……. 솔로처?"

"제발 이럴 때만 부르시지 말아주세요, 사부님. 저도 좋은 방법이 안 떠오릅니다."

"흐으음, 어디 보자. 이 친구는 세상을 정복하겠다고 말했어. 그건 남성의 특징이지 않을까?"

"하지만 말입니다. 이 키메라가 말하는 것은 기치창검을 높이 들고 황야를 달리는 따위의 것이 아니라 자기 자손들로 세상을 가득 채우겠다는 것이었습니다. 모성 본능 아닐까요?"

오크들이라도 저런 모습을 자애로운 어머니상으로 받아들이긴 어려워할 테지만 말이야. 하지만 핸드레이크는 고개를 가로저었다.

"모성 본능은 자손을 낳고 기르고 싶어하는 것이지 무조건 싸질러서 세상을 꽉꽉 채우겠다는 식은 아닐 텐데. 오히려 그런 건 남성적인 욕구에 가까운 것 아니냐?"

"싸지르다니요. 좋은 말 쓰세요. 여기엔 태어난 지 10분도 안 되는 순진한 아기가 있습니다."

나는 그 순진한 아기가 화염을 토하고 공성추만큼이나 거대한 독뿔로 무장한 7큐빗짜리 신생아라는 사실은 무시했다.

"사부님의 말씀도 맞긴 합니다만, 이 친구는 후손을 낳기 위한 목적으로 짝을 찾고 있습니다."

"그래서?"

"우리 남성들은 모두 잘 알고 있지만 남자는 후손보다는 여자 자체가 목적인 경우가 많습니다. 남자는 자기 자신이 아기를 낳지 않기 때문에 후손에 대한 관념이 희박하지요. 따라서 남자는 후손을 얻기 위해 여자를 찾기보다는 여자를 얻기 위해 여자를 찾습니다."

"그럼 여자는 자손을 얻기 위해서 남자를 찾는다는 말인가? 뭐, 자네 말대로 여자들이 아기를 가지기 위해 어쩔 수 없이 귀찮고 지저분하고 독선적인 남자를 참아주는 게 아닌가 생각될 때도 있어. 하지만……."

불안한 예감이 들기 시작했다. 그리고 채 10분도 되지 않아 나의 불안은 사실로 드러났다. 우주의 모든 선한 의지가 한꺼번에 달려들어도 바꿀 수 없는 것이 둘 있는데 첫 번째는 핸드레이크의 성격이고 두 번째는 그 수제자의 성격이다. 제자의 지성을 간단히 오크 수준으로 깎아내릴 수 있다는 점에서 타고난 스승인 핸드레이크와, 그 핸드레이크의 복장을 간단히 뒤집어놓을 수 있다는 점에서 타고난 그의 제자인 나, 솔로처는 원래의 목적을 깨끗이 망각한 채 이 키메라가 남자냐 여자냐를 놓고 백열하는 설전을 벌인 것이다. 그러나 세계에서 가장 위대한 마법사와 청출어람이 기대되는 그의 제자가 벌일 법한 토론은 절대로 아니었다.

"남자야, 남자! 가슴이 없잖아!"

"여자예요, 여자! 그게 없잖아요!"

……후학들이 우리들의 토론을 알게 될까 두렵다. 멍한 표정으로(의인화가 갈수록 심해지는 것 같다) 우리들을 바라보던 키메라는 몇 번이나 조심스럽게 끼어들려고 했지만 입 닥치고 가만히 있으라는 우리들의 살벌하기까지 한 요구에 그만 포기하고는 의기소침해진 채 물러나 있었다. 어쨌든 우리가 그런 소동을 일으키고 있었기에 방문자는 높은 목소리로 두 번이나 외쳐야 했다.

"솔로처! 제발 내 말 좀 들어줘요!"

서로를 잡아먹을 듯이 노려보던 우리는 입구 쪽으로 고개를 돌렸다. '누군지 모르지만 닥치고 꺼져!' 라고 외치기 위함은 아니었다. 그 목소리의 주인공이 누군지 알아차렸기 때문이다.

낭랑한 목소리와 함께 연구실로 들어선 자는 이미 활달한 걸음 걸이로 우리들을 향해 걸어오고 있었다. 물론 그 사람과 우리들 사이에는 저 최신식, 미증유, 성별 미상의 자연 재해가 온갖 흉측한 부속 기관을 흔들거리며 앉아 있었다. 우리는 비명을 지를 수밖에 없었다.

"으악! 공주님!"

"헐스루인 공주인데요. 으악 공주가 아니라."

헐스루인 공주는 태평하게 자신을 소개한 다음 내처 걸어왔다. 키메라의 곁을 지나던 공주는 옆을 흘끔 쳐다보고는 "안녕하세요. 좋은 날씨죠?" 하더니 다시 우리에게로 걸어왔다. 그러곤 경악 때문에 숨쉬는 것도 잠시 방기하고 있던 우리들에게 말했다.

"여기 있었군요, 솔로처. 부탁할 것이 좀 있어서 찾아왔어요."

"공주님, 여기는 위험, 아니, 항상 그런 것은 아니지만, 어쨌든 저게 보이면, 그러니까 공주님은, 어, 일단은 피하고 봐야, 그러니까 공주님!"

핸드레이크는 당황하여 말도 안 되는 말을 쏟아놓았지만 그것은 공주를 즐겁게 했던 모양이다. 왜냐하면 헐스루인 공주는 얼굴을 활짝 펴며 말했기 때문이다.

"살아 있는 것입니까?"

"스무고개 놀이가 아닙니다!"

"그럴 줄 알았어요. 그럼 실례하지요, 솔로처. 이미 말했듯이 부탁이 좀 있는데요. 헤트로이처의 『신에게로의 사색적 산책』 가지고 있지요? 좀 빌려주시겠어요?"

"읽어보시려고요?"

"아뇨. 두께가 딱 맞을 것 같아서."

"……과자 상자입니까?"

"사탕 병."

"시녀에게 허락받지 않고서는 빌려드릴 수 없겠군요. 그리고 제 생각에도 책은 읽으라고 있는 거지 의자 위에 놓고 발판으로 쓰는 건 아니라고 여겨……"

"그럼 크라이제의 『문명 비평』이라도 좋아요. 47쪽 더 두꺼우니까."

나는 웃으며 두 손을 들어보였다. 열다섯 살에 아직 키가 3큐빗이 될까 말까 하고 단 것에 꼼짝못하지만 그게 헐스루인 공주의 모든 면은 아니다.

"말을 실수했군요. 이 궁성 내에 있는 책은 쪽 수까지도 다 알고 있으시니, 영특하신 공주님으로선 당연히 발판 이외엔 책을 사용할 일이 없으시겠군요."

헐스루인 공주는 생긋 웃었다. 그때 공주의 등 뒤에서 화산 폭발 같은 목소리가 들려왔다.

"그자는 영리한가?"

헐스루인 공주는 감탄한 얼굴로 뒤를 돌아보았지만 나는 겨우 유쾌해지던 기분이 싹 사라지는 것, 그리고 피가 식는 듯한 기분이 엄습하는 것을 느꼈다. 핸드레이크는 미친 듯이 주위를 둘러보는 것이 아무래도 자신의 지팡이를 찾고 있는 것 같았다. 하지만 봄 대청소와 조금 전 키메라의 난동, 그리고 우리들의 소동 때문에 그 지팡이는 어디로 갔는지 도통 보이지가 않았다.

헐스루인 공주는 키메라에게 말했다.

"나 말인가요? 글쎄요. 영리하다는 것도 약간은 상대적인 개념이니까 당신이 판단해야 할 문제인 것 같군요. 그런데 당신은 누구지요?"

"나는 완벽한 키메라다!"

핸드레이크는 신음을 토했다.

"나는 저 말이 지겨워지기 시작했어."

나 역시 사부님의 말에 동감했다. 하지만 헐스루인 공주는 고개를 갸웃했다.

"키메라는 보통 생물체들이 합성되어 만들어지는 거라고 알고 있었는데 당신은 그렇지가 않군요. 그런데 내가 영리한지 알고 싶어하는 이유는 뭐죠?"

"그대가 영리하다면 말하라. 나는 남자인가, 여자인가?"

"물론 남자지!"

"여자입니다! 말할 것도 없어요!"

헐스루인 공주와 키메라는 잠시 침묵한 채 우리 두 사람을 쳐다보았다. 우리들이 얼굴을 빨갛게 물들이며 고개를 숙이자 헐스루인 공주는 귀엽게 한숨을 내쉬고는 키메라를 돌아보았다.

"물어볼 사람들에게 물어봐야지요. 그런데 왜 그걸 알고 싶어하지요?"

키메라는 장엄한 태도로 설명하기 시작했다.

"위대한 마법의 힘이 이토록 완벽한 존재를 지상에 출현하게 했으나 그것만으로는 아직 만족스럽지 못하니, 왜냐하면 이 지상엔 더욱 많은 완벽한 존재가 필요함이라. 따라서 나 완벽한 키메라는 완벽한 짝을 얻어 완벽한 키메라들을 더욱더 많이 만들 것이다. 짝될 이의 성별을 결정하기 위하여 나 완벽한 키메라는 자신의 성별을 알아야 할지니라."

키메라의 설명이 끝나자 우리는 박수라도 쳐야 하는 것 아닌가 하는 강박 관념을 느꼈다. 하지만 헐스루인 공주는 가볍게 고개를 끄덕이며 말했다.

"당신 남자군요. 여자를 만들어달라고 하세요."

공주는 너무 당연해서 강조할 필요도 못 느끼겠다는 듯이 말했고 그래서 키메라와 핸드레이크, 나는 모두 고개를 끄덕였다. 우리들 중 가장 먼저 공주가 야기한 최면에서 빠져나온 건 나의 사부였다.

"자, 잠깐, 공주. 무슨 근거로 그렇게 말씀하시오?"

핸드레이크의 외침에 나와 키메라도 퍼뜩 정신을 차렸다. 공주는 어깨를 으쓱이며 말했다.

"말하는 것 들어보면 알 수 있잖아요."

"음? 저 친구의 정복욕 때문에? 세상을 자기 후손으로 가득 채우겠다는 야망 때문에?"

"자기 후손이 자신을 꼭 닮을 거라는 가없은 믿음 때문에. 남자가 틀림없어요."

마법사와 그의 제자와 그들의 우발적 피조물은 잠시 어리둥절한 표정을 공유했다. 공주의 말이 무슨 뜻인지 알 수 없었지만 나는 그녀의 말을 무시할 수 없었다. 비록 천재의 고질병, 즉 책 두세 권을 쌓으면 된다고 생각하기에 앞서 자신이 보았던 모든 책들 중 가장 적합한 두께를 가진 책의 소유자를 찾아오는 희한함을 가지고 있긴 하지만, 바로 그렇기에 헐스루인 공주는 천재임이 분명하다.

핸드레이크는 양쪽 관자놀이를 짚으며 말했다.

"공주, 자녀는 당연히 부모를 닮는 것 아니오?"

"물론 개가 고양이를 낳지야 않지요. 하지만 강아지가 자신과 똑같이 근사한 수염을 가질 거라고 믿는다면 그건 수캐가 틀림없어요. 그리고 자기 후손이 '자신처럼 완벽할 것'이라고 믿는 이 키메라도 틀림없이 남자이실 테고."

피조물과 창조자는 다시 곤혹스러워하기 시작했다. 덕분에 나는 잠시 방관자의 즐거움을 만끽할 수 있었다. 하지만 헐스루인 공주는 나를 내버려두지 않았다.

"그런데 빌려주시겠어요?"

"예? 아, 그러시죠. 그건 제 방에 있습니다. 가져다드리지요."

"아뇨, 내가 찾을게요. 고마워요."

그리고 헐스루인 공주는 연구실 입구 쪽으로 몸을 돌렸다. 나는 뭔가를 놓친 듯한 기분을 느꼈지만 그것이 무엇인지 알 수 없었다. 하지만 완벽한 키메라는 우리들이 무엇을 놓치고 있는 것인지 단번에 알아차렸다.

"헐스루인 공주여, 잠시만!"

헐스루인 공주는 입구 바로 앞에서 멈춰 섰다. 키메라는 열정적으로 외쳤다.

"남자는 그렇다 치고, 그럼 여자는 무엇인가?"

"예?"

"공주는 내가 남자일 거라고 말했다. 그리고 여자를 구하라고 말했다. 하지만 나는 나의 창조자들을 도무지 신뢰할 수 없으니……."

우리는 우리의 피조물에 의해 지성을 격하당하고 있으면서도 한 마디도 할 수 없어서 슬펐다.

"공주에게 묻겠노라. 여자는 대체 무엇이란 말인가!"

공주는 가볍게 고개를 끄덕이더니 내 쪽을 흘끔 돌아보았다.

"그건 남자가 맞춰야 할 문제인 것 같은데요?"

키메라와 핸드레이크는 공주의 시선을 따라 모두 나를 돌아보았다. 아무 대비도 하지 않았던 나는 최대한 애매해 보이는 미소를 지었고 당연하게도 그 표정은 키메라와 핸드레이크 모두에게 신뢰감을 주지 못했다. 그들은 황급히 입구 쪽을 돌아보았지만 헐스루인 공주의 모습은 이미 보이지 않았다.

우리들이 왠지 버림받은 기분 속에서 허우적거리고 있을 때 키메라가 우르릉거리며 말했다.

"다행히 나의 성별이 판명되었다. 그렇다면 여자를 만들라!"

핸드레이크는 조금 전 무시당한 기억을 잊지 않고 있었다.

"하! 너의 창조자이지만 너에게 별 신뢰감을 주지 못하는 우리들은 여자가 뭔지 도통 모르겠다, 키메라."

"헐스루인 공주는 남자가 여자를 알 거라고 말했다!"

"공주의 말에 의하면 너도 남자잖아!"

키메라는 침묵했다. 잠시 후 그(이제는 이렇게 불러도 될 것 같다)는 약간 처량하게 말했다.

"그런데 여자란 뭐냐?"

핸드레이크는 천천히 의자를 당겨 앉았고 나는 빈 물통을 뒤집어 그 위에 걸터앉았다. 우리들의 동작을 바라보던 키메라는 한심하다는 듯이 말했다.

"······함께 고민해 보자고?"

나와 핸드레이크는 동시에 히죽 웃었고 그러자 키메라는 끙끙거리며 바닥에 앉았다. 위대한 마법사와 천재적인 제자와 자연 재해에 필적할 만한 키메라가 더불어 고민하기엔 형편없이 어울리지 않는 문제였지만, 분명 남학교 기숙사의 밤이나 외로운 청년들의 술자리에서나 어울릴 법한 문제라는 점은 분명했지만, 태도만은 더할 나위 없이 진지했다.

도대체 여자란 무엇인가?

어울리지 않는다는 말은 취소해야 될 것 같다. 다시 생각해 보니 우리들이 하고 있는 고민은 태초부터 지금까지 이어져 내려온 모든 수컷된 자의 고민인 것이다. 여자가 과연 무엇인지를 말하기 위해 애쓰다가 절망해 버린 철학자(♂)는 몇 명이며 미쳐버린 마법사(♂)는 또 몇 명이더냐. 그리고 내가 알기론 아직까지 남자들 중에 그걸 제대로 정의해 낸 자는 없다. 어쨌든 저 신화 시대 때부터 내려온 전설적인 질문 '저렇게 여자 맘을 모를까?'가 마침내 해결되었다는 소식은 들어본 적이 없다. 오죽했으면 나의 사부, 그러니까 저 까무러칠 정도로 위대한 핸드레이크가 절망적으로 중얼거렸을까.

"요즘 수도에서 가장 유명한 바람둥이는 누구냐? 그 친구에게 물어봐야겠다."

"글쎄요. 바람둥이는 여자를 모르니까 계속 찾아헤매는 거라고 생각됩니다. 오히려 가장 모르는 것 아닐까요?"

"흐음, 그럴듯하게 들리는데. 알았다! 그럼 우리는 수도에서 가장 여자를 모르는 자를 찾으면 되겠구나!"

"그런 논리에는 찬성하기도 어려울뿐더러, 굳이 그러고 싶으시다면 그런 자는 모두 셋이며 다 여기에 모여 있음을 알려드리는 바입니다."

핸드레이크는 으르릉거렸지만 내 말에 동의했다. 우리 두 사람이 침묵하자 키메라가 조심스럽게 끼어들었다.

"저, 창조자들이여."

우리들이 돌아보자 키메라는 쑥스러운 듯이 말했다.

"헐스루인 공주는 후손이 자신을 닮을 거라고 믿는 존재가 남자라고 말했다. 그렇다면 뒤집어볼 때, 후손이 자신과 다를 거라고 믿는 존재가 여자이지 않을까?"

핸드레이크는 무릎을 딱 쳤다. 하지만 나름대로 헐스루인 공주를 안다고 믿는 나는 그 의견에 회의적일 수밖에 없었다.

"좋은 발상이긴 한데, 안타깝게도 그럴 것 같지는 않습니다. 그냥 그렇게 뒤집으면 되는 것이라면 공주님은 '뒤집어보라'고 말씀하셨을 겁니다. '남자가 맞춰야 할 문제'라고 하시지 않고요."

핸드레이크는 조금 전보다 더 사나운 얼굴로 말했다.

"당당히 반대 의사를 밝히는 자가 참된 친구라지만, 자네가 따박따박 우리들의 가설을 박살내는 꼴에는 왜 이다지도 정 붙이기 어려운지 모르겠다, 솔로처. 그럼 네 생각엔 여자란 무엇이냐?"

"글쎄요. 확실한 것은 우리들이 그걸 맞출 수 있을 거라는 것뿐이군요."

"음? 어째서?"

"조금 전과 같은 논리로서, 만약 그게 우리들이 죽었다 깨도 알수 없는 것이라면 공주님은……"

"그냥 말해 줬을 거란 말이지? 젠장, 퍽도 도움이 되는군."

투덜거리긴 했지만 핸드레이크는 위안을 얻은 표정이었다. 하지만 나는 안심할 수 없게 되었다. 내가 말을 끝맺지 못한 것은 핸드레이크가 끼어들었기 때문이 아니다.

우리는 죽었다 깨도 키메라를 또 만들 수 없다.

저 키메라는 실수로 만들어낸 것이었다. 따라서 여자가 무엇인가를 알게 된다 하더라도 레이디 키메라의 제작은 불가능한 일이다. 지금 이상하게 변질되어 있지만 이 토론의 원래 목적은 바로 시간을 끄는 것이었다. 속으로 혀를 차며, 나는 즉각 여자에 대한 생각을 머릿속에서 지워버린 다음 저 키메라를 안전하게 처리할 수 있는 방법에 대해 고민하기 시작했다. 내가 이런 격심한 고민에 빠져 있는 것과 상관없이 창조자와 피조물은 신나게 토론을 계속했다.

여성: 수태, 출산, 탐미, 직관, 허영, 억척, 낭만, 냉혹, 우아, 약

하다, 섬세하다, 느리다, 아름답다, 자주 울고 자주 웃는다, 속마음과 반대로 행동한다, 진실인지 거짓인지 알 수 없게 말한다, 남자가 하는 일을 단 한 마디로 무가치한 일로 만들 수 있다, 남자가 죽어도 하기 싫은 일을 기어코 하게 만드는 불가사의한 능력을 가지고 있다, 으아아! 유피넬과 헬카네스에게 맹세코 그들은 우리 남자들을 미치게 만들려고 창조된 존재들임이 틀림없다!

……저들의 저 가엾기까지 한 여성관은 나를 내 고민 속에 침잠할 수 없게 만들었다. 결혼도 하지 않고 늙은 내 사부와 알려주기 전까지는 자기가 남자라는 것도 모르던 저 키메라가 저렇게 죽이 맞아서 여자를 두려워하는 모습은 내 눈에 신비하게까지 보였다. 혹 여성에 대한 남성의 공포는 선험적인 것일까? 어쨌든 그들의 황당한 대화는 뜻밖에도 재미있는 방향으로 흘러가기 시작했다.

"여자는 필요 없어! 이봐, 키메라. 나처럼 독신으로 살라고!"

"그렇다! 창조자 핸드레이크여, 그대가 존경스럽다. 그 위대한 결정과 실행력에 탄복한다!"

"독신은 구질구질하다느니 하는 말 다 엉터리야. 그건 틀림없이 여자들이 하는 말일걸? 자기들이 가지고 놀 장난감이 하나 줄었다는 것에 화가 나서 하는 말일 거라고!"

"옳다! 놀랍다! 참으로 그러하다!"

나는 그들의 여성관을 좀 개선할까 하는 마음을 재빨리 억눌렀다. 결코 건전한 방식이라곤 할 수 없지만 내 고민이 해결되고 있음을 알 수 있었기 때문이다. 저 키메라가 독신남이 되길 원한다면, 핸드레이크와 나는 제작할 수도 없는 레이디 키메라에 대해 고민할 필요가 전혀 없다.

그러나 개선했어야 했다. 옳지 못한 과정은 옳지 못한 결말만을 부른다. 하지만 키메라가 당당하게 외칠 때까지도 나는 이 소동이 끝나고 있음에 안도하고 있었다.

"나의 목표를 바꾸리라!"

핸드레이크는 신나게 대답했다.

"그래! 독신으로 살아버리라고!"

"물론 나는 그럴 것이다. 그 전에 내가 해야 할 다른 목표가 있다."

"어떤 목표인가?"

"창조자 핸드레이크여, 나의 사명을 뚜렷이 해준 그대의 일깨움에 감사한다. 나는 이제부터 세상의 모든 여성을 제거하겠다! 마지막 여신, 마지막 여자, 마지막 암컷이 사라질 때까지 나는 멈추지 않으리라!"

매우 애처로운 침묵이 연구실을 가득 채웠다.

백과사전에 필적할 만한 나의 사부의 실수 목록에서도 이번의 실수는 꽤 여러 쪽을 차지할 수 있는 거대한 실수일 것이다. 저 키메라의 선언이 사실로 이루어진다면 '그저 봄 대청소를 했을 뿐'이라는 변명만으로는 도저히 빠져나갈 수 없을 것이다. 도대체 변명할 말이 있기나 할까? 끔찍하기까지 한 적막 속에서 나의 사부 역시 그의 실수를 깨닫는 듯했다. 핸드레이크는 비명을 질렀다.

"그건 안 돼!"

"어째서 안 된다는 것인가?"

"그건 살인이야!"

"아니다. 이것은 전쟁이다. 남성과 여성의 전쟁! 창조자들이여, 이 위대한 최후의 전쟁에 동참하라!"

나는 더 참을 수 없었다.

"야, 이 멍청한 자식아! 오른손이 왼손과 싸운다더냐! 왼발이 오른발과 전쟁하는 거 봤냐! 여성과 남성은 하나야! 그 둘이 서로 싸운다는 것은, 어, 뭐 싸울 수야 있지만, 실제로 허구한 날 서로를 오해하며 싸우지만, 서로를 전멸시키기 위한 전쟁을 벌인다는 것은 말도 안 돼!"

키메라는 내 강경한 태도에도 눈도 깜짝하지 않았다.

"창조자 솔로처, 그대는 오랫동안 배워 익힌 관습과 굳어진 타성 때문에 그렇게 말하고 있는 것이다. 충분히 이해한다. 그대에게 동참을 부탁하는 것은 과도한 요구일 것 같군. 그대를 납득시키기 위해 시간을 할애하고 싶지만, 나는 결과로 보여주는 것이 더 낫다고 판단했다."

키메라는 몸을 돌렸다. 물론 다른 생명체들이 취하는 그런 방식은 아니었다. 뒤쪽을 향하도록 몸이 '재배치'되었다고 말하는 것이 더 적합할 것 같다. 어쨌든 우리들에게서 몸을 돌린 것은 확실했다.

핸드레이크와 나는 알아들을 수 없는 말을 외치며 앞으로 달려 나갔다.

"사부님, 저를 마법사로 인정하시겠습니까?"

"읍읍읍읍읍!"

"아, 인정하신다고요? 감사합니다."

"으읍!"

"뭘요. 모두 스승님께서 잘 이끌어주신 덕분입니다."

"꿔으읍!"

모든 이들이 알고 있듯이 성공의 비결은 기회의 포착에 있다. 나는 사부의 입이 틀어막혀 있는 상황을 십분 즐기기로 결심했고, 그런 나의 결정은 핸드레이크를 반미치광이로 만들었다. 하지만 키메라의 가슴 위쪽에 거미줄로 결박당해 있는 핸드레이크는 나를 제지할 어떤 수단도 가지고 있지 않았다. 물론 흡혈초 넝쿨로 키메라의 세 번째 다리에 꽁꽁 묶여 있는 나 또한 쾌적한 상태라고 말하긴 어려웠지만.

우리들의 돌격에 대한 키메라의 첫 번째 대응은 놀랍게도 굵은 거미줄을 쏘아대는 것이었다. 저 우발적 창조물의 형태나 행동 양식에 대해 어떤 종류의 지식도 가지고 있지 않았기 때문에 우리는 그런 공격을 예상조차 할 수 없었다. 역사가를 열광시키고 음유 시인들을 환호하게 할 온갖 재난을 구사할 수 있는 핸드레이크지만, 거미줄로 입이 틀어막히자 어떤 주문도 사용하지 못한 채 무기력하게 제압당하고 말았다.

사부의 모습을 본 나는 황급히 얼굴을 가리며 뒤로 물러났다. 하지만 나 또한 주문을 욀 수는 없었는데, 어느새 뒤로 돌아온 흡혈초가 내 엉덩이를 콱 깨물었기 때문이다. 내 주문은 대단히 그로테스크한 비명으로 중단되었고 키메라는 엉덩이를 움켜쥔 채 팔짝팔짝 뛰는 나를 간단히 억류했다. 핸드레이크와 달리 키메라는 내 입을 자유롭게 내버려두었지만, 주문 비슷한 것을 욀 때마다 엉덩이 쪽으로 불쾌하기 짝이 없는 통증이 엄습하는 상황에서 마법을 사용하는 것은 자제할 수밖에 없었다. 내가 사부를 격분시키는 장난에 심취해 있는 까닭은 사실 그것 말고는 할 수 있는 일이 없기 때문이기도 하다.

하지만 나는 곧 사부를 가엾게 여기게 되었고, 그래서 만약 입이 자유로웠다면 사부가 반드시 했을 말을 대신 꺼냈다.

"야, 이……."

박애주의자를 살인마로 만들고도 남을 폭언.

"……같은 녀석아! 우리를 이렇게 묶어놓고 도대체 어쩌겠다는 거냐!"

핸드레이크의 얼굴에 희색이 가득한 것을 보며 나는 그의 제자인 자신을 동정하기 시작했다. 하지만 키메라는 내 욕설을 가볍게 무시했다.

"그대들에게 직접 보여주겠다, 창조자들이여. 그대들은 이 위대한 최후의 전쟁, 모든 전쟁들의 최종 목적인 전쟁의 관찰자가 되는 것이다."

"말도 안 되는 소리 하지 마. 남자든 여자든 둘 중 하나가 없어지면 세상은 상당히 한적해지고 말 거라는 것을 추측하지 못하냐? 더 이상의 자손이 없단 말이다! 멸망이라고!"

"안심하라, 창조자 솔로처여. 그대들은 여자 없이 나를 창조했다. 내 과업이 끝나고 나서 그대들의 재주를 이어받을 키메라를 제작하라."

나는 키메라의 창조가 저주스러운 실수였을 뿐 절대로 재현 가능한 기술은 아니라고 외치려 했지만 그 순간 키메라가 몸을 움직였기에 말을 꺼낼 수 없다. 키메라는 움직여야겠다고 마음먹은 순간 다리 몇 개를 더 만들어내는 만행을 저질렀다. 그것이 만행인 까닭은, 다리들 중 몇 개는 도무지 이동에 이용되지 않았기 때문이다. 왜 만들었냐고 묻고 싶어지는 그 다리들 중엔 불행히도 내가 묶여 있던 세 번째 다리도 포함되어 있었다. 내가 묶여 있던 다리는 땅을 딛는 대신 허공에서 제멋대로 움직였고 나는 위액이 목구멍으로 쇄도하는 것을 느꼈다. 구토를 억누를 수 있는 순간순간마다 나는 고함을 질렀다. 내가 말한 내용을 정확하게 기억하지는 않지만 무조건 이 키메라를 때려부숴라, 매달려 있는 인질들은 신경쓰지 말고 어쩌고 하는 꽤 감동적인 내용이었던 것 같다.

갑자기 평안이 찾아들었다. 나는 내가 기절했다고 생각했지만 그렇지 않았다. 기절했다면 저 목소리가 들려올 리가 없다.

"솔로처? 사탕 먹겠냐고 물어보려고 했는데 꽤 바빠 보이는군요?"

내 시야 속의 세상은 아직까지도 빙글빙글 돌고 있었지만 나는 그 회전 속에서 가까스로 헐스루인 공주의 모습을 포착했다. 공주는 왼손으로 아마도 나의 협조하에 취득한 전리품이 분명한 유리병을 가슴에 안은 채 나를 바라보고 있었다. 그녀는 뭐라고 더 말하려 했지만 내가 먼저 외쳤다.

"공주님! 달아나세요!"

"왜?"

"여자니까!"

나로선 미칠 지경이었지만 공주는 달아나는 대신 눈을 동그랗게 떴다.

"솔로처, 방금 말한 내용이 설득력을 가지고 있다고 진심으로 믿는 것은 아니죠?"

"이 키메라가 여자를 다 죽이기로 결심했단 말입니다!"

"아아. 그럼 설득력 있어요."

저 위쪽에 묶여 있던 내 사부는 목이 졸린 고양이 같은 소리를 내었다. 그때 키메라가 선심 쓰듯이 말했다.

"헐스루인 공주, 나의 성별을 일깨워준 것에 대한 보답으로 그대는 해치지 않겠다. 그리고 원한다면 내 창조자들과 더불어 나의 전쟁을 관찰할 수 있도록 해주겠다."

겨우 한시름 놓을 수 있었다. 물론 지극히 근시안적인 안심이긴 했지만. 헐스루인 공주는 고개를 갸웃하며 키메라에게 말했다.

"전쟁? 무슨 전쟁이지요?"

"남성과 여성의 전쟁이다. 나는 지상의 모든 여성을 소멸시키겠노라. 마지막 여신, 마지막 여자, 마지막 암컷까지 모두 제거하겠다!"

이 세계의 시한부 사망 판정에 대해 헐스루인 공주는 예상키 어

396

려운 반응을 보였다.

"케이크가 없어지겠군요."

"뭐?"

나와 키메라가 동시에 얼떨떨한 목소리로 말했다.

핸드레이크 또한 알아들을 수는 없지만 그 내용은 대충 우리와 같으리라 짐작되는 소리를 내었다. 헐스루인 공주는 차분하게 설명했다.

"암소가 없으면 우유도 없고, 암탉이 없으면 달걀도 없으니까."

"그, 그런 사소한 일에는 신경 쓰지 않는다! 그리고 우유와 달걀이 꼭 필요하다면 나의 창조자들이 그것을 생산할 키메라를 만들 것이다. 아니, 케이크를 생산하는 키메라를 만드는 것이 더 낫겠군."

나는 이 감당키 어려운 신뢰감에 비명을 지를 수밖에 없었다.

"정말 끔찍하게 미안하지만 그건 불가능해!"

키메라는 천천히 화분을 숙여 나를 내려다보았다.

"무슨 뜻인가?"

"우린 그저 봄 대청소를 했을 뿐이야. 내 사부가 사용한 마법은 온갖 잡동사니가 다 솥 안으로 들어갈 수 있도록 솥 안의 용적을 부풀려놓은 것뿐이라고. 그것도 대단하긴 하지만 우린 결코 너를 만들려고 했던 건 아니야! 넌 그냥 만들어진 것이고 우리는 그게 어떻게 이루어진 건지 몰라!"

핸드레이크는 아마도 '알고 있었냐?'는 말을 한 듯하다. 내 귀에 들린 건 "우으읍?"이라는 소리뿐이었지만.

출생의 비밀을 들은 키메라는 잠시 침묵한 채 나를 내려다보았다. 그의 다리에 묶여 있던 나는 그가 경련하는 것을 잘 느낄 수 있었다. 곧 키메라는 노성을 외쳤다.

"아니다!"

"맞아!"

"아니다, 아니다! 그대들의 말은 거짓이다! 나는 여성을 전멸시키기 위해 태어났다. 그대 창조자들이 아무리 부인한다 하더라도 이것은 결단코 진실이다! 나를 기만하지 말라!"

"절대로 사실……, 흐어어억!"

흡혈초가 다시 내 엉덩이를 무참하게 깨물었다. 누구 이 키메라에게 토론중 상대방의 둔부를 공격하는 것은 절대적으로 바람직하지 않은 행위라는 것을 가르쳐줄 사람 좀 없나.

"그런 조잡한 허무주의로 나를 기만하지 말라! 나는 위대한 사명을 띠고 태어난 존재다! 아무 의미 없이 태어나는 존재라는 것은 없다!"

키메라는 연구실이 쩌렁쩌렁 울리도록 큰 목소리로 외쳤다. 헐스루인 공주는 머리를 내두르며 말했다.

"아, 좋아요. 아, 위대한 사명? 그런데 그 사명은?"

"말하지 않았는가!"

"여성을 다 처치하겠다?"

"그렇다!"

헐스루인 공주는 천천히 고개를 끄덕이더니 오른손을 병 안으로 집어넣어 사탕 하나를 꺼내었다. 그러곤 그것을 천천히 입으로 가져갔다. 그녀의 그 무관심한 동작은 놀랍게도 우리의 주의를 잡고 놓아주지 않았다. 키메라마저도 약간 당혹한 어조로 말했다.

"뭐 더 말할 것은 없는가? 어, 나의 전쟁을 관찰하겠는가?"

헐스루인 공주는 입술을 오물거리며 키메라를 비난하듯 바라보았다. 입속에 무엇인가가 있는 상태에서 말을 하게 해서는 안 된다는 눈빛이었다. 나와 핸드레이크와 키메라는 왠지 모를 초조감을 느끼며 공주가 사탕을 다 녹여 먹을 때까지 기다렸다.

상당히 지루한 시간이 지나고 나서 공주는 마침내 사탕을 다 녹였다. 우리는 안도의 한숨을 내쉬고 싶었다. 그러나 다음 순간 공주의 오른손이 다시 병 안으로 들어가는 모습을 보며 키메라는 비명을 질렀다.

"그만해! 더 할 말이 없다면 난 여성들을 처치하러 가겠다!"

공주는 엄지와 검지로 쥐고 있던 사탕을 바라보더니 한숨을 쉬곤 그것을 도로 병 안에 집어넣었다. 그러고는 키메라를 쳐다보며 말했다.

"가기 전에 내 말 듣고 가요."

"무슨 말이지?"

"너 계집애야."

키메라는 굉음을 내며 무너져내렸다.

내가 묶여 있던 다리가 갑자기 그 몸체와 분리되며 옆으로 쓰러졌다. 하필이면 혹사당하던 엉덩이부터 바닥에 쓰러지는 바람에 나는 꽥 하는 소리를 내질렀다. 하지만 눈을 깜빡여 눈물을 짜낸 다음 주위를 둘러보자 나보다 더 불쌍한 지경에 빠져 있는 사부를 볼 수 있었다. 키메라의 가슴 쪽에 묶여 있던 핸드레이크는 약 7큐빗 높이에서 낡은 책장의 3분의 1과 구부러진 삼각대의 2분의 1과 함께 동반 낙하했던 것이다. 그리고 그런 우리들의 머리 위로 키메라의 몸에서 부서져나간 파편들이 정체 모를 액체들과 함께 쏟아져 내리기 시작했다. 사부와 나를 묶고 있던 거미줄과 넝쿨은 풀리지 않았기 때문에 우리는 묶인 채 온몸으로 키메라의 파편을 맞았다. 이 가공할 진눈깨비가 그치고 나자 우린 구겨지고 후줄근해지고 푹 젖은데다가 냄새까지 나는 모습으로 쓰러져 있었다. 헐스루인 공주는 코를 감싸쥐었다.

"휴, 냄새가 지독해요."

"공주님, 어떻게? 아니, 어, 일단 감사를 표시해야겠군요. 감사합니다."

헐스루인 공주는 생긋 웃었다. 나는 엉덩이 쪽이 되도록 바닥에 닿지 않도록 몸을 비틀며 질문했다.

"그런데 아까는 남자라고 하지 않으셨습니까? 그리고 조금 전엔 여자라고요?"

"그렇게 말했지요."

"그럼 저 불쌍한 친구는……."

나는 어디를 바라보아야 할지 알 수 없었다. 키메라의 파편은 광범위한 범위에 걸쳐 퍼져 있었다. 그래서 나는 대충 아무곳이나 바라본 다음에 말을 이었다.

"남자인 겁니까, 여자인 겁니까?"

헐스루인 공주는 놀란 얼굴이었다.

"몰라요, 솔로처?"

"모르겠는데요."

"그럼 수수께끼로 내볼까요?"

"예? 자, 잠깐! 사탕 병에 손 뻗지 마세요!"

공주는 어깨를 으쓱이며 병에서 손을 도로 꺼내었다. 그러곤 갑자기 배시시 웃기 시작했다.

"문제. 걸어다니는 데 사용하는 것이 아닌 다리가 달려 있고 계집애란 말을 들을 바에는 자살해 버리는 것이 뭐죠?"

나는 공주의 암시를 깨닫고는 얼굴을 확 붉혔다. 공주는 자신의 말이 너무 야하다는 듯이 몸을 흔들며 말했다.

"좀 고상하게 질문할까요? 자신의 후손이 자신의 기준에 딱 맞아야 한다고 믿고, 여자가 자신의 기준으로 설명될 수 있어야 된다고 믿고, 자신의 출생이 자신의 기준에 딱 맞을 정도로 만족스러운 이유에서야 한다고 믿고, 자신이 설명할 수 없는 것을 볼 때 그것을 설명할 수 있을 만큼 자신을 발전시키기보다 자기 기준에 맞을 때까지 상대방을 파괴하는 게 뭐죠?"

나는 입을 쩍 벌린 채 공주를 바라보았다. 공주는 작게 낄낄거리더니 나에게 다가왔다. 나는 그녀가 넝쿨을 풀어주려는 줄 알고 반가운 표정을 지었지만 공주는 그러는 대신 사탕 병 속으로 손을 집어넣었다. 그러곤 사탕 하나를 꺼내어 내게 내밀었다.

"달콤해요."

나는 엉겁결에 그것을 받아먹었다. 공주는 기특하다는 듯이 나를 내려다보더니 곧 몸을 돌렸다. 나는 그녀의 몸짓에서 그녀가 그대로 밖으로 걸어나가려는 것을 깨달았다. 사탕을 통째로 삼키느라 숨이 막힐 뻔했지만 가까스로 나는 외쳤다.

"고, 공주님! 우릴 풀어주셔야지요!"

"왑왑왑왑왑!"

잡동사니들 아래에 깔려 있던 핸드레이크도 나와 같은 내용의 말로 짐작되는 소리를 꽥꽥 내질렀다. 멈춰선 공주는 우리를 살짝 돌아보고는 고개를 가로저었다.

"세상을 파멸시킬 뻔한 두 분에게 그 정도 벌은 있어야지요."

"예? 하, 하지만……."

"그리고 헤트로이처의 책을 빌려준 솔로처 그대는 특히 더."

도저히 이해할 수 없는 말을 들었기에 나는 아무 말도 할 수 없었다. 퍼뜩 정신을 차렸을 때 공주는 이미 사라져버린 후였다. 나는 어이없는 표정으로 나의 사부를 돌아보았다.

"사부님, 도움을 준 이유로 벌을 받아야 한다니 이게 무슨 뜻입니까?"

그러나 사부는 퍽 한심하다는 듯한, 자세히 보니 비웃음도 좀 담겨 있는 눈으로 나를 보고 있었다. 나는 어리둥절해졌고 그런 나를 보던 사부는 고개를 가로젓고는 주위를 두리번거렸다. 곧 사부는 자신의 옆에 쓰러져 있는 책장을 발견하곤 턱으로 그것을 가리켜보였다.

책장? 책? 두꺼운 책. 얇은 책 두세 권……

똑똑한 헐스루인 공주가 책 두세 권을 쌓으면 된다는 생각을 못할 리가 없다.

나는 '아아' 하는 소리를 냈고 핸드레이크는 그런 나를 보며 소리 없이 웃었다. 나는 그 웃음에 동감했다. 하지만 사부의 웃음에 동감하는 것과 별개로 그 괴이한 웃음이 마음에 들지 않는다는 것은 분명했다. 그래서 나는 헛기침을 몇 번 한 다음 진지하게 말했다.

"사부님, 아까 저를 마법사라고 인정하셨지요?"

"꾸으으읍!"

행복의 근원

(2003)

……근래에 겪으신 망측한 불행들에 대해 가슴 깊이 유감의 염을 느낍니다. 제가 조사해 본 결과, 체오는 의심하신 것처럼 백작님을 암말로 착각한 것이 맞습니다. 예? 아, 물론입니다. 누구에게도 조사 결과를 말하지 않았으며 앞으로도 절대 말하지 않을 것입니다. 약간의 정신 조작을 통해 체오에게 사실을 가르쳐주었으니, 이제 안심하고 그 말을 타셔도 무방할 것입니다. 하지만 백작님께서 조금만 방심하면 꼭 걷어차게 된다고 하시던(발가락은 잘 나으셨는지요.) 그 문턱과 백작님을 향해 역류한다는 그 화장실에서는 어떤 마법의 흔적을 찾아내지 못했으며, 또한 저주의 증거도 발견하지 못했습니다. 그런데 그 문턱과 화장실에 대한 조사를 하던 중 불현듯 과거에 제가 겪었던 어떤 사건이 떠올랐습니다. 백작님의 경험과 제가 겪은 사건 사이에는 무시할 수 없는 연관성이 있는 듯합니다. 허락해 주신다면 잠시 그 일에 대해 말씀드리도록 하겠습니다……

황혼의 꿀 빛 베일이 세상을 부드럽게 덮는 시각, 어디서 저녁 식사에 내놓을 빵을 굽는지 구수한 냄새가 풍겨온다. 만인에게 성스러운 하루가 만인의 방식으로 마무리 지어지는 가운데 고요히 밤이 찾아들고 있었다. 밤은 마법의 시간. 추억이 현재의 수면 위로 숭어처럼 힘차게 뛰어오르는 시간. 약간 모자란 이의 약점도 덮어주고 뛰어난 이의 모습은 더욱 황홀하게 치장하는 어둠이 찾아드는 이 우아한 시간.

왜 나는 온몸에 진분홍빛 점액을 뒤집어쓴 대마법사의 자가당착적인 폭언이나 듣고 있어야 하는 걸까?

"파문이다! 이 멍청한 녀석, 손이 두 개라는 것이 변명이 되냐!"

자신의 실수를 제자에게 전가시키는 것을 스승의 특권이라 믿는 것은 핸드레이크의 자유다. 같은 논리로 사부의 충고를 먼 데서 들려오는 닭 울음 정도로 취급하는 것은 그의 제자인 나의 특권일 것이다. 어쨌든 나는 인간이 서툴고 느리게나마 진보하는 동물이라고 믿고 싶고, 그래서 핸드레이크의 비논리적인 말들이 내 귀 옆을 지나쳐 흘러가도록 내버려둔 채 솥을 들여다보았다.

핸드레이크가 무엇을 만들 계획이었는지는 모른다. 하지만 그의 시도가 실패했다는 것을 알기 위해선 핸드레이크가 내게 퍼붓고 있는 원망과 불평에 귀 기울일 필요는 없을 것 같다. 솥 안에서 뻐끔거리며 식어가고 있는 뭐라 말할 수 없이 역겨운 진분홍빛 물질은 누구의 눈에도 실패작으로 보이리라. 그 물질이 바로 핸드레이크의 몸을 뒤덮고 있는 물질이며 또한 내 몸에 묻어 있는 물질이기도 하다. 저 솥을 씻을 생각을 하니 벌써부터 입맛이 싹 달아난다.

핸드레이크는 저것이 저렇게 되어버린 이유로 내 손이 두 개라는 것을 들고 있었다. 참 일찍도 알았다고 말해 주고 싶다. 실패의 상황은 이러하다. 오늘 정오 무렵부터 황혼까지 계속된 이 기나긴 실험에서 핸드레이크는 유피넬과 헬카네스도 짐작하지 못할 이유로 시약 다섯 개를 동시에 집어넣어야 했던 모양이다. 그는 두 개의 시약을 집어 들었고 나에게 나머지 세 개를 집어넣으라고 했다. 그래서 나는 병 두 개를 들어 솥 안에 부은 다음 몸을 돌려 세 번째 시약을 집어 들었다. 다시 솥을 향해 몸을 돌렸을 때 나는 경악으로 하얗게 굳은 핸드레이크의 얼굴을 발견했다. 솥 안의 용액이 폭발하기 직전 나는 사부님에게 화장실의 위치를 알려주려 했던 것 같다.

나는 우울한 기분으로 머리와 얼굴에 묻은 점액들을 문질러 떼냈다. 당장 이 자리를 벗어나 씻고 배불리 먹고 잠이나 잤으면 좋겠다. 하지만 불행하게도 그때 핸드레이크가 결심을 내렸다.

"알았다. 손이 두 개인 것이 문제라는 거지? 엉? 그런 소리 안 나오게 해주마!"

"그게 무슨 말씀입니까?"

"잠자코 봐."

대단히 받아들이기 어려운 요구다. 주위를 두리번거리다가 쇠솥을 집어 들어 머리에 쓰는 나를 보고 핸드레이크는 으르렁거렸다. 경멸어린 몸짓으로 나를 무시한 핸드레이크는 선반과 상자들을 뒤지기 시작했다. 분홍색 점액 덩어리가 이리저리 정신없이 달리는 모습은 별로 어여쁜 것이 아니었다. 온갖 잡동사니들을 찾아낸 핸드레이크는 그것들을 탁자 위에 늘어놓고는 곧장 주문을 외웠다.

방향성이 없는 바람이 불었다고 생각한 순간, 핸드레이크가 탁자 위에 집어던진 물건들이 중력을 무시하며 떠올랐다.

핸드레이크의 손짓과 몸의 움직임, 그리고 주문을 외는 목소리의 고저에 따라 물건들이 제멋대로 춤을 췄다. 막자가 뒤뚱거리고 주걱이 까불거렸다. 삼발이가 다리 세 개 달린 해파리인 양 꿈틀꿈

틀 날아다니고 각종 마법 보석들이 소용돌이쳤다. 크고 작은 약병들이 동심원을 그리며 회전하는 모습은 천구의를 떠오르게 했다. 당장이라도 복잡한 연쇄 충돌이 일어날 것처럼 보였지만 어디에서도 그런 일은 일어나지 않았다. 매개체를 저런 식으로 사용하는 것을 보니 상당히 강력한 마법을 준비하는 것 같다. 그런 판단을 내리자마자 연구실 밖으로 도망치지 않은 까닭은, 사부에 대한 신뢰감 때문이 아니라 문까지 다가가는 동안 어떤 물건에 뒤통수를 맞는 것이 두려웠기 때문이다.

주문이 끝났다. 쾅 하는 소리와 과도한 연기와 함께.

귀를 막았던 손을 떼고 매캐한 연기를 헤치고 바라보자 허공을 떠다니던 물건들이 모두 바닥에 떨어져 있는 것을 알게 되었다. 그리고 탁자 위에는 조금 전엔 보지 못했던 물건이 있었다.

그것은 푸르스름한 빛깔이 감도는 반지였다. 쿨럭거리며 연기를 토해내던 핸드레이크는 그 반지를 집어 들더니 내게 내밀었다.

"사부님의 진심은 잘 알았지만 저는 그런 취향이……"

"닥치시고 어서 끼세요. 제자님."

"실험도 안 해보고요?"

"무슨 소린가? 지금 하고 있잖나."

실험동물이 되었다. 상대가 우리 사부님이기에 격하된 것인지 격상된 것인지 알 수 없었다. 나는 투덜거리며 반지를 받아들었다. 아무래도 약지에 끼는 건 내키지 않았기에 오른손 중지에 끼웠다. 주먹을 얼굴 가까이 가져와 보니 참으로 멋대가리 없게 생긴 반지라는 것을 알 수 있었다. 재질은 무엇인지 알기 힘들었고 기묘하게 따뜻하다는 느낌이 들었다. 방금 만들어졌기 때문에 그런 것인지도 모르겠다. 핸드레이크는 고개를 끄덕였다.

"다른 손으로 반지를 문지르며 이렇게 말해. 하나와 같은 하나."

시동어인 모양이다. 그리고 높은 확률로 내 유언일 테고. 나는 꾸물거리다가 사부님의 호통을 들은 후에야 주저하며 말했다.

"하나와 같은…… 사부님?"

"외워!"

나는 눈을 질끈 감은 채 시동어를 말했다.

"하나와 같은 하나."

온갖 끔찍한 일을 상상했지만, 어떤 치명적인 느낌도 느껴지지 않았다. 나는 실눈을 뜨고 주먹을 바라보았다. 반지는 조금 전 내가 끼워둔 모습 그대로였다. 그리고 고맙게도 그 반지를 끼고 있는 내 손 또한 그대로였다. 그때 왼쪽에서 누군가가 말했다.

"아무 일도 일어나지 않았는데요?"

저건 핸드레이크의 목소리가 아닌데? 그런데 굉장히 낯설면서도 어딘지 모르게 익숙한 곳이 있는 목소리다. 나는 소리가 들려온 왼쪽을 바라보았다.

그곳에는 분홍색으로 젖어 있는 볼품없는 모습의 젊은 남자가 서 있었다. 나와 같은 체격에 키도 비슷하다. 그리고 손에는 나와 똑같은 푸른 반지를 끼고 있었다. 목 위에는 솔로처의 얼굴이 있었다.

그러니까, 저건 나다.

"너 누구야!" "너 누구야!"

내가 비명을 지른 순간 저편 솔로처도 나를 발견하고는 비명을 질렀다. 맙소사. 또 다른 나라니? 그런데 저 녀석 목소리가 이상하군.

"아하. 알았다. 가짜였군. 내 목소리가 아냐."

"뭐라고? 누가 할 소리를 하는 거야?"

그게 무슨 소리야? 그때 핸드레이크가 한심하기 짝이 없는 얼굴로 말했다.

"그만들 해. 이 멍청한 것…… 들. 자네…… 들 둘 다 똑같은 목소리로 말하고 있다."

"똑같다니요? 전혀 다른데요?"

"전혀 다르다고 느끼는 그게 자네 목소리야. 솔로처. 사람은 자기 목소리를 잘 모르지. 다른 사람들은 목에서 입 바깥으로 나온 소리만 듣지만 자신은 목에서 입으로 나가는 소리와 목에서 귀로 곧장 가는 소리를 한꺼번에 듣기 때문이야."

아, 참. 그렇다. 마법을 배우던 초기에 내 목소리를 허공에서 울려 퍼지게 해본 적이 있다. 그때 낯선 목소리가 들려와서 실패했다고 생각하는 나에게 사부님은 지금 들려줬던 설명을 들려줬었다. 알고 있는 사실도 떠올리지 못한 걸 보니 꽤 당황했던 모양이다. 그때 다른 내가 말했다.

"그러면 저 친구도 나도 다 솔로처란 말입니까?"

내가 묻고 싶은 걸 물어주는군. 아니, 당연한 건가? 핸드레이크는 고개를 끄덕였다.

"그래. 그러면 이번엔 이렇게 말해. 진짜는 하나다. 역시 반지를 문지르며."

나와 나는 동시에 외쳤다.

"진짜는 하나다!"

그리고 나는 하나가 되었다.

잠깐 동안 머릿속이 혼란스러웠다. 나는 왼쪽에 있는 또 한 명의 나를 보고 있는 솔로처였고 또한 오른쪽에 있던 또 한 명의 나를 보고 있는 솔로처였다. 결과적으로 양쪽에 또 다른 내가 있었던, 즉 세 명의 내가 있었던 것 같은 느낌이 들었다. 아무래도 둘로 나뉘어졌던 나의 기억이 하나로 합쳐졌기 때문인 것 같다. 나는 머리를 감싸 쥐고는 설명을 요구하는 얼굴로 사부님을 바라보았다. 그러자 핸드레이크는 만족한 얼굴로 말했다.

"성공했군."

……실험이었다는 말, 농담이 아니었군. 나는 핸드레이크에게 오른손 중지를 들어올렸다.

"사부님. 이거 도대체 뭡니까?"

"일부러 그러는 거지?"

"아, 아닙니다."

들켰군.

"실수였습니다. 이 반지 도대체 뭡니까?"

"손이 두 개뿐인 부족한 제자를 위한 스승의 배려지."

"일반적으로 손이 두 개라는 것이 단점으로 취급되지는 않을 텐데요."

"지금 여기선 단점이야. 이젠 시약 세 개를 한꺼번에 붓지 못한다는 소리는 못하겠지?"

증명되었다. 우리 사부님은 천재다.

"사부님. 그냥 아무 그릇에나 다섯 개의 시약을 부어서 혼합한 다음 솥에 부으면 안 됩니까?"

"저, 저저, 절대로! 그렇게는 할 수 어, 어어어, 없다! 마, 마, 말도 안 돼!"

그래도 되는 것이었군. 아시겠는가? 천재란 다섯 개의 시약을 동시에 투입해야 하는 경우 그것들을 한 그릇에 섞는 대신 즉석에서 제자를 한 명 늘리는 마법을 만들어내는 작자다. 핸드레이크는 더듬지 않기 위해 애쓰며 말했다.

"그, 그러면 어서 나, 나뉘어라! 청소하려면 두 명이면 더 좋겠지. 그래. 두 명으로 나뉘면 이 난장판을 치우기도 더 편하단 말이야. 그러니까 두 배로 편하지. 알겠냐? 네 사부는 거기까지 생각한 거다."

"아, 네."

우, 네.

"그런데 이거 안전한 겁니까? 저 지금 둘로 나뉘어졌던 저들의 기억을 다 가지고 있는데, 그러면 둘 다 제 자신인 겁니까?"

"아니. 하나만 진짜다. 그러니까 하나로 합쳐지는 시동어가 '진짜는 하나다.'인 거지."

"그러면 둘 중 어느 쪽이 진짜지요? 오른쪽? 왼쪽?"

"나도 몰라."

"예?"

"무슨 상관 있냐? 하나는 진짜고 하나는 가짜라는 차이밖에 없어. 그 외엔 다를 것이 하나도 없지. 그러니 구태여 구분할 필요가 없잖아. 어서 나뉘어서 청소나 해."

엄청나게 무책임한 언사라고 생각했다. 그러나 투덜거리며 둘로 나뉜 직후 나는 사부님이 대단히 현명하게 행동했음을 깨달았다. 아마 실수로 그랬겠지만.

걸레를 짜며, 나는 내가 진짜인지 가짜인지 궁금해하지 않기 위해 노력해야 했다.

저편에서 솥을 비우고 있는 솔로처도 그런 생각을 하는 것 같다. 자꾸 나를 흘끔거리는 것이 나 자신을 보는 듯하다. 아, 이런. 나 자신을 보는 것이 맞군. 그렇다면 저 친구의 속마음도 나와 똑같겠군.

'내가 진짜일까, 저 녀석이 진짜일까. 아니다. 알 필요가 없어. 어차피 하나로 합쳐지면 둘 다 내가 된다. 진짜의 기억만 살아남고 가짜의 기억은 사라지거나 하는 것은 아니었어. 두 기억이 모두 남아 있었다. 그렇다면 내가 가짜라도 합쳐지면 진짜의 일부가 되고 진짜라도 역시 진짜의 일부가 되는 거다. 따라서 어느 쪽이 진짜인지 안다고 해서 득 될 것은 하나도 없어. 알면 신경만 쓰일 뿐이지.

하지만……'

"그래도 궁금하다. 그렇지?"

나는 솔로처에게 말했다. 솔로처는 움찔하다가 피식 웃었다.

"맞아. 물론 내가 뭐라고 제안할지는 너도 알겠지?"

"그래."

실험식을 적어둔 메모를 검토하던 핸드레이크가 뚱한 표정으로 우리들을 바라보았다. 우리들은 동시에 사부님께 미소를 지었다. 똑같이 생긴 제자 두 명이 자신을 바라보는 모습은, 그것이 바로 자신의 업적임에도 불구하고 핸드레이크를 조금 불편하게 했던 모양이다. 핸드레이크는 입술을 약간 비죽거리고는 다시 메모로 눈을 돌렸다.

다른 나, 결국 나 자신이 제안하려는 것은 '알아내려 애쓰지 말자.'였다. 알고 싶지 않다. 아는 것이 더 두려운 일이다. 그래서 나는 더할 나위 없이 손발이 잘 맞는 파트너와 함께 일하는 즐거움을 만끽하기로 했다.

실제로 그러했다. 물론 동시에 같은 생각을 떠올리는 바람에 한 곳에서 충돌하거나 하는 일이 없지는 않았지만 대체적으로 나와 나는 손발이 잘 맞았다(바보스러운 말투다.). 청소는 빠르게 끝났고 나와 나는 한마음으로(아아, 젠장. 당연히 한마음이지.) 핸드레이크를 애처롭게 바라보았다. 제발 '이 빌어먹을 실험은 내일로 미루고 씻고 맛있는 저녁 먹고 푹 자자.'고 말해 주세요. 사부님.

"청소 끝났나? 그럼 시작하세."

장미와 정의의 오렘이여. 급한 주문 들어갑니다. 궁정마법사 연구실에 정의가 바닥났습니다.

핸드레이크는 도무지 제지할 엄두를 낼 수 없는 확고하고 투철한 태도로 실험 준비를 갖춰나갔다. 어쩔 수 없이 나와 나는 그의 실험 준비를 도왔다. 차라리 빨리 끝내도록 돕는 것이 낫겠다는 결심으로 자위를 해보았지만, 그래도 한 마디는 하고 싶었다.

"사부님. 그런데 도대체 이게 무엇을 위한 실험입니까?"

"크크크. 알고 싶은가?"

저쪽에 있던 솔로처가 소름끼친다는 얼굴로 말했다.

"이 세상은 아직 아름다워요. 사부님."

"누가 세상을 끝장낸다고 그랬냐. 오히려 이 실험이 성공하면 세상은 더 아름다워질 거다."

내가 질문했다.

"어떻게요?"

핸드레이크는 엄숙하게 말했다.

"나는 행복의 근원을 찾아낼 생각이다."

"예? 도대체 뭘 말씀하시는 겁니까? 사부님이 찾는 것에 대해 어떤 사람은 사랑이라고 말할 테고 어떤 사람은 건강이라고 말할 텐데요. 그리고 그 외에도 맛있는 음식이나 충분한 수면 등 무수히 많은 대답이 가능할 테고요."

"돈이나 권력 같은 시시한 대답도 있을 테고? 그렇게 말할 거라 짐작했지. 하지만 세상에는 다른 사람들이 이런 길이나 저런 길로 가야 한다고 말하면서 그 길에 매달릴 때 길을 무시한 채 목적에 곧장 도달하는 사람들이 있는 법이지."

다른 내가 말했다.

"선구자 말씀이군요."

"그렇다네. 솔로처. 따라서 나는 다른 사람들이 그렇게 하면 행복에 도달할 수 있을지 없을지조차 확신하지 못한 채 이런저런 길을 시험해 볼 때 그것을 무시한 채 행복 그 자체에 곧장 도달할 생각이네. 행복의 근원을 움켜쥔다면! 생각해 보게. 솔로처. 그것이 어떤 일인지를."

생각해 보았다. 제자의 소박한 행복을 갈취하면서 행복의 근원을 찾아낸다는 도덕적 모순을 눈감아주기로 한다면, 또한 그 실현 가능성에 대한 비관적 전망도 잠시 옆으로 치워둔다면, 이것은 짝을 찾을 수 없이 원대한 계획이다. 결국 행복이야말로 모든 삶의 유일무이한 목표니까.

"하지만, 음. 이런 솥에 뭘 좀 넣고 끓여서 세상을 극락으로 만들 수 있을 것 같지는 않은데요."

핸드레이크는 콧방귀를 뀌었다.

"자네도 도전하지도 않는 주제에 '이럴 거다, 저럴 거다' 라고 말하는 작자들의 모임에 가입하기로 한 건가? 아니면 도전 자체의 의미를 잊어버릴 정도로 늙은 건가? 물론 세상을 당장 바꿀 수는 없겠지. 하지만 아주 작은 행복의 근원이라도 손에 쥘 수 있다면 그것만으로도 대성공이야."

핸드레이크는 더 이상의 반론이나 의견을 허락하지 않는 태도로 실험을 재개했다. 어쨌든 이 실험의 목적은 알게 되었고 또한 그 목적이 바람직한 것이라는 것도 알았으니 그것에 만족하기로 했다. 나와 나는 오늘 하루 종일 매달렸던 실험을 반복했다.

한 번 해봤던 일이고 내가 두 배로 늘어났기 때문에 첫 번째 시도보다 훨씬 빠른 속도로 실험을 진행시킬 수 있었다. 핸드레이크는 그것이 더 빠른 성공을 의미한다고 여기며 흥분했다. 물론 내게는 더 빠른 저녁 식사와 목욕, 취침을 의미하는 것이므로 나 또한 빠른 진행을 환영했다. 그래도 첫 번째 실험이 실패했던 지점, 즉 시약 다섯 개를 집어넣어야 하는 단계가 되었을 무렵에는 저녁 식사보다는 취침 준비에 훨씬 어울리는 시간이 되어 있었다.

핸드레이크는 오로지 자신의 마법이 쓸모없는 것이 아니라는 것을 증명하기 위해서 나와 내가 세 개의 시약을 동시에 투입해야 한다고 고집을 부렸다. 늦어버린 저녁을 생각하니 논쟁을 벌이기도 귀찮았다. 그래서 핸드레이크와 나와 나는 주의 깊게 다섯 개의 시약을 동시에 투입했다.

고맙게도 폭발은 일어나지 않았다. 솥 안에서 끓고 있는 액체의 모습도 첫 번째 실패보다는 훨씬 보기에 덜 괴로운 모습이었다. 아니, 그 이상이었다. 솥 안에서는 대단히 향기로운 냄새가 풍겼다. 배가 고파서인지 자꾸만 먹을 것의 냄새로 생각되었다.

핸드레이크는 기뻐하며 마지막 단계로 들어섰다. 핸드레이크가 복잡한 주문을 외우자 솥 안의 내용물들이 극적인 변화를 보이기 시작했다.

더 이상 그것을 액체라고 부르기 어려웠다. 위로 솟아오르는 액체는 없으니까. 솥 위로 한 큐빗 쯤 솟아오른 그 물질은 갖가지 모습으로 변화했다. 나무, 손, 뿔, 사다리, 꽃……. 물론 이것은 구름의 모양에 이름을 붙이는 것 정도의 의미밖에 없다. 핸드레이크의 목소리가 높아지고 낮아지는 것에 따라 그것의 모습도 바뀌는 것 같았다. 어떤 부분에서는 순간적인 기화가 일어나고 어떤 부분에서는 반대로 응결이 일어났다. 수증기가 피어나면서 동시에 조각들이 부서져 아래로 쏟아졌다. 그리고 전체적으로 끝없이 움직였다. 그 움직임에 어떤 패턴이 있는 것 같기도 했지만 확신하기는 어려웠다.

그러다가, 나뭇가지 사이를 춤추는 반딧불처럼 어떤 빛이 나타났다. 아니, 발광하는 물고기라고 해야 할까. 형태가 계속 변하는 어항 속에서 빛나는 물고기가 헤엄치는 것 같다. 혹은 혈관을 따라 불빛이 흐르는 어떤 신비한 짐승의 모습 같기도 하다. 언제 나타났나 하고 바라보았을 때 그 빛은 두 개가 되어 있었다. 그리고 곧 세 개, 네 개로 늘어나다가 더 이상 세는 것이 힘들어지는 지경까지 늘어났다.

핸드레이크의 영창이 낮아지고 빨라졌다. 작은 북을 빠르게 두드리는 것 같았다. 주문을 외우는 마법사들 중에는 당연히 벙어리나 말더듬이가 없을 뿐만 아니라 음치도 드물다. 물론 예외가 없는 것은 아니지만 위대한 마법사들은 대부분 노래도 잘 부른다. 핸드레이크의 긴박한 영창은 나와 나를 긴장 속에 빠트리기에 충분했다. 나와 나는 호흡을 힘들어하며 솥 안의 물체를 바라보았다.

핸드레이크가 갑자기 두 손을 앞으로 내뻗으며 짧은 단어를 내던진 순간 그것이 최후의 변화를 일으켰다.

수증기와 비산하는 파편, 그리고 정신없는 빛 때문에 그것의 형태를 알아보기 힘들었다. 하지만 그것이 아직 솥 안에 남아 있는 것과는 완전히 다른 무엇이 된 것은 알 수 있었다. 곧 그것은 아이의 손으로도 어렵잖게 움켜쥘 수 있는 조그마한 크기로 바뀌었다. 솥 위의 허공에 떠 있는 그것을 가리키며 핸드레이크가 외쳤다.

"병을 가져와서 저걸 담게! 마개 있는 걸로!"

내 쪽에 빈 유리병이 있었다. 내가 그것을 집어 들자 저쪽의 솔로처가 곧 집게를 내밀었다. 역시 손이 잘 맞는다. 나는 집게 끝에 병을 물려주었고 그러자 솔로처는 허공에 떠 있는 그것 아래로 병을 조심스럽게 가져갔다. 병을 위로 들어올려 그것을 담은 솔로처는 집게를 내 쪽으로 돌렸고 나는 병에 재빨리 마개를 끼워 넣었다.

핸드레이크가 한숨을 내쉬며 두 팔을 아래로 떨어뜨렸다. 솥 안에 있는 물질은 이제 평범한 찌꺼기로서 가만히 출렁이고 있었다. 핸드레이크는 거기에 아무런 관심도 두지 않은 채 우리 쪽으로 다가왔다.

"탁자 위에 놓게. 조심해서."

핸드레이크와 나와 나는 곧 탁자 옆에 몰려 서서 유리병을 들여다 보았다. 아쉽게도 내용물은 여전히 알아보기 어려웠다. 소용돌이치는 수증기와 맥동치는 빛 사이로 무엇인가가 얼핏얼핏 보이긴 했지만 아무래도 형태가 계속 변하는 것 같았다. 내가 말했다.

"이게 행복의 근원입니까?"

핸드레이크는 눈을 번쩍번쩍 빛내며 말했다.

"그래. 바로 이거다."

"이걸 어떻게 해야 하는 거죠?"

"먹어야지."

먹는 거였나. 혹시 환각제 같은 것을 만든 것은 아닐까 의심하고 있을 때 핸드레이크가 나와 나를 번갈아 쳐다보았다. 저쪽의 내가 말했다.

"제가요?"

"물론이지. 나는 관찰을 해야 하니까."

또 실험동물이냐. 저쪽의 내가 나와 똑같은 생각을 하는 것이 분명한 눈으로 나를 바라보았다. 내가 말했다.

"좀 웃기지만, 하자."

"할 수 없군."

그리고 나는 자신과 가위바위보를 했다.

거울을 상대로 가위바위보를 해서 진다면? 내가 가위를, 그리고 다른 내가 바위를 내밀었을 때 패배감보다는 얼떨떨한 위화감을 느꼈다. 저편의 나 또한 승리감과는 다른 느낌의 감정 때문에 이맛살을 찌푸렸다. 나는 어깨를 으쓱이고는 병을 집어 들었다. 다른 내가 말했다.

"바로 삼키지 말고 일단 맛을 봐. 이상하다 싶으면 바로 뱉고."

"내가 너야. 나도 그런 생각 하고 있었어."

다른 나는 고개를 끄덕였다. 핸드레이크는 뱉는다는 말에 콧방

귀를 탕탕 꿰었지만 참견하지는 않았다.

　나는 병마개를 연 다음 행복의 근원이 뛰쳐나갈까봐 손바닥으로 덮었다. 하지만 행복의 근원은 병 안에서 자기 변태를 계속할 뿐 밖으로 튀어나오지는 않았다. 병 위에 코를 가져가 냄새를 맡아 보았다.

　"아무 냄새가 안 나는데. 흐음. 그럼 먹겠습니다."

　나는 병을 입에 대고 그것을 들어올렸다. 하지만 행복의 근원은 병 안에서 꿈틀거릴 뿐 아래로 떨어지지 않았다. 어쩔 수 없이 그것을 후루룩 빨아들였다.

　각자 다른 이유에서지만 핸드레이크와 다른 나는 눈이 튀어나올 정도로 긴장하여 나를 바라보았다. 뭔가 그럴 듯한 표정을 지어보이고 싶었지만 입 안에서 느껴지는 기분이 달갑잖았다.

　"아무 맛도 없어요. 그런데 계속 움직이니까, 어, 기분이 이상하네요."

　"걱정 말고 삼켜. 아주 행복해질 테니까."

　나는 눈을 감고 행복의 근원을 삼켰다.

　그 이후에 일어난 일을 뭐라고 설명하면 좋을까.

　행복의 근원이 목구멍 안쪽으로 넘어가는 기분은 그다지 유쾌한 것이 되지 못했다. 그리고 그 느낌뿐이었다. 가만히 기다려보았지만 뭔가 달라지는 기분은 느껴지지 않았다. 다른 나와 핸드레이크가 기분이 어떠냐고 번갈아 물어보았지만 어리둥절한 표정을 지어보일 수밖에 없었다. 핸드레이크가 좌절하고 다른 내가 기뻐했을 때(아무 일도 일어나지 않고 실패했으니까.) 그것이 일어나기 시작했다.

　내가 탁자 위에 빈 병을 내려놓다가 그것을 아래로 떨어뜨렸다.

"와장창!" 병이 깨지며 유리조각이 튀었고 핸드레이크는 깜짝 놀라
며 뒤로 물러났다. 그 발이 아직까지 뜨거운 솥을 걷어찼다. "악!"
솥이 뒤집어졌고 핸드레이크는 비명을 지르며 앞으로 뛰었다. "쾅,
데그르르." 솥은 구르며 내용물을 사방에 흩어놓았고 핸드레이크
는 나를 넘어뜨렸다. "우앗!" 찌꺼기 속에서 허우적거리는 나와 핸
드레이크를 구하기 위해 황급히 다가오던 다른 내가 빈 솥을 밟고
쫙 미끄러졌다. "사람 살려!" 돌진하던 솔로처를 돌아본 핸드레이
크가 경악하여 외쳤다. "멈춰라!" 불가능한 요구다. 멋지게 미끄러
진 솔로처는 구석에 놓여 있던 양피지 무더기에 충돌했다. "내
코!" 확 날아온 양피지들 중 일부가 솥을 끓이고 있던 불 위에 떨어
졌다. "불이야!" "제기랄, 물 가져와!" 물동이로 달려가려던 나는
탁자 모서리에 허벅지를 호되게 찍었다. "……!" 비명도 나오지 않
을 정도로 아파서 한쪽 다리로 팔짝팔짝 뛰었다. 바닥이 미끄러울
땐 추천하기 힘든 동작이다. 나는 다리를 하늘로 향한 채 나가떨어
지다가 가까스로 서가를 붙잡았다. 그러나 서가는 야속하게도 내
쪽으로 기울어졌다. "어? 어?" "쿠쾅!" 탁자가 서가를 받쳐주었기
에 간신히 납작해지는 꼴은 면했지만 쏟아져 나온 책과 도구들이
내 몸을 난타하는 것까지 피할 수는 없었다. 온몸에 멍이 든 채 헐
떡거리며 서가 아래에서 기어 나오자 불타는 양피지 무더기가 보였
다. "화르르르!" 그리고 그 곁에서는 핸드레이크가 바닥의 물을 발
로 걷어차는 한심한 시도를 하고 있었다. 그때 저편에서 신음을 흘
리며 일어나던 솔로처가 외쳤다. "사부님, 그러지 마세요!" 그때
나도 양피지 무더기 속에서 벌겋게 달아오르고 있는 금속통을 발견
했다. 가열된 금속통에 물이 닿으면…… "퍼펑!" "히엑?" 핸드레이
크는 날아온 물벼락과 불티의 폭풍에 맞아 뒤로 나동그라졌고 나와
저쪽의 나는 황급히 머리를 숙여야 했다. 그래서 날아가버린 금속

통이 무엇을 명중시켰는지 확인한 사람은 아무도 없었다. 하지만 충돌해서는 안 될 물건에 부딪혔다는 것은 분명하다. 고막이 날아갈 것 같은 폭음이 들려왔으니까.

어떻게 설명해야 할지 몰라 하던 것치곤 상황을 잘 설명한다고? 내가 기억하는 것이 거기까지라는 말이다. 정신이 나간 나와 나, 그리고 핸드레이크는 그 이후부터 제대로 기억하는 것이 하나도 없었다. 엄청나게 소란스러웠고 위험한 것들이 치명적인 속도로 날아다녔고 곳곳에서 불가사의한 폭발이 일어났다는 것만큼은 분명했다. 하지만 내가 본 그 장면은 무엇이었을까? 가위가 두 날을 다리처럼 놀리며 도망치는 그 장면은? 또한 핸드레이크는 왜 불타는 책에서 글자들이 뛰쳐나오는 장면을 본 것일까? 핸드레이크의 목격담에 의하면 그 글자들은 일렬로 줄을 서서 물을 퍼 날랐다고 한다. 다른 내가 본 장면만이 유일하게 설명이 가능했다. 솔로처는 어느 순간 다섯 명의 솔로처가 더 있었다고 맹세했다. 아마 어딘가에 머리를 세게 부딪쳤던 모양이다. 어쩌면 우리 모두가 그랬는지도 모르겠다. 좀더 상상의 나래를 펼쳐본다면 세 명이 서로의 머리를 부딪쳤을지도…….

어느 순간, 영원히 끝날 것 같지 않은 재난이 멈췄다는 것을 깨달았다.

나는 다른 나와 함께 핸드레이크를 얼싸안은 채 연구실 구석에 주저앉아 헐떡거리고 있었다. 캄캄했기에 아무것도 보이지 않았고, 그래서 핸드레이크가 주문을 웅얼거려 빛을 만들어야 했다. 핸드레이크가 천장에 붙여놓은 빛이 드러내 보인 광경은 참으로 의기소침한 것이었다. 부서지고 깨지고 찢어지고 부러지고 끊어지고 타고 젖은 사물들이 서로를 멸시하고 있었다. 가장 난폭한 드래곤이 우리에게 구제불능이라는 평가를 내려도 할 말이 없을 것 같다. 그

압도적인 무질서 가운데 있는 우리 셋 또한 사람의 타락상에 관한 시각적 표본이 필요한 자들에게 호평받을 전시물이었다. 기적적으로 사지를 분실한 사람은 한 명도 없었지만 모두들 흠뻑 젖어 있었고 옷에는 검댕과 탄 자국이 가득했으며 자잘한 상처들로 흉악하기 짝이 없는 몰골을 하고 있었다. 핸드레이크가 말했다.

"끄, 끝난 건가?"

주어가 없었지만 마땅하게 주어로 삼을 만한 것도 떠오르지 않았다. 어쨌든 끝난 모양이다. 다른 내가 말했다.

"이 연구실이 위험하게 이럴 줄은, 아니, 이렇게 위험할 줄은 미, 미처 몰랐는데요."

"망할, 망할 녀석. 후, 훅. 평소에 정리 정돈을 잘했으면 이런 일은 어, 없었을 거 아냐."

"사부님. 그건 제가 매, 매일같이 요구하던 건데요? 제발 정리 좀 해두자고 여러, 여러 번 말씀드, 드렸던 것 같습니다. 하지만 사부님께서는 지, 지금이 가장 완벽한 상태라고 하시면서……"

"아냐, 아냐. 정리 정돈의 문제가 아니야. 만일 그랬다면 벌써 오래 전에 우리들은 치명적인 사고를 겪었어야 했지."

"그래서 조금 전에 겪었잖습니까."

"진작 그랬어야 한다는 거야. 이건 아무래도 솔로처가 먹은 행복의 근원과 관계된 사건이야."

연구실 환경에 대한 이야기를 좀더 나누고 싶었지만 핸드레이크가 제기한 가설을 무시하기 어려웠다. 하지만 주위를 둘러본 나는 수상함만을 느낄 수 있었다.

"말이 안 되지 않습니까. 행복의 근원을 먹었는데 이렇게 불행한 일이 일어날 리는 없을 텐데요."

핸드레이크는 어깨를 으쓱이려 했던 것 같다. 그러나 그 동작의

70퍼센트 정도만 완수한 상태에서 핸드레이크는 갑자기 입을 떡 벌렸다. 나와 다른 나는 핸드레이크가 실험 실패의 책임을 제자에게 돌릴 기발한 방법을 떠올렸겠거니 생각했지만 핸드레이크는 그러지 않았다. 핸드레이크는 격한 동작으로 다그쳤다.

"자네 방금 뭐라고 했나?"

"네? 네? 행복의 근원을 먹었는데 이런 불행이 일어날 리 없다고……"

"바로 그거였어! 성공이다!"

핸드레이크는 화산 같은 기세로 일어섰다. 격정적인 기쁨에 두 팔을 집어던지며 핸드레이크는 외쳤다.

"행복의 근원은 불행이었어!"

심장에 북해의 바람이 불어닥치는 것 같다.

얼어붙다시피 한 나와 다른 나는 기뻐 날뛰고 있는 대마법사를 바라보았다. 기뻐하는 스승을 보는 제자의 즐거움이 어떤 것인지는 모르겠지만 그건 지금의 나와는 상관없는 문제다. 나는 제자가 아니다. 젠장. 실험동물이다. 행복의 근원이 불행이라면, 그렇다면 내가 먹은 것은…….

"사부님, 그걸 제게 먹인 겁니까!"

다른 나도 분개하여 벌떡 일어나려 했다. 그때 핸드레이크가 외쳤다.

"잠깐! 둘 다 움직이지 마!"

다른 내가 엉거주춤하게 일어났다가 다시 앉았다. 핸드레이크는 부릅뜬 눈으로 나와 나를 쳐다보다가 말했다.

"누가 병을 떨어뜨렸던 솔로처인가?"

"어, 전데요?"

"그렇다면 자네에게 한 말이야. 움직이지 마."

"예?"

핸드레이크가 손을 어지럽게 흔들며 말했다.

"미안. 솔로처. 일단 내 말대로 함부로 움직이지 말게. 자넨 손가락 하나도 까딱하면 안 돼. 조금 전 자네는 병 하나로 이 재난을 일으켰단 말이야."

가슴이 안쪽으로 오그라드는 것 같다. 당장이라도 울음이 터질 것 같은 기분이었지만 핸드레이크의 지적을 무시할 수는 없었다. 하지만 다른 나와 핸드레이크가 조심스럽게 내게서 멀어지는 방향으로 움직이기 시작했을 때는 정말 참기 힘들었다. 나는 씩씩거리며 그들을 노려보았고 그들은 나의 눈길을 피하기 위해, 또 대책을 강구하기 위해 서로를 쳐다보았다. 다른 내가 먼저 통분의 감정을 억누르며 말했다.

"그런데, 사부님. 이 난장판이 다른 제가 떨어뜨린 병 하나 때문에 일어났다고요?"

"그럼. 이 연구실이 아무리 위험하다 해도 병 하나 떨어뜨려서 이런 난장판이 될 수는 없지. 어처구니없는 불행이 개입하지 않고서는 그럴 수 없어. 바로 솔로처가 먹은 것이 그 불행이란 말이야."

"하지만 사부님이 만드신 것은 행복의 근원이잖습니까!"

대들 듯한 다른 나의 기세에 핸드레이크는 약간 방어적인 얼굴로 말했다.

"솔로처. 음. 행복의 근원이 바로 불행이야."

"행복의 근원이 불행이라고요?"

"어디 보자. 이걸 어떻게 설명하면 좋을까. 그래. 찬 잔은 채울 수 없고 빈 잔은 비울 수 없다는 거지."

왜 우리 사부님이 갑자기 헐스루인 공주님처럼 말씀하시는 걸까. 다행히 우리 사부님은 부연이라고는 하지 않는 헐스루인 공주님과 달리 설명을 덧붙였다.

"바꿔 말하면 행복한 사람을 행복하게 할 수는 없고 불행한 사람을 불행하게 할 수는 없다는 거야. 물론 자네는 더 행복하다거나 더 불행하다는 말이 있다고 하겠지. 그래. 그런 말이 있네. 하지만 그건 공허한 말이야. 어떤 행복한 사람에게 무엇이 주어져서 더 행복해졌다면, 그에게서 그것을 박탈하면 다시 행복해질까? 아니지. 그 사람은 불행해질 거야. 반대로 어떤 불행한 사람에게 어떤 짐이 주어져서 더 불행해졌다면, 그것이 제거되면 다시 불행해질까? 글쎄. 아마 행복을 느낄 거야."

곰곰이 생각해 볼 필요도 없이 맞는 말이다. 그래서?

"따라서 사람의 마음속엔 행복의 눈금 같은 것은 없다는 거지. 찬 잔은 비울 수 있을 뿐이고 빈 잔은 채울 수 있을 뿐이야. 둘 중 하나일 뿐이야. 마찬가지로 행복한 이는 불행하게 할 수 있고 불행한 이는 행복하게 할 수 있다는 거지. 그러니 행복의 근원은 불행이야. 물론 불행의 근원은 행복이고!"

맞는 말이다. 세상에는 쌍을 이루는 말이 있다. 차다——뜨겁다, 높다——낮다, 무겁다——가볍다, 밝다——어둡다, 기타 등등. 이런 말들이 쌍을 이루는 까닭은 상대적으로만 의미가 있는 말이기 때문이다. 한쪽이 없으면 다른 쪽도 존재할 수 없는 말들이다. 따라서 한쪽이 다른 쪽의 근원이라고 할 수 있다. 그런데 행복하다——불행하다 또한 이런 말에 속한다.

따라서 행복의 근원은 불행이라고 할 수 있다.

하지만 문제는 그게 바로 내가 먹은 것이다.

"그걸 이제 아신 겁니까? 실험까지 끝난 후에야?"

다른 나의 지적에 핸드레이크는 갑작스럽게 학문하는 길의 어두운 면에서 방황 중인 제자에 대한 관심을 표명했다.

"어, 실험이 완전히 끝난 것은 아니지. 뒤처리가 남았으니까. 저 솔로처의 문제가 있잖아."

그다지 말하고 싶지 않은 모양이다. 하지만 이제라도 내 처지를 고민해 준다니 환영할 노릇이다. 핸드레이크는 수염을 꼬며 말했다.

"어디 보자. 그러니까 지금 자네는 행복을 느낄 수 있는 가장 완벽한 상태, 그러니까 아주 불행한 상태라는 건데."

"알려주시지 않았으면 모를 뻔했군요."

"투덜거림이 즐겁긴 하지만 도움 되는 경우는 별로 없어. 잠자코 있게. 잠깐만. 그렇다면 불행의 근원을 한 번 만들어볼까? 그걸 자네에게 먹이면 중화가 될지도 모르지."

다른 내가 비관적으로 말했다.

"사부님. 지금 연구실 상태로는 불가능합니다. 이 폐허를 다 치우고 정리하려면 며칠은 걸릴 텐데 그동안 계속 다른 저를 저렇게 내버려둘 수는 없어요. 도리상 그럴 수 없을 뿐만 아니라 실제로도 불가능합니다. 며칠 동안 기다리려면 뭘 먹거나 마시거나 해야 할 텐데, 혹 빵 먹다가 목이 메어 죽는 불행이 일어나면 어쩝니까?"

오, 맙소사. 소름끼치는 전망이다. 무시할 수 없다는 점에서 더욱. 핸드레이크도 이것이 여유를 두고 처리할 수 있는 문제가 아니라는 것을 깨달은 모양이다. 하지만 그의 대책은 천재 대마법사의 것이었다.

"그렇다면 석화시켜둘까? 돌로 만들어두면……."

어처구니없는 제안에 말문이 막혔다. 고맙게도 핸드레이크는 스스로 그 제안을 거부했다.

"아냐. 석화되었다가 안 풀려나는 불행이 일어나지 말라는 법도 없지. 어라? 잠깐만. 이거 골치 아프게 되었는데."

"뭐가 말씀이십니까?"

핸드레이크는 찌푸린 얼굴로 나를 바라보았다. 그 표정이 마음에 들지 않았다. 핸드레이크가 말했다.

"고약하게 되었군. 솔로처. 어, 사실 사람이란 참 까다롭고 관용이 없는 동물이지. 무슨 말이냐 하면 행복을 느낄 수 있는 방법은 유한할지언정 불행이 일어날 수 있는 방법은 무한하다는 거네. 따라서 자네가 아무 일도 해선 안 되는 것과 마찬가지로, 우리도 자네에게 아무 일도 해줄 수 없어. 그게 곧 불행을 부르게 될지도 모르니까."

사부님이 내게 아무 일도 하지 않는다고 말씀하시니 행복해졌다. 꼭 내가 행복을 받아들이기 적합한 상태이기 때문만은 아닌 것 같다. 다른 나도 비슷한 생각을 하는 듯 무심결에 고개를 끄덕였지만 누구보다도 나를 구제해야 할 이유가 큰 자신의 본분을 잊지는 않았다.

"아무 일도 해주지 않는 것도 곧 불행이잖습니까. 인생에 비틀거릴 때 부축해 줄 사람 하나 없다는 것보다 더 큰 불행도 별로 없을 겁니다. 그렇잖습니까?"

핸드레이크는 동의의 몸짓을 해보였다.

"그럴 듯한 말을 하는군. 하지만 우리가 다루고 있는 문제가 매우 까다로운 것임을 인정해야 해. 솔로처. 행복한 사람들은 다 비슷비슷하지만 불행한 사람들은 천차만별이지. 왜냐하면 행복은 건강, 좋아하는 직업, 마음의 평화, 건전한 재정, 말썽 안 피우는 가족과 친구 등 아주 많은 것이 충족되어야만 도달할 수 있는 희귀한 상태지만 불행은 그중 하나만 결핍되면 된단 말이야. 사람이 관용이 없는 동물이라고 말한 건 그 때문일세."

행복의 근원이 불행이라는 것도 떠올리지 못한 마법사치고는 꽤 정확한 행복관이다. 핸드레이크 자신도 그렇게 생각한 듯 약간 도취된 어투로 말했다.

"따라서 불행에 도달할 수 있는 방법은 대단히, 지극히, 경이적으로 많아. 우리가 무슨 일을 하더라도 그건 솔로처의 불행으로 이어지게 될 거야."

"그럼 그냥 효력이 떨어질 때까지 기다립니까? 아니, 일단 그게 효력이 떨어지거나 하는 물건입니까?"

"영원성 따위는 고력하지 않았으니 언젠가는 효력이 떨어질 거야. 따라서 그냥 내버려두는 것이 가장 안전한 방법이긴 한데, 문제는 효력이 얼마나 갈지 알 수 없다는 것이군."

"그럼 아무 소용이 없잖습니까."

"걱정 마. 어떤 스승도 불행에 빠진 제자를, 그게 설령 제자의 반쪽이라도 내버려두지는 않아. ……음? 제자의 반쪽?"

자신의 말에 놀란 핸드레이크는 나와 다른 나를 번갈아 바라보았다. 조금 후 그가 얼빠진 목소리로 말했다.

"둘이잖아?"

내 얼굴이 허옇게 질렸던 것 같다. 다른 나의 얼굴이 그렇게 바뀌었으니까. 다른 나는 핸드레이크의 얼굴이라도 움켜쥘 것 같은 태도로 말했다.

"사부님, 사부님. 진정하세요. 자, 당신은 바이서스의 궁정마법사 핸드레이크이며……"

"지금 뭐하는 건가?"

"안 돼요. 언젠가 그렇게 되실 거라 확신하고 있었지만, 천재나 대마법사는 그렇게 될 확률이 높으니 천재 대마법사인 사부님은 당연히 두 배로 확률이 높지만, 그래도 지금은 미치시면 안 된단 말입니다. 우리를 도와줄 수 있는 사람은 오직…… 윽!"

강력한 지팡이질로 다른 나의 정수리를 어루만져준 핸드레이크는 부루퉁한 표정으로 말했다.

"미치긴 누가 미쳤다는 거야. 그냥 재미있는 생각이 떠올랐을 뿐이야."

"얼마나 위험한 생각이죠?"

"나는 '재미있는'이라고 말했네. 솔로처."

그게 그거지.

"어쩌면 내 선견지명이 빛나는 순간이 될지도 모르겠군."

맙소사, 대피해!

"자네는 지금 둘로 나뉘어 있어. 바로 그게 해결의 실마리가 될지도 모르겠군."

다른 내가 의아한 얼굴로 나를 바라보다가 말했다.

"그게 어떻게 해결의 실마리가 되지요?"

핸드레이크는 자신의 생각을 정리하려는 듯 팔짱을 끼고 잠깐 동안 침묵했다.

"좋아. 이런 거야. 내가 이미 말했듯이 자네들 중 하나는 진짜고 하나는 가짜야. 그런데, 만약 불행을 먹은 자네가 가짜라면 자네들은 그냥 합쳐지면 돼."

"예? 어째서 그렇지요?"

"그거야 가짜니까 그렇지."

"하지만, 아까 합쳐졌을 땐 저희 둘이 보고 경험한 것에 대한 기억이 다 남았는데요."

핸드레이크는 이해할 수 없다는 얼굴로 솔로처를 쳐다보았다.

"맞아. 그런데?"

"어, 그렇다면 진짜의 경험이든 가짜의 경험이든 모두 남게 된다는 말이잖습니까. 그럼 진짜의 불행이나 가짜의 불행도 모두 남아야 되는 것 아닙니까?"

"그렇겠지. 행복이 자신의 것인 것만큼이나 불행도 자신의 것이
니까. 하지만 지금 문제가 되는 건 진짜 솔로처의 불행도 아니고
가짜 솔로처의 불행도 아니잖아. 그건 내가 만든 불행이지."

입을 벌린 채 멍하니 핸드레이크를 바라볼 수밖에 없었다. 핸드
레이크는 수염을 꼬며 말했다.

"자네는 가짜 자네를 일하게 하며 놀고 지낼 수 없는 것처럼 가
짜 자네에게 불행을 가져오게 할 수도 없어. 그건 진짜 자네가 해
야 할 일이니까. 따라서 가짜 솔로처는 자기 것도 아닌 불행을 가
지고 진짜 솔로처에게 합쳐질 수 없네. 하지만 이것도 문제가 있
어. 만약 불행을 먹은 것이 진짜라면 진짜는 계속 뱃속에 불행을
가지고 있게 될 거야. 그런데 누가 진짜고 누가 가짜인지 알아낼
방법이 없군. 합쳐진 후의 상태를 보면 누가 누구였는지 알 수 있
겠지만 그건 이미 늦지."

내가 말했다.

"합쳐보고 잘못되면 다시 분리하면 안 됩니까?"

"이보게, 솔로처. 소금과 물을 섞은 다음 둘로 나누면 소금과 물
이 아니라 두 그릇의 소금물이 나오는 법일세. 우리 경우에 비춰
말한다면 불행한 솔로처가 둘이 되는 거야. 그리고 그때는 정말 방
법이 없어지는 거지. 그러니 묻겠어. 누가 진짜인가?"

준비되지 않은 사람에게 느닷없이 질문을 던지는 것은 악덕이지
만 그 내용이 심히 당혹스러운 경우엔 더욱 나쁘다. 다른 내가 당
황하여 말했다.

"이 마법은 사부님의 것입니다. 그런데 저희들에게 물어보시는
겁니까?"

"물론 이 마법은 내 것이지. 하지만 솔로처에 대해서라면 누구에
게 물어봐야겠나?"

다른 나는 할 말이 없는 모양이다. 오죽하면 나를 돌아보았을까. 내가 곧 너이며 따라서 네가 할 말이 없으면 나도 없다고 말해 주고 싶었지만, 내가 그런 말을 하고 싶다면 저 나도 그 말을 떠올릴 거라는 생각이 들었다. 정말 할 말 없다. 다른 내가 말했다.

"저는 제가 진짜 같은데요. 하지만 저기 있는 저 솔로처도 자기가 진짜 같다고 느낄 겁니다. 그렇지?"

"두말할 나위 없이 그래."

핸드레이크의 입가가 조금 올라갔다. 아마 자기 마법의 완벽함에 대해 만족감을 느끼는 모양이지만 차마 그것을 입 밖에 내놓지는 못하는 모양이다. 핸드레이크는 우리 둘을 번갈아 바라보며 말했다.

"힘들겠지만 이건 자네 외엔 아무도 해결할 수 없는 문제야. 솔로처."

"그렇습니까?"

"그래. 자네 자신을 찾는 일이니까. 생각을 좀 해봐. 자네를 진짜 자네이게 하는 것을 찾아내게."

나를 진짜 나이게 하는 것?

무엇이 나일까? 지상에 있는, 그리고 이전에 있었거나 앞으로 있을 셀 수 없이 많은 남자와 여자들 중 한 사람을 그 사람이게 하는 것은 무엇인가?

기억? 나는 나의 모든 기억을 가지고 있다. 하지만 다른 나 또한 그런 것 같다. 나와 다른 나는 확인 삼아 몇 가지 사실들에 대해 이야기했고 우리의 기억이 형태와 범위, 정확도 면에서 완전히 일치함을 확인했다. 희망? 역시 서로에게 설명이 필요하지 않을 만큼 똑같다. 다른 사람에게 자신의 희망을 설명하기 위해선 항상 많은 낱말이 필요한 것과 달리.

가치관? 지식? 열정? 개성? 습관?

모두 똑같다.

제기랄, 취미? 식성? 말투? 버릇?

모두 똑같다.

실망하긴 이르다. 내가 찾은 것들은 쌍둥이들이라면 일치할 수 있는 것들이다. 유달리 우애가 깊어 언제나 함께 행동하는 쌍둥이들이라면 기억에서 버릇까지 전부 일치할 수도 있다. 하지만 쌍둥이들은 누가 자신인지 몰라 당황하지는 않을 것이다. 뭔가가 있을 것이다.

하지만 그게 무엇인지 알 수 없다.

뭔가가 있기는 한 걸까?

당신이 꿈에서 깨어 현실로 돌아왔을 때, 정말 당신이 꿈에서 깨는 꿈을 꾸고 있는 것이 아니라고 확신할 수 있는가? 당신이 당신이라고 믿는 것은 사실 꿈속의 인물이 아니라고 말할 수 있는가? 현실성이니 하는 말은 무의미하다. 대개의 경우 꿈속에서 당신은 아주 이상한 현상조차도 비판 없이 수용한다. 꿈속에서 당신은 꿈이 현실적이라고 믿고 있는 거나 다름없다.

다른 나 또한 엄지와 검지로 양쪽 이마를 짓누르며 고뇌에 빠져 있었다. 별로 위안이 되지 않는 장면이다. 두 사람이 생각하면 한 사람보다 낫다는 것은 토론의 기본적인 전제 조건이지만 이 경우엔 해당하지 않는다. 두 사람이 똑같으니까 한 사람이 고민에 빠져 있는 것이나 다름없다. 먼저 좌절하여 말한 사람은 나였다.

"자신을 증명할 방법이 없습니다. 사부님."

핸드레이크는 미간에 깊은 주름을 만들고는 말했다.

"쉽게 포기하지 마. 자넨 뱃속에 있는 불행의 영향을 받고 있는 걸지도 몰라."

"그런 영향이 있는지도 모르지요. 하지만 이건 상식적으로 말이 안 됩니다. 무언가를 논증하기 위해선 그것보다 우월해야 합니다. 그렇다면 저 자신을 논증하기 위해선 저보다 우월해야 합니다. 모순이라고요."

"논리적으로 보면 그렇지."

핸드레이크는 수긍했다.

"하지만 그건 당연한 거야. 논리 자체가 나에게서 시작하는 거니까 논리로 나를 논증한다는 것은 말이 안 되지. 도끼에 속한 도끼날로 도끼자루를 깎을 순 없는 법이니까. 논리는 옆으로 치워두고 그냥 느껴보라고."

"느껴보라고요? 하지만 제 느낌은 제가 진짜라는 겁니다."

다른 내가 고개를 들어 나를 쳐다보았다. 내 변호를 하지 않을 수 없다.

"물론 이쪽 저도 그렇게 느낄 테고요. 느낌은 아무 소용이 없습니다."

"그렇게 쉽게 포기하지 말게. 그것이 바로 불행의 영향일 거야. 직관이나 감을 무시해선 안 돼. 비록 바로 자신을 대상으로 하는 것이니 훨씬 어렵겠지만, 그래도 도전해야 해. 마음을 가라앉히고 의심 같은 것은 잠시 접어두고 자신의 가장 깊은 곳까지 도달하도록 해봐."

이젠 자이펀 검객 같은 소리를 하신다. 그리고 나는 기운이 더욱 빠지는 것을 느꼈다. 핸드레이크가 핸드레이크처럼 말하지 않는다는 것은 결국 그에게도 뾰족한 수가 없다는 뜻이다. 나는 좌절과 실망을 담아 발을 앞으로 내밀었다.

그때 경악한 핸드레이크와 다른 나의 얼굴이 내 눈에 들어왔다.

그리고 나는 내가 하려는 행동을 해서는 안 된다는 것을 깨달았다. 하지만 가장 빠른 것은 생각이라는 옛 수수께끼를 뒷받침이라도 하듯, 생각의 속도를 따라잡지 못한 행동이 내 의지 대신 관성과 결탁하는 쉬운 선택을 해버렸기에, 나는 그러지 않으려 하면서 탁자를 툭 건드렸다.

불행이 꽃이라면 우리는 무르익은 봄에 떨어졌음이 분명하다.

이런소식을전해드리게돼서유감입니다내돈내놔라더러운배신자뭐라고그렇게말하지않았잖아뱀이다나임신했나봐사람살려아냐그잔이아니야불이야사형수가바뀌었어빌어먹을술병이비었잖아나를사랑한다는그말은무슨뜻이었어속았다그러고도당신이아버지라고할수있어폭락했어도둑이야바지속에바퀴벌레가들어왔다!

어떤 시간보다 신장력이 우수한 것 같은 시간이 흐른 후, 우리는 수도 바이서스 임펠의 최고참 거지가 사심 없이 동전을 던져주고 싶어 할 만한 모습이 되어 연구실 곳곳에 널브러지게 되었다. 비장미 넘치는 광경이지만, 이 장면을 소재로 삼고 싶어 할 음유시인은 없을 것 같다. 핸드레이크가 잔해 속에서 신음했다.

"드디어 예언자들이 진짜인지 알 수 있게 되었군……. 오늘에 관한 예언을 남긴 예언자가 최소한 한 명은 있어야 해."

다른 내가 의리 있게 외쳤다.

"솔로처, 솔로처? 살아 있나?"

"살아 있어. 고마워. 후우. 역시 너뿐이군."

"다행이군. 그럼 죽여주겠어!"

"……그럼 살해야, 자살이야?"

살해인지 자살인지를 하겠다는 다른 나는 몸을 이리저리 비틀며 잔해에서 빠져나오고 있었다. 핸드레이크가 힘겨운 걸음으로 그쪽으로 걸어가는 것을 보며 나 또한 그를 도와주기 위해 일어서려 했다. 하지만 내 모습을 본 솔로처는 질겁하여 외쳤다.

"안 돼! 도와주지 않아도 돼. 제발 움직이지 마. 그랬다간 정말로 모든 예언서의 마지막에서 두 번째 장에 적혀 있는 일이 일어날지도 몰라. 가만히 있어!"

솔로처를 끌어내던 핸드레이크가 의아한 얼굴로 질문했다.

"왜 마지막에서 두 번째 장인가?"

"맨 마지막 장에는 보통 '따라서 우리는 어떻게 대비해야 하는가?' 운운하는 말이 들어가니까요."

핸드레이크는 고개를 끄덕였다. 다른 내가 잔해 아래에서 빠져나온 다음 우리들은 잠시 기막힌 심정으로 주위를 둘러보았다.

우리를 비추고 있는 조명이 마법에 의한 것이었기에 주위가 어두워지지는 않았다. 그래서 연구실의 정경이 놀랍도록 잘 보였다. 앞서의 재난이 일어났을 때 떨어지거나 쓰러지거나 깨질 물건들은 다 떨어지고 쓰러지고 깨졌음에도 불구하고 두 번째 재난이 남긴 무질서는 압도적이었다. 이 연구실에 그런 물건들이 있었는지조차 기억나지 않는 물건들이 흡사 종유석이나 석순을 연상시키는 모습으로 여기저기 쌓여 있었다. 천장에서 진득하게 흘러내리고 있는 액체들은 어떤 식성 복잡한 괴물의 위장에 들어와 있는 듯한 기분도 느끼게 해주었다. 다른 내가 처량하게 말했다.

"이 난장판을 다 치우려면 제가 서른 명은 있어야겠군요."

"그렇게 많이 나누는 것은 좀 위험하네. 솔로처. 왜냐하면……"

"농담이었습니다. 아니, 일단 합치고난 후에는 다시는 나뉘지 않을 겁니다."

"뭐, 그렇게 생각해도 탓할 일은 아니군. 이걸 치우는 일은 다른 사람들이 도와주겠지."

다른 내가 어리둥절한 얼굴로 말했다.

"다른 사람이라니요?"

"이런 소란이 일어났으니 누구라도 오지 않겠나?"

일반적으로는 그렇겠지만, 이곳은 일반론이 허용되는 곳이 아니다. 내가 말했다.

"이 궁성에 있는 사람들 중엔 올 사람이 아무도 없을걸요."

"왜?"

"여긴 마법사의 연구실이잖습니까. 목숨이 몇 개쯤 되지 않고서야 누가 감히 이런 무시무시한 곳에 얼굴을 들이밀겠습니까. 그리고 조금 전에 일어났던 소란들은 그런 생각을 더욱 굳어지게 했을 테고요. 아무도 안 올 겁니다."

그때 다른 내가 말했다.

"한 사람은 제외하고."

"뭐?"

"한 사람은 제외해야겠다고. 문 쪽을 봐."

그 말을 따르기 전에 문이 어느 쪽에 있는지 한참 고민해야 했다. 가까스로 연구실 입구 쪽을 본 순간 다른 내가 한 말이 사실임을 깨달았다. 이 궁성에는 마법사의 연구실에도 태연히 찾아올 수 있는 사람이 최소한 한 명은 있다.

연구실 입구에 서서 손으로 눈을 비비고 있는 것은 잠옷 차림의 헐스루인 공주였다.

풀어 내린 머리카락은 허리를 덮고 풍성한 잠옷은 열다섯 살 치고도 조그마한 몸에서 커튼처럼 축축 늘어지고 있었다. 오른쪽 옆구리에는 뭔가 커다란 것이 끼여 있었다. 자세히 바라보자 그것이 베개라는 것을 알 수 있었다. 그때 헐스루인 공주가 하품을 하더니 베개를 앞으로 내보였다.

"이건 베개예요."

아무도 대답하지 못했다. 우리는 그저 얼빠진 얼굴로 공주를 바라보았다. 헐스루인 공주는 애처롭다는 표정으로 우리를 바라보다가 말했다.

"자다가 나왔다는 것을 암시하기 위해 가져왔지만, 역시 당신들에겐 그런 암시를 알아차릴 상식이 없군요. 하긴 상식이 있는 사람들이라면 한밤중에 별님들이 놀라 하늘 침대에서 굴러 떨어질 소란을 피우지는 않을 테죠. 그래서 나는 이걸 집어던지는 용도로 전용하려고 결심했어요. 하지만 비겁한 승부는 싫으니, 자, 당신 베개를 뽑아요. 누가 먼저 상대할 거죠? 솔로처? 핸드레이크? 솔로처? ……잠깐, 솔로처가 둘?"

헐스루인 공주는 베개를 다시 옆구리에 끼우고는 우리들의 모습을 차례로 바라보았다. 곧 헐스루인 공주는 어머 하듯이 입을 동그랗게 벌렸다.

"착한 솔로처와 나쁜 솔로처?"

"아니요."

"그럼 5월 솔로처와 11월 솔로처?"

흥미로운 이분법이군.

"진짜 솔로처와 가짜 솔로처입니다."

"정말로 그런 시시한 경우인 것은 아니겠죠?"

"그런 시시한 경우입니다. 죄송합니다."

"실망이군요."

헐스루인 공주는 정말 흥미를 잃었다는 듯이 나와 나에게서 고개를 돌렸다. 연구실을 둘러본 헐스루인 공주는 한숨을 내쉬었다.

"이거 진행형인가요, 종결형인가요?"

넋이 빠져 있던 핸드레이크가 가까스로 입을 열었다.

"종결형이요. 희망 사항이 그렇다는 말이지만."

"도대체 무슨 일을 하셨던 거죠?"

"꽤 긴 이야기인데. 공주님."

헐스루인 공주는 그런가 하는 얼굴로 고개를 끄덕이더니 주위를 둘러보았다. 쓰러진 의자 하나를 똑바로 세운 공주는 그 위를 깔끔하게 털었다. 얌전히 의자에 앉은 공주는 베개를 무릎 위에 얹어놓고는 대마법사를 말끄러미 바라보았다. 핸드레이크는 신음을 흘렸다.

"긴 이야기라고 하면 보통은 앉아서 듣겠다고 하는 대신 일단 사람들을 불러다준 후에 듣겠다고 할 거요, 공주. 상대가 도와줄 사람들을 필요로 할 땐 말이오."

헐스루인 공주는 갸우뚱했다.

"글쎄요. 다른 사람들은 피해를 입어야 할 이유가 없는데요."

재난의 원인으로 의심받고 있다. 다른 사람들은 피해를 입어야 할 이유가 없다면 우리는 그런 이유가 있다는 것이고, 그건 우리가 곧 재난의 원인이니까 그렇다는 말이다. 당연해서 반박할 수 없는 의심이라는 점에서 가슴 아프다. 물론 핸드레이크는 반박했다.

"가당찮은 오해로군. 우리는 재난의 피해자지 원인이 아니요. 그러니까……."

환란이 재현되었다. 고맙게도 말에 의해.

처음엔 그저 변호를 위해 이야기를 시작했던 핸드레이크는 그만 이야기의 매력에 사로잡히고 말았다. 하지만 핸드레이크를 훌륭한 인격자라고(이를 갈고, 손을 부들부들 떨며, 차마 벌어지지 않는 입을 억지로 벌려) 인정할 사람은 혹 있을지언정 그를 훌륭한 연대기 작가라고 말할 사람은 없을 것이다. 핸드레이크는 정확성을 조금의 주저 없이 희생시켜 극적 아름다움의 불쏘시개로 삼았다. 이야기를 다 듣고 나니 우리가 겪은 것이 연구실의 사고가 아니라 마법계 전체의 비참한 퇴보가 아니었나 의심될 지경이었다. 그러나 영리한 헐스루인 공주는 그런 오해를 하지 않았다.

"상심한 것은 알지만 그냥 실험의 부작용에 불과한 일이 많이 과장되고 있는 것 같군요."

핸드레이크는 부작용이라는 말이 마음에 들지 않는 것 같았다. 그런 말은 핸드레이크가 아무런 계획 없이 일을 벌이는 사람인 듯한 인상을 준다. 그리고 핸드레이크는 그런 사람이다. 헐스루인 공주는 넓은 소맷자락으로 눈 주위를 비비며 의자에서 일어났다.

"그럼 이만 일어나겠어요. 궁정마법사님. 들을 이야기는 다 들은 것 같고, 혹 그렇지 않다 해도 졸려서 더 들을 수가 없어요. 여러분들도 하루 종일에 밤 시간까지 상당히 소비해서 실험을 하셨다니 좀 자는 것이 좋겠어요. 그것이 불행을 만들어내는 것보다는 훨씬 행복에 다가가는 좋은 방법일 거예요. 더 안전하기도 하고."

모든 마음으로 동감한다. 하지만 침대에 내 몸을 덮어주려면 먼저 충족되어야 할 조건들이 있었다. 핸드레이크가 말했다.

"물론 나도 이제 이 바보 같은 상황에서 벗어나고 싶지만, 그러려면 먼저 솔로처의 문제를 해결해야 하오."

"그럼 해결하세요."

"그건 나한테 할 말이 아닌 것 같은데."

"왜요?"

핸드레이크는 이맛살을 찌푸렸다.

"솔로처와 똑같은 말을 하는군요. 공주님. 물론 이 마법은 내가 만든 것이지만 솔로처에 대한 것이라면 솔로처보다 더 잘 아는 사람이 없을 것 아니오. 누가 진짜인지 알아내는 일은 솔로처가 해야 하지."

그리고 내가 도저히 할 수 없는 일이고. 잠깐 동안 잊고 있었던 좌절이 다시 날아드는 느낌이 마음에 들지 않았다. 고개를 떨구려 할 때 헐스루인 공주가 이상한 말을 했다.

"그게 왜 솔로처가 해야 하는 일이죠? 행복의 근원은 불행이잖아요."

"그게 무슨 말이오, 공주?"

헐스루인 공주는 핸드레이크의 질문에 대답하지 않았다. 대신 그녀는 내 쪽으로 걸어왔다.

핸드레이크와 다른 나는 어리둥절한 얼굴로 공주의 행보를 바라보다가 공주가 나에게 가까워지자 거의 동시에 입을 열었다. 내 심정을 배려해서인지 그들이 사용한 어휘 어디에도 공주가 극악무도한 변태 살인광에게 다가가고 있는 것과 마찬가지라는 내용은 없었지만, 그 말들을 외치는 그들의 표정과 말투는 정확히 그런 의미였다. 심정적으로 동감이었기에 화를 낼 수는 없었다. 하지만 헐스루인 공주는 왼손을 들어 부정적인 말들을 물리쳤다.

내 앞에 똑바로 선 헐스루인 공주는 잠깐 동안 묘한 눈으로 나를 바라보았다. 그 표정을 읽을 수 없었지만 공주의 속마음을 읽는 것보다 더 급한 일이 있었다.

"공주님. 빨리 멀어지세요. 무슨 불행이 닥칠지 모릅니다."

헐스루인 공주는 어깨를 으쓱였고, 내 말을 무시했다. 공주는 상체를 앞으로 내밀었다.

그리고 헐스루인 공주는 내 볼에 입을 맞추었다.

공주의 입술이 떠난 후에도 영문을 알 수 없었다. 볼을 만지려다가 그것이 실례가 될지도 모르겠다는 생각이 들었다. 그래서 나는 설명을 요구하는 얼굴로 공주를 바라보았다. 다른 나와 핸드레이크 또한 괴이하기 이를 데 없다는 얼굴들을 하고 있었다. 헐스루인 공주가 입을 열었지만 그것은 설명이 아니었다.

"이젠 쉬도록 해요. 솔로처."

"공주님?"

헐스루인 공주는 자상하게 미소지었다. 열다섯 살 소녀의 미소가 아니었다. 그리고 마냥 기쁜 미소도 아니었다. 헐스루인 공주는 조용히 몸을 돌려 문 쪽으로 걸어갔다. 다른 나의 곁을 지날 때 헐스루인 공주는 옆을 돌아보지 않은 채 손을 뻗어, 마치 골목대장이 나무 작대기로 담벼락을 치는 것 같은 동작으로 다른 나의 가슴을 툭 건드렸다.

"이쪽이 진짜예요."

다른 나는 소스라치듯 놀랐고 핸드레이크는 입을 딱 벌렸다. 그러나 공주는 누구에게도 눈길을 주지 않은 채 그대로 입구를 빠져나갔다. 조금 늦게 정신을 차린 핸드레이크가 공주의 뒤를 따라갈 듯 몸을 움직였다. 그러나 핸드레이크는 다른 나의 모습을 보고는 움찔하며 멈춰 섰다.

다른 나는 오른손을 들어올리고 있었다. 중지에 낀 반지를 바라보던 다른 나는 내 쪽을 쳐다보았다. 그의 표정을 본 나는 그가 무슨 일을 할 작정인지 깨달았다. 그리고 그것을 어떻게 논평해야 할지 알 수 없었다. 핸드레이크가 만류의 몸짓을 할 때 다른 내가 반지를 문지르며 말했다.

"진짜는 하나다."

나는 하나가 되었다.

결심과 불안을 동시에 느끼며 나는 잠깐 동안 제자리에 서 있었다. 공주의 말을 믿고 반지를 문지른 것도 나였고 뱃속에 불행을 담은 채 불안해하던 것도 나였다. 어떻게 되었을까? 나는 불행을 내버려둔 채 합쳐진 걸까, 불행을 여전히 가지고 있는 걸까? 핸드레이크가 알려주었다.

"저기!"

사부님이 가리킨 곳에는 기억에 생생한 불행이 허공에 둥둥 떠 있었다. 불행을 목격한 사람의 적절한 반응이라고 할 순 없지만 나는 환호를 지르고 싶었다. 하지만 조심스럽게 병을 집어 들어 불행에게 다가가는 핸드레이크를 보고는 나 또한 긴장했다. 핸드레이크가 병 안에 불행을 가두는 데 성공한 후에야 나는 참았던 숨을 몰아쉴 수 있었다.

핸드레이크 또한 병을 바라보며 이마를 닦았다. 불행은 병 안에서 복잡한 변화를 계속하며 꿈틀거렸다. 그러다가 핸드레이크는 문득 생각난 것처럼 말했다.

"그런데 공주는 어떻게 진짜를 찾아낸 거지?"

다시 한 번, 나는 웃고 싶었다. 나는 헐스루인 공주가 어떻게 진짜를 찾아내었는지 몰랐지만 또한 나는 그것을 짐작하고 있기도 했다. 상반된 기억 때문에 잠깐 혼란이 있었고, 그래서 나는 스스로에게 들려주듯 말했다.

"아마도 제가 알고 있는 것 같습니다. 사부님."

핸드레이크는 내 괴상한 화법에 눈을 크게 떴다가 곧 왜 그렇게 말하는 것인지 깨달았다. 핸드레이크는 말해 보라는 듯 턱을 움직였다. 내가 말했다.

"헐스루인 공주님은 진짜 저를 찾아내신 것이 아닙니다."

"무슨 소리야? 공주가 진짜 자네를 찾았잖아."

"아닙니다. 공주님은 진짜 저를 선택하셨지요."

핸드레이크가 당황한 것만큼이나 나 또한 당황했다. 자신의 기억에 놀라는 것은 독특한 경험이었다. 핸드레이크가 미심쩍은 듯이 말했다.

"찾아낸 것이 아니라 선택했다고?"

"예. 선택하셨습니다."

"어떻게 그럴 수 있지?"

나도 궁금하다. 어떻게? 내가 말했다.

"행복의 근원이 불행이라면, 나의 근원은 너일 테니까요."

"어? 뭐라고?"

나는 스스로의 말에 귀를 기울였다.

"사부님의 말씀과 달리 나를 찾기 위해선…… 나의 가장 깊은 곳에 도달해야 하는 것이 아닙니다. 도달해야 할 곳은…… 너입니다. 예. '너'입니다. 진짜 저를 찾아야 하는 사람은 저를 제외한 모든 사람입니다. 절대로 제가 아닙니다. 그래서 헐스루인 공주님은 저를 대신해서…… 진짜 저를 선택하신 겁니다. 불행을 먹지 않은 쪽이 진짜여야 하기 때문에 그 솔로처를 선택하셨지요. 그러자 그 솔로처가 진짜 솔로처가 된 겁니다."

"되었다고? 하지만 원래는 뭐였는데?"

"원래요? 똑같은 두 솔로처 중 하나였지요. 사부님이 그렇게 만드셨잖습니까. 둘은 다른 것이 하나도 없었습니다."

핸드레이크는 불평인지 고민인지 알기 어려운 소리를 내며 웅얼거렸다. 그러다가 핸드레이크는 눈살을 심히 찡그리며 말했다.

"자네 말인즉슨, 다른 사람이 인정해 주지 않으면 자기가 자신이라는 것도 알 수 없다는 뜻이로군. 그렇다면 자기가 자신의 주인이 아니라는 거냐?"

핸드레이크의 질문은 타당했다. 나 또한 그런 의심에 불안감을 느꼈다. 하지만 나의 일부는 웃으며 말했다.

"아니요. 자기는 자신의 주인입니다."

"어째서?"

"값을 치르고 가진 것만 자기 것은 아니지 않습니까. 선물받은 것도 자기 것이지요."

"선물?"

"예. 선물이지요. 나는 네가 주는 선물입니다. 마찬가지로 나는 네게 너를 선물할 수도 있겠지요."

나와 핸드레이크는 잠깐 동안 내 말에 대해 생각해 보았다. 조금 후 궁정마법사와 그의 제자는 동시에 빙그레 웃었다. 우리는 서로의 눈을 바라보았고 더 이상 말을 나눌 필요가 없다는 것을 깨달았다. 한 가지만 제외하고는 말이다. 나는 핸드레이크의 손에 들린 병을 가리켰다.

"그런데 그건 어떻게 하실 겁니까?"

내 손짓에 핸드레이크는 자신의 손을 바라보았다. 그는 고개를 끄덕였다.

"위험한 거니 정리 정돈도 제대로 못하는 제자의 손이 닿는 곳에 놓아둘 수는 없지."

"정리 정돈에 대해서는 드릴 말이 아주 많은데……"

"말이 아니라 행동이 필요한 시점이다. 자, 치워야지! 이걸 다 치워놓고 난 다음에 쉬도록 하자! 그리고 이건 내가 안전한 곳에 보관하겠다."

가혹한 노동의 요구에 나는 신음을 흘렸다. 하루 권장량 이상의 재난을 겪은 후니 그냥 밤과 꿈의 추종자가 되고 싶지만 핸드레이크는 자신의 말을 번복하지 않았다. 지긋지긋한 기분을 느끼며 마

법 빗자루를 만들어볼까 하는 생각을 했을 때 갑자기 불길한 예감
이 들었다. 나는 핸드레이크의 손을 돌아본 다음 사부님의 얼굴을
보았다. 그리고 내 예견이 틀리지 않으리라는 직감에 눈살을 찌푸
렸다.

　……두서없이 장황한 이야기로 심기를 어지럽혀 드리지 않았나
걱정됩니다. 백작님. 당시 저는 사부님께서 그 불행을 장래의 쓰임
에 대비하여 비장하려 하신다는 느낌을 받았습니다. 어쨌건 제가 기
억하기로 그 불행은 보기에 따라 아름답게 보이기도 하고, 그래서
신비한 효능을 가진 비약이라 말하며 누군가에게 먹이는 것이 어려
울 것 같지는 않았습니다. 좀더 교활하게 굴고 싶다면 행복의 근원
이라고 맹세하며 먹일 수도 있겠지요. 그건 사실이니까요.
　그래서 여쭙겠습니다, 백작님. 혹 저희 사부님의 비위를 건드리
신 일이 있으신지요?

〈끝〉

환상문학전집 ● I5

오버 더 호라이즌

1판 1쇄 펴냄 2004년 2월 25일
1판 18쇄 펴냄 2018년 6월 8일

지은이 | 이영도
발행인 | 박근섭
편집인 | 김준혁
펴낸곳 | 황금가지

출판등록 | 2009. 10. 8 (제2009-000273호)
주소 | 135-887 서울 강남구 신사동 506 강남출판문화센터 5층
전화 | **영업부** 515-2000 **편집부** 3446-8774 **팩시밀리** 515-2007
홈페이지 | www.goldenbough.co.kr

© 황금가지, 2004. Printed in Seoul, Korea

ISBN 978-89-8273-659-9 03810
㈜민음인은 민음사 출판 그룹의 자회사입니다.
황금가지는 ㈜민음인의 픽션 전문 출간 브랜드입니다.